»Solche Geschichten gibt's, zu Hauf. Ingenieur gewesen, Job verloren, Frau verloren, auf der Straße gelandet«: Ein ganz alltägliches Schicksal vielleicht, doch wen es trifft, der kann daran zerbrechen. So geht es Darius Kopp, dem IT-Experten, der erst seine Stelle verliert, dann die große Liebe seines Lebens. Denn Flora, seine Frau, hat sich das Leben genommen, und seitdem weiß Darius Kopp nicht mehr, wie er weiter existieren soll. Schließlich setzt er sich in seinen Wagen, reist erst nach Ungarn, wo Flora aufgewachsen ist, und dann einfach immer weiter. Unterwegs liest er, in ihrem geheimen Tagebuch, das er nach ihrem Tod gefunden hat, und erfährt, wie ungeheuer gefährdet Floras Leben immer war – und dass er von alldem nicht das Geringste mitbekommen hatte.

»Eine wahrhaftige Liebesgeschichte.«

*Felicitas von Lovenberg, Frankfurter Allgemeine Zeitung*

Terézia Mora wurde 1971 in Sopron, Ungarn, geboren und lebt seit 1990 in Berlin. Für ihren Roman »Das Ungeheuer« erhielt sie 2013 den Deutschen Buchpreis. Ihr literarisches Debüt, der Erzählungsband »Seltsame Materie«, wurde mit dem Ingeborg-Bachmann-Preis ausgezeichnet. Für ihr Gesamtwerk wurde ihr 2018 der Georg-Büchner-Preis zugesprochen. Térezia Mora zählt außerdem zu den renommiertesten Übersetzern aus dem Ungarischen.

Terézia Mora

# Das Ungeheuer

Roman

btb

# 1

Sie beugte sich über ihn, ihre Brüste schwangen nach vorn, ein Duft stieg ihren Bauch entlang hoch, er hob den Kopf ein wenig, um ihren Nabel zu sehen, eine kleine Muschel, mit einer oberen Krempe, er freute sich über den Anblick, aber was ihn wirklich interessierte, war die Fortsetzung, der in einer kleinen Stufe ansteigende Unterbauch, die schokobraunen Schamhaare, aber ausgerechnet hier geriet etwas durcheinander, ein helles Flattern störte das Bild, gleichzeitig polterten Stimmen herein, es waren mehrere, darunter mindestens ein Mann und eine Frau, sie redeten und lachten, nicht ganz nah, in einem benachbarten Raum, redeten unverständlich und lachten, und so wie gerade erst große Freude (»Da bist du ja!«) und Bangen (»Das ist alles nur ein Traum das darfst du nicht denken sonst ist er vorbei«) in immer heißer werdenden Wellen Darius Kopp fluteten, schlug jetzt der Zorn zu, das war am heißesten, ein wildes Hämmern hob in seinem Kopf an, Vorschlaghammer auf Metallplatte, infernalisch, unbändig: Zorn. Was habt ihr hier zu lachen, Hyänen, wer seid ihr überhaupt, was treibt ihr hier, Juri, gottverdammdich, du Schwein! Hat schon wieder jemanden bei sich, wann hat er die aufgegabelt, wir sind doch gemeinsam hier angekommen, da war noch keine dabei, hat gewartet, bis ich schlafe, und dann. Andreina und Monica, wilde, rotblonde Locken, sie wären bereit, grunzte Juri in Kopps Hals. Mach was du willst, ich nehm mir dann ein Hotel. Juris Speichel als wütende Nadelstiche auf Kopps Haut. Wird Zeit, dass du dich berappelst, ehrlich. Ich soll mich berappeln? Ich soll mich berappeln? Berappel du dich doch! Wirst schon sehen, was du davon hast, gleich komm ich rüber und polier dir die Fresse! Du bist doch schuld an allem! Ich war glücklich und zufrieden, bis du aufgetaucht bist! Nein, war ich nicht, aber es hat funktioniert, und dann bist du gekommen und hast es mir weggenommen. Dass man nicht ewig so leben konnte? Nun, tut man ja auch nicht! Man lebt nicht ewig! Juri hielt die Frau im Schoß, Knie und Ellbogen umeinander gefaltet, sie lachten schallend, mit hundert Zähnen, winkten ihm und lachten: komm doch!

---

Kopp heulte auf, Wut, Ohnmacht, Schmerz, er konnte nicht zu ihnen, von der Hüfte abwärts wurde er tonnenschwer in eine viel zu weiche Unterlage gedrückt, er kämpfte wie ein Stier, riss brüllend den Kopf mit den schweren Hörnern hoch, fiel gleich wieder zurück, versuchte wenigstens einen Arm zu befreien, riss ihn mit aller Kraft hoch, aber da war der plötzlich ganz leicht, flog über ihn hinweg und prallte gegen die Wand. Vor Schmerz zog er die Beine an, stieß mit den Knien gegen die Wand, ein lauter Knall und ein noch größerer Schmerz, aber wenigstens wusste er jetzt, wo er war, er blieb einfach liegen.

Mein klopfendes Herz.

Ein sogenanntes halbes Zimmer. Garderobe/Bügel-/Gästezimmer/Abstellkammer. Ein vollgestopftes Regal und eine Koje. Die Helligkeit dort ist das Fenster, der direkte Zugang ist durch einen rollbaren Kleiderständer behindert, zur Hälfte mit Oberbekleidung behängt, unter der anderen Hälfte steht die Tasche mit der Unterbekleidung. An der Wand hat man sich nicht das erste Mal gestoßen, sie ist einfach zu nah, und ich wälze mich auch viel. Geliebte, Geliebte, Geliebte. Ich träume sonst kaum. Erst seitdem ich hier bin. Dass ich auf einem Schiff bin, in einem Hotel an einem unbekannten Ort, in einer fremden Wohnung. Durch die Wände dringen die Stimmen der anderen, und jedes Mal möchte ich sie in tausend Stücke zerschlagen. Im Übrigen wusste er jetzt, dass es nicht Juri war. Das ist die Wand zur Nachbarwohnung. Zwei schöne, groß gewachsene, freundliche Menschen leben dort, ein Pilot und seine Frau. Reden und lachen miteinander. In dieser Wohnung hier herrscht dagegen Totenstille. Könnte es sein, dass Juri gegangen ist, ohne Kopp vorher zu wecken? Normalerweise weckt er mich und ist auch sonst penetrant. Ich gehe jetzt, bleib nicht den ganzen Tag im Bett. Teilt mir kleine Aufgaben zu, als wäre ich seine Frau. Pardon, seine Haushälterin. Das ist hier nicht das Männergenesungswerk. Müll runter, Küche aufräumen, einkaufen.

Kopp drehte sich von der Wand weg, ein Arm und ein Bein fielen aus der Koje auf den Boden. Durch den oberen Abschnitt des Fensters hat man den Blick auf einen sich drehenden Kran. Jetzt

---

hört man ihn auch. Die Arbeiter hört man auch. Es ist keine Frau dabei, aber auch sie lachen von Zeit zu Zeit. Sie sächseln stark. Der Kran steht im Hinterhof des Hauses gegenüber, bewegt die Lasten mal über den linken, mal über den rechten Nachbarn hinweg. Es schweben und schweben die Bündel, die Container und der Staub. Letzterer kommt bei geöffneten Fenstern wolkenweise herein, bei geschlossenen zieht er nur dünn durch die Ritzen. Mit dem Presslufthammer sind sie gottlob schon durch. Der Kran arbeitete auch an diesem Morgen, Darius Kopp sah ihm dabei zu, bis ihn der Harndrang nicht mehr ließ.

Vorsichtig aus der Kammer geschlichen, aber es war wirklich niemand da. Ein Blick in den Spiegel ließ sich nicht vermeiden. Hier gibt es überall welche. Wohin du dich auch drehst: Die Kreuzung zwischen einem blonden, stupsnäsigen Jungen Mitte 40 und einem Reptil. Tränensäcke, Kehllappen. Ich sehe versoffen aus. Was ich auch bin. Geliebte, Geliebte, Geliebte, Geliebte… Sooft, bis es nur noch Klang ist, und nicht einmal ein besonders schöner, man kann es nicht mit Vogelgesang oder sonst etwas Ange-

---

nehmem vergleichen, es ist keine Schönheit da, ganz und gar kein Glanz, ödes Geschepper, Geliebte, Geliebte, Geliebte.

Er wusch sich nicht einmal die Hände, stellte sich so, wie er war, ans Fenster im Wohnzimmer und schaute weiter dem Kran zu. Dieser balancierte gerade einen Ballen Isoliermaterial. Stand in der Luft, der Ballen schaukelte, die Sachsen schrien etwas, dann drehte sich der Kran weiter und der Ballen fiel in den Innenhof des linken Nachbarn. Von überallher Gelächter und Geschrei.

Hallo! Sind wir taub geworden? Und wieso sind wir noch nackt?

Juri stand hinter ihm, nicht nackt, im Gegenteil, geschniegelt und gespornt, mit einer Papiertüte voller Bäckereiwaren. Dalli, dalli, Genosse, unter die Dusche!

(Dieses dumme Gerede immer. Warum scheucht mich der Anzugaffe?)

Dann kam es ihm allmählich wieder: das Job-Interview. Unter altem Namen Vorstellungsgespräch. Das haben sie mir auch besorgt. Ein kleiner Job, OK? Nichts, das dich überfordern könnte. Du gehst nur hin und unterhältst dich ein bisschen. Juri fährt dich bis vor die Tür, damit nichts schiefgeht. Angeblich muss er auch in die Richtung, aber in Wahrheit wollen sie sicherstellen, dass du auch wirklich hingehst. Davor peitscht er dich noch unter die Dusche. Er zählt die Minuten, in denen du Zeit und Wasser verschwendest, aber er besteht auch darauf, dass wenigstens jeden zweiten Tag ein komplettes Reinigungsritual durchgeführt wird. Du sollst dich auch rasieren, smarten Bobbies traut man mehr. Anschließend bekommst du in der Küche einen Kaffee und ein halbes Brötchen mit Marmelade in die Hand gedrückt und danach wirst du wieder gehetzt. Wir haben die Auswahl zwischen nicht mehr als 2 Anzügen und 3 Hemden, das grenzt die Möglichkeiten, Fehler (oder das Richtige) zu machen, ein, aber dass Juri sogar die Farbe der Socken prüfte, war zu viel. Ich habe sowieso nur schwarze, du Genie! Kopp bekam noch einen Schnellpolierer für die Schuhe in die Hand gedrückt und noch mal Hände waschen nicht vergessen!

Das war der Moment, da Darius Kopp seinem besten Freund das zweite Mal an diesem jungen Morgen (und zum dritten Mal seit vergangener Nacht) gerne mit der zur Faust geballten rechten

---

Hand ins Gesicht geschlagen hätte, am liebsten nicht nur einmal, Auge (Knochen, Adern), Nase (Knochen, Knorpel), Mund (Zähne auf weiches Gewebe) und dann erst auf den K.o.-Punkt, aber den zu treffen ist mir bis jetzt nur einmal gelungen, als Teenager, und das war auch Zufall. (»Der Kopp hat den Czernicky ausgeknockt! Der Kopp hat den Czernicky ausgeknockt!«) Und sich dann wieder hinlegen. Mit dem ohnmächtigen Juri im Flur. Nein, man könnte sich nicht hinlegen. Man müsste gehen. Seine paar Sachen zusammenraffen und gehen. Wird schon irgendwann zu sich kommen, vermutlich mit einigen Schmerzen und uns verfluchen.

Uns!

Jetzt rede ich auch schon so.

Schnallst du dich an, damit ich losfahren kann?

Seit mittlerweile 8 Wochen ertrage ich dich. 8 Wochen, die Darius Kopp wesentlich länger vorkamen als das gesamte Jahr davor. Nein, nur 10 Monate, von August bis Juni. Ein gefühlter langer Winter. In den letzten Jahren sind die Winter unglaublich hart geworden. Die

Heizung startet jedes Jahr mit einem Ausfall, aber wer, wie Darius Kopp, reich an Erfahrungen ist, gerät darüber nicht in Zustände, er legt sich einfach neben den Heizkörper und lässt kontrolliert die Luft ab und legt einen Lappen unter, damit das überflüssige Wasser dorthin tropfen kann. Lag da, hörte sich das Zischen an, sah zu, wie es tropfte. Der Lappen war ein orangefarbenes Poloshirt.

Von August des vergangenen bis Juni dieses Jahres hatte Darius Kopp seine Wohnung nicht mehr verlassen. Anfangs waren noch Leute da, Menschen, denen ich nicht vollkommen egal bin, die mich bedauerten oder mit mir fühlten wegen der harten Zeiten, die ich zuletzt durchmachen musste, aber nachdem sich die Kälte festgesetzt hatte und die hier so sonst fast nie gesehenen hohen Schneeberge die ganze Stadt bis auf ein Minimum an Durchlässigkeit eingeengt hatten, blieben sie dann doch weg. Es fror und ließ etwas nach und fror wieder, alles knackte, in den Wänden entstanden Risse. Kopp sah und ignorierte sie. Das waren doch nur haardünne Fädchen, bis das Außen zum Innen und das Innen zum Außen wird, braucht es wesentlich mehr, und bevor das passiert ist, gibt es keinen Grund, hektisch zu werden. Er hatte ein System entwickelt, das es ihm erlaubte, niemals hinausgehen zu müssen. Das System war von genialer Einfachheit, es umfasste nur einen einzigen Punkt, nämlich: etwas zu essen und zu trinken zu besorgen. Was das anbelangt, bin ich ein mehr als einfacher Fall. Er bestellte immer nur Pizza, immer von demselben Lieferanten und immer stur die Speisekarte herunter. Von Margherita bis Speciale, 24 Sorten, immer von vorne nach hinten. Pizzaboten, die durch alaskawürdige Schneelandschaften holpern.

24 Pizzasorten, 4 Pizzaboten für diesen Lieferbereich. Wenn die Gefahr, einer könnte ihm zu vertraut werden, zu groß wurde, legte Darius Kopp das Geld mitunter auch einfach auf den Fußabtreter und fand, nachdem das Nesteln im Treppenhaus verklungen war, an derselben Stelle seine Pizza vor. Einmal am Tag öffnete er ein Fenster, wie es sich gehört, damit abgestandene warme Luft sich gegen schmerzlich kalte tauschen konnte sowie relative Stille gegen das übliche Getöse einer vierspurigen Straße mit Straßenbahn und Einflugschneise. Wenn er Lust dazu hatte, ging Kopp solange ins

---

Bad. Wenn er dann herauskam, fiel diese schier unvorstellbare, laute Kälte auf seinen weichen, warmen, noch etwas feuchten Körper, Herzschlag, Atmung, Schleimhäute, Poren reagierten, wie es sich gehört, mit Alarm, aber Kopp schritt gemessen weiter, schloss das Fenster und zog sich die vollkommen ausgekühlten Klamotten vom Vortrag wieder an.

Leider wurde es, wenn auch mit großer Verspätung, doch noch einmal Frühling. Eines Morgens öffnete Darius Kopp die Kaffeedose, sah, dass sie leer war, er hob eine neue Packung vom Schrank und sah, dass es die letzte war. Als endgültig klar war, dass Darius Kopps Frau hier nicht mehr mit ihm zusammenleben würde, unternahm er einen einzigen Versuch, den alten Standard alleine aufrechtzuerhalten, indem er bei einem Getränkelieferanten große Mengen Mineralwasser, Alkohol und Kaffeepulver bestellte. Die flüssigen Sachen waren seit Ewigkeiten ausgetrunken, und jetzt war also auch die letzte Packung Kaffee angebrochen, und gleichzeitig fing es plötzlich an heftig zu tauen. Die folgenden 5 Tage reduzierte Kopp seinen üblicherweise üppigen Fernsehkonsum und sah dem faszinierenden

Schauspiel des Tauens zu. Heftigstes Tauen! Plätschernde Gebirgsbäche mitten auf einer vierspurigen Straße, über den Gehsteigen abstürzende Eiszapfen und Dachlawinen. 5 Tage dauerte es, bis auch die letzten Krusten aufgebrochen waren und die Straße in ein Feld nach der Schlacht verwandelt: Endmoränen aus Streusplitt, Asche, Müll, Hundekot, Feuerwerkskörpern und Kadavern kleiner Tiere: Meisen, Tauben, Krähen, Mäusen und Ratten. Im nahe gelegenen Friedhof ein Fuchs und einige Eichhörnchen. Im Teich in einem Park sämtliche Fische. Die Menschen sahen auch nicht gut aus. Sie selbst und ihre Kleidung waren grau geworden, sie sammelten sich vor einer Suppenküche. Es war ein normaler Imbiss, der Gesamteindruck war dennoch so, als hätte man gerade erst einen Krieg überstanden.

Er dachte es, Juri sprach es aus. Das Tauwetter spülte auch ihn wieder an die Oberfläche. Er polterte durch Kopps private Räume und schimpfte aus allen Rohren. Was für eine Scheißgegend, besonders jetzt mit dem ganzen Abfall auf der Straße! Alter, ich habe eine tote Ratte in einem Müllhaufen gesehen! Und das? Was ist das hier? Das passt ja dazu wie die Faust aufs Auge!

---

Dabei war es nur eine Kommode im Schlafzimmer, auf deren Ablagefläche sich immer alles ansammelt: Kleingeld, Klammern, Pillen, Pflaster, Zettel. Zwischen der ursprünglichen Dekoration, bestehend aus drei Kerzenleuchtern und zwei mexikanischen Tonfiguren. Das war vorher schon so. In den letzten 10 Monaten hat sich an der Wohnung eigentlich nichts geändert. Die Terrasse ist fast zur Gänze von leeren Pizzakartons eingenommen, das ist das Einzige.

Aber Juri schrie wie ein Berserker.

Komm mal her! Komm sofort *her*!

Ausgerechnet jetzt musste das Tauwasser anfangen, durch das Dach zu treten. An der Gummiabdichtung des Dachfensters vorbei, an der Stromleitung des Hebemotors entlang, erst nur in Tropfen, dann, als Juri einen Finger in die Gummidichtung bohrte, wie ein Wasserfall. *Meine Hütten und mein Gezelt zerstört.* Juris Kopf und Anzug von Tauwasser besudelt. Davon bekommt der nahezu gute Laune. Nimmt die Sache sofort in die Hand, ruft gleich dort, in der Pfütze stehend, zwei Freunde an, Potthoff und

Muck mit Namen, die sich mit Renovierungen auskennen. Alte Theaterregel: Wenn es nicht mehr weitergeht, stell die Bühne um. Bei manchen reicht es, die Möbel woanders hinzuschieben, bei dir ist es notwendig, die Wohnung zu wechseln. Du wirst aus dieser Wohnung ausziehen. Kannst du sie dir überhaupt noch leisten? Sei nicht dumm. Ruiniere dich nicht. Es ist nur eine Wohnung. Zum Glück in einer angesagten, das heißt, überschätzten Gegend. Das solltest du nutzen.

Kopp sagte, der Wahrheit entsprechend, mit aller gegebenen Ruhe, dass er das nicht möchte. Er möchte nichts dergleichen nutzen, es ginge ihm perfekt gut, ich lass mir doch wegen einem Loch in einem Zahn nicht das gesamte Gebiss herausreißen.

OK, sagte Juri und starrte ihn an, wie er es sonst kaum tut. Ein Mensch, der anderen nicht in die Augen sieht. Lieber tut er so, als wäre er dafür zu schnell. OK, sagte Juri und behielt Kopp fest im Auge, ich sehe, du hast die Strategie geändert. Obwohl mir die alte – fressen, saufen, kaufen, grinsen – immer das bei weitem Sympathischste an dir war, aber Schwamm drüber. Du hast also beschlossen, ein Penner zu werden. Nur nach einem Anlass gesucht, um alles fallen lassen zu können. Solche Geschichten gibt's, zuhauf. Ingenieur gewesen, Job verloren, Frau verloren, auf der Straße gelandet, und das nur wegen der Schwäche der Seele. Die Schwäche der Seele über dein Leben triumphieren zu lassen ist fatal, viel gefährlicher, als die meisten denken, und es geht viel schneller. Das alltägliche Gejammere fällt nicht unter Schwäche der Seele, im Gegenteil, das ist ein Reparaturmechanismus, das hat Juri von Nadia gelernt, die Psychologin ist, von Beruf oder als Hobby, das lässt sich im Moment noch nicht herausschälen, doch wer ist überhaupt Nadia?

Meine Freundin, du Arschgeige.

Du hast eine Freundin?

Seit einem halben Jahr schon, du Ignorant!

Dann fällt Juri auf, dass er sich ja selbst in dem genannten halben Jahr nicht häufiger als 3mal telefonisch an Kopp versucht hat und dabei möglicherweise unerwähnt gelassen, dass er nun eine Frau an seiner Seite …

Wenigstens, sagte Kopp milde, falle ich keinem zur Last. All das finanziere ich selbst.

---

Doch wie lange noch, mein Freund?

Das hat Darius Kopp nicht ausgerechnet. Das auszurechnen und sich dann fallen zu lassen wäre feige.

Ein Idiot bist du! Irgendwann werden sie dich auf die Straße hinuntertragen lassen, wenn du die Raten nicht mehr zahlen kannst.

Bei der Vorstellung daran kichert Darius Kopp. Es gibt wenige Gelegenheiten, bei denen sich ein gesunder Erwachsener tragen lassen kann.

Hör auf mit dem idiotischen Gelache! Was ist mit dem Zimmer da?! Du traust dich nicht, es zu betreten! Was bist du? Garcia Lorca?!

(?!?!?!)

Komm, sagte Juri, komm, zieh dir was Sauberes an, wir gehen erst mal was Anständiges essen, dann können wir klarer denken.

Schau, sagte er wenig später, während ihm Korianderblätter im Mundwinkel blinkten, wir wollen doch nur dein Bestes. Potthoff und ich werden dir helfen, ein Storage zu organisieren. Dorthin wirst du fein die Sachen einlagern, während du die Wohnung kom-

---

plett renovieren lässt. Muck macht es für nur 10 Euro die Stunde. Und wenn sie renoviert ist, verkaufst du sie und sanierst deine Finanzen. Wenn du die Sachen deiner Frau nicht packen kannst, macht es Nadia für dich.

(Ich kenne diese Nadia doch überhaupt nicht. Andererseits: lieber eine Unbekannte.) Und wo, lieber Freund, soll ich in Zukunft wohnen?

Für eine Übergangszeit: bei mir. Es wird Zeit, mein Lieber, dass du dich wieder reintegrierst.

Da hätte man ihm schon in die Fresse…

Sei nicht so hart zu ihm. Er ist, fair betrachtet, ein loyaler Freund. Müht sich ab mit mir, und das seit 8 Wochen tagtäglich. Jetzt haben sie dir sogar einen Job besorgt – Hast du die Stellenanzeigen studiert? fragte Juri, Abonnent einer überregionalen Tageszeitung, etwas häufiger, als es angenehm gewesen wäre. Welche Stellenanzeigen, fragte Kopp zurück – zwar nur befristet, als Computerirgendwas im Dienste des wissenschaftlichen Instituts, in dem auch Halldor irgendwas macht, keine Karriere, aber mehr als gar nichts.

---

Was das Gerettetwerden durch Tätigsein anbelangt, hat sich Darius Kopps Weltbild seit dem Verlust seines letzten Jobs und insbesondere im Laufe seines Jahres in Klausur modifiziert. Denn entweder wirst du gerettet durch Tätigsein oder durch Nicht-Tätigsein, durch Zufall oder durch Planung oder aber auch durch gar nichts, aber herauszukommen aus Juris Abstellkammer ist ein durchaus zu verfolgendes Nahziel, also, tu wenigstens so, als hättest du Lust auf eine bezahlte Tätigkeit welcher Art auch immer.

Das modernste (sic!) Technologie- und Gründerzentrum beherbergt elf außeruniversitäre und zahlreiche inneruniversitäre Institute sowie junge Unternehmen in spannenden Feldern wie Life Science und Ost-West-Nord-Süd-Wirtschaftsbeziehungen, ein jedes davon in (erneut) modernst ausgestatteten grauen Bauten. Ein jedes Gebäude unterscheidet sich vom nächsten, aber nicht so sehr, dass man sich wirklich zurechtfinden könnte. Wenigstens ab und zu könnten sie die Hausnummer sichtbar anbringen! Juri fährt schimpfend um Ecken, während Kopp auf dem Beifahrersitz den Touristen darstellt, mit Interesse im Gesicht und Ferne im Herzen. Juri

---

schreit mittlerweile ins Telefon, er schreit Halldor an, wo zum Henker usw., er habe nicht ewig Zeit usw. Vielleicht hat er wirklich einen Termin irgendwo. Halldor kommt bis an die Eingangstür, Kopp wird ihm gegen Quittung übergeben, Juri mit quietschenden Reifen davon. Komm, sagt Halldor, dessen Haare ihm mittlerweile bis zur Taille reichen – (Preisfrage: entspricht ihr Aussehen noch dem eines Wissenschaftlers oder bereits dem eines Sandlers? Karikatur über Halldors Schreibtisch, ein Geschenk der Kollegen) – komm, sagt er, ich stell dich dem Chef vor.

Der Chef ist Türke, Can Irgendwer, ein neuer Besen, der gut kehrt, empfängt einen jeden, als wäre man ein Journalist, lässt es sich nicht nehmen, das gesamte Institut vorzustellen, inklusive des Gebäudes, in dem es untergebracht ist, ein Gebäude, das ohne Klimaanlage auskommt, der Name des Architekten ist Soundso, schauen Sie, da bewegt sich gerade ein Rollo, nicht wie von Zauberhand, sondern gesteuert von Sensoren, und das hier ist die Schlafstube von Herrn Rose, hahaha, ihn lassen wir auch gleich mal hier, das da wäre übrigens Ihr Computerarbeitsplatz. (Tisch. Gesicht zur

---

Wand, Rücken zum Raum, immerhin Fenster, seitlich.) Der Job ist natürlich zeitlich begrenzt, schlecht bezahlt und – wie an Darius Kopps fachlicher Vita abzulesen ist – fachlich unterfordernd, aber Kopp sagt, das mache ihm nichts aus. Ich bin nach einer Pause gerade dabei, mich neu zu orientieren.

Was er in der genannten »Pause« gemacht habe?

Eine Weltreise, sagte Darius Kopp, ohne mit der Wimper zu zucken. (Das ist gar nicht so ein großer Mist. Ich kannte einen, der schaute jede Woche nach, was sich auf der Robinson-Insel getan hat. Heute gab es auf Màs a Tierra einen Sturm, die Juan-Fernandez-Kolibris duckten sich unter die Blätter des Riesenlöwenzahns usw. Aber bei Bedarf könnte ich auch aus dem Stegreif lügen, nicht umsonst war ich lange Zeit Verkäufer und habe unzählige Reisereportagen gesehen.)

Sie plauderten noch einige Minuten, dann reichte Herr Chefdesinstituts Darius Kopp die Hand, sah ihm in die Augen und gab ihm das Versprechen, dass er bald von ihnen hören werde, und Darius Kopp wurde schlagartig klar: das Herumführen galt keineswegs ei-

---

nem, den man praktisch schon als Teil des Teams betrachtete, nein, es war nur ein Spiel, der Typ spielt gerne, er kann Halldor nicht leiden und Halldor kann ihn nicht leiden, soviel ist klar (»Schlafstube.« Fick dich, sagte Halldors Lächeln), aber das ist auch schon alles, was an Klarheit da ist. Im Grunde habe ich keine Ahnung, was ich gerade gemacht habe. Roboterhaft heruntergebetet, was ich alles kann oder mal konnte, und zwar, das kommt Kopp jetzt wieder, leider mit nicht wenigen Seufzern gespickt, die man als gelangweilt, genervt oder resigniert interpretieren konnte. Ich hätte aufmerksamer sein und das unterdrücken sollen. Angeblich spreche ich neuerdings ständig so: Seufzer, Halbsatz, Seufzer, dann der Rest des Satzes, er fällt mir aus dem Mund, anstatt dass er irgendwohin gesprochen wäre, vorzugsweise nach vorne, dorthin, wo ein erwartungsvoller oder nicht erwartungsvoller, also umso mehr herzuholender Zuhörer sitzt, und am Ende noch ein Seufzer.

Es hat mich sehr gefreut, sagte Darius Kopp, denn was sollte er jetzt noch sagen, und spiegelte das Strahlen seines Gegenübers. Während er innerlich schon wieder vollkommen erloschen war.

---

Offenbar ist es das, was ich im Moment kann: entweder während eines Bewerbungsgesprächs seufzend die lichtsensorischen Rollos betrachten oder aber von null auf hundert wütend werden.

Ein weiteres Gefühl kam beim Anblick der noch geschlossenen Kantine auf dem Wissenschaftsgelände dazu: die schambehaftete Sehnsucht der Zukurzgekommenen. Heimelige rote Kunstlederstühle, da zu sitzen würde mir jetzt und generell guttun, warum habt ihr noch geschlossen, ihr faulen Säcke, und was ist mit Frühstück für die, die die Nacht hier verbracht haben, weil sie einen Job haben, ein Vorhaben, das sie fasziniert, oder denen großer Druck gemacht wird oder die kein anderes Zuhause haben, mein Gott, Halldor hat kaum ein Wort gesagt, er unterhält sich seit geraumer Zeit im Grunde nur mehr mit Hilfe von Gesten, und scheinbar merkt es keiner, war zwischendurch auch schon mal in der Klapse, sag nicht Klapse, ausgerechnet du. Zurückgehen, wollen wir nicht einen Kaffee trinken, irgendeine Quelle dafür gibt es doch überall – aber dann war er schon zu weit weg, die ganze Strecke wieder zurück?, nein, das doch nicht, hier ist ja schon die S-Bahn.

---

Dass es möglich war, diese zu finden, indem man gedankenverloren den grünen Richtungsschildern folgte, war eine kleine Tröstung. Aber dann führten zwei hohe Treppen auf eine windige Plattform hinauf, und das Hochklettern bereitete ihm solche Mühe, dass er dachte, er käme möglicherweise niemals oben an. Schmerzen in den Beinen, veritable Schmerzen, eingerosteter Blechmann, und einen Fahrstuhl gibt es nicht, mit einem Rollstuhl dürfte ich bis Schöneweide rollen (Wut), und wer (noch mehr Wut) denkt sich nur solche Schönwetter-Bahnsteige aus, selbst wenn es windstill ist, zieht es, aber so, wie in einem Mund mit einem frisch gezogenen Zahn. Wann und wohin sind die Wartesäle verschwunden – Einmal im Auslandswartesaal sitzen … – und warum habe ich es nie in eine Lounge geschafft? Ich dachte, ich wäre Wunder was, dabei habe ich es noch nicht einmal in die Business-Lounge geschafft. Darius Kopp, Dipl.-Ing. (TU), steht auf einem Hochbahnsteig am Stadtrand, knirscht mit den Zähnen.

Aber so laut, dass es einer, der drei Schritte von ihm entfernt stand, noch hätte hören können. Er riss sich zusammen und hielt

---

die Kiefer still. Er musste dafür die Luft anhalten, anders ging es nicht.

Je länger man die Luft anhält, umso lauter rauscht es im Ohr, und es rauschte auch in Darius Kopps Ohren immer lauter, aber nie so laut, dass er es nicht doch gehört hätte: das gänsehautreibende Knirschgeräusch war geblieben. Er ruckte mit dem Kopf herum und erschrak: da war jemand. Ein anderer. Die Anwesenheit eines anderen ist immer so eine Sache, ich will nicht sagen, immer negativ, im Gegenteil, es gibt (ist der erste Schreck überwunden) angenehme und beruhigende Anwesenheiten, aber diese hier war es nicht. Der andere Mann auf dem Bahnsteig war vielleicht 10 Jahre älter, vielleicht 10 jünger als Darius Kopp, wer könnte das schon genau sagen, bei diesen schlechten Klamotten. Wenn einer ausgewaschen und schmutzig zugleich erscheint. Schmutzweiß, Übelgelb, Kotzviolett sind seine Farben. Er ist nicht so schmutzig, wie es Penner sind, er riecht nicht so, sondern wie welche, die ihr Badezimmer aus was für Gründen auch immer nicht gerne benutzen. Ist doch egal, das Leben ist eine dreckige Hure, wieso soll ich dann sauber sein? In der Hand

---

eine leer herunterhängende blaue Einkaufstüte. Arm und nicht besonders kultiviert ist also unser Nebenan, aber das ist nicht entscheidend. Sondern, dass er, wie erwähnt, mit den Zähnen knirscht. Man kann es hören und auch sehen, wie sein Unterkiefer mahlt, vor und zurück, und darüber oder drumherum ist ein Gesicht, das einem keine Hoffnung lässt, es könnte sich um eine harmlose Marotte handeln. Was da zu sehen ist, ist, vom Haaransatz bis in das erzitternde Doppelkinn, nein, noch weiter, alles, im ganzen Körper: kaum mehr zügelbarer Hass. Dieser Mensch hier hasst alles und jeden, und wenn er merkt, dass ich ihn anstarre, dann mich als den Nächstbesten. Ich war in letzter Zeit zu viel in Innenräumen. Ich bin so etwas nicht mehr gewöhnt. Hass im Fernsehen ist wie Essen im Fernsehen: ohne Brennwert. Aber der hier, der hat einen, und Darius Kopp merkte, wie auch in ihm wieder das Zittern anstieg. Den Typen loswerden, so schnell wie möglich, nur wie? Einöde, wie soll man sonst hier wegkommen als mit der Bahn. Taxi. Aber bevor er sich angeschickt hätte, den Bahnsteig fluchtartig zu verlassen oder das Telefon zu zücken, fuhr der Zug ein. Kopp joggte ein kur-

---

zes Stück, um in einen anderen Wagen einsteigen zu können als der Zähneknirscher, aber es war ihm nicht vergönnt.

Es war ihm nicht vergönnt, zur Ruhe zu kommen, meinetwegen auch wieder zurück in die gelöschte Passivität, dann eben nichts, wenn nichts anderes erträglich ist. Vom Regen in die Traufe kam Darius Kopp, denn in dem Wagen, den er auf schmerzenden Beinen rennend erreichte, saßen zwei Skins. Zunächst bemerkte er sie gar nicht, denn sie waren totenstill und rührten sich nicht. Um einen Wimpernschlag, nachdem der Zug losgefahren war, es also kein Entrinnen gab, von null auf hundert anzufangen, mit den Stiefeln auf den Boden zu stampfen und irgendein Lied zu schmettern, von dem nicht mehr als »Deutschland!« zu verstehen war, das Rütteln der Bahn und das Stampfen der Stiefel und Deutschland, Deutschland, und was willst du auch mehr verstehen, als »Deutschland!«.

»Deutschland!«, da ist nicht mehr, nur das: »Deutschland, Deutschland«. Es saßen wenige im Wagen, außer Kopp nur noch zwei Frauen, und Darius Kopp musste bald merken, dass die Skins niemanden sonst als ihn ansangen, denn er war ein Mann. Spätestens da begriff Darius Kopp, dass er also an einem Spießrutenlauf teilnahm, es gibt solche Tage, und ich erlebe einen solchen nicht zum ersten Mal, wenn dich von überallher der Wahnsinn anspringt, und ich war einmal gut darin, das mit einem Lächeln wegzustecken. Nun, das ist jetzt anders, der Wahnsinn ist derselbe, aber ich bin ein anderer, das ist das Problem. Kopp erzitterte, aber er versteckte sich nicht so, dass kein Blickkontakt mehr bestand. Wenn kein Lächeln möglich ist oder, in so einem Fall, eine ungerührte Milde, dann halte wenigstens eine unbewegte Sturheit aufrecht. Er saß also da und schaute zurück und die beiden Skins sangen und stampften auf, bis die S-Bahn zur nächsten Haltestelle kam. Dort hörten sie abrupt auf. Still stand man an der Haltestelle, es stiegen wieder welche ein, und die S-Bahn fuhr wieder los, und die Skins fingen wieder an zu stampfen, zu singen und immer breiter zu grinsen. Darius Kopp verstand, dass es keinen Sinn hatte, sie weiterhin anzusehen. Er setzte sich um.

Sie stiegen an derselben Haltestelle aus wie Kopp, aber sie sahen sich nicht nach ihm um, sie waren schon halb die Treppe hinunter,

---

jeden stoßend, der ihnen entgegenkam. Sie liefen extra Zickzack, damit ihnen auch wirklich jeder im Weg war. Kopp hatte es nur zwei Schritte zum Fenster des Fahrers. Ihm Bescheid geben. Es kostete ihn nicht wenig Kraftanstrengung, aber er tat diese zwei Schritte und sah durch das Fahrerfenster, aber der Fahrer sah ums Verrecken nicht zurück zu ihm. Er weiß es, erkannte Kopp. Er hat es die ganze Zeit gewusst, er hätte schon längst jemanden von der Aufsicht bestellen können. Die Bahn fuhr los. Darius Kopp betäubt auf dem Bahnsteig.

Wie soll ich es nur nach Hause schaffen? Oder dorthin, wo ich jetzt wohne? Wie soll ich es *irgend*wohin schaffen?

Umsteigen. Das wird ja wohl zu bewältigen sein. Man muss es versuchen. Du bist ja schließlich kein Krüppel, oder was? Darius Kopp in der weitverzweigten Unterführung. Mit den Zähnen knirschend. Druff jeschissen. Immerhin bin ich kein Nazi. Nein, nur ein gewöhnlicher Feigling. Hattest du etwa Angst um deinen Anzug? Ein alter Anzug. Aufrichtig: nein. Hattest du etwa Angst um deine Nase, um den Rest deines Gesichts- und anderen Schädels?

---

Ehrlich: ja. Nun, das haben wir abgewendet, oder es ist an uns vorbeigegangen, aber das heißt nicht, dass du heute schon etwas geschafft hättest. Institutsdirektor Can. Gesten, die nach Zustimmung aussahen, aber in Wahrheit Ablehnung ausdrückten. Mit den Tafeln in der Unterführung ist es vermutlich ebenso, man versteht sie erst im Nachhinein. Die Pfeile zeigten zu Aus- und Durchgängen, die es gar nicht gab, und wo es einen Weg gab, gab es keinen Wegweiser. Vielleicht hätte es geholfen, die temporären Aushänge zu lesen, aber Darius Kopp wurde stattdessen immer frustrierter und wütender. Die ganzen Leute. Ihr seid im Weg, wirklich im Weg. Kein einziges Gesicht dabei, das man sich ein Leben lang anschauen möchte.

Ich kann nicht mehr! sagte ein Mensch im Blaumann, aus dem Zeitungsshop tretend. Das brachte Kopp einigermaßen wieder zu sich, eine kleine, ferne, lange nicht mehr gehörte Stimme in ihm lachte sogar kurz auf. Ich kann nicht mehr um 10 Uhr am Morgen? Nein. Zehn war es, als du bei Can Eren (So ist sein Name! Ein schöner Name! Ich wünschte, ich hieße so!) vorsprachst, jetzt ist es

---

schon Mittag, die Idioten vom Blumenladen haben es geschafft, die gesamte Unterführung zu wässern, einen Eimer umgestoßen oder was, man hat keine Chance, man muss hineintreten. Dass seine Schuhe auf Schnellhochglanz gebracht waren, aber sich in der Sohle ein Loch befand, fiel Darius Kopp dort ein, und dann spürte er es auch schon: wie langsam, aber unaufhaltsam die Socke im Schuh nass wurde. Das letzte Mal war er so durch einen Wald gegangen, mit einem immer nasser werdenden rechten Fuß. Kopp fing an zu humpeln. Als müsste man mit einem Loch im Schuh humpeln.

Und da tauchten sie auf. Sie kamen aus dem sehr hellen Bereich einer Treppe zur Erdoberfläche. Hand in Hand: eine sehr große Frau und ein sehr kleiner Mann. Ein Zwerg. Ein richtiger Zwerg, nicht nur sehr klein gewachsen. Ein richtiger, verwachsener Zwerg, und die Frau war vielleicht nur normal groß, sie wirkte nur im Vergleich mit ihm so riesig. Darius Kopp hörte auf, wütend zu sein, und wurde ergriffen. Wird das meine Rettung sein? Eine Frau, die Hand in Hand mit einem Zwerg geht? Gehen auch Männer mit Zwerginnen? Irgendwo bestimmt. Muss man deswegen den Tränen

---

nahe sein? Ich bin es. Nach Hause gehen, weinen, für danach keine Pläne.

Die beiden wackelten vorbei, er sah ihnen hungrig hinterher. Sie passierten ein Riesenplakat mit einer übermenschengroßen Schnullerflasche in Form einer Sanduhr, in der der meiste Sand schon abgelaufen war. Ein Schlag sei allen gebärfähigen Frauen versetzt, diese ihre Fähigkeit ist ihnen nicht für alle Zeiten verliehen worden, ihr egoistischen Schlampen! Kopp bekam einen trockenen Mund. Er trat näher an das Plakat heran. Da steht nur die Nummer der Plakatfirma. Ist der, der dieses Plakat entworfen hat, schuld an irgendetwas? Ist der, der seine Wandfläche dafür zur Verfügung gestellt hat, schuld an etwas? Ist der, der diese Kampagne in Auftrag gegeben hat, schuld an irgendetwas? Darius Kopp fingerte zitternd und schwitzend nach seinem Handy, um ein Foto von der Nummer zu machen, als er schmerzhaft in den Arm gestoßen wurde:

He, Sie da!

Es war der Zwerg.

---

Ob er nicht wenigstens freundlich fragen könnte, bevor er ihn und seine Freundin fotografiere.

Wie bitte?

Das gehört sich ja wohl so! Ein jeder Mensch hat ein Recht am eigenen Bild, jawohl, so ist es.

Was, wie bitte, was soll dieser Unsinn?

Ob Kopp denke, ob er etwas denke, keine Ahnung, was ich angeblich denke, ich weiß, was ich denke, dass, wenn mich dieser Gnom noch einmal mit seinem dreckigen Finger berührt…

Schon gut, Alter, um dich geht's überhaupt nicht!

Aber im Gesicht des Zwergs ist schon das gewisse Grinsen, der will das doch, der will Ärger, seine dromedarhafte Freundin im Hintergrund grinst auch so, ihr will er sich beweisen, und sie will, dass er sich beweist. Man könnte sich noch erklären. Schau mal, dieses Plakat, findest du nicht auch, dass das ein Affront ist, ein sehr schmerzlicher Affront gegenüber Frauen, die nicht…, es kann Frauen geben, die sind so…, sie würde in Tränen ausbrechen, wenn sie das hier sähe, was denken sich die Leute eigentlich…?

---

Du denkst wohl, der kleine Mann kann sich nicht verteidigen, was? Lösch es, oder ich lösch dir gleich alles!

Woraufhin Darius Kopp das Blut ins Gehirn schoss, die Linke, in der er das Telefon hielt, entzog er dem Zwerg, während er die Rechte zu einer Faust ballte und zuschlug. Leider traf er nicht den K.o.-Punkt und auch sonst keinen wesentlichen, er traf irgendetwas an der Peripherie, und der Zwerg hatte nur darauf gewartet, er kam quasi durch die Luft geflogen, krallte sich an Kopp fest, und im nächsten Augenblick prügelten sie wild aufeinander ein. Der Zwerg versuchte, Kopp umzureißen, Kopp taumelte, das Hemd rutschte ihm aus der Hose, Nähte krachten, der Zwerg versuchte, seine Krawatte zu fassen zu bekommen. »Die Horrorqualen der Zirkuselefanten«, las Kopp auf einem Zeitungsaufsteller am Rande seines Blickfelds, während er seinerseits versuchte, den Zwerg an der Gurgel zu packen. Kopp fing an zu winseln. Der Gegner dachte, wegen der Schmerzen, die er ihm zugefügt hatte. Er lachte schnaufend. Woraufhin Darius Kopp die Augen schloss und einfach wild drauflosschlug, treffe er wen oder was

---

auch immer. Er traf nicht mehr viel. Die Polizei kam und trennte sie.

Kopps Augen glühten, er fletschte die Zähne und schnaufte, wie ein wildes Tier. Er sah aus wie ein böser Mann. Trotzig blieb er dabei – aber viel Trotz brauchte er gar nicht. Er war einfach nicht bei sich, er war in einem heißen, überhellen Raum gefangen. Später ebenso, er sah ein Tisch- oder ein Stuhlbein und Linoleum von undefinierbarer Farbe. Wer gefoltert wird, fällt dorthin. Da fühlte er die Schmerzen bzw. machte sich bewusst, dass er Schmerzen hatte. Im Kiefer, im Brustkorb. Rippen geprellt. Aber darum kümmert sich keiner. Keiner untersucht meine Blessuren. Wie können Sie das verantworten? Ich könnte innere Verletzungen haben! In meinem Ohr klebt etwas. Meins oder seins? Den Blutalkoholspiegel messen Sie natürlich.

Haben Sie sonst irgendwas genommen? Drogen? Medikamente?

Wie ein hospitalisierter Elefant schüttelt er immerzu den Kopf. Sie lassen ihn allein.

Das ist unverantwortlich. Ich könnte mir etwas antun. Wenn ich

---

mich orientieren könnte. Aber was ich sehe, ist nur ein Tischbein und das Linoleum. Ich kann nirgends hin. In meinem Gesicht kleben Rotz und Tränen.

Meine Frau! Meine Frau! Darius Kopp schluchzte, weil er absurderweise daran dachte, dass er so nicht nach Hause gehen konnte. Sie würde ihn verstoßen, wenn sie hört, was er getan hat. Und dabei weißt du: Niemals hätte sie dich wegen so etwas verstoßen, aber was nützt das jetzt alles, denn nach Hause kannst du trotzdem nicht.

Zuerst ist sie nur aufs Land gezogen, wir hatten gerade unsere Jobs verloren, beide gleichzeitig, und das nicht zum ersten Mal, so was kommt vor, aber sie hat sich einfach verweigert, sie hat sich geweigert, die Stadt je wieder zu betreten, sie hat sich geweigert, unsere Wohnung zu betreten, sie hat den ganzen stürmischen Herbst und den ganzen harten Winter in einer Hütte am Waldrand überstanden, so harte Winter wie in den letzten 2 Jahren habe ich noch nie erlebt, sie hat das alles durchgestanden, und im Frühling ist sie doch gestorben. Sie hat sich erhängt, an einem Baum, abseits des Wegs, anderthalb Tage, bis sie jemand fand, barfuß, ich habe sie

---

nicht gesehen, aber ich weiß, ihre Füße waren ganz ohne Hornhaut, immer. Das ist alles ein Alptraum. Ich sehe das Linoleum, nahe bei mir leuchtet eine Lampe, gleich holen sie mich zum Verhör, gleich kommt die Folter, das ist immer schon meine heimliche Angst gewesen. Ich habe das niemandem erzählt. Ich habe behauptet, niemals zu träumen, aber in Wahrheit träumte ich, dass du 3 Stühle weiter von mir in einer Reihe sitzt, und sie fangen an, Leute zu erschießen, und du wirst die Nächste sein.

Darius Kopp schluchzte, wie man es hier noch nie gesehen hat, und man hat hier schon viel gesehen. Seine Klage rührte jemanden, den er nicht sehen konnte, weil er gar nichts sehen konnte, er hörte nur entfernt, dass um ihn herum telefoniert wurde, und er weinte nur, weinte heiße Tränen, während ihm die Verhörlampe ins Gesicht leuchtete. Geliebte, Geliebte, Geliebte.

Irgendwann kam eine Frau, stellte sich als Psychologin vor oder Psychiaterin. Nannte ihn beim Namen, fragte ihn einiges, das er mit Ja und Nein beantworten konnte, er hielt die Augen dabei geschlossen, wegen der hellen Lampe, bis sie ihn bat, sie zu öffnen.

---

Bitte öffnen Sie die Augen, damit ich Ihren Zustand beurteilen kann.

Er öffnete sie, und da war überhaupt keine Lampe. Oder sie haben sie inzwischen weggedreht. Hinter der Frau standen zwei Männer, Sanitäter. Für den Fall, dass ich doch gefährlich sein sollte?

Ist jemand bei Ihnen zu Hause?

Woraufhin Kopp in etwas ausbrach, das sarkastisches Lachen und jaulendes Weinen zugleich war. Er bekam Atemnot, fingerte routinemäßig nach seinem Asthmaspray. Es war in seiner Hosentasche, aber er schaffte es nicht, es hervorzuholen.

Warten Sie, sagte die Frau, ich helfe Ihnen. Ich denke, etwas zur Beruhigung wäre auch angezeigt.

Er schüttelte den Kopf. Geht schon. Geht schon. Geht schon. Er schloss wieder die Augen.

---

# 2

*Manchmal verdichten sich wie Eiter die Dinge.* Am 22. Mai, dem Samstag vor Pfingsten letztes Jahr, war Darius Kopp außerstande aufzustehen. Ich weiß nicht, wann ich das letzte Mal so müde war. Die elende Heimfahrt vom letzten Job am Freitag hatte die halbe Nacht gekostet, danach musste ferngesehen werden. Es graute schon der Morgen, als er endlich einschlief. Arbeit und Schlaf, Arbeit, Arbeitsweg und Schlaf. That's my life.

Am Pfingstsonntag fuhr er Mutter, Schwester, Nichte und Neffe besuchen. Das Maidkastell'sche Stadtzentrum war anlässlich der Feiertage zur Gänze von einem Rummel überdeckt, das übliche öde Brimborium, Bier und Goldbroiler bis hin zum Horizont, Festwagen mit Scheich- und Bauchtänzerinnendarstellern, Mittelalterdarstellern, Nonnen- und Priesterdarstellern, eine himmelblau gekleidete Blaskapelle, eine aufblasbare Titanic, im Sinken begriffen, die als Rutsch- und Hüpfburg diente, selbstverständlich Trampoline sowie ein Riesenrad. Jeder spielte seine eigene Musik, das war schrecklich und gut zugleich, so musste Kopp nur ab und zu etwas davon hören, was Marlene faselte – warum sie Tommy verlassen habe: weil er zu wenig Ehrgeiz besitzt – oder Merlin quengelte, Lore sagte dafür kein Wort und machte sich irgendwann aus dem Staub. Deine Tochter ist verschwunden, sagte Kopp zu seiner Schwester. Diese zuckte die Achseln, woraufhin Darius Kopp seinerseits das Weite suchte, bevor er womöglich handgreiflich geworden wäre. Bevor ich der dummen Nuss eine schallende Ohrfeige… Du musst dich zusammenreißen. Sie verstehen nichts, nie verstehen sie etwas, blind und taub, als wären sie blind und taub, aber wenn du die Fassung verlierst, hast du endgültig verloren. Er riss sich zusammen, rempelte niemanden absichtlich, während er sich seinen Weg hinaus bahnte. Er umfuhr die Stadt, direkt in den Wald hinaus. Er hielt nur einmal an, um an einer Tankstelle eine rote Rose zu kaufen.

Am 23. Mai hatte Darius Kopp seine Frau seit fast 3 Monaten nicht mehr gesehen, und dort, in jenem sinnlosen Chaos, das sie untereinander Vergnügen nennen, wurde ihm klar, warum es ihm

---

so ging, wie es ihm ging (schlecht), weil er nämlich dabei war, vor Sehnsucht zu krepieren. Die Rose, eine langstielige rote, sah erbärmlich aus, eine erbärmliche Tankstellenrose, aber dass es an Tankstellen überhaupt Rosen gibt, ist ein Zeichen: ich bin nicht der Einzige, der solche Wege geht.

Er näherte sich vorsichtig. Sie allein abpassen. Nicht weit vor dem Holzhaus gibt es eine kleine Einbuchtung im Gestrüpp, dort kann man stehen und zumindest in einen Teil des Gartens Einblick haben. Er hielt so lange still, bis es eindeutig war: es war keiner da. Er wartete noch eine Weile, ob sie von einem Spaziergang im Wald zurückkehrte. Eine oder mehrere Stunden im Auto zu warten, ohne einzuschlafen und sie so zu verpassen, ist eine nahezu unvorstellbar schwierige Aufgabe für jemanden wie Darius Kopp. Er spielte mit seinem Handy, bis die Batterie fast leer war, dann gab er auf. Er wendete und fuhr bis vor das Tor des Bauernhofes. Auch dort rührte sich nichts. Entweder war niemand dort oder sie versteckten sich absichtlich. Erneut die Wut, der Impuls, gegen das Tor zu treten. Auch das unterdrückte er. Wenn ich eine Chance haben will, darf

---

ich hier nichts und niemanden mehr treten. Ihr Geburtstag war in 4 Tagen. Ich werde arbeiten müssen, aber ich rufe sie an.

Am Pfingstmontag regnete es Strippen, Kopp saß in der Berliner Wohnung und sah fern.

Am Dienstag war strahlender Sonnenschein und kalter Wind, er schnitt in die Ohren. Kopp war irgendwo in Bayern und drückte dankbar das immer ein wenig warme Telefon an sein Ohr.

Später legte er immer diese zwei Sachen übereinander: das Riesenrad im ohrenbetäubenden Lärm des Maidkastell'schen Rummels und die Stille in jenen zwei Stunden, die er im Auto im Wald saß, während sie wahrscheinlich schon tot war. Das Riesenrad dreht sich in leiernder Musik, die Liebe meines Lebens hängt im Wald von einem Baum, ich parke nicht weit davon und langweile mich. Das stell dir vor und halte es aus. Sie starb bei strahlendem Sonnenschein, hing einen Tag im Regen und einen halben im kalten Wind. Sie wurde vom Förster gefunden, drei Tage vor ihrem 38. Geburtstag.

---

In der schönsten Blüthe deiner Jahre. Meine Lebenskameradin. 10 Jahre, das sind nicht einmal ein Viertel meines Lebens, ich hatte ein Leben vor ihr, ein ganzes, halbes Leben hatte ich davor, aber, glauben Sie es oder nicht, ich kann mich an kaum etwas davon erinnern. Die 10 Jahre, die wir miteinander verbracht haben, scheinen mir jedoch wie 100 gewesen zu sein. Nicht, dass sie so langwierig erschienen wären. Nein, sondern *ewig*. Wir lebten wie die Könige. Zumindest anfangs. Im Jahr 2000 führten wir zwei voll ausgestattete Leben in einer ebensolchen Stadt in einer ebensolchen Ära, und ich kam mir, ich schäme mich nicht, das zuzugeben, unangreifbar vor. Auch wenn das eine Illusion war, auch wenn das für immer vorbei ist, freue ich mich, dass ich es wenigstens einmal erleben durfte. Sich unangreifbar fühlen, wann wäre das jemals gerechtfertigt, das Leben des Tiers besteht aus Flucht und Jagd, aber dass es je eine Zeit gab, so kurz sie auch gewesen sein mag, da ich das Gefühl haben konnte, die Zeit sei auf meiner Seite, hält mich bis heute aufrecht. Und dann traf ich auch noch sie. Mitte dreißig und das erste Mal wirklich verliebt – ich dachte, *jetzt* hast du

---

es endgültig geschafft. Wenige Monate später fing die Welt an, den Bach hinunterzugehen. Ich habe dich beim Namen gerufen, jetzt gehörst du mir, Jesaja. Wer das persönlich nimmt, ist selber schuld. Ich nehme es nicht persönlich. Dass selten etwas Besseres nachkäme, diese Ansicht teile ich nicht. Zum Beispiel führte eine Häufung von Unglücksfällen überhaupt dazu, dass wir heirateten. Erst wurde sie von einem besoffenen Irren in einer nächtlichen Bushaltestelle überfallen, dann schleuderte Kopp das Platzen der New-Economy-Blase ins All. Der Büroleiter kam aus seinem Büro und sagte, hört mal alle her, und entließ uns: alle. Das erste Jahr unserer Ehe gingen wir quasi Händchen haltend durch die Welt, im ständigen Geschrei der Angsthändler, aber wir hatten keine Angst, denn *wir* waren eine Einheit, zwei Rädchen, die ineinandergriffen. Obwohl wir im Grunde nie mehr in etwas anderem waren als in Krise, Zusammenbruch, Erholung, Zusammenbruch, Erholung, manchmal parallel zur Börse und manchmal nicht. Ich habe meine Jobs gezählt, ihre nicht, ihre sind ungezählt, aber sagen wir, es waren 10. 10 Jahre, 10 Jobs – nein, das geht nicht auf, es waren min-

---

destens zwei pro Jahr. Also 20 Jobs, 20 körperlich schwere, geistig unter- und emotionell überfordernde Dienste, eine Fußsoldatin in der Armee der sogenannten Hilfskräfte, umsonst habe ich ihr gesagt, dass sie das nicht zu tun brauche. Du musst das nicht tun, du bist meine Frau. Da lächelte sie nur. *Kuli kaaaann nicht tot.* Dabei endete es *immer* mit einem körperlichen und seelischen Zusammenbruch. Sie rappelte sich jedes Mal wieder auf. Bis sie sich zuletzt nicht mehr aufrappelte. Sie hat aus diesem verdammten Wald nicht mehr herausgefunden. Gretel weigert sich, wieder nach Hause zu gehen, während Hänsel, dem Ofen entkommen, notfalls sogar einen Job in Bayern annimmt, und wenn es dich nicht reizt, mit mir dorthin zu ziehen, dann nehme ich sogar öde Wochenendfahrten auf mich, ich nehme selbst eine Wochenendehe auf mich, aber könntest du dann, bitte, wenigstens in unserer Wohnung auf mich warten?

Ich habe wirklich alles versucht, ich habe sie umworben, angefleht und angeschrien, sie blieb, was sie war: ein Nein. Aber warum? Darum. Es ist einfach so. Ich gehe nicht mehr in die Stadt zurück.

---

Ich nehme keinen Job mehr als Kellnerin, Bürohilfe oder Verkäuferin an. Nein, ich werde auch nicht mehr versuchen, als Übersetzerin zu arbeiten. Mir geht es hier gut.

Das hat uns letztlich den Garaus gemacht. Dass es keinen Ort zu geben schien, an dem wir beide hätten leben können. Doch wir sind auf immer nicht getrennt, Gott, der die Seinen alle kennt, wird wieder uns vereinen. Und sei es nach dem Leben. Wenn die Frau, die dich verlassen hat, sich umbringt, bist du mit einem Schlag wieder als ihr Ehemann eingesetzt. Schöne Leich, totes Mädchen, ob auf einer Bahre oder im Bett. Auch eine Leiche hat Persönlichkeitsrechte. Sogar Leichenteile. Eine Menschenhand hat das Recht, wie ein (toter) Mensch behandelt zu werden. Ein Mensch hat das Recht, beigesetzt zu werden.

Wissen Sie etwas darüber, auf welche Weise Ihre Frau beigesetzt werden wollte?

Völlig egal, sagte Flora. Was am wenigsten Schaden verursacht. Was für ein ordinärer Gedanke, über seinen Tod hinaus Wünsche haben zu wollen!

---

Aber zu einer anderen Gelegenheit sagte sie: am besten verstreuen.

Der Bestatter meldet die Ascheverstreuung an und erhält die Beisetzungsgenehmigung. Im Krematorium wird der Urneninhalt fein gemahlen und in ein Kupfergefäß gefüllt. Am Tag der Verstreuung wird ein Vertreter der Friedhofsverwaltung das Verstreuungsritual durchführen. Wenn Angehörige dabei sind, versammelt man sich in der Feierhalle. Dort werden auf Wunsch 1–3 Musikstücke gespielt und die Möglichkeit einer Rede gegeben. Von dort aus geht der Trauerzug zur Streuwiese und die Amtsperson verstreut die Asche auf der Streuwiese. Die Angehörigen schauen vom Rand aus zu. Es ist für die Angehörigen nicht gestattet, die Wiese zu betreten. Am Tag finden bis zu 2 Verstreuungen statt: 1x vormittags und 1x nachmittags. Von Montag bis Freitag ist die Verstreuung möglich. Am Rande der Streuwiese können hässliche grüne Plastikvasen angebracht werden, darin künstliches Geblüm. Die dunkellila Tulpen, die ich schön fand, bis ich (1 Sekunde später) merkte, dass sie aus Plastik sind. An manchen Streuwiesen gibt es eine Art Sprinkler-

---

anlage, die die Asche einspült. Der Wind kann auch hierbei für Variationen sorgen. Weht die Asche hin und her. Manches landet außerhalb der Streuwiese, das kann man nicht verhindern. Sich mit einem sauberen, gebügelten Taschentuch über das Gesicht fahren, als würde man nur Tränen abwischen.

Oder man könnte einen Rosenbusch direkt in die Asche pflanzen, wie man es mit tot geborenen Babys macht. Nein, keinen Rosenbusch. Parasiten würden sich über ihn hermachen, man müsste ihn zurückschneiden, trotzdem würde er eingehen. Ein toter Rosenbusch aus der Asche meiner toten Frau – wäre denn so etwas zu ertragen?

Oder einen Baum. Ein Baum ist kräftig. Sein Wurzelwerk ist so groß und weit verzweigt wie seine Krone. Es gibt Einzelbäume für mehrere Tausend Euro, oder Gruppenbäume, wo mehrere Aschebehälter ins Wurzelwerk …

Einen Baum? Ja, sind denn alle irre? Welchen Baum?! Vielleicht gleich den, an dem sie sich erhängt hat?

Alles Fleisch ist wie Gras und alle Herrlichkeit des Menschen wie

---

des Grases Blume, aber des Herrn Wort bleibt in Ewigkeit? Das glaube ich nicht. Ich brauche etwas anderes. Gestrebt hast du mit Treu und Fleiß, Doch all Dein Hoffen war vergebens, Gott rief Dich früh zur Ewigkeit. Die Wahrheit ist, am meisten liebte sie Friedhöfe.

Was kannst du daran mögen? fragte Kopp.

Sie gehören zu den wenigen wirklich stillen Orten in der Stadt. Anders als in Park oder Wald sind Hunde und Spiele verboten.

Und die Namen der Leute und die Grabinschriften. Weinet nicht an meinem Grabe, stört mich nicht in meiner Ruh. Unvergesslich, unersetzlich. 1000x edel, hülfreich, gut. Und die Mädchenstatuen. Wunderschöne Mädchenstatuen. Ihr eine Statue errichten. Aber natürlich hast du das nicht drauf.

Ich kann mich so schnell nicht entscheiden.

Wir bewahren die Urne gerne eine Weile für Sie auf.

Ich selbst darf sie laut den Gesetzen dieses Landes nicht aufbewahren. Weder auf dem Kaminsims noch auf dem Nachttisch, noch im Tresor. Der gefasste Leichenbeschauer, Korrektur: Bestat-

---

tungsunternehmer schaut mich auch so schon an wie einen, der bereit wäre, mit einer Einbalsamierten in einem Bett zu schlafen, mit einer Wachsmaske über dem Gesicht, das in Wahrheit schwarz und verschrumpelt ist.

Freund Potthoff schlug vor, sich krankschreiben zu lassen, aber Kopp winkte nur ab. Wie so viele andere Dummköpfe dachte ich, in der Routine zu bleiben, und sei es einer verhassten, wäre die beste (weil überhaupt eine) Lösung. Also fuhr Kopp nach zwei Wochen wieder zur Arbeit. Aber du kannst nicht so tun, als wäre etwas normal, wenn es nicht wenigstens ein Minimum gibt, mit dem du übereinstimmen kannst. Sagen wir, dem Job, in dem du kompetent bist und wo die Aufgaben lösbar sind. Aber wenn du dann sehen musst, dass weder kalt noch heiß, weder laut noch leise, weder sprechen noch nicht sprechen, dass die Bettwäsche, die Gabel, das Trinkglas in einer Kantine, der Name einer Möbelhandlung, die Pflasterung des Gehwegs, die gigantischen Brocken Fleisches – schau, da ist ein halber Hirsch – in einer Großlagerhalle, dass nicht

---

einmal dein eigentlich freundlicher Kollege Gero, der regelmäßig online die Robinson-Insel bereist, dass nicht einmal der Sturm auf der Robinson-Insel, dass nichts davon erträglich ist – was willst du da tun?

Kopp schleppte sich noch durch den Juni, er schleppte sich noch durch den Juli. Am Wochenende fuhr er jeweils nach Berlin zurück. »Um aufzutanken.« In so einem Zustand im Auto, Hunderte von Kilometern, und meist im tödlichen Bereich. Du fährst 200, die Straßenlage des Wagens ist gut, nichts zittert, nichts wackelt, kein billiges Plastik klappert, das Lenkrad vibriert nicht, die Lautstärke ist da, aber man gewöhnt sich daran, fährt ruhig dahin, und dann fällt der Blick aufs Tacho und du siehst: wenn jetzt etwas passiert, ist das nicht zu überleben. Aber es passiert nichts. Einmal, in einem früheren Winter, über eine Eisplatte: ein irrsinniges, unterirdisches Dröhnen, du begreifst, das ist eine Eisplatte. Nicht bremsen. Weiter über Eis rasen, bis es aufhört. Irgendwann hört es auf. Wenn nicht, kannst du auch nichts mehr machen, außer draufhalten. Auch bei Rehen. Nicht in den Graben fahren. Höchstens ein

---

wenig ducken, damit es, im Fall der Fälle, über dich hinweg- und durch die Heckscheibe wieder hinausfliegen kann. Aber das hier ist die Autobahn. Keine Rehe, nur Brückenpfeiler, Geisterfahrer und andere Verrückte.

Bis zu einem Montag im August, als Darius Kopp einfach nicht wieder zurückfuhr. Ich habe sogar meine Klamotten, die noch in der Unterkunft dort lagen, niemals abgeholt. Das Handy zwar nicht ausgeschaltet, aber stumm gestellt. Lag da, sah die stumm auf dem Bildschirm aufgereihten Nachrichten, die kleinen Zahlen, dann sah er wieder zum Fernseher. Auch dieser lief zunächst ohne Ton. Später schaltete er ihn vorsichtig hinzu. Am besten sind die Filme über ferne Länder und Tiere. Wandernde Karibus. Wie sie in stummen Massen durch einen Wasserlauf stürzen. Aber so, als hätten sie weder eine Wahl noch auch nur die geringste Zeit dafür. Jungtiere werden abgetrieben, zertrampelt oder verlieren den Kontakt zu ihrer Mutter und sterben etwas später. Was für eine Verschwendung in der Natur. Was für eine Verschwendung. Wem das zu abstrakt ist, schalte um zu Kriegsdokumentationen. Das industrialisierte Sterben

---

unbekannter Massen ist wie ein Actionfilm, nur besser, weil es nicht nur der Effekte wegen erfunden worden ist.

Im Tiefkühler war noch Pizza, er setzte sich auf den Steinfußboden vor dem Backofen und sah durch das Fenster zu, wie sie fertig buk. Der heiße Herd, der kalte Boden. Einer Speise beim Backen zuschauen. Er aß die Pizza in der Tür zur Terrasse sitzend, halb drin, halb draußen, er sah den Fernseher doppelt: mit dem linken Auge direkt, mit dem rechten in der Scheibe der Tür gespiegelt.

Pizza, Alkohol, Fernsehen. Er hatte eine Methode entwickelt, sie funktionierte, ein langer Winterschlaf, es ging ihm nicht schlecht damit. Es war ihm nur nicht möglich, woanders zu sein als in der letzten gemeinsamen Wohnung. Wobei er ihre Räume nie betrat. Sie hatte ein Zimmer und ein Bad bei uns. Ins Bad warf er einmal einen Blick. In der Badewanne lag so etwas wie Sand und trockene Blüten. Bis mich Juri – das ist ein Freund – dazu gezwungen hat, auszuziehen.

Was soll das? So lebt doch kein Mensch! So lebt doch nur ein Penner!

---

Ich bin kein Penner, sondern ich trauere. Das wäre die einzig korrekte Erwiderung gewesen. Wenn jemand wie Juri so etwas verstehen könnte. Wie man Vollzeit trauern kann. Dass zu trauern nicht ein sich Gehenlassen, gar ein Nichtstun ist, sondern, im Gegenteil: ein Akt. Aktiv. Eine Aktivität. Aber so etwas liegt weit außerhalb seines Horizonts. So bin ich in seiner Besenkammer gelandet. Natürlich nicht wirklich. In einem kleinen Zimmer. Aber die Größe des Zimmers ist egal. Worum es geht, ist, dass, wer mich dazu zwingt, unter Menschen zu gehen, ein Verbrecher ist.

Was Sie hier haben, ist eine depressive Krise…

Ich habe keine…!

…eine sogenannte agitierte Variante.

Der Zwerg und seine Riesin haben MICH verprügelt! Sie waren darauf aus! Vielleicht kannten sie sich vorher gar nicht. Sie haben sich zusammengetan für diese Aktion!

(Ich muss aufhören, ich sollte gar nicht erst mit so etwas anfangen. Die hier sind allzu bereit, mich zum Verrückten zu stempeln. Reiß dich zusammen.)

---

Natürlich, sagte Darius Kopp, denke ich das nicht wirklich. Der Zwerg ist zweifellos frustriert, wer wäre das nicht in seiner Situation, und wenn einer Streit will, findet er ihn, besonders, wenn er seiner neuen Freundin beweisen muss, was für ein Kerl er ist. Nicht die Größe zählt undsoweiter.

Sie hört sich geduldig an, wie ich mich um Kopf und Kragen rede. Es ist noch nie etwas wirklich Gutes dabei herausgekommen, wenn ich rede. Höchstens im Job. Auch schon eine Weile her.

Raus hier, sagte Juri, du musst raus, solange du noch integrierbar bist. Integrierbar! Es gibt Wörter, die bringen mich auf die Palme. Hast du »integrierbar« zu mir gesagt? Davon abgesehen hatte er recht. Aber seitdem er mich da rausgeholt hat, könnte ich jeden nur noch verprügeln. Dabei bin ich ein friedfertiger Mensch. Nur wissen die das hier nicht.

Ich habe dich ausgewählt, weil ich spürte, dass du keinem jemals absichtlich weh tun könntest. Das hat meine Frau zu mir gesagt, als ich sie, weil ich mein Glück kaum fassen konnte, fragte, warum? Warum ausgerechnet ich?

---

Weil du ein lieber Mensch bist.

Eine Weile belohnte sie mich dafür. Und irgendwann dann nicht mehr.

Wann kann ich hier raus?

Jederzeit, Sie sind kein Gefangener.

Warum haben Sie mich dann überhaupt hierhergebracht?

Um Ihren Zustand genauer beurteilen zu können.

Ob ich eine Gefahr für andere oder mich selbst darstelle?

Zum Beispiel.

(Was kümmere ich Sie, aber wirklich? Sie sind so jung. Sie lernen an mir, stimmt's?)

Schauen Sie, ich habe Sachen zu tun. Ich muss die Urne endlich beerdigen. Ich wurde schon mehrmals angemahnt. Sollte ich dem nicht nachkommen, wird die Urne von Amts wegen bestattet und mein Konto um die Kosten gepfändet. Ich muss das jetzt endlich tun. Und nicht hier bei Fremden herumwohnen und so tun, als würde ich eine neue Arbeit annehmen wollen. Nein. Die Tätigkeit, die mir in diesem Moment als am erträglichsten erscheint, ist die,

______

hier wegzufahren. Ich habe diese Stadt immer geliebt, aber so, wie es im letzten Jahr das Richtige war, hierzubleiben, ist es jetzt das Richtige, das Gegenteil zu tun. Die Kleine muss ich auch endlich zurückrufen. Die junge Frau. Judit. Die Studentin, die die Tagebücher meiner Frau übersetzt hat. Respektive ihre Dateien. Ich hatte ihr einen Laptop geschenkt. Zum Übersetzen und zu sonst allem, was sie wollte. Als sie in den Wald zog, ließ sie alles zurück. Ihre Bücher, ihre Kleider sogar. Kopp gibt zu, den Laptop schon geöffnet zu haben, als sie noch lebte. Ich wollte etwas herausfinden. Und wissen Sie, was ich herausgefunden habe? Dass meine Frau, die die ganze Zeit so tat, als hätte sie mit ihrer Herkunft abgeschlossen, die nie ein Wort ungarisch sprach, alles, was sich in diesem Laptop befand, auf Ungarisch verfasst hat. Wie kann sie sagen, die Vergangenheit ist die Vergangenheit, und dann die ganze Zeit ein geheimes Leben mit dieser Sprache führen? Eine Affäre. Als hätte sie mich die ganze Zeit belogen. Wozu heiratet so jemand?

Die Ärztin ist geduldig und hört sich alles an, auch, was aus ihrer Sicht der Aufklärung des Falls nicht weiter zuträglich ist.

---

Im Austausch ist Kopp geduldig und macht ihren Test mit. Sie arbeitet einen Katalog ab. Guckt auf einer kleinen Karte nach, was sie machen muss. Sie streicht mich ab, sie xt mich ein, sie vergibt Punkte von 0 bis 6. Und wiederholt, dass das, was er da habe, eine mittelschwere Depression sei.

Ich bin nicht depressiv, ich trauere, sagte Kopp milde. Und auch wenn Familie, Freunde und auch Fremde so tun, als ginge das Leben weiter, und zwar nach exakt zweieinhalb Wochen – ich bin fertig damit, wenn ich damit fertig bin und nicht eher.

Das schien etwas zu sein, das sie in der Lage war, zu verstehen. Sie nickte.

Schätzen Sie sich als arbeitsfähig ein?

Ich war heute früh bei einem Bewerbungsgespräch.

Und, wie lief es?

Er zuckte die Achseln.

Sie machte irgendeinen Strich auf ihrem Klemmbrett, das machte Kopp wieder wütend, aber er schluckte es herunter, und er tat gut daran. Gehen konnte er deswegen aber noch lange nicht. Das Pro-

---

tokoll der Polizei konnte wegen seiner Einlieferung ins Krankenhaus nicht abgeschlossen werden. Das müssen wir natürlich abschließen. Kopp, vom großen Weinen ermattet, unterzeichnete alles brav, ohne es noch einmal zu lesen. Die Anzeige bekommen Sie per Post. Da hätte er fast gekichert.

In der Zwischenzeit hatte ihm die Ärztin ein Bett besorgt, vielleicht wollte er doch noch eine Nacht bleiben, damit auch ihr Oberarzt ihn sich anschauen konnte, aber Kopp bestand darauf zu gehen. Ich habe Sachen zu erledigen. Bevor man jemanden zwangseinweisen darf, bedarf es schon extremerer Vorkommnisse. Und so blieb ihnen nur noch zu bummeln, wie sie es immer tun, wenn sie dich länger beobachten wollen. Schauen, was du machst. Nichts werde ich machen. Wenn es sein muss, bleibe ich in Gottes Namen sogar eine Nacht, ich werde nichts auf mich kommen lassen.

Schätzen Sie sich als handlungsfähig ein? Ja, das tue ich. Ich bin handlungsfähig. In den Augen dieses Taxifahrers hier dürfte ich sogar recht normal wirken. Jemand, der von unterwegs telefoniert.

---

Mit einer gewissen Judit. (Ich habe ihren Nachnamen vergessen. Sie ist unter »Judit« gespeichert, so muss ich sie also ansprechen. Judit, und Sie.) Ob man sich noch heute treffen könnte. Es war schon später Nachmittag, als sie ihn endlich gehen ließen. Die Zeit wurde knapp, er wollte unbedingt seine Sachen aus der Wohnung holen, bevor Juri zurück sein würde.

Judit war noch an der Uni, sagte aber zu, sofort loszufahren.

In dem Café, wie neulich?

Ja, wieder in dem Café.

Er ließ sich an Juris Wohnung absetzen, bereit, seine Siebensachen auch dann an sich zu raffen, wenn jemand da sein sollte, früher zurück etc. Aber es war niemand da. Kopp raffte seine Siebensachen an sich, weniger wegen der Klamotten als wegen des Passes, er sah nach, ob er noch gültig war. Noch lange. Du bist tot, und mein Pass ist noch Ewigkeiten gültig.

Wenig später sah er sie vom Auto aus in einer Bushaltestelle stehen. An ihr vorbeifahren oder sie mitnehmen? Er entschied sich fürs

---

Mitnehmen. Und bereute es sogleich. Sie war unangenehm berührt, sah sich um, bevor sie einstieg. Um die Anspannung etwas zu lösen, gab sich Darius Kopp gesprächig, erzählte ihr, er müsse noch heute nach Ungarn aufbrechen, um das Begräbnis seiner Frau zu organisieren. Erst nach vollendetem Satz fiel ihm ein, dass er ihr nicht gesagt hatte, was für Texte es waren, die sie zu übersetzen hatte. Und mittlerweile weiß sie mehr als ich. Sie ist möglicherweise gar nicht wegen des Mitnehmens befangen oder wegen meines Zustands – Wie ist denn mein Zustand? – sondern wegen dem, was sie gelesen hat. Was haben Sie gelesen? Er kann sie nicht fragen, und sie würde es ihm ohnehin nicht sagen. Lesen Sie selbst.

Er wartete unten auf der Straße, sie holte den Laptop und einen Ausdruck aus ihrer Wohnung. Er entlohnte sie großzügig mit frisch aus dem Automaten gezogenem Geld. Sie bedankte sich und war angenehmerweise sichtlich erfreut über das Plus. Ich mag es, dass Sie so eine nette, bescheidene junge Frau sind. Rothaarig mit Sommersprossen.

Eine Weile saß er noch im Auto vor ihrem Haus. Der Laptop und der Umschlag mit dem Ausdruck lagen auf dem Beifahrersitz. Wenn Judit einige Stunden später wieder herunterkommt, um mit ihren Freunden auszugehen, wird sie mich immer noch hier sitzen und lesen sehen. Aber nein. Er ließ den Wagen an, fuhr vorsichtig aus der Seiten- auf die Hauptstraße, raupte durch den ohrenbetäubenden Feierabendverkehr der anderen zu einer Tankstelle.

Er richtete das Auto her. Säuberte es innen und außen, prüfte den Reifendruck und den Ölstand. Bei der Ausfahrt standen Tramper. Darius Kopp schloss sein Gesicht. *Keiner sei bei mir als nur mein Kummer.*

---

# 3

Ohne Musik fahren, ohne Gerede, im stummen Dröhnen. Im Auto sein. Wenn ich nicht mit dir zusammenleben kann, wozu brauche ich dann noch eine Wohnung? Ein bewegliches Ziel bieten. War der Ort, an dem ich mich am sichersten fühlte, nicht immer schon mein Auto? Der Mann, der beschloss, in einem Auto zu leben. Seitdem bin ich glücklich, berichtete Dario de la Mancha. Meine Freunde kommen zu mir, und wir unterhalten uns durch das Fenster. Es kommen auch Fremde, denn ich bin bekannt geworden. Dario de la Mancha fährt selten irgendwohin, er steht mit seinem Auto meist am Rande eines Parks seiner Heimatgemeinde. Seine Frau bringt ihm Essen. Und wer beseitigt seine Verdauungsprodukte? Na, wer schon?

Kopp trat auf die Tube.

Ich hätte das gleich machen sollen. Keine Zeit verlieren. Als ob man Zeit verlieren könnte.

---

Das Gefühl, sich in der Verknäulung der Stadt zu befinden, hielt auch auf der Autobahn noch eine ganze Weile an. Kopp war in den Monaten in der Wohnung langsamer geworden, es dauerte, bis er sich an die Plötzlichkeiten des Straßenverkehrs gewöhnt hatte. Ein paarmal brach ihm der Schweiß aus, aber irgendwann war der Knoten geplatzt. Als käme man aus einer geschlossenen Stadt frei. Als wären von einer Stunde zur nächsten Sperren weggefallen, die es bis dahin an jeder Ausfahrt gegeben hat. Kopp freute sich über das zunehmende Gefühl von Befreitsein, er half nach, indem er alles Gesehene summend benannte: Wald, Himmel, Fahrbahn, Windmühle, Stromleitungen, Wald, Himmel, Brücke, Pfeiler, Himmel, Wald, Fahrbahn, so breitete sich langsam das seit Langem abwesende echte Lächeln über Darius Kopps Gesicht aus, und als er schließlich die erste Landesgrenze überquerte, lachte er sogar auf.

Siehst du die Schönheit der Sächsischen Schweiz, des böhmischen Mittelgebirges im Spätsommer? Irgendwo hier wohnt Frau Rosenzweigova. Siehst du, wie ich diese Grenze überfahre und keine Angst ~~mehr~~ habe? Ob die goldenen Ohrringe im Ohr meiner

---

Mutter nun zu neu blinken oder ob ein Geldschein in meiner Achselhöhle unter dem immer zu warmen Pullover klebt oder nicht. Mehr als diese eine Grenze gen Osten hatten wir niemals überschritten. Dem Kind etwas bieten. Den Charme eines alten Badeorts. Einmal Burgherr sein. Soweit mein Auge reicht, alles meins, Felder, Wälder, Wege, alle Autos, die darauf fahren, sie zählen, nicht endlos, nur solange es interessant ist, im unteren Drittel des Bildes verläuft ein dornenbewehrter doppelter Zaun, Raubritter mit Maschinengewehren belauern die Burg, aber das radierst du am besten gleich vor Ort aus. Abgesehen von den Burgen wäre ich auch damals am liebsten nur gefahren. Wenn irgendwo Wasser aufblitzt, erfasst jeden auf dieser Welt die Freude. Und sei es, dass es die Schwemmwiesen bis zur Kante füllt und auf den umliegenden Feldern hochsteigt. Es ist nicht anders möglich. Sonstige Erinnerungen beschränken sich auf die Koffeinsucht der Eltern. Anhalten: Wo bekommt man hier einen Kaffee? Kaffee! Kaffee!!

Darius Kopp lachte, Flora, auf dem Beifahrersitz, lächelte. Das Paar, das in einem Auto lebte. Wir kannten uns kaum einpaar Mo-

---

nate, als wir beide arbeitslos wurden. Lass uns zusammenziehen, die billigere der beiden Wohnungen einsparen, aber auch in der anderen sollten wir nicht zu lange bleiben. Komm, sagte Darius Kopp zu seiner Freundin, die seit einem nächtlichen Überfall auf sie kaum mehr auf die Straße gegangen war, komm, wir setzen uns ins Auto und halten nicht an, bevor wir in Mimizan Plage sind. My own private Roadmovie. Der Blick auf eine Landschaft durch eine Front- und ein wenig auch durch die Seitenscheiben ist der, der mich ihr am nächsten bringen kann. Einen ganzen Sommer kreuz und quer durch Frankreich, erst von Osten nach Westen, dann in den Norden, ganz in den Norden, über den Kanal, in die Highlands, wieder zurück, ganz in den Süden, über den Zikadenäquator nach Spanien, durch Spanien nach Portugal, bis zum Boca de Inferno – in jedem Land, in *jedem*, gibt es einen Ort, der Höllenschlund heißt – dort umkehren, wieder hoch, in die Schweiz, durch den Tunnel nach Italien (da hatte sie schon genug), bis hinüber nach Sizilien (da begann er, genug zu haben, aber der Ätna, der Ätna!, der Blick auf den Ätna von Centuripe aus!), Malta (das war eindeutig zu viel, sie wurde seekrank) – können wir jetzt wieder zurück, Schatz? Ja, schließlich müssen wir dieses Jahr auch noch heiraten, aber es war doch schön, oder nicht? Ja, sagte sie. Ich danke dir. Sie strich über sein Haar, an seinem Arm hinunter und ließ ihre Hand lange auf seinem Oberschenkel ruhen.

Dieses rasend machende Gefühl deiner Abwesenheit. Er traute sich nicht, zum Beifahrersitz zu schauen. Ich halte das Lenkrad zu fest. Dieses rasend machende Gefühl deiner. Er griff doch noch zum Radio, irgendetwas Banales, Musikartiges ertönte, drei Takte, dann stellte er es wieder aus. Geht schon wieder.

Den ganzen Stiefel zurück, das Aufgebot war schon bestellt, die Flitterwochen planten sie in der eigenen Wohnung zu verbringen, wo sie dann zwei Tage später dicht nebeneinander vor dem Fernseher standen und Stunde um Stunde nur zusahen, wie die Flugzeuge in die Zwillingstürme flogen – da fliegt auch ein Flugzeug, und noch eins, und noch eins, es ist ein Flughafen in der Nähe – immer und immer wieder die Wolken, die Wolke des Eintretens, die Wolke des Zusammenstürzens, und Menschen, die aus

---

den Fenstern sprangen, den ganzen Tag sprangen Menschen aus Fenstern, und diesmal nicht von allen ungesehen aus dem Klofenster im dritten Stock in den Innenhof. Am Abend legte Flora sich schlafen, Darius sah noch die ganze Nacht zu, wie die Flugzeuge, die Staubwolken, die fallenden Menschen. Seitdem habe ich mir das jedes Jahr wieder angesehen. Auch dieses letzte. Ich sah mir die einstürzenden Türme an, und dieses rasend machende Gefühl deiner Abwesenheit überwältigte mich und ich weinte, aber, jetzt pass auf, ich redete mir ein, ich weinte um den schwarzen Mann, der in perfekten Schuhen in ~~aller~~ endgültiger Ruhe nach unten fiel, abgeschlossen mit allem, versuchte nicht zu fliegen, kein Geflatter, kein Gestrampel, aber vielleicht geht das auch gar nicht, wenn man von so hoch oben aus einem Gebäude fällt, was wissen wir schon darüber. Das Hosenbein des fallenden Mannes rutschte hoch, seine perfekten Schuhe kamen zum Vorschein, knöchelhohe schwarze Lederschuhe, woraufhin Darius Kopp aufsprang, in die untere Etage rannte und die ausgetretenen Sandalen seiner verstorbenen Frau in eine Plastiktüte stopfte, ich will euch hier nicht mehr sehen! Er stellte die Tüte vor die Wohnungstür, und da blieb sie, bis eines Tages die Hauswartin dreist genug war zu klopfen und er unaufmerksam genug zu öffnen. Was soll mit diesem Sack passieren? Brandschutz und Rücksicht auf andere Mieter blablabla. Werfen Sie ihn halt weg! knurrte Kopp und warf die Tür zu.

Wohin kannst du gehen, wenn statt eines Ortes eine Person dein Zuhause geworden ist? Wohin dann ohne diese Person? Indem er die Wohnung nicht mehr verließ, umging Darius Kopp den Schmerz dessen, der in ein leeres Zuhause zurückkommen muss. 9 Jahre lang war sie immer da. Selbst wenn sie, was selten vorkam, nicht vor ihm zu Hause war, waren die Spuren dessen, dass sie ihn erwartete, überall zu sehen. Wobei, seien wir ehrlich: manchmal wartete sie, und manchmal war sie nur wieder in einer Phase, in der sie nirgendwo anders als in der Wohnung sein konnte.

Das war dir doch nur recht.

Nein, das stimmt nicht. Ich habe lange Zeit noch nicht einmal etwas bemerkt. Und später, als ich es wußte, war immer noch genug

---

Dankbarkeit in mir zu wissen, am Ende war sie doch auch meinetwegen da.

Und nun war sie also weg, und mit einem Mal wurde es unmöglich, sich normal durch die Räume zu bewegen. Gehen wird unmöglich, als wäre zu wenig Luft da, oder zu viel. Türen dürfen nicht geschlossen sein in so einem Fall. Hinter jeder geschlossenen Tür ist etwas Namenloses, Unerträgliches. Ich habe das Gruseln gelernt, aber so richtig: vor dem Nichts. Dieses rasend machende. Auf, alles auf, alle Zimmer, alle Bäder, die Küche, sogar den Waschmaschinenraum, damit ich deutlich sehen kann: da ist nichts. In ihrer Badewanne lagen Überbleibsel eines letzten Bades: Blüten und Sand. Von da an mied er ihr Bad, obwohl er dadurch für Toilettengänge ständig hinuntergehen musste, in die untere Etage, was er sonst nur tat, um die Pizza in Empfang zu nehmen.

Sie war die wartende Frau gewesen, nun war er der wartende Mann. Er wartete, dass es vorbeiging, dass sich die Situation von alleine aufbrauchte, dass es von alleine anders wurde. Guter, naiver Kopp. Als ob es keine Menschen gäbe, die 40 Jahre lang quasi in

---

ihre Wohnung hineinrotten. Nicht einmal mehr auf dem Sofa, auf dem sich schon zuviel angesammelt hat. Nichts, was man nicht entfernen könnte, wenn man denn könnte, aber nein, lieber gleich auf seinen Platz verzichten, tiefer als ~~in Gottes Hand~~ auf den Boden kannst du nicht fallen, um dich herum die Gloriole deines Verbrauchs: Gläser, Pizzakartons, Fernbedienung.

Hat dich deine Mutter etwa dafür geboren? fragte Juri.

Keine Ahnung, wofür sie mich geboren hat, sagte Darius Kopp. Wofür hat dich denn deine geboren?

Herr der Welt zu sein, selbstverständlich.

Die Welt bedankt sich ganz herzlich.

Ich muss die Asche wegbringen. Die Asche muss weg. Eigentlich ist meine Frau schon bestattet. Man nennt es Feuerbestattung. Machen wir uns nichts vor. Effektiv ist das, was wir ihre sterblichen Überreste nennen, beseitigt. Der Atmosphäre übergeben. Was »ein Grab in den Lüften« ist, habe ich von meiner Frau gelernt, deswegen verwende ich das hier nicht. Auch »durch den Schornstein gegangen« ist unangemessen. »Das steht im Rauchfang geschrieben mit schwarzer Kreide« kennen hingegen außer ihr und mir kaum einpaar Millionen. Wenn ich gewusst hätte, dass es keine Urne gibt, die nicht wie eine Vase aussieht… Zur Zeremonie wird oben noch ein Blumengebinde angebracht, was sie noch mehr zu Vasen macht. Rosen oder Lilien, egal. Die Mitglieder der Trauergemeinde verneigen sich vor einer Blumenvase. Na, das wenigstens hab ich verhindern können. Aber es wäre besser gewesen, den Körper zu bestatten. Schwarze Erde, braune Erde, rote Erde, weiße Erde. Sand, Schluff, Ton, Lehm. Flora und Fauna. Das hätte ich tun sollen. Aber ich war zu unaufmerksam. Jetzt hab ich die Asche. Lassen Sie sich ein Juwel daraus machen! Setzen sie ihn in Ihren Schneidezahn ein. In Ihr Zungenpiercing. Als würden nicht alle ein Leben lang am fetten Wahnsinn kauen.

Entschuldige.

Er sah zum Beifahrersitz. Sie sah beim Fenster hinaus, in der Abenddämmerung sah er nicht mehr von ihr als ihr dunkles Haar.

Entschuldige, aber das ist ein wenig gruselig. Ein Licht anmachen, die Schatten anders verteilen. Aber bevor er mit zittrigen

---

Fingern irgendeinen Schalter gefunden hätte, stellte ein Sensor fest, dass die Dämmerung nun ausreichend fortgeschritten war, und schaltete automatisch die Außen- und die Armaturenbrettbeleuchtung an, und sie verschwand.

Wenigstens bin ich jetzt endlich ruhig, und das nicht wegen des Mittelchens, das sie mir gegeben haben. Wie fair von ihnen, nicht soviel gegeben zu haben, dass ich gar keine andere Wahl mehr gehabt hätte, als jetzt in irgendeinem Krankenhausbett zu schnarchen. Auf Einschränkungen in der Fahrtüchtigkeit hat man mich nicht hingewiesen. Vergessen oder es gibt keine. Darius Kopp in Ruhe und Frieden auf der böhmischen Autobahn.

Später am Abend sollte sich das noch ändern.

An der deutsch-tschechischen Grenze hatte es keine Vignette für die slowakische Autobahn gegeben, ebenso wenig an der tschechisch-slowakischen, er war gezwungen, noch einmal an einer Tankstelle zu halten. Der Parkplatz befand sich hinter dem Gebäude, und als er die Autotür öffnete, wusste er schon, hier wird gerade ein mächtiger Fehler begangen, etwas an diesem Ort stimmt nicht. Am Rande des Gestrüpps hinter den Parkbuchten lungerte ein Mann im Blouson, den Kopf eingezogen, eine Hand in der Tasche, in der anderen der Tschick, führte einen kleinen Tanz auf, von einem Bein auf das andere, als wäre ihm sehr kalt, in seiner Nähe war ein Fahrzeug abgestellt, trotzdem hast du das deutliche Gefühl, was du da siehst, ist keine einfache Raucherpause. Du rufst dich zur Ordnung. Wirklich, lächerlich, kaum einpaar Stunden unterwegs, und schon denkst du dich wer weiß wohin, in was für einen wilden Osten. Aber die Unruhe in manchen Menschen, dieses ewige Hinundher, nie stillstehende Glieder, so etwas irritiert einen zu Recht, es ist nahezu infektiös, Beispiel Darius Kopp, der selbst ganz hibbelig wurde, mit fahriger Hand seine Vignette bezahlte, beim Hinausgehen an der Schwelle stolperte, fluchte, fluchend auf sein Auto zustolperte. Der Raucher war nicht mehr da. Das geparkte Auto schon. Vielleicht sitzt er drin. Im Dunkeln. Oder es war nicht seins. Der Tankstellenbetreiber muss ja auch irgendwie herkommen.

---

Kopp stieg ein, fuhr auf die Autobahn, fuhr wenige Meter und merkte: er hatte einen Platten. Die Drecksau hat mir den Reifen zerstochen! Darius Kopp jaulte auf vor Wut.

Nichts als Neid und Aggression, wohin du dich auch wendest. Das miese Stück Scheiße. Nur Neid, nichts als aggressiver Neid. Hätte er mir wirklich schaden wollen, hätte er alle 4 zerstochen. Aber nein, er wollte mir nur einen mitgeben. Ja, wisst ihr denn nicht, dass ich mich zu euch gehörig fühle?!

Nein, woher sollten sie das wissen. Und vor allem: zu wem?

Die Osteuropäer. Ich meine: die Osteuropäer.

Aber das sind keine Osteuropäer, sondern Wegelagerer. Wegelagerer haben kein Heimatland! Auch das habe ich, in einer Variation, von meiner Frau! Ihr verdammten scheiß Arschlöcher! *Can you hear me?! Assholes!*

Darius Kopp, auf einem kaum beleuchteten Ausweichparkplatz am Rande der slowakischen Autobahn, aus voller Kehle brüllend. Ist mir egal, ob das sinnlos oder lächerlich ist. Fetter Deutscher krakeelt in der Nacht, weil ihm sein Auto verletzt wurde. Ist mir egal.

---

Er brüllt, bis ihm die Kehle wund wird. Selbstverständlich tritt er auch gegen das Rad. Er ist schon ganz verschwitzt. Später muss er deswegen frierend das Rad wechseln. Das Schlimmste ist, dass ich Angst habe. Angst, dass das alles Teil eines größeren Plans ist: Reifen zerstechen, dann auf dem nächsten Ausweichparkplatz stehen usw. Und das eigene Schnaufen ist so laut, dass man gar nicht hören kann, ob einer kommt. Solche Angst hatte ich seit Ewigkeiten nicht mehr. Noch nie. Ich hatte im letzten Jahr durchaus Gefühle, wenn auch nicht viele, die Wut weiß ich noch, die Verzweiflung, Trotz und Traurigkeit, aber Angst hatte ich zu keiner Sekunde. Das also ist die Realität, was?! Das ist die Realität, dachte Darius Kopp. Wer aus seiner Höhle kommt, hat, zack, ein Messer im Rücken. Anfangs kannst du noch mit deinem Autochen herumfahren wie in einem Computerspiel, aber langsam, nein, mit einem Knall, wirst du wieder daran erinnert: die Körper sind durchdringbar. Schnaufend, mit säurescharfem Adrenalin in jeder Zelle seines Körpers wechselte Darius Kopp das Rad. Er fing sogar an, Knurrgeräusche von sich zu geben. Als er es merkte, knurrte er noch lauter, sollen sie doch hö-

---

ren, dass ich gefährlich bin. Die Verletzungen des letzten Kampfes sind noch nicht verheilt. Die Rippen, das Jochbein, die Arme fingen wieder zu schmerzen an. Soll es also so sein? Sich durchschlagen im Wortsinne. Fein. Kommt ruhig, ich habe einen Schraubenschlüssel in der Hand. Ein Fall für den Boulevard des Tages. Trauernder Witwer, unterwegs, seine Frau zu beerdigen, von Wegelagerern getötet. Nicht die schlechteste Story. Mir jedenfalls gefällt sie. Kurze, markige Geschichten, wie sie das Leben schreibt. Und während er darüber nachdachte, hörte Darius Kopp auf, Angst zu haben.

Er übte Rache an der Slowakei, indem er mit dem Ersatzrad nach Österreich fuhr, um sich erst dort, in der Obhut der gemeinsamen Sprache, um eine Unterkunft und ein neues Rad zu kümmern. Er suchte sich ein Motelzimmer, von dessen Fenster aus er das lahmende Auto sehen konnte. Stand am Fenster und sah es sich an. Ein Großteil der Wut war im Laufe der auszuübenden praktischen Tätigkeiten verraucht, aber es war immer noch genug da, um ihn über die wenigen Stunden dieser Restnacht zu tragen. Ich habe im letzten Jahr genug geschlafen. Umgedrehte Tage. Fernsehen, bis es nicht mehr geht, und dann schlafen, bis es nicht mehr geht. Der natürliche Rhythmus, der sich einstellt, in einer Gefangenschaft, deren Parameter man selbst festgelegt hat. Insofern ist das kein Freiheitsentzug, sondern das Gegenteil. Aber erklär das mal jemandem wie Juri.

Apropos. Man hätte vielleicht auch ihn anrufen können. Wie spät ist es? Man könnte noch anrufen. Bescheid geben. Gehört sich so. Andererseits rief Juri auch nicht an. Normalerweise würde er anrufen. Seine Leute »eng führen«. Auch so ein Wort. Wenn er nicht anruft, dann, weil er sauer ist. Und sauer ist er, weil es bei Halldors nicht geklappt hat. Und nicht geklappt hat es, davon wird er mit Sicherheit überzeugt sein, weil ich nicht gut performt habe. Sei's drum. Ein wenig, das gebe ich zu, schmerzt mich das doch. Mein Interesse an gerade diesem Job war minimal, aber nicht einmal dafür gut genug oder erwünscht zu sein ... Und dann zersticht mir einer auch noch den Reifen. Was habt ihr mit mir vor, he? Was-habt-ihr-mit-mir-vor?

Niemand hat etwas mit dir vor. Da ist niemand.

Das von Judit wiederbekommene Material lag auf dem Bett. Unmöglich, jetzt darin zu lesen. Stattdessen, und als Abwechslung zum Fenster, wieder der gutbewährte Fernseher. Im Grunde dasselbe Fernsehprogramm wie zu Hause. Kopp stellte sich so, dass er mit dem einen Auge den Fernseher, mit dem anderen aus dem Fenster (auf das Auto) sehen konnte. So verbrachte er die Nacht. An der Tankstelle gab es die ganze Nacht irgendeine Bewegung. Die, die nachts reisen. Tags schlafen sie im Schatten. Manche aber reisen gar nicht, sie treffen sich nur an Tankstellen zu Partys. Öffnen die Autotüren und tanzen. Mancherorts sollen bis zu 100 Fahrzeuge zusammenkommen. Hier waren es nur drei, gefüllt mit jungen Männern in Sportklamotten. Der eine legte die Plastiktüte, die er in der Hand hielt, auch während des Tanzens nicht weg. Du hattest recht: die Welt ist ein seltsamer Ort.

---

# 5

Meine Frau war ein Bastard (sag: uneheliches Kind)
der Vater unbekannt, die Mutter ein nervliches Wrack
sie starb in einem Irrenhaus (sag: Sanatorium)
oder erst, als sie schon draußen war, das ist im Grunde egal
was bleibt einem da: die lieben Verwandten

Omaopa sind noch jung, auf Dörfern ist das so Sitte, aber was, wenn weder früher noch später Liebe in ihnen ist?

Ja, dann hast du ein Pech.

*Man hätte dich im Brunnen ertränken solln, dreckiges Balg.*

Möge in der Hölle ein Brunnen ihre Wohnstätte sein.

Das Auto wurde repariert, Darius Kopp saß mit dem Laptop im Schoß in einem Café und las. Fragmente einer Frau, mit der ich 9 Jahre meines Lebens verbracht habe. Sie war zwischen 29 und 38 Jahre alt, ich zwischen 35 und 44. Flora vor und mit Darius. Ich

---

# 4

[Datei: Amiröl nem lehet]

Was man nicht

verrechnen kann
oder auch nur: drüber reden
die sieben jahre, die ich hinter einem schrank wohnte
ein totes reh vor dem bett
in seinem fell die feuchtigkeit und
aus der wand wuchsen pilze

lese und bemühe mich zu verstehen. Ich wusste nicht, dass du so etwas hier machst.

Die Dateien in chronologischer Ordnung, die Ereignisse nicht. Die Aufzeichnungen beginnen mit ihrer Ankunft in Berlin, 9 Jahre vor Darius. Meine Frau als junge Studentin. Hat mit Gott und der Welt geschlafen und hat mir nichts davon erzählt, dazu sage ich: na und. Dass von Abtreibung und Selbstmordversuch nichts erzählt wird, kommt auch vor. Kommt häufig vor. Was kannst du auch sagen und wann? Unmittelbar nach der romanhaften ersten Begegnung, es gleich zum ersten Letscho mit Ei servieren? Als Abschluss eines stürmischen Tages im Herbst 2000? Lachend liefen Juri und Kopp unter den Peitschenhieben des Regens. Wir waren angetrunken, und ich hatte mir die Wampe so vollgefressen, dass mir das Hemd geplatzt ist, *konkret*, neben der Naht, auf dem höchsten Punkt des Bauches, darüber fingen wir zu lachen an und konnten nicht mehr aufhören. Lachend lief Darius Kopp unter dem Regen und sah zugleich zweierlei: erstens eine junge Frau in einem kurzen, bereits durchnässten Kleid (millefleurs), und zweitens die Ober-

---

nachts giftige sporen atmend
obwohl es sein kann, dass ich das nur träumte
wie auch dass eine traube aus grauen mäusen
oben in der ecke hängt
und ein anderes mal, beim aufwachen am morgen
sind die fenster aus dem rahmen gefallen
etwas scheint aus voller kraft
während in sanften flocken etwas weißes rieselt
ein schwarzer hund liegt aufgedunsen
im hof schöner farbeffekt
großvater dagegen ist kaum vierzig jahre alt
sein haar noch schwarz wie der geteerte weg
in der hand ein wassereimer, den er

leitung der Straßenbahn, die bedrohlich schwankte. Als eines der Kabel mit einem markerschütternden Krachen riss, packte Kopp Flora am Arm und zog sie zu sich in den Hauseingang. Durchnässt, keuchend. Danke, dass Sie bereit waren, mir das Leben zu retten. Obwohl deutlich zu sehen war, dass sie das Kabel nicht getroffen hätte. Trotzdem, danke, und im Übrigen ist das hier das Haus, in dem ich wohne.

Dann habe ich Sie praktisch nach Hause gebracht.

Später an demselben Abend, das heißt, es war schon längst Nacht, sagte er: Es ist schon spät und normalerweise müsste man jetzt gehen, aber ich fühle mich, als müsste ich von zu Hause fortgehen.

Dann bleib doch, sagte sie.

Sie lernten sich kennen und verbrachten ab da beinahe jeden einzelnen Tag ihres (*ihres*) restlichen Lebens zusammen. Einen Monat nach dieser ersten Begegnung ging sie mit ihm auf eine Party, und als man sie fragte, wann habt ihr euch kennengelernt und wie oft habt ihr euch seitdem gesehen, lachten sie und sagten: 30 Tage, 30 Mal. Jeden Tag nach der Arbeit ging er zu ihr, sie legten sich ins

---

kreuzfidel schwingt
wie es scheint, stört es ihn nicht, dass wir tot sind
tut seine pflicht, holt wasser,
auch ich, um meinen guten willen zu zeigen
zerre die rahmen an ihren platz zurück
und dann trage ich den balg in den hof hinaus, in die hitze
damit er trocknet

#
[Datei: marhaszív]
Rinderherz

hatte ich dabei im bus nach hause

Bett, machten Liebe, aßen etwas, legten sich wieder hin und redeten.

Was erzählt man von sich? Um welche Informationen erweitert man den ersten Nukleus, der meist aus dem Vornamen besteht.

Flora. Darius.

Wie der Perserkönig.

Eher wie ein polnischer Landarbeiter.

Eine Oma aus Ostpreußen. Spricht einmal polnisch mit den Weibern am Polenmarkt, aber sonst nie. Im ersten Moment hatte er gehofft, auch ihr Akzent wäre ein polnischer, das wäre doch ein schöner Zufall, der Polin Reiz ist unerreicht usw., aber nein: Ungarn.

Budapest?

Nein. Provinz.

Ich komme auch nicht aus einer Hauptstadt, aber auch nicht vom Land. Die Stadt mit dem Decknamen Maidkastell hat kein Kastell und keine Burg, sondern einen gotischen Dom mit den Statuen der sieben klugen und der sieben törichten Jungfrauen sowie einer der ersten Darstellungen eines schwarzen Kreuzritters.

---

alle standen steif wie ein
bauch an bauch
proletarier aus ungarnland
tosend, heulend über schwammiges land
ein tieffliegender ikarus
zwischen meinen beinen in plastik: drei–vier kilo fleisch
rinderherz
aufgeblüht darin wie eine exotische blume
die weißen klappen
so wie wir sie seziert hatten
zweiunddreißig schulskalpelle
das blut floss die stufen hinunter
schmatzte, klebte an den sohlen

Otto hat die Ungarn besiegt und den Gebeten, »bewahre uns vor den Pfeilen der Ungarn«, ein Ende bereitet.

Das wusste ich nicht.

Ist auch schon lange her.

Und weil er noch eingedrungen war, spürte er, wie ihr Lachen in ihrem Körper bebte. Er sagte es ihr, und sie lachten erneut.

Habe ich schon erwähnt, dass ich dich liebe?

Ab da jeden Tag, fast bis zum Ende: Habe ich schon erwähnt, dass ich dich liebe?

Wie wir mit Leichtigkeit über alles, also auch über uns selbst, sprechen, solange wir uns noch nicht sehr gut kennen. Wie das Kleinste und Banalste interessant ist. Dass Darius Johannes Kopp als Kind in einem Backsteinblock lebte. Dass ihn das mit Stolz erfüllt, die Haltbarkeit des Backsteins, als wäre es sein Verdienst. Die Häuser waren in einem großen Karree gebaut, aber zwischen die Höfe wurden Mauern gezogen, mit einer Spitzenborte aus hübschen Schließsteinen obenauf, auf die wiederum ein Jemand Mörtel geschmiert hatte, in den er, vor der Aushärtung, Glasscherben setzte.

---

tropfte hinaus aufs land
der ganzen länge der straße nach
wo es uns durchrüttelte
eine verschwitzte, ausgelutschte karawane
und ein wenig war es, als ob auch schon der geruch der küche da wäre
wo die herzen auskochen werden
während draußen im dunkeln ungeduldig die hunde hecheln
und während alle so taten, als wäre nichts
dachte ich daran, dass ich heute ausnahmsweise
an nichts leide
ich habe etwas ergattert
wie der attilajózsef das stück kohle
mehr noch, später, über die schienen steigend

Grüne und weiße. Wohl kaum gegen Diebe, eher gegen die Kinder, die nicht von einem Hof in den nächsten klettern sollten.

Was für ein Ästhet.

Auf dem Dorf gab es dafür Zäune, je nach finanziellen Möglichkeiten und innerer Einstellung als wackeligen Maschendraht, unter dem sich die ausnahmsweise (irrtümlich?) nicht angeketteten Hunde, die Kater, die Füchse, die Marder und die der Zucht entsprungenen Nutrias durchwühlten (der Waschbär war nicht heimisch), oder als eine Kollektion von Eisenspeeren, auf denen man nicht die Köpfe der Feinde, aber die Leber der Diebe oder, auch hier: der Kinder, hätte zur Abschreckung ausstellen können. Mein Heim ist meine Burg und mein Alltag der Krieg im Kleinen.

So dramatisch würde Darius Kopp das nicht gleich sehen.

Sie schwieg eine Weile, dann stand sie auf und machte etwas zu essen. In der ersten Zeit häufig Letscho mit Ei.

Sie war zu jener Zeit Assistentin eines Filmproduzenten. Kein Grund, euphorisch zu werden. Man wird ausgebeutet bis zum Letzten. Zwei Dinge sind zu merken: erstens: *gemacht* werden die Filme/

---

fand ich auch noch zwei zuckerrüben
quasi als beilage

#
[Datei: Kastanienallee]

Die Vor- und Nachteile des Lebens in der Fremde.

Endlich allein.
Endlich eine Stadt.
Natürlich sind weiterhin alle eher grob, als dass sie es nicht wären, aber allein, dass es anders ist als bisher, ist schon eine Erholung. Ich ertrage es leicht, mit der Duldungsfähigkeit der Neuan-

Stücke/usw. von denen, deren Berufsbezeichnung Assistent ist, die anderen inszenieren, fotografieren, präsentieren ihn höchstens. Und zweitens: die Branche lebt von den Enthusiasten, die man auch noch schlecht behandelt, um ganz sicherzugehen, dass sie am Ende noch froh sind, in der Unterdrückung bleiben zu dürfen.

Und warum machst du es dann?

Ich dachte, ich würde es mögen. Aber vielleicht mag ich es gar nicht. Vielleicht mag ich lieber übersetzen. Eine schöne, ruhige Arbeit, und man kann sie von zu Hause aus machen. Aber auch da muss man sich etablieren.

Für Kopp hörte sich alles an wie ein Märchen. Wie ein wunderbares Leben. Meine Frau ist quasi Künstlerin. Überhaupt war alles unfassbar gelungen. Kurz vor dem Jahrtausendwechsel lebten wir in Reichtum und Optimismus. Zumindest Darius Kopp für seinen Teil, gut verdienender *engineer* mit entsprechender Vollausstattung an Technik und Lifestyle. Mein Einkleider ist ein netter älterer Herr im namhaften Kaufhaus des Westens. Er rät mir zu grauen Sommeranzügen mit gelben Westen. Mit Flora kam nun die Feinheit in sein

---

gekommenen. Ein Jahr lang bekomme ich sogar Geld. Märchenhafte Gnade.

28. Sept

Während ich mit dem Hauptmieter sprach, verbrannte ein Ei zu Kohle. Der Topf ist auch hin. Ein winziger roter Topf. Ich kann mir einen neuen kaufen. Auch dieser ist winzig, es passen 2 Eier hinein, aber mir reicht auch 1. Nicht übertreiben. 6 Mark am Tag für Essen, Kleidung, Verkehr, Kultur. In Pest reichte es nur für 1 Essen am Tag. Spinat ohne Auflage. Wer glaubt mir das hier, an der Schwelle des 21. Jahrhunderts? Aber es macht nichts. Nichts macht etwas. Ich bin 20 Jahre alt und fürchte mich nicht.

Leben, das bis dahin vor allem opulent und laut gewesen war. Fragen wie: Was ist ein Gedicht? (Was nicht bis zum Zeilenende reicht, haha!) Oder: Warum stimmt es nicht, dass eine Rose eine Rose ist, aber eine Zigarre manchmal wirklich nur eine Zigarre? Beobachter sein: *Wie das Wort eingeht in einen erschlossenen Sinn.* Das war ein Zitat. Und auf was für Details man auf einmal aufmerksam wird. Auf die Führung des Schlüsselbeins und die Zartheit der darunter pochenden Ader. Überhaupt, einmal, in einem Lichtanfall: die Verzweigungen der Äderung auf ihrem Brustkorb, ihren Schultern und Armen. Meine Frau ist der Amazonas. Er spielte, dass seine Hand ein Helikopter war, der über ein Delta flog.

Ich würde etwas Leiseres wählen, sagte sie.

Er wechselte zu einem Segelflieger. Mit dem Segelflieger über die Flusslandschaft auf den Schultern meiner Frau. In ihrem dünnen Hals wölbt sich sichtbar die Schilddrüse vor. Nennen wir diese eine Insel. Vögel und Krokodile wohnen dort. Wie heißen die Vögel, die auf Krokodilen stehen?

Nicht auf Krokodilen. Auf Nilpferden.

---

Natürlich habe ich in Wahrheit Angst vor allem und jedem. Ich bin Ausländerin. Der Hauptmieter hat mir nur zur Wohnung einen Schlüssel gegeben, für das Tor nicht. Es war noch gar nicht so spät, als ich nach Hause kam, eine alte Frau mit einem gestrickten Seelenwärmer war gerade dabei, das Tor zu schließen.

Ob ich mir vorstellen könne, wie kalt es sei, wenn einer genau über der Toreinfahrt wohne.

Das kann ich, aber ich habe keinen Schlüssel.

*Dann sind Sie bestimmt illegal hier!*

*Ich wohne hier zur Untermiete!*

*Jaja!*

Und dreht sich auch schon weg, verzieht sich in ihre Wohnung über der Toreinfahrt, als hätte sie Angst vor mir, dabei habe ich Angst vor

Egal. Sie sollten auf jeden Fall tauchen können. Beobachten, wo sie abtauchen, wo sie wieder auftauchen.

Nicht zu vergessen die Dutzenden Arten von giftigen Fröschen, wandte Flora ein. Mücken und Schlangen.

Und immer noch ist es von unglaublicher Schönheit.

Dann ging das Licht weg, sie lag dunkel da, und eine Minute später war sie eingeschlafen, mit fettigem Haar, weil sie zu müde war nach 12 Stunden im Büro, sie roch auch danach, nach Ozon und Tinte, dabei benutzt man heutzutage doch gar keine Tinte mehr. (Ich habe den Toner gewechselt, sagte sie später und hob als Beweis eine fleckige Hand.)

Eine Reihe von Scheißjobs (das wusste ich), eine lange Reihe unglücklicher Affären (das nicht). Auch so etwas kommt vor. Manche geben damit an, andere schämen sich, manche können es für unwichtig befinden und löschen. Darius Kopp wünschte, Flora hätte zur dritten Gruppe gehört (sie hat behauptet, zur dritten Gruppe zu gehören), in Wahrheit gehörte sie zur zweiten. Ich werde euch überleben. Von wegen. Schauspielerin.

---

ihr. Ich verziehe mich schnell in den zweiten Hinterhof, erste Etage, Mitte.

Frage: kann wirklich behauptet werden, dass die bösen Hexen der Märchen Manifestationen einer frauenfeindlichen Denkungsart sind? Oder wäre es vielleicht richtiger einzusehen: das, bitteschön, ist eine Tatsache. Aus den Männern werden im günstigen Fall heitere, im ungünstigen Fall mit einer Schrotflinte herumfuchtelnde Greise, aus den Frauen im günstigen Fall gütige Großmütter, im ungünstigen Fall schädliche Hexen.
*Ich werde euch überleben.*

Der Laptop tanzt auf Darius Kopps Knien, kaum dass er mit dem Lesen angefangen hat. Kann keinen sicheren Sitz auf dem butterfarbenen Kunstleder seiner Sitzbank finden, die Position, die lange genug auszuhalten wäre. Keine ist auch nur für zwei Sekunden auszuhalten. Stell den Laptop doch auf den Tisch, so kann kein Mensch lesen.

Du lernst eine Frau kennen, sie erscheint dir fein, zurückhaltend, meinetwegen sensibel. Manche mögen das, andere nicht. Darius Kopp fühlte sich wie aus einer anderen Welt beschenkt. Jemand wie Juri hat von so etwas keinen Begriff. Die Frau hat sexy zu sein, fröhlich und trinkfest, oder zumindest robust, und hübsch anzusehen, kurze Beine hab ich schließlich selber, haha, blabla. Nach und nach lernst du erst, wie fragil doch alles ist.

Solange sie bei ihr waren, war alles gut. Ihre Wohnung war wie eine Höhle, Berliner Hinterhof, dunkel und klamm, aber wenn du sowieso die ganze Zeit im Bett liegst, macht das nicht soviel aus. Draußen ging ihr die Eleganz verloren, sie wurde steif und brüchig, aber das erkannte Kopp auch nur im Nachhinein. Damals kam es

---

#
[Datei: narancs]

Ein türkischer Gemüsehändler hat mir eine Orange geschenkt. In Pest habe ich einmal für einen Jungen eine Orange gestohlen.

#
[Datei: virag]

Virág Erdős
Feministisches Manifest

Einst hatte sie ihn doch geliebt.

ihm so vor, als würde sie sich bei ihm anlehnen – Man konnte mit ihr Hüfte an Hüfte gehen, ohne ständig anzuecken – und er konnte Initiativen übernehmen, was einem Mann auch mal guttut. Gelegentlich muss man lernen, dass es manche mögen, wenn man ihnen Zugang zu Dingen verschafft, die sie sich allein nicht leisten könnten, und andere nicht. Das musst du verstehen, sagte Flora. Das ist wichtig.

Aber ich gebe gerne!

Und ich nehme manches gerne an und anderes nicht.

Da hast du dich gerade – nicht mühsam, aber *entschieden* – von der spießigen Sparsamkeit deiner kleinbürgerlichen Herkunft frei gemacht, schaffst den Pfennig eher ab, bevor du ihn einmal umdrehst, fährst Taxi und schaust nicht auf die rechte Spalte der Speisekarte, und dann taucht die eine Frau auf, die sagt: Aber man weiß doch meistens trotzdem, was dort steht.

Einmal überredete er sie zu einem feinen Restaurant. Es ging kolossal schief. Was ist ein Rehconsommé? Das weiß ich doch auch nicht, sagte er und lachte. Ein konsumiertes Reh? Dann doch lie-

---

Einmal, als sie einen Ring nicht vom Finger bekam, kniete sich Paps vor sie hin, nahm den Finger in den Mund und saugte so lange daran, bis sich der Ring irgendwie löste. Da stellte sie sich vor, dass sie Paps war und Paps war sie. Und dass sie beide nun eins waren. Dass sie erst jetzt wirklich eins geworden waren. Später versuchte sie häufig, dieses Gefühl heraufzubeschwören, wenn sie irgendwo stand und man sich unbemerkt anlehnen konnte, zum Beispiel an der Wand oder an der Schrankwand im Büro oder an der Tür im Bus nach Hause, wenn es sehr voll war und keiner bemerkte, dass sie für einen Augenblick heimlich die Augen schloss. Es gelang ihr ungezählte Male und jedes Mal erfüllte sie ein angenehmes Gefühl.
Ziemlich lange nahm man von ihnen beiden an, dass sie Vater und Tochter waren.

ber eine Pâté. Sie drehte den Bissen im Mund. Hinterher gingen sie stumm nebeneinanderher. Kann ich heute mal alleine schlafen? Lass mich nicht draußen stehen, flehte er. Da ließ sie ihn ein.

Die erste wirkliche Krise trat nach einem halben Jahr ein und kam von außen. Als Krönung eines Tages voller Demütigungen am Arbeitsplatz – Am Ende fiel ihr ein Regal mit Filmrollen ins Kreuz, der Chef stand in der Tür und rührte sich nicht – wurde meine Frau von einer besoffenen Kreatur in einer nächtlichen Bushaltestelle belästigt, beleidigt und physisch verletzt. – In diesem billigen roten Mantel siehst du wie eine Nutte aus. – Lassen Sie mich bitte in Ruhe. – Aber er ließ sie nicht in Ruhe, sondern trat sie gegen das Schienbein, dass der Knochen wie trockenes Holz krachte. Ein besoffener Gnom. Und wieder muss man sagen: So etwas kommt vor. Die Frage ist eher, wieso passiert das nicht jeden Tag? Eine Weile sah es so aus, als käme sie, nach einer zu erwartenden Phase von Verwirrung, Trauer und Gram, darüber hinweg, so wie du und ich darüber hinwegkommen würden. Eine Weile konnte sie schlecht laufen, später blieb sie freiwillig in der Wohnung, ging nur hinaus,

---

Einmal, als sie Hand in Hand zum Cola-Trinken ins Zwei Kleine Esel gingen, trafen sie jemanden auf der Straße. Er kam ihretwegen sogar von der anderen Straßenseite herüber, obwohl man ihm ansah, dass er es eigentlich nicht wollte. Aber Paps bemerkte ihn, winkte ihm zu, und dann musste er. Sie siezten sich, doch zu ihr sagte der unbekannte Mann Hallo und du. Und als sie sich verabschiedeten, beugte er sich zu ihr hinunter und kniff sie in die Wange oder gar nicht, er kniff sie nicht in die Wange, er schaute nur und dachte bei sich, wie groß doch dieses Mädel geworden ist. Dabei hatte sie da schon das Kind in ihrem Bauch.
Aber dann beschlossen sie, dass sie doch lieber erst eine Wohnung haben sollten. Man kann doch nicht für immer im Souterrain wohnen. Das noch dazu voller Flure war. Wenn sie einander sehen woll-

um die Zutaten für die Mahlzeiten des Tages zu besorgen. Erwartete mich jeden Tag mit einem warmen Abendessen. Darius Kopp schaffte es nicht jeden Tag nach Hause, solange sie noch wach war (Ging jeden Abend um 22:30 Uhr ins Bett und stand jeden Morgen um 6 Uhr auf, ruhig und gleichmäßig, wie ein Uhrwerk), aber nie beklagte sie sich. Was bin ich doch für ein Glückspilz. Bis Darius Kopp eines Nachts von einer Dienstreise nach Hause kam und kein Essen vorfand, nur ungeordnet auf dem Tisch liegende Zutaten. Er dachte, sie hätte es sich anders überlegt und wäre, statt zu kochen, lieber ins Kino gegangen, und setzte sich vor den Fernseher. Da er aber Hunger hatte, ging er doch noch einmal hinunter in die Gaststätte im Haus (*Fuchs und Storch* mit Namen, deutsche Küche, oft kopiert, nie erreicht) und der Wirt, der immer alles weiß, fragte, wie es seiner Frau ginge, und Darius Kopp antwortete, gut, und der Wirt sagte, ist sie wieder zu Hause, und Kopp sagte, nein, wahrscheinlich im Kino, woraufhin der Wirt große Augen machte und sagte: Sie wurde doch gerade erst mit Blaulicht abgeholt, ja, hat dir denn keiner was gesagt?

---

ten, mussten sie erst hin und her irren und konnten sich nicht einmal sicher sein, dass die richtige Tür dann auch offen stand. Nach einem freudvollen Zusammensein stieg Paps zu ihr in die Badewanne und verriet ihr, wie einen lange gehegten geheimen Traum, dass er erst dann so wirklich glücklich wäre, wenn sie sich in ihrem gemeinsamen Leben jede Minute des Tages sehen könnten.

Da gaben sie eine Annonce auf, dass sie gerne einen großen Raum kaufen würden. Erst dachten sie an einen leeren Lagerraum, später hätten sie sich auch schon mit einer Turnhalle zufriedengegeben. Die einzige Bedingung, mein Herr, ist, dass es keine Trennwände darin gibt. Dass es nichts darin gibt. Und er brüllte, als sie bis nach Kistarcsa hinausgefahren sind mit dem Bus, wo man ihnen ein verlassenes, aber heizbares und recht geräumiges Stallge-

Einmal sah ich einen auf der Trasse der Hochbahn sitzen. Seine Beine hingen in die Tiefe. Er klimperte nicht mit ihnen. Die Feuerwehr war schon dabei, eine Leiter aufzustellen. Weil ich dich noch nicht kannte, konnte ich nur daran denken, wie viel so ein Feuerwehreinsatz wohl kostet. Mit nur einem Unterkleid und Pantoffeln bekleidet, weinend unter winterlichen Bäumen entlangstolpern kostet nur die Selbstbeteiligung an Krankenhauskosten, das weiß ich mittlerweile. Erschrocken saß Darius Kopp an ihrem Bett. Sie drehte den Kopf weg. Er ging um das Bett herum. Sie ließ ihren Kopf liegen. Er küsste sie auf Schläfe und Stirn.

*Rezidivierende Störung.* Rezidivierend heißt: wiederkehrend. Eine Störung, die wiederkehren wird. In 9 Jahren dieser eine große und mehrere kleinere Zusammenbrüche. *Wochentranquilizer.* Mohnlutscher für Babys. Damit du nicht vor Hunger weinst, vor Kälte oder Verlassenheit. Kann auch mal schiefgehen. »Es ist immer mal was passiert«, O-Ton die Mutter des Helden, Greta Kopp, geborene Krumbholz. Aber so, dass man sie am liebsten zusammenschreien möchte. *Wessen* Tod nimmst du da, billigend oder auch nur ohne

---

bäude versprochen hatte und es sich am Ende herausstellte, dass das Dach mit riesigen Tragebalken unterstützt war. Und das Kind tapert dann schön hin, versteckt sich dahinter, damit du es nicht siehst. Und zieht die Hose runter und fasst sich an. Und zieht sich am Schniedel.

Solange sich die Wohnungsfrage nicht auf beruhigende Weise gelöst hatte, beschlossen sie, es selbst in die Hand zu nehmen. Sie hängten die Türen aus und schlugen Löcher in sämtliche vorhandene Wände. Sie schliefen zwischen Bauschutt, aber das machte ihnen nichts aus. Paps war glücklich, denn egal, wo sie sich aufhielten, er konnte tags wie nachts das gleichmäßige oder auch nicht ganz so gleichmäßige Atmen seiner Liebsten hören.

Sie hatte nur ein einziges Geheimnis, von dem Paps lange nichts

jedes besondere Interesse, in Kauf, nicht deinen eigenen, das ist der Punkt, kapierst du das?! Aber natürlich schreist du die Frau, deren Symbiont du für plus/minus neun Monate warst, nicht zusammen. Es würde sowieso nichts bringen. – Nicht ein Hauch von Verständnis, nicht ein Furz von Mitgefühl, niemals, kein einziges Mal. – Manche enden eben, wie sie begonnen haben. Wann stimmt das und wann nicht? Eine unbehandelte Depression dauert 6 Monate oder 4 Jahre. Eine behandelte auch, es erträgt sich nur leichter, für alle Beteiligten. Die Partner von Depressiven leben bei Weitem angenehmer als die von Alkoholikern. Die Ehefrauen von Alkoholikern sollten als eine eigene soziale Gruppe anerkannt werden, das hatte Flora irgendwo gelesen. – *Nur* die Frauen? Der Einwand ist berechtigt, ich sage auch nicht, dass man die Aussage nicht korrekter machen könnte, aber ein Zitat ist nun einmal ein Zitat. – Von Zeit zu Zeit hat sie mir erzählt, was sie gelesen hat. Meine Frau hat viel gelesen. Sie besaß nur Kleider und Bücher. Wie war dein Tag? Ich habe das und das gelesen.

Die Ruhe von jemandem, der liest. Die Nicht-Ruhe von jeman-

---

wusste. Sie schämte sich dafür, aber sie hatte einmal eine Puppe gestohlen.

Sie hatte wochenlang auf die Gelegenheit gewartet, bis es endlich gelang. Es war zu Frühlingsbeginn, am Abend ging sie schon immer zu Fuß nach Hause. Auf dem Platz waren um diese Zeit nur noch ein, zwei Kinder, die in der Nähe der Klettergerüste tobten. Der Sandkasten war bereits leer, die Schaukeln waren noch nicht montiert. Ein frischer, lebhafter Wind wehte, alles war möglich. Das Frauchen mit seiner kleinen Tochter war auch an jenem Tag da. Sie trat von einem Fuß auf den anderen, wollte aufbrechen, aber das Kind wollte nicht. Das Spiel war, dass das Mädchen manchmal angeflogen kam, der Frau ihre Puppe zuwarf und dann davonlief und wie der Blitz auf ein Gitter hochkletterte. Mama, Mama, kreischte

dem, der nicht mehr lesen kann. Die … von jemandem, der nichts mehr tun kann. – Sie wirkte ganz ruhig, sagte eine der letzten Mitbewohnerinnen meiner Frau, eine alte Frau namens Eva. Ihr langes, graues Haar zu einem Knoten im Nacken gebunden. Legte ihre Hand auf meine Hand. – Darius Kopp gibt zu, dass es vorkam, dass er den Fernseher einschaltete und so tat, als dächte er, sie, in der unteren Etage, schliefe bereits. – Was weißt du schon davon, ob sie ruhig war? Nur, weil sie nicht in einer Aufwallung von Liebeskummer wegen eines Schlagerstars aus dem Fenster sprang? Und ob die, die sich darauf vorbereiten – *Bilanzselbstmord*. Was für Worte man lernen muss – in Frieden sind oder in etwas anderem, wer will das wissen? Und die, die sich *ein Leben lang* darauf vorbereiten?

Darius Kopp schnäuzte sich laut und ausgiebig, um zu verbergen, dass er weinte. Warum muss man es verbergen? Gehört sich so. In ein großes Männertaschentuch. – Das ist eklig, Schatz, weißt du? Ich liebe dich, aber diese Taschentücher … – Kopp stopfte sich die Rotzfahne schnell wieder in die Hosentasche, der Laptop kippte, fiel beinahe hinunter, er schob ihn schnell auf den zu kleinen Tisch –

---

es bösartig, und dann ging sie wieder hin und verlangte die Puppe zurück.

Sie hätte schwören können, dass die Frau genug davon hatte. Dass sie das Kind gerne losgeworden wäre. Mehr noch, dass sie sich in dem Moment wünschte, es möge abstürzen. Und dass es ihr überhaupt nicht zuwider war, als sie plötzlich von hinten an sie herantrat und ihr die Puppe aus der Hand riss.

Erst zu Hause bemerkte sie, dass der Ärmsten beide Beine fehlten. Macht nichts, sprach sie ihr Mut zu und band den Faden um ihren Hals fester. Du bist noch klein, aber ich bringe dir schon noch das Laufen bei. Und von da an zog sie, wohin sie auch ging, die Puppe am Faden hinter sich her. Am Abend badete sie sie, trocknete sie ab, setzte sie sich zärtlich in den Schoß und nahm ihr die Arme ab. Die

Bistrotische! –, stieß gegen die Tasse, der Kaffee schwappte heraus, das ist das Nächste, das ich hasse, Getränk in der Untertasse, womöglich noch mit Unterlegserviette, Kopp fasst so eine Tasse nicht mehr an, die Gefahr besteht, dass die Situation eskaliert, eine Tasse aus einer zitternden Hand fliegt – das Geschepper, das Bersten, das Spritzen, die Spuren überall, die Temperatur, die auf der Haut übrig bleibt, nachdem heißer Kaffee durch Hosenstoff gesickert ist; ach was, ist sowieso schon ausgekühlt. – Beruhige dich, Schatz, tu mir den Gefallen, ja? Und lächelte ausnahmsweise nicht. – Er beruhigte sich, bestellte eine neue Melange, nein, lieber einen Espresso, und ein neues Wasser, nein, lieber einen frisch gepressten Orangensaft und ein neues Maronikipferl. Hier gibt es nur Süßspeisen. Den ganzen Tag, nur Süßspeisen. Geliebte, Geliebte, Geliebte.

Er las und las, mal interessiert, mal diszipliniert und teilweise unaufmerksam – bemerkenswert, dass man selbst in solchen Texten, den geheimen Texten deiner toten Frau, dazu neigt, manches zu überspringen. Manches las er genau, verstand es dennoch nicht, oder verstand es, konnte es aber nicht länger halten, als dass

---

hingen doch sowieso nutzlos da herum. Und dann lobte sie sie, dass sie tags wie nachts ununterbrochen lächelte.

...

*(Auszug; aus dem Ungarischen von Flora Meier)*

#
[Datei: meghal]

Ununterbrochen sterben sie. Vor mir wohnte ein Bulgare hier. Ein Musiker. Hier ist jeder ein Musiker. In der Nachbarwohnung singt auch einer. Populäre Musik. Außerdem hört man den Prater herein und die Straßenbahnen. Heute ist im ersten Hof einer gestorben. Das

es dauerte, es zu lesen. Von manchem dachte er, er verstünde es nicht, aber sein Körper reagierte – Gegenstände, mit denen er in Berührung war, erzitterten – also verstand er es doch. Er durfte feststellen, dass es nicht die alltäglichen, erträglichen Dinge waren, die dazu führten, dass er sich beruhigte und weiterlesen konnte, sondern, im Gegenteil, die schmerzhaften oder peinlichen. Sie schneiden ihnen die Klitoris heraus. Mit dem Deckel einer Konservendose. Stück für Stück. Am Nachmittag um 4 hatte er etwa die Hälfte geschafft, 80 Seiten von 150, so viel habe ich noch nie in einem Zug gelesen. Er brach ab, als er selbst das erste Mal in den Aufzeichnungen auftauchte. Das wäre, das spürte er deutlich, zuviel für einen Tag. Sie hat diese Marotte, keine Namen zu nennen. Alles voll mit Gs und Js und Ms. Ich höre auf, bevor ich zu einem D werde.

Aber es war schon längst zu spät. Deine Augen wie die eines kleinen Kindes. Wurde ich deswegen ausgewählt? Weil ich so schön ahnungslos war?

Nein, sondern, weil du ein lieber Mensch …

---

heißt, vor zwei Monaten. Seitdem spielen bei dem Weihnachtslieder. Endlich hat auch das einer gehört. Die Feuerwehr, grauer Blechsarg. Auch dieser ein Musiker. Auch dieser »irgendein Bulgare«. Ein teddyartiger Mann behauptet das, ebenfalls ein Nachbar. Er hat einen Hund. Ich weiß nicht warum, ich habe Angst vor ihm. Bestimmt hat er es durcheinandergebracht. Oder es ist ein Code. Jemand stirbt: er war Bulgare, Musiker. Wenn ich stürbe, sagten sie dasselbe. Ich weiß nicht wieso, davon bekomme ich gute Laune.

#
[Datei: ein_anachronistischer_zug]

Die erste Arbeit für Geld. Zwei Tage Flüsterdolmetschen auf einer

Ja, blablabla! Ich will überhaupt kein lieber Mensch sein! Warum hast du dich vor mir versteckt?

Sie antwortet nicht. Sitzt nur da.

Ich weiß, das ist Nonsens, aber als hättest du dich von Anfang an, als hättest du, noch bevor du mich kanntest, schon damit angefangen, dich vor mir zu verstecken.

Ja, Schatz, sie lächelt wieder, das ist in der Tat Nonsens.

Und weißt du, was auch noch Nonsens ist? Dass du jetzt hier so sitzt, als wären wir nur auf Urlaub. Ein österreichisches Café. Bistrotische. Magst du das? Siehst du, ich weiß es nicht. Magst du österreichische Cafés, österreichische Kellner, übrigens sind es wahrscheinlich Ungarn oder Slowaken, jedenfalls haben sie einen Akzent, kannst du mir sagen, was für Landsleute das sind? Du weißt das normalerweise, erkennst Norweger daran, wie sie englisch sprechen, das war deine Kneipennummer, so wie andere Leute Colasorten im Blindtest …

Sie lächelt nur verständnisvoll.

Es gibt Kastanienpüree. Das magst du doch? *Zufällig* weiß ich das.

---

Konferenz mit dem Titel »Ein anachronistischer Zug« nach Brecht. Ich bin die einzige Ungarischdolmetscherin, zweimal 12 Stunden, gegen Abend gelingen die Wortwitze nicht mehr, meine Ungarn verziehen die Münder. Zwischen dem Podium und dem Publikum bricht derweil ein Scharmützel aus: *Zionistin raus!* – Ki a cionistával – übersetze ich – You're a scandal! *You're* a scandal! – Maga botrányos! *Maga* a botrányos! – alles schreit durcheinander, ich dolmetsche immer häufiger kichernd, bald werde ich nur noch lachen können, meine Ungarn verdrehen die Augen, als die Phalanx der blau behemdeten FDJler zu skandieren beginnt: Fürdie inter-natio-na-le Soli-dari-tät!, Fürdie inter-natio-na-le Soli-dari-tät!, hier fange ich an, schallend zu lachen, ebenso der französische Kommunist auf dem Podium, wir lachen einander zu, ein vollbärtiger Franzose, der mein

Sie lächelt nur.

Verschwinde, tu mir den Gefallen, ja.

Sie hörte auf zu lächeln und verschwand oder verschwand und hörte auf zu lächeln, und Darius Kopp warf endgültig die Kaffeetasse um. Schwierigkeiten, einfache Routinetätigkeiten in Angriff zu nehmen? Kann nur zuschauen, wie ein Kellner kommt und zu handeln beginnt. Ein »Entschuldigung« gelingt gerade so. Zum Glück muss man das früh zu üben anfangen. Für den Kellner ist das alles überhaupt kein Problem.

Zeit, den Ort zu wechseln. Der Reifen wird erst morgen früh fertig sein. In der sozialistischen Mangelwirtschaft wäre es in zwei Wochen gewesen oder gar nicht. Also klage ich nicht. Ich weiß im Moment nur nicht, wie ich den Rest des Tages überstehen soll. Zitternd schwankte Darius Kopp auf die Straße hinaus, in der Hoffnung, an der frischen Luft würde es besser werden, aber es wurde nicht besser, sondern schlechter. Er zitterte wie noch nie in seinem Leben. Wer mich so sieht, was wird der denken? Ein Junkie. Wenn man bedenkt, dass ich für die Länge eines ganzen Arbeitstages nichts als nur Süßwa-

---

Vater sein könnte, und ich, während meine Ungarn die Augen verdrehen und der Junge vom politischen Theater, mit seiner Freundin im Nacken, auf deren aufgestopften Bauch ein großes Dollarzeichen gepinselt ist, im Mittelgang schwankt.
Dies alles für 150 Mark.

#
[Datei: segg_fej]

Man sitzt zusammen und redet, lauter Männer und ich, was mir zunächst gar nicht auffällt, bis sich W. nach hinten lehnt, mir auf den Hintern schaut und sagt: Hast du vielleicht einen runden Hintern.

ren und Kaffee zu mir genommen habe, liegt man damit noch nicht einmal falsch. Er hatte Floras Laptop in einen gepolsterten Umschlag gesteckt, bevor er ihn Judit gab, jetzt hatte er das Gefühl, dieser will ihm ständig unter der Achsel herausrutschen. Er presste den Oberarm in die Seite. Wann wird der Schweiß bis zum Umschlag durchgedrungen sein: dunkelbraune Flecken im Hellbraun? Mit einem Arm presste er den Laptop an sich, mit dem anderen stützte er sich an einer Hauswand ab. Vom ganztägigen Bildschirmlesen schmerzten die Augen, dazu die immer noch zu helle Sonne in dieser in hellen Farben glatt verputzten Kleinstadt – Dieser Art ist unser Reichtum –, er setzte sich eine Sonnenbrille auf und sah nun endgültig nichts. Verbracht in eine Wüstenei.

Aber es ist doch besser so. Man stelle sich vor: all das in Juris Kleiderschrank zu lesen. Am schlimmsten sind die Oberflächlichen. Sie haben nichts dort, wo du alles hast. Meine Frau hatte das von jemandem namens Roger. Ich bin eifersüchtig. Was ist das für ein Name, Roger? Sie lachte nur, und er lachte mit, aber, wenn ich ehrlich bin, war ich immer schon ein eifersüchtiger Mann.

---

Auf den Gedanken, ich könnte attraktiv sein, bin ich noch nicht gekommen.

Obwohl man das wissen könnte. Es gibt keine 20jährige Frau auf dieser Erde, die nicht attraktiv wäre - einfach weil ihr junger Körper ein einziges Signal ist: ich bin fruchtbar. Dennoch bringt es mich durcheinander, dass man mir am laufenden Band sexuelle Avancen macht. (Als O mitbekommen hat, dass W etc.) Das sind wohl normale Spiele. Alle leben so. Nur ich begreife es nicht. Warum begreife ich es nicht? Tu nicht so naiv, sagt O. Aber ich tue nicht so.

Im Grunde war es von Anfang an so.

Dennoch begreife ich es nicht.

Was muss man einer Fünfjährigen in die Bluse lunsen?

Wenn es unter den Rock wäre, könnte ich es noch irgendwie verstehen.

Er tastete sich eine halbe Straße lang, bevor ein italienisches Restaurant auftauchte und sich Darius Kopp unbesehen hinein flüchtete. Er wurde nicht enttäuscht. Drinnen war es dunkel und kühl, er bestellte – ebenfalls unbesehen – eine Pizza Speciale, auf der hier alles, aber auch wirklich alles auf dieser Welt versammelt war, sogar grüne Erbsen. Er stopfte sie in sich hinein und trank einen halben Liter Wein dazu, danach ging es einigermaßen. Er bestellte noch mehr Wein und Wasser und öffnete nacheinander alle Anwendungen auf seinem Handy. Sah sich an, wie das Wetter werden würde. Las, während er in großer Schlucken nicht das Wasser, sondern den sehr wohltuenden grünweißen Wein trank, die Nachrichten. Vergaß sie wieder. Die E-Mails. Ich bekomme immer noch alle Newsletter. Dass die Welt untergegangen sein könnte, aber die Newsletter immer noch kamen, stellte sich Darius Kopp vor. Weil Menschen nichts mehr damit zu tun haben, alle Neuigkeiten werden von Maschinen erstellt, die laufen, solange es Strom gibt. Solange es Strom gibt, ist die Welt nicht untergegangen. Mein Handy ist zu 93 % aufgeladen. Er schaute sich

---

Und heute? Ich kleide mich in irgendwelche Lumpen, ich schminke mich nie, mein Haar hat weder Form noch Farbe, aber das scheint ihnen ganz egal zu sein.
Ich versuche, mich geschickt anzustellen, mich zu überzeugen. Warum sollten ausgerechnet junge Frauen ihre Vorteile nicht nutzen? Wer hat einen Vorteil davon, wenn sie sie nicht nutzen? Bis zu einem gewissen Alter kann man als Frau so vieles erreichen, was man als Mann nicht erreichen kann.
Schade, dass die meisten Methoden, für die man eine Frau sein muss, demütigend sind. Das Gedemütigt-sein minimieren.

#
[Datei: keleteur_nök]

alles an, Spiele, die er noch nie gespielt hatte, bis nur noch die Fotos übrig waren.

Das Bild einer lebenden Person betrachten, das Bild einer erst seit Kurzem toten Person betrachten.

Dass es keine Fotos von Flora aus der Zeit vor ihm gab, fiel Darius Kopp auch erst gegen Schluss auf. Das erste gemeinsame Foto wurde auf unserer Hochzeit aufgenommen, von Juri, auf der Straße vor dem Restaurant. Kopp trägt einen grauen Anzug, sie ein schwarzes Kleid. Außer diesem Bild gab es nur noch einpaar verwaschene Handy-Aufnahmen. Da beschloss er, ihr zum Geburtstag einen Fotoapparat zu kaufen, und für die nächsten Stunden dachte er, damit eine Lösung für alles gefunden zu haben. Ich schenke ihr einen Fotoapparat zum Geburtstag, und alles wird gut. Er verbrachte den Rest des Tages damit, nach einem guten Modell zu recherchieren, bei so etwas lässt sich Darius Kopp nicht lumpen. Als die Kamera zwei Tage später geliefert wurde, war Flora schon tot. Kopp schenkte sie später Nadia, die geholfen hatte, Floras Sachen für die Einlagerung zu packen. Die Bücher, einpaar Ordner, noch

---

Diese osteuropäischen Frauen

G ist ein schönes Mädchen, klug, nett, lebendig. Als ich O anbiete, sie ihm vorzustellen, sagt er: Diese osteuropäischen Frauen wollen doch alle nur, dass man sie heiratet und aushält.
Ich will das nicht, mach dir keine Sorgen, sage ich wütend.
Ich würde dich auch nicht heiraten, sagt auch er wütend.
Mach's gut, sage ich.
Er erinnert mich an einen ehemaligen Liebhaber.
Was für eine Ausdrucksweise! Ehemaliger Liebhaber.
Mein erster Mann.
Du lässt es aber auf jeden Fall wegmachen, sagte er nach einem ungeschützten Akt. OK, sagte ich, ich lass es wegmachen.

aus ihrer Studienzeit, die könnten jetzt endgültig weg, aber Nadia packte sie behutsam in extra dafür gemachte Kartons. Sie fasste die Unterwäsche meiner Frau an und ihre Oberbekleidung, darunter das Hochzeitskleid, das sie danach noch häufig trug. Jedes Mal zu einem besonderen Anlass trug meine Frau ihr Hochzeitskleid, und ich fragte jedes Mal (weil ich es wirklich nicht wusste): ein neues Kleid? Und sie sagte: das ist mein Hochzeitskleid, Schatz. Und irgendwann fragte ich immer: Ist das das Hochzeitskleid? Und sie sagte ja oder nein, und wir lachten.

Auf Darius Kopps Lieblingsfoto trägt Flora nur einen Rock und sonst nichts. Ich habe dich selbstverräterisch so fotografiert, dass dein Kopf abgeschnitten ist. Deine Brüste in der Sonne. Wie, warum war der Rock übrig geblieben? Keine Erinnerung daran. Weder daran noch an sonst etwas von jenem Tag – scheinbar befinden wir uns auf einer Wiese – manchmal bleibt von einem ganzen Tag nur ein Bild übrig, das so stark ist, dass es den Rest zu Recht in Vergessenheit drängt. Dein Oberkörper ist wie der klassischer Statuen. Meine Göttin. Ich schäme mich nicht, das zu denken.

---

Ich war 17, er war noch keine 30. Ein Lehrer.

Wenn du einen guten Rat von mir annehmen willst: habe niemals Kinder. Die Kinder ruinieren einem nur das Leben.

Besonders das der Frauen.

Aber auch das der Männer.

Wenn ich es wegmachen lassen will, muss ich Großmutter um Erlaubnis fragen, sage ich boshaft.

Dann sinkt meine Laune, weil mir einfällt, was das für eine Apokalypse wäre. Und dass ich sie alleine durchstehen müsste. Ich fing an, ihn zu hassen, in dem Moment.

Darius Kopp sah sich das Foto ohne Kopf an, und anstatt dass ihn der Schmerz umgebracht hätte, ging es ihm, im Gegenteil, jetzt um einiges besser. Er war sogar so gesammelt, dass er den Kellner fragen konnte, ob sie ihm etwas vom Tischwein verkaufen könnten. Unter einem Arm den Laptop, in der anderen eine Flasche Frascati mit Bügelverschluss, so ging Darius Kopp auf sein Hotel zu.

Der Wein tat gute Arbeit gegen den Kaffee – ein Nervengift gegen das andere – es ging ihm sogar unverschämt gut jetzt, nur schlafen war nicht möglich. Den Laptop fasste er nicht mehr an, lieber sah er sinnlos fern, solange, bis er vergaß, dass der Laptop tabu war.

Öffnete den Browser, starrte drauf, weil er nicht mehr wusste, was er wollte, ob er etwas wollte, und dann tippte er »Flora Meier« in die Suchmaschine ein. Dann löschte er das wieder heraus, denn so hieß sie ja gar nicht. Mit erstem Vornamen hieß sie Teodóra, auch das erfuhr er erst, als es darum ging zu heiraten. Theo, machte er einen Versuch. Bitte nicht, sagte sie. Ich mag diesen Namen nicht. – Die Grausamkeit der Kaiserin Theodora wird in Schulen unterrichtet.

---

#
[Datei: vonatok_szaga]

Kannst du den Geruch der Züge vergessen?
Sag ein Bild für Osteuropa: Lungenentzündung in einem dreckigen Zug.
Ein anderes ist, dass ich zwischen Schienen liege, auf öligem, rußigem Schotter, nachts, wenn es auf dem Dorf kaum mehr Geräusche gibt. An meinem Mund ein Unkraut »von seltsam süß-herbem Geschmack«. Ich spüre, wie es zwischen meinen Zähnen knirscht. Ich bin ein Kind, winters, im Dunkeln, komme ich vom Bus herein. Er hält draußen, an der Fernstraße. Das Kind ist gekleidet mit einem stahlfarbenen Wattemantel. Dass er an Armeeuniformen erinnert,

Oh, Tee-oh! Wenn dein Name zum Schimpfwort wird. Kay-seh-rinn! Kay-seh-rinn-Tee-oh! Aus dem Munde von welchen, die man So-sind-eben-Jungs nennt. Für Grausamkeiten von Königen empfindet man Respekt. Mächtige Königinnen werden verflucht. Oh, Tee-oh! – Darius Kopp verstand das (Wenn mich meine Mutter Hansi nannte, dachte ich irgendwo tief drinnen, in Wahrheit macht sie sich lustig über mich), aber einer Suchmaschine kannst du so etwas nicht erklären. Er gab also ein: ~~Theodora~~ ~~Teodóra Meier~~ »Meier Teodóra«, und bekam, was sonst kaum passiert, ein einziges Ergebnis: das Bild eines Mädchens in einer Matrosenbluse, kurze Haare, Stirnfransen, kräftige Augenbrauen, mit Retusche begradigte Nase, schmaler Mund. Darius Kopp rutschte vom Bett, kniete sich davor, der Fernseher lief hinter seinem Rücken, und er starrte den Rest der Nacht das winzige Schwarzweiß-Foto in der linken oberen Ecke des Laptopbildschirms an. Die Wölbung deines Halses.

---

wirkt beruhigend auf den, der ihn trägt. Der Nieselregen bildet kleine Tröpfchen auf dem imprägnierten Stoff und bedeckt das Gesicht, die Lippen, die Wimpern, die Haare. Die Straße ist unbeleuchtet. Es riecht nach Melasse. Es gibt einen Mond. Es gibt die silbrigen Streifen der sich krümmenden Schienen. Das Gefühl: das von Angst und der Freude, alleine und ungesehen zu sein. Außerhalb der dunstigen, fettigen, nach Kohlenbrand stinkenden Luft des einzigen geheizten Zimmers im Haus der Großeltern, wo alle um den Tisch sitzen, bevor sie sich in eiskalten Betten schlafen legen.
Schmerz.
*Das ist niemals vorbei. Nägel, die man in junge Bäume schlägt.*
Dennoch sehne ich mich.
Nicht nach dem Haus, aber nach den Gleisen.

# 6

Das Foto war gespeichert auf der Internetseite einer Schule. Name, Adresse. In der Werkstatt hatte man Kopp zu seiner Information und Unterhaltung die beiden Einstichstellen im alten Reifen gezeigt. Alter Hut. Keiner, der informiert ist, hält an den und den drei Tankstellen usw. Darius Kopp war das schon egal. Er übertrat die Grenze eine halbe Stunde später. Ein kleiner Triumph. Ja, ich empfinde ihn durchaus dir gegenüber. Durch die unbekannte Kleinstadt bewege ich mich dank meines Navigationsgeräts spielerisch, kaum anders als mit dem Finger über eine Straßenkarte. Das nächste Mal werde ich etwas Reales wahrnehmen, wenn ich direkt vor dem Gebäude stehe.

Mit klopfendem Herzen. Als wäre es etwas von dir, ein intimes Geheimnis, ein persönliches Eigentum. Ich habe es ergattert, ohne es dir wegzunehmen. Ein Schulgebäude aus der Mitte des neunzehnten Jahrhunderts. Die Website der Schule zeigt Abiturtableaus

---

Steine, Öl, summende Leitungen.
Mein Zuhause ist in den Gleisen am Rande des Dorfs.

Ich bin zur S-Bahn gegangen. Neben der Brücke hinunter. Schaute lange zu.

#
[Datei: most_hogy_szabad]

Jetzt, da ich frei bin.
Und dennoch die Beklemmung. Kann es sein, dass die ganze Angst erst jetzt hervorkommt? Solange du darin leben musst, hältst du dich? Eine Sache ist sehr gut. Dass man die anderen sieht. Wie sie sich in

von 1900 bis heute. Litfaß, Germann und Kohn gehören zu den ersten Absolventen der katholischen Oberrealschule. Zwölf allesamt unglücklich dreinblickende junge Männer, Vornamen unwichtig, beanzugt und gekämmt, die Schnurrbärte wirken eher verzweifelt versteift als keck. Aber kein Vergleich natürlich zur Bombenstimmung in der Klasse von 1938–39. »Wir sehen uns wieder 1949.« Heute leben nicht einmal mehr die Überlebenden. Die ersten Mädchen tauchen Mitte der Sechziger auf und die Jungen sehen trotz Anzug derangiert aus. Sie werden nie mehr so wohl gekämmt sein, nie, nie wieder, die Zeiten sind ein für allemal vorbei, der eine oder der andere kann sich das freche Grinsen darüber nicht verkneifen. In Floras Klasse waren die Mädchen in der Überzahl, und Darius Kopp sah sie sich alle an. Dich in Beziehung zu anderen sehen. Denn irgendeine Beziehung wird da gewesen sein. Mit manchen wirst du sogar zusammengewohnt haben. 6 Doppelstockbetten ergeben 12 Mädchen pro Raum. Kornélias und Gabriellas, eine Ágnes, eine Mariann. Eine hatte große, dunkle Augen, die in Erinnerung bleiben, aber die meiste Zeit starrte Darius doch nur Teodóra an.

---

ihren Zimmern bewegen. Sie haben Lampen, Haken, sie hängen ihre Mäntel an die Haken, stehen im Schlüpfer in der Küche, in farbbekleckstén Overalls auf Leitern. Durch das Fenster gesehen ist das Zuhause eines jeden heimelig.

#
[Datei: hátsó_udvar]
Hinterhof

Meine Zimmerpflanzen gehen nacheinander ein. Zu wenig Licht. Nicht einmal Ameisen überleben hier. Dass es keine Insekten in der Wohnung gibt, ist so seltsam. Auf dem Dorf war alles voll mit Ameisen. Später, im Wohnheim, mit Schaben. Hier noch nicht einmal das.

Zeitweilig zweifelnd, ob sie es wirklich war. Als würden Teile des Gesichts nicht richtig passen. Die Lippen müssten voller sein, die Nase kleiner, und hier ist sie gar nicht brünett, sondern blond. War meine Frau am Ende eine falsche Brünette? (Am *Ende* war meine Frau grau, ohne ergraut zu sein, eine Farbe wie von altem Laub. Altes Laub ist nicht grau. Ich weiß. Aber der Gesamteindruck. Der war so.)

Das Gebäude wurde errichtet an einem Eckgrundstück, zwei Eingänge, eine kleinere Tür in der einen, ein größeres Tor in der anderen Straße, beide verschlossen. An der Tür nur eine Klinke, groß, aus Messing, abgewetzt, am Tor eine Klingel mit Zahlencode, dahinter ein Hausmeister, ein Portier oder das Sekretariat. Schulfremde Elemente haben sich anzumelden. Wer man sei, was man wolle. Die untere Hälfte der Scheiben im Erdgeschoss ist aus Milchglas, zur Unterbindung unerwünschter Kommunikation zwischen dem Drinnen und dem Draußen. In den Pausen werden sie bestimmt geöffnet. Wann machen sie Pause? Und was machst du, wenn sie Pause machen? Wenn die Fenster aufgehen und die Türen? Mal se-

---

#
[Datei: Oktober]

| Nemes Nagy Ágnes<br>Október | Ágnes Nemes Nagy<br>Oktober |
|---|---|
| Most már félévig este lesz. | Ab nun ist's ein halbes Jahr nur noch Nacht. |
| Köd száll, a lámpa imbolyog. | Nebel wabert, Lampen schaukeln. |
| Járnak az utcán karcsú, roppant, | Schlanke, riesige, vier Etagen hohe Engel |
| négy emeletnyi angyalok. | Wandeln auf den Straßen |

hen. Darius Kopp lief ein paar Mal ums Eck, immer genau bis zur Gebäudegrenze und zurück. Kinderspiel. Übertrete die Linie nicht. Vom einen Ende aus sieht man auf den Eingang eines Casinos. Zumindest steht es drangeschrieben. Die Tür ist winzig. Am anderen Ende fällt der Blick auf einen Nachkriegsbau, alle Straßen in der Innenstadt sind schmal, man kann die Tafel selbst vom gegenüberliegenden Gehsteig noch lesen. Hier stand die dritte Synagoge, deren erster und einziger Rabbiner und so weiter. Auch am Schulgebäude, zwischen fast allen Fenstern im Erdgeschoss eine Gedenktafel. Wer alles hier lernte oder lehrte. Zwischen 1985–1989 Meier Teodóra Flóra (1971–2009), die spätere Frau von Darius Kopp, ausgezeichnete Köchin und Liebhaberin, loyale Freundin und Leserin, der es nicht gelang, ihre Talente gewinnbringend anzulegen, und die schließlich den Kampf gegen die Verzweiflung verlor und freiwillig aus dem Leben schied. Diese Tafel wurde gestiftet von. Geliebte, Geliebte, Geliebte. Ich verrutsche in der Zeit. Träume offenen Auges, dass ich dort hineingehe und dich finde, 20 Jahre vor heute, dein Körper als Teenager, als die Jeans eng getragen wurden und

---

| | |
|---|---|
| S mint egy folyó a mozivászon | Und wie ein Fluss durch eine Kinoleinwand |
| lapján, úgy úsznak át a házon --- | fließen sie durchs Haus --- |

#
[Datei: vak]

Als wäre ich erblindet, am helllichten Tag ist mir das Licht zu schwach. Wie im Traum, wenn du denkst, du hast die Augen offen, und doch kannst du nichts sehen.

#
[Datei: S-Bahn]

die Schulterpolster bis zum Himmel reichten und es Pflicht war, all das mit den hässlichsten blauen Schulkitteln aus Nylon zu verhüllen. Bis zuletzt fühltest du dich in zu großer Kleidung am wohlsten. Sie zog mit einpaar Sommerfähnchen in den Wald. Als im Herbst die ersten geliehenen Sachen an ihr auftauchten, brachte ihr Darius Kopp, den das nicht wenig Nachdenken abverlangte, wärmere Kleidung mit, aber sie trug weiterhin nur die Hosen, Pullover, Jacken anderer. Männerklamotten mit überstehenden Schultern. Kopp sah, dass ihr das Vergnügen bereitete. Sie war verschmitzt, wie eine andere, wenn sie sich sexy kleidete, aber sie war es nicht offen, sie packte auf die Offenherzigkeit nicht noch eins drauf, sondern im Gegenteil: sie hielt ihre Freude über ihre Kostümierung verborgen. Als wäre nichts. Als wäre es das Normalste auf der Welt, ein wandelnder Lumpenhaufen sein zu wollen. Wie schön du in Wahrheit warst, gottverdammt.

Er war ich weiß nicht wie oft schon an der Schule entlanggelaufen, als ihm klar wurde: da drinnen war es zu still. Selbst wenn keine Lichter angemacht werden müssen, weil Sommer ist – Oh, ihr

---

S-Bahn. Die Lamellen der Neonlampe zerschneiden mich wie ein gekochtes Ei.

#
[Datei: 10_24]

10. 24.
Der Faust-Dozent ist ein netter, sächselnder Mann. Er lächelt mich an, als er etwas fragt. Ich höre gar nicht, was es ist, ich sehe nur dieses Lächeln und renne weinend hinaus. Ich gehe auf der Straße und habe das Gefühl, jeder, dem es einfiele, könnte einfach in mich hineingreifen und mir Herz und Lunge herausreißen. Der Wind, als würde er angreifen. Springt mir auf den Rücken.

Neonlichter, unter denen Generationen Drinnenarbeiter ausgeblichen sind und immer noch ausbleichen! – Bewegungen verändern das Licht, selbst wenn alle die ganze Zeit still sitzen, irgendwelche Schatten und lichte Stellen entstehen immer und selbst wenn stilles Arbeiten befohlen ist, gibt es irgendein Geräusch, das man bis nach draußen hören kann. Aber hier: nichts. Kein Wunder, es ist ja auch noch, siehe oben, Sommer. August. Die Schule hat zu. Noch nicht einmal der Pedell ist da, heutzutage wohnt er nicht mehr im Kabuff neben dem Eingang, und kein Zahlencode wäre der richtige bei einer auf »geschlossen« gestellten Anlage.

Was hättest du da drinnen überhaupt gewollt? Schnapsidee. Das Lehrerzimmer suchen? Erster Stock rechts, immer. Die Tische sind zu einem langen Oval zusammengestellt, jeder hat eine Schublade, ein Fach, eine Kaffeetasse. Die Raucher haben's gut, die haben einen Extraraum. Zwei nach dem Rauch von Jahrzehnten riechende, zu große, zu weiche Polstersessel stehen dort und ein niedriger Rauchertisch mit einem klobigen Aschenbecher aus Glas, der wie geschmolzen aussieht, wie ein Stück aus dem All. Einmal habe ich dir

---

#

[Datei: ne_tartson_el]

Es soll mich keiner aushalten
ich verdiene es nicht
ich halte auch keinen aus
weil ich es nicht kann
weder einen anderen noch mich selbst
ich lege mich auf die erde drücke mein gesicht dagegen
sie drückt mich hart zurück
will mich nicht
umsonst
nein ich drücke nichts

Ohrringe geschenkt mit einem schwarzen Stein aus einem Meteoriten. Das war noch ganz zu Anfang. Und statt eines Eherings einen Ring mit einem schwarzen Stein zum ersten Hochzeitstag. – Jetzt kämen die Ringe, da Sie keine wollten, dürfen Sie die Braut schon jetzt küssen. Darf ich? Ja? (Wann hörte es mit den Zungenküssen auf? Findest du den Zeitpunkt wieder? – Nein.)

Hätte sein können, ein Lehrer oder mehrere erinnern sich. Hätte sein können, dass nicht. Die Geschichten darüber sind unterschiedlich. Obwohl, im Grunde gibt es nur zwei Varianten: In der einen scheinen sie sich an jeden Einzelnen zu erinnern, den sie jemals unterrichtet haben, in der anderen kehrt man erfolgreich geworden zurück und erzählt dem Lieblingslehrer, was aus einem geworden ist, und dem ist das vollkommen schnuppe. Die meisten wissen nicht, wie wichtig sie einem sind, sagte Flora. Ich wollte nie Lehrerin werden, ich dachte, das wäre schrecklich, für immer in diesem Glockengescheppere, dem Kreidestaub, dem klebrigen Schmutz auf den Fingerkuppen. Den Toiletten. Mittlerweile denke ich anders darüber, aber nun ist es zu spät.

---

noch nicht einmal soviel anstrengung
wenigstens in der stunde meines todes
das habe ich schon oft gemacht, aber da war ich jünger
ein kind
legte mich hin, wartete, vielleicht sterbe ich
auf dem dachboden, im garten, im zimmer, unter dem bett
damit sie sieht, was sie angerichtet hat
das aas, wenn sie mich findet
aber sie hätte sowieso nichts gesehen
dachte sie ist die heilige jungfrau
hat meine mutter kaputt gemacht
den opa mich jeden
obwohl der opa auch ein riesen arsch war

Du hättest gar nicht die Nerven, Lehrerin zu sein, sagte Kopp. Er hatte recht, dennoch war es falsch, denn sie wurde böse. (Alles, was dir die Gunst der Frau entzieht, ist falsch. Kapiert? *Falsch.*)

Danke, für deine Unterstützung!

Ich habe dich wirklich unterstützen wollen, sagte er mit seinem ehrlichen Blick.

Da lächelte sie und sagte, sie wisse das, und strich ihm übers Haar. (Meine Frau allerdings war die Nachsicht selbst. Der Wahrheit die Ehre.)

Innen ging es also nicht weiter, aber Kopp konnte sich nicht so schnell vom Ort trennen. Dann eben anders, dann schauen wir uns die Stadt eben von außen an. Er setzte sich auf eine Bank vor das Gebäude, an dem auf der einen Seite *Casino* und auf der anderen *Kultúrcentrum* geschrieben stand. Kenne sich einer aus.

Saß da vielleicht eine Minute, dann stand er auf und ging los. Er ging durch die Schmale Gasse über den Salzmarkt in die Judengasse bis zum Hauptplatz, wo kein Stein auf dem anderen geblieben war. Übertreibung. Aber das Pflaster war auf dem gesamten Platz

---

mich hat er nicht geliebt
heul nicht
warum sollte dich wer auch immer lieben
wenn doch dann ist es zufall
deswegen bin ich immer zu dankbar dafür
sei nicht dankbar!
wenigstens hasse ich nicht JEDEN
das ist das wichtigste
wenn du gut bist sei gut
wenn ich dich pflege, tue ich es für mich
als zum ersten mal jemand nett zu mir war,
rannte ich weinend hinaus
lieber soll ein JEDER grob sein

aufgerissen. Erneuerung des historischen Kopfsteinpflasters unter himmelstürmendem Radau, der in alle Ritzen kriechende weiße Steinstaub fliegt nur so durch die Luft. Außer den Arbeitern und Darius Kopp war keiner da, und das im August. Ist es Unvermögen oder das Gegenteil, Absicht, dass das Geschäft der beiden Lokale am Platz zur Gänze ruiniert wird? Unter einer Markise stand eine Kellnerin, sah Kopp interessiert zu, während dieser über den Holzplankenpfad balancierte. Als er nah bei ihr war, sah er sie auch, er lächelte, sie lächelte ebenfalls. Meine Frau war auch öfter Kellnerin. Sie sind sogar in ihrem Alter.

Die Planken führten zum Feuerturm. Einmal Turmwächter sein. Ausschau halten nach Feuer oder Feind. Hier wird nicht Trompete gespielt, sondern eine Glocke geläutet. Das ist besser, man hat eine größere Auswahl auch unter den unmusikalischen Wächtern. Im Moment ist nur einer da. Sein Name ist Dariussohn Darius J. Kopp. Eine Landschaft, die einer anderen gehört, so betrachten, als gehörte sie einem selbst. Unmöglich. Kopp schaut sich dennoch alles gewissenhaft an. Als könnte ich etwas wiedererkennen, über das

---

soll doch das die grundaufstellung sein und keiner soll davon
abweichen die abweichung ist nicht auszuhalten
*alles ist so roh*
soll es doch
*und ich werde tapfer sein*
*tapfer sein ist scheiße*
*schon mein ganzes leben*
immer immer
wenn die wüssten
dass es schon ein sieg ist, wenn ich es bis zur straßenbahn schaffe
wenn ich warten kann, bis sie kommt
wenn ich es schaffe, einzusteigen
wenn ich es 11 haltestellen lang aushalte, nicht auszusteigen,

mir nie erzählt worden ist. In der Innenstadt legen sich die Ringstraßen wie Zwiebelhäute umeinander. Eine Stadt, aus Steinen gebaut, das hilft gegen so manches, von Romanisch bis Barock ist hier vieles erhalten, minus der dritten Synagoge. Elisabeth von Luxemburg, die erzkatholische F---rau, hatte offenbar nichts Besseres – *Nichts. Besseres* – zu tun, als freien wie unfreien Städten die Vertreibung der Juden nahezulegen, wer, dachte sie, dass sie ist, Isabella, die Katholische, nein, die wurde erst später geboren. Hätten wir eine Tochter gehabt, hätte sie vielleicht Isabella geheißen oder Ophelia. Irgendjemand, der den Namen trug, war doch immer ein Hasser, ein Mörder, ein Unglücklicher (eine Hasserin, eine Mörderin, eine Unglückliche), Darius schlägt Johannes bei Bedarf den Kopf ab, wir könnten sie, oder sogar *ihn,* doch auch einfach Sonnenschein nennen, Sonnenschein Kopp …

Da fiel ihm auf, wie sehr die Sonne wirklich schien, mitten ins Gesicht, die Augen tränen davon. Er blinzelte, und dann sah er sie: eine Gruppe Schülerinnen, die unweit unter ihm gerade hinter einer Kirche verschwand, und gleichzeitig hörte er deutlich das Geklapper von Tellern und der Duft von Hühnersuppe erfüllte die Luft.

---

wenn ich es dann schaffe, ins richtige gebäude zu gehen
wenn ich es schaffe, in die 4te etage zu gehen
wenn ich es schaffe, den raum zu betreten
wenn ich es schaffe, mit ihnen zu reden
wenn sie dann einem wunder gleich tatsächlich zu verstehen scheinen, was ich sage,
einmal hat mir szilárd ein bündel briefe in die hand gedrückt, ich soll sie wegschicken
ich hatte keine ahnung, dass er gar nicht daran dachte, die 14,50 zurückzugeben,
mein geld für 2,5 tage
und dann kam er noch und beschimpfte mich, weil ich nicht eine fremde bei mir aufnahm

12 Uhr mittags, die Glocken läuten, das Air ungarischer Siedlungen wird vom Duft der Hühnersuppe erfüllt – Darius Kopp stürmte vom Turm herunter.

Er wusste es nicht und wusste es gleichzeitig mit absoluter Sicherheit, dass das Gebäude hinter der Kirche jenes Wohnheim war, in dem Flora 6 Jahre lang mit 11 anderen Mädchen in einem Zimmer gewohnt hatte. Unten rechts die Mensa, zu den Studier- und Schlafräumen kommt man über ein gotisches Treppenhaus – der erst vor Kurzem eingefügte Handlauf aus Holz, der Flur, die Türen, die Klinken, die Etagenbetten, der Hausaufgabenraum und die Waschräume; als würde man es *wieder*sehen anstatt zum ersten Mal. Es sei denn, die nicht ganz schlanke und nicht ganz fröhliche Frau in der Portierskabine – nennen wir sie: Viola – siebt einen vorher aus. Was denken Sie sich eigentlich, das ist ein *Mädchen*wohnheim, meine Frau, das kann jeder sagen. Betteln erweicht sie nicht, bezirzen glaubt sie nicht – dreißig Jahre zu spät, Söhnchen, dreißig Jahre zu spät – bestechen lässt sie sich nicht. Noch einmal: was denken Sie sich eigentlich?

---

aber ich hab nur ein zimmer, die ganze wohnung ist nur 20 qm,
kein platz für noch eine matratze
was ich denn für eine egoistin sei
dass kein fitzelchen hilfsbereitschaft in mir sei
aber siehst du denn nicht? siehst du denn nicht?
über so etwas darf man nicht weinen
man darf nicht weinen
und was darf man?
schön still und leise vor sich hin leben
solche kinder mögen wir
die schön leise sind, aber wenn man sie aufruft, alles können
dass man sich mit dir immer beschäftigen muss!
wir lieben dich nur, wenn du ein braves mädchen bist

Aber soweit kam es gar nicht. Kein verstohlener Blick in die Mensa – auch das kenne ich im Grunde schon: die Tische, die Stühle, die Bodenfliesen, das Ausgabefenster, den Geruch – keine Diskussion mit Viola. Die schwere hölzerne Eingangstür war verschlossen, ebenso alle Fenster, wenn Teller geklappert haben, dann nicht hier, wenn es die Mädchen wirklich gegeben hat, dann sind sie nicht hierhergegangen, das Wohnheim ist für die Ferienzeit nicht in ein Jugendhotel umfunktioniert worden. Sobald die Mittagsglocken verklungen sind, herrscht wieder taube Stille überall, selbst die Männer, die mit Presslufthammern das Pflaster aufbrechen, machen Pause. Die Kellnerin steht immer noch unter der Markise, ich könnte ihr einziger Gast sein.

Er entschied sich dagegen. Er lief einfach weiter. Fand über einen anderen Weg die Schule wieder, das Theater, das Hauptpostamt, den Bahnhof, das Krankenhaus (Hier wurdest du geboren, hier wurdest du … Sinnlos), als er ans Feld mit den Shoppingzentren stieß, kehrte er um. Sah sich die Fotos in den Auslagen der Fotografen an. Unbekannte Babys, Brautpaare, Abiturienten, Familien, Familien-

---

noch nicht einmal dann
was denn noch
wir tun dir nur nicht weh, wenn du ein braves mädchen bist
die jungs auch
alle sollen brave mädchen sein bis in den tod
arme pädagogen
lehrer, postfräulein, priester geben wir keine widerworte
priester, arzt, postfräulein geben wir trinkgeld
beim priester nennt man das eine gabe
wenn ich deinen hund noch einmal auf der straße sehe,
erschieße ich ihn
sie haben sämtliche katzen vergiftet
paradeiser auf den angeschossenen fuß

ähnlichkeiten. Pappmachésäulen im antikisierenden Stil werden heutzutage nicht mehr benutzt. Keine Vase mit Kunstblumen wird mehr auf ausgebreitete Petticoats gestellt. Stattdessen posieren manche wie für ein Pornocasting. Dir sieht keine auch nur entfernt ähnlich. Er lief weiter. Copyshop, Porzellangeschäft (Hirte, Tänzerin, Mädchen mit Hund), Lebensmittel, Galerien, Reisebüros, eine alte Apotheke (die Wandmalerei neben der Tür zeigt einen Löwen vor arkadischer Landschaft), Uhren und Schmuck (warum ich dabei an dich denken muss, bleibt mir selbst ein Rätsel), kleine Butiken mit offenen Türen, in der Tiefe junge Frauen, ihre übereinandergeschlagenen Beine schimmern heraus – es leben also durchaus Menschen hier, auch Frauen, Geschäfte sind in Betrieb und Fahrzeuge fahren, aber alles in allem ist die Stadt zu, ich schleiche an den Außenmauern entlang. Solange, bis es dunkel zu werden begann. In der Bushaltestelle vor dem Hotel Pannonia sammelte sich und wurde im Fünfminutentakt abgeholt: das Volk. Übrig gebliebene Jausen in der Tasche. Darius Kopp, müde und hungrig geworden, dachte im Heulen der Busmotoren sehnsuchtsvoll an diese Hasenbrote –

---

eine rote katze stiehlt uns unser glück
ich hege keine gefühle für tiere
ich habe keine angst und ich bin nicht sentimental
als wären sie gar nicht da
hundescheiße auf schritt und tritt
aber als gäbe es keine hunde dazu
als gäbe es nur die scheiße
logisch
warum sollte es nicht so sein, dass es nur die scheiße gibt
gottgegebene scheiße
damit ihr so leben müsst, dass ihr immer darauf achten müsst,
wohin ihr tretet mit sandalen in zerbrochene bierflaschen
was jammerst du?

Darf ich Ihre Eintagesbutter haben? – und gleichzeitig begriff er, dass er aufhören konnte, hier zu suchen. Zwei Stunden lang heulen die Busmotoren zum Gotterbarmen, dann sind alle abtransportiert in die Dörfer, wo sie in Wahrheit leben, hier werden dann die Geschäfte geschlossen und nur die leere Straße bleibt zurück und Darius Kopp. Er hätte einen Hamburgerladen vor der Nase gehabt, aber er schleppte sich lieber zurück zum Hauptplatz. Die Kellnerin vom Mittag war noch da und erkannte ihn auch wieder. Er bestellte eine Pizza und ließ sich ein Hotel empfehlen, etwas oberhalb der Stadt, am Rande der Wälder. Er schlief eine Nacht bei offenem Fenster unter schattigen Pinien und gab am nächsten Morgen in die Suchmaschine ein: Zuckerfabrik, Thermalbad.

Meine Frau kam nicht mit dem Bus, aber mit dem Zug aus einem Dorf, das sowohl eine Zuckerfabrik als auch ein Thermalbad besaß. So viel hat sie mir erzählt. Die Gegend strotzt natürlich nur so von beidem, wohin du dich auch wendest, entweder eine Zuckerfabrik oder ein Thermalbad, aber nur einer, *ein einziger* Ort hat bei-

---

der dreck, das ist das normale
was für eine dekadente ansicht, dass man den dreck wegmachen müsste, was musst du in sandalen herumrennen
lumpenschuhe sommers wie winters
das wäre korrekt
wenn ich in lumpen ginge
alles andere ist eine lüge
und die haare wie lumpen und die haut wie lumpen
und die zähne? Hätte ich zähne?
Ich weiß nicht.
ich kann es mir nicht vorstellen
wenn ich mir vorstelle, keine zähne zu haben, heißt das,
ich bin tot dabei habe ich gar keine guten zähne

des. Entfernung von Ihrem gegenwärtigen Standort: 30 km, Fahrzeit über die Landstraße Nr. 85, wenn kein Schwertransporter dazwischenkommt: 38 Minuten.

So ein Dorf, für das du 1 Minute brauchst, wenn du auf der Durchfahrt bist. Ach, was. Noch nicht einmal 1 Sekunde. Es liegt abseits der Landstraße. Wenn man hineinfährt ins Dorf und einmal durch jede Straße, weil Kopp nicht weiß, nach welcher er genau sucht, braucht man auch kaum mehr als 10 Minuten. Ein Kirchturm, eine Kneipe, ein Thermalbad. Keine Zuckerfabrik mehr. Der hellblaue Eisenzaun ist noch da und das Tor, ein überdachter Fahrradparkplatz mit Platz für 200 Fahrräder, rostfleckig und leer. Zwei riesige, silbrige Silagebehälter dürfen noch als Zuckerlager dienen, und das extra Schienenpaar, verlegt nur für die Züge voller Zuckerrüben, wird es noch geben, wenn es uns nicht mehr gibt. Kopp musste anhalten, um zwei Schwertransporter vom Gelände zu lassen. Einer der Fahrer hieß Laci. Sie fuhren in die Richtung weg, aus der Darius Kopp gekommen war. Er rollte langsam weiter. Die Hauptstraße endet nach wenigen hundert Metern, natürlich, an der

---

alle gefüllt nichts fault
aber dass sie nicht gut sind, bleibt
ali hat den frauen die hände und füße abhacken lassen,
er hat ihnen die zähne ziehen lassen
wurden sie auch geblendet? ich weiß nicht mehr
*folter*
blei in vazuls ohren
seine augen mit einem glühenden eisen
klára zách haben sie die nase abgeschnitten
leila haben sie die nase abgeschnitten
mustafa haben sie die nase abgeschnitten

#

Kirche, im romantischen Stile, der letzte Anstrich ist zu kanariengelb geraten. Kurz bevor man durch die Tür gefahren wäre, geht es rechts ab, in die sogenannte Herrengasse, du erkennst sie an den größeren Häusern, drei Fenster statt nur zwei, und die Vorgärten sind breiter als die Straße dazwischen, sie sind nicht umzäunt, freigiebig Blumen und sogar Gemüse. Walnussbäume. Der Geruch von Walnussblättern. Wenn sie liegen, wenn sie verbrennen. Kopp fuhr im Schritttempo, wie einer, der etwas aus dem Kofferraum zu verkaufen hat. Manche Tore waren durchsichtig, andere nicht. Hinter jedem der Tore ein Bastard an die Kette gelegt. Manche bellen den vorbeischleichenden nachtblauen Kombi an, andere nicht. Menschen, auch hier: keine. Nur vor einem langen Haus an der Einmündung einer kleinen Straße saß eine Großfamilie. Vier übergewichtige Frauen auf drei Bänken. Sie sehen mich schon zum zweiten Mal und schauen dementsprechend. Anhalten, sie ins Bild setzen, fragen. Erinnern Sie sich an Teodóra Flóra Meier? Aber er fuhr weiter. Der Dorfteich, ein öffentlicher Brunnen, und dann geht es schon wieder zurück Richtung Fabrik. Keine Kugelakazien

---

[Datei: vaniliaszinü_szobaban]

In einem vanillefarbenen Raum kopfüber von der Decke aus der Mitte des runden Stucks statt einer Lampe ich kling klang die Fenster stehen offen Nacht der Innenhof der Geruch der Fleischerei jemand feiert lautstark vielleicht weil ich hier hänge jetzt muss man nur noch warten

#
[Datei: Elenium]

Gs Mutter schickt ihr Pakete mit Süßigkeiten und Medikamenten. G verzieht das Gesicht: Hätte sie mich lieber geliebt.

nirgends. Auch das eine Information, irgendwo unterwegs, isoliert aufgegabelt, sie gingen wohl einmal an Kugelakazien vorbei, und sie fragte, wie heißt dieser Baum. Er wußte es natürlich nicht. Bei uns in der Straße standen solche. Heute: überall nur Sauerkirschbäume. 20 Jahre sind eine ausreichend lange Zeit, um Kugelakazien gegen Sauerkirschbäume zu tauschen.

Kopp stellte sein Auto auf einen ansonsten leeren Parkplatz in der Nähe der Fabrik und ging wieder los. Dasselbe, diesmal zu Fuß. Es war noch nicht Mittag, aber die Sonne brannte ungewohnt heiß, und die Stille war so groß, dass in seinem irritierten Ohr ein Ton entstand. Es sei denn, er wurde von den Hunden gewittert. Ein Fußgänger wird von mehr Hunden angebellt als ein Auto. Kopp vermied es, in die Richtung der dicken Frauen abzubiegen, so geriet er vor den Zaun eines alten Mannes, der gerade mit einer Leine auf einen Hund einschlug. Wenn ich deinen Hund noch einmal auf der Straße sehe, erschieße ich ihn. Kopp blieb stehen und starrte so lange hin, bis der Alte es merkte und innehielt. Er starrte zurück, zornig, gleich geht er mich an. Und ich werde so tun, als würde ich

---

Sie gibt mir Schmerzmittel und Elenium. Habe ich am Ende eine Freundin?

*

Elenium (chlordiazepoxid)
Ein Diazepinderivat, das zur Gruppe der Psychopharmaka gehört. Elenium besitzt eine starke beruhigende, Angst und Spannung lösende Wirkung. Vermindert die Peristaltik des Magens und Darmkanals, besitzt eine muskelerschlaffende Wirkung, die Muskelspasmen und Muskelkrämpfe günstig beseitigt, erleichtert das Einschlafen und beseitigt physische und psychische Spannungszustände. Elenium gehört nach pharmakologischen Merkmalen und klini-

ihn nicht für sein Verhalten kritisieren, sondern nur etwas fragen wollen. Erinnern Sie sich an? Aber der Alte ließ sich auf nichts ein. Er wandte Kopp den Rücken zu. Der Hund ergriff die Gelegenheit und verdrückte sich – sein geducktes Gehen – und der Alte ging irgendwohin in seinem Hof, wo er von der Straße aus nicht mehr zu sehen war. Herzklappen im Rinderherz. Floras Großvater hatte Asthma. Sein Atemholen überall. Er schlief im Sitzen. Große Daunenkissen im Rücken, eine Daunendecke auf den Beinen. Im Winter eine Tuchent. So wie diese dort, im Fenster, in der Sonne. Ein Federbett bei diesem Wetter? Vielleicht ist das Haus kalt. Das Haus meiner Großeltern war auch ein kaltes. Besuch bei Omaopa hieß: frieren. Opa Willy hatte Schlachter gelernt. Er war in französischer Kriegsgefangenschaft, nach seiner Rückkehr arbeitete er in der LPG und war brutal zum Vieh. Das ist buchstäblich alles, was ich über ihn weiß. Ich habe die Statur von ihm geerbt und ein grau-braunes, langärmeliges Unterhemd, das ich als Student statt eines T-Shirts trug. Du kanntest mich nicht damit.

An einem Laternenmast ein vergessener Lautsprecher. Als An-

---

schen Effekten zur Tranquilizergruppe. Die Wirkung ist am stärksten im Gebiet des Thalamus.

Indikationen
Psychiatrie: Angst-, Spannungs- und Unruhezustände, Nervosität verschiedenen Ursprungs, Reizbarkeit, neurovegetative Störungen, Stimmungslabilität, Wetterfühligkeit, chronischer Alkoholismus.
Innere Medizin: Gastrointestinale und kardiovaskuläre Beschwerden.
Chirurgie: Unruhezustände vor und nach operativen Eingriffen, Muskelspasmen, Gelenk- und Beutelentzündungen.
Frauenheilkunde: bei menstruellen und klimakterischen Störungen, in der Geburtshilfe und den Wechseljahren.
Kinderheilkunde: Verhaltens- und Anpassungsstörungen bei Kindern.

sagen an die Bevölkerung zum Alltag gehörten. Meist war nichts zu verstehen. Knarzen und Knattern, nicht ein einziges sinnvolles Wort, es brachte nur Beunruhigung, aber nur mehr sachte, es waren die Siebziger. Wenn du's nicht verstehst, verstehst du's halt nicht, wenn es wirklich wichtig ist, werden sie's dich schon wissen lassen. Jeden Mittwoch Sirenenprobe. Über den Kleintransporter, auf dessen Ladefläche drei Männer in Wattemänteln in der frühesten Frühe des 1. Mai Blasmusik spielten, um uns zu diesem besonderen Tag zu wecken, freute ich mich jedes Jahr. Obwohl sie wie eine Erscheinung aus dem Jenseits waren, wie sie aus dem Nebel auftauchten: ein grauer Wagen und drei graue Männer mit heiseren Instrumenten.

(Was weiß ich noch? Wenn ich will, den Tagesablauf, der, bis zum Erwachsenenalter, nein, im Grunde bis zum Mauerfall absolut gleich blieb. Darius Kopp hat das, ehrlich gesagt, sobald er es sich erlauben konnte, gelöscht. Als ich frei geworden bin, habe ich alles vergessen. Natürlich nicht wirklich. Aber ich halte mir das nicht präsent. Weder im Vor-, noch im Hintergrund. Klebriger Schmutz

---

Dermatologie: zuckende Dermatosen.
Dosierung: oral individuell je nach Grad des Zustandes des Kranken.
Erwachsene: durchschnittlich 2–4 mal täglich 20–40 mg pro Tag geteilt in Einzeldosen. Bei Schlaflosigkeit in schweren Fällen einmalig 10–20 mg vor dem Schlafengehen.
In den psychiatrischen Fällen fängt man von 50 mg an, stufenweise erhöhend bis 300 mg pro Tag, in 3–4 Einzeldosen geteilt.
Kinder: 5–10 mg pro Tag. In schweren Fällen bis zu 20–30 mg pro Tag in Einzeldosen geteilt.
Kontraindikationen: Bei einzelnen Patienten kann ein Verlangen nach dem Präparat einsetzen.

#

der Kindheit. Immer dasselbe Abendessen. *Brot.* Abend*brot.* Meine Mutter konnte exakt 3 Gerichte kochen, und das auch nur am Wochenende. Wofür schicke ich euch zur Schulspeisung? Nie ins Restaurant, nie zu Gast. Vater verkehrte in Kneipen, weil er ein erwachsener Mann war. *Wir* nicht. Sein Geruch, wenn er nach Hause kam. Sein schöner Männergeruch nach Bier oder Wein. – Wasch dich, du stinkst. Das Hemd kannst du auch nicht nochmal nehmen. – Dass sie nie die Klappe halten konnte. – Später wird man selber groß genug für ein Mofa und für das Herumstehen vor dem Moritzkino mit einem Bier in der Hand. Die Mädchen Cola, sonst sind's Schlampen. Wer auf dem Rückweg eine von ihnen auf dem Mofa mitnimmt, ist Held des Abends. Wie der Vater, so der Sohn. Hättest du mich auch nur eines Blickes gewürdigt? – Ich war doch erst 12.)

Als er wieder am Brunnen in der Nähe der Kirche angekommen war, setzte er sich auf die steinerne Bank am Rand. Erst dachte er, der Brunnen habe, sobald er sich hingesetzt hatte, angefangen zu musizieren, aber es war der Kirchturm. Dreizehn Uhr. Der kanariengelbe Zuckerbäckerkirchturm zu Ehren der Dreifaltigkeit

---

[Datei: fü]

Und außerdem, sagt G, komm, wir kiffen.

Wir sitzen im Kreis, wie es scheint, gibt es auch Regeln, der speichelige Papierwurm darf nur in eine Richtung kreisen, ihn rückwärts zu reichen ist verboten. Ich kann nicht rauchen, ich kann mich nicht dazu überwinden zu inhalieren, dabei weiß ich im Prinzip: man muss einatmen, nachdem man gezogen hat. Ich atme nicht ein. Ich halte den Rauch drin, puste ihn wieder aus. Es langweilt mich. Wow, man sieht's dir aber an! sagt G in freudiger Erregung. Um uns herum wird gekichert. Unbekannte. Das heißt, Gs Bekannte. Die meisten wohnen hier, im 20Stöcker. Meist sind es Jungs. Das heißt, jeder ist es, außer G und mir. Ein blonder Pole, Kamil, erzählt mir

spielt zu Ehren der vollen Stunde populäre Tingeltangelmusik. Wie eine alte Quarzuhr. Kakophonisch jetzt dazu ein Kastenwagen mit einer kinderfreundlich gemalten Kuh und einer ebensolchen Ziege an der Seite, vor ihren Hufen liegen zwischen Grasbüscheln Käse und Quark. Der Wagen fuhr Schritt und dudelte. Eine Weile dudelten sie gegeneinander an, der Kirchturm und das Verkaufsfahrzeug, dann endete der Turm und es blieb nur noch der Wagen, der neben dem Brunnen stehen blieb, um auf Kundschaft zu warten. Der Fahrer, der Kopp zuvor gesehen hatte, stellte den Wagen so hin, dass sie sich nicht weiter ansehen mussten. So stand die Zeit eine Weile still: Darius Kopp auf der steinernen Bank am Brunnen, der dudelnde Verkaufswagen einer Molkerei am Straßenrand. Wenn das Dudeln Pause machte, hörte man das Plätschern des Brunnens. Dann fuhr der Kastenwagen weiter, und als wäre damit ein Bann gebrochen, die hundert Jahre um, kam Leben auf die Straße. Zuerst einige Auswärtige, zwei Pärchen mit Fahrrädern, die am Brunnen hielten, um ihre Flaschen zu füllen. Eines der Mädchen zog sich das T-Shirt aus und wusch sich unter den Achseln. Ihre Brüste. Aber

---

irgendwas. Es ist auf Deutsch, dennoch verstehe ich es nicht.
Er will mit dir ins Bett, sagt G. Er hat einen großen Schwanz, informiert sie mich. Oder magst du das nicht?
Gs Freund ist Montenegriner. Ob er stoned ist oder nicht, kann ich nicht feststellen. Auf einmal fängt er an zu fluchen. Erst denke ich, er hat gehört, was G über den Polen gesagt hat, dann fällt mir ein, dass sie es ja auf Ungarisch gesagt hat, er konnte es nicht verstehen. Später stellt sich heraus, dass er ein Problem mit MIR hat. G versucht, ihn zu beruhigen, sie sprechen serbokroatisch, ich verstehe es nicht, Kamil informiert mich, dass sie sich meinetwegen streiten.
Meinetwegen? Aber ich hab nichts gemacht!
Komm mit mir rüber, sagt Kamil.
Ich gehe lieber.

das war nicht jetzt und hier, das war eine Frau, die ich lange vor dir kannte. Eine Radtour durch Bulgarien. Da hat sie das getan. Wir taten so, als wäre das normal. Wir hatten einen Ruf zu verteidigen: wir waren aus der DDR. – Scherz. – Ich mochte dieses Mädchen nicht besonders (ich hatte auch nichts gegen sie), ihre Brüste waren schön. – Deine Brüste in der Sonne. Der Rock auf dem Foto sieht schwarz aus, dabei war er rot. – Die Radfahrer, die im Übrigen überhaupt nicht jung, im Gegenteil, rüstige Rentner waren, fuhren weiter. 2 Männer und 2 Frauen, aber ich habe nur mehr die Erinnerung an den Träger des Hemds von der einen, auf deren weiße Haut in der rasierten Achselhöhle ich mich konzentriert habe. Weiße Achselhöhle unter einer braunen Schulter. Dann, endlich, kamen die Einheimischen hervor. Zuerst eine alte Frau, keine rüstige Rentnerin, eine echte alte Frau, eine Dorfbewohnerin, auf einem Dorffahrrad. Füllte zwei große Colaflaschen mit Wasser aus dem Brunnen, sah Darius Kopp an und fuhr wieder davon. Wenig später kamen drei Kinder. Auch sie hatten Plastikflaschen dabei, auch sie füllten sie mit Wasser. Sie tranken nacheinander, wischten sich nacheinander

---

Balkanisches Rindvieh, sagt G zum Montenegriner. Sie sagt es auf ungarisch, er versteht es dennoch und flucht noch lauter.

Geh nicht, sagt G und umarmt mich, ich spüre ihre Brust. Komm, küss mich, sagt sie und küsst mich auf den Mund. Unsere Lippen sind hart, ihre sind etwas speicheliger. Zoran, so heißt der Montenegriner, erklärt etwas mit heiserer Stimme, G johlt.

Ich verstehe das alles nicht. Ich verstehe es nie. Meistens verstehe ich überhaupt nicht, was vor sich geht. Wer was warum tut. Wie in einem Traum. Scheinbar muss ich auch eine Rolle dabei spielen, aber ich weiß nicht, verstehe nicht, habe nicht einmal die Chance zu verstehen, woraus diese Rolle besteht. Das Einzige, was sicher scheint, ist, dass ich schuldig bin.

Irgendwie schaffe ich es zu gehen.

den Mund und starrten Darius Kopp an. Dann gingen auch sie. Sie hatten Bambusmatten und Wasserpistolen bei sich.

Wie kann man in einem Dorf, in dem es drei Quellwasserbrunnen und ein Thermalbad gibt, nicht glücklich werden?

Sinnlose Frage.

Und was wäre sinnvoll?

Zum Beispiel den Strohmatten tragenden Kindern hinterherzugehen. Etwas Abstand halten, nicht, dass noch einer etwas Falsches denkt.

Wieder vorbei an allem. Dem Kinderspielplatz, dem Parkplatz, der Fabrik, dem Dorfladen. Beim 3ten Mal merkst du schon, wie du anfängst, dich langsam auszukennen. Aber, natürlich, ist das eine ganz andere Geschichte, als diesen Weg 6000 Mal zu gehen. Meine Frau ist diesen Weg mindestens 6000 Mal gegangen. Man muss meist auch wieder zurück. Also 12 000 Mal. 12 000 zu 3 für dich. Aber ich lebe noch. Also doch: für mich. So geht das, meine Liebe. So geht das.

Ich hätte das nicht denken dürfen. Jetzt kommt sie bestimmt nicht.

---

Wenn wir uns das nächste Mal sehen werden, wird G mit mir böse sein, weil sie sich meinetwegen mit ihrem Freund streiten musste. Tut mir leid.

Allein im Fahrstuhl, es steigen 6 Leute zu, ich steige aus, weil mir der Fahrstuhl so zu voll ist, zu Fuß von der 14ten hinunter, ich höre noch, wie sie hinter der geschlossenen Fahrstuhltür lachen.

Kann sein, sie taten es aus Verlegenheit. Ich würde es trotzdem nicht tun, denn ich weiß, das könnte jemandem weh tun. Aber ich bin auch nicht so ein lachender Typ. Es war gut, 14 Etagen nach unten zu gehen. Dienstbotentreppe. Still, kalt, dunkel. Es war gut. Bis ich unten ankam, war ich getröstet.

#

Und wenn ich den Weg auch 12 000 Mal liefe? Der Mann, der sich vorgenommen hat, 6000 Mal zwischen dem Brunnen an der Kirche und dem Thermalbad hin- und herzulaufen, um seine Frau einzuholen. Wie lange würde das dauern? Kämst du dann und sähest es dir an?

Du kennst die Antwort. Am Anfang der Beziehung: ja, am Ende: nein. Alles Mist. Was ich auch denke. Es kommt immer Mist heraus.

Man nennt das nicht Mist, sondern Schmerz, Schatz.

Ich rede mit mir selbst, als redetest du mit mir. Auch das ist Mist.

Die Lösung der Textaufgabe von oben ist übrigens:

650 Meter à 8 Minuten mal 12000 = 1600 Stunden, bei 8 Stunden pro Tag = 200 Tage.

Am Eingang zum Bad ein zweistöckiges Gebäude, über dem Portal stand *Sport-Panzió*, aber ob es wirklich eine Pension war, blieb unsicher. Eine Rezeption gab es nicht, dafür eine Terrasse mit Zugang zu zwei gastronomischen Einheiten, eine links, eine rechts. Links

---

[Datei: parkak]

»Schöner Sommertag, wortlos wachen die Parzen«

#

[Datei: Anima]

5. Mai

Endlich ein vernünftiger Job!

Zettel an der Uni. An demselben Tag dagelassen. Mit fliegenden Fahnen zur Adresse. Hitzewelle im Mai, meine Füße in den Sandalen sind schmutzig. Meine Hände schmutzig vom Fahrrad, macht nichts. Stürme hinein, sage, ich wäre gern ihre Praktikantin. Die Se-

kann man nur trinken, rechter Hand werden Snacks und Eis verkauft, durch ein Fenster an die Gäste auf der Terrasse, durch ein anderes an die Gäste des Bads. Von der Terrasse kann man das Bad überblicken. Drei dampfende Kessel. Alle sitzen darin. Das Dorf war leer, weil alle hier sind. Die Mädchen und die Frauen zwischen 4 und 90 Jahren. Spazieren mit sonniger Haut oder rennen, die Arme um sich geschlungen, fröstelnd, vorsichtig, nicht auf dem Beton ausrutschen, nicht in etwas Spitzes treten, Stolpergang oder Schlendergang, ihr Haar in verschiedenen Formen um ihre Köpfe arrangiert, unter Strohhüten, Stoffhüten, Häkelhüten. In zeltartigen Strandkleidern, geblümten Fähnchen, eine Siebzehnjährige in weißen Shorts. Ihr Hintern ist runder als rund, noch ist sie knackig, kraftvoll erotisch, es ist gut, sie anzusehen. Wie wird man eine Frau? Und wie wird man ein Mann? Früher habe ich nicht darauf geachtet. Als ich dich traf, freute ich mich, ein Mann zu sein. Aus den Lautsprechern im Bad pumpert irgendeine fröhliche Sommermusik, man hört sie nur manchmal durch, wenn es die andere fröhliche Sommermusik, die auf der Terrasse pumpert, erlaubt. Er sind übrigens auch Män-

---

kretärin isst eine rote Hollandpaprika, beißt ab wie von einem Apfel, das erste Mal, dass ich so was sehe.

Der Chef mustert mich. Er sieht meine schmutzigen Hände und Füße, er sieht das durchschwitzte Kleid, das an mir klebt: eine vogelscheuchenartige Erscheinung.

Zahlen können sie natürlich nicht.

Ist OK.

Ich rechne. Wohnung: 100.

Außerdem muss man nur noch essen. Solange es warm ist, braucht man keine Fahrkarte.

Mit weiteren 100 könnte es sich ausgehen. Obwohl: 3,33 am Tag? Brötchen, Butter, Apfel. Waschpulver, Seife. Fahrrad darf nicht kaputtgehen. Schuhe dürfen nicht kaputtgehen.

ner anwesend, aber das zählt nicht. Männer und Babys interessieren nicht. Nur das, was ich mir vorstellen kann: wie du hättest gewesen sein können. Als kleines Mädchen, als größeres Mädchen, als Teenager, als junge Frau, obwohl du da schon nicht mehr hier warst, aber jetzt setze ich dich hier ein. Als Endzwanzigerin, als ich dich kennenlernte, als Enddreißigerin, die du jetzt wärst, als 50jährige, die du in etwas mehr als 10 Jahren gewesen wärst – Je älter die Frauen werden, umso weiter halten sie den Kopf unter den Duschen heraus – und so fort, bis hin zur mutmaßlich Ältesten hier, die dem Augenschein nach stark auf die 90 zugeht. Dass das die Großmutter sein könnte, fiel Darius Kopp nun brühheiß ein. Die Frauen im Alter deiner Schwiegermutter hingegen kannst du getrost überspringen. Kopp nahm einen zu großen Schluck vom zu kalten Bier und musste so stark husten, dass ihm für eine Weile Hören und Sehen verging.

Verzeih meine dumme Frage von vorhin. Die richtige Frage ist doch: wie kann einem das, was anwesend ist, überhaupt Auskunft über das Abwesende geben? Ob das Dorf nun plätschernde Brunnen und ein Thermalbad hatte oder hat, ist irrelevant. Ob die Fabrik

---

Warum bin ich jetzt so glücklich?
Wenn ich, sagen wir, Freitag-Samstag-Sonntag 8–12 Stunden irgendwo kellnere, dann kommt es hin.
Montag-Donnerstag: Uni und AnimaTV. So heißen sie. Interviews mit relevanten Persönlichkeiten, fürs Fernsehen. Ich werde im PARTEI-Archiv anfangen mit »zusätzlichen Recherchen« für eine »Doppelagenten-Story«!
Zurück:
Montag–Donnerstag: 96 Stunden
Schlaf, Erwachen, Wege: 36
bleiben: 60
30 Uni
30 Anima

noch arbeitet, ob es im Winter nach Silage und im Sommer nach Puderzucker riecht oder nicht. Das Einzige, was wirklich zählt, ist, dass es der Ort ist, an dem im Laufe der ersten Klasse deine Mutter verschwand. Zu Weihnachten war sie noch da, zu ihrem Geburtstag Anfang Februar nicht mehr.

Die Varianten im Laufe der Zeit: im Krankenhaus.

Im Sanatorium.

In der Nervenheilanstalt. In der Klapse.

In Budapest, auf freiem Fuß, aber in einem neuen Leben, und in diesem will sie dich nicht haben. Deine Mutter ist ein Narr, du bist besser dran ohne sie, Alkoholiker kannst du sein, gewalttätig kannst du sein, sensibel darfst du nicht sein, ich will nicht über sie sprechen, und wenn die Kinder in der Schule von ihr anfangen, sagst du ihnen, auch du willst nicht über sie sprechen.

Ich will nicht über sie sprechen.

Aber liebst du deine Mama noch, obwohl sie verrückt geworden ist?

Ich will nicht darüber sprechen.

Wer es nicht bis zum Schluss schafft, taucht in der Ergebnis-

---

Mehr als genug.
20 Anima
40 Uni
Mit Vor- und Nachbereitung.
Das Leben ist schön.
Aber ich hab noch keinen bezahlten Job. Muss suchen.

Inder am Telefon (Für Telefon braucht man auch Geld!): Haben Sie Serviererfahrung? Ich: Ja.
Gehe dann aber doch nicht hin.

22. Mai
Musste Wohnung verlassen. Hauptmieter da, wollte was. Habe beschlossen, lieber zu gehen.

liste nicht auf, so einfach ist es. Ging vom Dorftanz nach Hause, nahm die Schrotflinte, schoss sich in den Mund. Das war ein junger Mann. Die ihn kannten und an jenem Abend gesehen haben, sagten, es habe keine Konflikte gegeben und auch sonst keine Anzeichen. Was siehst du schon. Zu Weihnachten noch da, im Februar nicht mehr. Von da an noch 12 Jahre hier, nein 6, bevor du ins Wohnheim zogst, geschätzt 12 000 Mal die 650 Meter, und es ist völlig egal, in wie vielen Tagen ein erwachsener Mann das nachlaufen könnte. Mist, wirklich, mir fällt nur Mist ein. Stell dir vor, dass sie in der Woche mal gut sind, mal schlecht, aber am Wochenende, wenn das Kind da ist. Was fängst du damit jetzt an? Was?

Darius Kopp öffnet das Fotoalbum in seinem Handy. Suche eine Aufnahme mit Kopf, so schmerzlich das auch ist, das andere kannst du nicht gebrauchen. Da ist eins. Sogar relativ nah aufgenommen, aber sie hat sich bewegt, es ist etwas unscharf, aber wenn man sie kennt, erkennt man sie. Man muss nur ein wenig in der Zeit denken. 18 Jahre alt und blond.

Auf der Terrasse befinden sich ausschließlich Männer. Sie haben

---

Hinein zur wip, gesagt, was ich will. Starren mich an, dann drücken sie mir einen Zettel und einen Schlüssel in die Hand. Aber die Wohnung hat nicht mal ein Klo.

Macht nichts.

Das Dach des Kachelofens ist auch eingebrochen.

Macht nichts, der Sommer kommt. Obwohl man das nur an der Wand des gegenüberliegenden Flügels sieht. Macht nichts. Nichts macht etwas.

Ich habe etwas, wo ich wohnen kann.

238, leider, weil es zwei Zimmer sind, obwohl ich nur eins bräuchte. Macht nichts, es wird schon irgendwie werden. Sie zahlen nur 8 im Café, aber mit Trinkgeldern werden's 10.

Archiv tödlich langweilig. Macht nichts. Nichts macht was.

Kopp schon vor einer Weile registriert. Ein Fremder, der ins Bad glotzt. Als täten sie etwas anderes. Einige sind zu jung, um sie kennen zu können, aber nicht alle. Ein Kleinwüchsiger auf sehr hohen Plateauabsätzen ist auch mit dabei. Das, zusammen mit der Wölbung seines runden Hinterns, ergibt eine Tuntenhaftigkeit. Wie aus einem Fellini-Film. Gockelt gegen einen anderen: *Ki a hülyegyerek?* Man lacht. Oh Gott, der Zwerg. Ich hatte auch einen Zwerg. Eine Weile starrt Darius Kopp nun ihn an, er kann nicht anders. Auch das wird bemerkt, natürlich wird es bemerkt. Wer übernachtet wohl sonst in dieser Sport-Pension?

Die Situation rückt einen weiteren Schritt näher Richtung Eskalation, als jemand Neues kommt. Eine junge Frau in einem schulterlosen lila Kleid. Sie ist in Begleitung eines jungen Mannes, aber wie der aussieht, weiß Darius Kopp wirklich nicht, irgendein männlicher Mensch an der Peripherie, unwichtig. Was nicht unwichtig ist, sind die großen braunen Tupfen, die die Haut der Frau bedecken. Keine Sommersprossen. Runde, centgroße Tupfen. Ich weiß nicht, wieso mich das an dich erinnert. Vielleicht, weil sie so

---

Ich lebe hier. Allein. Ich stehe auf meinen eigenen Füßen.
Ich mag nur nicht, wenn sie mir drohen.
Sie sind doch Ausländerin!
Schnauze!
Dass ausgerechnet das als Erstes hervorkommt! Wunderst du dich?
Nein. Aber enttäuscht darf ich sein.

1. Juni
Es ist völlig klar, dass im Partei-Archiv nichts mehr zu finden ist. Der Chef macht ein Gesicht, als wäre das allein mein Fehler. Als hätte er mich nicht deswegen dorthin geschickt, damit nicht jemand anderes, Wertvolleres seine Zeit damit vergeuden muss. Könnte ich vielleicht etwas anderes tun?

ein exotisches Wesen ist. Schön, wie ein Schmetterling. Ich vergleiche jetzt nichts mehr. Ich schaue mir nur diese Schönheit an. Wie im Übrigen jeder andere hier auch, aber was den Einheimischen erlaubt ist, ist dir noch lange nicht erlaubt. Der Begleiter der Schmetterlingsfrau spricht mit der Gruppe junger Männer um den Zwerg, und sie schauen immer öfter her. Lange wird das nicht mehr gut gehen. Sie deuten sogar schon mit dem Kopf in Kopps Richtung. Sogar die Schmetterlingsfrau schaut sich um. In ihrem Gesicht sind keine Punkte. Sie sind eine sehr schöne Frau, wenn ich das so sagen darf. Einer aus der Gruppe, nicht der Zwerg, löst sich jetzt heraus und kommt auf Kopp zu. Kopp schaut schnell wieder in sein Handy.

He, sagt der Mann, der jetzt bei ihm angekommen ist.

*Yes*, sagt Darius Kopp, mit dem arglosesten Gesicht von seinem Handy aufschauend.

*Jaa*, sagt der Mann und will gleich wieder gehen.

*Excuse me*, ruft ihm Kopp hinterher. Jetzt ist es der andere, der nicht mehr zu Hause ist. Er macht keinen Schritt zurück, das kann

---

Ich könnte Kabel tragen. XY hält einen Vortrag an der Uni. Ich tue es. Einige, die mich kennen, sehen mich. Sie lachen.
Und wieso scheißt du nicht darauf, fragt P, der Kameramann und Schnittmeister. Könnte ich nicht lieber im Schnittraum sein?
Seinetwegen. Obwohl Frauen seiner Meinung nach nichts davon verstehen. Nicht inhaltlich, sondern technisch gesehen.
Er hat recht. Kabelsalat. Noch dazu muss man ständig umstecken, denn das ist hier nun einmal so. Ein Ausgang oder Eingang weniger da, als man bräuchte.
Ein Interview mit einem Klavierbegleiter von Helene Weigel.
Brecht-Eisler-Lieder.
»Deine Mutter, mein Sohn, hat dich nicht belogen,
Daß du etwas ganz besonderes seist;

er nicht, er dreht nur den Oberkörper und neigt ihn ein wenig, um zu sehen, was Darius Kopp ihm zeigt. Möglicherweise irgendeine Schweinerei auf seinem Handy.

Meine Frau, sagt Darius Kopp. *My wife.* Flora Meier. Meier Teodóra. Sie hat hier gelebt. *She used to live here.*

Er zeigt es an, »hier«, aber er macht es falsch, er kreist mit dem Finger über dem Boden vor seinen Füßen. Die jungen Männer um den Zwerg herum lachen.

Der Mann aber, der bei ihm steht, merkt seine Ruhe und Ernsthaftigkeit. Hat die Aggressivität, die er mitgebracht hat, abgelegt. Kommt richtig heran, schaut sich das Bild an und winkt dann dem Wirt. Das kindische Gekicher in der Gruppe um den Zwerg ebbt ab. Der Wirt kommt, nicht sehr schnell, schaut sich das Foto an, wieder dauert es, bis er eine Reaktion zeigt. Er schüttelt den Kopf. Als Nächstes kommt der Zwerg, watschelt näher, sein runter Hintern dreht sich. Er nimmt das Handy, als wäre es ein rohes Ei. Für einen Moment befürchtet Darius Kopp, es könnte ein fieser Scherz sein, nimmt es wie ein noch nie gesehenes Kleinod und im nächsten

---

Aber sie hat dich auch nicht mit Kummer aufgezogen,
Daß du einmal im Stacheldraht hängst und nach Wasser schreist.«
Ich habe noch Tränen in den Augen, als:
Wessen bekloppte Idee war das, den Anfang so langsam zu machen? Das Kopfzittern alter Leute in Zeitlupe? Und dieser halbstündige musiktheoretische Vortrag? Raus damit. Du zieh nur den Ton hoch, wenn irgendwo eine Tür aufgeht, das reicht völlig. Du hast zu wenig Platz für den Kommentar gelassen. Wer soll das in 30 Sekunden herunterleiern können? Du, das kann sein, aber du darfst nicht sprechen. Du hast einen Akzent. Der Chef sächselt, aber das zählt nicht. Und wieso ich keine Schuhe anhätte?
So geht es. Der Chef kommt herein, macht mich herunter, danach tröstet mich P mit irgendwas. Ich darf dies oder das machen oder er

Augenblick schmettert er es mit Wucht auf den Boden – Was würde ich tun? Diese Reise ohne Telefon zu bewältigen, eine Variation, die Darius Kopp bis jetzt nicht einmal in den Sinn kam, unvorstellbar – aber nein, der Zwerg hält das Telefon fest, schaut sich das Foto lange an, dann schaut er Kopp an, schaut sich auch Darius Kopps Gesicht lange an, dann schüttelt auch er den Kopf.

*You should ask the women in the spa*, sagt er und deutet zum Eingang des Bades. Seine Aussprache ist gut. Er sagt: *spa*.

Der Wirt nickt. Er sagt etwas auf Ungarisch, wiederholt mutmaßlich, was der Zwerg gesagt hat.

*The old women*, sagt der Zwerg und muss nun wieder so grinsen wie die ganze Zeit zuvor.

*Thank you*, sagt Darius Kopp. *Thank you all.*

Sie haben recht, sie starren mir Löcher in den Rücken, aber sie haben recht. Man muss das Vertrauen der Frauen gewinnen.

Guten Tag. Sprechen Sie deutsch?

---

lädt mich zum Abendessen ein. Der Chef sieht, dass wir gemeinsam gehen.

4. Juni
Er spielt gerne, dass er mich in einer dunklen Gasse überfällt. Wir machen es in meinem Flur stehend. Die schwarz gemalten Dielen knarren. Durch das Zimmer kann ich auf das Fenster sehen, dahinter der Hinterhof. Die Ranken des wilden Weins im Mondlicht. Die Nachbarn schauen fern. Danach gehen wir zu Bett, das heißt, wir legen uns auf meine Matratze. Er schläft, ich nicht.

6. Juni
Nachdem ich ihm eine halbe Stunde lang darüber erzählt habe, was

Vier alte Frauen. Zwei Garderobieren, eine Putzfrau, eine aus dem Kassenhäuschen. Kopp hatte sich eine Eintrittskarte gekauft, damit man sieht, seine Absichten sind ehrenhaft, und hat erst danach seine Frage gestellt. Flora Meier. Tcodóra. Teodóra Meier. Ich bin ihr Mann.

*A Teodóra?* Was ist mit ihr?

Sie ist gestorben.

*Meghalt*, übersetzt jemand, der es versteht.

Man versammelt sich um ihn, jetzt auch einige der Badegäste. Keine Männer, keine jungen Frauen. Schauen sich das Foto im Handy an, nicken. Eine schlägt das Kreuz. *Édes Istenem.* Guter Gott. Und er ist ihr Mann? Ja, das ist ihr Mann. Ein Österreicher. Darius Kopp klärt das Missverständnis nicht auf. Ist doch egal, was *ich* bin. Sie reden untereinander, besprechen etwas. *Hát, meghaltak valamennyien.* Darius Kopp dreht den Kopf hin und her. Könnte jemand eine Sprache sprechen, die ich verstehe? Es wird ihm übersetzt: Jetzt sind alle tot. *Édes Istenem.* Die Großmutter ist also auch tot? Ja, sie liegt hier auf dem Friedhof. Die Mari liegt woanders. Das ist die

---

Kunst und was Dichtung ist, sagte er: Meinst du, es gibt jemanden, den das wirklich interessiert?

7. Juni
Heute hat mich der Chef mit nach Hause genommen. Er zeigt mir ein Buch, das ich lesen soll. Es handelt von einem Menschen, der Schach im Warschauer Ghetto gespielt hat. Ich blättere darin. Er bringt mir in der Zwischenzeit ein Glas Wasser, und als er das Glas auf den Tisch vor mir stellt, legt er seine andere Hand auf meinen Rücken und lässt sie langsam hinunterrutschen. Er streichelt meinen Rücken, auf und ab. Und ich, als bemerkte ich es nicht, schaue mir das Buch an. Später lege ich das Buch hin, stehe auf und gehe. Ich sehe den Hass in seinen Augen.

Mutter. Ob sie eine Hure war oder nicht, weiß man nicht genau. *Pesten van a Mari?* Ja, das kann sein, sie liegt in Pest.

Sie reden, besprechen es untereinander, manche sprechen auch nicht, sondern starren Kopp an. Unverhohlen und, in einem Fall, scheint ihm, höhnisch. Warum sollte sie höhnisch sein? Vermutlich ist das einfach ihr Gesicht. Sie tun nichts Benennbares. Dass deine Frau tot ist, kannst du ihnen unmöglich vorwerfen. Dennoch. In Kopp wächst der Widerwille. Als wäre etwas grundfalsch. Dabei war es doch richtig. Die alten Frauen erinnern sich, sie bestätigen, ja, meine Frau hat es gegeben, sie hat hier gelebt, endlich auch mal eine offene Tür, oder wenigstens ein Spalt, durch den du mit einem Auge spähen darfst. Mehr allerdings auch nicht. Von denen, die es wirklich etwas angeht, ist keiner mehr übrig. Du wirst nicht bei der Großmutter in der Wohnküche sitzen und schweigen, während das Ticktacken der Pendeluhr im Schlafzimmer zu euch herüberhallt und Jesus auf dem Kitschbild die Kinderlein zu sich kommen lässt und die Hühner draußen ihre langgezogenen Kräher hören lassen, und neben dem Schuh deiner Schwiegeroma wird kein Weizenkorn auf dem

---

10. Juni
Ich trage mein schwarzes Trikotkleid. Der Chef fährt mich an, wir sind hier nicht am Badestrand. Und außerdem latsche ich ständig ins Bild hinein. Was ich mir denke, wo ich hier bin. Das ist keine Schauspielagentur. Wenn ich mir so sehr gefalle, soll ich ein Video von mir selber machen und nicht in seinen herumspazieren.
Wie sich herausstellt, bin ich ein einziges Mal zu sehen. Ich könnte auch eine Passantin sein.
*Aber ICH weiß es! Und ich will dich da nicht sehen!*
P nimmt die kleine Kamera mit zu mir und nimmt mich auf, wie ich nackt auf dem Bett liege. Nahaufnahmen meines Geschlechts. Auf seine Bitte hin nackt rasiert. Ich wunderte mich, dass die Haut der Schamlippen dunkler ist, dabei habe ich es theoretisch gewusst.

Boden liegen, wie kommst du überhaupt auf so was, sie würde dich vielleicht nicht einmal einlassen, ihr stündet am Tor, sie drinnen, du draußen, und ihr Hund würde bellen, dass kaum ein Wort zu verstehen wäre, und die ganze Straße wäre leer, trotzdem wüsste eine halbe Stunde später schon jeder, was geschehen ist: der Mann der Mejjerteó war da, aber sie hat ihn nicht reingelassen. Eingeäschert, damit sie nicht auferstehen kann. Der normale Grad des Wahnsinns.

Er hob beide Hände, wie einer, der sich ergibt, danke, sagte er, danke für Ihre Hilfe, und machte sich daran, sich langsam Richtung Ausgang zu schieben.

*Várjon, várjon!* Warten Sie!

Ein junger Mann, der nicht versteht, wie ihm geschieht, wird herbeigeschrien, er solle den Autoschlüssel holen, er versteht nicht, aber er gehorcht, kommt nur mit einer Badehose bekleidet, mit verbranntem Oberkörper, bringt den Schlüssel. Kopp wehrt ab. Ich habe ein eigenes Auto. Sie erklären ihm lang und breit, mit wedelnden Armen und Händen, wie er fahren müsse, jetzt scheinen sie wieder ganz unverdächtig nett, schau, sie wollen dir wirklich helfen.

---

Er nimmt auch den Sex auf. Doggy style. Sieht blöd aus, sagt er hinterher. Aber der Anfang, wo nur du drauf bist, ist schön.

12. Juni
Use your poison. Warum sollten ausgerechnet junge Frauen nicht ihre Vorteile nutzen? Ich wähle in jedem Seminar den Bestaussehenden aus und mache die Probe mit ihm. In zwei Fällen klappt es. Einmal ejaculatio praecox, einmal nicht einmal nach Stunden. Hinterher bat ich beide, mir Kohlen aus dem Keller zu holen. Der Erste tat es wie selbstverständlich, der Zweite verzog das Gesicht: Sex für Kohle? Ich könnte sie selber schleppen. Ich wollte nur etwas ausprobieren. (Die Wahrheit erfahren? Da, schau sie dir an. Er verachtet dich.) Der Erste kam wieder, der Zweite nicht.

Danke, ich schaffe das schon. Vielen Dank. Die Ersten kehren zum Buffet oder an die Arbeit zurück.

Von der Wedelei hat er nichts verstanden, aber das Navi zeigt ebenfalls den Friedhof an. Er liegt außerhalb, in das Dreieck gequetscht, wo sich Bahnschienen und Fernstraße schneiden. Sonne, Wind, Staub, Lärm von allen Seiten. Eine niedrige Mauer aus Feldsteinen, die nichts davon abhält. Die Toten hinausgebracht in die Wüste und extra dorthin, wo sich kein Lebender gerne aufhält. Eine Allee muss es dennoch geben, und sei es, dass sie auf jeder Seite nur aus zwei Nadelbäumen besteht. Laubwälder rauschen in Dur, Nadelwälder in Moll, das habe ich von meiner Frau gelernt. Was nur ein Satz ist, denn selbst hören kann ich es nicht. Die Straße rauscht, das ja. Die Sonne ist hell, aber der Wind ist nicht warm, Kopp fröstelt. Alle Gräber sind gleich, ein umlaufender Stein, ein Beet. Zum Glück gibt es nur zweimal fünf Reihen davon. Alle Namen lesen, bis du die richtigen gefunden hast. Die traditionelle Abfolge ist:

Der Name des Mannes,

---

30. Juni
Es hat sich herumgesprochen, dass ich es mit jedem mache. Einer ist mit nach Hause gekommen. Wir haben uns über Angelopoulos unterhalten. Was er aus dem Tod eines Bienenzüchters gemacht hat. Um 0:30 sagte er dann: wie ich sehe, werden wir keinen Sex mehr haben. Dann gehe ich jetzt.

Intermezzo:
Zwei Wochen lang schüttet es wie aus Eimern, mitten in den Sommer hinein. Ich schaue und höre zu. Als es nichts mehr gibt, das nicht von Feuchtigkeit durchdrungen wäre, mache ich mich auf den Weg.
Den Neurasthenikern hat man geraten zu reisen. Das bringe sie von

dessen Gattin
XY
geb. NN
Frau Darius Kopp
geb. Flora Meier
Darius und Flora Kopp.
Was für eine Verschandelung.

Die Großeltern liegen nicht weit von einem Komposthaufen und einem Behälter für Plastikabfälle. Der Gießwasserhahn tropft. Wer keine Möglichkeit hat, das Grab zu pflegen, deckt es mit Betonplatten ab und setzt Hauswurz in einen Betonkübel. Die Großmutter hieß mit Vornamen Rozália.

Eine saudumme Idee, das alles, was hast du dir davon versprochen? – Dir nahekommen, durch deine Orte. Aber du bist so unvorstellbar: hier. – Sägespäne in einer Streichholzschachtel. Ein Güterzug mit 2 Lokomotiven und 24 Waggons fährt vorbei. Schon wieder wird es Abend. Töten einander an einem abendlichen Waldrand. Als würde ich dich in die Verbannung bringen und dort lassen.

---

Selbstmordgedanken ab, in dem er sie durch den kleinen Tod des Abschieds entschulde. Sitze auf einer Bank auf dem Bahnsteig der Hochbahn, zwischen zwei Rucksäcken, eine buckelige Schwangere. Von hier aus kann man direkt in die Wohnungen im dritten Stock sehen. Jemand steht da auf einer Leiter und streicht den Fensterrahmen. Schön. Weiße Wände, Grünpflanzen, Sonnenschein, und ein Mensch, der sich sein Heim baut.
Eine und eine Viertelstunde bis zum Bus. Dann 14 Stunden im Bus. Nachts um halb eins obligatorische Pause. Wer Geld hat, kauft irgendwas, ich gehe ein bisschen spazieren. Während ich in Wahrheit schlafe und befürchte, im Traum den Bus zu verpassen. Nachdem wir wieder einsteigen dürfen, kann ich natürlich nicht mehr einschlafen, trotz Schlaf- und Schmerzmitteln.

Kopp setzte sich ins Auto und fuhr einfach weiter. Das war vielleicht auch falsch. Wenigstens eine Nacht hätte man bleiben können. In der Pension Sport. Ein Zimmer mit Blick auf die Becken. Wie sie nachts dampfen. Noch einen Versuch wagen oder noch mehrere. Sich einnisten, Vertrauen schaffen. Jemanden finden, der sie näher kannte. Aber er fuhr nur und fuhr.

---

O. wohnt in einem heruntergekommenen Studentenwohnheim mit dem Namen Maison de l'Inde. Er im Bett, ich auf einer Luftmatratze zu seinen Füßen. Leider entweicht der Matratze die Luft, in der zweiten Nacht schlafe ich lieber auf einer Wolldecke.

Als ich ankomme, ist ein pummeliges, pickliges Mädchen bei ihm, eine gewisse Christien. Vollkommen klar, dass sie verliebt in ihn ist. Die Arme. C'est Christien. Elle quitte maintenant.

Ich lächle. Je ne suis qu'une amie, würde ich gerne sagen, damit sie nicht so eine Angst haben muss. Sie lächelt schmerzlich und nimmt O.s Kissen mit, das sie bis dahin an sich gedrückt hielt, als wäre es nur Zufall. Er hat es nicht bemerkt, und ich sage nichts. Wir spazieren in der Stadt herum, ich habe keine Ahnung, was wir essen oder trinken, da wir keinen roten Heller haben, aber da ich immer

# 7

Zehn Wochen, zehn Länder (wenn man die Zwergstaaten miteinrechnet). Sie kehrten zurück, heirateten, die ungeschickte Bedienung kleckerte Feigensoße auf Darius Kopps Glatze, und alle lachten. Am nächsten Tag reiste Floras Trauzeugin in die Vereinigten Staaten, zwei Tage später stürzte das World Trade Center ein. Hand in Hand standen wir einen Tag lang vor dem Fernseher. Wie sie fallen.

Die folgenden Tage und Wochen verlebte Darius Kopp ausschließlich in den Nachrichten – Sie können einen Sikh nicht von einem Muslim unterscheiden. Willkommen, Ewiger Frieden! – und war entsprechend irritiert, als Flora eines Tages aufbrach, um zur Arbeit zu gehen.

Was für eine Arbeit?

Als Kellnerin. In einem Strandcafé.

Du hast dir einen Job gesucht? Wann ist das passiert? Hast du mir

---

noch lebe, gehe ich davon aus, dass es mehr als nichts war. Die ganze Zeit reden wir ausschließlich über meine Promiskuität. O. verurteilt diese, aber natürlich erregt ihn der Gedanke. Ich lenke das Gespräch auf Christien.

Ich habe sie entjungfert, weil sie das wollte, sagt O.

Sie ist in dich verliebt.

Das ist ihr Problem.

Darüber geraten wir in einen Streit.

Ich versuche, es ihm zu erklären, er versteht es nicht, er sagt, es interessiert ihn nicht. Er kauft im Vorbeilaufen eine rosa Chrysantheme und gibt sie mir.

Verstehst du's jetzt, du Dummkopf?

Stumm trotten wir weiter. Ich trage die Chrysantheme. Sie stinkt.

etwas darüber gesagt? Ja? Habe ich es nur dort, wo ich war, nicht gehört? Und warum dieser Job? (Wie ein kleiner Verrat. Ich beschäftige mich mit dem Zustand der Welt, und was tust du? Suchst dir eine Aushilfsstelle.) Was für ein Strandcafé? Jetzt? Hier? Ich dachte, du wolltest übersetzen.

Ja, aber in der Zwischenzeit muss ich Geld verdienen.

Du musst gar nichts! Du bist jetzt meine Frau!

Sie lächelte. In unserem Dachgeschoss schien immer die Sonne, Lichtflecken überall, auf ihrem Hals, in ihrem Haar, sie wirkte vollkommen wiederhergestellt, jung und zu Taten aufgelegt. Darius Kopp hatte dennoch kein gutes Gefühl.

Ich kann unmöglich getrennt sein von dir. Werde ich eben dein Stammgast.

Die folgenden Wochen arbeitete sie im Café und er war einer von diesen Lackaffen, falsch, gelackt ist er nicht, einer von diesen Wichtigtuern, die sich an öffentliche Orte setzen, um dort abwechselnd mit dem Laptop und dem Smartphone herumzumachen, grabbel hier, grabbel da, wie eine Jazzimprovisation, nur dass man – sofern

---

Nein. Ich mag sie. Farbe, Geruch, alles an ihr, dass sie so widerstandsfähig ist. Wir trotten. Als O. uns wieder Richtung indisches Haus lenkt, wo man die Klobrille mit Papier auslegen muss, wird mir klar, dass er, sobald wir angekommen sein werden, ficken will. Auf der Wolldecke auf dem Boden, von der aus man unter den Schreibtisch schauen kann zu den Papierkügelchen und den Wollmäusen. Ich gehe, gehe neben ihm her. Wir gehen ins Maison de l'Inde, wir gehen auf dem Flur, er schließt seine Tür auf, Christien schaut aus ihrem Zimmer heraus, sie lächelt, ich lächle auch, O. knurrt sie an: Jetzt nicht!, sie zieht sich sofort erschrocken zurück wie ein eingeschüchterter Hund. Gleich heule ich. Entschuldige, sage ich, aber so geht das nicht.
Er schaut mich an.
Aber ich habe genug Gefühl in mir.

man Glück hat – nichts davon hören muss, die Inhalte sind im Verborgenen, und in Wahrheit ist es das, was dich so in Unruhe versetzt: dein Ungenügend-informiert-Sein, dass du auf der einen Seite zu viel und auf der anderen zu wenig bekommst, zum Leben zu wenig, und wenn die Krümel, die für dich abfallen, von Interesse für dich zu sein scheinen, umso schlimmer.

Was las und schrieb Darius Kopp da? Immer noch die Nachrichten. Das erste und letzte Mal in seinem Leben interessierte er sich für Politik und verbrachte seine Zeit ausschließlich damit, Nachrichten, Artikel, Analysen zu lesen und sich mit Freunden und Unbekannten darüber auszutauschen. Einmal schrieb er sogar einen Brief an eine christdemokratische Abgeordnete, die er nie im Leben wählen würde, und gab ihr Ratschläge, wie sie ihren Wahlkampf sympathischer gestalten könnte. Es wurde ihm geantwortet von einem ihrer Assistenten. Die Antwort war vollständig leer. Darius Kopp schrieb das, höflich und humorvoll, an die Adresse des Assistenten und bekam keine weitere Antwort mehr.

Jeder nur eine Antwort, sagte Darius Kopp zu Flora, als wäre das

---

So sagt er es. Ich habe genug Gefühl in mir.
Gut, sage ich. Wenn du genug Gefühl in dir hast, verzichte auf den Sex. Nicht nur jetzt oder heute, sondern die ganze Zeit, die ich noch hier bin. Später, zu Hause, können wir dann weitersehen. Mach mir den Hof, sei so nett.
Schaut mich an.
Gut, sagt er. Was wollen wir machen? Ich gebe zu, ich weiß es nicht.
Schließlich einigen wir uns, dass wir uns ausruhen. Ich lege mich auf die Decke und lese, er schreibt etwas am Schreibtisch. Bei Christien ist Musik an. Er sitzt am Tisch, manchmal schaut er zurück zu mir. Etwas zwischen vorwurfsvoll und verführerisch. Du solltest dich entscheiden.

ein guter Witz. In Wahrheit fühlte er sich gedemütigt. Nicht mehr als eine Antwort pro Wähler? Und gilt das pro Jahr, pro Wahlkampf oder pro Leben? Und nach wie vielen Fragen wird man in der Querulantendatei geführt? (Früher wäre es nach der ersten oder vor der ersten gewesen, also, reg dich ab.)

Er regte sich ab, aber das Gefühl, isoliert zu sein, wollte nicht weichen, also fing er an, seine Freunde ins Strandcafé einzuladen. Wir waren sieben Mann, die an demselben Tag entlassen worden sind. Zwei davon hatten mittlerweile wieder einen Job. Der eine war Juri, der andere war Halldor. Juri kam beinahe jeden Tag, Halldor genau einmal.

Kam und fing an, wie immer, lauter und ausführlicher, als es angenehm war, seine Ansichten auseinanderzusetzen: über solche Strandbars diese aufgeblasene Leere unsere Dekadenz die Herrschaftsarchitektur von Regierungsgebäuden und Firmensitzen wir werden das alles noch sehr teuer bezahlen wir bezahlen das jetzt schon sehr teuer unsere Gier nach Eroberung was Chomsky dazu sagt was Michael Moore dazu sagt – Ha! Chomsky for children! Zitiert von: Potthoff – zusammengefasst gibt es doch nur die eine Frage: Cui bono?

---

Endlich komme ich drauf. Wenn es Nacht wird ... Ich muss weg. Völlig klar. Aber ich traue mich nicht, es offen zu tun.
Und tatsächlich. Ich habe es fertiggebracht, so lange zu warten, bis er duschen ging, um zu fliehen. Nächtliche Straßen. Ich gehe nur und gehe. Zum Busbahnhof. Auf den nächsten Bus zurück warten.
Das beruhigt mich. Von hier aus weiß ich, wo es langgeht. Ab jetzt kann ich meine Möglichkeiten überblicken. Ich habe keine Angst mehr. Ein wenig schäme ich mich. Schließlich waren wir Freunde. Gute Bekannte. Aber zurückgehen und mich erklären: nein. Nicht, weil es mir peinlich wäre, sondern weil man sie am Ende immer durch Sex befrieden muss. Du hast 3 Geliebte, was stellst du dich bei mir so an?

Cui bono?! schrie Halldor quer über den ganzen Innen- und den ganzen Außenbereich, bis hinaus auf die Straße.

Manchmal, bemerkte Flora leise, profitiert absolut niemand. Ihr Feierabend fing in diesem Augenblick an, sie setzte sich zu ihnen. Manchmal gibt es ausschließlich Verlierer, trotzdem können wir nicht anders, sagte eine erschöpfte, aber heitere Flora und trank, weil sie großen Durst hatte, ein Glas Gingerale auf einen Zug aus. Halldor Rose sah ihr – wortwörtlich – mit offenem Mund dabei zu.

*Wo ich herkomme, trinkt man so etwas zum Frühstück*! riefen Flora und Darius im Chor und lachten. Halldor: mit offenem Mund.

Sie saßen noch 3 Stunden da und diskutierten, das heißt, Flora und Halldor diskutierten, Darius Kopp sah amüsiert und stolz zu, wie dieser Halldor Rose, den man noch nie, niemals mit einer Frau hat auch nur ein Wort wechseln sehen – Hat keinen Sinn, war seine lapidare Erklärung und der gesamte Freundeskreis lag vor Lachen unter dem Tisch, so recht hatte er – wie derselbe Halldor Rose also mit meiner Frau wie mit seinesgleichen sprach, nein, ganz anders, denn er diskutierte mit ihr und lag ihr gleich-

---

Ich gehe, es sind viele auf der Straße, einpaar Stände haben immer noch offen, ein Obstverkäufer lächelt mich an. Und eine Sekunde später, ich habe noch das Lächeln im Gesicht, kommen mir einpaar schwarze Jungs entgegen und der eine fasst mir zwischen die Beine. Und schon sind sie weiter, er musste nicht einmal den Rhythmus wechseln, schon sind sie verschwunden im Dunkeln, während ich noch die Berührung seiner Hand an meiner Möse spüre. Ich stehe im Weg, viele kommen und gehen, ich stehe im Weg, ein Rucksacksandwich, man schubst mich, ich suche nach den Augen des Obstmannes, vielleicht hat er es gesehen, vielleicht hilft er, aber er schaut nicht in meine Richtung. Ich werde nicht weinen, nicht fluchen, nicht um Hilfe bitten, wie auch, ich spreche nicht einmal die Sprache anständig. Geh weiter, geh einfach weiter! So etwas kann man nicht einmal

zeitig zu Füßen, und das hatte nun wirklich noch nie einer gesehen. Der Weg führte sie, soweit Kopp das noch zusammenbekommt, nach Aufriss diverser Verschwörungstheorien zur Frage, was denn schlüssig sei, wodurch Schlüssigkeit entstehe. Was ist schon Schlüssigkeit, nicht wahr, Thomas von Aquin? fragte Flora. Woraufhin Halldor nicht, wie von Kopp erwartet, weil bis dahin regelmäßig erlebt, beleidigt die Sinnlosigkeit jeder Diskussion mit »ihr/euch« feststellte, sondern mit einer kaum gesehenen Fröhlichkeit anfing, über die Wiederholungstaste an seinem CD-Player zu erzählen. Dass er gerade heute Morgen beschlossen habe, diese zum 13. Gottesbeweis zu erklären. Und dazu war es gekommen, weil er am Abend zuvor ein Lied eingestellt hatte, das dann die ganze Nacht spielte, am Morgen, als er aufwachte, immer noch, und er hatte nicht etwa einen Brummschädel und war auch nicht dumm davon geworden, den ganzen Abend, die ganze Nacht und ein wenig vom Morgen sang ihm jemand »*If I saw you in heaven*« vor, und es hat nichts kaputt in ihm gemacht, auch nichts spektakulär geheilt, er fühle sich so normal wie immer, sagte Halldor –

---

anzeigen. Was würde der Polizist sagen, aber was sollen wir tun, Madame?

*Warum ende ich immer so?*

Ich war die ganze Zeit wach, während ich auf den Bus wartete und dann im Bus, bis ich zu Hause ankam und noch einen ganzen Tag. Ich musste weder essen noch trinken, noch auf die Toilette, noch schlafen. Wach die ganze Zeit. Ich werde arbeiten. Den Rest der Ferien, arbeiten. Das ist die einzig sinnvolle Sache, die ein Mensch machen kann. Arbeite, kümmere dich um nichts und niemanden. Eine Weile will ich jetzt mit niemandem mehr reden.

30. Juli

Es regnet immer noch. Ich überlegte, ob ich überhaupt noch einmal

Was das auch immer bedeuten mag, hätte Juri gesagt –, vielleicht ein wenig leichter.

Warum hörtest du dieses Lied? hörte Kopp Flora denken, aber nach außen hin lächelte sie, lachte sogar mit, der 13. Gottesbeweis, das ist wirklich ein guter Einfall.

Zum Abschied umarmte Halldor Rose Darius Kopps Frau, als wäre sie eine von den Kumpels.

Hasse nich jesehn, sagte Kopp, als er außer Hörweite war.

Er hat große Angst, sagte Flora. Ich kann das gut verstehen.

Woraufhin Darius Kopp die Lippen aufeinanderpresste. (Ich habe auch Angst. Aber nicht vor dem Krieg. In einem Krieg wüsste ich, was ich tun muss. Kampf oder Flucht. Aber wenn ich keine Arbeit mehr finde, dann weiß ich nicht, was ich tun soll. Ich spreche das nicht aus, weil ich der Mann in dieser Beziehung bin. Der Sohn oder der Kumpel in anderen. So läuft es.)

Der Herbst verging und mit ihm Darius Kopps anfänglich so gute Stimmung. Zu Weihnachten gab es Kaninchen mit Sauerkraut. Sie schenkte ihm viele Sachen, er ihr rote Spitzenunterwäsche.

---

zurückgehen sollte zu Anima. Ich gehe los im Trockenen, komme an im Regen. Vor der Tür wird gerade ein dicker Mann mit grauen Locken bis auf die Knochen durchweicht. Schimpft wie ein Rohrspatz. Ich renne herum, telefoniere (dabei ständig daran denkend, wie teuer diese Mobilanrufe werden), bis ich schließlich jemanden (P.) erreiche. Sie essen in der Nähe, sie sollen kommen und ihn hereinlassen, er soll nicht im Regen stehen müssen, der Ärmste, so kann man mit Mitarbeitern doch nicht umgehen.

Sie kommen: der Chef und P. Der Chef begrüßt die grauen Locken, P mich. Wir gehen rein und dann ist plötzlich jeder verschwunden, ich stehe allein da im leeren Sekretariat. Ich beschließe, mich vom Chef nicht zu verabschieden, aber von P. Ich steige in den Schnittraum hinauf.

Magst du sie? Wirklich? Zu Silvester arbeitete sie, unverändert mit einem Lächeln, und Kopp sah ihr dabei zu, aufmerksam, bis er keine Zweifel mehr hatte, was dieses Lächeln bedeutete: Ich hasse das alles, ich bin gar nicht hier. Spiele das, solange es noch wirkt, danach suche dir ein anderes Spiel. Kopp fing an, nach billigen Flugtickets zu recherchieren.

Wir sind doch gerade erst zurückgekommen, sagte Flora, die zugab, müde zu sein, aber: Na und? Das ist doch das Normale.

Aber da seine Stimmung immer schlechter wurde, fragte sie eines Abends von sich aus: Na, wohin hätte man heute für nur 1 Euro fliegen können?

Budapest, sagte er. Sogar mit Zahncheck.

Er grinste, sie nicht.

Ich glaube, sagte er vorsichtig, ich habe einiges verstanden. Dass vieles schmerzhaft war. Aber willst du eigentlich nie wieder dort hin?

Sie zuckte mit den Achseln.

Ich fühle mich komisch. Meine Frau ist Ungarin, und ich war noch nie…

---

Ich gehe dann jetzt, sage ich.

OK, sagt er.

5. September

Und noch ein Regen. Septemberregen ist was wert? Die Feier zum 5jährigen Bestehen fällt zusammen mit dem Ende meiner Tätigkeit für AnimaTV. Ich nehme es für mein Fest. Dabei wüsste ich nicht einmal davon, hätte es P nicht zum Schluss noch gesagt. Dadurch habe ich überhaupt erst verstanden, dass ich frei bin zu gehen. In Ordnung, aber erst noch das Buffet. Wer ein halbes Jahr umsonst gearbeitet hat, setzt die Krone der Selbstdemütigung auf, indem er sich wenigstens einmal den Bauch voll schlägt. Ihn aus seinem Reichtum fressen. Aber nein, gegen Demütigung bin ich immun. Ich bin hier,

Wenn du nach Budapest fahren willst, fahr hin. Lass dir die Zähne checken.

Der Zahncheck ist mir egal…

Dann lass sie dir nicht checken.

Warum bist du sauer?

Ich bin nicht sauer.

Sagte sie und ging aus dem Raum.

Ich verstehe nicht, flüsterte Darius Kopp im Bett. Sie streichelte seine Hand.

Sie fanden, Korrektur: *sie fand* ein billiges Zimmer in einer Seitenstraße nahe des Ostbahnhofs. Die Unterkunft war von klosterhafter Schlichtheit – Kopp ist, als hätte in der Tat eine der puritanischen Kirchen etwas damit zu tun gehabt, aber Beweise dafür gibt es keine – kalkweiße Wände ohne den geringsten Schmuck, gemeinsames Bad auf dem Flur, doch gerade, als sie einzogen, hörten sie, und sie hörten es deutlich, denn der Lauter-Steine-Flur verstärkte

---

ich bin frei, alles, was ich getan habe, habe ich aus freien Stücken getan.

»Wer ist das?«

»Unsere scheidende Praktikantin.«

Wegen des Essens und wegen P. Der im hinteren Bereich ewig und drei Tage eine Videopräsentation aufbaut. Ich schlage meine Zelte nah bei ihm auf und versuche ein Gespräch: vergebens. Als kennte er mich gar nicht. Nicht in der Öffentlichkeit? Gibt es denn einen, der es nicht weiß? »Meinen Segen habt ihr nicht.«

Ich sage etwas, er antwortet nicht.

Küss mich, sage ich.

Er ignoriert mich.

Um näher an ihn heranzukommen, stütze ich mich mit der Hand

jeden Laut ums Vielfache: wie jemand in einem der Zimmer am helllichten Tag Liebe machte. Die Frau hatte gerade einen orgelnden Orgasmus.

Und das wolltest du mir vorenthalten? Darius Kopp in gespielter Vorwurfhaftigkeit.

Sie lachten. Sie huschten auf Zehenspitzen, Hand in Hand wie Teenager. Die Heizung in ihrem Zimmer stand auf null, die dünnen weißen Decken in den beiden Einzelbetten wie kalte Umschläge. Das Gerumpel, als sie die Betten zusammenschoben, hörte man mutmaßlich bis zur Straße. Es wurde schon dunkel, als sie wieder herauskamen.

Auf dem Ring leuchtete an jeder Ecke ein Fastfoodrestaurant in rot und gelb. So viele auf einem Haufen habe ich noch nicht einmal in Amerika gesehen. Gab es hier immer so viele?

*Immer?* Natürlich nicht.

Er überredete sie zu Kentucky Fried Chicken – Kentucky schreit ficken! Kentucky schreit ficken! –, weil er das noch nie hatte. Wand-an-Wand-Sex in einem Klosterhotel und ein Dutzend Inkarnationen von Speisefett, das war meine erste Begegnung mit Budapest.

---

auf die Tischfläche - hinein in seine dort liegende brennende Zigarette. Das erste Mal, dass ich mich an einer Zigarette verbrenne. Schaue in meine Handfläche: es ist zu dunkel, um etwas zu sehen. Der Schmerz ist auch erträglich. Auf den Brüsten wäre es etwas anderes. Trotzdem, mir reicht's. Ich gehe. Es regnet. Ich wohne nicht weit, eine halbe Stunde, ich werde durchnässt sein, macht nichts.

Ein dickes Auto verfolgt mich. Ein Benz. Fährt im Schritttempo neben mir her. Ich habe keine Angst, obwohl vollkommen klar ist, was er will. Er fährt die Scheibe herunter. Ob er mich mitnehmen soll. Mir ist alles egal, ich steige ein.

Ein Businessman mittleren Alters. Er habe sich gerade sehr ärgern müssen über einen Geschäftspartner. Jetzt fährt er wütend durch den Regen und müsse mit jemandem reden, aber er kenne hier nie-

Danke, sagte Darius Kopp. Jetzt bin ich wieder glücklich.

Flora lächelte.

Schulter an Schulter lehnten sie an einem Brückengeländer und sahen den Eisschollen zu, wie sie sich unter ihnen auf der Donau schoben und drängten. Graues Geschiebe, das in der Nacht leuchtet, und in den Tälern des Verkehrslärms, wenn es irgendwo gnädig rot war, hörte man auch ihr Geräusch. *Zajlik.* Unübersetzbares Wort, verwendet ausschließlich für Geräusch und Bewegung von Eisschollen.

Soilick, sagte Darius Kopp. Und was heißt, willst du mich küssen?

Das fragt man doch nicht, sagte sie und küsste ihn.

Ihre kalte Nasenspitze, ihre roten Wangen. Seine roten Ohren, denn er war, wie es sich herausstellte, ohne Mütze in die Ehe gegangen. Sie bedeckte seine Ohren mit ihren Händen, später kaufte sie ihm in einem kleinen Souterrainladen eine Mütze, aber da sprach sie nur mehr deutsch.

Zehn und ein halbes Jahr später ist es nicht kalt, es ist Sommer, die Donau glitzert blassgrün, Darius Kopp erwacht in einem Zimmer,

---

manden, da hat er mich gesehen, wie ich durch den Regen marschierte. Ob er mich irgendwo hinbringen könne. Nach Hause. Ich sage ihm meine richtige Adresse, er fährt mich vor die Tür, wir stehen eine Weile. Er erzählt noch einige Male, dass er sich habe ärgern müssen, und verlangt zum Trost einen Kuss. »Der Kuss eines jungen Mädchens bringt einem die eigene Jugend wieder.« Das hat nicht er gesagt, das war früher jemand. Ich war 8, er vielleicht 70. Ich küsse ihn auf die Wange, er mich auch.
Warum habe ich ihn nicht mit hochgenommen? Er hätte der 4te sein können. Der Einzige, von dem vielleicht auch was zu erwarten gewesen wäre. Das eine oder andere Geschenk. Natürlich hätte auch er nach einer Weile angefangen, mich schlecht zu behandeln. Er wegen der Geschenke, die mich in seinen Augen zur Hure machen. Aber

das wie alte Zugabteile in (vermutlich) Mahgoni getäfelt und etwa ebenso klein ist. Dafür ist das traditionsreiche Hotel traumhaft gelegen. Aus dem schönsten Raum im ersten Stock, wo das reichhaltige Frühstück in Büffetform bereitsteht, haben Sie einen atemberaubenden Blick auf die Donau. Eine wundervolle Brücke aus grüner Eisenspitze verbindet an dieser Stelle Buda mit Pest. Eine gelbe Straßenbahn fährt gerade in einem eleganten Bogen hinauf. Autos gibt es, natürlich, ungezählt. Auf der unteren Uferstraße staut es sich erwartungsgemäß, denn, wie wir von gestern Abend wissen, gibt es außerhalb unseres Blickfelds eine Verkehrsführung, dass man sich wundert … Ach, man wundert sich doch immer. Schau, Flora, Kanuten. Jetzt auch noch Kanuten vor einem im Hintergrund ankernden weißen Ausflugsschiff. Oder einem Schiffsrestaurant. Die Idylle hämmert an mein Auge. Wo ist meine Sonnenbrille?

Sie konnte nicht antworten, sie bediente in einem anderen Bereich des Frühstücksraums. Kopps Kaffeekellner war ein junger Mann mit rotblondem Haar. Kopp ignorierte ihn, so weit es ging. Bei manchen erhöht die schwarzweiße Kellneruniform die Attrakti-

---

das ist egal, denn die anderen schenken mir nichts, denken trotzdem, mich verachten zu dürfen. Das macht mir nichts aus, ich weiß, woher es kommt. *»Die Verachtung der weiblichen Körperlichkeit aus Gebärneid und Angst vor der mütterlichen Allmacht.«* Bitteschön. Ich stehe zur Verfügung. P. würde von all dem kein Wort verstehen, in J. loderte neue Aggressivität auf (»Kannst du nicht mal die Fresse halten? Warum musst du unentwegt reden? So schlau, wie du denkst, bist du nicht!«) und H. behauptet, im Gegenteil, er liebe Frauen, Frauen sind doch das Wunderbarste auf der Welt, und natürlich sind wir neidisch, wie denn auch nicht, und ich bin dir unendlich dankbar, dass du mich bei dir sein lässt, schade, dass wir uns nicht lieben, aber du hast selber gesagt, das könntest du dir nicht vorstellen.

Es ist grad gut so, wie es ist. Mich umsonst hinzugeben bewahrt ge-

vität, bei anderen nicht. Feinstrümpfe und flache schwarze Schuhe. 20 000 Schritte während der Frühstücksschicht. Der braune Zopf liegt bewegungslos zwischen den Schulterblättern. Den Blicken des hilfsbereiten rotblonden Kellners auszuweichen ist nicht leicht in einem vornehmen Hotel. Ich bin ihm ein Steinchen im Schuh, ständig strecke ich den Hals, aber nicht nach ihm. Jetzt spricht er mich auch noch an: ob ich noch einen Wunsch… Nein, danke! sagte der barsche deutsche Tourist und machte vielleicht sogar eine wegfegende Bewegung mit der Hand und ließ seine Stoffserviette zwischen die Essensreste fallen.

Er schaffte es, ihren Weg am Rande des Buffets zu kreuzen. Er rempelte sie nicht an, aber er zwang sie, für einen Moment stehen zu bleiben und ihn anzublicken. Sie blieb stehen, vier Cappuccinos auf dem Tablett, lächelte, entschuldigte sich mit großer Freundlichkeit auf Ungarisch und Englisch und ging im eleganten Bogen flink um ihn herum. Viel jünger als Flora, pummeliger, weißliche Haut. Ein brauner Zopf macht noch keine ewige Liebe, wie wahr.

---

rade meine Würde. Ganz abgesehen davon, dass ich weit entfernt von der Schönheit der Mädchen auf der Oranienburger bin. Wer würde schon für mich zahlen wollen? Ich habe ja noch nicht einmal ein Bett, nur eine geerbte Matratze auf dem Boden und keinen Pfennig, um mich zurechtzumachen.

*

Anmerkung:
Das Semester hat angefangen und alle sind verschwunden!!! Ich lausche Herrn Rüblers Stimme vom Band und tippe. Alles ist gut. Herr Rübler ist ein kleiner, dicker Mann mit kunterbunten Krawatten, ein sächselnder Familienvater, höflich. Guten Tag, Frau Meier, sagt er aufs Band, bevor er mit dem Diktieren anfängt. Wir suchen nach

Er beschloss zu Fuß zu gehen. Über die Brücke, den Ring, die Leute beobachten. Er erwartete Ähnlichkeiten, wo, wenn nicht hier, vor allem war die Auswahl groß. Leute, wohin du auch gehst. Aber auch hier waren die Frauen fremd. Schön, wenn sie schön waren, manche auch aufreizend, und alle fremd. Immerhin nicht so sehr, wie in dem Dorf. Immerhin war das hier eine Stadt. Sich Flora auf der leeren Straße vor der Zuckerfabrik vorstellen, mit schmelzendem Teer an den Sandalen im überweißen Licht. Ich würde mit dem Auto anhalten und nur soviel sagen: steig ein. Und sie stiege ein, und wir führen weg. – Seltsame Sehnsucht jetzt nach genau jener Straße. Ein Moment, dann ist auch das vorbei. – Hier ist die Situation ganz anders. Wir sind ohne Fahrzeug, und die Menschendichte ist hoch. Sie bewegen sich chaotisch und vor allem schnell. Daran musst du dich erst wieder gewöhnen. Auch, wie jung alle sind. Nein, die da ist mindestens schon ..., sie kleidet sich nur, als wäre sie 17. *Sie* hätte hier ausgesehen wie eine Nonne. Graue Maus. Wenn ich nur eine solche hier sehen könnte. Was wäre dann? Keine Ahnung, was dann wäre.

---

Immobilien für große Baumärkte. Langweilig, großartig. 3mal die Woche gehe ich in den Filmklub: Buñuel, Chytilova, Greenaway, verbotene Filme. Man kann 2 Filme pro Abend sehen. Wenn ich mir alles ansehe, kommt ein Film nur auf 2 Mark.

Los Ovidados

Das verbrecherische Leben des Archibaldo de la Cruz

Nazarín

Viridiana

Der Würgeengel

Das Tagebuch einer Kammerzofe

Simon in der Wüste

Belle de Jour

Tristana

Kannst du nicht kommen? Schau, ich bin in Budapest. Schau, jetzt bist du tot, jetzt könnte es dir doch egal sein. Was bedeutet *Játékszer*? Und *Könyvesbolt*? Einen Durchgang finden. Deswegen sind wir hier. Einen Ort finden, eine Person, ein Ding, an dem ich nicht scheitern muss. Bis dato bin ich mit deinem Land nicht sehr weit gekommen.

Weil es so was wie »mein Land« generell nicht gibt.

Warum sollte es generell kein »mein Land« geben? fragte Darius Kopp betont naiv und grinste, so heimlich er konnte, weil er also offensichtlich die geeignete Provokation gefunden hatte.

Sie antwortete nicht, drehte sich um und ging weg. Sie trug hochhackige weiße Sandalen, die ich noch nie an ihr gesehen habe, sie ging klappernd, schnell, Kopp mit Mühen ihr hinterher. Was einem alles im Weg stehen muss. Als täten sie es absichtlich. Ihr Rock schwingt, wenn sie um sie herumgeht. Rätselhaft, wie sie in so einem Gewühl bemerken konnte, dass er ihr nachging, aber sie bemerkte es. Sah sich um, runzelte die Augenbrauen – zu schwarz, etwas zu schwarz und zu glatt – und ging schnell in eine Drogerie.

---

Der diskrete Charme der Bourgeoisie
Dieses obskure Objekt der Begierde
Tausendschönchen
Der Narr und die Königin
Der Kontrakt des Zeichners
Der Bauch des Architekten
Die Verschwörung der Frauen
Der Koch, der Dieb, seine Frau und ihr Liebhaber
Prosperos Bücher
Das Wunder von Macon
Einfache Leute
Andrej Rublow
Die Kommissarin

Kopp blieb stehen. Steh nicht hier. Sie werden denken, du wartest auf sie. Dreh dich um und geh. Das ist nur irgendeine Frau mit weißen Schuhen und schwarzen Augenbrauen. Sie spricht die Kassiererin an, gemeinsam schauen sie jetzt heraus. Kopp wandte ihnen den Rücken zu und sah sich selbst: in großen Auslagen gespiegelt. Das kenne ich. Das Erste, das ich wiedererkenne.

Schau, Flora. Sie haben das Grand Hotel Royal wiedereröffnet. Ein üppiges 5-Sterne-Haus. In seinen Scheiben gespiegelt sehe ich etwas schäbiger aus, als ich gedacht hätte.

Weißt du, sagte Darius Kopp vor zehn Jahren in der sibirischen Kälte vor den verhangenen Fenstern von einem Bein aufs andere hüpfend, weißt du, wolkte es aus seinem Mund heraus, dass es einer meiner Träume ist, ein Grand Hotel Royal zu eröffnen?

Nein, sagte sie. Wozu willst du ein Grand Hotel Royal eröffnen?

Es ist eben ein Traum von mir.

Hast du noch mehr solcher Träume?

Oh, viele. Für alle braucht man vor allem eins: viel, viel Geld.

Hja, sagte sie und eine Minute später hatten sie ihren ersten

---

Paul und Paula
Spur der Steine
Denk bloß nicht, ich heule

Ich bin glücklich.

#
[Datei: szenat]

Herr Rübler wurde entlassen und mit ihm ich. Eine nette Frau, die mich von Anima kennt, besorgt mir einen Assistentenjob. Ich bin erkältet, gehe trotzdem mit. Wir nehmen ein Werbevideo für das Touristenamt auf. Wenn etwas fehlt, laufe ich los, um es zu holen. Bunte Magnete für die Präsentation des Senators.

Streit, weil Kopp richtiggehend wütend darüber wurde, dass seine Frau behauptete – und zwar mit Leichtigkeit –, dass sie erstens niemals viel, viel Geld haben werden und es zweitens, um ein Grand Hotel Royal zu führen, eines Knowhows bedarf, das Darius Kopp niemals besitzen werde.

Tut mir leid, sagte Flora, als er anfing, mit halb erfrorenen Zehen kindisch gegen Pester Pflastersteine zu treten. Ich nehme alles zurück. Natürlich kannst du noch reich werden und ein Hotel eröffnen, warum auch nicht. Was weiß ich schon.

Kopp trat gegen Steine. Es ist so kalt, dass ich es vermutlich nicht einmal merken werde, wenn ich mir die Zehen breche. Kopp trat. Ich muss mir einen Job suchen, sagte er, und das kotzt mich an.

Das verstehe ich, sagte Flora. Komm, sagte sie und hakte sich bei ihm unter. Lass uns ins Bett gehen. Bevor wir noch erfrieren.

Vorher nahmen sie noch eine gemeinsame Dusche im Waschraum am Ende des Flurs. Kochend heißes Wasser in einem ansonsten unbeheizten Raum, Sex in einem Konvent, Dampf auf den ho-

---

Und wo ist das Rückgeld?

Ich habe es der Sekretärin gegeben.

Es ist nicht in der Tüte.

Als ich sie übergeben habe, war es noch drin.

Die Videomacher zucken mit den Achseln, ihnen ist es egal. Dem Senator ebenfalls. Sie fangen an zu drehen, die Sekretärin und ich bleiben zurück, starren einander hasserfüllt an.

(Ich weiß, dass Sie es waren, Sie bemalte Kuh.)

Sie verzieht verächtlich ihren Lippenstiftmund und dreht sich weg.

(Ich bring dich um! Ich fordere Gerechtigkeit!)

Wenn Sie wollen, durchsuchen Sie mich. Sie dreht sich nicht zurück.

Ich will es dem Senator sagen, schauen Sie, was Sie für eine Mitarbei-

hen Fenstern, wenn man fertig ist, ist man gebeten, sie mithilfe eines langen Hebels anzukippen. Sie lachten: Wenn Sie fertig gevögelt haben, sind Sie gebeten, das Fenster anzukippen, hochachtungsvoll, Pater Miklós.

Es hätte alles gut werden können, aber dann eskalierte es doch noch. Er konnte nicht schlafen, und wenn er nicht schläft, schläft sie auch nicht.

Warum schläfst du nicht? Was soll das heißen, du kannst nicht schlafen, wenn ich nicht schlafe? Und was machen wir jetzt?

Einen Fernseher gab es nicht und zu lesen nur die Bibel. Das Neue Testament, in vier Sprachen. *Good news for modern man.*

Schade, sagte Kopp, ich steh mehr auf das Alte. Wo sie den anderen Stamm dazu überreden, sich beschneiden zu lassen, um ihre Verbundenheit zu zeigen, und während die dann im Wundfieber daniederliegen, metzeln sie sie ab und klauen ihnen das Vieh.

Du kennst dich aus mit dem Alten Testament?

Nur mit den blutrünstigen Teilen. … Ich hätte eine Frage: machst du dir Sorgen wegen … (er wollte sagen »Zukunft«, traute sich das

---

terin haben! Aber er kommt nicht durch dieselbe Tür wieder heraus wie die Videoleute.

Bitte, sage ich auch zu ihnen, wenn ihr wollt, durchsucht mich. Ist ja schon gut, sagen sie.

Ich bin so wütend, dass ich Schüttelfrost bekomme. Ich bin krank, sage ich, ich gehe lieber nach Hause.

Sie nicken. Sie haben sowieso keine Verwendung mehr für mich. Ich frage nicht nach einer Bezahlung.

Ich sollte zum Arzt. Ich habe eine Versicherung. Aber ich habe solche Schmerzen, dass ich nicht aufstehen kann.

#

[Datei: nov_29]

aber nicht und wich aus) … des Kriegs? Ich meine: wirklich, konkret, für unser Leben?

Ja und nein, sagte Flora.

Inwiefern ja, inwiefern nein?

Insofern, dass ich zum einen sehe, dass wir eine wirtschaftliche und moralische Krise durchmachen, dass ich zum anderen aber der Meinung bin, dass das doch ziemlich regelmäßig der Fall ist, es sich also immer lohnt, die Wurzel aus allem zu ziehen. Ich denke nicht, dass eine reale Gefahr besteht, dass der Musulmane kommt und uns zwangsislamisiert und im großen Stil unser Vieh klaut. Im Gegenteil, ich denke, dass »ihre Welt«, ich kann das jetzt nicht besser formulieren, dass ihre Welt weit gefährdeter ist als unsere. Und wenn ich sage, mein vorrangiges Ziel sei es, meine Würde zu bewahren, bei allem, was ich tue, dann weiß ich, dass ich das unter ganz anderen Rahmenbedingungen tue als eine Afghanin, oder, um auch mal einen anderen Kontinent zu nehmen, jemand im Kongo.

Aber, sagte Darius Kopp, der zunehmend vor Nervosität zitterte,

---

Erst dachte ich, ich deck mich lieber gut zu, vielleicht ist die Erkältung in einem Tag schon vorbei, ich hatte sowieso keine Kraft, in den Keller zu gehen, um Kohlen zu holen. Aber dann weiß ich nicht, wie lange ich da lag. Drei Tage oder vier. Ich schwitzte wie noch nie in meinem Leben, Schlafkleider und Decken schwer vor Schweiß. Wenigstens weiß ich, dass man sich in so einem Fall trockene Sachen anziehen muss, besonders, wenn der Raum ungeheizt ist. (Eisenofen, wird schnell heiß, hält aber nichts, verschlingt die Kohle, die orangefarbene Asche fülle ich im Klo aus dem Aschekasten in einen Eimer um, orangefarbener Staub bedeckt die Wände, aber ich kann nicht mehrmals am Tag mit dem Aschekasten hinunter.) Bibbernd kroch ich zum Schrank, irgendwas anderes zum Anziehen hervorzerren. Einen zweiten Pyjama habe ich nicht, also einen

aber, aber … und er stotterte irgendwas zusammen, es wurde einfach kein Satz daraus, aber sie konnte einen auch noch aus Bruchstücken, Worten, die statt anderer Worte benutzt worden sind, verstehen, und Darius Kopp hätte sich das eine oder andere Mal gewünscht, dass es nicht so wäre, soll mich meine Frau lieber nicht verstehen, als dass sie mich ständig versteht, dass sie immer versteht, was ich sagen will, dass sie einfach nicht in der Lage ist, etwas auch mal gnädig zu überhören, denn so kommt es doch nur wieder dazu, dass wir uns in die Haare geraten. Und sie gerieten sich wieder in die Haare, nicht heftig, nur soweit, dass es Darius Kopp erneut als persönliche Beleidigung auffasste, dass Flora ihm beschwichtigend, beruhigend, tröstend – Beschwichtige, beruhige und tröste mich gefälligst nicht! – mitteilte, sie fände »nichts weiter dabei«, sollten sie in ihrem Leben nicht reich werden, dass sie sogar davon ausging, dass es niemals dazu kommen würde, ja, dass es sogar durchaus sein könne, dass »man« das »bisherige Niveau« nicht mehr würde halten können, woraufhin Kopp anfing, mit den Armen zu wedeln, er wedelte und wedelte, weil ihm die Worte fehlten, wie kannst du

---

Jogginganzug, aber die Decke ist auch nass, umdrehen, die kalte Seite kommt nach innen, wieder bibbern, dann wieder einschlafen, soweit es die Schmerzen zulassen.

Irgendwann ließen sie es dann nicht mehr zu, winselnd hoch, zwischen der Matratze und dem Haufen der immer noch nicht getrockneten Kleider wieder zum Schrank. Irgendwas werde ich mir anziehen müssen, wenn ich zum Arzt will. Wie dir vom Fieber der Stoff aus den Fingern rutscht. Als würde ich es nur träumen, dass ich im Schrank wühle. Einmal habe ich es vielleicht wirklich geträumt, es vorgeträumt, und es dann tatsächlich getan, ich fand etwas, eine Hose, ein T-Shirt, zu groß, blasslila, wie ist es zu mir gekommen?, es klebte an meinen Brüsten. Stiefel, Mantel, so zum Arzt. Zum Glück im Nachbarhaus.

nichts dabei finden, was soll das heißen, das Niveau halten, was soll das heißen?!

Das Ende war, dass er jaulend aus dem Bett sprang und anfing, an der Heizung herumzudrehen, während eine nie gehörte Schimpftirade aus seinem Mund spritzte, weil der beschissene scheiß Knopf auf 5 stand, der verdammte Heizkörper trotzdem keinerlei Wärme abgab, dann werde ich eben die Drecksheizung in diesem muchtigen Hotelzimmer selber reparieren, wenn es die Wichser nicht hinkriegen, und er drehte so lange an der Entlüftung herum, bis es, begleitet von Zisch- und Knackgeräuschen, aus der Heizung zu tropfen begann – was bis zu ihrer Abreise so bleiben sollte. Sie legten ein dünnes weißes Handtuch unter die tropfende Stelle und hatten fortan nur noch eins, um sich abzutrocknen. Er entschuldigte sich tausendmal bei ihr, aber bei solchen Sachen winkte sie nur ab.

Aus Darius Kopp aber war die Rage nicht mehr herauszubekommen. Einen großen Teil des nächsten bitterkalten Tages versaute er durch ständiges Telefonieren. Er netzwerkte, wie er noch

---

*Pneumonie als Komplikation nach Grippeinfektion.*

Dass ich kein Geld für ein Taxi habe, ist offensichtlich, er ruft mir einen Krankentransport.

Krankenhaus, ein Viererzimmer, Infusionen, großer Appetit, ich verschlinge das Krankenhausessen, kann's kaum erwarten, wann es wieder etwas gibt. Tee, Wasser, soviel du willst, man muss nur in den Flur hinaus, es gibt auch eine Cafeteria, aber ich will nichts ausgeben, ich frage nach Zwieback, ich bekomme immer 2 Stück, ich schaue den ganzen Tag und die halbe Nacht fern, euphorisch. Was es alles zu sehen gibt!

Schließlich schlief ich mit schmerzendem Rücken (das Bett! Du kannst es verstellen, soviel du willst) ein. Als ich erwachte, weinte ich.

nie in seinem Leben genetzwerkt hatte. Flora stand geduldig 40 Minuten hinter einer überwindigen Ecke und wartete, bis er sich mit allen seinen »wichtigsten Informationsträgern« ausgetauscht hatte. Tatsächlich hatte er am Ende sogar einen Namen in Budapest bekommen: »ein Herr Fekete«. Hilfst du mir, Herrn Fekete anzurufen?

Nein, sagte Flora.

Warum nicht?

Weil es Nonsens ist, was du machst.

Warum ist das Nonsens? Was ist dein Problem? Kannst du mir erklären, was dein Problem ist? Kannst du mir endlich erklären …

Darius Kopp, auf schockgefrorenen Pester Straßen krakeelend.

Bitte, sagte Flora leise. Sprich so nicht mit mir. Beruhige dich und sprich nicht so mit mir und krakeele hier nicht auf der Straße herum. Oder, sagte sie, leise, ruhig, ich werde sofort abreisen.

Und er tat so, als würde er sich beruhigen, nahm ihre Hand, küsste sie, entschuldigte sich, hakte sie bei sich ein. Du hast recht, wir wollten uns die Stadt ansehen.

---

Hast du schlecht geträumt, Kleines?

Nein, ich habe nichts geträumt, ich erinnere mich an nichts, ich könnte auch jetzt nicht sagen, was ich fühle, ich fühle nichts Konkretes, aber ich kann nicht aufhören zu schluchzen. Meine Bettnachbarn sagen kein Wort, aber die eine, ich habe es gesehen, hat den Schwesternrufknopf gedrückt. Ich gehe sicherheitshalber auf den Flur, ich weiß nicht, wieso ich denke, es wäre gut, wenn ich mehr Möglichkeiten hätte zu fliehen. Im Grunde habe ich hier vor niemandem Angst. Ich gehe zum Teewagen. Dort stehe ich, als sie mich finden: eine Schwester und zwei junge Ärzte, die gerade zufällig in meiner Nähe stehen und sich freuen, dass der eine zur gleichen Zeit Dienst hat wie die andere.

Sie hatten gute Laune, dann sahen sie mich. Was ich denn hätte.

Scheiß auf die Stadt, sagte Flora. Ich habe genug von diesem Theater.

Sie marschierte los, mutmaßlich auf die Unterkunft zu, wer konnte das so genau sagen, Kopp kannte sich ohne sie überhaupt nicht aus, dabei dachte ich, ich könnte mich gut orientieren, aber sie ging über Schleichwege und Abkürzungen, dass man die Orientierung verlieren *musste,* und hier wurde ihm klar: sie kannte das hier viel besser, als sie es zugab, sie kannte das hier wie ein Zuhause. Das war im Übrigen auch in Berlin so, auch dort kannte sie Wege, deren Existenz Kopp nicht einmal ahnte, welche Häuser durchlässig waren und welche nicht, durch welchen Hof, an welcher Garage vorbei, durch welchen Friedhofsausgang man wohin usw. Deswegen mache ich es, ohne es gleich gewusst zu haben, jetzt auch so. Gehen, gehen, bis man einen Durchgang gefunden hat. Außer, dass ich mich nicht verstellen muss, so tun, als wäre ich eine Touristin, die nur deutsch kann – Aber wieso? Hat seine Vorteile, sagte sie nur –, ich *bin* Tourist, *ich* bin, wer ich bin, aber wer bist eigentlich du?

---

Ich sage, ich hole mir grad einen Tee. Aber warum ich weinte?

Ich sage, schluchzend, dass ich es nicht weiß.

Sie begleiten mich ins Zimmer zurück, der männliche Arzt trägt meinen Tee.

Sie reden irgendwas mit der Schwester über mich. Später kommt sie mit einer Pille und noch einem Tee. Beruhigungstee, ich soll lieber den trinken als immer die Pfefferminze.

Ich weine den ganzen Tag, die ganze Nacht und den darauf folgenden Vormittag durch. Da schicken sie eine Psychosomatikerin.

So einen Trampel hast du noch nicht gesehen.

Sie kommt nicht, sie bricht herein, wie eine Dampflokomotive, oder eher ein Raupenfahrzeug in voller Fahrt, fährt mich an, ich solle nicht immer sagen, ich wüsste nicht, was ich hätte, ich solle hübsch

Tut mir leid, sagte Darius Kopp und keuchte ihr hinterher. Ich werde nicht mehr telefonieren. Lass uns, lass uns … Was Schönes machen. In ein Bad gehen …

Scheiß aufs Bad, sagte Flora und blieb den gesamten letzten Tag des Aufenthalts im Zimmer, mit klappernden Zähnen unter zwei Decken. Er könne ja gehen, wohin er wolle, er könne auch telefonieren, soviel er wolle, Hauptsache, er mache es nicht hier. Sie verweigerte sich der Stadt für den Rest der Zeit. Er entschuldigte sich noch einpaar Mal und ging nirgends hin ohne sie, außer einmal, als er etwas zu essen holte. Sie machten ein Picknick im Bett, und nun war es an ihr, sich zu entschuldigen.

Tut mir leid, dass ich es dir verderbe.

Du verdirbst mir nichts. Ich will dort sein, wo du bist. Scheiß auf die Stadt. Scheiß auf die Bäder. Ich dachte nur … Egal, was ich dachte. Scheiß auf alles. Wir machen Picknick im Bett, was willst du mehr.

Womit habe ich dich verdient?

Wahrscheinlich warst du ein unartiges Mädchen, sagte Kopp

---

herausrücken damit. Eine Zimmergenossin hat sofort das Weite gesucht, die andere schickt sie raus. Sie gehen bitte raus! Sie können sie doch nicht einfach so hinausschicken, schluchze ich. Das solle ich ihr überlassen. Ob es mir schon mal so gegangen sei.

Nein, sage ich. (Lüge.)

Was passiert sei, bevor ich hierhergekommen sei.

Lungenentzündung.

Und davor?

Nichts.

Fängt an, meine Kindheit ins Spiel zu bringen. Ist die denn meschugge? Jetzt und hier?

Kommt auf einen Sprung vorbei, zehn Minuten, fragt nach meiner Mutter und trifft dann davon ausgehend eine Entscheidung?

und lachte, weil er nicht wusste, wovon er da sprach, und sie lachte auch.

Anfang der 90er Jahre, sagte Flora später unter den beiden Decken bibbernd, bestand Budapest aus 22 Bezirken. Ich wohnte am Rande des 22., dort, wo es schon dörflich ist. Unseres war das letzte Hochhaus, erst ein Arbeiter-, dann ein Studentenwohnheim. Aus meinem Zimmer konnte ich den Sonnenuntergang über den Gärten bis weit hinein in die Ebene beobachten. Jeden Abend alle Rot- und Orangetöne der Welt. Ich taufte die Aussicht Mexiko. Ich war so sehr in dieser Mexiko-Sache, dass ich bis heute geneigt bin zu sagen, ich habe in Mexiko studiert.

Sie lachte, hörte auf zu lachen.

Wenn ich fragte: wo ist meine Mutter, war die Antwort immer: in Pest. Auch, nachdem sie tot war: in Pest. – Welcher Friedhof? – Irgendwo hab ich den Namen. – Ich habe ihn nie erfahren. Ich bin fast zwei Jahre lang hier herumgelaufen, habe sie gesucht und nicht gefunden. Ich war bei allen Behörden, die man sich vorstellen kann,

---

Am liebsten würde ich dich aus dem Fenster werfen, dämliche Plantschkuh! Elfter Stock. Aber irgendein Werbelaken ist davor. Und man kann die Fenster hier ohnehin nicht öffnen. In meinem ganzen Leben hab ich noch keinen so gehasst wie die jetzt hier! Wie kann jemand Psychosomatikerin werden, wenn es doch klarer als die Sonne ist, dass sie nicht mal einen Fliegenschiss an Einfühlungsvermögen besitzt? Wieso werden Sie nicht lieber Straßenwalze, Sie großärschige Kuh!

Sie unter himmelstürmendem Gebrüll aus dem Zimmer schubsen, wie ich es vom Sumoringer gesehen habe nachts im Fernsehen, den anderen mit riesigen Ohrfeigen aus dem Ring hinaus, ich sah ihnen kichernd zu, raus mit dir!, und dann, pausenlos weiterbrüllend, mein Blut überallhin schmieren in diesem stinkenden Krankenhaus-

persönlich bei jeder Klinik, jedem Sanatorium, das in Frage kommen konnte. Ich habe zwei Orte gefunden, an denen sie Patientin war, das ist alles. Anfang der 90er Jahre standen alle mit ihrem postkommunistischen Hintern an der Wand und hatten andere Sorgen, als die rattenzernagten Papiere ihrer toten Expatienten in Ordnung zu halten. Fragen Sie doch Ihre Großmutter. Ich fragte sie, und sie sprach ganz einfach kein einziges Wort mehr mit mir. Sie sagte nicht einmal: ich sage es dir nicht. Sie sagte: nichts mehr. Ich habe mir jeden einzelnen Grabstein in dieser Stadt angesehen. Jeden. Ich habe fast 2 Jahre hier gewohnt und praktisch keinen lebenden Menschen kennengelernt, weil ich nur mit ihr beschäftigt war. Bis ich endlich kapiert habe: es gibt kein Grab. Sie hat sie anonym beerdigen lassen. Ich bin nie wieder zu ihr gefahren. Ich habe beschlossen, mit allem hier abzuschließen. Den letzten Sommer bin ich noch einmal zu Fuß durchs Land, soweit ich eben kam, und als die Zeit um war, bin ich gegangen. Ich weiß, den Faden abreißen zu lassen ist keine Tugend. Aber ich dachte immer, es wäre vielleicht eine nützliche Fertigkeit. In der Gegenwart leben und ein

---

zimmer! Bis sie die Tür mit einer Axt eingeschlagen hätten, wäre es für alles zu spät!

Aber natürlich saß ich nur da und schluchzte und sagte gar nichts mehr. Die Fette ließ einen großen Seufzer los, wie jemand, der sehr genervt ist, ging hinaus, kam mit jemandem zurück, sie gaben mir eine Spritze.

Ich schlief/döste noch zwei Tage, am dritten Tag sagte ich, ich ginge jetzt nach Hause. Meine Versicherung ist so, dass sie zum Glück nicht sonderlich interessiert daran waren, dass ich bleibe, aber auch so haben sie noch einen ganzen Tag verplempert, zeigten mich auch noch dem Chefarzt, nicht speziell, sondern im Rahmen der Großvisite. Gefällt es Ihnen nicht bei uns? fragte er scherzend.

wenig in der Zukunft. Die Vergangenheit ist die Vergangenheit. Faden ab und fertig.

Dass sie auch in Berlin keine Freunde hatte, fiel Darius Kopp jetzt auf. Es gibt nur sie und mich. Manche haben unendlich viele Leute. Wenn ein Baby geboren wird, muss es 78 Personen vorgestellt werden, und das ist nur der innere Kreis. Während andere … Meine Frau ist Einzelgängerin. Ein wenig kann man darüber erschrecken. Warum habe ich jemanden gewählt, der allein auf der Welt ist? Andererseits, dachte Darius Kopp, langsam dem Halbschlaf entgegengleitend, andererseits ist mir das gar nicht so unrecht. Du gehörst nur mir, nur mir, nur …

Würdest du …, murmelte er (die Schläfrigkeit übertreiben, um es sagen zu können), würdest du mich auch einfach so abschneiden können?

Dass es einfach wäre, habe ich nicht gesagt.

Darius Kopp hielt die Augen geschlossen.

…

Es ist, sagte Flora, nachdem sie beide eine Weile geschwiegen

---

Bist du bescheuert, mein Junge? Was denkst du, wo wir hier sind?

*Ist jemand zu Hause bei Ihnen etc.*?

Nein, aber ich bekomme morgen Kohlen, ich muss da sein, die Kohlen sind alle! Übrigens stimmte das, aber mir fiel es auch erst in dem Moment wieder ein. Die Kohlen! Wobei ich sowieso den Ölradiator benutze, weil mir die Kraft fehlt, die Kohlen hochzuholen.

Sie gaben mir Schmerzmittel mit und dass die Beruhigungsspritze insgesamt eine Woche wirkt, und hier ist eine Adresse, ich solle mich bei dieser Psychiaterin nahe meiner Wohnung melden.

Gut, sagte ich.

Sie ließen mich auf eigene Verantwortunge gehen. Auf eigene Verantwortung, worauf sonst. Ist ihr Blutdruck immer so niedrig? Ja.

Zu Fuß nach Hause. Alles so genau gesehen. Die Fugen zwischen

hatten, als wäre die Sprache das Trägermaterial. Sie zu benutzen tut weh. Ich kann nicht einmal Straßenbahn auf Ungarisch sagen, ohne dass es mich umbringt.

Straßenbahn, dachte der Mann mit den geschlossenen Augen. (Mach sie auf, du Dummkopf. Schau sie an. Er konnte es nicht. Das sind unbekannte Felder für mich.) Straßenbahn, dachte Darius Kopp. Nichts. Nichts weiter. Straßenbahn. Gelb oder nichtgelb. Er drückte seine Lippen auf ihr Haar. Sie drehte ihren Kopf herum zu ihm, so dass sie sich auf den Mund küssen konnten. Die Kälte überall und darin ihr sehr heißer Mund.

Ich habe, murmelte Darius Kopp im Halbschlaf, weißt du, ich habe immer schon nach Mexiko gewollt. Glanz und Elend der Mayas. Oder der Inkas. Du weißt schon.

Sie streichelte seine Hand, die auf ihrem Bauch lag. Azteken, lallte Kopp. Dann war er weg.

Er stand vor dem Hotel, ein zu teures Hotel, sah sein Spiegelbild darin. Geh einfach weiter.

---

den Pflastersteinen. Alle vier Steine ein großer Nagel. Vermutlich etwas zur Verankerung. Der ganze Müll. Dieser unendliche Müll. Die Scheiße. Ein Kondom. Ein rotes Blütenblatt. Ein schönes, rotes Blütenblatt, woher nur um diese Zeit des Jahres?

2 Tage lang hatte ich noch Angst, sie kommen mich mit Gewalt holen, dann war ich hinreichend gesammelt, dass ich begriff, das macht man nicht einmal mit Gemeingefährlichen immer. Dass ich also frei bin. Hier fiel mir die Sekretärin des Senators wieder ein. Drauf gepfiffen. Ich habe Kohlen hochgeholt, was zu essen gekauft, am nächsten Tag schon zur Uni. Eine Kommilitonin hat mir ihren Junost-Fernseher geschenkt. Schwarzweiß, winzig, mit einer Zimmerantenne. Ich schau und schau hinein.

Am frühen Nachmittag stieß er auf den Ostbahnhof. Das Jingle der Durchsagen der ungarischen Staatsbahn hört man bis weit in die umliegenden Straßen hinein. Du vergisst es, aber wenn du es zehn Jahre später wieder hörst, nimmt es seinen alten Platz ohne Umwege wieder ein: Ta-tatata-ta-ta. – Meine Frau konnte Noten lesen. Die Kodály-Methode. Auch so eine Information, bei der du dich fragst: Und was fang ich jetzt damit an? Meine Frau konnte Noten lesen. Sie hat das zu nichts in ihrem Leben gebraucht, und dann ist sie gestorben. Ta-tatata-ta-ta. – Kopp ging mehrere Male durch dieselben paar Seitenstraßen, weil er überzeugt war, dort irgendwo musste das Klosterhotel sein. Aber er fand und fand einfach nichts. Zu müde geworden, stand er irgendwann auf einem Platz, vor ihm das Bahnhofsgebäude, hinter ihm eine Großbaustelle – Dass das einfach immer so sein muss! – und konnte sich eine Weile nirgends mehr hinbewegen. Die Sonne knallte, die Holzplanken eines behelfsmäßigen Gehsteigs donnerten vor, hinter, unter ihm, er sah und hörte für einen Moment nichts. Dann schob sich ihm eine Hand vors Gesicht. Eine Bettlerin. Betrun-

---

#
[Datei: napfolt]

Der Nachbar hat seinen Fensterflügel so gestellt, dass sich die Sonne darin spiegelt und ein Lichtstrahl ins hintere Zimmer fällt. Setz dich auf den Boden, aber nicht in den Sonnenfleck, sondern so, dass du ihn sehen kannst. Diese Wohnung gehört nur mir. Ich habe ein Zuhause. Ich kann nach Hause kommen. Egal, wie dieses ist. Fast egal. Dass die Nachbarn auf die Klobrille wichsen. Ich komme die halbe Treppe herauf und bin zu Hause. Am Vormittag Cornflakes mit Milch, am Nachmittag Salat mit Apfel, Würstchen und Ei. Sonst ist nichts passiert. Ich habe nichts gemacht. Keinen Fuß auf die Straße gesetzt.

ken, schluchzend. Sagt etwas. Sie ist in deinem Alter, aber es fehlen ihr schon einpaar Zähne. Kopp starrte in diesen Mund. In die schwarzen Bereiche darin. Die Bettlerin bemerkte, dass da jemand aufmerksam geworden ist, und jammerte und schluchzte noch ein wenig lauter. Ihr Atem roch nach Alkohol. Sie selbst roch nach Pisse. Kopp ergriff die Flucht. Stolpernd über den Platz. Als wäre ich selbst betrunken. Dabei ist das Gegenteil wahr: Durst. Und Hunger. Zwei hübsche junge Polizisten kontrollieren die Papiere eines Schwarzen mit Kapuze. Jugendliche mit Bierflaschen in der Hand gehen vorbei und pöbeln etwas. Gilt es dem Schwarzen oder den Polizisten? Gute Frage. Die Taxifahrer machen alle miteinander einen feindseligen Eindruck. Kopp trieb über einen Fußgängerüberweg, an Straßenbahnschienen vorbei, wo ist hier ein erträglicher Laden, den Durst stillen, den Hunger, eventuell sogar etwas Ruhe finden. Nirgends. Unendliche graue Wand. Bis er auf einmal im offenen Tor eines Friedhofs stand. Innen war ein Wasserhahn zu sehen, ein nicht ganz dichter oder nicht sorgfältig genug geschlossener Wasserhahn, ein dünner Strahl Wasser lief he-

---

#
[Datei: Kassák]

Ich wachte mit der Umkehrung eines Kassák-Satzes auf: »traurig bin ich geworden, aber müde bin ich nicht.« Und mit der Überzeugung, die Lösung gefunden zu haben: fasten und übersetzen. Ich tue nichts anderes. Ich bin glücklich.

#
[Datei: Kassák_Tisztaság_2]

Lajos Kassák: Das Buch der Reinheit. Nr. 2

runter, Kopp konnte nicht anders, ob sich das gehört oder nicht: ich muss etwas trinken.

Er trank ausgiebig, wusch sich prustend Gesicht und Nacken, jetzt ist's besser. Als er sich aufrichtete, sah er, dass er unweit der Portierskabine stand, wo ein sehr fetter Mann und eine Frau mit Feudel – sie hatte offenbar gerade die Toiletten gewischt – auf zwei Campingstühlen saßen und ihn anstarrten.

Ein parkartiger Friedhof im Spätsommer. Um die Wahrheit zu sagen, waren Friedhöfe die Orte, die meine Frau mit am meisten liebte. Kopp deutete ein Nicken in die Richtung der beiden Aufsichtspersonen an und wandte ihnen, bevor eine Antwort möglich gewesen wäre, den Rücken zu. Er nahm nicht die Prachtallee in der Mitte, er nahm den Seitenpfad, wo sie ihn nach wenigen Metern nicht mehr sehen konnten.

Nicht weit von dem Haus, in dem wir lebten, gibt es auch einen Friedhof. Er ist nicht ganz so groß wie dieser hier, und dahinter ist kein Bahnhof, sondern eine Bushaltestelle. Eine Weile hatte sie einen Job, zu dem sie diesen Bus nehmen musste, also lief sie zweimal am

---

Um unser Herz wachen Steine, Tiere und Pflanzen. Unsere Feinde sind unsere besten Freunde. Man kann sich nirgends ausschließen, sich einfach zurückziehen, denn auch was außer uns ist, ist in uns, wie im Quadrat der Kreis und umgekehrt. Wenn wir etwas Neues entdecken, so haben wir uns selbst entdeckt.

Der Künstler schöpft immer aus sich selbst, der Künstler ist ein bodenloses Meer, blickt wie ein sauberes Fenster in die unermesslichen Höhen hinauf. Der Künstler ist eine Einheit und Mittelpunkt der Konstruktionen.

Wir leben kritische Zeiten. Mit der Rasierklinge des Verstands haben wir die blauen Blumen der Romantik niedergemäht, heute ist es ohne Zweifel: der Mensch ist das unnatürlichste Tier auf Erden. Er macht plumpe Zick-Zack-Linien aus der Überlegung heraus. Er

Tag durch den Friedhof. Sie sagte, das sei der Höhepunkt des Tages. Zwei Höhepunkte: einmal am Morgen, einmal am Nachmittag. Fahrrad fahren, Hunde ausführen ist in Friedhöfen verboten, ihn auf dem Weg zur Arbeit zu Fuß durchqueren nicht, dennoch suchte sich Flora ein Grab aus, als dessen Besucherin sie sich auf Nachfrage hätte ausgeben können. Auf dem Grabstein stand »Hedda und Emma«. So klein, als wäre es das Grab von zwei Tauben. Die Urnen zweier Schwestern. Oder zweier Geliebten, sagte Darius Kopp. Das würde mir besser gefallen. Zwei von ihrer Zeit geächtete Liebhaberinnen.

Der aus Basaltbrocken geformte Seitenpfad machte das Laufen schwer. Kopp knickte um und setzte sich auf eine Bank. Unweit stützte Christus einen nackten Mann, wie in anderen Abbildungen Engel verwundete Soldaten stützen. Das wäre dann ich. Kanonenfutter. Du hingegen wärst das Mädchen auf dem Sockel mit dem von der Schulter rutschenden Kleid. *Zsuzsikám*, 16 Jahre. Neben ihrem Mund hat sich eine weiße Schnecke am Stein festgesogen. Bei einer anderen am Kinn. Im ersten Fall ein Schönheitsfleck, im zweiten eine Warze.

---

möchte essen und findet sich von vornherein damit ab, vom Trog weggedrängt zu werden, nicht die einfachsten Dinge kann er ohne Hintergedanken aufnehmen, er wird von sexuellen Potenzen verzehrt und es graut ihm vor Kindern. Getrost könnten wir ausrufen: wir zerbrechen, alle zerbrechen wir, bevor wir das schmutzige Wasser der Sinnlosigkeit aus unseren Augen schütten könnten. Du aber sagst: müde bin ich geworden, aber traurig bin ich nicht.
Ich sehe die Wege, die am Horizont sich zu Bergen ballen. Du aber sagst: ich bin nicht traurig!
Ich höre, wie die Tore sich schließen in ihren diamentenen Angeln. Du aber sagst: nein! Ich bin nicht traurig.
Und ich fühle, wie unsere Wurzeln absterben und wir uns schwerelos auflösen im Nebel. Nur die schwarzen Spuren unserer Pantoffeln

Eine Mädchenstatue errichten. Und wenn sich eine Schnecke an deinem Kinn festsaugt, nehme ich sie herunter und zertrete sie. Ihr kalkiger weißer Panzer bricht splitternd. Wenn sie sich in deinem Nacken festsaugt, werde ich vorher wütend. Man müsste dich mit offenem Haar darstellen, damit dein Nacken bedeckt ist. Nur Stein, nur Stein, ich weiß, hier ist niemand anwesend, den Toten sind wir egal, nur ich bin hier und der Mann da, der mit einer Kamera um den Hals herumläuft, weil ein Friedhof immer pittoresk ist.

Die Wege enden von Zeit zu Zeit in Rondellen, als Zeichen dafür, dass dort Bedeutende ihre sogenannte letzte Ruhe gefunden haben. In der Regel Schriftsteller. Einmal ist eine kitschige Schauspielerin mit dabei. Putten raufen am Fuße ihres Himmelbetts aus weißem Marmor, in dem, zwischen Steinkissen gebettet, mit einer Steindecke bedeckt, eine vollbusige, vollwangige frühere Schönheit ruht. Sie hat keine Lockenwickler im Haar, aber der Gesamteindruck ist so, als hätte sie. Politiker bekommen Mausoleen. Die bildenden Künste liegen etwas abseits, dafür ist ihr Feld mit den Statuen, die sie sich gegenseitig gestalten, eins der attraktivsten.

---

bleiben im Schlamm zurück. Aber trotz alledem gehören wir noch zu den Glücklicheren.

Es gibt welche, die balancieren über fadendünne Seile zwischen Himmel und Erde und die kopflos hin und her rennen in den geschmolzenen Straßen. Es gibt welche, die mit welkem Docht auf ihren schmalen Eisenbetten liegen, lautlos und knochenfarben wie der Tod.

Weh, weh.

Schmerz und Verzweiflung lodern aus mir. Nackt stehe ich in der Mitte des großen Flusses. Wenn ich die Hände ausstreckte, schliefe ich vielleicht ein von der Berührung meiner Brüder. In meinem Leben habe ich viel geklagt und noch mehr geflucht. Aber all das steht nur im Rauchfang geschrieben mit schwarzer Kreide. Es wäre gut,

Ein Geviert Musiker, eine Gruppe Sportler, eine Reihe Schachspieler. Statuen von Brillenträgern zu machen ist problematisch. Die Verbreitung der Brille fällt zusammen mit dem Ende des Zeitalters der Porträtplastiken. Bis '49 sind die meisten Namen und Aufschriften auf den alten Gräbern auf Deutsch. Breyer Gyula, Bitter Illés, Hantken Miksa. Godó Ferenc, gestorben am 26. Oktober 1956 im Alter von 18 Jahren. In manchen Grabsteinen Einschusslöcher. Daran hast du bis jetzt gar nicht gedacht. Wenn eine Stadt eingenommen wird, müssen auch die Friedhöfe eingenommen werden. Ich führe die Einheit an, die dazu bestimmt ist, den Friedhof einzunehmen. Vorsicht bei großen Bauten und in Gebieten mit dichtem Baumbestand. Die Vegetation in einem frühherbstlichen Friedhof ist üppig. An einer Stelle eindeutig: der Geruch von Tomaten. Schießt dir der Speichel in den Mund? Bei der Einnahme der Stadt roch es stark nach Tomaten. Eine Kolonie sehr weißer Pilze. Sauerampfer, der blüht. Eicheln und Beeren gibt es natürlich überall. In einem Friedhof überleben. Das geht, wenn man eine Maus ist. So eine winzige, gerade einmal walnussgroße graue Feldmaus wie diese da,

---

unsre Siebensachen zu packen und spurlos auszuwandern aus diesem Jagdgebiet.

*(Aus dem Ungarischen von Flora Meier.)*

#

[Datei: Kassák_32]

Lajos Kassák: Das Buch der Reinheit. Nr. 32

Tage und durchgegangene sterne rasen durch uns hindurch
in mir schlafen jahre wie ausgehungerte kinder

du sagt lass uns auch hinlegen endgültig lämpchen lämpchen

die mitten auf dem Weg hockt und nicht einmal einen Millimeter wegrückt, wenn ich komme. Kopp musste um die Maus herumgehen.

Schau, ich umgehe gerade eine Maus in einem Friedhof. Einem friedlichen Friedhof. Nur den Bahnhof hört man ein wenig. Die unverständlichen Durchsagen, das Ta-tatata-ta-ta.

In der Gärtnerei am nördlichen Ende scheint heute nicht gearbeitet zu werden. Durch den verschlossenen Seiteneingang daneben der Blick auf Straßenbahnschienen, einen Zaun und eine Brache. Was für einen Wochentag haben wir? Ist womöglich Wochenende? Das Vorstellungsgespräch war an einem Dienstag. Als wäre es vor einem Jahr gewesen. Dabei sind erst 3 Tage seitdem vergangen. Nein, 4. Also ist in der Tat Samstag.

Darius Kopp war am weitesten vom Eingang und den Toiletten entfernt, als ihn der Drang, seinen Darm zu entleeren, mit einer Heftigkeit überkam, dass es ausgeschlossen war, es bis zur Toilette zu schaffen. In einen Friedhof scheißen. Ich mache das nicht mit Absicht, aber ich bin auch nur ein Mensch. Er schlug sich in die

---

die großen buchhalter haben alles erledigt vergebens lungerst du bei den platanen
blödsinn glaube mir ich spucke auf das ganze theater
Jesus Christus war ein einfacher straßenläufer er lebte von predigten und wenn er es gewollt hätte hätte auch er trockenen fußes über das meer gehen können
aber weh die welt eilt nach unten zu
die welt hat keine klugen grafischen zeichen und versteht überhaupt nichts von den fahrplänen der staatlichen eisenbahn
damit hast du vollkommen recht
aber denke an die vom aussterben bedrohten prinzessinnen und die geölten diebe
die dinge drehen sich um diamantene achsen

Büsche, so tief es eben ging. Papier bräuchte man auch. Blätter. Einen Klappspaten. Insektenmittel. Die Demütigung des Reisenden.

Aus unbekannten Gründen fand er es nicht angebracht, denselben Pfad hinaus zu nehmen, den er hinein genommen hatte, er schlug sich, nicht fluchend, zur anderen Seite des Gestrüpps durch – wenn es eine andere Seite gegeben hätte. Aber es gab praktisch keine andere Seite. Kopp brach durch Sträucher, hinter denen neue Sträucher standen, auch dort, wo seiner Meinung nach schon längst die äußere Friedhofsmauer sein sollte. Große Mengen Blätter, Spreu, Äste, Lianen, Spinnweben, Insekten prasselten auf ihn ein, so dass er am Ende doch noch zu fluchen anfangen musste, was weiter keine Rolle spielte, denn das Splittern und Krachen um ihn herum war ohnehin lauter als alles andere in einem Umkreis von x Metern. Er hatte schon die Befürchtung, den Durchgang in einen endlosen Wald gefunden zu haben, als er endlich in ein mit armdünnen Bäumchen und Efeu bewachsenes Gebiet kam. Ein dunkler Hain voller Schatten. Die Gräber hier waren wesentlich jünger als die, die

---

und mittags kommen die vögel aus den wanduhren und singen dem zug entgegen der wieder einmal nur aus mir losgefahren ist
unsere aufgeschreckten augen führen uns durch die komplikationen
die blumen stehen hier und haben einen warmen geruch, wie die stillenden mütter
särge sind gesunken und wurden zu lichtversen
ich biete all meine kraft den langsam plätschernden ereignissen
wartet auf niemanden
mein vater hat seine schönen kastanienbraunen locken versoffen
meine mutter ist ein trauriges schwarzes mütterchen aus den bergen
und ich habe mich von allen getrennt um nach hause zu finden
wo meine zahlreichen brüder leben von den harten krumen auf meinem tisch

er zuletzt hier gesehen hatte, zwanzig bis vierzig Jahre alt. Warum man ausgerechnet diese überwuchern ließ, ließ sich nicht herausfinden. Doch nicht etwa aus purer Romantik? Auf einigen Gräbern standen welke Blumen in den Vasen. Es spreute nicht mehr so stark, dafür gab es mehr Spinnweben und Wolken kleiner Insekten, die in Kopfhöhe in der Luft standen. Kopp ging durch so eine Wolke hindurch, zerriss etliche Spinnweben, und dann war er endlich draußen. Er fand auch bald einen Wasserhahn, wusch sich Hände, Gesicht und Nacken, sah sich um, und da keiner zu sehen war, zog er sich auch das Hemd aus. Es war voller Spreu. Langes Schütteln und Fluchen. Der Schweiß macht die Spreu klebrig, man muss so lange schütteln, bis der Stoff getrocknet ist, und kaum, dass das erreicht ist, nimmst du das Hemd wieder, um dir den Rücken damit zu rubbeln, der ebenfalls feucht und voller Spreu ist, und dann schüttelst du wieder und so weiter und so weiter. Ein blasser, übergewichtiger Mann mit freiem Oberkörper in einem Friedhof.

Er zog das Hemd wieder an, knöpfte jeden Knopf bis auf den obersten sorgfältig zu, beugte sich noch einmal zum Wasserhahn

---

*(Aus dem Ungarischen von Flora Meier.)*

#

[Datei: jan_5_a_romlás]

5. Jan

M kriegt schon eine Glatze und er hat einen sehr kleinen Schwanz, aber er kann mit ihm umgehen. Er hasst die Ausländer, die Wessies und die Frauen. Er mag das Spiel »und du kannst nichts machen«. Erkennst du ein Muster? Durchaus, aber es ist egal. Egal, wirklich. Die Blumen des Bösen. Ich studiere sie, als müsste ich für etwas trainieren.

hinunter, um etwas zu trinken, und als er sich aufrichtete, sah er, dass die Dämmerung eingesetzt hatte. Eine Minute später stand er praktisch im Dunkeln. Einmal stand ich während einer Sonnenfinsternis auf einem Feld und sah zu, wie der Mondschatten über uns hinwegfegte. Zwei Autos kurvten mit eingeschalteten Lichtern an einem Waldrand und hinter mir rief jemand scherzhaft: »Und, tschüs!« Am Mondschatten siehst du, wie schnell wir uns in Wahrheit bewegen, eine Minute, und schon wurde es wieder mittagshell, aber das wird jetzt nicht passieren. Das ist kein Mondschatten, das sind wir selbst, wir drehen uns weg, hinein in eine lange Dunkelheit. Darius Kopp hatte ohnehin genug von dieser Exkursion, es zog ihn zurück ins Hotel, das, wie man hört, ein gutes Thermalbad sein Eigen nennt. Bestimmt kann man auch Badebekleidung kaufen.

Er machte sich auf den Weg, schnellen Schritts in die Richtung, von der er annahm, dass er dort den Ausgang finden würde. Aber nein. Er brachte es fertig, sich noch einmal zu verirren, obwohl er die Wege jetzt nicht mehr verließ. Er lief in Kreisen, die er nicht nachvollziehen konnte, das ist mir noch nie passiert, normalerweise

---

#
[Datei: jan_6_vedd_eszre]

6. Jan
Erkenne gefälligst, dass das dieselben Lehren sind, wie immer schon. Ehrlich: hat es sich gelohnt wegzugehen, wenn du dich weiter so verhältst, als wärst du immer noch *dort*?

Einmal hat jemand über mich gesagt: »vollkommen asozial«. Sie hatte recht, aber der Witz ist, dass sie das nicht wusste. Sie hat es nämlich nicht darüber gesagt, worüber es angemessen gewesen wäre, dass ich nämlich mit einem Lehrer ins Bett ging (und es im Übrigen mit jedem anderen getan hätte, hätte er mich nur gefragt), sondern

kann ich mich gut orientieren, anhand des Sonnenstands wie auch anhand von Landmarken, aber jetzt war es so, dass ihm kein einziges Grab mehr begegnete, von dem er hätte sagen können, das habe ich schon gesehen. Oder: das habe ich noch nicht gesehen. Am Himmel erschienen die ersten Sterne. Kannst du anhand der Sterne navigieren?

Die Stadt draußen dröhnte nun so laut, dass er dachte, selbst wenn er um Hilfe riefe, könnte das unmöglich einer hören. Er rief nicht um Hilfe. Wie lächerlich wäre das: ein schütterer Deutscher, der in einem ungarischen Friedhof »Hilfe, Hilfe!« ruft. Suche einfach die Außenmauer, hier muss doch irgendwo die Außenmauer sein, und dann halte dich nah an der Wand, bis du ein Tor gefunden hast. Es dauerte noch eine ganze Weile, bis er die Mauer tatsächlich fand. Er fand auch einen Seitenausgang (nicht denselben wie vorhin), aber dieser war verschlossen. Ein riesiges Gelände, du kannst den ganzen Tag darin unterwegs sein, und dann gibt es nur einen Ausgang, den sie offen halten? Personalproblem, vermutlich. Er wanderte gefühlt noch eine Stunde, bis er zum Haupteingang

---

darüber, dass ich schweigsam war, aber mein Gesicht nicht kontrollierte: wenn ich nicht einverstanden war mit etwas, konnte man es mir ansehen. Was, natürlich, der Blasphemie gleichkommt in einer auf Gehorsam aufbauenden Gesellschaft. Wenn man das bedenkt, wird es klar, wieso ich denke, M sei nur ein Spiel. Und in diesem Spiel bestimmt der, der sich unterwirft.

#
[Datei: in_memoriam_m]

Im Schneefall eine Dreiviertelstunde auf die Zelle gewartet, und dann war er nicht da. Einmal habe ich 7 Stunden auf jemanden gewartet, wenn auch nicht im Schnee, sondern neben einer Portierskabine.

kam. Auch dieser: verschlossen. Das Pförtnerhäuschen, die Toiletten ebenfalls. Zwischen der Herren- und der Damentoilette stand ein Softdrink-Automat. Aber Darius Kopp war jetzt nicht nach Erfrischungsgetränken. Oder doch, immer. Aber die wichtige Frage jetzt ist: bist du in der Lage, über das Tor zu klettern? Zweiflügeliges Gittertor. Nicht sehr hoch und ohne oberen Bogen, der Sprung auf der anderen Seite wäre trotzdem sehr tief. Oder im Friedhof schlafen. Sich etwas Bequemeres suchen als die Bank mit den alten Holzlatten. Die Geräusche der Nacht in einem Friedhof. Nachtaktive Tiere. Hauptsächlich Nager, vielleicht ein Fuchs. Vielleicht auch gar nicht schlafen. Was musst du immer schlafen. Und was machst du, wenn außer den Tieren auch noch andere Menschen da sind? Grabschänder. Die Gräber der Kommunisten, die Gräber der Juden, die Mädchenstatuen, irgendetwas findet sich immer. Oder ein Liebespaar. Dass er das am wenigsten möchte, ein Liebespaar im nächtlichen Friedhof beobachten, so weit war Darius Kopp, als zwei Gestalten hinter dem steinernen Himmelbett der kitschigen Schauspielerin auftauchten und über die Hauptallee auf ihn zukamen.

---

Mädchen, man hat Sie vergessen.
Hast du denn keinen Funken Selbstachtung?
Schmeckt scheiße, sagt er und haut rein, rülpst und furzt, dann nimmt er mich ran, damit macht er's wieder gut.
Du liegst da wie ein verletztes Tier, sagt er kosend. Deine Fotze ist schön eng, nicht so wie bei X.
Im Übrigen wünsche ich nicht, dass du mich in der Öffentlichkeit anfasst. Contenance, meine Liebe, ein wenig Contenance.
Einer muss die Richtung vorgeben, und das ist der Ältere und Erfahrenere.
Gebier mir ein Kind, bevor ich zu alt dafür bin. Auch du wirst nicht ewig jung sein. 23 ist grad noch gut genug.
Wozu darüber reden? Jeder hat mal eine demütigende Beziehung. So

Sie unterhielten sich fröhlich, das heißt, der eine, der einen Kurierrucksack bei sich hatte, redete fröhlich. Der andere, der eine Taschenlampe und ein Poloshirt trug, auf dem stand, dass er Mitarbeiter eines Sicherheitsdienstes sei, sagte nichts. Immerhin sah er nicht grimmig aus. Weder grimmig noch fröhlich.

Hi, sagte Kopp, als wäre er siebzehn.

Hi, sagte der Kurierrucksack.

Er redete und lachte die ganze Zeit, während sie auf das Haupttor zugingen. Der Friedhofswächter öffnete die Tür und winkte ihnen nach, wobei es eher wie ein Abwinken aussah.

Der Mensch mit dem Kurierrucksack wandte sich an Kopp.

*Iszunk egy sört?* Ich verstehe nicht. *English?*

Sein Name war Zoltán. Kopp verstand: Sultan.

*Want a beer?* Ganz in der Nähe sei eine gute Kneipe, genannt »Der Wolf mit dem buschigen Schwanz«. So etwas nennt man eine Spiegelübersetzung. Du musst trinken ein Bier, wenn du warst eingeschlossen zusammen in einem Friedhof …

---

ist das Leben. Am Ende schmiss er mich raus. Manchmal habe ich dich sogar geliebt, sagte er, als übergäbe er ein Geschenk.

Ich sagte kein Wort.

Auf dem Nachhauseweg verfolgte mich ein Mann auf einem Fahrrad. Ich trug noch die Strapse, sie lugten unter dem Rock hervor. Da konnte ich nicht mehr, ich weinte auf offener Straße. Lassen Sie mich in Ruhe, Sie Pudel! Wirklich: Pudel! Weil er mir so hinterherlief. Eine in der Aufmachung einer Privathure steht auf der Straße und weint. Der Mann lachte und radelte davon.

Einmal hat man mich aus einem Feuerwehrwagen mit Bier bespritzt. Ich stand nur da. Später fing ich an, nach der Nummer der Beschwerdestelle zu suchen. Dann gab ich es auf. Man würde mir sowieso nicht glauben.

Und? Was machst du hier, in Budapest?

Kopp zuckte die Achseln.

*You don't know?... Just looking around?*

Ja, ich schau mich nur um.

Das erste Bier war großartig, das zweite richtete in Darius Kopps leeren Magen bereits Sachen an.

Kann man hier auch essen?

Ja, aber nicht so gut. Zoltán empfahl einen nicht schlechten Pizzaladen nur wenige Straßen entfernt. Komm, ich bring dich hin.

Der Kurierrucksackträger war wirklich ein Kurier. Sein Mofa stand vor der Kneipe. Kopp ließ den ihm zugeworfenen Zweithelm beinahe fallen. Der Kinngurt war sehr kurz gestellt. Das letzte Mal hat ihn ein Mädchen getragen. Das Mofa ging unter Kopps Gewicht in die Knie, sie schlingerten beim Anfahren, Kopp wollte sich nicht am Kurier festhalten, schnappte nach einer anderen Möglichkeit irgendwo an der Maschine, während sie schon längst fuhren, fand nichts, krallte sich schließlich an den Seiten des Sitzes fest, und dann waren sie auch schon angekommen.

---

#
[Datei: legszivesebben]

Am liebsten hätte ich immer seine hand gehalten
aber nicht aus lust
sondern weil ich dann spürte, etwas hält mich
ich kann mit ihm gehen, stehen bleiben, sitzen,
schließlich sogar reden,
ich,
nicht wie sonst immer, dass ich alles nur simuliere,
als würde ich reden, als würde ich gehen,
aber er sagte, lass es dir nicht einfallen,
was willst du, willst du uns beiden das genick brechen?

Kopp nahm eine Salami-Peperoni-Pizza, Zoltán irgendwas mit Pilzen.

Und du bist also Kurier?

Ja.

Seit wann machst du das?

Seit 7 Jahren. Gelernt habe ich Lehrer, geworden bin ich Schriftsteller, aber es ist besser, Kurier zu sein.

Ist es wirklich besser?

Zoltán lachte. Nein, nicht wirklich. Das Leben ist, wie wir in Ungarn sagen, eine stinkende Hure, *she always fucked me*, aber nicht schreiben zu müssen ist gut.

Was ist so schlimm am Schreiben?

Nichts. Außer, dass ich es nicht konnte.

Warum er nicht wieder Lehrer geworden sei.

Weil ich das auch nicht konnte. Ich habe das studiert, aber in Wahrheit wollte ich nie einer sein. *You know*, als ich mein Referendariat gemacht habe, habe ich mich jeden Tag, jede Minute gefragt: wie halten die das aus? Wie halten es die Lehrer aus, wie halten es

---

Ich weiß, er hatte recht, in der öffentlichkeit,
aber wenn wir bei ihm waren, durfte ich ihn auch nur berühren
wenn wir liebe machten,
wir haben nie liebe gemacht
liebe machen ist etwas anderes
er sagte, du bist ein naturtalent
du musst nichts machen
wenn du ein naturtalent bist
wenn ich etwas machte, knurrte er mich an, ich soll es lassen
ich weiß nicht, ob ich ihn liebte
unwichtig
er hätte mich besser behandeln müssen, darum geht's
(Und wenn ich nicht mehr deine schülerin bin?

die Kinder aus? Keine Ahnung. Wirklich. Ich kann mir das nicht vorstellen. Die Kinder haben ja kaum eine andere Wahl. Und später, wenn sie erwachsen geworden sind, hat man ihnen schon beigebracht, was ein anständiger Mensch aushält. Oder er glaubt, das sei sein Schicksal. Aber das ist nicht Schicksal. Schicksal ist, ob du zum Beispiel bei einem Verkehrsunfall umkommen wirst oder nicht. Ich hatte noch nie einen Unfall. Ich kannte einen Typen, der hatte zwei. Wer zwei hatte, hat auch einen dritten, und, was soll ich dir sagen (*what can I say*), daran ist er dann gestorben. Gar nicht lange her.

Er ist betrunken, stellte Kopp fest. Der Motorradkurier ist betrunken und wird immer betrunkener. Jetzt nimmt er auch noch aus seiner Kuriertasche heimlich eine Flasche und zieht daran. Zwinkert mir zu. Hat sich dafür entschieden, ein Desperado zu sein. Kann man sich dafür entscheiden? (Und: könnte ich tun, was er tut? Konkret: nein. Ermangelst Orts- und Sprachkenntnisse könnte Kopp nichts davon tun, was dieser Sultan jeden Tag tut. Auch Barkeeper könnte ich hier nicht werden. Ich könnte nur auf sogenannten lei-

---

Darf ich dich dann berühren?
Er antwortete nicht.
Da hättest du sofort gehen müssen.)

#
[Datei: film_az_éhségröl]

In einen Film hineingeschaltet. Eine Frau, ein Mann und ihr gemeinsames Projekt, im Rahmen dessen sie auf 40 kg abmagern sollte. Anfangs ging's gut, aber bei 42 fing sie zu stagnieren an, bis sie schließlich aufgeben wollte. Sie gingen in ein Restaurant, der Mann bestellte ihr einen Salat ohne Salz und Öl, sich selbst etwas mit Pilzen. Wie die Frau anfing, von seinem Teller zu stehlen, sie konnte nicht aufhören,

tenden Ebenen tätig sein, wo es reicht, nur Englisch zu können. Glaubst du doch selber nicht.)

*Why are you here?* fragte Zoltán noch einmal. Lässt nicht locker. Will nicht nur das Gespräch nicht abreißen lassen, er will etwas erfahren. Und schließlich ist es ja auch kein Geheimnis.

Meine Frau, sagt Darius Kopp. Sie war Ungarin. Sie ist gestorben. Ich suche nach einem Ort, an dem ich sie beerdigen kann.

Sie wollte in Ungarn beerdigt werden?

Nein. Das heißt, ich weiß es nicht.

Ich war grad bei meinem Vater. *He was an asshole.* Hat mich verlassen, als ich drei oder so war. Sich nie für mich interessiert. Aber das Gesetz sagt, spätestens wenn er tot ist und kein anderer will's machen, bin ich verantwortlich für ihn. Aber das hätte ich sowieso getan. Ich bin kein Arschloch. Jetzt liegt er da, und ich kann nicht anders, als ihn immer wieder zu besuchen. Dabei ist selbst sein Grab hässlich.

Wann ist ein Grab hässlich?

Es gibt xxxxxxx, sagt Zoltán. Unverständlich. *Criteria*, aus dem

---

aß gierig das Essen des Mannes. Bist du verrückt, fragte der Mann wütend, weißt du, wie viel Arbeit uns das wieder kosten wird? Am Ende saß die Frau nur da. Sie wird sterben. Sie lässt zu, dass er sie tötet. Sie benutzt ihn, um sich zu töten. Viele leben so.

#

[Datei: der_schmerz_ist_wie]
*Deutsch im Original*

der schmerz ist wie der ozean
salzig und schwer
seine gezeiten in meinem blut

Munde eines Betrunkenen. Er versucht es nochmal, rollt die Rs ungarisch, so geht's besser. Kriterien. Der Stein zum Beispiel. Der Stein kann für sich genommen hässlich oder nicht hässlich sein. Der von meinem Alten ist hässlich. Hat ihn selbst ausgesucht. Hauptsache billig. Aus Beton, mit, pass mal auf, so einer Rosengirlande am Rand. Einer Rosengirlande. Er wusste, dass er sterben wird. Hat alles niedergelegt. Ich musste es dann ausführen. Hässlicher Stein. Ich darf ihn mir jetzt anglotzen. Sein Name ist auch hässlich. Da passt vorn und hinten nichts zusammen. Übrigens heiße ich genauso. Genauso wie mein Vater. Das ist auch so eine dämliche Tradition.

(Sultan, und wie weiter? Sultan, der Ungar.)

Ich heiße auch wie mein Vater.

Aha? *By the way*, wie heißt du?

Darius. Kopp.

*Dariuska*? Der kleine Darius?

Nein, Kopp. *Like: the head.*

Darius Head? OK. Das ist nicht schlecht. *Not bad*. Als mein Vater geboren wurde, hatte er einen Mongolenfleck. Das hat mir

---

#

[Datei:fajdalom_fokozat]

Die Stufen des Schmerzes.

Schmerz, den man aushalten kann, ohne einen Ton zu sagen.

Schmerz, den man sprechend aushalten kann.

Schmerz, den man weinend aushalten kann.

Schmerz, den man brüllend aushalten kann.

Schmerz, den man winselnd aushalten kann.

Und schließlich erneut: Schmerz, den man nur tonlos aushalten kann.

Einen größeren als diesen habe ich noch nicht erlebt. Auch konnte ich mit allem aufhören, bevor ich daran starb. Stundenlanges Brül-

meine Mutter erzählt. Ob *ich* einen Mongolenfleck hatte, weiß ich zum Beispiel nicht.

Was ist ein Mongolenfleck?

Ein blauer Fleck auf dem unteren Rücken. Er weist auf eine asiatische Herkunft hin. Wir Ungarn sind Asiaten. Asiaten, Türken, Slawen, Deutsche, Juden und Zigeuner. Aber pass auf, zu wem du das sagst!

Zoltán lachte lange. Kopp verstand nicht ganz.

Ich wünsche mir ein buddhistisches Grab. Mit lauter kleinen Steinen darauf.

Bist du Buddhist?

Nein. Aber vielleicht werde ich es im Tod.

Er lachte prustend.

Ich werde das gleich niederlegen! Du bist Zeuge! Warte mal!

Er zog den kaum feucht gewordenen Untersetzer unter dem Glas hervor, sah ihn sich an, lachte prustend, warf ihn fort, fummelte eine Serviette aus dem Halter auf der Tischmitte.

Gib mal was zu schreiben!

---

len, Haare raufen, Kopf gegen die Wand schlagen (...wie die Zähne dabei zueinander sind...) macht einen schließlich müde genug, schlafen zu können. Nach einem Schlaf kann alles anders sein. Oder man hat zumindest das Gefühl, klarer zu sein – wenn auch oft nur für einen Moment. Manche beschließen in solchen Momenten Endgültiges. Améry sagt, so eine Klarheit ist in Wahrheit keine: Im Augenblick des Absprungs ist die Logik des Lebens außer Kraft gesetzt. Geborener Hans Chaim Meier. Hat sich am Ende auch umgebracht. Das KZ überlebt, sich später umgebracht. Das Privileg des Humanen.

#
[Datei: gyilk]

Ich hab nichts.

Dann schreibe ich es ins Handy. Warte mal. Notizen. Wie ich be-er-digt wer-den möch-te. Ich (Kopp verstand: Sultan Rosnstingl, aber das konnte *unmöglich* sein Name sein. – Was wohl aus Ulysses Kuhfuß geworden ist?) … und danach sprach er nur mehr ungarisch, und am Ende hielt er Kopp das Handy hin: Los schreib deinen Namen hin.

Darius Kopp tippte seinen Namen in Sultan Rosnstingls Handy.

So, jetzt ist das niedergelegt. Danke.

*Very welcome.*

Komm, wir wechseln den Laden. Ich kenne einen, der ist noch besser.

Ach, weißt du, sagte Kopp, ich hatte einen langen Tag …

Wo wohnst du?

Im Gellért.

Ich bringe dich.

Nimm's mir nicht übel, aber du bist betrunken. *Very drunk*, entschuldige.

Na und? Hast du mir nicht zugehört? Das bin ich den ganzen

---

Du weißt, dass man es längs machen muss, trotzdem machst du's quer. Nicht tief, nur ganz fein, dennoch, es tut so weh, unvorstellbar. Die winzigen roten Perlen, die an der Linie erscheinen, sind dafür umso schöner. Klebrige kleine Perlen. Vorbildliche Gerinnung. Perlen um dein Handgelenk. Du drehst es hin und her. Schön. Nur sehr eng. Je trockener es wird, umso enger wird es. Sie wickeln sie fest in nasse Laken, wenn sie trocknen, zerquetschen sie sie. Ich stelle mir vor, dass sie brüllen, die Wächter lauschen von draußen, grinsend, aber es kann auch sein, dass sie nicht genug Luft haben, um zu brüllen. Das sind die Politischen. Die Wahnsinnigen werden in Badewannen voller Eiswürfel gelegt, unter einen Deckel aus Holz, brüllend trommeln sie mit den Füßen gegen die Wanne, die Wächter grinsen nicht, Kranke zu quälen ist etwas anderes, als Feinde zu quälen, es

Tag, und es ist noch nie was passiert. Ehrlich. Es ist nur einmal über die Brücke. Dauert keine 5 Minuten.

Trotzdem. Kopp sagte, er möchte lieber über die Brücke laufen. Lauer Sommerabend, das Plätschern des Flusses, die erleuchtete Stadt undsoweiter.

Deine Sache. Aber falls dich zwei Typen aufhalten und nach deinem Ausweis fragen, frag sie erst nach ihrem, aber besser, du läufst gleich weg.

OK, sagte Kopp und griff in seine Tasche, um das Portemonnaie zu zücken, doch da war kein Portemonnaie mehr.

Sie suchten eine Weile, überall, wo es Sinn machte, und auch dort, wo es keinen Sinn machte, weil Kopp nie auch nur in der Nähe gewesen war. Kopp wühlte sogar im Abfallbehälter für die Papierhandtücher im Klo.

Vielleicht liegt es noch im *Wolf*.

Kopp glaubte nicht daran. Dumm, wie ich bin, war alles drin. Geld, Karten, alles.

Manchmal ist die Welt besser, als man denkt, sagte Zoltán, nun

---

gibt Bösartigkeit, die man genießen kann, und andere, die man nicht genießen kann. Heutzutage wird das nicht gemacht, oder anders, bestimmt wurde sie mit Medikamenten vollgepumpt, betäubt starrte sie durchs Fenster nach draußen, ich hoffe, wenigstens durchs Fenster, ich hoffe, es gab Pflanzen da, oder, wenn sie die Wand anstarrte oder die Decke, dass sie dort etwas sah, das sie gerne hatte, wie die Risse in der schlechten oder alten Wandfarbe verlaufen, wie schön auch das sein kann, oder der Schatten, den der aus Schilf gemachte Lampenschirm an die Decke wirft. Das habe ich mir immer angeschaut, diese umgekehrte Sonne, oder wie die Sonne im Schattentheater, und darunter sie, wie sie ihr Nachthemd anzog und ihr langes Haar flatterte. Jetzt heule ich laut, drücke die Klinge fester auf, aus einem sehr altmodischen Rasierer, er könnte meinem Großvater

bedeutend nüchterner wirkend, und rief im *Wolf* an. Und die Welt war in der Tat besser, als man denkt. Kopp hatte nun keine Vorbehalte mehr gegen einen betrunkenen Fahrer, er setzte sich hinter Zoltán und fasste ihn um den Bauch.

Sie bekamen das Portemonnaie wieder und einen Drink auf den Schreck, Spezialität des Hauses auf Pálinka-Basis, anschließend nahm Kopp seinen Platz auf dem Mofa wieder ein, weil es eh schon egal war.

Erzsébet *or Freedom*, fragte Zoltán.

???

Die Brücken. Willst du über die Elisabethbrücke oder die Freiheitsbrücke? Silber oder grün?

Grün, sagte Kopp.

Zoltán fuhr summend, malte Schlangenlinien auf die Straßenbahnschienen, die Stadt war erleuchtet, die Donau glitzerte. Zwischen zwei und drei in der Nacht. Richtig gut ist es, so etwas mit seinem Mädchen zu machen, aber wir beide haben im Moment kein Mädchen, das heißt, von ihm weiß ich das nur für diese Nacht.

---

gehören, sehr schweres Metall, man muss ihn aufschrauben, Großvater hatte auch so einen, sie hatten haargenau denselben Rasierer, mein aus dem Krieg gekommener Großvater und mein junger Liebhaber. Wenn ich weine, gelingt es eher, fest aufzudrücken, es kommt mehr Blut, aber immer nur gerade so viel, dass es sich in den Hautrinnen verteilt. Es bleibt liegen, fängt sofort zu gerinnen an, jetzt ist es nicht mehr nur ein Armreif, jetzt ist es noch mehr wie eine Handschelle, eine dicke Fessel, jetzt tut es überall weh.

Irgendwann habe ich damit aufgehört, habe die Klinge in den Rasierer zurückgelegt, ihn zugeschraubt, aber die Klinge nicht gesäubert. Teenagerblödsinn, sagte er und legte sich neben mich. Ich dachte, er würde toben: Willst du mich erpressen, du Schlange? Aber nein, er kicherte fröhlich.

*You have a girlfriend?* brüllte Kopp ins Ohr seines Fahrers.

*No!* brüllte Zoltán zurück und fuhr fort, Schlangenlinien über Straßenbahnschienen zu zeichnen. Ab und zu kam ein Auto, dann fuhr er etwas moderater – engere Schlangenlinien. Er hat im Grunde soviel Glück, wie er in seiner Situation haben kann, dachte Kopp, warum habe ich dennoch das Gefühl, er laviert ganz nah am Abgrund? Weil es so ist. Weil er Glück braucht, sonst wäre alles vorbei. Es müsste nur an irgendeiner Stelle diese Konstellation aufbrechen, zum Beispiel könnte die Maschine anfangen, altersbedingte Macken zu bekommen, und schon fiele alles auseinander. Er müsste weniger trinken, um Geld für die Reparaturen oder eine neue Maschine übrig zu haben. Gewiss würde er die alte Maschine ganz lange Zeit reparieren lassen, denn ein anderes Mofa ist wie ein fremder Herd, nichts gelingt mehr, oder, sprich über etwas, wovon du etwas verstehst, wie ein fremder Computer, oder es kommt eine Umweltverordnung, und er muss umsteigen, und schon läuft es nicht mehr rund …

Voilà Monsieur, sagte Zoltán.

---

#
[Datei: 8_hete]

Ich sage ihnen, dass ich mich schon seit 8 Wochen erbreche. Ich kann nicht einmal mehr Wasser bei mir behalten. Es ist wie Schaum, wenn es wieder hochkommt. Wenn das Gel gegen das Sodbrennen auf dem Weg nach draußen in deinem Hals stecken bleibt und du denkst, ersticken zu müssen. Ich sage ihnen, ich habe genug davon. Ich sage ihnen, ich habe kein Geld, ich habe niemanden. Ich drohe mit Selbstmord. Im Sinne des Paragraphen 128 ist das, was ich möchte, verboten, jedoch straffrei.

Der Hotelpage musterte sie nicht gerade hocherfreut, wie sie mit der knatternden Möhre auf der eleganten Auffahrt standen.

Wie lange bist du noch in der Stadt?

Ich weiß nicht genau. Der Bestatter hat mir 2 Wochen gegeben. Bis dahin muss ich mich entschieden haben, sonst lässt er die Urne zwangsweise bestatten.

Warum gibt er sie dir nicht einfach?

Das ist nicht erlaubt.

Lass sie dir doch hierherschicken.

Kopp sah den betrunkenen Kurier aus großen Augen an. Der Page schaute beide aus großen Augen an, aber nur, weil sie da standen. Von der Unterhaltung wird er wegen des unter dem Vordach widerhallenden Motorenlärms nichts verstanden haben.

Ist es hier erlaubt, die Urne selbst zu bestatten?

Keine Ahnung, sagte Zoltán. Aber hier ist alles Mögliche möglich. Wir sind schließlich keine Deutschen, *understand*?

Zoltán gab Kopp seine Karte, für den Fall der Fälle, und düste mit einer Extraportion Abgas unter die hohe Nase des Pagen davon.

---

#

[Datei: mozgatom]

Ich bewege diesen Körper. Er ist fern, innerhalb meiner selbst bin ich sehr klein. Ich wohne irgendwo in meinem Kopf. Auch innerhalb meines Kopfes bin ich sehr klein. Ich habe mich auf einen winzigen Platz konzentriert, ich bin fern von dieser Hülle, ein winziger Geist, aus der Ferne beobachte ich. Und so lange ich auch beobachte, ich werde nicht klüger. Ein verschlossener Fremder bin ich für mich selbst.

Manchmal träume ich von einem Text. Es kostet mich große Mühe, ihm nahe genug zu kommen, dass ich ihn überhaupt entziffern kann. Schöne Worte, sehr alltäglich, zum größten Teil modifizierte

Eine Restnacht ohne Schlaf in einem schlafwagengroßen Hotelzimmer. Um 5 beschloss Kopp, bis 10 zu warten, bevor er Zoltán anrief, aber dann rief er ihn schon kurz nach 9 an.

Meldet sich nicht.

Darius Kopp im fürstlichen Frühstückssaal, mit Blick auf die in der Sonne glitzernde Donau. Ich kann meinen Hunger nicht stillen. In der Sonne glitzernde Donau, schnell auskühlendes Rührei, das Wasser ist graugrün, aber es schwimmen keine sichtbaren Öllachen mehr vorbei, die braunen Fetzen in der Elbe, der bläuliche Schlick am Ufer, einmal bin ich bis zum Knöchel eingesunken, der Geruch der Kaffeerösterei, wir hatten eine Kaffeerösterei, das mochte ich, hier und jetzt schnell kalt werdender Kaffee in Tassen, schnell kalt werdender gebratener Speck, kann meinen Hunger nicht stillen, die Donau glitzert im Sonnenschein, was soll ich nur tun, was soll ich nur tun.

Schließlich schluckte Darius Kopp mit trockenem Mund und rief den Bestatter in Berlin an.

Hier ist Darius Kopp. Ich habe den Friedhof in Budapest gefunden, auf dem ich meine Frau beerdigen möchte.

---

Bindewörter. Der Text ist nur für wenige Sekunden nah genug. Ich schnappe bereits in der Erinnerung nach den Worten. Sobald ich aufgewacht bin, aber vielleicht auch schon im Traum, habe ich sie vergessen. Die wunderschönen Worte ergeben keinen Sinn. Manchmal komme ich ganz weit in dem Text, dennoch ergibt sich kein Sinn. Vielleicht ist er kodiert. Ich möchte ihn einmal knacken. Mit wacher Logik das Ende eines Traums suchen.

#
[Datei: almok]

Ich habe geträumt, hinter dem hinteren Zimmer sind noch drei, die ich bis jetzt nur nicht entdeckt habe. Sie sind heruntergekommen,

Der Bestatter redet ungeheuer langsam. Ungeheuer. Langsam. So ein Zwangsberuhigter. Von dem habe ich dieses Wort gelernt? Nicht von dir, diesmal. Erklärt alles so laaaaaangsam – Wo hast du nur diesen Typen aufgetan? Nirgendwo. Ich bin einfach auf die andere Straßenseite gegangen. Da stand »Ein Juwel von einem Menschen« im Schaufenster. Ich habe erst sehr viel später begriffen, was das sollte – so laaaaangsam und umständlich …

Gut, gut, sagte Darius Kopp. Sie schicken die Urne also an einen Partner. Und würden Sie sie auch an einen schicken, den ich selbst ausgesucht habe?

Selbst-ver-ständ-l…

Gut! sagte Kopp so unschnell und unbarsch, wie es ihm nur irgend möglich war. Ich habe da nämlich schon jemanden. Ich sage ihm sofort, dass er sich bei Ihnen melden soll.

So schnell und so langsam wie möglich auflegen.

Als Nächstes klingelte er so lange bei Zoltán, bis dieser endlich ans Telefon ging.

---

mit abgeschabten blauen und roten Wänden, dennoch sind sie anheimelnd. Mein Herz klopft heftig vor Freude. Durch ein Fenster kann man auf einen Innenhof schauen. In der Mitte steht ein Nussbaum, auf der Erde darunter gefallene Nüsse. Eine jede hat ein weißes Mützchen aus Dezember- Raureif auf. Ich bin glücklich.

Ich habe geträumt, ich wohne mit J in einem ruinösen Zimmer. Wir sitzen auf einem Krankenhausbett und nehmen Drogen. J hat rötliche Haare, seine Sommersprossen leuchten. Sein Zahnfleisch blutet. Jeder seiner Zähne sitzt in einem blutigen Kelch. Mich selbst sehe ich nicht, aber ich spüre, dass mein Gesicht und mein Haar schmutzig sind. Das Bett klebt vor Sperma, und wir sind beide sehr mager. Ich spüre, als Nächstes werden wir sterben. Das macht mich sehr wü-

Kannst du mir einen guten Bestatter empfehlen? Ich meine: nicht einen *guten*. Einen, der mir helfen kann.

Zoltán kannte nur den, der seinen Vater beerdigt hat.

Und, würde der das machen?

Das wusste Zoltán nicht.

Würdest du ihn für mich fragen?

Klar, sagte Zoltán mit einer Ruhe und Selbstverständlichkeit, dass Darius Kopps erleichterter Seufzer im ganzen Frühstückssaal zu hören war.

---

tend. Er ist schuld an allem! Ich weiß, er plant als Nächstes, mich zu erstechen, weil ich das herausgefunden habe. Wir treffen auf einem Meeresstrand aufeinander. Wasser, Himmel, Sand sind grau. Er hat 10 Messer bei sich, ich kann es nicht sehen, aber ich weiß es. Ich bin waffenlos, aber 3 meiner Freundinnen sitzen unweit von uns im flachen Wasser. Erst greift er mich mit einem stumpfen Aluminiummesser mit runder Spitze an. Er verwundet mich am Bein. Dann verletzt er mich mit einem scharfen, spitzen Pizzamesser am Hals. Ich nehme ihm das Messer weg und werfe es den Mädels zu. Er stürzt hinterher, fällt hin, die Mädchen töten ihn mit zwei Stichen in den Hals und in den Rücken. Ich feuere eine Zögernde an: Stich zu, keiner von uns wird es verraten. Ich selbst steche nicht zu. J geht im Wasser unter. Später ist er wieder da, zwei Messer ragen aus ihm he-

# 8

Wenn ich Ihnen einen Rat geben darf: Ich würde nicht empfehlen, sie auf den Kamin zu stellen. Das ist nicht gut für den Menschen.

Der Bestatter war ein feiner älterer Herr mit gutem Deutsch. Auf der Schulter seines Anzugs lagen Schuppen. Durch das halb geöffnete Fenster das überlaute Rumpeln der Straßenbahn, als führe sie direkt hier, zwischen Schreibtisch und Sitzecke. Es ist laut, hier bei euch. Hinter den halb heruntergelassenen Jalousien die Sonne, es ist auch hell bei euch, wo viel Sonne, dort viel Schatten, vom Büro war kaum etwas zu sehen, vom Bestatter war kaum etwas zu sehen, der Lichteinfall war so, dass ausgerechnet seine Schulter am hellsten war. Abgebügelter Anzug, Schuppen. Ich mag ihn.

Ja, sagte Darius Kopp. Das weiß ich.

10 000 Euro. In bar. Im Voraus. Können Sie das?

Natürlich, sagte Darius Kopp, und es wurde ihm etwas schlecht.

---

raus, er hat den Polizeichef bei sich. Ich denke daran, dass ich nicht zugestochen habe, und grinse, aber ich spüre bereits die Panik der Ertappten.

Mama, ich habe geträumt, du warst eine schöne, blonde Schauspielerin. Du spieltest in einem Theater in der Provinz, aber da warst du die Erste. Es war wegen deiner Karriere, dass wir nicht zusammen sein konnten. Aber du freutest dich jedes Mal sehr, wenn ich dich besuchen kam, und ich freute mich auch. Ich war stolz auf dich und war erleichtert, dass es dir gut geht.

Ich habe geträumt, mein Vater ist Architekt. Er hat schöne blaue und grüne Majolika-Statuen in einem großen Park aufgestellt.

(An der Summe siehst du, wie krumm eine Sache ist. Beerdigungen sind immer teuer. Aber nicht so.)

Stand eine Weile betäubt auf der Straße vor der Kanzlei, die Sonne schien ihm direkt ins Gesicht. Ein Suchscheinwerfer, der mich sucht. Der Verkehr, der rollt und rollt. In den Seitenstraßen ist es dagegen fast ganz still. Ich glaube, es ist schön hier. 100jährige Budaer Villen. Manche neureich poliert, andere halb verfallen. Manche denken dabei (etwas wehmütig) an den vergangenen Glanz eines alten Bürgertums, ich denke (mit dem leichten Schatten einer alten Angst) an den vergangenen Glanz sozialistischen Bonzentums. So geht das. Wie gut, dass man regelmäßig Hunger bekommt. So weiß man wenigstens, was man als Nächstes tun kann. In typisch aussehende Eckgaststätten traute sich Kopp nicht. Er lief so lange weiter, bis er in einem kleinen Park eine neuzeitliche Pizzeria fand.

Pizza Calabrese ist kein geschützter Name, meistens fehlen die Sardellen, so auch hier, aber sie bestellt und bekommen zu haben macht es möglich, den nächsten unausweichlichen Anruf tätigen zu können.

---

Ich habe geträumt, ich bin ein sommersprossiges Mädchen, eine gewisse Krisztina. Meine Mutter ist tot, mein Vater ist der Architekt, der die Majolika-Statuen aufgestellt hat. Ich bin verliebt in ihn und er auch in mich, aber da das nicht sein darf, tue ich mich mit einem Sadisten zusammen. Wir wohnen in einer Ruine und nehmen den ganzen Tag Drogen, bis unsere Zähne ganz schwarz werden. Mit 18 Jahren sterbe ich, und mein Vater sagt: Man konnte ihr nicht helfen. Tatsächlich nicht.
Von nun an ist das mein geheimer Name: Krisztina.

Ich habe geträumt, Mutter wickelt mir die Nabelschnur um den Hals und wirbelt mich in der Luft herum. Die anderen sitzen drumherum und lachen.

Mahlzeit, sagte Darius Kopp zu seinem Freund Juri, als wäre es noch wie früher. Mahlzeit, sagte Kopp, und dann, was noch gesagt werden musste, tut mir leid etc. Kannst du mir 10 000 Euro nach Budapest schicken?

Ob ich dir 10 000 Euro nach Budapest schicken kann?

Ja. Ich habe eine Lösung … Ich brauche das Geld für die Beerdigung der Urne. Aber ich brauche es in bar.

Verstehe.

Pause.

Du bekommst es wieder.

Davon gehe ich aus. Wann?

So schnell wie möglich.

Die Wohnung ist übrigens fertig. Die Rechnung beläuft sich auf 12 000.

Ich komme, sobald ich fertig bin, sagte Darius Kopp und legte nicht zu schnell und nicht zu langsam auf.

Du bist die Liebe meines Lebens, sagte Darius Kopp zu seiner Frau.

---

Ich stehe in der Mitte eines Kreises, meine Schulkameradinnen aus dem Gymnasium stehen um mich herum und bewerfen mich mit Eisenkugeln, wie man sie beim Kugelstoßen benutzt. Sie versuchen, meinen Kopf zu treffen. Mutter feuert sie an.

Ich habe geträumt, Krisztina steht auf einer kleinen Brücke und schaut zu, wie der Wind das gefallene Laub auf dem Ufer umwälzt. So, wie ein Mensch glücklich sein kann, während er weiß, dass das am Ende nicht helfen wird. Wie das Morphium, aber sterben werde ich trotzdem.

Ich träumte, ich wäre aus einem Irrenhaus geflohen. Die Anstalt ist in einem dichten, deutschen Wald. Ein halb verfallenes Schloss. Ich

Sie standen am Rande einer Geburtstagsfeier. Du bist die Liebe meines Lebens. Und, ach ja, ich bin gefeuert worden.

Der einzige Mann auf dem Kontinent. Sales engineer Darius Kopp. Seit 2 Jahren mutterseelenallein in einem 12 qm großen Arbeitskabuff in der ersten Etage eines sogenannten Businesscenters. Von dort aus versuchte er, technisch gute, aber für den Markt, den er bedienen sollte – deutschsprachige Länder und Osteuropa – zu teure Geräte für die drahtlose Netzwerkkommunikation an Wiederverkäufer und Kunden zu bringen, die er größtenteils nur als Telefonstimmen kannte. Sein direkter Vorgesetzter, ein Mensch namens Anthony Mills, saß in London. Sie hatten sich genau einmal persönlich getroffen. Seitdem redeten sie nur noch das Nötigste. Einmal im Monat, im Zusammenhang mit dem von Kopp abzuliefernden *forecast*, einer klassischen Sammlung Kinder- und Hausmärchen darüber, was er in den bevorstehenden 4 Wochen an wen zu verkaufen gedachte. In Wahrheit seit geraumer Zeit nichts an niemanden, und wenn, dann lieferte die Firma mit großer Verspätung oder gar nicht. Im letzten halben Jahr war Kopp froh, wenn man ihn nicht anrief,

---

fliehe vor einem Mann im weißen Kittel, der mich brüllend sucht und mich umbringen wird, wenn er mich findet. Ich seile mich mit einem großen, roten Tuch von einem runden Balkon ab. Die Wut des Mannes brüllt mir nach. Ich weiß, ich habe Sympathisanten, Helfer, aber ich sehe sie nicht. Ich höre sie aber rufen, sie schreien durcheinander: Lauf! Lauf in den Wald! Da findet er dich nicht! Verlasse das Land! Ich laufe durch einen großen, großen Wald. Er ist so groß wie die Wälder hier sein mussten vor 1000 Jahren. Ein Tannenwald. Er ist schön und er erfreut mich, und gleichzeitig schaudert es mich auch. Als ich rauskomme, stehe ich an einer asphaltierten Straße, ein Ortsschild steht rechts, grau-gelb. Ein unbekannter, fremder Name. Ist das Dänemark?, frage ich. Ja. Ich bin glücklich. Ich war noch nie so glücklich.

aber umgekehrt wäre er noch froher gewesen, wenn seine Anrufe bei der Firma bestätigt hätten, dass da jemand war, mit dem es sich lohnte, etwas über Gegenwart und Zukunft zu bereden. Aber sie bestätigten es nicht. Im Grunde wusste ich seit einem halben Jahr, dass es gelaufen war. Wenn man bei einer Firma Tage lang niemanden erreichen kann, dann gibt es uns im Grunde überhaupt nicht mehr. Du weißt das, dennoch trifft es dich unerwartet und hart:

Was machst du gerade? Fährst du Auto? Kannst du anhalten? *Please*? … Um es kurz zu machen … *I am sorry.*

Verstehe, sagte Darius Kopp. Seine Stimme zitterte, das ärgerte ihn. Dass dich dein Körper immer verrät. Wenige Minuten später allerdings verspürte er nur mehr eine große Ruhe. Haben wir das also auch hinter uns. Er wartete, bis eine Lücke im dichten Verkehr entstand, fädelte ein, wechselte die Spur, wendete und fuhr zu Flora.

Sie hatte ihren Job in der gerade aktuellen Strandbar 2 Tage zuvor verloren. (Was schleppst du dich so? Was gehen mich deine Schmerzen an? Nimm was ein. Was sollen die Gäste denken. Wieso rennst du schon wieder auf die Toilette? Frauen. Was treibst du da,

---

Ich träume von einem großen, weißen Haus. Wo Stille herrscht. Wo eine dunkle Frau leise hin und her geht und mit den Fingerspitzen sanft über mein Gesicht streicht. Wo keiner etwas sagt. --- Und dann komme ich dahinter: das ist ein Irrenhaus. Am Ende meines Wegs stehen große, weiße Irren-Häuser.

Ich bin wahnsinnig geworden, ich schreie. Mama und T sind bei mir. Mama bittet mich, ich möge aus meinen Gedichten vorlesen. Das zerfledderte, gelbe Heft, das ich verloren habe. Jetzt freue ich mich, dass es doch wieder da ist. Aber als ich es öffne, stehen nur Bruchstücke und Kauderwelsch darin. Ich lese dennoch vor. Es hört sich an wie das Geschrei einer Wahnsinnigen.

eine halbe Stunde lang? Zwischen Durchfall, Blut, Erbrochenem, Speichel, eigroßen Flatschen fingerdicker Gebärmutterschleimhaut? Schenkel, Schamhaar, Schlüpfer, Klopapier, Klobrille, Mülleimer, Fußboden, Binden, Tampons, Papierhandtücher, Obszönitäten? Wenn du jetzt nach Hause gehst, brauchst gar nicht mehr wiederzukommen, und wer Mitgefühl für dich zeigt, kann gleich mitgehen, was denkt ihr, dass ihr seid, denkt ihr, hier kann jeder machen, was er will, und dass du für heute Geld bekommst, kannst du …)

Wieder beide gleichzeitig. Der running Gag, sagte Darius Kopp. Ich lach mich tot.

…

Und du? fragte Kopp. Wie geht es dir?

OK, sagte Flora endlich, etwas zu langsam. Es sah so aus, als wollte sie eine Hand heben, um ihn zu berühren, aber es gelang nicht. Die Arme baumelten. Dafür versuchte sie, etwas mehr zu lächeln.

Keine Schmerzen?

Sie schüttelte den Kopf.

---

Eine freundliche, blonde, breitgesichtige Frau mit Brille und sehr grünen Augen, sieht aus wie aus einem softgefilterten Film, eine Stasi-Offizierin, erklärt mir, dass sie einverstanden sei mit der Einkerkerung und Hinrichtung von Menschen wie mir, es täte ihr bloß leid, dass die Haft meist mit Schmerzen verbunden sei. Ich weiß, dass mich genau das erwartet. Ich fliehe. Es ist heißer Sommer auf der Straße. Ich flüchte mit dem Taxi, sie verfolgt mich. Ich will an den Rand der Stadt, wo es eingefallene Häuser und feuchte Keller gibt. Dort werde ich mich verstecken können.

Sie werfen mich von der Uni. Die Entscheidung sei schon gefallen, informiert mich ein väterlicher dicker Mann. Aber um mich herum sind nicht die Kommilitonen von der Uni, sondern die Klassenleh-

Komm, sagte er.
Wohin?

Seit ihrem Rauswurf erholte sich Flora im Wochenendhaus einer sogenannten Freundin. Eine Verehrerin meiner Frau. So ist es korrekt. Ihr Name ist Gaby. Darius Kopp hat Gründe, sie nicht zu mögen. Eifersucht ist nur einer davon. Aber das ist jetzt egal. Sie sagte, sie könne noch nicht wieder in die Stadt fahren, und da es für Darius Kopp im Moment auch keinen Ort gab, der sinnvoll gewesen wäre, blieb auch er im Haus am Waldrand. Obwohl ich dieses Ruhen-Wollen am sogenannten Busen der sogenannten Natur niemals verstehen werde. Es macht mich nervös. Die Tiere, die Pflanzen, die Abwesenheit von Verkehr und gewohntem technischem Standard. Egal, jetzt. Deine Frau will bleiben, also bleibe bei ihr. Die nächsten zwei Wochen lagen sie in zwei Liegestühlen nebeneinander und sahen zu, wie der Garten in die Binsen ging. Das Ende eines übertrockenen Sommers. Jeden ihrer arbeitsfreien Tage hatte Flora damit verbracht, Wasser mit Gießkannen in die mit dem Gartenschlauch schwer erreichbaren Ecken zu

---

rerin und die Klassenkameraden aus dem Gymnasium. Außer der Klassenlehrerin, die mir mitteilt, dass ich unhaltbar sei, spricht keiner mit mir.

Ich zerschlage in der 16 alles, was nicht bruchsicher ist. Teller, den Tisch, sogar meine geliebte Schwanenhalslampe, die Palme, Bücher, die Vase, und ich lache dabei. Nur manchmal muss ich gegen Skrupel kämpfen. Ich werde alle früheren Fotos von mir vernichten. Ich muss mich neu erfinden, wie eine literarische Figur.

Wieder einmal stand ich im Traum an einer Straße, oben auf einem Damm. Die Gegend war mir unbekannt. Graue Industrielandschaft, staubige Straße. Ich bin auf der Flucht, weg von M. Ich versuche,

schleppen, nur um noch ein bisschen letztes Grün zu konservieren. Fürs Blatt reichte es noch, für die Frucht nicht mehr. Vorbei, auch das. Im Herbst geht alles ein, so ist es eben. Ab und zu stand Darius Kopp auf, um nachzusehen, ob es etwas zu essen im Haus gab. Wenn ja, bereitete er es für sie beide zu, wenn nicht, fuhr er in den Ort. Auf dem Parkplatz vor dem Supermarkt gab es Handyempfang. Die ersten paar Male saß er mit klopfendem Herzen im Fahrersitz, bevor er nachsah, was es Neues gab. Gegen Ende der ersten Woche begriff er, dass es zwar Nachrichten aller Art gab, dass weiterhin auch Newsletter verschickt wurden, aber nichts davon ihn betraf. So, wie er früher das Gefühl hatte, jede Nachricht dieser Welt hätte etwas mit seiner persönlichen Gegenwart und Zukunft zu tun, schien seit der Kündigung alles abgekoppelt zu sein von seiner eigenen Situation. E-Mails, die direkt an ihn gerichtet waren, bekam er keine.

In der zweiten Woche probierte er aus, wie es war, überhaupt nicht online zu gehen. Hätte jemand angerufen, wäre er rangegangen. Aber es rief niemand an. Es ging dort weiter, wo es aufgehört hatte: als wäre ich vom Netz genommen.

---

Autos anzuhalten, es kommen aber nur Linienbusse und Krankenwagen. Immer wieder stehe ich im Traum an einer Straße, um zu flüchten.

Im Haus meiner Großmutter, in der Nacht. Mutter weckt mich barsch. Sie schleppen mich in einen Raum mit alten Dielen. Ich habe Lumpen an. Im fast vollkommen dunklen Raum steht ein Eimer mit schmutzigem Seifenwasser. Mutter stößt mich, ich falle auf die Knie. Es vergehen Stunden, in denen ich angeschrien werde und die Dielen schrubben muss. Manchmal schreien sie beide: Mama und Großmutter. Dann bin ich, völlig erschöpft, es ist schon wieder hell, in einem anderen Raum. Ich bin eingesperrt. Mit meinen Lumpen kann ich sowieso nur schwer auf die Straße. Ich finde

Bevor die dritte Woche begann, wurde seine Unruhe zu groß. Floras Zustand war unverändert. Sie saß im Liegestuhl und sonst nichts. Am Abend stand sie auf, schleppte sich ins Haus – Dieses Gehen wie durch meterhohen Kies, es sieht so unwirklich aus, also tust du so, als wäre es wirklich nicht da –, legte sich aufs Bett und schlief.

Ich muss wieder in die Stadt, sagte Kopp. Ich muss das Büro kündigen und alles.

Ein Kopfnicken wie ein Schulterzucken.

Keiner hatte Kopp gesagt, was er mit dem Büro und den darin befindlichen Sachen machen sollte, aber wozu auch, es war ja klar. Gemietet hatte er seine 12 qm bei einer vor Übergewicht schnaufenden Alten namens Frau Vette, die Kündigung übernahm nun eine gut aussehende Junge namens Dr. Raubein. Sie war äußerst gut gelaunt, ihre Zähne eine Reihe Perlen: Ah, Sie wollen kündigen! Und Darius Kopp konnte nicht anders, als ebenfalls zu lächeln und eifrig zu nicken: Ja, ja, so ist es!

Frau Doktor Raubeins Aussehen und Art hoben für eine kurze

---

eine alte, zerrissene Tasche, und obwohl ich nichts habe, das ich hineinpacken könnte, nehme ich sie mir. Ich werde aus dem Fenster klettern.

Ein Laufwettbewerb in einem Stadion. Aus irgendeinem Grund wird die Verordnung erbracht, die italienischen Läufer müssten mit schweren Gewichten in den Händen laufen. Ich stehe an der Ziellinie und sehe, wie sie sich weinend, mit den Gewichten in der Hand, über die Runden quälen. Sie wären, ohne diese Gewichte, sichere Sieger. Ich sehe, wie sie an Körper und Seele leiden, ihre Demütigung, ich stehe an der Ziellinie und weine bitterlich, denn ich kann nichts gegen diese Grausamkeit tun.
Mir ist, als ob einer der Italiener trotz der Gewichte 3. geworden ist.

Zeit Darius Kopps Laune. Als er sein Büro betrat, war es damit wieder vorbei. Stand an der Schwelle, sah es sich an.

Ganz vergessen, wie voll es hier ist. Von der Tür führt nur noch ein schmaler Pfad zum Tisch, abseits davon gibt es keinen Raum mehr im Raum, nur noch Gegenstände. Vor 2 Jahren mit einem Tisch, einem Stuhl, einem Garderobenständer und einem Papierkorb angefangen. Mittlerweile war nur mehr der Stuhl davon zur Gänze zu sehen, der Rest verschwand zum größten Teil unter Stapeln und Haufen von Prospekten, Bedienungsanleitungen, Schulungsmaterialien, Zeitschriften, Notizen, Belegen und Zeug. Die Südwand war mannshoch von teils leeren, teils vollen Kartons mit Demogeräten verdeckt, sich in stufenweise kleiner werdenden Türmen in den Raum hinein ausbreitend. Wenige Tage zuvor erst war das alles auch eingestürzt, mit Darius Kopp dazwischen, auf ihn drauf, nicht schwere, aber viele Kartons. Er hatte noch versucht, sich dazwischenzuwerfen, seinen Körper gegen die staubigen Kartons zu drücken, bis sie sich wieder beruhigt hätten, aber es sind zu viele Teile, die sich zu chaotisch bewegen, du kannst höchstens ver-

---

Als er weinend auf dem Treppchen steht, sage ich zu ihm: Töte sie! Erschlage sie mit deinen Gewichten.

Ich wohne in einer fremden Wohnung in einer unbekannten Stadt. Es ist Nacht, ich liege im Bett. Jemand bricht in die Whg ein – eine große Frau in einem langen Mantel. Sie hat ein blitzendes Messer in der Hand. Und trotzdem schießt sie auf mich. Eine Kugel bleibt in meiner linken Hüfte stecken, eine andere in der rechten Schulter. Ich verspüre keinen Schmerz, nur die Schwere der Kugel in der Hüfte, und ich wundere mich: warum schießt diese Frau auf mich. Sie stellt die Whg auf den Kopf. Wir sprechen beide nicht. Dann ist sie weg, und ich erfahre, dass sie nach 120 000 Ft in einem Umschlag gesucht hat. Auch dieser gehört mir nicht. Wieso musste sie mich deswegen verwunden?

hindern, am Kopf getroffen zu werden, indem du die Arme rechtzeitig hebst. Er planschte in den Kartons herum und fluchte, wie man es hier noch nie gehört hatte. Frau Eigenwillig vom Empfang kam und empörte sich. Frau Eigenwillig. So hat sie tatsächlich geheißen. Frau So-kann-man-sich-bei-uns-nicht-benehmen Eigenwillig. Kopp hatte sich genug im Griff, um kein einziges der Wörter laut auszusprechen, die wahnsinnigen Fledermäusen gleich in seinem Kopf flatterten – ich sah es vor mir, als wäre es möglich –, *gepflegt* schickte er die rotkrallige Hexe in wärmere Gefilde und baute die Wand Karton für Karton wieder auf, was konnte er sonst tun. Er hätte den Raum sonst nicht mehr verlassen können.

Er brauchte Stunden dafür, und gerade als er fast fertig war, dastand, mit dem letzten Karton im erhobenen Arm, seinen eigenen Schweiß roch, fiel ihm erst das Geld ein. Das sogenannte Armenier-Geld. 40 000 Euro in Scheinen von 5 bis 100, eingeschlagen in zwei Bögen A4-Kopierpapier, untergebracht in einem leeren Gerätekarton, versteckt an dritter Stelle von oben in der vom Fenster aus gesehen dritten Säule. Das heißt: das war *davor*. Bevor alles einge-

---

Man präsentiert mir vier Tote. Sie haben alle die Form von Videokassetten. In der einen ist meine Mutter drin. Ich weine, ich will den Film aus der Kassette ziehen, um sie zu sehen. Man gestattet es mir nicht. Der Schmerz bringt mich um.

Ich habe geträumt, dass alles in meinem Mund durch Hightechmaterialien ersetzt worden ist. Der gesamte Mundinnenraum, nicht nur die Zähne. Ich freute mich, denn ab nun würde alles tadellos funktionieren. Bis mir einfiel, dass schlechte Gerüche auch von tiefer kommen können, aus dem Magen. Darüber war ich so wütend, dass ich aufwachte. Es gibt keine Lösung.

stürzt war. Der Karton, den Kopp nun in der Hand hielt, war nicht der mit dem Geld. Er war auch nicht unter den letzten paar verbliebenen. Er war irgendwo in der Wand verbaut oder gar nicht mehr da. (Kopp hätte gern einen Lachanfall bekommen, einen hysterischen Lachanfall …)

Das sogenannte Armenier-Geld gehörte nicht Darius Kopp, es wurde lediglich wenige Tage zuvor auf seinen Namen am Etagenempfang hinterlegt, von einem Menschen namens Ares Michaelides, dem es ebenfalls nicht gehörte. Er handelte im Auftrag zweier Kunden, die wir die Brüder Bedrossian nennen, die uns, das heißt der Firma, noch viel mehr als diese Summe schuldeten. Kopp wurde von Anthony regelmäßig dafür verprügelt, dabei konnte er gar nichts dafür. Er recherchierte den Brüdern, ihrem Projekt, dem WLAN-Geschäft im Kaukasus und dem griechischen Mittelsmann nicht wenig hinterher, vergebens. Zahlungsmoral ist ein Wort, das kein Adjektiv braucht. Selbst wenn es heißt, sie sei gut, bedeutet das, dass sie nur etwas besser ist, als wenn sie noch schlechter wäre. Aber dann tauchte der Grieche urplötzlich doch noch auf, hinterließ ein

---

Ich träumte, ich wäre auf Reisen, mit anderen zusammen, ich kenne ihre Namen nicht, ich weiß nur, wir sind alle Schauspielerinnen. In einer Schule, wir warten auf die Abfahrt eines Busses, der uns, zusammen mit den Schülern, irgendwo hinbringen würde. Ich gehe durch eine volle Mensa, und mehrere der jungen Kerle, die dort an den Tischen sitzen, fassen mir an die Brüste. Ich ohrfeige sie und verbitte es mir, sie reagieren gar nicht. Ich beschwere mich bei der Schulleitung: auch diese reagiert nicht. Ich will mit den anderen Schauspielerinnen darüber reden, ob sie es nicht leid seien, dass sie ständig belästigt würden – aber ich finde sie nicht, bevor ich empört aufwache.

Ein kleines, etwa 4jähriges Mädchen, meine Tochter, nimmt auf einem Schneefeld an einem Laufwettbewerb teil. Es gibt ein Zwei-

Paket voller Geld und verschwand auf Nimmerwiedersehen. Kopp hatte die letzte Woche im Dienste der Firma fast ausschließlich damit verbracht, jemanden ans Telefon zu bekommen, der ihm sagte, wohin er mit diesem Geld sollte. Bis das geklärt war, hielt er es für das Beste, wenn das Paket das Büro nicht verließ. Niemals, zu keinem Zeitpunkt, befand es sich in meinen privaten Räumen. Fünf Tage rannte Kopp seinen Chefs auf allen erdenklichen Wegen hinterher, ohne sie zu erreichen, bis *sie* schließlich *ihn* erreichten.

Der Schock der Kündigung hatte die Erinnerung an den Karton voller Geld aus ihm getilgt, und zwar so umfassend, dass er jetzt, da er aus dem Wald heraus war und wieder an der Schwelle stand, für einen Moment zweifelte, ob das nicht alles nur ein Hirngespinst gewesen ist, ein auf Gabys landschaftsartig zerklüftetem Wochenendbett hin- und hergewälzter Traum, der, wie Träume nun einmal sind, gleichzeitig reizvoll (eine größere Summe Bargeld) als auch Angst einflößend war (als wäre ich schuldig geworden, als könnten mich sowohl Firma als auch die Justiz zur Rechenschaft ziehen, wenn nicht für Taten, dann für Versäumnisse, und wenn nicht für

---

kampfsystem. Am Anfang sind noch viele Kinder dabei, am Ende nur noch meine Tochter - ich erfahre, dass sie Isabel heißt, und bin sehr glücklich über diesen schönen Namen - und ein größeres Mädchen. Es ist klar, das größere Mädchen wird gewinnen, aber ich bin glücklich und stolz, wie schön gerade und zielgerichtet Isabel über die Wiese läuft. Dann aber hält sie am Ende nicht an, sondern läuft weiter. Ich ihr hinterher, kann sie nicht einholen. Sie läuft in ein Haus, das von außen wie eine Spielhalle oder ein Sexkino aussieht, die großen Fenster sind mit schwarz-roter Folie abgeklebt. Oben eine Aufschrift: STATO MORA. Ich reiße die Tür auf, drinnen ist es stockdunkel, ich kann nichts sehen. Das Dunkel hat meine Tochter verschlungen.

Versäumnisse, dann aufgrund von Verleumdungen, wir wissen, wie so was läuft). Stand an der Schwelle und sah sich alles an: die Haufen, die Stapel, den Pfad, und dieser war es letztendlich, der ihm zur Lösung verhalf. Sein Verlauf. Die neuen Ecken, die hineingekommen waren, man kann nicht mehr mit geschlossenen Augen darübergehen, er ist instabil geworden, eine Hängebrücke über unbekanntem Gebiet. Der Beweis, zumindest dafür, dass Einsturz und Wiederaufbau stattgefunden haben, und von da an wusste er es schon.

Er fing nicht mit den Kartons an. Er suchte und fand den Papierkorb, der seit Jahr und Tag nicht mehr geleert worden war, und ging mit ihm in den Keller. Er suchte nach dem Müllraum und fand zunächst alles andere. Als Erstes eine Toilette ohne Eingangstür, aber mit einem verstaubten Bidet anstelle einer zweiten Toilettenschüssel. Wer, in aller Welt, mag die Idee gehabt haben, im Kellergeschoss eines Bürohauses würde man ein Bidet gut gebrauchen können? Oder handelte es sich dabei um eine Eigeninitiative des Hausmeisters, dessen Arbeitsjacke an einem Haken nicht weit

---

Ich habe geträumt, B., einen ehemaligen Mitstudenten, in einer Mensa getroffen zu haben. Er erzählte mir, dass mehrere seiner Organe von Krebs befallen sind. Man könne nichts machen. Ich setze mich zu seinen Füßen und lege den Kopf auf sein Knie, während er sich mit jemandem unterhält. Mehr kann ich nicht tun. Denn: was könnte man schon sagen?

Mir fällt im Traum ein, dass wir noch eine Wohnung besitzen, in der wir aber nicht wohnen, weil sie nie fertig geworden ist und weil es D nicht gefiel, dass es eine Erdgeschosswohnung ist. In der Tat ist sie dunkel, aber ansonsten macht sie einen sehr heimeligen Eindruck, sie ist sogar eingerichtet. Fertig ist ein großes Wohnzimmer und noch ein Zimmer daneben. Drei Treppen führen nach unten zu

von genanntem Bidet entfernt hing? Wenn es denn seine war. Eine blaue Jacke. In einem weiteren Raum stand ein Rennrad, ebenfalls verstaubt. Jemand ist mal mit dem Rad zur Arbeit und hat es vergessen? Oder ist unser Hausmeister ein (harmloser oder nicht so harmloser) Sonderling, der aus unserem Keller eine Art Installation gemacht hat? Bevor (auch) er auf Nimmerwiedersehen verschwunden ist? Während der ganzen Zeit, die Kopp durch den Keller streifte – durch offene Türen in den Heizungsraum, den Liftraum, den Elektroraum und noch andere Räume – tauchte jedenfalls niemand sonst hier auf, kein Hausmeister, kein Wachpersonal. Als wäre schon alles egal. Jeder kann mit dem Lift oder über die Feuertreppe hier hinein und sabotieren, was immer ihm beliebt. Wir sind also nicht die Einzigen, die sich aus dem Staub machen. Vom Lächeln der freundlichen Frau Raubein begleitet. Die Vorstellung, dass bald auch der Rest in diesem Bürohochhaus den Weg alles Irdischen gehen würde, verschaffte Darius Kopp ein wenig Befriedigung. Auch wenn ich weiß, dass das nicht wünschenswert wäre. Schließlich fand er den Müllraum und seine eigentliche Aufgabe

---

einem weiteren Zimmer, das so gut wie fertig ist, und dann wieder einige Treppen nach oben zu zwei weiteren, die nicht fertig sind. Von diesen kommt man in einen Hausflur, der ebenfalls nicht fertig ist, man sieht Türen, hinter denen es unfertige Wohnungen gibt, aber offenbar sind einige dennoch bezogen worden. Ich komme in eine große Fabriketage mit großen Fenstern, ebenfalls nicht renoviert, die Bewohner des Hauses haben sich hier dennoch eingerichtet, in einer Art Gemeinschaftsraum. Eine Amerikanerin, eine Sportwissenschaftlerin, wie ich erfahre, hat einen Trimmdich-Kurs mit neuartigen Trainingsgeräten aufgestellt (irgendwelche Stangen mit Griffen, die Funktion wird nicht deutlich), jemand anderes hat einen Tresen aufgebaut. Ich bin begeistert von dem antiken Holzlehnstuhl, der dort steht. Der Stuhl gehört einem Mann, wir kommen ins Ge-

fiel ihm wieder ein. Von da an arbeitete er wie eine fleißige kleine Ameise. Hoch, Eimerchen mit Papieren gefüllt, runter, entleeren, hoch. Die Staubschlieren auf seinem Hemd, wie sie sich mehrten. Chaotisch. Um Punkt 17 Uhr hörte er auf, wusch sich die Hände und das Gesicht und fuhr in den Wald hinaus. Am nächsten Morgen war er pünktlich wieder da.

Für die Prospekte und Zeitungen allein brauchte er 2 Tage. Einen weiteren dann für die Kartons mit den Geräten. Er schichtete sie einen nach dem anderen um. Den Karton mit dem Geld fand er selbstverständlich unter den letzten. Er zählte es nicht noch einmal. Er legte das Geld im Bündel neben die Tastatur.

Er schrieb der Firma eine Mail, in der er ihnen mitteilte, dass er das Büro in 2 Wochen wird verlassen müssen.

Er rief seinen Bankberater an, Herr Pecka mit Namen, und sie deponierten das Geld in einem Schließfach für 15 Euro Jahresmiete. Anschließend verabschiedete sich Herr Pecka. Auch er wird sich neuen Herausforderungen stellen. Was ist nur los mit der Welt?

---

spräch, ich lerne seine schwangere Frau kennen. Ich bin glücklich, dass hier gelebt wird, dass auch andere sich gesagt haben, wir können nicht ewig warten, bis das hier fertig wird, was heißt schon fertig, wir wohnen jetzt hier. Ich wache euphorisch auf, später muss ich wieder weinen, weil alles nur ein Traum war.

Ich stehe mit N. auf einer Brücke, angeblich in L.A. Die Sonne scheint sehr stark. Am anderen Ende der Brücke eine weiße Kirche mit Kuppel. Mexikaner sitzen am Straßenrand. Ich weiß, ich sollte als Nächstes in diese Kirche, aber eigentlich will ich gar nicht sehen, was da drin ist. Ich will weder ergriffen sein noch erschreckt werden. Jemand läuft hinter mir, das irritiert mich, ich bekomme Angst. Ich bleibe stehen, lasse ihn vor. Ich fange an zu organisieren. Wir sollten

Schließlich und endlich schaffte es Kopp auch noch, einen Wiederverkäufer davon zu überzeugen, die restlichen Geräte bei sich zu lagern. Kopp fuhr sie persönlich vorbei und schenkte dem Wiederverkäufer eine Flasche Wein. Anschließend fuhr er zurück und wartete im vollkommen leeren Büro, dass sich die Firma, oder das, was von ihr übrig war, vielleicht doch noch einmal bei ihm meldete. Keiner meldete sich. In der letzten Stunde des letzten Tages schaute er nur mehr die Uhr an. Sich eine Stunde lang anschauen, wie die Uhr läuft. Wann habe ich das das letzte Mal (jemals) getan? 5 Minuten vor 17 Uhr hatte er einen kurzen Anfall: das halte ich nicht mehr aus, ich kann unmöglich noch 5 Minuten warten. Aber dann hielt er es doch aus. Um Punkt 17 Uhr verließ er das Büro und gab den Schlüssel ab.

Juri hatte für eine After-Work-Party keine Zeit, also setzte sich Kopp allein in das Haus der 1000 Biere und siehe da: Herr Pecka von der Bank war auch da, ebenfalls allein.

Ist das auch Ihr letzter Tag?

Nein. Ich habe schon mit den Kollegen gefeiert.

---

nicht in ein Hotel, sage ich zu N., sondern gemeinsam ein Apartment nehmen, das ist billiger. Wie lange wollen wir bleiben? Ich bin mir nicht sicher, ob 1 Woche oder 1 Monat. Plötzlich wird mir klar, dass nichts organisiert ist. Ich habe nicht einmal eine Ahnung, wie ich es anfangen soll, ein Apartment aufzutreiben. Dann realisiere ich, N. ist gar nicht mehr bei mir, er/sie ist verschwunden, er/sie hat andere Pläne, ohne mich. Der Schmerz ist so heftig, dass ich weinend aufwache.

*(Ob N. weiblich oder männlich ist, lässt sich anhand des Originals nicht feststellen. Anm.d.Üb.)*

Herr Pecka hatte Blutwurst mit Kartoffelbrei gehabt. Aufgegessen, aber man konnte es an den Schlieren am Teller erkennen.

Ich hätte nicht gedacht, dass Sie so etwas essen.

Wieso, Sie essen es doch auch.

(Ja, aber ich bin doppelt so fett wie Sie.) Ich nehme hier immer das Eisbein.

Nehmen Sie doch mal die Blutwurst, sagte Herr Pecka.

(Was ist das wieder für eine Absurdität. Der Banklaffe will mir sagen, was ich essen soll. Und dann noch: ob Eisbein oder Blutwurst. Was für eine … was für ein … was sollst du da noch denken. Unmöglich.)

Herr Pecka erzählte ungefragt, dass er etwas im Sportbereich unternehmen werde. Ein Studio mit neuer Technologie eröffnen. Wenn das nicht klappe, könne er immer noch in den Bankbereich zurückkehren.

Hm, sagte Darius Kopp.

Wenn ich Ihnen einen Rat geben darf, sagte Herr Pecka – (Noch einen?) – nur so als Privatmann: Verkaufen Sie Ihre Fonds.

---

Im Traum sah ich mein weißes Gehirn in einer Waschschüssel voller schwarzem Wasser schwimmen.

Ich träumte, ich habe ein verpupptes Insekt aus einer Ritze in der Borke eines Baumes gezogen. Ich bekam Angst, es könnte ausgetrocknet sein. Oder nicht ausgetrocknet. Ich wachte vor Ekel auf.

#

[Datei: apr_8]

8. Apr

Ich kann weiterhin nicht schlucken. Was ich auch in den Mund nehme, spucke ich sofort würgend wieder aus. Sogar Wasser. Habe

Ich soll was?

Um die Wahrheit zu sagen, sagte Herr Pecka, und seine Knopfäuglein glänzten, werden diese kleinen Fonds so gehalten, dass sie keine großen Gewinne machen können. Ihre werden alle ein wenig Verlust machen. Nicht viel, aber ein wenig mehr, als sie jetzt schon haben.

Entschuldigen Sie mich, flüsterte Darius Kopp, eilte in Richtung der Toiletten, schlug kurz vorher jedoch einen Haken und verließ das Lokal. Seine Verachtung Herrn Pecka gegenüber hatte ihm die Kehle zugeschnürt. Was der hier tut, darf er nicht. Interna verraten. Ein anständiger Mensch tut so etwas nicht. Seine Firma schlecht dastehen lassen. Aber vielleicht bin doch ich der Idiot.

Er verkaufte die Fonds erst viel später, als sich Juri seiner angenommen hatte. Es wird Zeit, deine Verluste zu realisieren, alter Freund. Den Bausparvertrag auflösen, die Risikolebensversicherung. Die Person, für deren Absicherung du sie abgeschlossen hast, ist vor dir gestorben, und überhaupt. Die Zeit für die Reserven ist gekommen. Dank dieser freundschaftlichen Intervention hatte Darius

---

gutes Wasser gekauft. Ein Schluck, nicht mehr. Habe einen Apfel gekauft. Da ich keine Reibe habe, wollte ich mit der welligen Schneide des Messers etwas vom Fleisch abraspeln, um das Mus im Mund halten zu können (gekauftes Apfelmus: ausgespuckt). Ich dachte, wenn ich es vielleicht braun werden lasse, wie in meiner Kindheit. Das liebte ich sehr. Es war viel Zucker drin. Heute: Kristallzucker knarzt zu sehr, und wenn ich mir den Geschmack von Puderzucker vorstelle, muss ich würgen. Warten, bis sich der Kristallzucker aufgelöst hat. Ich hatte alles geplant, und was geschah? Noch während des Schälens abgerutscht und mir in die Hand geschnitten. Der Apfel ist blutig geworden, ich habe ihn weggeworfen, saß im Schock auf dem Küchenfußboden, was ich von meiner Haut sehen konnte, war gelb wie eine Zitrone. Vielleicht müsste man an einer Zitrone lecken.

Kopp zu dem Zeitpunkt, da er in Berlin losfuhr, noch etwa 20 000 Euro auf dem Konto und von weiteren 40 000 wusste er allein, wo sie sich befanden. (Aber das ist egal. Es gehört uns weiterhin: nicht. Auch wenn sich von der Firma bis zuletzt keiner darum geschert hat. Dabei haben wir es ihnen gesagt. Das heißt *einem*. Und der arbeitet auch nicht mehr da. Dennoch.) Auch von den 20 000 hätte man noch gut und gerne weitere 2 Jahre in der Wohnung ausharren können. Na gut, ein Jahr. Aber nein, du musstest ja losfahren. 10 an den Bestatter, 12 an die Handwerker. Macht 22. Das heißt schon jetzt: minus 2. Minus, was wir unterwegs ausgegeben haben und noch ausgeben werden. Minus die Kreditzinsen, die weiterlaufen. Wie viel das war, konnte er auf die Schnelle gar nicht ausrechnen. Und er wollte es auch nicht. Lieber wurde er wieder zornig. Auf Juri. – Der dir doch gerade erst eine Galgenfrist verschafft hat, indem er dir was geliehen hat? – Ja, aber *davor* hat er mich vertrieben. – Wie auch immer. 14 weitere Tage müssen mir alle noch Kredit gewähren. Solange, hat der Bestatter gesagt, wird der Transfer möglicherweise dauern. Ich muss warten, also müsst ihr es ebenfalls.

---

Oder Zitrone ins Wasser tun. Aber das ging auch nicht. Ich habe das saure Wasser ausgespuckt. Ich habe es mit Cola und Salzstangen versucht. Das war das Beste bis jetzt. Je ein Schluck, ein Bissen ist dringeblieben. Das, drei Wochen lang. Ich habe auch noch anderes versucht. Saft aus der Mandarinenspalte pressen, bevor man sie wieder ausspucken muss. Einen Bissen Banane einige Sekunden im Mund behalten, vielleicht löst sich etwas ab. Ich habe auch versucht, einen Schluck Vodka zu nehmen, und dann, solange die Taubheit der Mundhöhle andauert, einen Schluck Wasser drauf zu trinken. Das ging 2–3 Mal, aber ich wurde sofort betrunken, und nicht auf eine gute Weise: enges Brennen in der Brust und den Armen. Als ich zum zweiten Mal das Gefühl hatte, ich muss sterben, schleppte ich mich zum Arzt im Nachbarhaus. So kann das nicht weitergehen.

Juris Geld war 2 Tage später da. Für einen kurzen Moment juckte es Kopp, zum Bestatter »Die Hälfte jetzt, die Hälfte, wenn die Urne da ist« zu sagen, aber dann traute er sich doch nicht. Wenn ich jemanden bei mir gehabt hätte, vielleicht. Aber der Kurier Zoltán hatte die Stadt schon längst Richtung Kroatien verlassen. Hatte alles von unterwegs geregelt: Name, Adresse, Empfehlung, geh hin, er erwartet dich. Beim letzten Telefonat war das Lärmen von Menschen und Meer im Hintergrund zu hören. Wir wohnen zu siebt in einem Appartement für 6, auf einen mehr oder weniger kommt es nicht mehr an, wenn du fertig bist, komm doch auch. Man fährt nur 5 Stunden. 7, wenn man Pech hat.

Mal sehen, sagte Darius Kopp.

Der Alte zählte das Geld sorgfältig. Kopp brach der Schweiß aus. Ich weiß nicht wieso, ich habe nicht damit gerechnet, dass er es zählen würde. Höchstens einen kurzen Blick daraufwerfen, wie auf ein Lösegeld. Klappe auf, Klappe zu. Bei MoneyGram haben sie Geldzählmaschinen, der Alte hingegen kann sich verzählen, und dann muss man es noch einmal machen und sicherheitshalber noch

---

Ich habe kein Geld mehr, ich muss wieder irgendwas arbeiten gehen, aber ich kann nicht nur nichts essen, auch gehen und reden gelingt kaum. Zwei Krankenwagen mit Blaulicht fuhren auf den Gehsteig hinauf. Ich begann, mich zu wehren, das ist ein Missverständnis, ich will nicht ins Krankenhaus. *Wenn sie nicht will, dann rufen wir eben die Polizei,* sagte ein Sanitäter. Ein anderer hielt den Infusionsbeutel statt meiner.

#
[Datei: Test]

ich bin froh und guter Laune – nie
ich fühle mich ruhig und entspannt – nie

einmal. Zwei Männer, die einen Nachmittag lang immer wieder dasselbe Geld zählen … Aber der Bestatter verzählte sich nicht. Anschließend musste Kopp an so vielen Stellen unterschreiben, dass er am Ende ganz beruhigt war. Das ist alles normal. Überall auf der Welt tun das Menschen jeden Tag. Ich habe dich bestellt, was sagst du dazu? Sie schicken dich ganz normal mit der Post, was sagst du dazu? In einem neutralen, braunen Karton.

Er zog aus dem teuren (klimatisierten) Hotel in Buda in ein günstigeres in Pest um, in dem man, bis auf wenige Stunden in der zweiten Hälfte der Nacht, das Lärmen einer Einkaufsstraße hören konnte, und wenn man aus der Tür trat, hatte man den direkten Blick auf einen Souvenirladen. Hirten aus Porzellan, Puppen in Nationaltracht. Der Versuch, eine Sammlerpuppe in Nationaltracht zu verstehen. Es gibt nichts zu verstehen. Dennoch sah er sie sich an, als hätte sie etwas mit seiner Frau zu tun (sie hatte nichts mit seiner Frau zu tun), und spielte die ersten Tage jeden Morgen mit dem Gedanken, was wäre, wenn er sie kaufte.

---

ich fühle mich aktiv und voller Energie – nie
beim Aufwachen fühle ich mich frisch und ausgeruht – lange her
mein Alltag ist voller Dinge, die mich interessieren – ab und zu

Hauptsymptome
Nebensymptome

F33_-rezidivierende depressive Störung

Hamilton-Depressions-Skala
1. Gefühl der Traurigkeit, Hoffnungslosigkeit, Wertlosigkeit
Aus Verhalten erkennbar – Gesichtsausdruck, Körperhaltung, Stimme (3 Punkte)

(Eine Sammlerpuppe in ungarischer Nationaltracht auf die Kommode zwischen die mexikanischen Tonfiguren stellen, und wenn jemand fragt, was das sei, sagen: Ich war mal mit einer Ungarin verheiratet?)

Unweit gab es ein Sportartikelgeschäft, dort kaufte sich Darius Kopp neue Walkingschuhe. Als er die alten Schuhe in einen Mülleimer vor dem Laden steckte, kam ein abgerissener Mann dorthin und nahm sie heraus. Sie haben ein Loch in der Sohle, sagte Kopp und zeigte es auch: *Look. Damaged.* Der Mann winkte ab, drückte sich Kopps alte Schuhe an die Brust und schlurfte davon.

Außer den Schuhen kaufte sich Kopp einen kleinen Rucksack und ein Handtuch, steckte die im guten Hotel gekaufte Badehose dazu und verbrachte die meiste Zeit in Bädern, Kinos und anderen Schatten.

(Das ist noch etwas, das ich von dir weiß: du gingst gerne ins Kino. Ein Film am Abend kann reichen, um schlafen zu können, manchmal bedarf es zwei, drei sind meist zu viel. Im Ausland suche dir Filme in der englischen Originalfassung. Manchmal ge-

---

2. Schuldgefühle
Selbstvorwürfe, glaubt Mitmenschen enttäuscht zu haben (1)

3. Suizid
häufige Gedanken, keine konkreten Pläne; Suizidversuch in der Vergangenheit (3)

4. Einschlafstörung
Regelmäßig (2)

5. Durchschlafstörung
Nächtliches Aufwachen und Aufstehen (2)

lang das, manchmal nicht. Wenn nicht, sah Kopp sich eben ungarische Synchronfassungen an, bei Action ist das egal, bei anderen bleiben dir die Bilder und deine Phantasie. Ich habe Film X gesehen und ihn von Anfang bis Ende missverstanden: na und. Insgeheim (warum insgeheim, vor wem hätte Darius Kopp, allein in Budapest, etwas verbergen müssen? Höchstens vor sich selbst), insgeheim vor sich selbst kokettierte Kopp mit der Unwahrscheinlichkeit, er müsste nur lange genug zuhören, und auf einmal, an einem (wundervollen) Tag, würde er merken, dass er jedes einzelne Wort verstand. Ich werde eine neue Ungarin kennenlernen können. Du entkommst mir nicht. Dachte es, und sein Herz machte einen Satz. Nicht wegen einer etwaigen »Untreue«. Deine Frau ist nicht einmal unter der Erde etc. Sondern, dass er denken konnte, es wäre möglich, eine Tote auszutricksen. Du kannst ihr nicht untreu sein und sie kann dir nicht entkommen. Und außerdem kannst du nicht Ungarisch lernen. Der Mann, der in Filmdialogen sprach.)

Elf Tage hielt er auf diese Weise durch. Wie der Lurch unterm

---

6. Schlafstörungen am Morgen
Vorzeitiges Erwachen ohne nochmaliges Einschlafen (2)

7. Arbeit und sonstige Tätigkeiten
Hat wegen Krankheit mit Arbeit, auch Hausarbeit, aufgehört (4)

8. Depressive Hemmung (Verlangsamung von Denken und Sprache; Konzentrationsschwäche, reduzierte Motorik)
Exploration schwierig (3)

9. Erregung
Händeringen, Nägelbeißen, Haareraufen, Lippenbeißen etc. (4)

Stein. Außer, dass er dabei selten allein war. Tausende um mich herum, wohin ich auch gehe. Aber, und das war auch etwas Neues, oder er hatte es bisher nicht bemerkt: als würde ihn kein einziger davon *sehen.* Anfangs war das noch ganz angenehm, ein wenig wie in der Wohnung, ich sehe, werde aber selbst nicht gesehen. Im Laufe des elften Tages und insbesondere, nachdem es wieder Nacht geworden war, merkte Darius Kopp allerdings, dass in den vergangenen Tagen nicht nur die Hitze langsam, aber ohne auch nur einmal innezuhalten, von schweißtreibend zu unerträglich angewachsen war, sondern auch das Gefühl der Einsamkeit in ihm. Er verbrachte diese Nacht schlaflos am Donauufer, am Rande eines Musikfestivals, *Sziget* mit Namen, das bedeutet: Insel, aber auch das weiß ich nicht von dir. Eine lange Zeit saß Darius Kopp dort im Gras, in unmittelbarer Nähe eines sich küssenden Pärchens. Das Kleid des Mädchens war hochgerutscht, man sah ihren gestreiften Bikinislip, der ihren runden, gebräunten Hintern nicht einmal zur Hälfte bedeckte. Die Schönheit üppiger Südländerinnen. Sie waren so nah, hätte das Mädchen auf dem Rücken gelegen, hätte ihre Schulter die

---

10. Angst - psychisch
Besorgte Grundhaltung, erkennbar an Gesichtsausdruck und Sprechweise (3)

11. Angst - somatisch
(Mundtrockenheit, Durchfall, Herzklopfen, Kopfschmerzen, Hyperventilation, Schwitzen)
Starke (3)

12. Körperliche Symptome - gastrointestinal
keine normale Essensaufnahme möglich (3)

Schulter Kopps berührt, der Junge hätte ihn über das Mädchen hinwegblickend sehen müssen, ich sehe ihn schließlich auch, aber das Gesicht des Jungen war so, als wäre an der Stelle, wo Darius Kopp war: gar nichts. Es ging so weit, dass sie schließlich sogar anfingen, Liebe zu machen, der Duft davon stieg Darius Kopp in die Nase, und das war so schmerzlich, dass es ihn quasi in die Erde rammte: er konnte weder weggehen noch wegsehen, seine Kraft reichte gerade soweit, wenigstens nicht laut zu weinen. Sie bemerkten auch davon nicht das Geringste. Noch drei Tage, dachte Darius Kopp und seine unsichtbaren Tränen flossen. Noch drei Tage, noch drei Tage. Wie soll ich das aushalten, ohne den Verstand zu verlieren. Noch drei Tage.

Jemand war ihm gnädig, denn es wurden dann doch keine drei Tage mehr. Um 9 Uhr am Morgen nach dieser Nacht rief der Bestatter an. Es war Hitzealarm verkündet worden für diesen Tag, in Pest standen die Hydranten offen, um das Schlimmste in baumlosen Gassen zu verhindern, aber der alte Herr in Buda trug natürlich auch jetzt seinen Anzug, wie es sich für einen Bestatter gehört, und

---

13. Körperliche Symptome – allgemein
Schweregefühl in Gliedern, Rücken oder Kopf, Rücken-, Kopf- und Muskelschmerzen, Verlust der Tatkraft, Erschöpfbarkeit (1)

14. Genitalsymptome (Libidoverlust, Menstruationsstörungen)
Starke (2)

15. Hypochondrie
Verstärkte Selbstbeobachtung auf Körper bezogen (1)

16. Gewichtsverlust
mehr als 1 kg/Woche (1)

seine Hand, die er Kopp reichte, war trocken und rau, wie gefaltetes Papier. Es hat mich gefreut, Sie kennen zu lernen.

Ein unauffälliger brauner Karton, kaum größer als ein Kopf. Ich muss noch herausfinden, welcher Griff der beste ist. Einen Kopf unterm Arm halten. Erst als er wieder auf der Straße stand, wieder dort, unter dem halb geöffneten Fenster der Kanzlei – als hätte mir jemand da eine Markierung aufgemalt – wurde es Kopp gewahr, dass er sich während der Zeit des Wartens wenn überhaupt, dann nur darüber Gedanken gemacht hatte, wie denn dieses Warten selbst am besten zu bewältigen sei, aber keinen einzigen daran verschwendet hatte, was er denn machen würde, wenn die Urne einmal da war.

Du musst einen Ort finden.

Daran hat sich nichts geändert. Einen, der kein Kaminsims ist. Einen, zu dem ein Zurückkehren möglich ist. Warum nicht auf dem Friedhof? Der Friedhof war doch schön, groß, unübersichtlich. Eine Stelle suchen, die zugänglich, aber verborgen ist. In der Nähe der

---

17. Krankheitseinsicht
Patient erkennt, dass er depressiv und krank ist (0)

Gesamtscore: 38
Schwere Depression: > 24 Punkte

*

Montgomery-Asperg-Depression-Rating-Scale

1. Sichtbare Traurigkeit
Sieht die ganze Zeit über traurig und unglücklich aus,
extreme Niedergeschlagenheit (6)

Mädchenstatuen oder woanders. In der Grabplatte der jung verstorbenen Malerin Erzsébet Korb ist ein Loch. Dort hinein. Das Grab einer Malerin wird man in Friedenszeiten nicht einfach so planieren. Einmal im Jahr dorthin zurückkehren. Ein Trauernder mit einem jährlichen Ritual sein… Erneut: der Widerwille. Ich kann das nicht. Ich beherrsche das einfach nicht. Am Todestag. Wie halten sie das aus? Die Rückkehr zu den letzten Bildern? Oder kehren sie einfach nicht zurück? Ist das die Lösung? Nicht mehr zu trauern, nur mehr zu zelebrieren. Die Autos, die Massen, die von den Straßenbahnen kommen, die Kübel mit den Blumen, die Vasen mit dem Dorn am unteren Ende, damit man sie ins Erdreich bohren kann, die Kerzenhalter für jeden Geschmack. Sie machen irgendwas, das erprobt ist, als angemessen befunden, von vielen anderen, so können sie sogar darüber reden, in Erinnerungen schwelgen, die letzten Worte, und was hat er zuletzt noch essen gewollt, dass ich ihm keinen Wein ins Krankenhaus geschmuggelt habe, bedauere ich bis heute. Sagen's, wischen eine Träne, und das tut ihnen gut, weil das, was sie empfinden, längst nicht mehr Trauer, sondern Nostalgie ist. Nostalgie hält

---

2. Berichtete Traurigkeit
Andauernde oder unveränderliche Traurigkeit, Mutlosigkeit
oder Hoffnungslosigkeit (6)

3. Innere Spannung
Anhaltendes Gefühl innerer Spannung oder Erregung, kurzzeitige
Panikanfälle, die der Patient nur mit Mühe beherrscht (4)

4. Schlaflosigkeit
Schlaf mindestens 2 Stunden verkürzt oder unterbrochen (4)

5. Appetitverlust
Kein Appetit, Nahrung wie ohne Geschmack (4)

man gut aus. Aber Darius Kopp verachtet Nostalgie. Das ist, weil ich aus dem Osten komme. (???) Aber wenigstens können die etwas. Während ich gar nichts kann.

Etwas Verrücktes tun. Etwas Spektakuläres. Sie in den Gellért-Wasserfall kippen. Was du dann endgültig keinem mehr erzählen kannst. Oder nur einem, der Verrücktheiten in solchen Situationen genauso versteht und befürwortet wie du selbst. Juri. Für so etwas eignet er sich wiederum perfekt. Meine Frau ist jetzt im Gellért-Wasserfall. Darunter. Zwischen den Steinen, im Schlick. Egal. Egal?

Er ging, automatisch, zu seinem Fahrzeug und setzte sich hinein. Das kann ich. Saß im Fahrersitz, den Karton auf dem Schoß. Er klemmte hart zwischen seinem Bauch und dem Lenkrad. Also stellte er ihn auf den Beifahrersitz. Wenn ich losfahre oder bremse … Nicht anschnallen, aussteigen, in den Kofferraum tun. Das ist ernst. Er fand dort sogar noch die Plastiktüte, die er zu seinen neuen Schuhen bekommen hatte, er wickelte den Karton darin ein und klemmte ihn hinter den Teilungsbalken des Kofferraums.

Er fuhr, weil ihm nichts anderes einfiel, wieder zur Pizzeria.

---

6. Konzentrationsschwierigkeiten
Nicht in der Lage, ohne Schwierigkeiten zu lesen oder ein Gespräch zu führen (6)

7. Untätigkeit
Schwierigkeiten, einfache Routinetätigkeiten in Angriff zu nehmen, Ausführung nur mit Mühe (4)

8. Gefühllosigkeit
Verlust des Interesses für die Umgebung, Verlust der Gefühle für Freunde und Angehörige (4)

Stellte das Auto so, dass er es sehen konnte. Gestohlene Asche wird wer weiß wohin geworfen. Kein Kaminsims, kein Malerinnengrab, so viel ist sicher. Du musst einen Ort finden. Gellért, Gellért – es ging ihm einfach nicht aus dem Kopf.

Und wie er weiter darüber nachdachte, mit klopfendem Herzen, sich vorstellte: das obere Ende des Wasserfalls suchen, bei Tageslicht das Terrain ergründen, in der Nacht zurückkehren, den Wind bedenken, unbedingt den Wind bedenken!, hörte er, dass nah bei ihm, an einem anderen Tisch, auch darüber geredet wurde. Mit starkem deutschem Akzent wurde *Gellert, Gellert* gesagt. Kopp fuhr irritiert herum – Man spricht es nicht wie Gallert aus! – dann bremste er sich. Was muss ich mir sie ansehen. Lieber schnell weg, bevor ich noch mehr verstehe! *Waiter!* Das versteht er nicht. *Monsieur*?, nein, was faselst du hier zusammen. Während die anderen inzwischen Lošinj, Lošinj sagen, mit einem weichen Sch wie in Journal, und einem sächsisch engen I, Loschyn, Loschyn, wir ja schon seit Jahren, alle paar Jahre, Lošinj, Lošinj, die Adria, und das gute Reizklima – Reidzglyma, Reidzglyma! – da drehte sich Darius Kopp doch noch

---

9. Pessimistische Gedanken
Beständige Selbstanklagen, eindeutige, aber logisch noch haltbare Schuld- und Versündigungsideen, zunehmend pessimistisch in Bezug auf die Zukunft (4)

10. Selbstmordgedanken
lieber tot, jedoch keine genauen Pläne/Absichten (4)

Minimum score: 0, maximum score. 60

*

Goldberg-Skala: schwere Depression ab >54
Score: 82

herum, um sie zu sehen: zwei deutsche Paare, und der eine, der, der gerade erzählt, sieht im Großen und Ganzen aus wie ich. Wie ich aussehen würde in einem lachsfarbenem Poloshirt.

5 Stunden. 7 maximal.

---

#
[Datei: fluspi]

Fluspi
»Wochentranquilizer«
Hochpotentes Neuroleptikum. Durch die Hemmung des Botenstoffs Dopamin im Gehirn kommt es zu einer Linderung der mit einer Psychose einhergehenden Symptome. Das Wirkprofil ist charakterisiert durch eine Reduktion von Wahnvorstellungen, Halluzinationen, Ich-Störungen sowie Denkstörungen. Weiterhin dämpft Fluspirilen psychomotorische Erregungsstörungen, Angespanntheit sowie krankhaft gesteigerte Stimmungen. Außerdem wirkt es schwach beruhigend, die Patienten werden dadurch ruhiger und ausgeglichener.

# 9

Seine Mutter packte die Tasche für ihn, er musste die Liste schreiben: Socken – 7, Hemden – 7, Unterhosen – etc. Zum Abschluss schnitt ihm die Mutter mit einer großen, nach Eisen riechenden Schere das Haar in geraden Linien über den Augenbrauen, den Ohrläppchen und dem Kragen ab, knöpfte die großen schwarzen Knöpfe auf dem kastenförmigen grauen Anzug aus Mischgewebe zu und nahm ihn an der Hand. Der Vater durfte die für einen Erwachsenen federleichte Reisetasche eines 6jährigen hinterhertragen. Feierlich wurde Darius der Jüngere zum Bahnhof gebracht und dort jemandem übergeben, der ihn, zusammen mit anderen Betroffenen, »mit Haut und Atem« nach Veli Lošinj in der Föderativen Volksrepublik Jugoslawien (SFVJ) brachte. Ein Privileg, das ich mir mit allnächtlichen Erstickungsanfällen seit der Geburt erworben habe. *Loschyn, Loschyn.* Luftsauberkeit, Sonnenstrahlung, Meeresfaktoren. Du brauchst gar nichts weiter zu machen, als einmal am

---

Häufige Nebenwirkungen: Krampfhaftes Herausstrecken der Zunge, Schlundmuskulaturverkrampfung, Blickkrampf, Schiefhals, Rückenmuskulaturversteifung, Kiefermuskelkrämpfe, Zittern, Steifigkeit, Speichelflusszunahme, Bewegungsunruhe, Müdigkeit.
Gelegentliche Nebenwirkungen: Sehstörungen, vermehrtes Schwitzen, Schlafstörungen, Mundtrockenheit, Herzrasen, Blutdruckabfall, Kreislaufregulationsstörungen, EKG-Veränderungen.
Seltene Nebenwirkungen: Unruhe, Erregung, Benommenheit, depressive Verstimmungen, Angst, Schwindel, Kopfschmerzen, Krampfanfälle, Körpertemperaturregulationsstörungen, Bewusstseinsstörungen, Gefühl der verstopften Nase, Augeninnendruckerhöhung, Verstopfung, Störungen beim Wasserlassen, Übelkeit und Erbrechen, Durchfall, Appetitabnahme, allergische Hautreaktionen (Rötung,

Tag spazieren zu gehen, den Kurweg an der steinernen Küste gibt es seit über 100 Jahren, wie alte Postkarten mit behüteten Damen in weißen Sommerkleidern beweisen. Abgesehen von einem zusätzlichen Spaziergang am Tag ändert sich am Tagesablauf einer werdenden sozialistischen Persönlichkeit wenig. Dass es Erwachsene gibt, die einem zu jeder Minute des Tages sagen, was man zu tun und zu lassen hat, ist als ein glücklicher Umstand zu werten. Jemand kümmert sich um dich. Du bist kein Straßenkind in X. Damals wusste ich noch gar nicht, dass es Straßenkinder (ausschließlich in kapitalistischen Ländern!) gibt. Mit sechs Jahren lebte ich noch im Paradies namens Unschuld. Zwei Stunden Mittagsschlaf und die sogenannte Beschäftigungszeit, in der das Kurtagebuch geführt und die Karten nach Hause geschrieben wurden, ich diktiere. Dasselbe noch einmal im Alter von 10 Jahren. Feigen hingen über einer Kalksteinmauer, ein Erzieher streckte sich und pflückte eine, und einige Kinder durften davon essen. Mit vierzehn schrumpfte der Ort, der sich Veli nennt, aber nicht groß, sondern klein ist, um mich herum zusammen, und dazu begriff ich: ich bin zum letzten Mal hier. So-

---

Juckreiz), Augenlinseneinlagerungen, vorübergehende Leberwerterhöhung, Gelbsucht, Galleabflussstörung. Sehr seltene Nebenwirkungen und Einzelfälle: Wiederausbruch oder Verschlechterung psychischer Erkrankungen, neuroleptisches Syndrom (hohes Fieber, Muskelstarre, Herzrasen, Bluthochdruck, Bewusstseinseintrübung bis zum Koma), Darmverschluss, Blutzellzahlveränderung, Zuckerstoffwechselstörung, Regelblutungsstörung, Gewichtszunahme, sexuelle Funktionsstörungen, Brustvergrößerung, Milcheinschuss in die Brust, örtliche Hautreaktionen bei Verabreichung über die Vene. Besonderheiten: Bei Auftreten von hohem Fieber, Bewegungsstarre und Bewusstseinseintrübung muss an ein schweres neuroleptisches Syndrom gedacht werden. Es ist sofort ein Arzt aufzusuchen und eine entsprechende Behandlung muss eingeleitet werden. Eine ärzt-

bald man zu erwachsen und/oder zu gesund wurde, erlaubte die preußisch-demokratische Heimat keine Lustreisen mehr ans Mittelmeer. Und später? Später gab es Krieg und umsonst sagten die, denen es schon wenige Jahre später möglich war, sich lachsfarbene Poloshirts anzuziehen und die Region mit ihrem Urlaubsgeld zu unterstützen: keine Bange, man sieht nichts, und was man sieht, ist zu ertragen. Ich habe zu lange gezögert, und dann habe ich dich kennengelernt. Und? Ich weiß auch nicht. Es ist doch immer irgendwas. Siehst du, das ist jetzt leichter.

Er zog wieder nach Buda zurück, nur um eine weitere schlaflose Nacht am Hotelzimmerfenster zu verbringen. Er schaute nach Pest hinüber, ohne irgendwas zu sehen, und morgens gegen fünf, wenn man das Zwitschern der Vögel selbst durch das geschlossene Fenster hören kann, hatte er den letzten Rest seiner Bedenken begraben. Dass ich dich nicht irgendwo lassen muss und dass das, bis auf zwei Unbekannte, nur ich weiß, macht mich so frei wie ~~vielleicht~~ noch nie in meinem Leben. Der Gedanke daran erfüllte ihn mit Freude, obwohl er unkronkret war, nur so dahingedacht, aber manchmal

---

liche Kontrolle ist ebenso bei grippeähnlichen Beschwerden erforderlich.

Bemerkung: keine Nebenwirkungen. Patientin schläft fast immer. *Wer schläft, sündigt nicht.*

*

Fluoxetin
Angewendet bei Depressionen, Zwangsstörungen und Bulimie.

Sehr häufige Nebenwirkungen: Übelkeit.
Häufige Nebenwirkungen: Verdauungsstörungen, Durchfall, Ver-

reicht es, wenn nur Worte da sind, ungeprüft, ich bin so frei wie noch nie, und schon beschleunigst du – der Tachometer zeigte das Anwachsen seiner Freude in Zahlen an.

Er nahm gerade Anlauf auf die Autobahn aus der Stadt hinaus, als er plötzlich das Mädchen sah. Sie stand in der Busspur mit einem anderen Mädchen, sie hielten Pappschilder vor der Brust, auf den Pappschildern stand LOS und noch etwas anderes, das Kopp nicht so schnell lesen konnte, er war zu abgelenkt durch die große Ähnlichkeit, und dann winkten sie ihm auch noch zu, als ob sie ihn kannten. Sie hatten Bänder um die Handgelenke, wie man sie als Eintrittskarten auf der *Sziget* bekommt, eins rosa, eins neongelb – Kopp trat aus der Beschleunigung heraus auf die Bremse.

Das Auto kam wenige Millimeter vor der Leitplanke zum Stehen. Selbstverständlich wurde er angehupt, egal. Er sah nur zu, wie sie auf ihn zugerannt kam, ein Objekt im Rückspiegel, kleiner als in Wirklichkeit, und so jung, wie ich dich gar nicht kannte, und gut gelaunt. Zum Glück war sie die Schnellere, kam als Erste an, Kopp öffnete das

---

stopfung, Gewichtszunahme, Bauchschmerzen, Herzklopfen, Kraftlosigkeit, Schläfrigkeit, Bewegungsarmut, Angstgefühle, Nervosität, Zittern, Kopfschmerz, Mundtrockenheit, Schlaflosigkeit, Benommenheit, Erbrechen, Magersucht, Schwindel, Schwitzen, Erregungszustände, Denkstörungen, Unwohlsein.
Gelegentliche Nebenwirkungen: Gelenkschmerzen, Muskelschmerzen, gestörte Bewegungssteuerung, Blutdruckabfall bei plötzlichem Aufstehen, Verwirrtheit, unwillkürliche Muskelkontraktionen, verzögerter Samenerguss, Hautausschlag, Juckreiz.
Seltene Nebenwirkungen: Leberfunktionsstörungen, Störungen der Bewegungsabläufe mit Zunahme oder Verminderung der Bewegungen oder des Spannungszustands der Muskeln, Herzrasen, Hautausschläge mit Blasenbildung, Lichtüberempfindlichkeit, Krämpfe,

Fenster auf der Beifahrerseite: Lärm, Abgase, Staub und Hitze, und alles wieder fortgedrängt von ihr, wie sie sich durchs Fenster beugte und lachte. Der Knopf auf dem Schultergurt ihrer Latzhose klapperte in der Öse. Aus ihrem Mund wehte der Duft eines Himbeerbonbons, oder vielleicht hatte sie gar nichts im Mund, und wie ist ihre Stimme? Gut, und ganz anders. *Hellou!* Und: *Thank you so much!*

Dass sie englisch redete, rückte Kopp wieder in der Zeit zurecht. Aus der Nähe betrachtet sieht sie dir auch gar nicht mehr ähnlich. Haar dunkler, Augenbrauen dicker, Nasenflügel, Lippenherz, Zähne ganz anders. Für einen Augenblick bereute er, dass er angehalten hatte, aber es gab kein Zurück mehr.

Die Freundin im weißen Minirock kletterte mit den Rucksäcken auf die Rückbank und schlief sofort ein. So eine, die in sich bewegenden Fahrzeugen nicht wach bleiben kann. Während sie hier routiniert den Beifahrersitz für sich zurechtstellt und ohne weitere Verzögerung die Konversation aufnimmt.

Ich bin Oda, das ist Jutka. Sie kommt aus Slowenien. Aber ich – bin Albanerin.

---

starke innere Unruhe und Getriebenheit mit Hemmungsverlust (Manie), Wahnvorstellungen, Natriumblutspiegelerniedrigung, krankhafter Milchfluss, Hautblutungen.

Besonderheiten:

Besonders zu Behandlungsbeginn kann es zu quälender Unruhe und Rastlosigkeit von Körpergliedmaßen (Akathisie) kommen.

Bei Diabetikern kann es nach Einnahme des Medikaments zu Unterzuckerungen kommen. Das kann dazu führen, dass Diabetiker von ihrem Arzt neu eingestellt werden müssen.

Nach Absetzen des Wirkstoffs kann es zu Kopfschmerzen, Übelkeit, Benommenheit, Empfindungsstörungen und Angstzuständen kommen. Diese Beschwerden klingen meist innerhalb von zwei Wochen ab, können aber auch zwei bis drei Monate und länger anhalten. Eine

Sie sagt es mit einem vertraulichen, freudigen Stolz, das Wichtigste sei gleich zu Anfang mitgeteilt, dass man gar nicht anders kann, als: Oh, Albanien zu sagen.

Oh, Albanien, sagte Darius Kopp.

………………?

Zu schnell.

*Sorry?*

Warst du schon mal da ?

Noch nie.

*Oh, why not?*

Spielt, dass sie entrüstet ist – Noch nie in Albanien? Wie ist das möglich? – und lacht.

(Jemand Neues erscheint auf der Bildfläche und sofort ändert sich das Tempo, die Richtung, du musst dich anpassen, das irritiert. Sie zum Beispiel ist ungeheuer schnell, ihre Bewegungen, ihre Stimme, sie vibriert förmlich. Und wie sie schaut. Als würde sie einen intensiv beobachten. Ständig intensiv beobachten. Ihre Augen sind fast schwarz, ihr Blick von einer Offenheit, dass ich gar nicht

---

Beendigung der Behandlung sollte daher nur mit langsamer Dosisverminderung über Wochen oder Monate hin erfolgen.
Neuere Studien haben nachgewiesen, dass die Arbeit der knochenauf- und -abbauenden Zellen durch Fluoxetin besonders bei Langzeitanwendung nachteilig beeinflusst wird. So kann es vermehrt zu Knochenbrüchen, beziehungsweise der Entwicklung einer Osteoporose kommen.
Eingetretene Nebenwirkungen: krampfhaftes Gähnen, Müdigkeit, Mundtrockenheit, Appetitlosigkeit, weitere Gewichtsabnahme.

Jetzt bin ich also Patientin.

hinschauen kann. Jemand, der ununterbrochen anwesend ist. Ich bin das nicht mehr gewöhnt. Ich werde noch langsamer davon, als ich es ohnehin schon bin. Im Vergleich und generell. Jeder Satz kommt von sehr weit her. Einer, der aus einer langen Abwesenheit kommt. Das wird jetzt deutlich.)

Ich weiß auch nicht … Es ist nicht … dazu gekommen. … In den letzten … 20 Jahren … war ich viel … im Westen unterwegs. Und davor … war es *the GDR*. (So, jetzt habe ich auch meine Pointe gehabt. Ich bin auch nicht von irgendwoher. Und schon läuft es besser.) *German Democratic Republic.*

Ich weiß!

(Und lacht wieder. Sie ist vielleicht halb so alt wie unsereins. Gewöhn dich dran. Das heißt noch nicht, dass du etwas über sie weißt. Ich fahre mit zwei sehr jungen Frauen Richtung Süden, das ist alles, was gesagt werden kann. Aber jetzt: frag lieber selber was. Wer antworten muss, muss länger ran.)

Sie waren auf der *Sziget*?

Oh, ja! Jutka ist Fan einer slowenischen Band namens Psycho-

---

#
[Datei: vulnus]

Die Vulnerabilität für eine Depression ist durch eine Störung der Stressverarbeitung gekennzeichnet.
Vulnerabilität-Stress-Modell
lat. Vulnus = Wunde = Anfälligkeit, Verletzlichkeit genetische bzw. biologische Faktoren psychosoziale und biografische Krisen
Hirnareale werden stark beeinflusst und verändert
Verminderung des Stoffwechsels im orbitofrontalen Cortex (Emotionen, Entscheidungen), im dorsolateralen präfrontalen Cortex (Erinnerung, Denken, Aktion) und im Thalamus (sensorische Informationen)

Path – Ja, so heißen sie wirklich – und außerdem halb Ungarin. Wir haben uns in der Ukraine kennengelernt. Wir sind beide Mitglieder in einer Reisecommunity. Sofas überall auf der Welt. Du übernachtest bei Leuten und lässt Leute bei dir übernachten. Wir sind gleichzeitig bei jemandem in Odessa gelandet. Jutka war da schon auf dem Rückweg nach Slowenien und ich noch unterwegs zur Krim. Auf dem Festival war ich nur am letzten Tag, soviel Leute, das ist nicht mein Ding, ich bin lieber ein bisschen rumgefahren und habe mir die Zeugnisse der römischen und der osmanischen Herrschaft angesehen in – sie zeigt die Anordnung auf einer Landkarte in der Luft – Estergon, Visegrád, Buda, Alba Regia und Sophiane. *That's Pécs today.*

Sie spricht es *Pex* aus, keine Chance zu verstehen, um welche Stadt es sich handeln könnte, die antiken Namen helfen Kopp sowieso nicht weiter, also sagt er einfach so aufs Geratewohl:

Oh, dann ... hätten wir uns ja ... begegnen können ... Beinahe.

Du hast dir auch die Zeugnisse der römischen und osmanischen Herrschaft in Esztergom, Buda und Pécs angesehen?

---

Überaktivität der Hypothalamus-Hypophysen-Nebennierenrinden-Achse
Abnorm reaktive Amygdala asthenisches Insuffizienzsyndrom
griech. Asthéneia: Schwäche, Kraftlosigkeit

Die hochsensible Person (highly sensitive person) reagiert empfindlicher als der Durchschnitt auf äußere Reize. Dies wird mit einer Abweichung in der Funktion der die Sinnesreize verarbeitenden Nervenzentren erklärt. Laut Theorie ist nicht die Reizschwelle niedriger, die Informationen werden aber weniger gefiltert. Das hat manche Vorteile, führt allerdings auch zu früherer Erschöpfung und scheinbar geringerer Belastbarkeit.
(*Scheinbar* geringerer Belastbarkeit? Was bin ich? Ein Scheinzwerg?)

Nein, ich … bin nur so herumgestreunt.

Und jetzt streunst du weiter nach Slowenien?

(Slowenien, begriff Kopp. SLO! Nicht: LOS!)

Nein … *actually* …

Oh, das macht ihr gar nichts aus. Sie muss ohnehin bis nach Tirana. Lacht. Und Kroatien, ja, Kroatien ist wunderschön. Kennst du es?

Als ich ein Kind war, war ich … (wie sagt man »auf Kur«?) auf Lošinj. … Ich wollte immer schon … nicht früher geschafft.

Verstehe, sagt sie, schaut und kichert.

(Das ist jetzt nicht gut. Dass sie immer kichern müssen. Mädchen. Du hast nie gekichert. Kein einziges Mal.)

Darius Kopp mag es nicht, provokant mit Frauen zu reden. Auch mit Männern nicht. Aber es geht jetzt nicht anders.

*You do?* Sie verstehen das? Wirklich?

Zwanzig Jahre sind schnell vorbei, sagt sie und macht dabei ein Gesicht wie eine altkluge 10-jährige. Kopp muss lachen.

Verzeihen Sie. Aber wie alt sind Sie?

---

Kreisförmiges Modell:
Traumen führen zu Depressionen, und Depressive haben eine erhöhte Wahrscheinlichkeit, wieder Traumen zu erleben (oder zu konstellieren).
Das Persönlichkeitsmerkmal »vegetative Labilität« in Verbindung mit dem Merkmal »Rigidität« im Persönlichkeitsprofil erhöht das Risiko zu erkranken.
lat. Rigiditas: »Starre, Härte«

**Resilienz** (v. lat. *resilire* ›zurückspringen‹ ›abprallen‹, deutsch etwa *Widerstandsfähigkeit*) ist die reaktive Fähigkeit eines Systems, kraftvolle, wiederkehrende oder schockartige Einwirkungen von außen erfolgreich zu adaptieren. In der Psychologie bezeichnet es jene Ei-

Vierundzwanzig. Aber ich bin bei meiner Großmutter aufgewachsen. Und außerdem studiere ich Geschichte.

Sie sind bei Ihrer Großmutter aufgewachsen und außerdem studieren Sie Geschichte? (Hör auf mit diesen blöden Wiederholungen und dem dämlichen Grinsen. – Gleich.)

*Indeed*, sagt sie lächelnd. Geduldig verzeihend. (So seid ihr. Verzeih mir gefälligst nicht!) Von den großen Reichen der Antike bis zur Moderne, das heißt bis zur Gründung des Albanischen Nationalstaates 1912.

Kleine Pause, damit sich das setzen kann, dann weiter, langsamer, geduldiger, sie hat gemerkt, dass etwas nicht gut läuft – (Auch so seid ihr) –, sie erzählt jetzt, um zu besänftigen:

Bis zum frühen 20. Jahrhundert, also quasi bis gestern, war das, was wir heute Albanien nennen, immer Teil eines oder mehrerer der großen Reiche: des Illyrischen, des Griechischen, des Römischen, des Byzantinischen, im Mittelalter teilweise des Bulgarischen und des Serbischen und danach für 400 Jahre des Osmanischen. (Zeichnet mit beiden Zeigefingern Umrisse in die Luft. Blindkarten un-

---

genschaft, oder, richtiger, Fähigkeit, nach körperlichen oder seelischen Leiden oder dem Durchleben schwerer Lebenskrisen seinen ursprünglichen guten Zustand wiederzuerlangen.
(Meinen »ursprünglichen guten Zustand«? Wie reizend Sie sind.)

**Coping** = Bewältigungsstrategie

*

**Erlernte Hilflosigkeit**
Der Hund, die Stromstöße.
Das kann sein oder auch nicht. Wiederholte Erfahrung von Hilflosigkeit kann zu emotionalen, kognitiven und motivationalen Zuständen führen, deren Merkmale die der Depression **ähnlich** sind.

tergegangener Reiche.) Das fand ich schon immer faszinierend. Wie sich die Großen ausbreiten und die Kleinen dabei überleben. Die Römer, zum Beispiel, interessierten sich fast ausschließlich für die Küsten und das Flachland. Sie machten sich keine Mühe mit den schwer zugänglichen Bergregionen. Anders als die Osmanen. Die haben sich die Täler und die Pässe gesichert. Wenn ein Land, wie zum Beispiel das heutige Albanien, aus Küste (Schlangenlinie) und Gebirge (ein umgedrehtes W) besteht, halten sich häufig zwei Lebensweisen und zwei Religionen. An den Küsten und im Flachland Christentum, im Gebirge der Islam bzw. Lebensformen, die noch ältere Wurzeln haben.

(Die Blutrache, denkt Kopp.)

*The blood feud, yes.* (*Blood. Feud.* Dass er ein Wort von ihr lernen durfte, besänftigte ihn noch ein wenig mehr. (Gleichzeitig ein kleiner Schrecken: Habe ich es laut gesagt?)) Die Blutrache, die Bunker und der Pyramidenskandal. Das ist, was jeder weiß. Und der Kosovo. *You see:* der ist immer noch Teil des Serbischen Reichs. *That's the way, it goes.* Tito hat uns auch nicht wegen unserer schö-

---

Siehe auch: Armutsdepression, Altersdepression

Ich bin zwar arm, aber nicht im Geiste, mein Körper ist in einem relativ guten Zustand, dass ich keinen schädlichen Leidenschaften fröne, zeigt bereits seine positiven Auswirkungen. Und dennoch ist es da.

Stress = erhöhter Kortisol-Spiegel = Schädigung des Lernvermögens.

*

**Depressionsmodell nach Beck**

»Negative kognitive Triade«:

1. Negatives Selbstkonzept;
2. Negative Interpretation der eigenen Erfahrungen mit der Umwelt;

nen blauen Augen unterstützt, sondern weil er Albanien über kurz oder lang in Jugoslawien inkorporieren wollte.

Well, sagt Darius Kopp, um zu zeigen, dass er auch… Jugoslawien war ja lange Zeit… (Sag nicht fröhliche Baracke, sag nicht fröhliche Baracke!)…

Ja?

*Well.* Es ist am Ende doch schiefgegangen.

*Yes, it is.*

Sie lachen.

*We lough*, sagt Darius Kopp.

Ja, sagt Oda. Weil es traurig ist.

…

Eine Weile fuhren sie nun stumm. Kopp mit dem Echo der letzten Sätze in seinem Kopf: Wir lachen – Ja, weil es traurig ist – *We lough – Yes, because it's sad – Yes, because it's sad,* mit ihrer Stimme gesprochen, während sie in der Wirklichkeit nun schwieg. Sie kann also auch schweigen. Sie waren noch nicht einmal am Balaton, als die anfängliche Beschwerlichkeit, die Kopp (beinahe) wütend ma-

---

3. Negative Zukunftsperspektive;
Beck geht davon aus, dass einer Depression eine kognitive Störung zugrunde liegt. Die dysfunktionalen Kognitionen Depressiver sind gekennzeichnet durch

willkürliche (negative) Schlussfolgerungen

Generalisierungen

moralisch-absolutistisches Denken, überhöhte Ansprüche an die eigene Person

Formal laufen diese Kognitionen:

unfreiwillig, automatisch und wiederholt ab und scheinen dem Depressiven plausibel

Die Schemata sind:

überdauernde, stabile Muster der selektiven Wahrnehmung,

chende Irritation sich in ihr Gegenteil gekehrt hatte. Ja, sie ist jung, (zu) schnell, direkt und etwas altklug – aber ist es nicht das, was dir in Wahrheit immer gefallen hat an einer Frau? Du denkst bloß, du selbst wärst nicht mehr … Diese Einsamkeit, seitdem *sie* nicht mehr … Ich komme da so schwer wieder raus.

Hkhrm. Er räusperte sich. Und noch einmal. Kkrm. Verzeihung.

*Yes?* fragt sie und schaut nun so – es gibt kein besseres Wort – unschuldig, dass Kopp beschließt, so zu tun, als hätte er wirklich eine Frage einleiten wollen.

Verzeih, wenn ich vielleicht eine dumme Frage … Ja?

Aber es fällt ihm nichts ein, nichts Vernünftiges, also spricht er den Namen aus, der ihm als erster einschießt:

*Hoxha.* Hast du noch Erinnerungen an Hoxha?

Nun ja. Ich war 2, als er starb …

(Natürlich. Wie dumm. Jetzt kann sie wieder verzeihend lächeln.)

Aber sie lächelte gar nicht verzeihend, sie redete weiter, ernst und ruhig diesmal, nur ihre Hände flogen noch gelegentlich umher.

Meine Oma ist genau 46 geboren. Sie hat den ganzen Hoxha mit-

---

Kodierung und
Bewertung von Reizen;
Die Schemata entstehen durch:
belastende oder traumatische Erfahrungen
Zirkuläres Feedbackmodell. Alle negativen Erfahrungen werden so eingebaut, dass das negative Welt- und Selbstbild erhalten bleibt
Hauptproblem mit diesem Modell:
Das Ende einer Depression wird nicht erklärt (!), die soziale Umwelt wird nicht berücksichtigt.

*

Wenn depressiven Patienten glückliche Gesichter angeboten werden, werden limbische, subkortikale und extrastriatale Rindengebiete we-

gemacht. Aber sie hat nie ein Wort über Politik geredet. Ich glaube nicht, dass sie Angst hatte. Ich glaube, sie hat vor nichts und niemandem Angst. Aber ich denke, sie war sich auch zu bewusst, wofür sie trotz allem dankbar sein konnte. Ihre Eltern waren noch Analphabeten, wie alle Bauern vor dem Kommunismus. Sie selbst war die Erste von ihren Geschwistern, die mehr als 2 Schulklassen besucht hat. Der Vater meiner Großmutter sagte noch: lernen hat für ein Mädchen keinen Wert. Was interessant ist, denn er hatte nur Töchter. Fünf, um genau zu sein, aber nur drei davon erreichten das Erwachsenenalter. Zwischen meiner Großmutter und ihren älteren Schwestern verläuft im Grunde die Grenze zwischen zwei Zeitaltern. Meine Großtanten gehen auch heute noch jeden Tag auf den Markt und verkaufen, was sie an dem Tag gerade dahaben. Davon leben sie. Während meine Großmutter Grundschullehrerin in Tirana geworden ist und, was für meine Großtanten noch weniger vorstellbar ist: Feministin. Sie war früh verwitwet und hat dann bewusst nicht mehr geheiratet. Das war bis vor Kurzem in Albanien eine fast unvorstellbare Sache. Zu sagen: ich habe es mir angesehen,

---

niger aktiv als bei Kontrollpersonen, nach erfolgreicher Behandlung gleicht sich dies wieder an. (Am J Psychiatry 2007; 164: 599–607)

*

Rumination bzw. Worry

*

In Affenexperimenten konnte gezeigt werden, dass bei untergeordneten Affen der Serotoninspiegel eher absinkt, bei dominanten Affen steigt er erheblich an. Macht man solche Affen kokainabhängig, so greift der dominante auch weniger zur Glücksdroge als der untergeordnete.

es hat mir nicht gefallen, ich sehe keinen Grund, es zu wiederholen. (Sie lacht.) Ach, ich liebe sie! *She's cool. Really.*

Und deine Eltern?

… Sie leben in Italien … Sie sind 91 nach Bari geflohen.

…

Und du?

Ich nicht.

…

Sie haben mich 9 Jahre später nachgeholt.

Oh. Wie ist es … in Bari?

Das weiß ich nicht. Sie lebten da schon in Neapel.

Oh, Neapel!

Kennst du es?

Nein.

*It's a shit hole.*

Ein Dreckloch? Warum? Wegen des Mülls?

Auch … Ich will's mal so sagen: Bis ich dorthin kam, wusste ich nicht, dass Albanerin zu sein ein »Problem« sein kann. (Sie malt An-

---

(Affen kokainabhängig zu machen ist eine böse Sache. Aber ich bin ein Mensch und ziehe einen Tod im glücklichen Rausch einem Leben in nüchternen Schmerzen vor. Aber das verrate ich niemandem. Ich habe Angst, sie schmeißen mich raus. – Da siehst du, was du für ein Dummkopf bist.)

*

Depressionen führen im Verlauf der ersten Jahre zu einer Hippocampusatrophie. Vermutlich ist diese Schwäche im Hippocampus verantwortlich für die neurokognitiven Defizite wie Nachlassen des Kurzzeitgedächtnisses und der Konzentrationsfähigkeit.

*

führungsstriche. Ein »Problem«.) Als Frau hat man's noch einfacher. Zumindest solange man sexuell attraktiv ist.

Kopp weiß nicht, was dazu sagen. Eine einschränkende Bemerkung wäre charmant, aber unwahr. Sie winkt ab.

*But it's ok now*. Zum Glück musste ich ja nicht Flüchtling bleiben. Ich hab's mir angesehen, es hat mir nicht gefallen, da bin ich wieder zurück zu meiner Oma.

...

Mein Vater hatte immer diese Sehnsucht nach Italien. Das heißt: eigentlich nach Quebec, wegen des Französischen. Mein Vater spricht 4 Sprachen. Er hat immer Globus mit mir gespielt. Globus und Hauptstädte. Er spielte nichts anderes mit mir, immer nur: Länder suchen, Hauptstädte wissen. Ich mochte das nicht besonders, aber als sie dann weg waren, habe ich trotzdem so weitergemacht. Ich spielte: lernen. Wir Albaner sind sehr stolz auf unsere Bildung. Mein Vater hat mir von irgendwoher ein Buch über das kaiserliche Rom besorgt, und ich habe die Abfolge der römischen Kaiser auswendig gelernt. Das war mein Spiel. Augustus, Tiberius,

---

Ehrenberg spricht von einem »erschöpften Selbst«.
Freie Gesellschaften unterstützen eher die Herausbildung von Depressionen, repressive eher die von Neurosen.
(Aha. Und jetzt? Was schlägst du vor, Schlaumeier? Stell *du* dich doch nicht so an.)

*

Kurt Schneider: psychische Krankheiten sind nichts anderes als Übersteigerungsformen von sinnvollen, evolutionär bedingten psychischen Anlagen in uns.
Pflicht - Zwangsneurose
Furcht - Angstneurose
Übermut - Manie

Caligula, Claudius, Nero, Galba, Otho, Vespasian, Titus, Domitian undsoweiter. Es ging besser als die Hauptstädte. Vielleicht, weil man sich Menschen dazu vorstellen konnte. Mein Liebling war selbstverständlich Hadrian. Er war meine erste Liebe. Eine Weile dachte ich, weil ich noch naiv war, ich könnte ihm eines Tages begegnen. Ich wusste, ich muss mich dann als Junge ausgeben, denn er mochte Jungen. Natürlich wußte ich noch nicht, was das wirklich bedeutete: ein Favorit. Wobei es heißt, der größte Link zwischen ihm und Antinoos war, dass sie beide Melancholiker waren. Als ich kleiner war, dachte ich, das bedeute, dass sie gemeinsam ein Geheimnis, ein geheimes Wissen bewahrten. Ich stellte mir vor, ich könnte die Dritte sein, der sie es verraten. (Lacht.) Als ich dann dort war, lernte ich den Unterschied zwischen Geschichte, wenn sie vergangen ist, und Geschichte, die gerade geschieht. *That's the way it goes …* Und du? Was ist deine Story?

Ich … bin Deutscher und muss mich nicht nur im Ausland, sondern auch zu Hause dafür rechtfertigen.

Lachen. So geht es. Ja, so geht es.

---

*

Dass Depressionen irgendeine positive Funktion haben müssen, sonst hätte sie die Evolution längst ausgerottet? So wie zahlreiche andere nutzlose Krankheiten, nicht wahr?

*

1. neurobiologische Störung: endogene Depression
2. psychodynamische Störung: neurotische Depression
3. Existentielle Depressivität

(Gratuliere. Für Sie gelten alle drei.)

*

Und was machst du? *For your living*?

*Well* ... (Zu viel Zögern! Automatische Antworten!) Ich bin Ingenieur für drahtlose Kommunikation.

Oh? ...

Die Autogeräusche. (Ja, ich bin langweilig. Tut mir leid. Aber sie wäre nicht Oda, gäbe sie so leicht auf.)

*Enfemili?*

Pardon?

Familie? Hast du Familie?

Nein. Man hat mich auf der Kirchentreppe gefunden.

*Really?*

Sie fragt es so, als ob es möglich wäre, und Kopp muss lachen.

Nein. Vater, Mutter, Schwester.

...

Du bist Single? Oder geschieden?

Wieso denkst du, ich könnte geschieden sein?

Verheiratet, liiert ...

Nein. *I am a widower.*

---

Aristoteles: Peri Psyches: Störung der Vitalität.
(Dass die Psyche gleichzusetzen sei mit der Vitalität eines Menschen: ein schöner Gedanke.)

#
[Datei: barth92]

Barthes 92
*»Ein Verrückter, der schreibt, ist nie ganz und gar verrückt.«*

Was die Existenz wirklich bedroht, kann man mit Worten nicht ausdrücken. Solange ich noch sprechen kann, kann ich nichts darüber mitteilen. Und wenn es einmal soweit ist, habe ich keine Worte mehr.

Oh …, sagt sie. Das erste Mal, dass sie beeindruckt scheint. Damit hat sie nicht gerechnet. (Ist es so? Muss ich damit »hausieren« gehen? Um auch eine »Story« zu haben?) Aber es gibt wahrscheinlich wenige Dinge, die sie länger als eine Minute sprachlos machen könnten. Sie kann alles fragen. Diesmal:

Schon lange?

Nein.

…

Etwas mehr als ein Jahr.

Krankheit oder Unfall?

Kopp wirft einen Blick in den Rückspiegel. Jutka ist vor Stunden ausgestiegen. Auf dem Rücksitz nur noch ein Rucksack.

Sie hat sich das Leben genommen.

…

…

Ich kannte auch jemanden. Einen jungen Mann von der Uni. Wir waren nicht befreundet. Nur vom Sehen. Aber seitdem denke ich an ihn. Er hat sich vor den Zug geworfen.

---

Depression oder Tod, was die Mitteilbarkeit anbelangt, ist das beides gleich.

(Frau Dr. H. macht mich darauf aufmerksam, dass auch *positive* Extreme nicht verbalisierbar sind. Das stimmt, sage ich. Aber das Leiden darüber, dass man eine positive Ekstase nicht beschreiben kann, ist doch ein anderes als das Leiden über die Nichtmitteilbarkeit der negativen Ekstasen. Seine Freude nicht mit anderen zu teilen kann diese schmälern, aber sein Leid nicht mitteilen, also keine Hilfe erfahren zu können, kann einen umbringen.)

#

[Datei: Das_Ausmaß_unserer_Beseelung]

…

Bist du unterwegs, um zu trauern?

Ich weiß nicht genau, sagt Darius Kopp der Wahrheit entsprechend.

Sie nickt.

*You should visit Albania.*

Sollte ich das?

Unbedingt.

Unser Lächeln ist hilfloser geworden, aber von echter Hinwendung, anstatt nur von Höflichkeit, erfüllt.

Als das Meer das erste Mal aufscheint, kehrt ihre alte Fröhlichkeit zurück. Sie klatscht in die Hände, wie Kopp das bei einem Menschen außerhalb von Filmen noch nicht gesehen hat, und fängt wieder an, mit fliegenden Händen zu reden, diesmal über Venedig, das zum großen Teil auf Baumstämmen aus Dalmatien steht, die Serenissima Repubblica hat die Markusreliquien geklaut, und bumm sind wir vom heiligen Markus gegründet, halten Galeerensklaven bis ins 16. Jahrhundert hinein und einmal im Jahr werfen wir einen

---

Kann sein, dass wir den Schmerz des anderen nicht fühlen können, aber wir können ihn verstehen, sagt Frau Dr. H. Wenn es nicht so wäre, gäbe es uns längst nicht mehr.

*»Das Ausmaß unserer Beseelung hat mit unserer Empathiefähigkeit zu tun«* (Emrich.) Einfühlungsvermögen. Das Beste in uns. Selbst wenn Sie zu viel davon haben, sollten Sie das nicht negativ sehen. Besser so als andersherum. Leiden ist unausweichlich. Sich gekränkt zu fühlen, weil man leidet, ist Nonsens. Du leidest nicht wie ein Hund, sondern wie ein Mensch.

#

[Datei: lombik]

Ring in die Lagune, um uns mit dem Meer zu vermählen und um Schutz vor den Piraten zu bitten, die sich, von der Geographie begünstigt, überall zwischen den Inseln des heutigen Kroatien verstecken, stell dir das vor, die kleinen Schiffe der Piraten, wie sie aus den Buchten geschossen kommen. Sie erzählt es wie ein Märchen zur Tröstung, und in der Tat ist Darius Kopp jetzt für Minuten getröstet: der Anblick des Meers, der Inseln, ihre Gesellschaft …

Du!, ruft Oda, sag mal! *Please tell me honestly!* Hättest du was dagegen, wenn ich mitkäme auf deine Insel?

---

Ich bin ein Retortenbaby, sagte ich zu den anderen.

Retortenbabys haben keine Eltern, sie sind Kinder des Staates, er hat sie herstellen lassen, von den besten Wissenschaftlern des Landes, in einem Labor, einem Reagenzglas. Dort wachsen sie heran, bis jemand das Glas zerbricht oder es mithilfe eines Scharniers aufklappt und sie herausholt. Retortenkinder sind nicht aus einem Vater und einer Mutter zusammengesetzt, sondern aus einem ganz besonderen, geheimen Stoff, der unter direkter Aufsicht des Staates steht. Man hat Pläne mit uns. Eine Weile war das ein gutes Spiel.

Aber dann erzählte jemand zu Hause davon, und die Eltern sagten: es gibt überhaupt keine Retortenbabys.

## 10

Hier verdirbt es wieder ein wenig.

Was will sie eigentlich? Wie ist es gekommen, dass sie mir, kaum dass wir uns ein paar Stunden kennen, nicht mehr von der Seite weicht und sogar mit auf eine Insel fährt? Über Land kannst du mit manchem lange Zeit mitfahren. In dem Moment, wenn du auf eine Insel übersetzt---

Erzählt über den Balkan, damit du dich etwas schuldig fühlst, wenn sonst nicht, dann wegen deiner Unwissenheit. Und wer ließe sich nicht einwickeln von Piratengeschichten? Die Geographie begünstigt sowohl die Seeräuber als auch ihre Opfer: verbergen kann man sich aus dem einen oder dem anderen Grund. Vielleicht hat sie jemanden auf der Insel. Einen *Freund.* Mehrere. Sie warten schon auf uns. Wie verrückt ist so etwas? Sehr. Sie wusste doch, als sie einstieg, überhaupt nicht, wohin ich fahre. Sie waren diejenige mit den

---

#
[Datei: Mam]

Ob sie eine hure war oder nicht, weiß man nicht genau
die oma hat so geurteilt, aber für sie war doch eine jede
ich natürlich auch
im zug, als mich ein mann fragte, ob der platz im abteil frei sei,
habe ich, der wahrheit entsprechend, bejaht
12 jahre alt
hur, dreckige,
wie schön sie war
ihr kastanienbraunes haar reichte ihr bis zur taille
in ihrem gesicht immer die zeichen von aufgewühltheit

Schildern: SLO und TIR, ich trug nicht Lošinj auf der Stirn geschrieben. (Was bildest du dir eigentlich ein?)

Die Fähre taucht auf, man sieht sie von der erhöhten Straße aus, sie wird gerade beladen, ein Ordner winkt das letzte Dutzend Autos gerade in Spuren, überhaupt nicht hektisch, und zudem ist es nicht einmal die letzte Fähre des Tages, dennoch, es entsteht Druck.

Oh, sie legen gerade ab!, ruft Darius Kopps Beifahrerin und klatscht in die Hände.

Es gibt keinen Seitenstreifen und überhaupt, hättest du sie absetzen wollen, hätte das schon vor einer Stunde geschehen müssen, da seid ihr einfach am Abzweig vorbeigefahren, habt euch so gut unterhalten – wieder das Misstrauen und wieder das schlechte Gewissen deswegen, sei doch nicht so ein unglaublicher Spießer – aber dass man hier nirgends anhalten oder umkehren kann, ist schon ein Ding, und prompt steht man am Büdchen: Ein Fahrzeug, zwei Personen?

*Einen Moment,* sagte Darius Kopp auf Deutsch, weil das seine Muttersprache ist. Er sah das Mädchen auf dem Beifahrersitz an, tief

---

positiv oder negativ, aber immer
eine nacht umarmte sie mich weinend und sagte:
wenn du nicht wärst
mir schwant, als hätte sie, bevor sie endgültig wahnsinnig wurde,
jemand verlassen
ging los, weinend, maschierte
das ganze wochenende durch wald und wiesen
ich lief ihr hinterher, bis zum ende der straße ließ sie es zu, dann
jagte sie mich zurück wie man hunde verjagt:
geh nach hause! geh!
Als sie über die schienen ging, blieb ich zurück.
Sie hat mich oft bei den großeltern gelassen, dennoch wusste ich:
sie liebt mich, während die hier weder sie noch mich

in die Augen, so genau, wie es nicht höflich ist, suchte nach verräterischen Abweichungen, Brüchen in der Offenheit, wo der Hinterhalt hervorblitzt, aber er sah nichts dergleichen. Die Wimpern. Den oberen und den unteren Kranz. *Well then*, sagte Darius Kopp wie ein echter Engländer, bezahlte die Tickets und ließ sich einweisen in eine Spur. Wenn die Klappe hinter einem zugeht, fühlt sich das vermutlich nie ganz gut an.

Sie stiegen aus dem Wagen aus, sie sagte etwas, das er überhörte, und ging irgendwohin. Er stellte sich ans Geländer und schaute aufs Wasser. Anstatt dass er sich die nahende Insel angeschaut hätte, starrte er sehr eng aufs Wasser, wie es am Rumpf der Fähre schäumte und wirbelte. Er dachte an die Farbe, mit der der Rumpf gestrichen war, wie wir sie kontinuierlich ins Wasser verlieren, genauso wie den Diesel. Einmal bin ich beim Schwimmen ins Fahrwasser eines Motorboots geraten, mein Mund wurde voller Öl.

Willst du ein Eis? fragte sie und hielt ihm ein Stieleis hin.

Und auch noch die Sorte, die ich mag. Für sich selbst hat sie etwas anderes gewählt.

---

hältst du es für möglich, dass jemand zu keinerlei liebe fähig ist?
*Wir müssen das für möglich halten.*

#
[Datei: képzeld_el]

Stell dir vor, dass sie in der woche mal gut sind, mal schlecht,
aber am wochenende, wenn du »nach hause« kommst,
nur noch schlecht, auch wenn sie nicht schlecht sind
weil sie sich für 2 Tage zusammenreißen können,
sie tun nichts benennbares
im grunde reden sie nicht mit dir
sie geben dir was zu essen, *immerhin*

Als das Eis aufgegessen war, nahm sie ihm das Eispapier ab und warf es weg. Er wischte sich die Hand mit einer kleinen Serviette, und sie nahm ihm auch die Serviette ab, warf sie weg und fragte: Soll ich dich fotografieren?

Oda, deren Nachnamen ich immer noch nicht kenne, fotografiert Darius Kopp an die Reling gelehnt, die nahende Insel im Hintergrund.

Danke, sagt Darius Kopp und dann fotografiert er sie, und was so aussieht, als wäre ich genauso freundlich wie sie oder gar charmant, ist in Wahrheit nur ein Test und eine Absicherung: Lässt sie sich fotografieren? So hat sie ausgesehen. Auch ich kann dazu lächeln, wie die reine Unschuld.

Wie heißt du eigentlich mit Nachnamen?

Sie nennt ihren Namen, und er vergisst ihn in demselben Augenblick.

Sobald sie wieder im Auto sitzen, ist der Spuk vorbei. Sofort sind wir wieder ein Team, das heißt, ab jetzt sind wir eins, Darius

---

aber als ob mit absicht nichts gutes
als ob sie am donnerstag den schnitzeltag abhalten, weil es sich am freitag nicht gehört und am wochenende ist das kind da
ich traute mich nicht mehr darum zu bitten, die mama zu besuchen
ich hätte gerne die mama besucht
sie will dich nicht sehen und ich will sie nicht sehen
sie wollte ihr eigenes kind nicht sehen
das wahnsinnig geworden ist
dass ich eine irre erzogen hätte?
ich werde bestimmt nicht noch eine irre erziehen
alkoholiker kannst du sein, gewalttätig kannst du sein
sensibel darfst du nicht sein
wer sensibel ist, soll krepieren

Kopp auf dem Fahrersitz, Oda auf dem Sitz des Copiloten, obwohl es eigentlich keinen braucht, es gibt nur eine Straße: 70 km vom Fährhafen zur unteren Inselspitze. 70 km Macchia, Kurven, Hänge, Aussichten aufs Meer. Die Ortschaften nur als Tafeln, die irgendwo ins Dickicht weisen. Warum siedeln Menschen auf Inseln? Vom Festland verdrängt oder freiwillig gegangen. Seine Ruhe haben, vom Fischfang leben. Der Piraterie. Es gibt keine reichen Piraten/Fischer auf der Welt. Wenigstens ist das Klima meistens gut. Ein Ikarus-Bus voller Kurkinder, wer hält wie viele Kurven durch, bevor er erbrechen muss? Ich *weiß* das noch, aber ich erinnere mich nicht. Ich habe mein in der Beschäftigungszeit angelegtes Kurheft verloren. *Der Jugo-Wind kommt aus dem Süden und bringt Regenwolken. Der Bora-Wind kommt aus dem Osten und bringt sonniges Wetter.* Wie vollkommen ruhiges Wetter heißt, habe ich vergessen.

Als der lange Hafen von Mali aufscheint – *In den Buchten liegen schöne, bunte Boote. Viele schöne Pflanzen wurden von Seefahrern auf die Insel gebracht: Oleander, Pinien, Stechpalmen* – sagt

---

wozu lebt so eine
jeden sonntagabend so müde
als erste wieder zurück
im leeren schlafsaal das war gut
allein im dunkeln eine halbe stunde
bis jemand mürrisches kam und das licht anmachte
dass nie einer mal nett sein konnte
in die stadt hinaus durfte man nicht
ich stand am fenster
ständig wurde es früh dunkel
warum wurde es immer früh dunkel
das leben der erwachsenen ist genau so, wie es von außen ausgesehen hat

Kopp, um es empfinden zu können: Vor genau 31 Jahren war ich zuletzt hier.

Wau, sagt Oda.

(Schau, Flora.)

Später stehen sie an der Drehbrücke an der Hafeneinfahrt und schauen zu, wie ein letztes Mal an diesem Tag Schiffe ein- und ausfahren. Ein Familienvater nackt am Lenker des Familienboots. Ein fetter Mann am Ufer schreit ihm aufgeregt hinterher. Oda lacht.

Er sagt: du Schwuchtel!

Ein Partyschiff kehrt heim. Die Partygäste winken. Oda winkt zurück.

Sie nehmen das erste Hotel am Ortseingang. Die Sonne geht gerade unter. Oda, auf dem Nachbarbalkon, lacht. Warum bist du so glücklich, junges Mädchen? (Warum bist *du* es nicht? Alter Mann.) *Do you remember?* ruft Oda herüber.

Was soll ich darauf antworten? Meinst du den Sonnenuntergang?

---

schlepperei im nieselregen
die frauen schleppen mehr und öfter als die Männer
*verachtungswürdige kreaturen*

#
[Datei: nem_beszéltek]

Das Kind, mit dem man nicht sprach. Meine Mama hat mit mir geredet. Pausenlos, wenn ich mit ihr sein durfte, sie sprach über alles mit mir. Alles fasste sie in Worte, Äußeres wie Inneres, Essigbaum, Rotkehlchen, x, y, z, Hand in Hand gingen wir auf der Straße und skandierten: zúzmara-hódara-dér. *(Raufrost-Schneegries-Reif, Anm. d. Ü.)* Wir schwenkten unsere Hände vor der Kaufhalle, im Tanzschritt.

Ja, ich weiß von zahlreichen Sonnenuntergängen in meinem Leben, einige davon am Meer. So, wie ich auch von diesem Ort hier weiß, dass er existiert. Aber ich habe noch nicht eine einzige Sache wirklich wiedererkannt. Keine einzige. Wie ist das möglich?

Im Süden kommt die Nacht schnell, bis sie es auf die Straße geschafft haben, sehen sie alles nur mehr im Lampenschein. Dafür ist mit einem Mal alles voller Menschen. In deiner Erwartung ist der Ort deiner Kindheit nie mit Touristen voll. Gewusel bei der Ankunft kann anregend sein, wenn du das erste Mal hier bist. Oder wenn du schon einmal hier warst und nun das eine oder andere wiedererkennst. Aber wenn du schon dreimal hier warst und nichts, absolut nichts wiedererkennst, dann ist das ---

Gut, dass du bei mir bist. Danke, dass du mitgekommen bist. Wenn ich dich nicht direkt ansehe, nur so aus dem Augenwinkel, nur mit dem Körper registriere, da geht jemand neben mir, kleiner als ich, eine Frau, ist das etwas Vertrautes.

Dicke Steinmauern strahlen die während des Tages gesammelte Hitze ab. Dass es hier so warm sein kann, war mir ebenfalls nicht

---

Kommt eine alte Dorfhexe, wir grüßen sie freundlich und gut gelaunt, weil wir gerade guter Laune sind, woraufhin die, aber mit was für einer Fresse, mit was für Zähnen, mit was für einer Stimme etwas sagt, mich kritisiert, vielleicht halte ich den Fuß beim Laufen nach innen, vielleicht nach außen, Hauptsache ist, etwas stimmt nicht mit mir, woraufhin SIE sagt:
Siehst du, meine Kleine, das ist eine alte Dorfhexe. Wir grüßen sie freundlich, und sie spricht schlecht über uns. Sie denkt, sie darf das, aber sie darf es nicht. Wir sind nett, sie ist es nicht. Komm, wir gehen. Und wir gehen, stolz, sie hält mich fest an der Hand, wir biegen ab, erst da fängt sie zu weinen an. Sie weint eine kurze Straße lang, zurückgenommen, leise winselnd, solange, bis wir in unsere eigene Straße einbiegen. Dort blieb sie stehen und sagte: Gut, hier höre ich

bekannt. Luftkuren macht man nicht im Sommer. *In den kalten Jahreszeiten schützen die dicken Steinmauern vor der Bora.*

Wie in der Hölle, ich sag's dir! Eine deutsche Stimme dicht neben Darius Kopps Ohr, während er gerade dabei gewesen wäre, eine Hand an eine Mauer zu legen, um die Wärme darin zu spüren. Er zieht die Hand weg. Ich habe etwas gehört, das ich verstanden habe, also bin ich sichtbar und kann nicht mehr unbefangen handeln. Oda dagegen versteht kein Deutsch, sie legt die Hand an den Stein.

Erinnerst du dich, wie im Sommer immer der Straßenteer schmilzt? Ich hatte als Kind immer Teerflecke an den Füßen und dann bin ich in Staub getreten, damit es nicht so klebt, aber man hat mich trotzdem nicht in den Eisladen gelassen, *do you remember*?

(Ob ich mich erinnere, dass du?) Aber er lächelt und nickt.

Jugendliche, die von einer Klippe ins Hafenbecken springen. Man sieht sie kaum mehr, man hört sie nur schreien – »Ma-ri-ja! Ma-ri-ja!« – und dann das Platschen, wenn sie im Wasser aufkommen. Am Anfang der Mole steht eine Kirche, am Ende ein roter Leuchtturm. Das endlich erkennt Kopp wieder. Weil es Fo-

---

auf. Merke dir gut, meine Kleine, in deiner eigenen Straße weine nie. Aber natürlich weinte sie auch in ihrer eigenen Straße, oft. Dann kamen wir zu Hause an, sie ließ meine Hand los und verschwand, schloss die Tür unseres gemeinsamen Zimmers hinter sich. Lass mich ein bisschen in Ruhe.

Es sprach also jemand mit mir, von Anfang an, und später hatte ich die Schule, dort sprachen alle, ohne Unterlass, und dann zu Hause das Radio, zwischen zwei Ufftararas sprechende Jemande, irgendwas ist immer, irgendein Geräusch oder Lärm, dennoch kenne ich die Sprache des Menschen nicht. Wie eine, die nach einer Katastrophe allein übrig blieb, im Wald aufwuchs, oder ein Pharao oder ein anderer König hat seine Experimente mit ihr getrieben. So fühle ich mich. Als würde ich nur simulieren, dass ich spreche. Ich simuliere, dass ich

tos davon gibt. Es gibt *ein* Foto davon. Unsere Gruppe um den Sockel drapiert, ich in der Mitte, die Arme an den Körper gepresst. Vom Leuchtturm aus führt der Kurweg zum alten Hafen. Der hier ist der neue. Sechssprachige Kellner richten die Tische fürs Abendessen und die Souvenirläden verkaufen noch bis Mitternacht Töpferwaren, Seife und Plastik. Geben Sie Ihrem Kind 6 Mark Taschengeld für Souvenirkäufe mit. Ein Minileuchtturm für die Daheimgebliebenen, wenn's gut läuft. Eine Schneekugel, wenn nicht. Vom Platz am neuen Hafen führen drei Straßen in den Ort hinauf, Kopp weiß nicht, welche die richtige ist, er nimmt die nächstbeste. Der Weg ist steil, die Steinplatten sehen glatt und glänzend aus wie Eis. Sobald sie den Platz verlassen haben, bewegt er sich wieder durchs Unbekannte. Mauern überall, winzige Fenster, alle über Kopfhöhe. Wehrhaft verschlossene Häuser, die winzigen Höfe liegen nach innen, nur die Pflanzen wachsen über die Mauer heraus. Oleander, Bougainvillea, Olive. Viele schöne Pflanzen wurden durch Seefahrer auf die Insel gebracht. Einmal ist ein Fenster niedrig genug und steht sogar offen: ein Badezimmer: ein

---

verstehe, was zu mir gesagt wird. Während ich in Wahrheit nur rate. Und jedes Mal erleichtert bin, wenn die Antwort, die ich gebe, scheinbar annehmbar ist.

#
[Datei: nem_bír]

sie sagte, sie hält mich nicht aus, du frisst mein leben auf, was willst du von mir, wirklich, was, mich auffressen, mit haut und haaren, das ist die hölle, die hölle
ich liebte sie trotzdem
immer
nie war ich böse

hängendes Trockengestell und ein Boiler. Hinter der Tür daneben knurrt ein Hund.

Lange irren Darius und Oda durch ein dunkles, stilles Dorf, immer höher den Hang hinauf. Als sie an die Landstraße stoßen, auf der sie gekommen sind, kehren sie um. Dahinter ist nur noch der Pinienwald, darin ein Wanderweg zur Spitze des Hügelkamms, aber dafür ist es schon zu dunkel. (Bei Neumond durch einen dunklen Wald, auf einem dunklen Hügelkamm stehen, auf ein dunkles Meer schauen---) Sie kehren um und laufen wieder die Serpentinen, immer zwischen Mauern. Manchmal liegt ein Grundstück tiefer als die Straße, dann kann man ein wenig von den Höfen sehen, aber es bleibt alles Stein. Nachdem sie zum xten Mal auf einen kleinen Platz mit Kastanienbaum und einem kleinen Lebensmittelladen gestoßen sind, erkennt Kopp endlich das ehemalige Kurheim. In einem Ort, in dem jedes Haus eine Ferienwohnung hat, ist es das einzige, das leer steht. Ein Zaun aus Eisenstäben, von innen zusätzlich mit Maschendrahtzaun verengt. Eine Straßenlaterne beleuchtet zu hell eine Pflanze mit großen Blättern im Vordergrund, dahinter zwei Tisch-

---

ich konnte sie nicht retten
ich konnte nicht hingehen
ich war ein kind
als ich hörte, sie ist tot, wusste ich, nun alles ist vorbei
sie wurde eingeäschert, dabei ist das bei uns nicht üblich
die bahre ist tradition, wächserne leichen
bestimmt, damit sie nicht auferstehen kann
*hat sich das eigene kind aus dem gesicht gewischt*
da wusste ich, alles ist vorbei
ich möchte im wohnheim wohnen, weil ich angst um mich habe
kommtnichtinfrage, wassollendieleutesagen?
Ich sagte nichts, sah sie nur kalt an
sie wandte sich ab

tennisplatten aus Beton – Eine Kelle erbeuten! War ich gut darin? Natürlich nicht –, auf dem einen liegen der Ständer und der Ring eines Basketballkorbs, das Netz fehlt.

Das ist es, oder?

Ja.

An einer Stelle ist ein Loch im Maschendrahtzaun. Eine Katze kommt heraus.

Man kann hinein, sagt Oda.

Ist es das, wofür ich sie brauche? Um mit mir in mein ehemaliges Kinderheim einzubrechen? Seitdem wir auf der Insel sind, läuft alles fast wortlos. Nur manchmal sagt sie etwas, macht einen kleinen Vorschlag, lass uns da langgehen oder da lang. Man kann hinein. Aber wir werden nicht hineingehen. *Wir gehen viel spazieren, lernen Gymnastik, im Sommer baden wir. Wir verhalten uns stets diszipliniert.* Die roten Oleander neben dem Eingang sind mir unbekannt.

Sie stehen lange am Zaun, gehen ein wenig hierhin und dorthin, schauen aus allen Richtungen hinein. Hinter ihnen schließt der Lebensmittelladen mit Geschepper: zwei Verkäuferinnen ziehen die Git-

---

schließlich durfte ich gehen mit gott
konnte kaum erwarten, 18 zu werden
aber sie haben mich selbst von der bank vorm haus noch fortgejagt
such dir woanders einen vater
da habe ich begriffen, ich bin frei, und weinte nicht länger
nicht weinend über wald und wiesen, auch nicht mich fürchtend verzweifelt
ich erwartete nicht, dass in der schönen großen welt alles besser würde
ach was
ich hoffte, jemand würde mich packen, vergewaltigen, töten
oder ich töte ihn
töten einander an einem abendlichen waldrand

ter herunter. Die Ausgangszeit ist vorbei, die Türen werden geschlossen, 20 Jungen der 1., 2. und 3. Klasse, im Erdgeschoss und im ersten Stock, gehen zu Bett. Darius Kopp und seine Begleitung bleiben in der Stille am Zaun zurück. Schaust es dir an. Schaust es dir an.

Solange, bis ihr Magen hörbar knurrte.

Wollen wir was essen gehen?

Sie finden einen Laden oben im Ort. Trotzdem seid ihr Touristen. Das Essen ist nicht gut, das Bier schon. Die Stimmung am Hafen ist mittlerweile sakraler geworden. Polyphoner Männergesang tönt herauf. Sie singen vom Meer und von der Liebe, sagt Oda.

Natürlich. Vom Meer und der Liebe.

(Mein Herz ist leer. Wäre ich mit meiner Frau hier, hätten wir Sex dagegen. Aber ich bin nicht mit meiner Frau hier. Ihr junges Gesicht. Du weißt soviel und doch weißt du nichts. Und ich werde es dir nicht verraten. Du würdest mir sowieso nicht glauben.)

Ich gehe dann jetzt zum Kurweg, sagt Kopp.

Sie kommt selbstverständlich mit.

Sie schaffen es, zum Kurweg zu gelangen, ohne am Hafen vor-

---

wälzen uns auf dem feldweg, die grillen brüllen und wir schlagen uns gegenseitig mit steinen auf den kopf, mit steinharten erdbrocken, bis wir beide krepiert sind

zum schluss krieche ich noch ein wenig von ihm weg, nicht, dass der, der uns findet, noch denkt, wir gehören zusammen

#

[Datei: mama]

mama
ich liebe dich
du bist schön
ich bin nicht böse

beizumüssen. Im Rücken des Männerchors – ihre weißen Hemden scheinen herüber – lassen sie sich einen staubigen Abhang hinunter auf die Promenade gleiten. Der Weg ist nicht leer, es gehen sogar ziemlich viele hier, alle flüsternd. Unter Wellenrauschen und Chorgesang flüsternde Gestalten an einem punktuell beleuchteten Uferweg. Die Vorliebe adriatischer Badeorte für Beton. Was nicht Stein ist, ist Beton. An diese Steinigkeit erinnere ich mich. Ein steinerner Torbogen, steinerne Nischen, betonierte Stufen. Weiße Umrisse im Schwarz. Das ist die Badeanstalt.

Mit gesenktem Kopf und klopfendem Herzen hinein. Ab hier weiß Kopp jeden Schritt, findet sich in völliger Dunkelheit zurecht. Um das leere Becken für die Kleinsten herum. Er hat nicht vor, ins Meer zu steigen, dennoch kann er nicht aufhören, sich zur Leiter jenseits des Beckens zu tasten. Das Gluckern und Rauschen eines unsichtbaren Meers. *Der Seeigel hat einen kugeligen oder scheibenförmigen Körper mit beweglichen Stacheln. Er frisst Pflanzen und kleine Tiere. Die Seegurke ist mit einer ledrigen Haut überzogen und kann bis zu 2 Meter lang werden. Der Schlangenstern lebt unter Steinen und in*

---

es wäre gut, wenn man davon genesen könnte
wenn es nur bedurfte, dass ich erwachsen werde,
damit du geheilt bist,
schau, ich kann jetzt für mich selbst sorgen
komm, wach auf

#
[Datei: épitö]

Erst die Pfirsiche, dann die Johannisbeeren, die Äpfel zum Schluss
meine Hand wurde wie die von Bäuerinnen
Großmutters Hand, nicht Mamas
deine Mandelhände

*Spalten.* Ich habe einen Horror vor dem Meer. Vor dem Getier. Das wird Darius Kopp jetzt und hier klar. Der saugenden-drückenden Kraft, die umso viel stärker ist als ein Mensch. Kopf auf Fels, Salz in der Lunge. Dennoch kann Kopp nicht anders, als auf das schwarze Rauschen zuzugehen. Zeitweise ist seine Angst so groß, dass er das Gefühl hat, seine Beine nicht genügend kontrollieren zu können für so einen unsicheren Untergrund. Felshart, trotzdem instabil. Bei den Betonstufen angekommen, die zur Leiter führen, stößt er wiederum gegen etwas Weiches, und das ist noch viel gruseliger. Aber es ist nur ein Pärchen, das auf den Stufen sitzt. War es der Körper des Mannes oder der der Frau, den ich berührt habe? Pardon, sagt Kopp, dreht um und stößt mit Flora zusammen. Entschuldige. Im Zurückgehen halten sie sich an den Händen, obwohl es so viel schwerer ist, das Gleichgewicht zu halten. Jetzt erst merkt Kopp, dass die gesamte Badeanstalt voll ist mit Leuten. Überall in den Nischen, auf Treppen und den steinernen Liegeflächen sitzen welche, schwarze Schemen, unterhalten sich flüsternd oder küssen sich. Am Rand des Planschbeckens drei kiffende Jugendliche. Die Glut, der Geruch. Erst, als er

---

jenseits des Obstgartens lagerten Buddhisten
sie sahen nicht aus, als ob sie glücklich wären
das trotzige Gesicht des Jüngsten
der im Vergleich mit dem Gesicht zu weiße Schädel,
ein anderes Mal waren es bewaffnete Narren
schossen mit Platzpatronen den Ausflüglern hinterher
der eingezogene Hals des Familienvaters, als er in die Pedale trat
im Tal jedes Hügels, am Ufer jedes Wassers
lodern die Lagerfeuer
manche Spiele sind harmlos, andere nicht
Verrückte, wohin du auch schaust
aber ich hatte keine Angst
ich erntete, was zu ernten war, dann ging ich los

wieder draußen auf der Promenade ist, wird Kopp klar, dass es Oda ist, die er an der Hand hält, und lässt los.

Hier wäre eine gute Gelegenheit für eine Pause, für etwas touristische Entspanntheit, aber Kopp muss weiter und weiter gehen, den Uferweg bis zum Schluss und von dort wieder den Hang hinauf, bis zu einem grünen Eisenpavillon, der auf einem Kinderspielplatz am Rande des Waldes steht. Er stützt sich in ein leeres Fensterloch des Pavillons, schaut auf die erleuchtete Ortschaft und das schwarze Meer, sein Atem pfeift.

*Are you OK?*

Ja (ich bin bloß alt), es ist nur die Hitze.

Die Wände des Pavillons sind über und über mit den Namen derer bekritzelt, die hier gewesen sind. Kurkinder, auch heute noch, aber, wie es scheint, hauptsächlich Inländer. Kristina liebt Mihael und jemand liebt Martinna. In einer Gruppe lieben sich scheinbar alle 22. Drei Marijas darunter. Du sollst deinen Namen nicht in die Bank ritzen, kleiner Kommunist. Oda kichert nah bei ihm, er kann ihren Atem riechen. Nach Cola.

Das da ist unser Hotel.

---

Sanatorien und Korrekturanstalten baut man an schöne Orte
uralte Bäume, Gärten
bläuliche Kohlreihen in barocken Parks
in Glashäusern Paradeiser
ich stand außerhalb der Mauer, sah ihnen zu
selbst wenn sie nur Unkraut jäten, sieht man, etwas ist kaputt
ihr Körper ist so,
dass sie gejätet hätte, glaube ich nicht
den Vögeln zugesehen, dem Taubenschwarm,
wie er hochfliegt vom Dach, einmal kreist, wiederkehrt
in einem Garten gab es sogar Albinopfaue
eine fast kahle Frau saß auf einer sonnenbeschienenen Bank
und kreischte zurück.

Sie betreten das Hotel von hinten, noch etwas trinken an einer der beiden Bars, und Oda will den Pool sehen. Sie geht voran, durch Glastüren und Flure, als wäre sie nicht das erste Mal hier. Oder sie ist einfach schneller im Lesen der Schilder. Die Poolbar ist in einer künstlichen Grotte platziert, von dort laufen blutrote Arkaden um das Schwimmbecken herum. Unter Wandlampen in der Form von Fackeln stehen Tische dicht an dicht, heute ist Karaoke-Abend, wer Glück hat, ~~ist nicht hier~~, hat einen Platz an der Stirnseite erwischt, mit Ausblick aufs Meer. Alles ist so hässlich wie die dunkle Nacht, nein, die dunkle Nacht ist schön, während hier orangefarbene Lichter und die Reflexionen des Poolwassers die schreiende Gemütlichkeit unterstreichen.

Wau, sagt Oda, und Darius Kopp kichert, damit sie weiß, wie er dazu steht. Kichernd schiebt er sich an ihr vorbei, geht schnellen Schritts zwischen den Tischen durch, Vorsicht, nicht ausgleiten und im Pool landen, auch wenn es nur das flache Ende für die Kinder ist. Ganz besonders dann nicht. Schiebt sich die Blätter zerzauster Bananenstauden aus dem Gesicht, schnell durch hier, zur anderen

---

#

[Datei: nagymama_örült]

die großmutter war auch wahnsinnig
der normale grad des wahnsinns
die normale abweichung
was deswegen noch die hölle ist
eine reihe wahnsinniger frauen
die frauen, denn von den männern weiß ich nichts
vielleicht waren sie ja ganz und gar verrückt
kann sein, sie fressen irgendwo gras
*des gros wern wa fressen obs uns schmeckt oder net*
wie sie nach den zeichen des wahnsinns meiner mutter an mir forschte,

Bar, der für Erwachsene, nimmt eine flinke Kurve nach links und steht plötzlich vor seinem Vater.

Er hat sich den Vollbart abrasiert, mit dem ich ihn mein Leben lang gekannt habe, nur noch eine dünne weiße Linie entlang des Kinnbeins ist geblieben, trotzdem werde ich ihn natürlich niemals verwechseln können. Sein volles Haupthaar erzittert in der Meeresbrise. Wird er rot, weil er mich jetzt auch erkannt hat, oder hat er einen Sonnenbrand? Er ist mit drei anderen da, einem Mann und zwei Frauen. Unbekannte.

Oh, sagt Darius Kopps Vater, ebenfalls Darius Kopp. Was machst du denn hier?

Ja, was eigentlich? Beide stehen nur da, so dass Oda hinter seinem Rücken hervorkommen muss, sich freundlich erkundigend, was los sei, ach, er habe einen Bekannten getroffen?!

Meinen Vater.

Oh, das ist dein Vater?! *Did you know, he would be here?*

Nein, ich hatte keine Ahnung.

---

was wäre gewesen, wenn ich ein wildes kind gewesen wäre
aber nein, nur traurig
das war auch nicht recht
was ziehst du denn schon wieder so ein Gesicht?
Was hast du, hä?
Nichts.
Was machst dann so ein Gesicht?
Was hätte ich darauf sagen sollen?
Wag's nicht zu heulen!!!
Ich wage es nicht. Ich fülle Sägespäne in eine Streichholzschachtel, sage mir, das ist Gift, und verstecke es an einem guten Ort, damit ich es habe, wenn ich es brauche.
Aber in die Kalkgrube wäre ich ungern gefallen.

Sie stellt sich vor, wieder nur mit Vornamen, schüttelt dem Alten die Hand, und dann stellt sie sich den anderen am Tisch vor – *Your friends?* – ein Kellner kommt, und ehe du dich versiehst, sitzt du mit am Tisch und hast Getränke bestellt. Der Alte spricht kein Englisch, seine Begleiter auch kaum was, dennoch hat sich Oda ihnen sofort angeschlossen, sie schließt sich jeder Gruppe innerhalb von Sekunden an. Ist das eine gute Eigenschaft? Die gefärbte Rothaarige ist die Freundin meines Vaters. Ich weiß nicht, seit wann, und auch nicht, wie sie heißt. Sie weiß jetzt, dass ich der Sohn bin, einen neuen Namen braucht sie sich nicht zu merken. Immerhin lächelt sie freundlich. Das andere Paar wiederum steckt die Köpfe zusammen. Kopp kann nur das Gesicht der Frau sehen, sie lächelt, als wäre etwas peinlich. Oder schlüpfrig. (Das Brennen der Wut in meiner Speiseröhre.) Während der Zettel herumgeht, wer was singen möchte. Alle tragen sich ohne Zögern ein, auch Oda, lachend: Ich habe noch nie in meinem Leben Karaoke gesungen! Darius Kopp der Jüngere hatte hingegen schon öfter das Vergnügen, als ich noch Vergnügen hatte, als ich noch dachte, das wäre gut oder sinnvoll

---

Man hätte dich im Brunnen ertränken sollen, dreckiges Balg.
Später versuchte es einer im Schwimmbad.
Dass du nicht krepieren kannst.
Sie brachten mich in den Wald, um mich zu erschießen. Dreimal.
Am Ende drückten sie meinen Kopf in einem Waldtümpel unter Wasser. Ich drückte ihnen die Daumen, dass es endlich gelingt. Dass es endlich sein kann, das war auch mein Wunsch. Als ich merkte, dass ich unter Wasser atmen kann, wurde ich so wütend, dass ich aufwachte. Wenn du im Traum fällst, fällst du. Wenn du im Traum aufschlägst, stirbst du.
Träumte so etwas Schlimmes, dass sie nicht mehr aufwachen konnte. Blieb gefangen in der Angst. Hol sie jemand da heraus! Die draußen schauen nur zu, sie sehen nur, dass sie dort feststeckt, im Grauen,

oder unterhaltend. Eine Weile war es auf Firmenfeierlichkeiten groß in Mode, besonders in Amerika, ich habe schon vor den größten Chefs gesungen und blieb so im Gedächtnis, aber gottverdammt, das heißt also, sie wohnen in demselben Hotel wie wir? Ich war als Kind auf Kur hier, weißt du das? Natürlich weißt du es. Kann sein, es ist Zufall, dass ihr gerade hier seid. Aber warum schaust du mich nicht an?

Unverständlich. Haben wir uns verkracht, und ich habe es vergessen? Kann ich es vergessen haben? Wann haben wir uns das letzte Mal gesehen oder gesprochen? Die Möglichkeiten seit dem Erwachsenenalter sind: Weihnachten, Neujahr, Geburts- und Todestage. Jedes Mal dieselbe – idiotische! Geben wir es endlich zu: weder witzige noch geistreiche, noch irgendwie akzeptable, sondern idiotische – Frage:

Und? Geht's einigermaßen?

Einigermaßen, geharnischter Ex-Gatte meiner siechen Mutter – »Um auch mal an sich zu denken im Rahmen der neuen Möglichkeiten« und somit also auch mein Ex-Vater? –, einigermaßen geht es natürlich, auch diesmal. Außer, dass es schon wieder so ist, dass ich

---

und es fällt ihnen nichts ein, was sie dagegen tun könnten. Schlafmittel. Aber man bräuchte so viel, dass sie dann daran sterben würde. Elektroschocks. Ob sie das wohl versucht haben.
Wahnsinnige werden in Eiswasser gelegt.
Willst du ins nasse Laken?

#
[Datei: kivágják]

Sie schneiden ihnen die Klitoris heraus. Mit dem Deckel einer Konservenbüchse. Sie bekommen Popcorn dafür. Sie verschließen die Schamlippen mit Dornen. Später stirbt das Kind in ihrem Bauch, weil sie es nicht durch die Naht pressen können. Schon das dritte.

nicht recht verstehe, was vor sich geht und wie ich hier hineingeraten bin. (Man könnte es nacherzählen, natürlich. Konkret. Nur dass konkret mal wieder überhaupt nichts nützt.)

Du willst nicht dort sein, willst nicht bleiben, gleich stehst du auf und gehst, ist doch egal, wie das aussieht, und morgen dann im Frühstücksraum …? Aber dann kommt das bestellte Getränk, Campari-O, die Freundin deines Vaters hat dasselbe bestellt, du hebst es zum Mund, weil du das Gefühl hast, innerlich weißglühend vor Hitze zu sein, und überhaupt, weil das etwas ist, das man tun kann, so bleibst du sitzen. *Cheers!*, lachte Oda, die wieder Cola trank.

Meine Zuneigung zu dir hat abgenommen, seitdem du dich hier so wohl fühlst und nicht merkst, wie schlecht ich mich fühle. Gleichzeitig bist du immer noch die Einzige unter allen Anwesenden, mit deren Unterstützung zu rechnen wäre. Man müsste dich bloß irgendwie wecken. Ein Zeichen geben. Ein Alptraum.

Welcher sich nahtlos damit fortsetzte, dass Darius Kopp der Ältere als einer der Ersten auf die Bühne gerufen wurde.

Er sieht lächerlich aus in seinen kurzen Hosen, seine Knie sind

---

Sie nähen ihnen die Lippen mit Draht zusammen. Sie saugen ihre eigene Scheiße durch einen Strohhalm auf.
Wie kann man das aushalten? Warum schmerzt MICH das so sehr?
Ich schäme mich dafür, ein Mensch zu sein.
Du kannst mit keinem darüber reden. Sie schauen dich an wie eine …

*Sie müssen gleichgültiger werden.*
*Ich muss gleichgültiger werden?*
*Menschen haben sogar das KZ überlebt.*
*Ja. Das verlangte ihnen sicher nicht wenig Stärke ab. Aber ein KZ ist eindeutig. Es ist das Böse. Wovon ich rede, gilt als das Normale.*
*Nein,* sagt Dr. H. Das ist nicht normal. Das ist, im Gegenteil, pervers.
Und das gehört zu uns?

die eines alten Mannes, sein Kinn ist das eines alten Mannes, es hängt unter seinem gestutzten weißen Bart heraus, warum rasierst du dir den Kehllappen, hast du keine Augen im Kopf?, aber dann fängt er an zu singen, und Darius Kopp der Jüngere weiß aus der Erfahrung, dass bald alles vergessen sein wird. Er singt *I don't wanna dance*. In den Strophen ist seine englische Aussprache lächerlich unverständlich, aber das kümmert nach den ersten zwei Zeilen keinen Menschen mehr, denn Darius Kopp der Ältere hat eine Stimme, die für überraschtes Jubeln noch beim desinteressiertesten Publikum sorgt. Ein alter Herr, der in einem bunten Hemd und Plastikschuhen am Rande einer Jam-Session herumsitzt, bis er auf einmal aufsteht und loslegt wie ein Joe Cocker.

*I love your personality*
*but I don't want our love on show*
*sometimes I think it's insanity*
*girl the way you goooo …*
*I don't wanna dance,*
*dance with you baby, no more …*

---

Ja, das gehört zu uns.
Wie kann man das aushalten?
Wir arbeiten auch gerade daran, sagt Dr. H., als würde sie sagen »mit Gottes Hilfe«.

#
[Datei: só]

SALZ

Der Planet auf dem ich lebe ist
Meerflaches Grasland und dazwischen, immer plötzlich: Salzwüsten.
Gerät man an die Ränder, verbrennen die Zehen.

Die Menge rast vor guter Laune: *Oh but the feeling is bad, the feeling is bad.* In einem kroatischen Urlauberhotel. Helf' mir jemand. Oda hält es nicht mehr auf ihrem Stuhl, sie springt jubelnd auf und klatscht. Verrat. Du bist gar nicht so klug, wie ich dachte. Im Gegenteil, du bist dumm. Ein dummes, junges Ding. Ein gackerndes Hühnchen. Flora, hilf. *I don't wanna dance, dance with you baby, no more!* Die Massen rasen, Oda steht auf dem Stuhl, tanzt und applaudiert, mein alter Herr verbeugt sich geschmeichelt, die rote Haut an seinen Knien schlägt Falten, verbeugt und verbeugt sich, das ist sein Moment, eitler alter Sack, ich habe dich in meinem Leben noch nie so sehr gehasst wie gerade jetzt. Der DJ derweil hat Gefallen an Oda gefunden, schaut nicht nach der Liste, er reicht ihr direkt das Mikro. Sie lacht, die Menge lacht mit, man mag sie, sie finden sie zauberhaft, klatschen ihr zu, obwohl sie noch gar nichts gemacht hat. Verrat. Das Lied, das sie ausgewählt hat, ist Kopp unbekannt, Verrat, und eine Melodie, die einem weiterhelfen könnte, lässt sich auch nicht ausmachen, sie singt im Grunde gar nicht, sie spricht nur, *love is like a gun, you aim, you shoot, you run*, und

---

Verliert man die Orientierung, kann das das Ende sein, denn
man weiß nicht, wie lange man durch das Salz wird waten müssen
nur Gott von oben kann die Landkarte sehen
ich kann nur blind wandern und hoffen.
Ich weiß nicht, wie viel Prozent meines Planeten aus
Salz besteht.
Ich bin angewiesen auf die Gnade.
Darauf, dass ich jedes Mal durchkomme,
bevor ich ganz weggeätzt bin.

#
[Datei: normo]

lacht immer wieder dabei. Flora konnte besser singen. Da hast du's. Flora konnte besser singen, aber sie hätte nicht gesungen, sie hätte sich hier nicht einmal hingesetzt, sie wäre gar nicht erst mitgekommen und vorher wäre sie nicht mitgefahren, mit ihr konnte man in solche Situationen überhaupt nicht hineingeraten – Oh Gott, die lodernden Flammen der Fackeln sind Stofffetzen! – während die Kleine hier einfach keine Gnade zu kennen scheint. Nicht genug, dass sie einem nicht von der Seite weicht – Jeden, wirklich jeden Scheiß mitmacht – sie reicht das Mikro als Nächstes auch noch Kopp. Womit habe ich das verdient? Wirklich, womit? Er schüttelt den Kopf, nicht lächelnd, unmissverständlich – *I'm too old for this shit* – doch die Menge kann das nicht sehen, und selbst wenn, wäre es ihnen egal, sie grölen ihn vorwärts: Hopp! Hopp! Hopp! Hopp! Machen Sie sich lustig über mich? Ist das eine Schweine-Party, und ich bin der Einzige, der das nicht weiß? Aber sie sehen nicht so aus, als wüssten sie, wie lächerlich sie sind.

Er sagt ins Mikro: Ich kenne keine Lieder.

Luftlinie 50 Zentimeter, etwas schräg hinter mir: mein Vater. Er

---

*Normopathie*
Krank werden am Versuch, normal zu sein.
Stimmt nicht. Will nicht angepasst sein. Nur gesund. Die Krankheit ist nicht Teil von mir. Nein.

#
[Datei: kis_lelek]

Eine kleine Seele kann nicht groß aufgewühlt sein. Zsófia Bán
Ich bin tief.
Und nun?
Muss ich also damit rechnen, dass jeder zukünftige Schmerz nur noch tiefer geht? Umgekehrt wäre es besser. Dass man flacher wird

hat den Kopf zu seiner Begleiterin gedreht, sie flüstert ihm etwas ins Ohr, er grinst und nickt.

Sie haben mein Lied nicht, sagt Darius Kopp zum DJ. Ich werde es ohne Musik singen.

Dem DJ ist auch das recht, er stellt das Hintergrundgedudel ab. Es wird still. Das heißt: überhaupt nicht, die Leute reden weiter, haben noch gar nichts gemerkt, die Einzige, die mir zusieht, ist *sie*, siehst du, sei nicht so ungerecht, sie schaut her, sieht mich hier stehen, das Mikro in beiden Händen, mein Herz, mein Herz. Er räusperte sich, leider wieder ins Mikrofon, und hob an.

*You were the love*
*for certain of my life*
*you were simply my beloved wife*
*I don't know for certain*
*how I'll live my life*
*now alone without my beloved wife*
*my beloved wife*
*I can't believe*

---

mit jedem Schmerz. Und was wäre man am Ende? Ein Monster. Keine Lösung. Keine Lösung.

#
[Datei: nem_akarok_mélyebbre]

Ich will nicht tiefer gehen. Ich bin dem nicht gewachsen. Ich will die Ursachen nicht restlos aufdecken. Sie liegen doch auf der Hand. Ich bin ein Niemandskind. *Mutter tot, der Vater fort, weder Gott noch Heimatort.* Das ist die Ursache. Und jetzt sagen Sie mir, wie man da was reparieren soll. Das Fundament mit Beton unterspritzen? Halten Sie das für eine saubere Arbeit?
Warum kann ich nicht einfach alles vergessen?

*I've lost the very best of me.*

Soweit brauchte er, bis alle verstummt waren. Nicht die Vögel in der Luft, die Fische im Wasser und die Tiere des Waldes, denen ist unser Leben und Sterben herzlich egal, aber die menschlichen Schatten in der unmittelbaren Nähe, die in den dunklen Arkaden am Rande der Pools saßen, denn Darius Kopp der Jüngere sang nicht wie ein alter Blues-Sänger, sondern wie eine Heidelerche. Glockenklarer Gesang, der aus einem verfettenden Businessmankörper dringt.

*You were the love for certain of my life.*

*You were simply my beloved wife.*

Das Plätschern des Swimmingpools und dahinter des Meeres. Und außerdem das Klappern der Gläser, denn einen Barkeeper wiederum kann nichts in der Welt zum Schweigen bringen.

*I don't know for certain, how I live my life,*
*now alone without my beloved wife*
*my beloved wife.*

Das Lied ist im Grunde 5mal dasselbe, immer wieder von vorne, es hat nichts anderes zu sagen,

---

Aus Lethe trinken.

Ich möch-te aus Le-the trin-ken!

Nur durch einen Gehirnschaden möglich. Einen schönen, präzisen Gehirnschaden, bitte. Niemand kann so einen machen. Mit Nebenwirkungen muss gerechnet werden. Ich aber möchte weiterhin das Wasser halten, gehen und sehen können. Und das ist zu viel verlangt. OK, ich bin bereit, auf das Gehen zu verzichten. Könnte ich jetzt bitte vom Niemandskind-Sein befreit werden?

Was redest du da schon wieder für einen Blödsinn zusammen.

Wenn ich schreiben könnte, wäre das eine Erzählung. Man verspricht den Leuten, sie von ihrer Seelenqual zu befreien, sie müssen aber eine wichtige Körperfunktion dafür opfern. Man darf sich entscheiden: gehen, Wasser und Stuhl halten oder sehen. Auf keinen Fall etwas,

*my beloved wife, my beloved wife,*

hier ist es jetzt ganz still, aber weiter weg im Ort hört man sie noch, vielleicht springen sie immer noch ins Hafenbecken,

*My love is gone she suffered long,*

*my love is gone, would it be wrong*

irgendwo wird Boccia gespielt. Die Holzkugeln, wie sie zusammenkrachen.

*if I should surrender all the joy in my life*

*and go with her tonight?*

Fiep, sagte das Mikrophon, als er es dem DJ wiedergab, in der Totenstille von der Bühne stieg und sich auf den Weg nach draußen machte. Keiner klatschte. Dann einige, schließlich alle. Sie jubelten nicht wie bei seinem Vater, aber sie schlugen ihre rotgebrannten Händchen zusammen. Ihr seht aus wie eine Kolonie Insekten vom Mars. Mein Vater ist ein Insekt vom Mars. Daran glaube ich jetzt fest. Der Einzige, der nicht klatscht. Der dreinschaut, als hätte ich gerade den größten Bock meines Lebens geschossen. Was ist los mit dir, Alter, was ist bloß los mit dir? Er ist eifersüchtig auf mich,

---

das man leicht wieder reparieren kann. Mit einem Ohr, einem Finger, einer Nase kommen Sie uns nicht davon.

Ach, geh doch zur Arbeit!

#

[Datei: delibab]

Weder Mittagsdämon noch Mitternachtsdämon.

Mittags, zur Mitternacht, wimmeln die Gespenster. Aber allein mit ihnen bist du vor Sonnenaufgang und zur Mitte des Nachmittags. Zwischen 3 und 5 tanzen sie den Totentanz mit dir. Meridiana, the noontide hag stellt dir knifflige Fragen, und wenn du die Antwort verfehlst, erwürgt sie dich.

der eitle alte Sack. Auf meine Stimme. Das ist doch alles Wahnsinn. Kopp beschleunigte seine Schritte, aber damit erreichte er nur, dass sie noch heftiger zu klatschen anfingen, einzelne Pfiffe und Rufe mischten sich hinein, und dann verloren sie jeden Halt, fingen an, ihn anzufassen, jemand klopfte ihm mit breiter Hand auf die Schulter, eine Frau grabschte nach seinem Hemd, eine Naht krachte, Kopp stürmte mit gesenkten Hörnern weiter. (Das Geräusch, mit dem die Nägel der Frau am Stoff abrutschten.)

Ins Zimmer, die Sachen zusammenraffen, auf den Balkonen trocknen Handtücher, aus dem Poolbereich dröhnt neues Remmidemmi, auf dem dunklen Meer fährt unendlich langsam ein erleuchtetes Boot. Früher war mir das alles schön.

Oda holte ihn erst ein, als er schon mit seinen Sachen aus dem Zimmer kam.

Was tust du da?

Ich muss gehen.

Aber warum? … Warte auf mich!

Er wartete nicht. Durch die Lobby, alles voller Menschen, Kopp

---

*Die Seuche, die wütet am Mittag.*

Wenn sich die Zeit verlangsamt.

Wenn es dich aus deiner Mönchszelle herausdrängt, aber du kannst nirgendwohin gehen. Es gibt keine Luft, weder drin noch draußen.

Wenn dein Leben und deine Arbeit sinn- und wertlos ist.

Wenn du keine Freunde und keine Lieben hast.

Hast du zu viel gegessen oder vielleicht zu wenig?

Hattest du unkeusche Gedanken?

Ach wo. Quäle dich nicht. Du kannst rein sein, ein guter Asket, es wird dich dennoch niederknüppeln.

Wie eine Folter, die jeden Tag, jeden *verdammten* Tag wiederkehrt. Jeden Nachmittag kommt der Wärter in deine Zelle, um dich zu quälen. Das ist Teil deiner Bestrafung. Und was war das Vergehen?

raste durch sie hindurch, ohne jemanden zu stoßen, er stolperte nicht auf den Stufen zum Parkplatz, er warf die Tasche auf die Rückbank, parkte mit quietschenden Reifen aus und raste: bis zur Schranke, die den Parkplatz von der Straße trennt.

Fluchend schlug Darius Kopp aufs Lenkrad ein, bis die Handballen schmerzten, ließ den Motor laufen und die Tür offen stehen, rannte zurück zur Rezeption, stand keuchend da, rothäutiger Tourist, und presste mühsam beherrscht hervor: Sie haben meine Kreditkartennummer könnten Sie die Schranke öffnen ich möchte die letzte Fähre erwischen.

Mit der Geduld von Sonderschulpädagogen die Gegenfrage: Wie ist bitte Ihr Name, Ihre Zimmernummer, haben Sie Ihren Schlüssel dabei?

Der Schlüssel... Der Schlüssel ist oben, ich habe den Schlüssel oben vergessen, bitte, ich habe es eilig, Sie haben meine Kreditkartennummer...

Verstehe, wie ist bitte Ihr Name?

(Wenn Sie nicht aufhören, so betont langsam zu sprechen, poliere ich Ihnen die Fresse, ist mir egal, dass Sie eine Frau sind!) Darius Kopp!

---

Die Melancholia.
Auf den Sündenfall folgt die Melancholie und ist selbst auch wieder eine Sünde.
Akedia = die Todsünde der Trägheit
Die schaut mir zu lange auf einen Punkt! (Oma)
Grübeln bringt nichts.
Aber (!): erst nachdenken, dann handeln.
Werde einer schlau.
Ich sag dir schon, was du denken sollst – eine mögliche Lösung.
Nur sind nicht alle dafür geeignet.
Ich versuche, nicht die zu verachten, die geeignet sind.
Melancholieverbot und Überhöhung der Melancholie, beide Stränge sind im Abendland gleich stark. (Über andere Erdkreise weiß ich

Hier kam Oda an der Rezeption an, sie hatte ihren Rucksack dabei und beide Zimmerschlüssel, sie legte sie auf den Tresen.

Unter Wahrung aller Formalitäten waren sie eine Minute später fertig, nur Kopp entgleiste noch einmal, als er der Rezeptionistin – laut ihres Namensschilds eine »Kora« – die Parkkarte zur Öffnung der Schranke nicht abnahm, sondern aus der Hand riss. Hass blitzte in ihren Augen auf. Ach, fahr doch zur Hölle.

Er sah nicht hin, aber er wartete, bis Oda auch eingestiegen war.

Wieder 70 km durch die Macchia. Stummes Rasen. Er fuhr so schnell er konnte, nicht so schnell der Wagen kann. Führe ich so schnell, wie es der Wagen kann, wären wir innerhalb der nächsten Minuten tot. Von einer kroatischen Insel ins Meer gestürzt. In Flammen aufgegangen im Gestrüpp. Asche zu Asche, Trauer zu Fischfutter. Die Lösung wäre stilvoll, aber sie geht aus zwei Gründen nicht. Zum einen, weil ich kein Recht habe, dieses Mädchen, das sich an ihrem Rucksack festklammert, mit hineinzuziehen, und zum anderen, weil ich nicht vor Trauer rase, sondern vor Wut. Har-

---

nichts. Schande oder nicht, so ist es.) Generalverdacht gegen Traurige vs die Annahme, wer traurig aussieht: *denkt,* und wer denkt, ist *kreativ*. (Nein.)

Die Mutter ist nicht zwangsläufig die beste Gesellschaft für ihr Kind.

Man ist nicht zwangsläufig der beste Ideengeber für sich selbst.

Es gibt Sünden, die sind es nur, wenn man sie BEGEHT.

Aber auch ein Zustand kann eine Tat sein.

Die Tat und die Untat.

Untätig sein = eine Untat zu begehen?

Sei tätig, dann kann dich der Dämon, der die Melancholie bringt, nicht einholen? Wer stehen bleibt, wer sich der Versenkung übergibt, fällt sofort in die Geiselhaft der Melancholie? Ohne Kontemplation keine Melancholie?

pyien, Monster, Gnome, alle miteinander. Arschgeigen, Versager. *I-hate-you-so-much-right-now!!!*

Sie rasten zur Fähre, aber sie hatten die letzte schon vor einer Stunde verpasst. Die erste des nächsten Tages fuhr in 5 Stunden. Darius Kopp legte den Kopf aufs Lenkrad.

Das ist nicht gut. Am Ende fange ich doch noch zu heulen an. Er hob den Kopf und stieg aus. Sie ließ ihm einen Vorsprung, bevor sie ebenfalls ausstieg.

Eine Weile gingen sie voneinander unabhängig am Ufer auf und ab. Auch hier war es nicht menschenleer, um die Buden herum irgendwelche Leute, tranken Bier und redeten, was haben sie hier mitten in der Nacht zu reden, wo doch keine Fähre mehr fährt. Das nächtliche Leben der Fremden. Ich habe Angst. Wenn auch weniger, als ich ohne sie hätte. Oda hielt weiter Abstand, achtete aber darauf, den Sichtkontakt nie zu verlieren. Als passte sie auf ihn auf. Oder sie passt auf sich auf. Warte, bis dein Zittern nachgelassen hat, kehre dann zurück zu ihr und entschuldige dich, wie es sich gehört, für die Unannehmlichkeiten.

---

Glaube ich nicht. Der Nicht-Denkende kann auch depressiv sein, er kann nur nicht darüber reflektieren. Wer nicht reflektiert, wird apathisch oder aggressiv.

Entweder reflexiv oder apathisch oder aggressiv.

Alles hat seinen Preis.

Aber einen ganzen Tag fegen, das bringt wirklich etwas. Den Tag überstehen. Morgen ist ein neuer. Ruhe dich nicht aus. Es ist nicht Ruhe, die dir fehlt. Sei tätig. Ununterbrochen. Sei nur soweit »gut« zu dir, wie es nötig ist, dich funktionstüchtig zu halten. Um nichts anderes geht es. Betrachte dich selbst als ein Instrument. Das ist das Sinnvollste, was einer mit sich anfangen kann.

#

Sie lächelte und zeigte ihre Handfläche. Schau, was ich gefunden habe.

Was ist das?

Eine albanische Münze. Ich schenk sie dir. Sie soll dir Glück bringen.

Wie süß sie ist. Was für ein Kind.

Aber weil er nicht daran glaubt, lässt er die Münze zu Boden fallen, und dann suchen sie im Dunkeln zwischen den Steinen nach ihr, hoffnungslos, aber Oda findet sie ein zweites Mal und gibt sie ihm erneut.

Danke, sagte Darius Kopp. Und sorry auch dafür.

Sie ist nicht viel wert, sagte Oda.

Vielleicht hat sie sie gar nicht gefunden. Sie hat sie aus ihrem Portemonnaie geholt. Und wenn schon. Du solltest dankbarer sein. Jetzt und generell. 5 Stunden bis zur ersten Fähre und schon wieder quälender Durst. Man hätte noch Zeit, in eine Ortschaft zurückzufahren und etwas zu trinken zu besorgen oder die Männer an den Buden zu fragen, aber sie fragen nicht und fahren nicht, sie bleiben

---

[Datei: a_kétségbeesésröl]

»Arbeit ist das beste Mittel gegen Verzweiflung.«
»Aus den Trümmern unserer Verzweiflung bauen wir unseren Charakter.« (Sollte das also meine Identität sein? Was bzw. dass ich etwas aus meinen Trümmern aufbaue. Als ob man nur Positives bauen könnte. Man kann auch Hässliches und Nutzloses bauen. Der Satz stimmt also, hilft aber nicht.)
»Die Masse der Menschen lebt in stummer Verzweiflung.« (Lieber Gott, hilf!)
»Die Verzweiflung schickt Gott uns nicht, um uns zu töten, er schickt sie uns, um ein Leben in uns zu wecken.« (Fuck you.)
»Denn wo der Mensch verzweifelt, gibt es keinen Gott.« (Wozu dann einer?)

in der Nähe des Hafens, und Kopp erzählt Oda, was man einer liebenswürdigen Fremden über den Tod der Ehefrau erzählen kann. (Die Asche. Kein Wort darüber.) Und dann komme ich hierher und wen treffe ich? Dieses Arschloch. Es ging immer darum: wer ist auf wessen Seite. Natürlich musste ich auf der Seite meiner Mutter sein, weil ich ein Kind war und außerdem ihr Sohn. Aber ich wäre lieber auf seiner gewesen. Vergnügt (leichtsinnig, egoistisch) gehen erwachsene Männer durchs Leben. Die Welt ist da, um sich an ihr zu laben. Aber ich musste Rücksicht nehmen und deswegen dachte ich, Idiot, dass er seine Solidarität mit mir vielleicht auch nur nicht so zeigen kann, aber in Wahrheit interessiert er sich *wirklich* ausschließlich für sich selbst. Geht's einigermaßen? Nein, um ehrlich zu sein. Ich bin 46 Jahre alt, Vater, aber wenn ich krepiere, hast du wenigstens Mitgefühl zu zeigen. Wenigstens Mitgefühl. Oder wenigstens zeigen. Aber nix. *Don't wanna dance with you.* Ach, fahr doch zur Hölle.

(Und der Rest der Familie? Niemand hat das Recht, meiner Mutter ihre Gefühle vorzuschreiben. Niemand hat das Recht. Wer

---

»Ein Mensch, der mit einer einfachen Illusion zu leben weiß, ist unendlich schlauer als einer, der an der Wirklichkeit verzweifelt.« (Ich behaupte auch nicht, dass ich nicht unendlich dumm wäre.)
»Geduld ist eine milde Form der Verzweiflung, verkleidet als Tugend.« (Ich darf also fortfahren damit?)
»Heitere Resignation – es gibt nichts Schöneres.« (Marie von Ebner-Eschenbach ist eine selten dumme Plantschkuh. Oder, wie ich es face to face in meiner milden Geduld sagen würde: Ich beneide Sie.)
»Verzweiflung ist die Schlußfolgerung der Narren.« (Merci. Merci à vous.)

*Tätig sein.*
*Tätigkeit vs Tat.*

schenkt ihr etwas? Wer? Niemand. Will sich deine Frau umbringen, gut, soll sie. Ihre Entscheidung. Ist ein freies Land hier.

Schwesterherz dagegen hat keine eherne Variante. Probiert Positionen aus, je nach Bedarf. Am Anfang war sie Prinzessin, heute spendet sie auch mal das, was sie für wohlwollenden Trost hält:

Am Ende war es vielleicht besser so.

War vielleicht besser so?! War vielleicht besser so?! Und wie weit würdest *du* gehen für etwas mehr Aufmerksamkeit?

Hässliche Szene. Absurd, lächerlich. Marlene steigerte sich in die Vorstellung hinein, tot sein zu wollen. Merlin tröstete sie, er ist erst 10, was soll er machen, Lore ging einfach weg (Schau, deine Tochter geht einfach weg), unsere gemeinsame Mutter saß steif am Tisch, dass du immer so ein Theater machen musst (Schau, deine Mutter), Tommy kicherte (Schau, dein Lebensgefährte), und Darius Kopp hasste sie aus ganzem Herzen (Schau). Wie unendlich dumm du doch bist. Was für eine unendliche Enttäuschung ihr schon wieder seid. Aber er ging eine ganze Weile nicht. Er ging solange nicht, bis

---

Die Tat ist mir nicht möglich. Also Tätigkeit. Mehr als nichts. Jeder ist ein Held, der nicht aufgibt. Jeder ist ein Held, der sich selbst ernähren kann.
Wir geben nicht auf, wir machen weiter.
*Tapfer sein*, durchhalten. Ich werde x, y und z sein, wie ein Pfadfinder.
Wie isst man alleine einen Elefanten auf?
Stück für Stück.
Stück für Stück.

#
[Datei: Heller]

Agnes Heller in ihrem philosophischen Werk über den Alltag, in etwa:

eine Lösung gefunden war: auch er musste Marlene trösten, damit sie sich endlich beruhigte, dann konnte er gehen. Das war das letzte Mal, dass er sie sah. Sie riefen nicht an, er rief nicht an.)

Die meisten Menschen, sagt Oda, brauchen all ihre Kraft für ihr eigenes Leben. Oder glauben, all ihre Kraft für ihr eigenes Leben zu brauchen. Wer lebt, hat die Aufgabe, am Leben zu bleiben. Nachdem meine Eltern geflohen sind, haben wir nie wieder einen Ausflug zum Hafen von Durres gemacht. Wenn ich heute die Bilder von den Flüchtlingsschiffen sehe, jedes Jahr werden sie im Fernsehen wiederholt, empfinde ich vor allem eins: Scham. Und dann schäme ich mich, weil ich mich schäme und nicht mit diesen Menschen fühle. Mit meinen Eltern. Ich fühle nicht mit ihnen. Und das, obwohl ich weiß, dass sie wirklich dachten, es wäre fürsorglich, mich zurückzulassen. Sie haben es nie versäumt, uns mit Geld zu versorgen. Über abenteuerliche Wege. Manchmal ging es unterwegs verloren. Meine Mutter weinte ins Telefon, mein Vater sagte: war doch nur Geld. Und ich? Ich dachte: geschieht euch nur recht. Ich habe mich heimlich gefreut, dass die Früchte ihrer Arbeit irgendwelchen

---

1. 90 % aller Menschen sind zu nichts anderem da, als die Variabilität des Genpools zu sichern.
2. Das Leben von 90 % aller Menschen besteht aus *nichts anderem* als Alltag.
3. Der Rest ist in der Lage, ein geistiges Leben auf hohem Niveau zu leben, aber (wichtig!): dieses hohe Niveau nährt sich auch aus nichts anderem als dem (niedrigen) Alltag.

So be happy and celebrate!

#
[Datei: máj_11]

11. Mai

Verbrechern in die Hände gefallen sind. Ich konnte ihnen einfach nicht verzeihen. Sie haben mich nach dem Pyramidenskandal zu sich geholt, da war ich 15. In Tirana hatte es Unruhen gegeben, und ich hatte Angst um Großmutter, ich wollte sie nicht allein zurücklassen. Und dann stellte sich auch noch heraus, dass mich meine Mutter nur geholt hat, weil klar geworden war, dass mein Vater eine Affäre hatte. Sie hat ihm noch ein Kind abgezwungen, meinen Bruder, aber das nützte auch nichts mehr. Als ich ankam, wohnte sie schon allein mit dem Kleinen. Und ich: dachte schon wieder: recht geschieht dir. Ich konnte nicht mit ihr fühlen, ich konnte sie nicht nicht verachten. Und natürlich schämte ich mich auch dafür. Dann musste ich erfahren, was es heißt, ein Flüchtlingskind zu sein, aber ich hasste nicht die Italiener dafür, sondern meine Eltern. Ich fing an, mich vor ihren Augen zugrunde zu richten. Alkohol (ekelerregender Geschmack, ich weinte und würgte), Tabletten, Hurerei. – Sie sagt: Hurerei. – Natürlich nicht für Geld, sondern um ihr Werk, mich, zu zerstören. Mein Vater hatte inzwischen eine neue Familie gegründet und tat so, als sähe er nichts. Meine Mutter weinte:

---

Aus heiterem Himmel der Anruf, ob ich am Abend mit N. zusammen lesen könnte. Meine Übersetzung und eine von V. Davor bei 30 Grad Hitze zur Akademie, Gespräch mit H. über sein Drehbuch. Er kam gerade von einem sehr netten, aber niederschmetternden Gespräch mit seinem Direktor. Der Direx vermisse gerade das an seinem Buch, was er immer für seine Stärke hielt: unverwechselbare, existentiell relevante, psychologisch komplexe Beziehungen zwischen den Figuren. Ich könnte jetzt natürlich Schuld zuweisen, sagte H., und ich hätte noch nicht einmal unrecht. Ich konnte unverwechselbare, authentische, psychologisch komplizierte Figuren schreiben, als ich dieses Studium anfing. Jetzt, bei meinem Abschlussprojekt, kann ich es nicht mehr. Meine Figuren sind zusammengefallen in ihre Funktion, sie sind ziellos durchs All treibende weiße Zwerge. Kurz und

Was willst du eigentlich von mir, ich habe doch nur getan, was ich musste, am Leben bleiben, arbeiten, etwas darstellen, für dich, für deinen Bruder. Aber ich war unerbittlich. Ich wäre gerne verständnisvoller, aber ich bin es nicht. Keine Armut der Welt kann so groß sein wie die Armut dessen, der sein Kind verlässt. Ich verurteile sie. Ich stamme ab von welchen, die ich verurteile. Am Ende setzte mich meine Mutter wieder auf ein Schiff. Geh doch zurück, wenn du denkst, da hast du es besser. Ich stand an der Reling und wollte mich ins Meer werfen. Aber dann dachte ich an Großmutter und an Albanien und weinte nur. Ich werde demnächst nach Italien reisen müssen. Ich darf das nicht zu lange aufschieben. Das Leben des Flüchtlings kann nichts anderes als demütigend sein. Das liegt in der Natur der Sache. Ich muss hin, um ihnen als Nichtflüchtling zu begegnen und zu verzeihen.

Danke, sagte Darius Kopp, als der Morgen aufdämmerte und die erste Fähre vom Festland kam.

*Nothing*, sagte Oda.

---

gut, die Übersetzung, die ich davon für die Produzentensuche gemacht habe, ist somit hinfällig. Kein Problem, Geld gab es dafür sowieso nicht.

Von der Akademie blitzschnell nach Hause, Füße und Achseln gewaschen und mit derselben Fahrkarte zurück in die Stadt. Auf der Terrasse L getroffen. Ein hübsches Mädchen, mit dem ich gerne gehen würde, aber alles in allem verursacht sie mir immer wieder unangenehme Gefühle, weil sie mich an die Mädchen aus der Schule erinnert, und ich weiß, dass wir uns niemals näher als auf zwei Schritte kommen können.

Ich war zu hungrig, bestellte eine Gulaschsuppe. Als sie, kochend heiß, ankam, war keine Zeit mehr, sie zu essen. Die Lesung: ein Erfolg. Mehrfach gelobt. Vor 3 Tagen im Übersetzerkreis noch das Ge-

Die Fähre brachte Lebensmittel und Gastronomiearbeiter. Einen Wassermonteur mit Eigenwerbung auf seinem Kastenwagen.

*Are you cold?*

Ihr irgendwas um die Schulter legen. Das Minimum.

*Thank you*, sagte Oda und lächelte.

---

fühl, jeder in der Runde denkt, alles, was ich mache, sei Murks. Mein Standpunkt: Besonderheiten der Quellsprache, und selbst wenn sie in der Zielsprache fremd klingen, beibehalten, denn so nur ist der Horizont des Lesers zu erweitern und die Treue zum Originaltext zu halten. Ja, ja, meinte man, bei G. wisse man auch nie, ob sie's nun falsch gemacht oder den Fehler im Text gewollt hat. »Haltet ihr mich für eine schlechte Übersetzerin?« – »Nein, wieso?«
Nach der Lesung die Gratulationen. D verspricht, noch mehr zum Übersetzen zu besorgen. Anna, eine sehr schöne, alte Frau, ehemals Anlaufstelle für ungarische Emigranten. Ich habe noch nie etwas von ihr gehört. Dann die andere Anna, etwas betrunken (glaube ich), die mich umarmte und sagte: »Wie gut, dass du's jetzt geschafft hast.« Wieso, was ist passiert?

# 11

Bis der Bartender auf der Fähre die Kaffeemaschine in Gang gebracht hatte, legten sie auch schon wieder an. Beim Hinunterfahren überkam Darius Kopp wieder die traurige Bockigkeit von einem, dem etwas weggenommen worden war. Sie haben es mir kaputt gemacht. Sind gekommen und haben sich draufgesetzt mit ihrem breiten alten Hintern. Jetzt ist es kaputt. Nichts gehört dir, nichts kannst du haben, keine Nostalgie, was bist du auch so dumm. Aber bald war er abgelenkt genug, denn von Fähren herunter man muss Kolonne fahren, keine Chance, es gibt nur einen Weg, man muss machen, was die anderen machen, und zwar in demselben Tempo. An der ersten Weggabelung störte Darius Kopp diesen bis dahin gut geölt ablaufenden Prozess, indem er stehen blieb, weil er nicht wusste, wohin weiter.

Nach links geht es nach Rijeka, nach rechts geht es nach Senj, sagte Oda, und es stand auch auf einer Tafel.

---

Später wieder im Café. Ob man so unfreundlich ist, weil wir wenig konsumieren? Andererseits sind wir die einzigen Gäste. Ich traue mich nicht, darum zu bitten, die Gulaschsuppe aufzuwärmen, ich gönne mir einen Orangensaft, davon wird man auch ein wenig satt. L. hat übrigens nicht gratuliert, stattdessen hat sie sich N. geschnappt, sie reden etwas, ich kann es nicht hören. Ich bin zwischen der einen Anna und Sz. eingeklemmt, der mich erst beleidigt (Zusammengefasst: so gut war das ja nicht, du siehst nur gut aus), um mir dann Avancen zu machen. Oder nein, er dachte, er macht Avancen, dabei hat er weiterhin nur Beleidigungen von sich gegeben. Ich mag diese slawische Silhouette. Der Hintern der deutschen Frauen ist wie eine Sprungschanze usw. Und ich, mit dem Gesäusel eines Frauenhassers im Ohr: fange an zu menstruieren.

Kopp las und hörte Rijeka, las und hörte Senj – Ortsangaben auf dem Mars. Hinter ihm wurde gehupt. Weil es einfacher war, fuhr er nach rechts.

Wir fahren nach Süden, richtig? fragte er nach einer Weile.

Ja, sagte Oda. Richtung Senj und Zadar.

Das Meer, wie es verschwindet und wiederkommt. Sie fuhren stumm die nächsten paar Stunden, denn Darius Kopp konnte weder anhalten noch konnte er reden. Kein simple english, kein gar nichts. Fuhr nur und fuhr. Die Hitze draußen ist ein himmelhoher Riese, die Klimaanlage dröhnt ohrenbetäubend, trotz Sonnenbrille ist es zu hell, und du fährst nur und fährst, dorthin, wo es scheinbar noch heißer ist, fährst in die Sonne hinein, ins Verbrennen. Schnell, aber absolut sicher, denn wenn Kopp im Tunnel ist, und er ist im Tunnel, ist er ein sehr guter Fahrer, konzentriert, reaktionsschnell, flüssig. Oda muss sich nicht festhalten, sie kann ruhig dasitzen und sich das Meer anschauen und die schreiend schöne Landschaft, die ich 30 Jahre lang verpasst habe, wie kann so etwas vorkommen. Da-

---

Sag, warum hasst du mich, lieber Gott? Ich zwänge mich zu L durch und flüstere ihr ins Ohr, ob sie vielleicht einen Tampon für mich hat. Sie schüttelt den Kopf. »Es sei denn«, sagt sie und zieht grinsend einen Labello aus ihrer Tasche.

In meinem Blute in der Straßenbahn, aber ich weine nicht, bis ich zu Hause bin. Und dann war es schon zu tief. Ich weinte nicht. Ich machte mir einen Eissalat mit Wiener Würstchen.

#

[Datei: máj_12]

Ich bin durch ein geöffnetes Fenster in diese Welt gefallen. Als ich meine endgültige Körpergröße erreicht hatte, wurde ich einfach hi-

bei war das hier sogar einmal mein Vertriebsgebiet. *D-A-CH-Region and Eastern Europe.* In rhapsodischen Abständen benennen sie die Sachen um, entweder um anzugeben oder um zu sparen. Wer unerfahren ist, kann denken, man habe ihn befördert, ihm *ein Gebiet gegeben*, hier, der König verleiht dir für deine Treue einen Titel und dazu eine Grafschaft, sie ist zwar abgelegen und moskitoverseucht, die Bevölkerung ärmlich und verschlagen, du wirst Schwierigkeiten haben beim Eintreiben des Zehnten, aber für dieses letzte halbe Jahr wird das sowieso keine Rolle mehr spielen. Die Telefonnummern von X Personen in Zagreb stehen bis heute in Darius Kopps Telefonbuch, das ist alles, was mir geblieben ist. Wieder etwas Trotz und Trauer, kindisch, na und. Fahr einfach, bis es besser wird.

Dreieinhalb Stunden, bis Kopp Hunger bekam. Dann noch einmal vorbei an 100 Gaststätten, bevor der Hunger so groß war und die Parksituation so einfach, dass man anhalten konnte.

Sie bestellten beide Wiener Schnitzel, Cola und Kaffee. Oda lächelte. Frauen lächeln viel. Ich finde das gut. Und nach dem Essen wird erfahrungsgemäß alles ein wenig besser. Das Schnitzel war gut,

---

nübergeworfen von einer Welt in die nächste. Ich wohnte zwischen Schränken voller Ungeziefer. Wie süßlich sie rochen. Das Gift, das sie töten sollte, als klebriger Körperlack an ihrem Rücken. Parfümiert, geölt saßen sie in meinen Haferflocken. Ich träumte von einem Regen, von einer Flut, die bis an unsere Fensterbretter steigt und uns, die wir dort schlafen, sanft aufhebt und uns trägt auf ihrem parfümierten Rücken, während leise die Haferflocken rieseln. In einer Welt unter uns schneit es haferflockengroße Flocken. Dass man durch und durch fällt. Himmel und Hölle und wieder Himmel und wieder Hölle. Es gibt unendlich viele über- und untereinander. *Himmel-Hölle, Himmel-Hölle,* H-H, H-H, H-H.

#

der Kaffee war gut, sie hatten einen Ausblick auf Inseln. Nein, keine Inseln mehr.

Wenn ich du wär, sagte Oda schließlich, würde ich bis Tirana fahren.

...

Weißt du, wieso?

Wieso?

Weil es das ist, was du nicht erwartest.

Das erste Mal, dass sie erkennbar kokett ist. Sie merkt es selber und korrigiert, indem sie aufhört zu lächeln.

Ich meine: dass du noch nie da warst. Das kann helfen.

...

Man kann von hier aus, wenn man nicht anhält, zum Frühstück da sein.

Er schwieg eine Weile, sah sich den Kinderspielplatz vor dem Fenster draußen an. Eltern versuchten, ihre Kinder davon abzuhalten, in der sengenden Hitze zu spielen, aber sie hören nicht, sie hören einfach nicht, klettern lachend davon.

Können wir auch langsam fahren? fragte Darius Kopp.

---

[Datei: fejfáj]

Kopfschmerz. Ich trage ein Gerät auf dem Kopf. Zu zwei Seiten sich verzweigende Reagenzgläser. Zwei Röhren sind an die Schläfen angeschlossen, an die Adern, durch die der Schmerz pulsiert. Der Schmerz wird übertragen in die blubbernde Flüssigkeit im Reagenzglas, die sich nach dem Grad des Schmerzes verfärbt. Leichter Schmerz: hellgrüne Bläschen. Giftgrün. Rot. Lila. Unerträglicher Schmerz: schwarze Bläschen und Ohnmacht.

#

[Datei: Immobüro]

Und so fuhren sie die nächsten drei Tage die ehemalige Republik Venedig hinunter. Schau, Flora. Der geflügelte Löwe ziert Tore und Sarkophage bis hinunter nach Ragusa. Meine Begleiterin ist eine gebildete junge Frau, verfügt auch ohne einen Reiseführer in der Hand über zahlreiche Kenntnisse von Sichtbarem und nicht mehr Sichtbarem, spricht über Liburner und Delmeten, wie unsereins über Ichweißnichtwas, zeigt mir die Kathedrale des heiligen Domnius

(Und wie war es mit der Religion in Albanien?

Meine Mutter hat in Italien angefangen, Kerzen anzuzünden.)

und die Sarkophage von Salona. In Solin saßen wir nach einem zu üppigen Mittagessen bei sengender Hitze zwei Stunden unter einem Baum und hörten dem Plätschern eines Brunnens zu. Mir ist schlecht. Mir auch. Und wir lachten.

Der erste Tag geriet sehr lang, nicht nur, weil sie in der Nacht zuvor nicht geschlafen hatten, sondern weil sie zu lange zögerten, eine Unterkunft zu suchen. Dass ich für alles bezahle, ist selbstverständlich. Das ist nicht der Punkt. Es gab einfach nichts. Weder

---

Sie sagen, ich solle gefälligst leiser tippen.

Wenn das Fenster auf ist, soll ich es gefälligst schließen, wenn es zu ist, soll ich es gefälligst aufmachen.

Der Postausgang ist selbstverständlich nicht für mich. Ich soll die Post, die ich produziere, selbst wegbringen.

Sie schütten meinen Tee weg, obwohl ich mir eine eigene Kanne gekauft habe, damit ich nicht ihre Kaffeekanne belege. Ich mache mir neuen. Nur noch tassenweise, wozu die Verschwendung.

Sie helfen mir grundsätzlich bei nichts, aber ich brauche ihre Hilfe auch nicht. Natürlich sprechen sie nicht mit mir, nur über mich.

Außer heute, da ich zufällig in demselben Laden zum Mittagessen gelandet bin. Sie setzten sich etwas weiter weg, aber als sie fertig waren, kamen sie herüber und sagten: Kannst du unser Tablett mit

zwei Einzel- noch zwei Doppel-, noch *ein* Doppelzimmer. Stunden über Stunden, in denen keine Herberge sie aufnehmen wollte. Dann suchen wir eben nach dem teuersten Hotel der Gegend. Im besten Haus am Platze müsste nach menschlicher Berechnung immer etwas frei bleiben.

Oder wir gehen in das Youth Hostel, sagte Oda.

Aber ich bin kein Jugendlicher.

Na und?

Wir haben nur noch Plätze in den Zelten, sagte die Frau am Empfang. *One for the girls, one for the boys.*

Wie schade, dass ich kein Junge mehr bin! (Aber warum bist du jetzt wieder wütend? – Weiß ich selber nicht. *Boys* und *girls.* )

Aber Oda hatte schon zugesagt.

*Excellent!* (Sie spricht es aus wie eine echte Engländerin.)

Was bleibt dir da übrig.

Und es ist nicht teuer, sagte Oda zufrieden und stellte sich auf die Zehenspitzen, um Darius Kopp links und rechts auf die Wange zu küssen. *That's how we do it in Albania. Sleep well.*

---

abräumen? Ich antwortete nicht, sie lachten und gingen, ließen die Tabletts wirklich stehen.
Und ich? Hätte sie beinahe wirklich abgeräumt, um es die Mitarbeiter der Cafeteria nicht ausbaden zu lassen. Aber dann doch nicht.
Wie in der Schule.
Das hört nie auf.
Eigentlich lächerlich.
Eigentlich empörend.
Aber du empöre dich nicht. Mache dich auch davon frei.
So sind wir eben. Bleiben das, als was wir begonnen haben: schadenfrohe, egoistische, quälbereite Kinder.
Dass ich nicht so bin, ist nicht mein Verdienst. Auch ich bin geblieben, was ich von Anfang an war.

Das feste, glatte Fleisch ihrer Wangen. Wie bei einem Kind. (Was weißt du schon über Kinder. – Soviel.)

Das Zelt war anders, als man es sich vorstellt, riesig, mit X Doppelstockbetten darin. Kopp bekam den vorletzten Platz, die untere Liege gleich neben dem Höhleneingang. Was sich in den dunklen Tiefen abspielte, erfuhr er nie. Er sah nur bis zum Bett gegenüber und hinter ihm. Dort lag ein junger Kerl mit seiner Freundin. Sie lagen eng umschlungen da, rührten sich nicht. Sie könnte unsere Tochter sein. 46 minus 22 geht auf. 38 minus 22 auch, aber das ist schon eine andere Geschichte. Flora hatte nicht genug Fleisch auf den Wangen, um sich jemals wie ein Kind anzufühlen. Sie sich vorstellen als 16jährige Schwangere. In einem wer weiß woher in diese Vorstellung gekommenen geblümten Hauskittel, darunter Trainingshosen, Turnschuhe. Hausschuhe? Gummistiefel? Vor einem grünen Tor stehend? Einem zitronengelben Haus? Was wäre aus dir geworden? Warum denke ich, dass du dann noch am Leben wärst? Der Junge und seine Freundin haben ihre Stirnen aneinandergelegt. Sie schlafen nicht, reden auch nicht, sie liegen nur da.

---

Ist OK, sage ich, ich nehme alles auf mich.
Und weiß, dass das ein Fehler ist.
Aber nichts, was ich sonst tun könnte, würde helfen.
Ich tue nichts Schlimmes.
Ich schleime nicht beim Chef,
ich intrigiere nicht,
ich drücke mich nicht vor der Arbeit und halse sie keinem anderen auf, ich bin nicht illoyal, weder nach unten noch nach oben,
ich bin höflich, aber
ich bin auch immer ich selbst:
gehe nicht zur Raucherpause, schließlich rauche ich nicht,
tratsche nicht, aber das nicht einmal aus moralischer Überlegenheit, sondern weil ich nichts weiß und das, was ich wissen könnte, mich

Bis jemand kommt und dafür sorgt, dass es damit ein Ende hat. Der Typ, der das Bett darüber hat, verrät sie bei der Leitung. Dem Akzent nach ein Deutscher, ausgerechnet, warum muss das immer so sein. So ein Dürrer in Bermudashorts und Muskelshirt, wir dürfen seine Achselhöhlen sehen, aber er macht Meldung, dass da einer Stirn an Stirn mit seiner Freundin liegt. Die beiden leisten keinen Widerstand, das Mädchen steht auf, geht ohne ein Wort aus dem Zelt, ihr Freund legt sich wieder zurück. Der dürre Deutsche steht noch in der Zeltmitte. Darius Kopp steht auf und nennt ihn nichts, er geht ohne ein Wort hinaus, um im Auto zu schlafen.

Hast du gut geschlafen? fragt eine fröhliche Oda beim Frühstück.

Ja.

Am zweiten Tag erklommen sie bei 40 Grad im Schatten 177 Stufen zu einer verschlossenen Felsenkirche und sahen an einer aufgeblühten Agave vorbei aufs Meer.

Schau, sagte Oda. Dort. Auf dem Stein. Eine … Gottesanbeterin, aber sie wissen beide nicht den englischen Namen dafür. Er fotografiert ihre Hand mit der Gottesanbeterin.

---

nicht interessiert,
es ist einfach nicht interessant,
ich esse selten an denselben Orten, denn ich mag andere Sachen,
ja, ich bin im höchsten Maße ungesellig, denn noch dazu
schweige ich viel, denn die meisten Dinge lohnen nicht, ausgesprochen zu werden. Ich bin bar jeder Oberflächlichkeit, deswegen werde ich nirgends gemocht.
Sich alles gefallen zu lassen ist genau das Falsche. Wie sollen sie jemals Respekt haben? So, wie ich auch Respekt habe vor anderen Lebewesen: einfach so. Weil es richtig ist. Aber die, die das nicht von vornherein so halten, werden es sowieso nicht kapieren. Von denen ist nichts zu erwarten. Hopfen und Malz verloren. Warum sollte ich also versuchen, mit ihnen zurande zu kommen? Sollen

Heb mich doch mal hoch, sagte sie später, um an einen Feigenbaum heranzureichen, der über eine Mauer hing. Er fasste sie an den Knien an. Sie riss einen nicht kleinen Ast herunter, er ließ sie beinahe fallen, Verzeihung. Auf dem Ast waren viele zu kleine Früchte, alle ausgetrocknet. Ich habe kein Glück mit Feigen.

Noch etwas später gerieten sie auf einen Markt, und Oda hielt sich Ohrringe an.

*Nice*, sagte Darius Kopp. Darf ich sie dir schenken? *To remember me?*

Dass das *sweet* von ihm sei, entgegnete Oda, aber sie habe ohnehin keine Löcher in den Ohrläppchen.

Am dritten Tag hätte er sie beinahe verloren. Spät in der Nacht herrschte um die Kathedrale von Dubrovnik immer noch eine unvorstellbare Hitze und ein Gewühl. Die Leute können nicht schlafen, jetzt laufen sie hier herum. Irgendwo zwischen zwei Mauern verlor Kopp das Mädchen aus den Augen. Er lief hierhin und dorthin, viele da, zu viele, wie kann ich dich rufen, unmöglich, jetzt

---

sie doch weiter in ihrer Pfütze hausen und ich wohne dort, wo ich wohne.

Jetzt ist es raus. Du hast dich verraten. Du verachtest sie.

Ja, das tue ich.

Hast du ein Recht dazu?

Manches Verhalten verdient eben mehr Respekt als anderes. Es ist nicht alles gleich, nein.

Ist diese Einsamkeit nicht traurig?

Doch. Aber in falscher Gesellschaft zu sein würde mich erniedrigen.

Ich sage dem Chef nichts davon, das soll nicht seine Sorge sein. Ich nehme die Briefe und trage sie nach der Arbeitszeit zur Post. Immerhin bezahle ich die Marken nicht aus eigener Tasche. So verrückt bin

fängt auch noch jemand an, Musik zu machen. Irgendwann tat sich linkerhand eine dunkle Gasse auf, er ging hinein, obwohl nichts dafür sprach, dass sie dort sein könnte. Wenigstens für einen Moment mehr Kühle und Stille. Oda, sagte er, um es mal zu sagen.

Hier, sagte es aus dem dunklen Ende der Enge heraus.

Oda? Bist du das?

Ja. Komm her.

Ihre Stimme hatte einen Widerhall. Kindheitspfade. Oder ein Alptraum. Eine immer enger und dunkler werdende Gasse. Als er mit ihr zusammenstieß, schrie er vor Schrecken auf.

Hast du mich nicht gesehen? Ich habe dich gesehen.

Tut mir leid. Was gibt es hier?

Nichts, nur die Straße. Lass uns was trinken gehen.

Sie gingen wieder dorthin, wo es hell und laut war und Getränke verkauft wurden, und offenbar, ich weiß zwar nicht, wie es genau geschah, trank Darius Kopp zu schnell und zu viel, denn nach einer Weile antwortete sie jedes Mal, wenn er zuvor versucht hatte, etwas zu sagen:

---

ich dann doch nicht.

*

Als würde ich mein ganzes Leben unter irren Diktatoren verbringen, deren einziges Ziel, mögen sie was auch immer behaupten, nichts anderes als Zerstörung ist.

*

*Marie-France Hirigoyen: Die Masken der Niedertracht. Die perverse Kommunikation*

#

[Datei: Bernhard]

Was sagst du? Ich verstehe nicht.

Dazu kam auch noch, dass er, was er auch immer tat, ihr nicht ins Gesicht schauen konnte, stattdessen starrte er ununterbrochen auf den vor Schweiß blinkenden Bereich auf ihrem Brustbein. Sie ist flachbrüstig. Egal. Aber wieso versteht sie mich nicht? Spreche ich deutsch, ohne es zu merken? Ich habe auch vergessen, wo wir heute wohnen. Ist es uns heute überhaupt schon gelungen, ein Hotel zu finden? Er konzentrierte sich und brachte schließlich doch noch auf Englisch hervor:

Findest du zum Hotel zurück?

Klar, sagte sie leicht, führte ihn zurück, fragte für ihn nach seinem Zimmerschlüssel, brachte ihn bis zu seiner Tür.

*I am sorry*, sagte Darius Kopp.

Dafür sind Freunde schließlich da, sagte sie vollendet.

Was ihn wiederum so befremdete, dass er beinahe nüchtern davon wurde. Als sie ihn auf die Wangen küsste, merkte er wiederum, wie er im Vergleich mit ihr roch (nach Alkohol und noch etwas an-

---

Bernhard

*»Menschen mit der Einfachheit und der Niedertracht, mit der Armut ihrer Bedürfnisse.«*

*»Das Volk verurteilt zu Infamie und Geistesschwäche.«*

*»Wir haben nichts zu berichten, als dass wir erbärmlich sind, durch Einbildungskraft einer philosophisch-ökonomisch-mechanischen Monotonie verfallen.«*

*»Mittel zum Zwecke des Niedergangs, Geschöpfe der Agonie, erklärt sich uns alles und verstehen wir nichts.«*

(Ja, ja, die anderen. Ich fordere nichts – das ist unwahr. Wahr ist: ich tue so, als forderte ich nichts, aber in Wahrheit fordere ich das Maximale: dass sie anspruchsvoll sind. Und anspruchsvoll sich selbst ge-

derem, einem unbekannten Metall) und sah es als am besten an, wenn er sich so schnell wie möglich zurückzog.

*Sleep well.* Morgen sind wir in Tirana.

Am nächsten Morgen waren Benommenheit und Hitze nur unwesentlich geringer geworden. Kopp hatte Schwierigkeiten, Odas Anweisungen zu folgen, die dort weitermachte, wo sie aufgehört hatte, redete und redete. Und ich, als würde ich innerlich verdampfen. Den Moment: *jetzt!* sind wir also in Albanien konnte er nur mehr peripher registrieren, während Oda neben ihm auf dem Beifahrersitz auf und ab hüpfte. Die Einfahrt nach Tirana bewältigte Darius Kopp bereits im Halbschlaf. Die fallbereiten Vorhänge meiner Lider. Oda bemerkte nichts davon, ihre Hände flogen, die Zeigefinger, was ist was, schau mal, Skanderbeg, Uhrenturm, Moschee, Museum, Taiwan (?), Lana (?), Blokku (?), Kopp fuhr sein lächelndes Gesicht (weil mir momentan kein anderes möglich ist, ich kann mein Gesicht nicht bewegen), versuchte, was ihm möglich war, links, rechts, einordnen, abbiegen. Zumindest Letzteres klappte einigermaßen, das

---

genüber zu sein, heißt: mitfühlend und gebend anderen gegenüber. – Das hättest du wohl gern. – Halt die Klappe! Und im Übrigen: Ja, das hätte ich gern. – Oh, du Heilige ...! – Halt die Klappe! Halt die Klappe! Halt-die-Klap-pe!!!)

#
[Datei: haszon]

Der Nutzen der Deprimierten.
Menschengruppen sind keine Affenkohorten, dennoch:
In jeder Gruppe muss es dominierende und deprimierte Elemente geben, damit die Gruppe funktionieren kann.
Wo jeder dominieren will, kämpfen wir, bis alle tot sind.

ist tief verinnerlicht, Auto fahren kann ich quasi noch im Schlaf, und das ist diesmal kaum im übertragenen Sinne gemeint.

Erst, als das Auto stand, merkte Darius Kopp, wie sehr es ihn schwindelte. Sehr. Wenn es dich selbst dann schwindelt, wenn du den Kopf nicht bewegst, dann: sehr. Taumelnd aussteigen, eine Straße, ein Gebäude, ein Treppenhaus, Treppen, Treppen, wie in einem nicht enden wollenden Traum, Türen, Türen, eine Tür, eine Frau, das ist meine Großmutter, sie sieht nicht wie eine Großmutter aus, das heißt, nicht wie meine, natürlich nicht, diese hier ist 20 Jahre jünger, schick und vielleicht auch freundlich, aber Kopp konnte da nichts mehr festhalten, das Gesicht dieser Frau, wie werde ich sie wiedererkennen, ich werde doch nicht am Abendessenstisch einschlafen? Haben sie mir was ins Essen getan? Grüner Salat, Tomaten, streng riechender, salziger Schafskäse, Oda aß mit lauten Mmmmm!-s. Kopp lauschte hinterher, aus wie vielen M-s das bestand, wie viele er schon gehört hatte und wie viele er noch hören würde, er sah sie wie Kettenglieder vor sich. Dann war er weg.

---

Wo jeder deprimiert, also passiv ist, sterben wir ebenfalls.
Versuchen, alles niederzuringen, und sind am Ende tot.
Versuchen, nichts niederzuringen, und sind am Ende tot.
Das ist die Funktion meines Erduldens. Nicht nur die eigene, sondern auch die Funktionsfähigkeit der Gruppe aufrechtzuerhalten.
Ich ziehe für mich vor, Leid zu ertragen, bevor ich Leid verursache.
Das korrespondiert, auf der ethischen Ebene, mit meinem Idealbild eines Menschen. Im Grunde ist das ein Dienst an der Liebe. Es ist Liebe in mir.
Das IST ein Trost.

#
[Datei: légy_fegyelmezett]

Er lag eine Woche lang im Delirium. Fieber und Schmerzen tobten, Darius Kopp wälzte sich im Bett, durchschwitzte fünf Hemden am Tag. Man hob ihn, zog ihm etwas Trockenes an, legte ihn wieder hin, wusch ihn mit einem Lappen, hielt seinen Penis in eine Ente. Wenn sie ihn berührten, kam er wenigstens soweit zu sich, dass er etwas mitmachen konnte. Das war jedes Mal eine Erleichterung, denn in diesen Momenten konnte er sehen, dass er nicht in der Wohnung seiner Mutter war. In seinen Fieberträumen sah er sich dort, nicht in der Wohnung, in der er aufgewachsen war, sondern in der neuen, behindertengerechten, für Leute mit nur einem Fuß. Sie selbst sah er nicht, aber er lag in ihrem Bett, in ihrer Bettwäsche, blassrosa Bettwäsche, benutzt, sein Schweiß vermischte sich mit ihrem, obwohl das nicht sein kann, sie hätte mich niemals in ihr benutztes Bett gelegt, aber vielleicht hätte ich mich selbst in ihr benutztes Bett gelegt, während sie in einem sauberen Krankenhausbett gelegen wäre. Dass seine Mutter im Krankenhaus und er krank in der Wohnung seiner Mutter war, träumte er. Verzweifelt wälzte er sich. Ich will nicht krank in der Wohnung meiner Mutter sein!

---

Sei diszipliniert. Du hast niemanden, nein. Winsle darüber nicht weiter. *Du bist die Frau, der die Welt gehört.*
*Ich bin die Frau, der die Welt gehört. Gott und ich und Arbeit.*

#
[ Datei: visszatérö]

Das Spiel heißt: »Der Wiederkehrer«. Man spielt es so: nimm die Welt und betrachte sie, als wärst du gestern gestorben, aber heute noch einmal da, für einen einzigen Tag. Spiele das so lange, es noch wirkt, danach suche dir ein anderes Spiel.

Sie selbst oder seine Schwester Marlene tauchten kein einziges Mal auf, die unsichtbaren Hände, die ihn hoben und legten, waren nicht ihre, immerhin soviel Erleichterung. Frau Monkowski. Das ist die Nachbarin meiner Mutter. Dass die Nachbarin seiner Mutter, Frau Monkowski, beinahe achtzigjährig, die Gleiche sei wie Odas Großmutter, die kaum sechzig war, dass Frau Monkowski Odas Großmutter war und dass Tirana in Wahrheit Maidkastell war, delirierte Darius Kopp, und das erfüllte ihn im schnellen Wechsel mit Freude (Wir kommen in Wahrheit aus demselben Ort, unsere Begegnung ist also »real«!) und absolutem Horror (Wir kommen in Wahrheit aus demselben Ort, also ist Oda nicht real, sondern in Wahrheit jemand anderes, meine Schwester, meine Nichte, die Pflegerin meiner Mutter, die Pflegerin unserer ganzen Familie. Flora, hilf). Manchmal bekam er auch Spritzen, aber nicht immer dann, wenn er vor Schmerzen winselte, offenbar folgten sie einer anderen Routine. Die Schmerzen – Wie noch nie in meinem Leben! – saßen hauptsächlich im Kopf, dort wiederum hauptsächlich in Augen, Ohren, Kiefer, als wäre mein Kiefer verkrampft, die Zähne zu fest aufeinandergebis-

---

#
[Datei: napsugaras_fák]

Zwischen jungen, sonnenhellen Bäumen stehen. Sie neigen sich im Wind. Ihr seid schön, ihr seid schön.

#
[Datei: Jobs]

10. Sept
Osloer Straße. Probeübersetzung. Bedienungsanleitungen für Kleingeräte. Der Mann kann nicht Ungarisch, vergleicht meine Lösung mit einem Mustertext. Welcher fehlerhaft ist. Umsonst erklärst du

sen, ich weiß nicht, wie man sie losbekommt, wird mein Kopf von nun an für immer versperrt sein, werden meine Kiefergelenke verknöchern, werde ich so steif und so flach wie ein Brett werden? So, eine Woche lang.

Irgendwann wachst du auf und merkst, jetzt schläfst du wieder ein, und das wird der letzte Schlaf dieser Krankheit sein, wenn du das nächste Mal aufwachst, wirst du genesen sein. Er ließ sich seufzend fallen.

Als er zu sich kam, war er alleine in der Wohnung. Er lag lange da und horchte – ja, allein –, bewegte vorsichtig die Augen, bevor er den Kopf bewegte. Es fühlte sich an wie nach einem vergangenen Schmerz.

Er lag in einem schmalen Zimmerchen, die Wände bis Türoberkante gelb, darüber rosa gestrichen, weiße Decke. Ein Kojenbett, ein Tisch, darüber ein Wandregal, darauf Bücher, ein Kleiderschrank, eine Truhe oder ein Wäschekorb. Das Bett stand am Fenster. Wenn man sich aufsetzt (langsam) und die orangefarbenen Verdunkelungsvorhänge (zu kurz in Länge und Breite, unten und

---

ihm, dass deine Lösung die richtige ist. »Bekräftigen Sie die Taste.« *Sinnlos.*

4. Okt
Wäre sowieso befristet gewesen. In einem Antiquariat aufräumen. Als ich ankam, schrie der Chef gerade seinen Helfer an und ich ging hinaus, ohne mich vorzustellen. Wie man mit sich ringt, ob man zurückgehen und ihm sagen sollte: Ich arbeite für niemanden, der so mit seinen Mitarbeitern umgeht. Jetzt bin ich eine von denen, die gar nicht zum Job erschienen sind, und das Arschloch wird nie erfahren, dass der Grund dafür er selbst war.

in der Mitte bleibt ein Spalt) lupft, kann man ein Sammelsurium verschiedenster Hinterhöfe sehen. Die linke Hälfte von der Krone eines großen Nussbaums verdeckt. Rechts eine Reihe Schornsteine vor blassblauem Himmel, genau in Augenhöhe (wenn sie im Winter rauchen?), wozu braucht das Nachbargebäude so viele Schornsteine? (eine Bäckerei; der Duft entschädigt für alles), in der Mitte eine Schneise aus niedrigen Ziegeldächern. Zwischen Hochhäusern übrig gebliebene dörfliche Bebauung. Im nächstgelegenen Hof eine von fünf Seiten begrünte Terrasse. Ein Käfig aus Kletterpflanzen, darin eine Großmutter, wieder kaum älter als Kopp, sie spielte mit einem Säugling. Ende August oder Anfang September in Tirana.

Der kurze Weg zur Toilette erwies sich als so anstrengend wie lange nichts mehr und löste eine Schweißattacke aus. Kopp saß da, mit dem Bauch auf den Oberschenkeln, horchte in die Wohnung hinein und hinter der Wohnung auf die Stadt hinaus. Rauschen ohne besondere Kennzeichen. Er stieg fröstelnd in die Dusche, das ist so ein Automatismus, aber das hier war nicht sein Badezimmer – er blieb in der kalten Duschtasse stehen. Und entschied dann, dass

---

15. Nov
3 Wochen in einem Coffeeshop. Der äthiopische Kaffee ist mein Favorit. Ich empfehle ihn allen. Man war sogar nett. Aber nach 3 Wochen haben sie mich doch entlassen. Der Bedarf wäre da, das Geld fehlt.

15. Dez
Suppenküche. Als ich hätte anfangen sollen, wurde ich krank. Eitrige Mandeln. Als ich wieder gesund war, arbeitete schon jemand anderes da. Ein leicht rot werdendes Mädchen. Natürlich verstehe ich das.

#
[Datei: pilinszk]

dieser Geruch nach Krankheit abgewaschen werden musste, jetzt gleich, egal wie. So war das natürlich schlecht vorbereitet, am Ende konnte er nur ein blasses Handtuch nehmen, das offenbar eine der Frauen benutzt hatte. Die verschwitzten, getrockneten und erneut verschwitzten Schlafsachen mochte er nicht wieder anziehen. Im Übrigen waren es nicht einmal seine Sachen: ein zeltartiges ehemals weißes T-Shirt und gestreifte Boxershorts. Habe ich die Sachen einer lebenden oder einer toten Person getragen? Wie man unversehens in das Innerste von jemandes Familie gerät.

Er hielt sich die klammen Stoffe vor, während er ins Zimmer zurückging. Sie haben meine Tasche hochgebracht. Die Sachen darin sind schmutzig. Sie nach einer zermürbenden Krankheit auf der Suche nach noch Brauchbarem zu durchwühlen zeigt einem, dass jede einzelne Bewegung einen Kraftakt des gesamten Organismus erfordert. Um sich abzulenken, versuchte er, sich in der Zeit einzuordnen. Was war zuletzt? Auch das war anstrengend. Erst fielen ihm nur isolierte Sachen ein. Die Maus, die im Friedhof in Budapest auf dem Weg saß oder die flatternden Stofffetzen in den Lampen an

---

| Pilinszky János:<br>Önarckép | János Pilinszky:<br>Selbstporträt |
|---|---|
| Ingem, mint egy tömeggyilkosé, | Mein Hemd, wie das eines Massenmörders, |
| fehér és jól vasalt, | weiß und wohl gebügelt, |
| de fejem, mint egy kisfiúé, | doch mein Kopf, wie der eines Kindes, |
| ezeréves és hallgatag. | tausendjährig und verschwiegen. |

#
[Datei: Workpower]

Protokoll: 29.01. Workpower

der Poolbar in Lošinj. Aber ab da wusste er es dann wieder. Lošinj. Mein Vater. Und Oda. *You should visit Albania.* Und hier bin ich. Aber wo bist du? Er war gerade dabei, die Vorhänge ganz zu öffnen, um sich mit voller Brust der Aussicht zu stellen, als er Bewegung an der Wohnungstür hörte.

Es war die Großmutter. Sie registrierte, dass er also wieder auf den Beinen war. Socken hatte er nicht gefunden, stand barfuß vor ihr. Meine behaarten Zehen unter den Hosenbeinen.

Sie spricht beileibe nicht so viel wie ihre Enkeltochter, vielleicht, weil uns die gemeinsame Sprache fehlt, sie schneidet Grimassen. Hört etwas, nickt oder schüttelt den Kopf, schneidet eine Grimasse. Mal spricht sie albanisch, mal italienisch, mit beidem ist Kopp nicht geholfen, die Großmutter schneidet eine Grimasse und wechselt zu einem kaum verständlichen Englisch. Schließlich wird wenigstens so viel klar: Doktor. Dass ein Doktor kommen wird.

*You was malato.*

Ja, ich war krank.

*Wait*, sagte die Großmutter streng. Kopp verstand es, obwohl es

---

Den Rauch kann man schneiden.

Ich bin wegen der Tippstelle hier.

Rasend unfreundlicher Typ mit Fluppe im Maul schiebt mir ein Formular hin.

Ich will mich nicht bei Ihnen registrieren lassen, ich bin hier, weil Sie eine Bürohilfe suchen.

Knurrt. Ich soll trotzdem das ausfüllen.

Fülle es aus, obwohl ich mir nicht vorstellen kann, es auch nur 10 Minuten in diesem Qualm auszuhalten.

Schaut drauf: Sie sind Ausländerin. Wo ist Ihre Arbeitserlaubnis?

Ich bin Studentin.

Sie brauchen eine Arbeitserlaubnis.

Ich habe bisher ohne ... Ich bin Studentin.

dafür keinen Grund gab, so, dass er das kleine Zimmer nicht verlassen dürfe. Er dachte an das Handtuch, das er benutzt hatte. Ich hätte es auf den Boden werfen sollen, damit sie versteht. Aber er hatte es zurück auf den Halter gehängt. Er wusste nicht, wie er das jetzt lösen sollte. Auf das durchschwitzte Bett mochte er sich nicht wieder setzen, er zog den Schreibtischstuhl zu sich – Lautes Rumpeln! – und setzte sich so, dass er beim Fenster hinausschauen konnte.

Die Großmutter kam und wechselte die Bettwäsche. Er bedankte sich. Das erste Mal, dass eine Grimasse eindeutig als Lächeln verstanden werden konnte.

Zeit verging, dann kamen eine Ärztin und eine weitere Frau. Eine Schweizerin, die hier lebt. (Wo ist Oda?) Dolmetschen ist nicht nötig, die blond gefärbte Ärztin mit den Strichlippen spricht englisch.

Sie hatten eine Meningitis. Sie wissen, was das ist? Eine Hirnhautentzündung. Wir haben die Zecke gefunden. Aber Sie haben es überstanden.

Ich habe es überstanden?!?!

Wenn es das Gehirn selbst nicht befällt, geht es von alleine vor-

---

Dann haben Sie illegal gearbeitet.

Ich habe nicht illegal, ich bin Stu...

Jaja!

Ich habe genug von dieser Behandlungsweise. Ich nehme ihm das Blatt aus der Hand, zerreiße es, nehme die Schnipsel und gehe.

War meine Angst größer oder meine Empörung?

Meine Empörung. Er kann mir nichts. Ich habe die Schnipsel mitgenommen. Ich habe sie in einen Mülleimer auf der Straße geworfen.

Höre einfach nicht auf, Studentin zu sein.

Keine Lösung für die Ewigkeit.

Nu, man lebt auch nicht ewig.

Der Gedanke an die fehlende Arbeitserlaubnis nimmt mich dann

bei. Es sind Viren. Da kann man nicht viel machen. Schmerzmittel, Fiebermittel und warten. Ich musste Ihnen nur einmal eine Infusion geben. Wegen der Flüssigkeit.

Danke, sagte Kopp und verneigte sich leicht in die Richtung der Ärztin. Sie lächelte ein wenig, die Schweizerin mehr.

Eine letzte Untersuchung, während die Großmutter und die Schweizerin sich in der Küche unterhielten. Warten, bis das Thermometer fertig misst. Ich weiß, wo ich mir das Vieh gefangen habe. Der Friedhof in Budapest. Der verwilderte Teil. Scharenweise. Eine hat es geschafft. Sie saß in der Kuhle über dem Steißbein. Keine Chance, sie zu sehen. Sie haben mich hin und her gedreht, mein Haar durchgesehen, meine Ohren, meine Halsfalten, meine Achselhöhlen, meine Schenkel auseinandergedrückt, meinen Hodensack angehoben, bevor sie schließlich am Ansatz der Pofalte eine Zecke gefunden haben.

Die Temperatur ist normal. Sie sind gesund und ab nun ein Leben lang immun, auch gegen andere Variationen des FSME-Virus. Sie sollten aber zu Hause noch einmal zu einem Arzt.

---

doch so in Anspruch, dass das verletzende Verhalten dieses kettenrauchenden Menschenhassers mich gar nicht weiter berühren kann. Also doch mehr Angst als Empörung?

#

[Datei: 5.2.]

5.2.

Nichts. Immer noch müde von der Party vorgestern. Pickelige Haut, fettiges Haar. Etwas zu essen besorgen. Essen, fernsehen, nichts.

6.2.

Nach zwei Tagen Schneefall ein strahlender Tag. Macht den Bild-

Man ging zu den anderen in die Küche, es gab Kaffee. Kopps Magen knurrte, ihm war nicht nach Kaffee, aber nach Zucker.

Kann ich auch Kaffee trinken?

Die Ärztin winkte ab: Natürlich.

In Albanien, sagte die lächelnde Schweizerin zu Kopp, bezahlt man die Ärzte privat.

Verstehe. Wie viel schulde ich ihr?

Die Schweizerin nannte, ohne vorher noch einmal die Ärztin zu fragen, einen nicht niedrigen Eurobetrag.

Ich müsste zu einer Bank.

Die Ärztin blieb bei der Großmutter sitzen, die Schweizerin begleitete Kopp zu einer Bank. Meine Leibwächterin. Damit ich ja nicht ohne zu zahlen ausbüchse, nachdem mich zwei wunderschöne junge Frauen dazu gebracht haben, teuersten Champagner in einem verruchten Etablissement zu bestellen.

Was bist du doch für ein Kleingeist.

Ich habe übrigens immer noch keine Socken an. Meine Schuhe sind mir in den vergangenen Tagen etwas zu groß geworden. Sollte

---

schirm weiß. 1 Apfel und 1 Knäcke zum Frühstück. Warte, dass Ph. anruft.

7.2.
Vormittag: zwei Arbeitstelefonate: Ph und Realtime. Französischübungen (habe aufgeführt, dass ich es kann), die Berlinale-Präsentationen vom letzten Jahr durchsehen.

8.2.
14:00: Ph ruft noch einmal an. Wir reden dasselbe wie vor 2 Wochen und gestern. Ich versuche nebulös vorzutragen, dass ich keine Untertanin bin. Er trifft auch heute keine Entscheidung. H kommt, lobt meinen Bauch, wie schön er sei, kann sich nicht zurückhalten, ihn zu küssen, dabei darf er das nicht.

ich einmal zum Schafott müssen, werde ich darauf bestehen, Socken anzuhaben. Keine Socken anzuhaben, während man zur Bank oder zum Schafott begleitet wird, empfinde ich als würdelos. Übrigens habe ich auch sehr großen Hunger. (Was würdest du dir wünschen als Henkersmahlzeit? – Eine Pizza Margherita, bitte. Und eine Cola.)

Die Ärztin verabschiedete sich mit einem Händedruck.

*Good luck!*

Auch die Schweizerin wünschte alles Gute.

Bevor Sie gehen …! Auf einen Moment! Würden Sie noch etwas für mich übersetzen? … Oda? Wo Oda ist?

Man musste das nicht übersetzen.

Odeta? Saranda, sagte die junge Großmutter und schnitt eine Grimasse.

Und wann kommt sie wieder? Weiß sie, wann sie wiederkommt?

Die Großmutter zuckte die Achseln. Kopp wurde schlecht. Ich muss was essen.

Fragen Sie sie, ob ich noch einen Tag hierbleiben kann, ich fühle mich noch etwas schwach.

---

9.2.

Ein wenig übersetzt, (erfolglose) Recherche zum Bahn-Projekt. Wird sowieso nichts. Márais Tagebuch. Bitterer alter Mann. H ruft aus einer Telefonzelle an. Ich sage, ich melde mich, wenn ich etwas weiß. 20:00 Ph. ruft an: *»Hm, ich glaube, Sie haben gewonnen.«* Ich habe eine Stellung. Warum kann ich mich nicht freuen? Aber ich rufe H an.

10.2.

Nach einer unruhigen Nacht der erste Arbeitstag. Ich habe mir schnell ein schwarzes Kleid und zwei Strumpfhosen gekauft. Niederschmetternde Informationen bezüglich Sozialabgaben. (Keine. Scheinselbstständigkeit. Der einzige Nachteil, den Sie haben, sagt Ph, ist, dass Sie im Falle einer Arbeitslosigkeit nichts bekommen.

Die Schweizerin übersetzte, die Großmutter nickte.

Sie sollten ihr, bevor Sie fahren, auch etwas geben, sagte die Schweizerin. Geben Sie ihr 20 Euro pro Nacht für die Verpflegung und für die Pflege kaufen Sie ihr ein Geschenk.

Was für ein Geschenk?

Pralinen, Blumen, was man so kauft.

Zwei Frauen verließen die Wohnung, eine blieb zurück. Die Spannung zwischen zweien, die sich nicht kennen. Sie ist nach Saranda gefahren. Im Süden, sagte die Schweizerin erklärend. Die Großmutter – Ich kenne ihren Namen nicht, ich kann sie nicht anders als mit »Ähm« ansprechen – deutete an, dass sie jetzt etwas zu essen machen würde. Kopp deutete ihr an, dass er sich bedanke. Er ging ins Zimmer zurück.

Aus einem langen Fieber erwacht in einer fremden Stadt. Er fröstelte. Auf der Straße war es warm gewesen, in der Wohnung war es kühl, die Schiebefenster schlossen nicht richtig, überall zog es ein wenig. Das Fenster im Zimmer noch ein wenig mehr aufschieben – der Rahmen bewegt sich schwer in der Schiene – das Rauschen der Um-

---

Das stimmt so nicht.) Erlaubt sind 18 Tage »Urlaub« im Jahr, natürlich unbezahlt. Überstunden, Arbeit an Feiertagen und am Wochenende: unbezahlt. Englischer Brief, französischer Brief vom Band. Probleme mit dem Verständnis und der Orthographie. Mehrfach das Gefühl, losheulen zu wollen. Ich hätte ihm sagen sollen, dass ich unter Stress zusammenbreche. Aber ich brauche den Job. Ich kann gar nichts.

13.02.

H fragt, ob ich auch mit diesem Chef ein Verhältnis anfangen wolle. Vielleicht, sage ich und lächle. *Arschloch*. Ich bin wirklich wieder so, dass ich ihn schon mag, obwohl ich weiß, dass er mich nur ausnutzt. Bestimmt ist er auch enttäuscht, weil ich so schlecht Englisch kann.

gebung hereinlassen. Den Anblick der Hinterhöfe am Abend. Die Oma mit dem Baby ist immer noch da, eine dritte Person, eine junge Frau, ist dazugekommen, und ein Hund. Dass noch andere Menschen hier sind, ist beruhigend. Der Geruch und die Bewegungen des Nussbaums unter dem Fenster sind beruhigend. Der Himmel ist hellblau, Flugzeuge sind keine zu sehen. In der Ferne Hochhäuser und über allem: das Rauschen des Verkehrs. Wann kommst du wieder?

Da fiel ihm ein: Die Urne war noch unten im Auto. Sie haben die Tasche mit hochgebracht, aber nicht die Tüte mit dem Karton. Warum nicht? Weil sie wissen, was drin ist. Wie können sie es wissen? Frauen wissen immer alles. Eins und eins zusammengezählt. Deswegen ist Oda nicht mehr hier. Fahr weg, Kind, so schnell du kannst. Mit einem Mann, der mit der Asche seiner Frau im Kofferraum durch Europa fährt, lässt man sich nicht ein. – Mit so einem Mann lässt man sich nicht ein? Jetzt hast du dich verraten! – Ich muss mich nicht verraten, denn ich verberge nichts. Sie könnte meine Tochter sein, aber sie ist es nicht. Das erste Mal seit dir, dass ich mich nicht einsam fühle. Das heißt: jetzt wieder.

---

Unter all den negativen Gefühlen ist das schlimmste, dass er sich in mir täuschen musste.

15.02
Schlecht geschlafen. Bei der Arbeit Langeweile und Müdigkeit. Ich bin nicht höflich genug am Telefon. Dabei bin ich in Wahrheit nur nicht *fröhlich* genug. Mein erster eigener Zweizeiler auf Englisch. Ich hatte große Angst, aber er war fehlerlos. Neue Aufgaben. Endlich auch etwas Dramaturgisches. Ich hoffe, ich kann mich zusammenreißen.
Fettige Haut. Und als würde ich mich die ganze Zeit wie im Traum vorwärtsbewegen. Habe mich absichtlich eine Viertelstunde verspätet. 9 Stunden lang auf die Tastatur eingehämmert. Tippfräulein.

Innerhalb von Minuten ist es dunkel geworden im Zimmer. Die Ecken, die Truhe. Als säße jemand darauf. Du weißt, dass es Unsinn ist, trotzdem: du streckst den Arm *langsam* Richtung Lichtschalter aus. Das Licht ist funzelig, aber wenigstens sieht man jetzt, dass es nur zwei zusammengeknüllte Wolldecken sind. Kopp wühlte so lange in der Reisetasche, bis er Socken fand, zog sie an, zog die Schuhe darüber – jetzt sind sie fast zu eng – nahm die Autoschlüssel. Die Großmutter stand in der Küche. Kopp zeigte ihr an, er würde zum Auto gehen, sie zeigte ihm den Küchentisch, den sie gedeckt hatte.

Es gab Pelmeni, sehr weich gekocht und schon halb ausgekühlt, dazu eiskaltes Wasser. Die Pelmeni schmeckten fad, Kopp traute sich nicht, nach Salz zu fragen, und auch nicht nach weniger kaltem Wasser. Sie aßen stumm. Im Gegensatz zu ihrer Enkelin kann man ihr nicht in die Augen sehen. Kopp bemühte sich, nicht zu schnell zu essen. Er bedankte sich mit fester, freundlicher Stimme.

*Salute*, sagte die Großmutter und lächelte.

Die Treppen in einem fremden Haus hinuntergehen. Die

---

Einmal musste ungarisch telefoniert werden. 5 Minuten, in denen ich mich in Sicherheit fühlte.

16.2.
Ich schreckte aus einem Traum auf, mit der Gewissheit, dass meine Deutschlehrerin gestorben ist. Tiefe Trauer und das Bedauern, ihr nie gesagt zu haben, wie sehr ich sie mochte und wieviel ich von ihr gelernt habe.

18.2.
Ph.s Kommentar zu meiner Zusammenstellung von Pressezitaten: *Totale Scheiße.*
*Man bekommt Tränensäcke, wenn man ständig gegen die Tränen kämpft.*

Gerüche auf den Treppenabsätzen. Bei einem Nachbarn gab es Kartoffeln zum Abendessen. Und auch hier stellen Menschen Müll und Schuhe vor die Tür. Jemand hatte einen Fußabtreter, der der Fahne der USA ähnlich war. Etwas zu wenig Sterne und Streifen. Ich grinse, obwohl ich so was eigentlich nicht richtig finde. Aber er grinste, denn die diffuse Angst, die er bis jetzt verspürt hatte, war mit einem Mal gewichen. Etwas zu essen und ein Witz, so lahm er auch sein mag, und schon geht es dir besser.

Auf der Straße dann ein neuer Schrecken, nicht mehr zu wissen, wo er das Auto abgestellt hat. In einer Seitenstraße. Hoffen wir, dass es diese hier war. Er ging aufs Geratewohl auf das längere Ende zu, weg vom großen Boulevard, über den sie (mutmaßlich) hergekommen waren und wo er vorhin mit der Schweizerin unterwegs war. Er fand sein Auto nach wenigen Metern. Nachtblau, mit gelbem Staub bedeckt. Der Staub zeigte an, dass es in den letzten Tagen nicht ein einziges Mal angefasst worden war. Er öffnete den Kofferraum per Fernsteuerung.

Die Tüte mit der Urne stand so in der rechten hinteren Ecke, wie

---

19.2.

Das erste Lob. Die Analyse ist gut gelungen. Arbeit von 9 bis 22. Wenn du müde bist, ist der Zigarettenqualm der anderen doppelt tödlich. Seit Tagen regnet es.

20.2.

Die Schneeschaufel weicht im Regen.

Seit Tagen Schmerzen in der Brust. Außerdem Rücken, Kopf, Arme und Beine. Die Knöchel, als wären sie geschwollen, aber wenn man nachschaut, ist nichts zu sehen. Wenn ich sie bewege, schmerzt es.

21.2.

Stundenlang durch das Schneegestöber geirrt, mit Plakaten un-

er sie hingestellt hatte. Er schloss den Kofferraum wieder. Er drehte sich um und ging zur großen Straße.

Ich gestehe, im Grund meiner Seele war die leise Hoffnung, die Tüte wäre nicht mehr da. Und warum wäre das besser, als die Asche irgendwo ins Meer gestreut zu haben? Wenn in Lošinj dafür keine Zeit war, dann eben an einem anderen schönen Ort? Bei den Toten von Salona, wo geflügelte Löwen und Gottesanbeterinnen über sie wachen? Wenn du schon nichts finden konntest, das eine Verbindung zu ihr hatte, dann eben etwas, das eine Verbindung zu dir hat?

Weiter kam er nicht. Er stand an der großen Straße, schaute ihr eine Weile zu. Vier Spuren. Er spürte jetzt deutlich, wie sehr ihn das Fieber ausgezehrt hatte, dass alleine schon das Stehen *in der Nähe* einer belebten Straße schweißtreibend anstrengend war. Er ging zum Auto, nahm die Tüte heraus und kehrte zurück in die Wohnung.

Am nächsten Tag wusch er seine Kleidung mit der Waschmaschine der Großmutter. Sie selbst ging zur Arbeit. Sie war schon weg, als ihm auffiel, dass sie ihm keinen Schlüssel dagelassen hatte. Wird da-

---

term Arm. Meist haben sie erlaubt, dass ich die Plakate aufhänge, aber überall sah man mich verächtlich an. In irgendeinem Bus meine Handschuhe liegen gelassen. Weinend irrte ich durch den Schneefall.

24.2.
2 Russen in der S-Bahn fangen an, mich zu beleidigen, weil ich meinen Leopardenmantel trage. Beim Aussteigen fasst mir der eine an die Schulter. »Don't touch me!«, zische ich, »Mafia!«, dann renne ich, so schnell ich kann. Sie verfolgen mich nicht. Ich wartete 1,5 Stunden auf Ph, dann fuhr ich wütend wieder nach Hause.

28.2.
Krank zur Arbeit. Mein Herz wirft sich hin und her. Nicht nachlassender Schmerz. Im der Nacht habe ich Angst zu sterben.

von ausgegangen, dass ich die Wohnung nicht verlasse? Er prüfte vorsichtig die Eingangstür – Warum vorsichtig? Und was wäre, wenn sie abgeschlossen wäre? –, sie war offen. Von innen zu öffnen, von außen nur mit einem Schlüssel. Um etwas für seine Autonomie zu tun, schloss er die Tür mit einem Riegel von innen.

In Abwesenheit des Besitzers ein Wohnzimmer betrachten. Durch verglaste Türen den Inhalt des Wandschranks. Bücher, Vasen. In den offenen Bereichen die Fotos. In einem Doppelhalter zwei Schwarzweißaufnahmen: eine uralte Bäuerin mit Kopftuch, ein uralter Bauer mit Schnauzbart. Tausend Furchen. Auf einem anderen zwei junge Frauen mit Wasserwellen im Haar: die Großmutter und eine ihrer Schwestern. Außer diesen nur noch Oda. Mit ihrer Schultasche. In einem weißen Kleid mit Schleife im Haar, der Pony ist nicht ganz gerade. Kurzhaarig beim Abitur. Ernst dreinblickend, mit geschminkten Lippen auf einem vergrößerten Passbild. Du fehlst mir. Das war nicht ausgemacht gewesen. Lotst mich nach Tirana und lässt mich hier. Allerdings hatte sie auch nicht das Gegenteil versprochen. Sie hat nichts darüber gesagt, wie es sein würde, wenn sie einmal hier

---

6.3.

Um 3:15 aus einem Traum erwacht. Ich war in S, an einem verregneten Freitagnachmittag. Ich beeilte mich. Ich wollte Schuhe kaufen. Ich lief sämtliche Schuhgeschäfte auf dem Corso ab. Es war schon um 5 und ich hatte immer noch nichts gekauft. Schließlich fand ich mich in einem Caféhaus wieder. An runden Tischen saßen meine ehemaligen Klassenkameraden. Ich setzte mich zu ihnen, bestellte einen Kakao. Die Zeit verging schnell, es war schon Nacht. Ich war mir nicht sicher, ob sie mich sehen konnten. Schließlich sagte ich zu Á und M: Wie schön, dass ihr immer noch zusammen seid! Sie lachten und sagten: Seit 7 Jahren! Da merke ich, dass der Kakao immer noch nicht angekommen ist und dass das Kaffeehaus leer ist und auch die dunkle Straße draußen vor den Fenstern. Ich wachte vor Schmerzen auf.

wären. Dass man immer genau aufpassen muss, was gesagt wird. Wieder das Gefühl, sie würde ihn womöglich betrügen wollen. Er nahm sein Handy und sah sich die Aufnahme auf der Fähre an.

Er betrachtete sie so lange, bis die Wäsche fertig war.

Er hängte sie auf, schuldbewusst – Schau, Flora, ich arbeite im Haushalt – und ging hinaus in die Stadt.

(Die Tür, zu der ich keinen Schlüssel habe, fällt ins Schloss, aber dass ich den Fußabtreter in der Dritten kenne, hilft.)

Der Fluss heißt Lana, ist winzig und fließt in einem betonierten Bett. Kopp spazierte an ihm entlang, bis er die bunten Hochhäuser fand, die man aus dem Fernsehen kennt. Dort setzte er sich auf eine Bank. Edi Rama ist der einzige albanische Name, den ich kenne. Außer Enver Hodscha, natürlich.

Saß eine Weile da und sah zu. Es ist schön hier, hörst du? Ich mag deine Stadt. Wahrscheinlich würde ich sie noch mehr mögen, wenn ich mehr verstehen würde. Aber auch das, was ohne dich verständlich ist, macht mich schon etwas glücklich. Die Knäule

---

In Wirklichkeit waren wir nie Freunde und sie sind auch längst nicht mehr zusammen.

Nach der Arbeit suche ich alte Adressen heraus. Ich will sofort allen schreiben, von denen ich noch eine Adresse habe. Aber dann schreibe ich doch nicht. Ich schreibe drei Telefonnummern in meinen Kalender. Höre mir die halbe Nacht ungarische Lieder an.

»Mein Mund, als hätte ich das Meer ausgetrunken, dieses tränige Nass.«

#

[Datei: jämmerliche]

*Dt. im Original*

der Stromleitungen über manche Kreuzungen verstehe ich. Das Betonbett des Flüsschens. Die Betonfüße der Bank, das hölzerne Sitzbrett der Bank, die rote Farbe darauf, den Nagel im Brett. Den Polizisten auf dem Stuhl vor dem Polizeirevier, kurzärmelig und ohne Mütze aber mit Waffe verstehe ich. Die Steinstufen mit den abgestoßenen Kanten. Ich verstehe Balkone, von denen der Putz geblättert ist, verglaste Balkone, Satellitenschüssel und Klimageräte. Ich verstehe nicht die einzige Moschee, die es zu sehen gibt. Aber ich verstehe die gigantischen Ohrensessel in einer Reihe auf dem Gehsteig vor einem Möbelgeschäft. Ich verstehe den gelben Transporter mit der deutschen Aufschrift »Backstube«, der unter einem Eukalyptusbaum parkt. Den neuen Glaspavillon im Park, den Popcornwagen und die bunten Münzreittiere für die Kinder. Die Autowaschanlagen auf Schritt und Tritt. Die Zelte der Obdachlosen unter einem großen Baum am Fuße von Hochhäusern sind etwas Neues, das ich verstehe. Die beiden dicken Mütter mit künstlichen Locken, die auf der Bank dort sitzen, in Sommerkleidern, die wie Hauskleider aussehen. Ich hätte dich noch geliebt,

---

*Jämmerliche Enthusiasten, die sich für ein-zwei Jahre aussaugen lassen, bis sie kaputt sind und aufgeben.*

#
[Datei: Ö]

Ein großer Sturm war vorausgesagt.
Den ganzen Tag über ein Deckel auf der Stadt, eine schwere Tuchent aus Luft. Ich duckte mich in meiner dunklen Höhle. Am Nachmittag, gerade auf dem Nachhauseweg, ging es los.
20 Minuten standen wir in der Haltestelle, weil es so regnete, dass die Straßenbahnen nicht fahren konnten. In den Händen der Touristen zerbrachen die pakistanischen Schirme in tausend Stücke.

wenn du so ausgesehen hättest. Ich würde dich noch lieben, wenn du so aussähest.

Niemals. Ich bin zu fett und zu rosa, um mich hier unauffällig einzufügen, aber auch Oda, das fiel ihm jetzt bei all der Vertrautheit des Anblicks auf, sah keinem von denen hier ähnlich. Denen nicht und niemandem sonst. Das ist mir schon einmal so gegangen mit einer Frau. Ich bin ein Ähnlicher. Meiner Berufsgruppe, meinen Freunden, der Familie. Flora war niemandem ähnlich. Und diese Kleine ist es ebenfalls nicht. Egal, wie sehr sie davon redet. Und die Oma? Die ist von einer Härte, wie es das bei uns nicht gibt. So, wie du mir über sie erzählt hast, habe ich sie mir fröhlich vorgestellt. Oder wenigstens heiter. Stattdessen ist sie von einer Traurigkeit, die bis in die Zellen geht. Kann es sein, dass Oda das nicht gesehen hat? Oder hat sie einfach gelogen? Keine Ahnung, nur Vermutungen, wie immer. Was willst du zum Beispiel an der sehr dünnen und sehr blassen alten Frau dort sehen? Hangelt sich mühsam von einem Haus zum nächsten. Du weißt nicht, was für ein Mensch sie ist, wie sie lebt. – Allein, in einer kleinen Wohnung im Erdgeschoss, damit sie keine Treppen bewältigen

---

Sie warteten, bis alle vor Wasser trieften, dann sammelten sie uns ein. Einweckglas. Die englischen Klassenfahrtler quietschen.

Ich stieg früher aus, folgte mit schmatzenden Schuhen den Gleisen und hörte mir das Zischen an. Ich sah nicht nach oben, ich wollte nicht sehen, falls die Oberleitung Funken schlug. Ich wollte nicht erschrecken.

Dann erschrak ich doch. Eine Hand aus dem Nichts. Packte mich am Arm, riss mich an sich, keuchte, ich keuchte auch, er zeigte nur: ich solle schauen, wie sich die gerissene Oberleitung Funken sprühend auf den Schienen windet.

Eine wahnsinnige Schlange.

Oh, sagte ich, ich wohne genau hier.

Oh, sagte er, dann habe ich Sie quasi nach Hause gebracht.

muss? Sitzt gerne auf einem Stuhl neben ihrer Tür im Hof und lässt sich die Sonne ins Gesicht scheinen? – Nichts davon. Was du siehst, ist lediglich, dass sie auf der Straße ist, weil sie es muss, nicht, weil sie es will. Sie ist nicht nur einfach alt, sondern auch schon so krank, dass sie kaum mehr gehen und atmen kann, so blass, dass sich Kopp fragen muss: wie kann es so weiße Haut an Lebenden überhaupt geben? Und die Magerkeit. Wenn sie plötzlich mager werden. Kommt aus dem Krankenhaus, eine Nachbarin in der Kindheit, und du, vielleicht 12 Jahre alt, siehst das erste Mal: sie haben jemanden zum Sterben nach Hause geschickt. Die Augen in ihren Höhlen. Nicht die Rundheit von Puppen- oder Kinderaugen. Das Gegenteil davon. Rund ist nicht rund. Die Pupille wird so bedeutsam. Und die Lippen und die Nase. Und das Kinn und die Stirn. Sie bekommen Geheimratsecken, Männer wie Frauen. – Meine Frau hatte keinen Krebs, trotzdem sah sie gegen Ende--- Wenn ich aussähe, wie ich mich fühle. Gegen Ende: ganz grau. Nicht das Haar. *Alles.* Als wäre sie von einem grauen Licht beschienen. Mit der Magerkeit tritt die Nase hervor, die Augen fallen ein, die Augenbrauen werden schwere Balken, die Wangen wer-

---

Ihr Hemd ist gerissen.
Tatsächlich.
Ich kochte Letscho mit Ei, etwas anderes war nicht im Haus.
Er trägt den Namen eines Perserkönigs, aber er ist blond wie ein Weizenfeld.
Ich weiß nicht, wie ich gehen soll, sagte er, da war es schon sehr spät. Ich fühle mich hier so heimisch.
Wir saßen auf dem Sofa oder lagen eher da, er umfasste meine Schulter. Dann bleib doch, sagte ich.
Durstig sogen wir durch das offene Fenster den Duft der nassen Stadt ein.

den dreieckig und am Kinn sieht man, dass die beiden Gesichtshälften ungleich sind. Du bist nicht mehr schön, und ich bin wütend. Schau doch mal in einen Spiegel, iss was Anständiges, geh zum Friseur, was soll dieser Mist? Hä?! Was soll dieser Mist? – Ich habe jemanden kennengelernt. Sie ist jung, schön und klug. Wie findest du das? – Machst dich aus dem Staub. Was sonst. – Die alte Frau hat es in ein Haus hinein geschafft. Ein Torweg ohne Tor. Man sieht ein Stück sonnigen Innenhof. Dort ist sie abgebogen. Stirbt man auf dem Land schneller oder in der Stadt? In der Stadt ist der Umweltstress höher, aber die medizinische Versorgung besser. Sie haben mich mit einer Meningitis zu Hause behandelt. – Wäre sie an einem Zeckenbiss gestorben, einem Schlangenbiss, am Biss eines tollwütigen Fuchses, wäre meine Trauer heute kleiner oder größer? Das ist einfach. Kleiner. – Wenn man in der Fremde krank wird, kehrt man nach Hause zurück. Oder nicht. Für ein Leben immun, auch gegen andere Arten des FSME-Virus. Das Zittern in den Beinen, wenn man von der Bank aufsteht, sollte man nicht unter-, aber auch nicht überbewerten.

Er setzte sich von der Bank in eine Pizzeria um, aß eine Pizza

---

#
[Datei: Fromm_Liebe]

Fromm. Die Kunst des Liebens

Liebe ist kein Gefühl, sondern eine Tat.
Tätiges Lieben
Eine Entscheidung
Sich für die Liebe entscheiden
Disziplin
Konzentration
Geduld
Erkenntnis

und Trank ein Bier und eine Cola. Das kostete 11 Euro. Noch haben wir's.

Den Nachmittag verbrachte er wahllos durch die Stadt spazierend. Kurz vor Ladenschluss kaufte er einen Strauß mit lilafarbenen und dottergelben Blumen sowie eine Schachtel Pralinen und ging zu der Wohnung zurück.

Alles Gute, sagte die Großmutter am nächsten Morgen. Auf Deutsch – was Darius Kopp noch einmal seltsam traf. Ich kenn mich einfach nicht aus mit euch.

Es sei noch erwähnt, dass er in dem Zimmer, in dem er schlief, den Schrank geöffnet hatte. Er erwartete, darin Odas Kleidungsstücke zu finden. Er hatte die ganze Zeit angenommen, dass er in ihrem Zimmer schlief. Aber im Schrank war nichts, das zu Oda passte. Er saß schon im Auto, als er es begriff: es waren die zurückgelassenen Kleidungsstücke ihrer Eltern, die sie immer noch aufhoben. Gebrauchte Kleidung aus dem Jahre 1992.

---

in der Lebensführung
das Ich erfüllen
den anderen erkennen

#
[Datei: artatlan]

Die Unschuld in deinen Augen
Du riechst gut
du schwitzt nur ein wenig zu sehr
duftiger Schweiß
badest in dir wie in Morgentau
ich mag die Zeichen des Welkens

# 12

Er fuhr nicht an der Küste entlang, er entschied sich fürs Binnenland.

*It's like Paradise. You should go and see it one day.*

Darius Kopp lachte. Weil ich mir gerade vorgestellt habe, das Paradies wäre wirklich in Albanien. Die ganze Zeit gewesen. Es hat nur keiner mitbekommen, weil das Land verschlossen war. Dass ihr deswegen das Land verschlossen habt, damit das keiner mitbekommt.

Sie lachte, aber nur halb. Lokalpatriotismus ist eine ernste Sache, ich weiß. Heide und Plebejer, der ich bin, soviel Feingefühl besitzt selbst ein Darius Kopp, zu wissen, welche Fragen heikel sind. Sie kann dir von Karthago erzählen – dessen Erde die Römer nicht mit Salz bestreut haben, wer könnte sich soviel Salz leisten, aber sie haben 50 000 Menschen in die Sklaverei getrieben; für nichts anderes führt man Kriege – nach Internierungsdörfern nicht in der Antike,

---

ein Mann ist, wer kein Junge ist
während deine Augen wie die eines kleinen Kindes
mein Herz pocht, wenn ich hineinsehe

#
[Datei: nem_merek]

Ich traue mich über nichts zu schreiben, das gut ist.

#
[Datei: Barth_Liebe_gegen_Wahnsinn]

*Liebe als Heilpotenz gegen den Wahnsinn* (Barthes)

sondern noch vor 20 Jahren brauchst du sie nicht zu fragen. Du weißt selbst zu wenig, um fragen zu können. Und sie war so rührend. Sie wollte es so gern schön haben. Oder es war wirklich schön für sie. Eine glückliche Kindheit in und nach einer Diktatur – das ist möglich. Was würdest du antworten, wenn man etwas über Bautzen wissen wollte? Ständig über Bautzen. Ich bin unschuldig, das würdest du sagen, und es wäre wahr. Unschuldig und bis zum heutigen Tage unwissend, weil ich das Volk bin, und das Volk hat nicht die Aufgabe, nach hinten zu schauen, sondern zu arbeiten und zu konsumieren, Gegenwart und Zukunft, das sind unsere Zeiten, um die Vergangenheit kümmere sich, wer nichts anderes zu tun hat. So habe ich es gesehen und gelernt. Alle bekannten Großeltern waren Bauern, aber *wir* leben, dem Krieg sei Dank, in einer anderen, einer *neuen* Welt, in der Schmutz unter Fingernägeln Hysterie bei Müttern auslöst. Weite Felder aus hellem Teppichboden und Berge von Schlagsahne zum Filterkaffee am Sonntag, zwei Kannen Minimum, aber eher drei pro Sitzung. Stunden über Stunden, da brauchst du kein Blei mehr. Wenn Aufstieg heißt, endlich auch Kleinbürger sein

---

Jemanden zu lieben ist ein hinreichender Grund, seine Existenz als sinnvoll zu empfinden.

→ 85

zu dürfen. Nie wieder werde ich Kaffee und Kuchen zu mir nehmen, das schwöre ich hiermit feierlich. Egal, ob das kindisch ist. Egal, ob ich es liebe. Wenn ich an Pflaumenkuchen denke, der so weich ist, dass man ihn mit dem Löffel essen kann, überkommt mich eine derartige Wut, dass Kopp in einer Kurve fast geradeaus gefahren wäre. Die verachten, von denen du abstammst, man kann so leben, aber das geht nicht von allein, du musst dich auf die Kurven konzentrieren, und zwar auf jede einzelne.

Ich will nicht verwurzelt sein, sondern verbunden. Jemandes Partner sein. Alleine kann ich nichts, das habe ich kapiert. Also: lehre mich. Ich will die Geschichte deines Landes lernen, ich will mich integrieren, ich will ~~Széchenyi~~ Skanderbeg lieben und verehren.

Blödsinn. Scheiß auf Helden. Die Zeit der in Stein gemeißelten Menschen ist vorbei. Keine Büsten. Höchstens Brüste, haha. Nur noch Formen will ich sehen, die Brüste sein könnten, Pobacken oder Hinkelsteine. Titten, Hintern, Hinkelsteine will ich sehen, alles andere ist eitel. Und Grabsteine? Denk nicht an Grabsteine. Da drüben ist ein Friedhof. Scheinbar mitten in einem Weizenfeld. Eine Kapelle aus locker aufeinandergestapelten roten Ziegeln. Zahn der Zeit. Oder sie war von Anfang an so. Was kannst du mir über die Kapellen in Albanien erzählen, Oda? Und überhaupt: wie hältst du es mit der Religion? Scherz. Kein Weizen, hohes Gras. Und schon vorbei. Kopp ist seit 4 Stunden unterwegs und müde geworden. Die Krankheit noch in den Knochen und nicht einmal Trinkwasser dabei. Wie ein blutiger Anfänger. Die Fernstraße war mal Autobahn, mal Schotterpiste, Kriechslalom zwischen schwerem Gerät, ein ungeduldiger Jeep schnitt ihn, bedeckte sein nachtblaues Auto mit weißem Staub, er sah kaum den Eselskarren, der rechterhand zentimeterte. Als er wieder sehen konnte, fuhr er schon in einer Pappelallee mit löchrigem Asphalt, Feldwege links und rechts, die zu Dörfern führten oder nirgendwohin. Um wirklich eine Entscheidung zu treffen, war Kopp zu müde, er riss einfach das Lenkrad herum, fuhr ein wenig am Grabenrand, bis er einen Schatten fand. Dort blieb er stehen und schlief die nächsten Stunden.

---

Er kam weit nach der Dunkelheit in Saranda an. Er wählte aufs Geratewohl ein Hotel an der Promenade, vor dem man gut stehen bleiben konnte. Das Zimmer hatte seitlichen Meerblick – tagsüber sieht man Korfu – frontal sah man auf die verschlossenen Jalousien des Hauses gegenüber und darunter, über ein grünes Tor hinweg, in die offene Tür einer erleuchteten Küche. Die Beine einer älteren, dicken Frau in einem geblümten Rock. Sie saß auf einem Hocker, Knie auseinander. Alte Frauen schlagen die Beine nicht mehr übereinander. Oder es hängt von der Dicke der Schenkel ab. Diesem Küchenbild entströmte eine so offensive Heimeligkeit, dass Darius Kopp, der doch niemals in seinem Leben in dampfenden Küchen bei dicken Großmüttern saß, sich wie in einem Zuhause willkommen fühlte. Jetzt wird alles gut. Während des nachmittäglichen Schlafs im Kornfeld sind die letzten Reste der Krankheit aus ihm gewichen, wach, interessiert, hoffnungsvoll blickte er nun von der Hotelterrasse auf den abendlichen Korso, der über die Promenade zog. Das Volk bei der Arbeit und in seiner Freizeit. Morgens Geschäftstreiben, abends der Korso, so ist es seit Menschengedenken. Dort, wo der Popcorn-

---

stand steht, stand schon vor 2000 Jahren einer. Vielleicht gab es nicht genau Popcorn, Mini-Bunker und pastellfarbene Zuckerware in Plastikummantelung, aber das sind bekanntlich die flüchtigen Details. Auf Anraten des Hotelmanagers aß Kopp in einem Imbiss in der Seitenstraße neben dem Hotel die schlechteste Pizza der Welt zu Abend, aber das Bier war gut. Er trank zwei, obwohl es ihm schon nach dem ersten etwas schwindlig war, aber das ist gar nicht schlecht, das ist gut, es hilft, sich einzufügen. Sich in den Korso einfädeln, schlendern, die Leute ansehen, das Meer und wieder die Leute. Die Leichtigkeit, mit der er alles in allem durch das Land gekommen war, ließ ihn glauben, so würde es nun auch weitergehen. Warum auch nicht? Anwesend sein, ein wenig aufmerksam und innerhalb der ersten oder zweiten Stunde wirst du sie finden.

Da bist du ja, wird sie sagen.

Bei einer lebenden Person ist das keine vollkommene Unmöglichkeit. Man muss nur lernen, richtig zu schauen. Erst die Männer aus dem Bild nehmen. Die Greise sind leicht, sie sind eindeutig, halten sich ausschließlich in gegenseitiger Gesellschaft in begrenzten Gebie-

---

ten auf, in der Nähe von Bänken und Bäumen. Familienväter sind unsichtbar und die Unverheirateten stören nur durch ihre schiere Masse. Anfangs verdecken sie alles andere: wohin du auch schaust junge Männer, die auf ihre Schönheit achten. Glänzend gekämmtes dunkles Haar. Selten, dass einer allein ginge, meistens halten sich zwei aneinander, denn wie jeder weiß, vor Einsamen und Gruppen haben die Mädchen Angst. Wenn überhaupt welche da sind. Auf die Mädchen wird aufgepasst, die Mädchen haben Pflichten, die Mädchen sind unpässlich, aber wen wir suchen, ist überhaupt kein Mädchen, sondern eine junge Frau, und von denen schien es hier ganz wenige zu geben. Teenager mit Haarreifen und Mütter mit Kinderwagen. Sonst nur noch die, die mit einem Mann im Paar gingen. Dass sie mit einem Mann hier sein konnte, fiel Darius Kopp erst jetzt ein. Deswegen die Seltsamkeit der Großmutter. Wen hast du schon wieder zusammengeklaubt am Wegesrand, und dann lässt du ihn hier und fährst zu einem anderen. Von da an schaute Kopp nur noch aus den Augenwinkeln nach den Frauen in den Paaren. Und was ich mache, wenn sie es ist? Und was, wenn ein junger Kerl

---

ihres Alters bei ihr ist, was, wenn einer meines Alters, was, wenn ein Greis. Keine Idee. Am besten wäre, wenn sie mich bemerkt, denn wenn sie mich bemerkt, wird sie die Sache in die Hand nehmen, uns vorstellen in ihrer überschwänglichen Art, und wir sollten doch was trinken gehen gemeinsam, und ich werde nicht ablehnen, sondern zusagen und es aushalten, was es auch immer ist, wenn es ein junger Kerl ist oder einer in meinem Alter oder ein Greis. Ein Greis, das wäre am besten, obwohl das bedeuten würde, dass er im Alter meines Vaters wäre – und hier hätte Darius Kopp die schlechteste Pizza beinahe wieder ausgespuckt. Zum Glück war die Promenade ohnehin gerade zu Ende. Ein wenig Licht fiel noch über die Grenze hinaus auf einen steinigen Strand. Zwischen den Kieseln verstreut Müll, Getränkeverpackungen hauptsächlich. Der Geruch abgestandener Getränke und des Meers. Interessanterweise verringerte das Kopps Übelkeit. Er schluckte und atmete. Mit dem Gesicht zum Meer saßen Liebespaare und Jugendliche zwischen den Kieseln. Kopp blieb so lange stehen, bis er sich die Rücken von allen angesehen hatte. Er sah nicht von allen soviel, dass er sie eindeu-

---

tig als Oda oder als Nicht-Oda hätte erkennen können, manche Ecken waren zu dunkel, aber zumindest war kein einziges Mal die Kombination alter Mann, junges Mädchen dabei, und er beruhigte sich ein wenig. Auf dem Rückweg ging er nah an der Häuserfront und konzentrierte sich auf die Lokale. Er ging nirgends hinein, er ging nur sehr langsam, damit er hinreichend lange durch die Scheiben schauen konnte. Die hinteren Bereiche siehst du so natürlich nicht, nichts von eventuellen Kellergeschossen oder Innenhöfen. Nach einer Weile merkte er, dass er seine Aufmerksamkeit zudem ausschließlich auf die Kellnerinnen richtete. Du bringst da etwas durcheinander. Sie hat nie auch nur mit einem Wort erwähnt, dass sie als Kellnerin arbeiten würde, je als Kellnerin gearbeitet hätte. Das war jemand anderes. Aber Kopp konnte mit diesem neuen Spiel nicht aufhören, auch wenn es sinnlos war, die falsche Zeit, aber wenigstens war es ein Faden, ein Führungsseil, an dem man entlanggehen konnte. Er war so sehr auf dieses eine Detail konzentriert, dass er an seinem Hotel vorbeiging und es erst merkte, als er am anderen Ende der Promenade angelangt war und an der Autostraße stand,

---

über die er gekommen war. Sie führte hinter einem mehrheitlich unbeleuchteten Gebäudekomplex weiter die Küste hinunter, zur nächsten Bucht, man konnte die Lichter sehen. Der dunkle Bereich zwischen den beiden Helligkeiten behagte Kopp nicht, es gab keinen Gehweg, Autos rauschten dicht vor ihm vorbei. Das eigene Auto holen. Aber dann hatte er doch keine Kraft mehr dazu. Er schaffte es gerade noch so zum Hotel zurück. Man kann zu erschöpft sein, den Lift zu benutzen. Es ist einfacher, mit roboterhaften Bewegungen eine Treppe hochzugehen. Im Zimmer summte irgendwas, irgendein Gerät, nun nicht mehr unterdrückt vom hereindringenden Lärm des Korso, die Küche mit der Großmutter war geschlossen, die grüne Eisentür, Darius Kopp fiel aufs Bett und schlief.

Als er am nächsten Morgen aufwachte, fand er sich in einer Wüstenei. Wie in der zweiten Septemberhälfte in Badeorten die Klappe fällt. Die Rollläden. Die Promenade ausgestorben, auf dem Kiesstrand vor dem Hotel eine einzige Familie: die Frau war fett und trug einen riesigen Hut, unter dem ihr Mann und ihr Kind Schatten fanden. Untergestellt wie unter einen riesigen Baum. Das Hotel bot zum Frühstück einzig und allein Espresso, Pulver-Cappuccino und WLAN an. Kopp nahm Ersteres und machte sich wieder auf den Weg. Er nahm nicht die Promenade, er ging hinunter an die Wasserlinie. Im Prinzip war das richtig, denn auf diese Weise kam er an einer Reihe Strandbars vorbei. Leider waren mittlerweile alle geschlossen. Eine hieß African, statt Kies gab es hier gelben Sand, Sonnenschirme aus Stroh lagen darin zur Seite gekippt. Ein einziges Lokal, Aloha mit Namen, hatte geöffnet, weil es zu einem Hotel gehörte. Die Sonnenschirme waren auch hier schon abmontiert, der Außenbereich zu heiß und zu hell, Kopp ging in den Innenbereich, ein Glaskasten, zu stark gekühlt und menschenleer. Kopp setzte sich in die Nähe eines Fensters, um die Illusion zu haben, durch die Scheibe doch etwas Wärme abzubekommen. Musik war an, schreckliche, hochtonige, monotone Musik, und kein Mensch kam. Keine Oda, keine Flora, um ihn nach seinen Wünschen zu fragen. Kopp stand auf und ging wieder hinaus. Als wäre die Sonne laut und das Meer hell. Er stolperte den Strand entlang. Schließlich fand er doch

---

eine angenehme Bucht, setzte sich in den schmalen Schatten eines Felsens.

Miserable Einsamkeit. Aber er erlaubte es ihr nicht, ihm nahezukommen. Er konzentrierte sich darauf, was er in dem Moment wahrnahm. Was zu sehen ist, was zu hören ist, wie es riecht, die Temperatur, wie der Stein ist, auf dem ich sitze (hart, aber von der angenehmsten Temperatur). Flora saß im Schatten hinter ihm, ein wenig versetzt, und las ein Buch. Danke. So konnte sich Darius Kopp ohne Rücksicht auf die örtlichen Gepflogenheiten nackt ausziehen und ins Meer gehen.

Für einige Minuten ist jetzt alles in Ordnung. Darius Kopp schwimmt in einem lauen Meer. Der Salzgehalt ist hoch. Trotz Kopf über Wasser lässt es sich nicht vermeiden, dass man den Geschmack bald im Mund hat. Dass das Element um mich herum stärker ist als ich, ist immer und von allen Seiten zu spüren. Eine Weile fühlt sich das gut an. Je müder man aber wird, umso deutlicher wird es: man könnte sterben, es gehörte nicht viel dazu. Menschen, die ins Meer gehen. Der Punkt, an dem man, selbst wenn man es wollte, nicht

---

mehr zurückkönnte, ist schneller erreicht, als man denkt. Im Meer schwimmen. In Kleidung schwimmen. Das Gewicht des Wassers in den Kleidern. Aber selbst, wenn man nackt wäre. Die letzten Minuten. Solange man noch kämpft. Denn man kämpft, immer, auch wenn man die Todesart selbst gewählt hat. Die Verzweiflung wird kommen, und wenn es eine Sekunde dauert, aber es dauert keine Sekunde, das hättest du wohl gern. Die Verzweiflung vor dem Schluss, der kannst du nicht entgehen.

Kopp schwamm schnell wieder ans Ufer. Bevor er den Fuß auf den Boden setzte, sah er nach: kein Meeresgetier, nur Steine. Nicht spitz, rund, trotzdem tut's weh, dennoch, ich setze meinen Fuß dankbar auf sie. Er trocknete sich mit seinem Hemd ab, zog es hinterher wieder an.

Er fand ein Lokal, in dem unter freiem Himmel Fische gegrillt wurden. Der Grill wurde von einem Mann bedient, jünger als Kopp, aber mit ebenso schütterem Haar, seine Glatze war braun gebrannt, sein Bizeps war braun gebrannt, er war fröhlich und sprach bestes Englisch, mit dem er sich für eventuelle Fehler beim Service

---

entschuldigte, er helfe hier nur Freunden aus, ein First-Time-Server.

*Where are you from? Did you like the fish I grilled?*

Wieder ist es für eine halbe Stunde gut. Ein guter Koch und ein freundliches Gemüt.

Doch dann, zurück im Zimmer, läuft im Fernseher ein Fashion-Kanal, dürre Mädchen pressen ihre knochigen Knie gegeneinander, damit sie im unmöglichen Schuhwerk laufen können. Ich verstehe das mit dem Dünnsein, aber das mit den Schuhen verstehe ich nicht. Wie in spanischen Stiefeln. Wer bestraft sie und wofür? Und warum nehmen sie die Strafe an? Weil sie jung genug sind, es tun zu können, ohne gleich zu sterben. Hast du deswegen deinen Körper verfallen lassen, Flora? Damit er nicht mehr vital genug ist, dich hierzuhalten? Um Oda muss man sich keine Sorgen machen. In ihrem Alter und gesund wie sie ist, kann ihr kaum etwas passieren. Ich wüsste trotzdem gerne, wie es dir geht. Nein. In Wahrheit möchtest du ihr erzählen, wie es dir geht. Und das hast du bereits. Vor der Ratlosigkeit flüchtete sich Darius Kopp wieder einmal in den Schlaf.

---

Am nächsten Tag nahm er das Auto, um ein größeres Gebiet abdecken zu können. Straße für Straße die Bucht und die Nachbarbucht und das Hinterland, in Terrassen auf den Berg hinauf. Spiegelglatter Asphalt und Schotterpiste, bizarr zusammengesackte Investmentruinen und Luxushotels im Wechsel. Du musst jede Straße 3mal abfahren, dann kannst du sagen, du hast sie gesehen. Wie du anfängst, Landmarken wiederzuerkennen. Das Geschäft mit den Haushaltswaren, mehr als 3mal. Eine rosa Babybadewanne war irgendwann verkauft. Kopp stieg selten aus, er glitt auch nicht im Schritttempo vorbei, aber so, dass er jeden sehen konnte. Außer denen, die im Hintergrund arbeiten, nicht wahr. Aber irgendwann müssen auch sie etwas essen, einkaufen, Luft schnappen. Das ist hier keine Großstadt, noch nicht einmal eine echte kleine. Interessant wäre es zu wissen, ob die tägliche Änderung der Route die Chancen auf einen Zufallstreffer (im Vergleich mit jemandem, der seine Route nicht ändert/ebenfalls ändert) erhöht oder nicht. Darius Kopp weiß es nicht, also handelt er nach Gefühl: er fährt jeden Tag eine andere Route.

---

An einem Tag war er sich sicher, wenn er zu der Ausgrabungsstätte in Butrint führe, würde er sie dort finden. Du magst doch antike Stätten. Als der Legende nach Hellenos, als der Legende nach Aeneas aus dem brennenden Troja fliehend und so weiter. Wieso denkst du Kellnerin, wenn es doch tausendmal naheliegender wäre, Fremdenführerin zu denken? Für etwa eine halbe Stunde flog Darius Kopp durch eine malerische Landschaft auf verheißungsvolle Ruinen zu. Alles wird gut. Gleich bei der Ankunft war da auch tatsächlich eine englisch sprechende Touristengruppe, aber betreut von einem Mann, wie konnte das passieren, ich kann nicht einmal gucken, ob du dich nicht nur sehr verändert hast im Laufe der vergangenen 10 Tage, und später kamen nur noch Schulklassen mit Lehrerinnen mittleren Alters. Darius Kopp ging einen Tag lang im Wesentlichen alleine zwischen alten Steinen umher, saß lange Zeit unbehelligt auf einer Steinstufe im Amphitheater, stieg auf Anhöhen, um Aussicht zu haben. Die Halbinsel, der Tempel, der See, die Lagune, der Kanal, das Meer sind schön. Die nachlesbaren historischen Hintergründe sind interessant und bereichern mich,

---

befreien mich aus dem engen Gefängnis meines profanen Alltags. *Dir* würde es auch gefallen. Oder nicht? Doch, sagte Flora. Sie saß in seinem Schatten auf dem Stein neben ihm. Kopps Herz pochte. Bist du jetzt glücklich? Ja, sagte die gesunde Flora und lächelte, natürlich. Dass immer nur du erscheinst, kommt nicht von ungefähr, stimmt's? Versteh mich nicht falsch. Was ich sagen will: wenn du da bist, fehlt sie mir nicht. Aber da war sie schon wieder weg. Die Fähre von Korfu nach Saranda war gerade auf halbem Wege. Sie kommen von der Arbeit oder vom Ausflug. Am Morgen hin, am Abend zurück. Die alten Frauen haben gelogen. Und selbst wenn nicht. Was sollte sie gehindert haben, ihre Pläne zu ändern? Ein freier Mensch. Sie hat mir ihre Handynummer nicht gegeben. Wenn du das nicht verstehst, dann tut's mir leid. Andererseits habe ich auch nicht danach gefragt. Ist gar nicht die Fähre nach Saranda. Zu groß. Wahrscheinlich eine, die bis Bari fährt.

Nach dem Butrint-Ausflug war ihm im Grunde schon klar, dass es sinnlos war, was er hier tat, aber als er am nächsten Morgen aufwachte, war doch wieder die Hoffnung da. Am Morgen ist die Hoff-

---

nung immer selbstverständlich und lebensgroß. Im Laufe des Vormittags wird sie dann noch zweckmäßig aufgebläht, wer Zeichen sucht, wird sie finden, und wenn es so aussieht, als würde aus der Sache auch nur ein wenig Luft entweichen, wird sofort nachgelegt, wir hoffen noch mehr, um nicht weniger hoffen zu müssen, hinter der nächsten Ecke, der nächsten, als könnte man mit Standhaftigkeit alles auf dieser Welt erreichen. Das Mittagessen sollte möglichst spät stattfinden, denn zwar scheint es dem System neue Energie zuzuführen, in Wahrheit lenkt es, solange es dauert, nur von der Ratlosigkeit ab, und im Grunde ist es schon die Kapitulation. Der Nachmittag ist der Horror. Du kannst einfach liegen bleiben oder dich weiter bewegen, was dir eher möglich ist. Treibe Sport. Wenn du ein dicker Mann bist, geh schwimmen. Gewöhne dich wieder ans Meer, werde das Gruseln los. Das wenigstens geht ganz gut. Ich habe schon so viele haltlose Tage durchhalten müssen – Allein, wenn ich nur an den Schreibtisch denke! – wenn ich eins kann, dann das. Sobald es dunkel zu werden beginnt, wird es leichter. Der Nacht blickt Darius Kopp in 100% der Fälle wieder in

---

freudiger Erwartung entgegen, woher genau, ich weiß es nicht, aber die Hoffnung ist wieder da, selbstverständlich und lebensgroß, und du kannst wieder losgehen.

Nach einigen Tagen entschied Kopp, die kritischen Stunden des Tages – Die Siesta für einen, der wach ist! – zu verschlafen und die Suche ganz in die Nacht zu verlegen. In der Nachsaison sind in manchen Straßen nur mehr die Ecken erleuchtet, und manchmal sind das nur Lampen, die auf eine Straßenkreuzung gerichtet sind, und die Eckkneipen entpuppen sich, wenn man näher kommt, allesamt als geschlossen. Oft genug stellt Darius Kopp fest, dass er erleichtert ist, wenn es so ist. Dass die Auswahl eingeschränkt ist, dass nicht alles zu sehen ist, korrespondiert besser mit meinen Fähigkeiten, mich zurechtzufinden. Von Insel zu Insel durch die Dunkelheit treiben ist schön. So kannst du dich zwischendurch erholen, dich erneuter Hoffnung hingeben oder ein wenig – nicht endgültig – resignieren, das fühlt sich, interessanterweise, fast gleich an. Wie Erwartung und Angst gleichzeitig anwachsen, wenn du dich einem neuen Etablissement näherst. Aus den Massen sind über-

---

schaubare Grüppchen geworden, und in der Tat setzen sich diese aus ganz anderen zusammen als jenen, die man tagsüber oder am Abend treffen kann. Natürlich waren die üblichen lokalen Alkoholiker dabei, aber auch gesunde junge Menschen aus dem In- und Ausland. An der ersten Gruppe sah Darius Kopp höflich vorbei, die zweite versuchte er, nicht ungebührlich anzustarren. Es waren unterschiedlich zugängliche dabei. Manche interessierten sich für nichts außerhalb ihres eigenen Kreises, manchmal reihenweise, so dass Kopps Gefühl, unsichtbar zu sein, schon wieder beklemmend zu werden begann. Ein anderes Mal waren sie so aufgeschlossen, dass sie einen sofort einsaugten, und man kam in die üblichen Gespräche – *Where are you from* etc. – die so lange angenehm waren, bis Darius Kopp die Wahrheit sagte: Ich suche nach diesem Mädchen hier. Sofort war die Stimmung im Eimer, was Kopp doch etwas erstaunte. Kann man heutzutage nach keinem Mädchen mehr suchen, ohne dass man gleich eingekerkert wird in wenig wohlwollende Vermutungen? (Dass du soviel älter bist, macht dich zum Jäger. Finde dich damit ab.) Die meisten blieben dennoch höflich, schüt-

---

telten lächelnd den Kopf, tut uns leid, nein, leider, nie gesehen – und wechselten zurück zu ihrer Sprache, und Kopp war draußen.

Bis er eines Nachts jemanden vom Tage wiedertraf. Unseren First-Time-Server aus der Fischbraterei. *Do you remember me?*

Sein Name war Pëllumb. Und das hier ist mein Kumpel Gazmend. *Did you like the fish I grilled?* Hier hat man Ziegenbeinscheiben. Hast du schon mal Ziegenbeinscheiben gegessen? Lass mich dir Ziegenbeinscheiben bestellen. Ich habe meine Kindheit damit verbracht, sozusagen. Das Essen in Albanien ist erstklassig. Nirgendwo sonst auf der Welt bekommst du so ein Essen, ich schwöre es dir. Wir konnten 40 Jahre lang nirgends hinfahren, aber das Essen war gut. Mag sein, du sagst, das ist nichts. Aber stell dir vor: 40 Jahre bei miesem Essen.

Oh, ich kann mir das vorstellen, sagte Darius Kopp. Ich komme aus der DDR.

Das war billig. Aber schau, wir lachen beide und unterhalten uns über die gottseidankvorbei alten Zeiten. Er ist nur 10 Jahre jünger und weiß, was zu wissen ist.

---

Die Schulausbildung in Albanien war großartig! *Jeder* in Albanien spricht mindestens 3 Sprachen.

Wieso sagt dann Gazmend kein Wort?

*He's a melancholic. He lives in Greece.*

Gazmend lächelte, nickte, setzte sich an die Bar um, dort verlieren sich seine Spuren.

...

Danke für das Essen, es war wirklich köstlich, aber ich muss weiter.

Wohin musst du?

Ich will mir noch ein paar andere Läden anschauen.

Ich kann dir zeigen, wo es die guten gibt!

Es ist nicht so wichtig, dass sie gut sind...

Aber das hat er nicht gehört. Er bringt mir mein System durcheinander, indem er ein Moped benutzt, um Straßen zu überspringen. Andererseits hatte Darius Kopp schon einmal gute Erfahrungen mit einem Moped-Fahrer gemacht, also, warum nicht. System oder Zufall, als wäre beides nicht dasselbe.

---

Diesmal wurde nicht der Fahrer betrunken, sondern Darius Kopp. Wo sie auch hinkamen, wurden ihm Biere, Brände, Cocktails angeboten, und er lehnte kein einziges Mal ab. So macht man sich beliebt. Allerdings wird alles etwas verschwommen, Orte (3 oder 4, von denen er keinen einzigen mehr allein wiedererkennen würde) und Menschen, mal in der Rolle des Barpersonals, mal in der von Gästen. Einigen von ihnen ist so, als hätten sie mich schon mal gesehen. *I think I've seen you lately* etc. Die Vorgestellten waren allesamt Männer, nicht eine einzige Frau dabei, das heißt: eine, falsches Alter, falsche Blondine. Einmal saß eine Gruppe junger Menschen in einer schlecht beleuchteten Ecke, darunter ein Mädchen, das wenigstens vom Typ her Oda ähnlich war. Kopp starrte sie durch den Dunst seiner Trunkenheit an, ob es vielleicht gelang, sie sich so zurechtzuschauen, dass sie passte. Ich sehe schließlich auch ein wenig anders aus als noch vor 3 Wochen, die Krankheit, das Meer, alles hinterlässt seine Spuren, auch sie muss erst viele kleine Korrekturen an Augenbrauen, Nasenflügeln, Mundwinkeln durchführen, bevor sie mich wiedererkennen kann … Während er mit Pëllumb und seinen

---

Bekannten das Gespräch wiederholte, das er schon mit Oda geführt hatte: Hoxha, die Blutrache, die Mafia, die Pyramide, die Bunker, die Flüchtlinge. Aber das ist alles nicht das Entscheidende, sagte Pëllumb, sondern der Kosovo. Darius Kopp erkannte das Wort, nickte und schaltete auf der Stelle ab.

Um ehrlich zu sein, interessiert mich das alles nicht. Sollte es vielleicht, tut es aber nicht. Das hat nichts damit zu tun, dass das nicht mein Land ist. Nickend höre ich nicht hin, wenn es um die Angelegenheiten deines Landes geht, und kopfschüttelnd, wenn es um die Angelegenheiten meines Landes oder der Welt im Allgemeinen geht, dazwischen streue ich Floskeln. Und warum? Weil mich ausschließlich meine privaten Probleme interessieren. Das ist die Wahrheit. Wenn ich dir interessiert zugehört habe, dann nur, weil du es warst, eine junge Frau, die mir gefiel, und wenn ich bereit bin, Széchenyi oder Skanderbeg als für mich relevant zu erklären, dann aus einem einzigen Grund: damit du mich einlässt in dein Reich. So sieht es aus. Im Schoß einer Frau will ich ruhen, deswegen mache ich mich hier zum---

---

…zu Albanien, *that's a fact*, sagte Pëllumb und machte einen Punkt.

Darius Kopp nickte und sagte, langsam, wie jemand, der bedächtig ist:

~~Meine Frau~~ Jemand sagte dazu einmal, die Lage muss einfach so sein, dass deine Zugehörigkeit zu einer Nation oder einer Ethnie im Alltag kein Problem darstellt. Wenn das erreicht ist, können Staatsgrenzen verlaufen, wo immer sie wollen.

*Sure*, sagte Pëllumb. Sicher, sicher.

(Du hörst mir ganz genauso wenig zu wie ich dir.) Eine Weile schwiegen sie jetzt. Dann berührte Pëllumb zärtlich Kopps Unterarm und zeigte zu den kaum sichtbaren Gemälden an den Wänden:

Schau, das ist Kosova.

Berge, Schluchten, Wälder, Almen, ein kleiner Bergsee mit grauen Steinen am Ufer. Das Licht fällt meist von oben links herein. Als hätte sie jemand vor 100 Jahren gemalt. Nein, eher vor 200. Hätte es vor 200 Jahren Acrylfarbe gegeben.

Weißt du, wer sie gemalt hat?

---

Nein. Wer?

Ich.

Du hast das gemalt?

Pëllumbs Stolz, Kopps Höflichkeit. (Dass es *schön* ist, soll Argument für *was* sein?) Auch in Deutschland gibt es schöne Gegenden, gewiss. Wo nicht. Die Erde ist schön. Und ich mag dich. Schade, dass du kein guter Maler bist.

Und du? fragte Pëllumb, nachdem er sich genug im Ruhm gesonnt hatte. Was machst du eigentlich?

Ich suche nach einer jungen Frau.

Du suchst nach einer jungen Frau?!

Ja. Einer Albanerin. Sie heißt Oda. Odeta. Kennst du sie vielleicht?

Sie lachten. Aber in der Tat kannte Pëllumb einige Odetas. Sie nennen sich alle Oda.

Sie ist Studentin.

Pëllumb kannte viele Studentinnen.

Der Geschichte.

Kunstgeschichte?

---

Nein, nur Geschichte.

Pëllump kannte viele Studentinnen der Kunstgeschichte.

Als würde ich Barkochba mit ihm spielen. Bitte verfeinern Sie Ihre Suche. Sie sieht so und so aus.

Hast du sie in Deutschland kennengelernt?

Nein.

Ist sie deine Freundin?

Nein. Nicht so. Sie sagte, sie würde hier sein.

Warum rufst du sie nicht an?

(Sie hat mir die Nummer nicht gegeben.) Sie hat kein Handy.

Ist sie auf facebook?

(Keine Ahnung. Ich bin gar nicht auf die Idee gekommen, nachzusehen. Wieso bin ich nicht auf die Idee gekommen, nachzusehen?) Ich weiß nicht, sagte Darius Kopp mit schwerer Zunge. Obwohl er seit einer Weile gar nicht mehr betrunken war.

Obwohl, wenn sie kein Handy hat… Ist wohl mehr so eine Alternative, was?

Ja, sagte Kopp. So ziemlich.

---

Du, sag mal. Willst du noch mehr Bilder von mir sehen? Ich kann dir mein Atelier zeigen. Es ist nicht weit. Du kannst auch eins kaufen, wenn du willst. *To remember Albania*. Oder für deine Freunde.

Danke, sagte Kopp. Aber ich …

… bin gezwungen, einen netten Menschen und schlechten Maler zu beleidigen, weil ich im Laufschritt zum Hotel und der Internetzelle zurückrennen muss, als käme es auf Minuten an.

Odeta Danaj teilt nur einige Informationen öffentlich. Falls du Odeta kennst, sende ihr eine Freundschaftsanfrage oder schicke ihr eine Nachricht.

Hier ist Darius. Ich bin in Saranda. Wo bist du?

Eine Antwort kommt innerhalb von Sekunden oder nie. Zwischen diesen beiden Enden finde nun den Zeitraum, der für dich erträglich ist.

Den Rest dieser Nacht saß Darius Kopp auf der Hotelterrasse und wartete im Internet. Halb 4, um 4, halb 5, halb 6. Wieso werden mir, wenn ich nach Odeta Danaj suche, eine Bar in Sevilla an-

---

geboten, eine Landkarte der Slowakei und der BusinessLink-Eintrag eines Bauunternehmers in der Greater Boston Area, mit einem Namen, der nicht einmal ähnlich ist? Du ahnst, dass es sinnlos ist, dennoch klickst du alles an. Wer sich dieses Profil angesehen hat, hat sich auch das von Irma Heym, Muhaedin Paki, Raúl Amores, Avni Barato, Moshe Valls und Geront Tirta angesehen. Wer sich Geront Tirta angesehen hat, hat auch nach jemandem gesucht, dessen Name Borowski, Borofski oder Borosky ist. Paul, Uri, Michael, Davi, Rick, Kiel, Shoshi, Heike, Tally und Sharon. Verlasse BusinessLink, suche über die Suchmaschine. Mit Anführungszeichen 0 Ergebnisse, ohne 179. Klicke sie alle an. Die meisten sind auf Albanisch, das ist gut, auch wenn wir nichts verstehen. Maschinenübersetzungen geben Auskunft über Tänzerinnen, Apothekerinnen, Soziologinnen, Politikerinnen, Politikergattinnen – im Albanischen Volke gilt der sogenannte Präsident als Idiot, sein Lebenslauf ist eine Lüge, identisch wie der Lebenslauf seiner Ehefrau Odeta, welche nicht von einer Familie von Durres stammt, denn auch das ist eine Erfindung der heimatlosen Gangster – Studentinnen anderer Fachrichtungen und mit anderen

Nachnamen in anderen Städten, Bürgermeisterinnen und Bräute, Wedding Photography by Alban Celami – halb 7, 7, die Sonne geht auf, sie ist schon aufgegangen, die Bräute tragen alle Weiß, möchten Sie einen Espresso oder einen Cappuccino? – ihre Namen sind Joana, Linda, Dasma, Geraldina, Delina, Aurora, Elona, Iris, Ornela und Emanuela.

Hier ist Darius nochmal. Ich wohne im Hotel Soundso. Meine Telefonnummer ist…

12 Uhr, 13 Uhr. Es gibt verschiedene Reisecommunitys, die gegenseitige Übernachtung anbieten. Bei Divani International sind 23 Sofas in Tirana registriert, davon 16 Frauen, alle sind schön, jung, sprechen englisch, sind *open minded*, lieben das Leben, die Künste und das Reisen. Ihre Namen sind Arjana, Helga, Jerina, Leona, Marsela, Danaja, Merjem, Selda, Tatiana, Dora, Anxhela, Ana, Anna, Angie, Greta und Emilia. Keine Odeta, keine Oda. In Litauen gibt es mehr Odetas als in Albanien, in Spanien gibt es keine, in Augsburg gibt es eine, in Brightport, UK, eine, die berühmteste aber ist eine polnische Schauspielerin. Bei einer rumänischen Fotogra-

---

fin dachte er fast, jetzt, endlich, habe ich sie, für einen Moment sah sie so aus, auf den zweiten Blick allerdings ganz und gar nicht. Keine. Odeta Kazlauskaitė nicht, Odeta Petrauskaite nicht, Odeta Simaitiene nicht, Odeta Lee nicht, Odeta Petras nicht, Odeta Bulo nicht, Odeta Remeikiené nicht, Odeta Druktenyte nicht, Odeta Raboreite nicht, 14 Uhr, 15 Uhr, Odeta Selami, Odeta Bastiene, Odeta Jaruseviciute, Odeta Stuikyte nicht, Odeta Vranskà, Odeta Muslia, Odeta Buqe, Odeta Rudling nicht, Odeta Shuti, Odeta Vaznaitiene, Odeta Vaitkeviciene nicht, Odeta Hoxha, Odeta Losi, Odeta Oetri, Odeta Ademi, Odeta Vasiliauskiene nicht, Litauen, Lettland, Estland, Ostpreußen, Barten, Ermland, Nadrauen, Natangen, Pogesanien, Pomesanien, Polen nicht, Odeta Chudzajec, Odeta Indriejaityte, Odeta Slavinskiene, Odeta Krepaityte, Odeta Kudopcenkiene, Odeta Kudloce, Odeta Bockiene, Odeta Kudopcenkiene, 16 Uhr, 17 Uhr nicht, Odeta Grimalauskiene, Odeta Sakiene nicht, Bräute, immer wieder Bräute, nicht, Odeta Keta, Odeta Kvasiliote, Odeta Knomi, Odeta Mikalawice, Odeta Kerxhalli, Odeta Kola, Odeta Pontes, Odeta Riaukaite, Odeta Botyre, Odeta Dume,

---

Odeta Kelemenova nicht, Iveta Majercak nicht, Odeta Pawardene, Odeta Behm, Odeta Ismaili, Odeta Odi, Odetah Camping Resort nicht, Odeta Fashion House, OdetaHome, Balogh Richárd, 18 Uhr, 19 Uhr, Guia Travel Sevilla, Club Gallo, Escuela des Hosteleria Gambrinus, Edina Horváth, Escuela Dramatica Madrid, Dunavárîné Budai Szilvia, Te Plancho Barato, Konstantin Tóti, All Cannibals, Oda Nabuna ya Nabou, du antwortest nicht, meine viel zu kleinen Europäeraugen fallen aus, Bilder, keine Bilder, Personen, Orte, der Ort, an dem ich bin, mein Hotel vom Strand aufgenommen, die Terrasse, aber ich bin nicht drauf, was, wenn ich eins finde, auf dem ich drauf bin, der Hotelmanager stellt mir ein Glas lauwarmes Leitungswasser mit Eiswürfeln hin, aber du antwortest nicht, schließe die Augen, schließe sie.

---

## 14

Das war jetzt schwierig, überhaupt sich durchzuringen. Die übliche Kopp'sche Vorgehensweise wäre gewesen, einfach nicht weiterzulesen. Wie oft habe ich in meinem Leben einfach nicht weitergelesen, fast immer, angerissene Texte, halbe Sätze, mein Leben lang. Meine Frau hat gelesen. Sie hat mir davon erzählt. Wie war dein Tag? Ich habe das und das gelesen. Manches – die einfacheren Sachen – hat sie auf meine Seite des Betts gelegt, auf das einzelne Regalbrett, das dort statt eines Nachtkästchens elegant aus der Wand ragt, dort stapelten sie sich. Bevor der Turm umfiel, räumte sie ihn weg.

Jetzt ist gut. Besser. Du bist wieder da. Wie du den Bücherstapel wegräumst. Besser. Man kann nicht hinter einen Punkt zurück, an dem man schon einmal war. Nur, dass man es manchmal muss. Wir sind hier noch nicht fertig. Also: sich überwinden. Natürlich denkt man, so schlimm wird es schon nicht werden. Aber es wird

---

## 13

[Datei: rontás]

Es war einmal, vor langer Zeit, als es noch keine Handys gab, eine letzte Straßenbahn. Es war einmal, vor kurzer Zeit, eine nächtliche Bushaltestelle.

Ich kam aus der Spätvorstellung und stieg aus Versehen in eine Bahn ein, die nur bis zum Betriebshof fuhr.

Ich hockte die letzten 4 der 12 Stunden vor einem steinzeitlichen Faxgerät im Lager, um in 10er Gruppen 1000 Adressen anzuwählen.

schlimm. Wie aus dem Schlaf in eiskaltes Wasser stürzen. Das Herz weiß gar nicht, was es als Erstes machen soll, Flucht oder Verteidigung, Arme rudern, Beine strampeln. Wenn das, was man da gerade tut, nicht wirklich Schwimmen ist, sondern Lesen, muss man an diesem Punkt aufspringen und hin- und herlaufen. – Einmal habe ich dich gesehen. Du liefst in der oberen Etage auf und ab. Was machst du da, mein einziger Schatz, mitten in der Nacht? Ich lese. Wieso läufst du dabei auf und ab? Geht nicht anders. – Darius Kopp in Saranda musste die Hotelterrasse verlassen und ins Zimmer zurückkehren, bei strahlendem Sonnenschein musste ich in mein Zimmer zurückkehren, um dort während des Lesens auf und ab laufen zu können, mit dem Laptop in der Hand. Da wäre auch der Ausdruck gewesen, aber Kopp marschierte lieber mit dem in seinem Arm kippelnden, immer heißer werdenden Laptop, auf das Fenster zu, vom Fenster weg, der Bildschirm wird dunkel, der Bildschirm wird hell, damit es überhaupt irgendwie auszuhalten war. *Die Unschuld in deinen Augen.* Hier beginnt unsere Ehe. F. hat D. kennengelernt. *Jemanden zu lieben ist ein hinreichender Grund.* Das liest du

---

Später legte ich mich auf meinen Mantel.
Ein heruntergekommener Mann stand in der Wendeschleife und zog an seinem Zahn. Ich hörte es zippen.
Später kam der Chef herein und brachte mir einen Teller mit erkaltetem Essen. Nein, danke, sagte ich mit sanfter Höflichkeit. (Wie kommt es, dass du, obwohl du weißt, dass dieses lebende Bild, in dem du hier gerade auftrittst, die Wahrheit so perfekt abbildet, dass du beinahe kichern musst, du dich dennoch gedemütigt fühlst? Ja, das ist mein Leben. Assistentin des Produzenten. Soviel, wenigstens, glaube ich sagen zu können: den Tiefpunkt des Tages haben wir also hiermit hinter uns. Doch, Achtung: Du sollst den Tag nicht vor dem Abend verdammen.)
Endstation! schnauzte der Fahrer durchs Mikrophon. Der Mann mit

12mal. Jemanden zu lieben, jemanden zu lieben. Habe ich dir heute schon gesagt, dass ich dich liebe? In einem Hotelzimmer in Südalbanien, auf und ab, die Bettkante in Schienbeinhöhe. Habe ich dir heute schon gesagt, habe ich dir heute schon gesagt? Und sie? Lächelte und sagte ja oder nein, und er sagte es, unabhängig davon, wie die Antwort ausgefallen war, noch einmal: egal, was ich noch sagen wollte: ich liebe dich. Ich dich auch. Sie sagte, das kann verbürgt werden: ich dich auch.

(In einer späteren Variante: Liebst du mich?

Natürlich liebe ich dich.)

Und dann kam einer daher und trat sie um. Ein besoffener Jemand. Beleidigt, belästigt, greift tätlich an. Warum passiert das nicht jeden Tag. Tut es doch. Manche trinken und sind dann enthemmt und ehrlich überrascht, und manche trinken, damit sie enthemmt werden, weil sie wissen, sonst hätten sie nicht die Courage, das Böse zu tun, aber das Böse muss getan werden, es muss. Mit einem Messer in jemandes Niere, weil er eine »linke« Brille trägt. Oder gar nicht, keine Brille weit und breit, es hatte nur so ein Loser

---

dem schlechten Zahn schaute durch die Scheibe höhnisch herein. Ich ging nach vorne zum Fahrer und bat ihn, mich mit in die Remise zu nehmen, dort draußen stünde jemand, der mir nicht geheuer sei. Hättest du dir früher überlegen sollen, Püppi, sagte er, ohne mich anzuschauen. Bitte, sagte ich. Raus, sagte er. Nein, sagte ich. Da fuhr er doch noch mit mir in die Remise. Jetzt können Sie die Türen öffnen. Gleich, sagte er und fasste meine Brüste an. Kräftig, schmerzhaft. Ich sah ihm in die Augen. Nur die Brüste, dann ließ er mich los und öffnete die Tür. Ich rannte durch die Dunkelheit, bis ich an die Donau kam.

Die Bushaltestelle war nicht leer. Ein Pärchen stand da, einander umarmend. Ich stellte mich ans andere Ende, unter eine Lampe. Ich dachte noch: wie schön rot dieser Mantel ist und dass es doch gut ist, eine Frau zu sein, weil dich so etwas froh machen kann.

mal wieder einen schlechten Tag, die Verantwortlichen dafür sind unbekannt oder bekannt, aber unerreichbar, egal, rächen wir uns am Nächstbesten, der hat es bestimmt genauso verdient. Kopp war schockiert, ohnmächtig, wütend, Flora schien nichts davon zu sein.

Heirate mich, sagte Darius Kopp, als sie wieder in der Lage war, etwas zu erwidern. Ich meine es ernst. Ich kann ohne dich nicht leben.

Natürlich kann man sich gegen Krankheit, Wirtschaftskrise und psychopathische Einzeltäter auch mit einer Ehe nicht schützen. Dennoch, Kopp hatte das Gefühl, sie beide dadurch doch etwas abgesichert zu haben. Ich habe in einer schwierigen Situation eine Zusage gemacht, damit eine neue Ordnung entsteht, denn aus der Ordnung heraus können sich Dinge einfacher zum Besseren wenden. Voilà, wir waren arbeitslos, du warst verletzt, und nur wenige Monate später hatte ich wieder einen Job und du warst geheilt – der Beweis.

Keine Ahnung von nichts hast du gehabt. Du hast dich davon blenden lassen – Und zwar gerne! –, was sich deinem Auge als Ers-

---

Er kam wankend, eine Schulter war schon ganz schiefgezogen. Ein Gnom wie aus dem Märchen. Ein betrunkener Jemand. Spricht mich an.
Wieviel?
Ich tue so, als hörte ich ihn nicht. Ich sah zu meinen Schuhen.
Ich hab dich was gefragt! Wieviel? Sag nicht, du bist kein Profi. In dem Mantel. Wieviel, na sag schon!
Ich dreh mich weg.
Er: Hä?! Fasst mich an. Ich ziehe den Arm weg.
Lassen Sie mich in Ruhe.
Was? Was sagst du? Was sagst du?
(Immer dieses »Du!«, »Du!«, »Du!«. Wie kann er mich so nennen?)
Fasst noch einmal nach, packt mich wieder am Arm, ich versuche,

tes anbot. Dass sie da war, wenn du nach Hause kamst. Sie war da, dein Zuhause war da, ein warmes Abendessen war da: alles in Ordnung. Sie kochte gut, allerdings kann jemand wie Darius Kopp davon nicht satt werden, er musste vor- und nachessen. Im Prinzip heimlich, in Wahrheit wussten beide Bescheid. Anfangs verbrachten sie jede Minute miteinander, später, als sich die Ordnung *vollständig* etabliert hatte, das heißt: Kopp wieder einen Job hatte, sahen sie sich an manchen Tagen nur noch für Augenblicke. Am Morgen, wenn Darius Kopp jedes Mal aufs Neue panisch nach seinen überall herumliegenden Einzelteilen hascht – Als müsste ich mich jeden Morgen wieder neu zusammensetzen, ein dreidimensionales Puzzle, und solange ich nicht ganz bin, kann ich auch keinem anderen Menschen wirklich Aufmerksamkeit schenken – und am Abend schlief sie meist schon, wenn er nach Hause kam. Irgendwas ist immer, wenn nicht verschleppte Arbeit, dann Feierlichkeiten, wenn Kopp vor Mitternacht zu Hause eintraf, war es früh. Ich war es so gewohnt, seitdem ich ein Erwachsener war: die Zeit, die Welt: meine.

---

ihn wegzustoßen, wir rangeln, und dann tut er etwas, womit ich nicht mehr rechne, seitdem ich älter als 10 Jahre bin: er tritt mir gegen das Schienbein. Der Knochen kracht wie trockenes Holz, eine Beule wächst, aber so groß, so schnell, dass sich das Mädchen aus dem Paar die Hand vor den Mund hält vor Schreck.

Er ist davongelaufen. Sie haben einen Krankenwagen gerufen. Ich schämte mich.

Die Frage ist nicht, wie konnte es passieren. Die Frage ist, wieso passiert es nicht jeden Tag.

*Tut es doch.*

#

[Datei: alom]

Kommt zu Hause an, öffnet die Wohnungstür, lässt den Schlüssel auf die Holzschwelle fallen, tritt seine Schuhe klopfend irgendwohin, macht Licht im Flur, geht die Treppe hinauf, in die Küche, findet dort das für ihn beiseitegestellte Abendessen, dazu gibt's Fernsehen, wenn wir Pech haben, läuft etwas, das man nur schwer wieder ausschalten kann. Irgendwann wird der Fernseher natürlich trotzdem ausgeschaltet, wieder die Treppe, wieder eine Tür, wieder das Licht, das ist jetzt das Bad, aber das ist schon egal, sie ist längst wach, er legt sich neben sie, sie haben Sex oder nicht, dann schläft er ein und sie ist wach, irgendwann greift sie sich ein Buch, läuft lesend auf und ab. Einmal hast du es gesehen, 1000mal hast du es nicht gesehen. Sie hätte ebenso gut hinausgehen können und ein Parallelleben führen mit irgendwelchen Gestalten der Nacht und wäre am nächsten Morgen wieder da gewesen, frisch gewaschen, und du hättest geglaubt, sie wäre einfach um so viel früher wach gewesen als du.

Die Wahrheit ist: sie hatte wirklich ein Parallelleben. Du hattest Angst, über D zu lesen? Und so gut wie nichts über D zu lesen,

---

Hab geträumt, stehe Bushaltestelle, kommt einer, fasst mir an die Möse.

Hab geträumt, stehe an der Wand und jeder darf kommen und mich anfassen, wo er will.

Hab geträumt, stehe an der Wand und jeder darf kommen und mir gegen's Schienbein treten. Das ist eine Sportveranstaltung. Männer in Anzügen und Penner stehen Schlange und lachen miteinander.

Hab geträumt, bin an die Weltzeituhr gefesselt, der ganze Alex mit Menschen voll, noch tun sie so, als wären sie Touristen, als sähen sie mich nicht, aber ich weiß, es wird etwas geschehen. Ich mache mir in die Hosen, damit es endlich losgehen kann.

Hab geträumt, bin dem Alex entkommen. Meine Selbstdemüti-

davor hattest du keine Angst? Nein, weil du es dir nicht vorstellen konntest. Das ist hier unsere Ehe. *Babycalamari, Chorizo und Citalopram, einatmen 1-2-3-4-5, ausatmen 1-2-3-4-5. Wozu, wofür? Um den Anschein zu wahren.* Elende Scheiße! Zeig dich gefälligst!

Denkt nicht daran.

Keine. Lasst mich hier in der Scheiße! Weil ihr es könnt! Und ich? Fange schon an, mich auszukennen!

Darius Kopp fluchte unzitierbar, der Laptop fiel beinahe hinunter, im Nachfassen riss er beinahe die Gardine am Fenster herunter. Die Tür zur Küche im Hof gegenüber ist grün und geschlossen. Das muss ein Ende haben. Sich auskennen an schrecklichen Orten, die nur für den Übergang taugen. Gewohnheiten entwickeln. Wissen, wo es auch mal nicht schrecklich ist. Die Markthalle am nicht allzu frühen Morgen zum Beispiel ist angenehm und der kleine Park am Abend, wo Darius Kopp Unordnung verursachte, indem er sich auf eine Bank setzte. Auf allen anderen Bänken saßen ältere Leute, immer im Paar, alte Ehepaare oder Geliebte oder Freunde, saßen da in schöner Harmonie, in einem winzigen Park mit alten Plata-

---

gung hat mich ausgelöst. Doch kaum bin ich glücklich und frei zwei Schritte gegangen, wird es Nacht, und in einer verlassenen Straße kommt mir der Gnom entgegen. Heruntergekommen, krummrückig, rotgesichtig, betrunken. Zippt mit seinem schlechten Zahn und sieht mich dabei höhnisch an. Sieht nicht nach links, nicht nach rechts, kein Zweifel, kein Zufall, er schaut nur mich an, er ist meinetwegen hier. Ich wurde taub, so heftig schlug mein Herz, dann erblindete ich, schließlich erwachte ich, aber er schickte mir noch einen Gedanken hinterher. Dass er mir heute nichts tun würde, ich darf auf der Straße stehen, wenn ich will, aber ich solle wissen, dass die Entscheidung bei keinem anderen als ihm lag. Wenn ich will, tu ich dir was. Es ist nicht nötig, dass du dich anständig benimmst, es ist nichts nötig, egal, was du tust. Ob ich dir etwas tue, ob ich dich

nen – die beeindruckende Schönheit der Bäume, wohin du auch kommst; das muss man ihnen lassen –, es gab nur eine Irritation: Darius Kopp, der allein auf einer Bank saß, auf der offensichtlich sonst ein Pärchen aus zwei alten Frauen zu sitzen pflegte. Die Arme verschlungen spazierten sie im Kreis und schielten aus den Augenwinkeln zu Darius Kopp, der zuvor für mehrere Minuten glücklich gewesen war. Als er begriff, was los war, stand er auf und ging, setzte sich auf die Steine am Strand vor dem Hotel und sah nach Korfu hinüber und spürte, es hatte keinen Sinn, weiter zu bleiben, aber er spürte auch, dass er unmöglich schon wieder zurückfahren konnte. Geht nicht. Wenn ich daran denke, umzukehren, zu fahren, anzukommen, wieder *dort* zu sein. Unmöglich. Aber was willst du sonst tun? Verdammte … elende … Ja, sag es den Steinen. Ich bin alleine hier. Die Insel da drüben ist Korfu. Die griechische Grenze ist vielleicht eine Autostunde, Athen weniger als eine Tagesreise entfernt.

Wir kennen jemanden in Athen. Unseren Mann in Athen, Aris Stavridis mit Namen. Wir waren, als das Wünschen noch geholfen hat, Kollegen, saßen gemeinsam in einem Whirlpool in Kalifornien,

---

töte oder nicht, ist allein meine Entscheidung. Ich kann dich töten, weil du lebst.

#
[Datei: megöll]

Ichbringdichumichbringdichumichbringdichumichbringdichumichbringdichumichbringdichumichbringdichumichbringichbringdichumichbringdichumichbringdichumichbringdichumichbringdichumichbringdichumichbringdichumichbringdichumichbringdichumichbringdichumichbringdichumichbringdichumichbringdichumichbringdichumichbringichbringdichumichbringdichumichbringdichumichbringdichumichbringdichumichbringdichumichbring-

mein väterlicher Freund und Führer durch die Ober- und Unterwelt einer international agierenden Firma. Das letzte Mal haben wir uns während der letzten Tage von Fidelis Wireless in Berlin gesehen, beinahe zwei Jahre her. Ob er überhaupt weiß, was seitdem geschehen ist? Auszuschließen ist es nicht. Einer, der immer alles weiß. In Darius Kopps Handy finden sich an die 4000 Telefonnummern, wenigstens eine davon gehört zu Aris Stavridis. Wenigstens eine davon wird funktionieren, davon war Kopp überzeugt, und ebenso, dass niemand, den er kannte, geeigneter war, um *über alles* zu reden, als Aris Stavridis. Mit Stavridis reden, danach wirst du wissen, was zu tun ist. Er rief ihn an.

Stavridis ging nach zweimal Klingeln ran, aber nicht in Athen, sondern in Paris. Lärm schlägt herüber und sofort kommt Hektik auf – immer ist er hektisch am Handy, immer.

Ich bin nicht da! Ich bin in Paris! Geschäfte! Noch 10 Tage! Aber dann komm unbedingt vorbei! Wie geht es dir? In 10 Tagen bin ich wieder da! Das ist ja nicht mehr weit! Unbedingt, du musst unbedingt kommen! Wie geht es dir? Du musst mir alles erzählen!

---

dichumichbringdichumichbringdichumichbringdichumichbringdi
chumichbringdichumichbringdichumichbringdichumichbringich-
bringdichumichbring dichumichbringdichumichbringdichumich-
bringdichumichbringdichumichbringdichum ichbringdichumich-
bringdichumichbringdichumichbringdichumichbringdichumichbrin
gdichumichbringdichumichbringichbringdichumichbringdichu-
michbringdichumichbri ngdichumichbringdichumichbringdichu-
michbringdichumichbringdichum!!!!!!!!!!!!!!!!!!!!!!!!!!!!!!!!!!!!!!!!
!!!!!!!!!!!!!!!!!!!!!!!!!!!!!!!!!!!!!!!!!!!!!!!!!!!!!!!!!!!!!!!!!!!!!!!!

#
[Datei: valaki_gyereke]

Und weg war er. Jemand hat mir aus einer scheinbar viel schneller ratternden Zeit etwas ins Ohr geschrien, es tut noch ein wenig weh, dann vergeht das und es bleiben wieder nur: die Steine, die Sonne, das Wasser, menschenleer.

10 weitere Tage hier? Unmöglich. Aber auf Stavridis verzichten ebenfalls.

10 Tage, das ist, an sich, überschaubar. Aber unmöglich hier. Die Landkarte sagte, auch Bulgarien war nur eine knappe Tagesreise entfernt. Dann eben so.

Du sagst, du kannst dich kaum an Dinge erinnern, die vor ihr waren? *Das* war vor ihr. Es war sogar noch vor Darius Kopp, *sales engineer.* Bevor ich ein Wessi wurde. So ist es korrekt. Darius Kopps Leben vor, mit und seit Flora sowie Darius Kopps Leben bevor und seitdem er im Kapitalismus lebte. Ja, auch ich war einst ein drahtiger junger Mann aus dem Osten in Shorts und Sandalen und tarnfarbenen Seitentaschen an beiden Rädern meines auf tausend Wegen besorgten Rennrads. Mein Zelt war ein tschechoslowakisches

---

Auch das Kind von irgendwem ...

Niemandes Kind. Der Mann, der mich auf der Straße verprügelt hat, konnte es tun, weil er gesehen hat, dass ich ein Niemandskind bin.

#
[Datei: alkohol]

Es gibt die Auffassung, bei Alkoholismus handele es sich um eine Vorstufe zur Depression. Oder, wie ich es nicht-pathologisch ausdrücken würde: eine Form des Kampfs gegen die Verzweiflung. *Steigt die Arbeitslosenquote um 3 %, steigt die Selbstmordrate um 4,5 %, die Zahl der Alkoholtoten um 28 %.*

Fabrikat von der Größe und der Farbe von Hundehütten, ich teilte es mit einer unbekannten Frau, von der ich nichts mehr weiß, keinen Namen, kein Gesicht, keine sonstigen Details, noch nicht einmal die Haarfarbe. Sie wurde mir zugeteilt, weil wir zehn Leute und fünf Zelte waren, und die anderen waren alles Pärchen. Darius Kopp, Anfang 20, in einer Gruppe von Studenten aus der DDR. Wir waren klassisch, die eine wie der andere, unsere Sandalen, unsere Haarschnitte, die Bärte der Männer und die Achselbehaarung der Frauen, und wenn es ans Verhandeln ging, sagte unser Anführer jedes Mal: »Wir nicht solche Deutsche, wir arme Deutsche«, und alles lachte. Seinen Namen habe ich vergessen. Ich habe jeden und jede vergessen, nur noch das Klischee ist mir gegenwärtig, bzw. das Wissen darum, dass es zutraf. (Du willst sie auseinanderhalten? Erzähl ihnen einen politischen Witz. Wer lacht und wie?)

Eine Landschaft kann man sich auch nicht wirklich merken. In groben Zügen. Straßen, die zwischen Bäumen und Bergen verlaufen. Ortschaften mit Gebäuden, die wir so schon gesehen haben oder noch nicht. Wie merkt man sich eine Kurve? Gar nicht. Weil es

---

Was verursacht einen größeren Schaden an der Gemeinschaft: der Alkoholiker, wenn er somatisch krank und/oder aggressiv gegen andere wird, oder der Depressive, der somatisch krank wird, aber passiv bleibt?

Kann man sich aussuchen.

Der normale Grad des Wahnsinns.

Um die mentale Hygiene der Bevölkerung ist es definitiv schlechter bestellt als um die ihrer Zähne.

Was für eine Arbeit wäre das, bis man jeden Einzelnen soweit hätte, dass er sich nicht nur dann lebendig fühlt, wenn er etwas zerstört.

Sondern, wenn er Gutes tut.

Natürlich bis ins Grab.

Märchen, Märchen, Firlefanz.

egal ist. Das Glücksgefühl kehrt wieder, also war die Entscheidung richtig. Das Vorbeiziehen einer Landschaft hinter dem Autofenster. 8 Stunden, ein ganzer Arbeitstag, durch Berge und Wälder. Zielort: ein touristisch interessantes Bergkloster, in dem wir vor 20 Jahren schon einmal waren.

Er fuhr als Einziger los, je älter der Tag wurde, umso mehr Fahrzeuge und Menschen wurden es. Auf den letzten Kilometern der Auffahrt zum Kloster konnte man den Wald vor lauter Tourismus nicht mehr sehen. Menschen, die in Sehenswürdigkeiten leben. Reisen bildet undsoweiter. Lenkt ab, füllt aus, ist etwas statt des Nichts. Wie ehemals schöne Orte werden, sobald sie touristische Orte geworden sind. Im Schritttempo außen herum. Vor 20 Jahren sahen die Fahrzeuge anders aus, aber im Prinzip war es dasselbe. Zudem waren wir damals an einem religiösen Festtag angekommen, ein Bischof war anwesend, was die Sache zusätzlich unübersichtlich machte, jemand sagte uns, wir mögen uns in eine Schlange stellen, und wir stellten uns in die Schlange, an deren Ende, wie sich eine Stunde später herausstellte, der Bischof saß, und die Aufgabe war,

---

*Gegen den psychopathischen Einzeltäter kann sich eine Gesellschaft nicht schützen.* Aber für dich selbst kannst du etwas tun: Wenn du dich schon zerstören musst, dann tue es so diskret oder so schnell, dass andere keinen Schaden daran nehmen.

Den Schmerz, der dir nachfolgt, kannst du aber auch dann keinem nehmen.

Verzeih, dass ich dich da hineingezogen habe.

Guter Gott, was mach ich nur?

#

[Datei: a_gyülöletröl]

Das Problem ist, dass ich keine Angst empfinde, keine Verzweiflung

ihm den Ring zu küssen und dafür einen Laib Brot geschenkt zu bekommen. Wir bekamen jeweils eins pro zwei Personen, ein Priester zeigte, wie wir es dann machen sollen: so, brechen, ihr müsst es euch teilen, das gehört dazu. Wir setzten uns auf eine Wiese in der Nähe und taten, wie uns geheißen wurde.

Heute ist Darius Kopp zu alt und nicht elend genug, um jemandem für Brot den Ring zu küssen. Ganz abgesehen davon, dass es heute keins gibt. Kein Bischof, kein Brot. Du kannst es dir im Laden kaufen. Erkenne dies als Privileg und beeil dich vor allem, der Abend ist schon angebrochen, die Türen der Lebensmittelgeschäfte schließen, wie auf dem Dorf üblich, früh, nur die Restaurantwerber sind unermüdlich. Eine Glocke schlug, als Darius Kopp an der Klostermauer parkte. Er war der Einzige, der sich in diese Richtung bewegte, alle anderen waren schon wieder am Aufbrechen, aber er, als sähe er das alles nicht – Alle kommen dir entgegen, siehst du das nicht? Nein – ging auf die Tür in der Klostermauer zu, dort stand ein Mönch, verabschiedete gerade die letzten Besucher, um sich im Anschluss an Darius Kopp zu wenden, der geduldig stehen

---

oder Traurigkeit. Kein Beleidigtsein. Kein: aber warum? Und: warum ich? Nein, nicht das. Sondern: Hass. Ich tue so, als hätte ich Verständnis, als suchte ich, als fände ich eine Erklärung, aber in Wahrheit lodert nur Hass in mir. Dass ich sein Gesicht auseinandernehme zu einem blutigen Brei. Natürlich niemals. Körperlich wäre ich gar nicht in der Lage dazu. Aber ich *sehe*, wie sein Gesicht wäre. Und ich *weiß*, dass ich dafür verantwortlich bin. Wenn ich auch nicht selbst Hand angelegt habe, ich war es, die jemandem eingeflüstert hat, es zu tun. Meinen Folterknechten. Die nicht solche feinen Diktatoren sind wie ich, sondern primitiv genug, andere systematisch oder affektiv zu foltern. Nicht im alltäglichen Rahmen, so, wie die meisten. Was in der Familie bleibt. Wir leben zusammen, irgendwie ist es uns nicht gelungen herauszufinden, wie man etwas daran ändern könnte, einer ist

geblieben war, um alle herauszulassen, ihn aufs Freundlichste anzulächeln und zu fragen, ob er ein Übernachtungsgast sei. Kopp verstand das Englisch des Mannes nicht richtig und sagte ja, und ehe er sich versah, saß er mit seiner Reisetasche, deren Reißverschluss nicht mehr richtig zuging, am Rande von einem der zwei Einzelbetten in einem kleinen, kalten Zimmer. Schau, ich schlafe schon wieder in einem Kloster.

Die Morgenandacht beginnt um 07:30, Sie sind herzlich eingeladen, mitzubeten. Das kann Darius Kopp nicht, nicht ein einziges Wort, und außerdem verschlief er, nachdem er sich den Großteil der Nacht in erotischen Träumen gewälzt hatte. Einmal war er auf dem Flur in der Unterkunft in Budapest, dann aber immer und immer wieder auf kroatischen Hotelfluren, Dutzende Male die Abschiede von Oda, Küsschen rechts, Küsschen links, und im Zimmer ist Flora, aber du kannst nicht mit ihr schlafen, weil sie schon durchsichtig geworden ist, um im nächsten Moment wieder so fleischlich da zu sein, dass es schmerzt. Du spürst genau, wie ihr Körper

---

vielleicht krank oder anders schwach, und soviel haben wir immerhin verinnerlicht, dass man ihn nicht töten darf, jedenfalls nicht auf einmal. Statt dessen fangen wir an, ihn zu quälen. Wir fangen sachte an, damit er sich daran gewöhnen kann. Lassen ihn allein. Sperren ihn ein. Binden ihn irgendwo fest. Ab und zu, später häufiger bekommt er nichts zu essen. Dann schmieren wir die falsche Salbe auf seine von zu selten gewechselten Windeln wunde Haut. Auf die wund gelegenen Stellen, die Akne. Alles zerfressen. Er brüllt, wir stopfen ihm den Mund. Reißt sich die Haare aus, sein Problem. Aber wenn er auch noch an die Tapete geht, vermöbeln wir ihn nach Strich und Faden. Die zu Hause gequält werden, leben länger als die im Gefängnis.
Dort hat jemand extra diese Aufgabe: Folterknecht. Suchen Folterknecht. Betriebsrente garantiert.

an deinem liegt im eiskalten Pester Bett, zwischen euch bildet sich trotz der irren Kälte draußen Schweiß, ihre Möse strahlt warm ab, du spürst es, dort ist es warm, und das tut weh, überall, aber besonders im Unterleib, was ist das schon wieder, die Zecke, die wieder zuschlägt, zurückgekehrt ist, draußen ist der Wald, im Wald sind Zecken, und Oda wandert durch den Wald mit einer Gruppe junger Menschen, geh nicht durch den Wald, die Zecken kommen, wer sind überhaupt diese Leute, diese bärtigen jungen Männer, kann ich es schaffen, mich auch in einen zu verwandeln, mich unter sie zu mischen, damit sie mich endlich erkennt? Schreckte auf, schlief wieder ein, dachte, seine Ruhe zu haben, dann fing es wieder an. Sie kamen an eine Kirche mitten im Wald, und Oda oder Flora in jungen Jahren fing an, etwas zu erzählen, malte etwas in die Luft, die Linie des Bogens eines Fensters, die Linie des Bogens über der Tür des Gästezimmers, ich will das jetzt nicht erklärt bekommen, keine Führungen bitte, aber als sie daraufhin tatsächlich verschwand, tat auch das weh. Kopp saß am Bettrand. Sie lassen mich nicht liegen. Da steht die Tasche, darin die Urne. Du musst abschließen damit.

---

Man muss nicht einmal immer unmittelbar Hand anlegen. Manchmal muss man gerade nichts tun. Nicht-heizen. Nicht-medizinisch-behandeln. Diète noire.

Ein anderes Mal muss man was machen. Den Körper fixieren. Ein Tuch über Mund und Nase legen. Wasser gießen. Den Rest macht schon der Würgereflex. Beim chemical waterboarding hingegen steigt das Wasser innerhalb des Körpers hoch. Dein Kopf wie eine Wassermelone. Das ist das Herz, das Herz, das nicht richtig arbeitet, denn man hat dem gesunden Herzen etwas gegeben, das es kaputt macht. Fällt dir das Atmen schon schwer, Herzchen?

Und deine Nägel, deine Zähne, deine Gelenke, deine Knochen, und dein Geschlechsteil, dein Geschlechsteil, und dein Darmausgang, dein Mund und dein Darmausgang, und überhaupt, du, als

Sie ist zu jung für dich, sieh es ein, und du musst Sachen erledigen. Stavridis wird dir helfen, denk nicht an die Frauen, denk an Stavridis. Das endlich sorgte für etwas Beruhigung in Darius Kopps Nacht. Er beruhigte sich und merkte, dass er Hunger hatte. Zahlreiche Restaurants im Ort haben bis ans Kloster heran gebaut, aber um halb 3 in der Nacht hat ein jedes geschlossen und Nachtbars gibt es hier nicht. Ganz abgesehen davon, dass Kopp keinen Schlüssel bekommen hatte. Das ist ein Kloster. Es ist nicht vorgesehen, dass du mitten in der Nacht aus und ein gehst. Da fiel ihm ein, dass er keinen Schlüssel bekommen hatte, weil es einen Bruder gibt, der Nachtwache hält. Lässt dich raus, lässt dich auch wieder herein, wenn du, von der Wanderung ermüdet, wieder vor der Pforte stehst. Der Gedanke an den Nachtwache haltenden Mönch beruhigte ihn. Er stellte ihn sich vor, wie er in seiner Kabine saß und etwas las, und er, Darius Kopp, würde an der offenen Tür anklopfen und höflich bitten--- So konnte er endlich einschlafen.

Als er am nächsten Morgen das Große Katholikon betrat, hörte er gerade noch die letzten Töne eines poliphonen Chors. Langes

---

KÖRPER: Du bist ein Körper, in erster Linie, dein Körper verrät dich, dein Blut, dein Erbrochenes, deine Scheiße. Die Reste über einen Strohhalm aufsaugen. Kannst du noch? Hältst du alles aus? Wenn ich dich mit keinem Finger berühre, aber schau, schau durch die Glaswand zu, wie ich deine vierjährige Tochter anfasse, ein bisschen stellen wir auch den Ton lauter, damit du dieses bitterliche Weinen besser hörst. Kannst du noch? Keine Angst, ich ziehe dich aus dem Eisloch, bevor du erfrierst, warte, bis du ein wenig zu dir gekommen bist, damit du sehen kannst, wie mit dem Gewehrkolben der Kopf deiner Liebsten ...

Warum hast du das gemacht?
Geht's dir jetzt besser?

Verklingen, bis nur noch der eigene Hall des Kirchenraums übrig bleibt, und darin die Bewegungen der Andachtsteilnehmer. Mönche und andere Übernachtungsgäste. Du bist der Einzige, der es verpasst hat. Kopp drehte sich so, dass er die anderen nicht sehen musste, und betrachtete die Wandmalereien. Eine Stunde, bevor die Tore für die Touristen geöffnet werden. Sei dankbar. Das bin ich. Dankbar und aufrichtig betrachtete Darius Kopp die Abbildungen. Eine Mutter, die ein Kind hält. Nein. Eine Königinmutter, die einen König hält. Das ist nicht dasselbe. Es ist nicht mein König, denn ich habe keinen König, dennoch weiß ich um den Unterschied zwischen Müttern und Königsmüttern. Auch das, worin wir alle gleich sind, kann ich unmöglich nicht verstehen. Die Freuden des Paradieses, die Qualen der Hölle. Die Hölle ist bedeutend häufiger dargestellt als der Himmel. Was du fürchten sollst, nicht, was du erhoffen darfst. Wenn du hoffst, hoffe gefälligst fürchtend. Ein Mann ohne Geschlechtsteile wird von einer großen Säge halbiert. Nackt, ohne Geschlechtsteile wirst du aus deinem Sarg komplimentiert, wenn es Zeit ist fürs Jüngste Gericht. Auf sonstige sexuelle Demütigungen

---

Ich weiß nicht. Das heißt: ich weiß es. Ich hatte gehofft, wenn ich einmal alles aufschreibe--- Ihn mit kaltem Wasser übergossen, bis er zu einer Eisstatue erstarrt ist. Oder Eiswasser auf den Nacken, bis er eine Gehirnhautentzündung bekam. Die Lippen mit rostigem Draht vernäht. Die Sammlung von Augäpfeln. Das Röntgengerät auf Kopfhöhe. Das System ist untergegangen, aber der Tumor im Kopf wächst weiter. Das wiedergutmachen?

Ich dachte, wenn ich alles aufschreibe, verschwindet das Gesicht.

Und, ist es verschwunden?

Ja.

Und, ist es jetzt besser?

Ich weiß nicht. Das heißt, ich weiß es. Dass das alles nur Worte sind, also zu ertragen. Während die Wirklichkeit nicht zu ertragen ist.

wird nicht weiter eingegangen. Uniformträger urinieren dir ins Gesicht, während andere deine Knie zertrümmern. Die Anklage gegen dich lautet: ungebührliches Verhalten oder auch gar nichts, sicher ist, dass keine Flügelgestalt hinter dir stehen wird, um mit einem Schwert, oder, noch diffiziler, mit einer Schriftrolle den Satan mit seinem Dreizack von dir abzuwehren. Wenn die Erzählungen unbekannt werden, kann man sich immer noch an die Sensationen halten: Farben, Formen, Oberflächen, Materialien. Sprich es aus: Kunst. Des Bauens, des Verzierens, der bildnerischen Darstellung. Hölzer, Steine, Gold. Bauschige Wolken, Lichtstrahlen, eine stilisierte Pflanzenwelt. Schriftzeichen. Wenn man sie lesen kann und wenn man sie nicht lesen kann. Dass fast alle Figuren dasselbe Gesicht haben, irritiert. In den Hauptrollen: bärtige alte Männer, Engel und Teufel. Die Heiligen mit ihren goldenen Tellern auf dem Kopf machen ein einfältiges Gesicht, während Dämonen mit Fledermausflügeln an ihnen zerren. Nackte Frauen werden gleich gruppenweise in Ketten geschlagen, einzig Maria mit dem Kinde darf immer wieder an hervorgehobener Stelle mitspielen. Die Darstel-

---

#

[Datei: Ruhelosigkeit]

*Das Urteil der Ruhelosigkeit.*

Wenn du nicht gefällst, jagen wir dich in den Wald, lebe, sterbe, wie du kannst.

Oder ich lief von alleine hinaus. Nur weg hier, weg.

Das Ende der Welt ist jenseits des Friedhofs.

Von Traktoren aufgerissener Feldweg.

Aber so tief, dass du das Gefühl hast, die Schlammränder reichen dir bis über den Kopf. Dabei sind sie nur knöchelhoch und ausgetrocknet. Weiß getrocknetes Schwarz. Du geh nur.

Im Mittelalter war der Wald noch so groß, dass du monatelang nicht

lung von Kindern ist schwierig, der geschrumpfte Erwachsene in der Rolle des Christus hält eine blaublaue Erdkugel und stellt die Finger so und so.

Der kleine Finger und der Ringfinger, die den Daumen berühren, weisen auf die menschliche und göttliche Natur Christi hin. Wenn der Zeigefinger den Daumen berührt, erhalten wir das Zeichen der Dreifaltigkeit. Beide Hände erhoben ist die Orante, die Gebetshaltung. Auch Maria kann sie einnehmen. Die Fremdenführerin ist grauhaarig und stämmig, sie trägt ein blaues Seidentuch ums Haar. Sie vergisst, die Hände herunterzunehmen, redet lange in der Gebetshaltung. Gold ist die Farbe der Mittagssonne, des Göttlichen überhaupt, die Farbe Christi. Als Hintergrund einer Ikone deutet sie darauf hin, dass sich das Dargestellte außerhalb der Dimensionen dieser Welt befindet. Weiß ist die Farbe von Gott Vater, der niemals Mensch geworden ist und so immer unsichtbar bleibt. Hier bemerkt sie, dass sie die Arme noch erhoben hat, und senkt sie. Leiert: Blau ist die Farbe des Glaubens, der Transparenz, der Demut, Blau und Weiß sind die Farben der Mutter Gottes, Rot

---

herauskamst. 9 von 10 überlebten den Winter nicht. Der Zehnte kam heraus, woanders: als wilder Mann.

*Die wilde Frau.*

Die wird natürlich mit runden Brüsten dargestellt.

Struppiger Bart oder runde Brüste.

Oder er kam nie heraus.

Wer den Winter überlebt, warum sollte der herauskommen?

Weil er es von Anfang an gewollt hat.

Mit anderen sein.

Woanders neu beginnen.

Immer und immer wieder.

Weil er denkt, das muss man so.

Aber ich will nicht immer wieder von vorn anfangen.

kennzeichnet die Jugend, die Schönheit, die Fülle, die Gesundheit, die Liebe und den Krieg, den Heiligen Geist, die Opferung und die Selbstlosigkeit. Sie spricht lange von den Frauen. In der Westkirche sind sie durch ihre Attribute zu unterscheiden, den Gegenständen, die sie bei sich führen, in der Ostkirche kann man sie für gewöhnlich nur anhand des Namens identifizieren, der auf der Ikone steht.

Eine weißhaarige, gläubige Feministin. Was sagst du dazu, Flora? (Schau, ich habe dich gewählt.)

Niemand erscheint.

Natürlich nicht. Da ist niemand. Nirgends wird einem das klarer als an Orten angeblicher Spiritualität. Wenn nichts in dir erklingt. Wenn du nur die schreienden Farben siehst und die unfreiwillig komischen Gesichter der gemalten Heiligen. Gottvater sieht aus wie ein Druide. Er ist auch einer. Ich wäre gerne getröstet, aber ich muss akzeptieren, dass manche Wege dorthin für mich nicht begehbar sind. Jemand hat sich eine Menge Mühe mit religiösen Fresken gemacht, und meine Frau ist tot. Wer tot ist, ist tot. Nix da, magisches Denken. Ich hatte das, ich gebe es zu. Das Zimmer nicht geräumt,

---

Ich will, dass einmal etwas nicht abbricht.
Dass man es länger aushalten kann als einige Wochen oder Monate.
Als müsste ich permanent von Eisscholle zu Eisscholle hüpfen.

#
[Datei: Gruen_nyomán]

Angelehnt an Gruen:
Die bösartigen Prozesse des eigenen Geistes, das, was wir gegen uns richten, bringen manche nach außen und richten es gegen einen anderen, während andere alles weiterhin nach innen richten. Und dann gibt es noch die, die zur Unterstützung noch Böses von außen hereinholen, und DAS ist es, das mich so ungeheuer gegen mich auf-

denn du könntest wiederkommen und es brauchen. Meine fürsorglichen Freunde haben es dann für mich gemacht, aber damit war ich noch längst nicht geschlagen. Ich habe mir auch das zurechtgelegt: dann ist das Zimmer jetzt eben im Lagerraum. Es ist nicht erlaubt, im Lagerraum zu übernachten, sie haben Kameras installiert, um das zu kontrollieren, aber wenn du wiederkommst, zeige ich dir als Erstes die Sachen, und wir können sie ganz leicht wieder aufladen und mitnehmen, wenn es sein muss, fahre ich die ganze Nacht hin und her und bringe immer neue Kartons, so lange, bis alles wieder in der Wohnung ist---

So viele Leute. So viele Leute. Sie interessieren sich für das Schöne und respektieren es. Dennoch sind sie unerträglich. Wie sie hin- und herziehen. Wie Mikroorganismen in zu großer Vergrößerung. Als sich für eine Sekunde eine ungestörte Sichtachse zum Innenhof auftat, sah Darius Kopp einen als Mönch gekleideten jungen Mann in der Nähe der Tür stehen. Ich kann das nicht anders denken: ein als Mönch gekleideter junger Mann. Unmöglich. Wenn er wirklich ein Mönch wäre, könnte er das hier unmöglich ertragen. Darstel-

---

bringt. Dass ich noch importiere, obwohl ich selbst schon überproduziere. Wenn ich glauben würde, dass das Dämonen sind, würde ich sagen, sie spüren ihre Kollegen auf und laden sie ein: haben eine tolle Partylocation gefunden, Jungs!

#
[Datei:fáj]

In Ordnung, dass schmerzt, was zu Recht schmerzen kann,
Verletzung, Grobheit, Ungerechtigkeit,
aber wenn selbst die Form, die Farbe der Dinge schmerzt
die Pflastersteine, die Linien im Beton,
und das ist noch das Wenigste

lung, alles Darstellung, ein Job, am Abend spielt er Pingpong im Jugendclub und flirtet mit den Mädchen. Dass er guten Sex haben möge, wünschte Darius Kopp dem Mönchsgewandträger da draußen, der ihm jetzt außer ihm selbst als der einzige reale Mensch hier erschien, während die anderen wie eine Fortsetzung der Abbildungen an den Wänden waren, steife Gewänder, gemalte Gesichter. Er taumelte ins Freie. Der Mönch war nicht mehr da. Kopp ging zur Wiese, auf der sie damals die Brote gegessen hatten, und legte sich ins Gras.

Die Wiese ist schön. Es ist Herbst, wir sind in den Bergen, das Wetter ist schön. Wem keine Religion gegeben ist, kann das haben. Am jenseitigen Rand der Wiese begann der Wald. Sobald er sich etwas erholt hatte, stand Kopp auf und ging dorthin. Natürlich war er auch dabei nicht allein. Auf der Wiese waren welche, auf dem Waldweg waren welche, wenn auch nicht so viele wie im Kloster. Er ging zügig. Sie hinter sich lassen (und dabei keinen anderen einholen?). Die Wege waren gut ausgeschildert und markiert, er nahm den, der am leersten erschien, und dann ging er einfach und ging.

---

dieser furchtbare Lärm, wie laut alles ist,
die anderen schlagen wie Granatsplitter neben dir ein,
wie permanent im Krieg,
was weißt du schon vom Krieg
nichts
Scham
aber dass es die Hölle ist, bleibt
meine Nachbarn fangen morgens um 6 an, sauber zu machen, und
bitten um Entschuldigung für nicht vorhandene Unordnung
die Ärmsten
sie sehen auch nicht besser aus
ich weiß nicht, was wird
ich weiß nicht

Du bist immer so gegangen. Als dürftest du eine gewisse Geschwindigkeit nicht unterschreiten. In guten Zeiten konnte meine Frau den ganzen Tag ohne Unterbrechung laufen. Einmal 24 Stunden. Erst die Pfirsiche, dann die Johannisbeeren, zuletzt die Äpfel. Hundert Kilometer. Plusminus. Eine warme Sommernacht, Sternenhimmel, leere Straßen – erst, als es wieder hell wurde, hielt sie an. Als hätte die anwachsende Helligkeit die Kraft aus ihr gesaugt. Wäre es weiter dunkel geblieben, hätte ich noch weitermachen können.

Was hast du dann getan?

Ich habe mich in einem Straßengraben ins Gras gelegt und habe geschlafen.

Hattest du keine Angst?

Wovor?

Ein Mysterium. Wie jemand Angst haben kann, in den Supermarkt zu gehen, aber sich nicht fürchtet, in einem Straßengraben zu schlafen oder im stürmischen Herbst in einer Bretterbude im Wald. Erklär mir das einer. In der Stadt ging sie außerhalb der Arbeit nirgendwohin. Die meiste Zeit verbrachte sie in der Woh-

---

#

[Datei: eckhart]

*Meister Eckhart. Der Seelengrund.*
*Gerechtigkeit, Wahrheit, Gutheit.*

Und was ist in dir?
Ich traue mich nicht, die Dinge im Grund meiner Seele zu benennen. Wenn ich ihren Namen ausspreche, töten sie mich.

(Nabelschnur, Fäkalien,

nung. So fing es schon an mit uns: von der Straße in die Wohnung und dann dort bleiben. Essen, Sex, Gespräche, Fernsehen. Wenn man zu zweit ist, kann das genügen. Darius Kopps Abende als Single vergingen vor dem Computer oder vor irgendwelchen Getränken in Gesellschaft von Freunden, aufgelockert durch das eine oder andere populäre kulturelle Event. Nach der ersten Phase amouröser Klausur versuchte Darius Kopp seine Freundin in seine gewohnten Aktivitäten mit einzubinden. Sie kam zwei- oder dreimal mit, dann nicht mehr. Kopp gewöhnte sich auch daran. Wenigstens muss ich mich in Gegenwart meiner Freunde nicht als Ehemann zeigen. Zielscheibe ihrer Häme. Ehemann, Pantoffelheld, da machen sie keinen Unterschied. Offenbar muss das so sein. Jedenfalls bei denen, die ich kenne. Rituale, die anzeigen sollen: die Lage ist nicht ernst. (Es ließ sich nicht vermeiden, dass er sie irgendwann mit ihren Augen zu sehen begann – soweit so etwas möglich ist. Er begann, sie mit ihren Augen zu sehen, und das entfernte ihn etwas von denen, zu denen er vorher so fraglos gehört hatte. Das war, natürlich, etwas schmerzlich. Ich habe es lieber, wenn ich fraglos dazugehö-

---

#
[Datei: bérgyilkos]

Ich WEISS, dass sie mir nicht den Meuchelmörder an den Hals geschickt hat. (Was denkst du, dass du bist? Der türkische Sultan?) Leute kommen ganz von allein zu irrem Verhalten. Aber mein GEFÜHL sagt mir, ihr grund- und bodenloser Hass mir gegenüber ist in der Lage, die Welt so zu arrangieren, dass sich darin immer einer findet, der mich angreift.
Ich respektiere sie und bin ihr dankbar, weil sie den Mann, den ich liebe, zur Welt gebracht und aufgezogen hat
Einen Dreck tue ich. Verrecke doch!

ren kann. Sein ganzes Leben lang war Darius Kopp zugehörig. Teil einer Gruppe, einer Klasse, eines Wohnheimzimmers, einer Seminargruppe, einer Abteilung, einer Firma. Etwas allein zu machen irritiert mich, macht mich nervös, versetzt mich in Panik, bringt mich in Rage. Der Mensch, der den Kontakt zu seinen Artgenossen verliert, ist verloren. Das habe ich irgendwo gelesen. Oder Flora hat es gelesen. Egal.) Darius Kopps Leben mit dem Beruf und mit seinen Freunden überschnitt sich irgendwann kaum mehr mit dem Leben, das er mit seiner Frau führte. Das war anfangs irritierend, zeitweise wurde er auch etwas nervös, aber in Panik oder gar Rage geriet er deswegen niemals. Dann ist es eben so. Viele leben so. Mein geheimes Reich. Zudem sie ihn an nichts hinderte, das er tun wollte, und da war, wenn er zurückkehrte. Mit etwas Vorbereitung konnte man auch hinaus mit ihr: ins Kino oder essen. Theater/Oper/klassische Konzerte interessieren Kopp nicht. Rockkonzerte und Clubs wären das Letzte gewesen, wo Flora hingegangen wäre. Keine Sportveranstaltungen, kein öffentliches Silvesterfeiern. In Museen bat sie, allein gehen zu dürfen. Schwimmen und ins Museum muss man allein.

---

#
[Datei: Scherbe]
*(Deutsch im Original.)*

*wie eine Scherbe*

#
[Datei:klinika]

3 Tage in der dummen Klinik. Weil ich mir nicht helfen konnte und in Pantoffeln und Top schluchzend draußen in der Kälte herumlief. (Unter irgendwelchen dünnen Bäumen, ich weiß nicht.)

Getanzt haben wir relativ oft. Im Wohnzimmer. Ich bin ein dicker Mann, bewege mich nicht gerne in der Öffentlichkeit. Wir tanzten auf dem kleinen leeren Platz zwischen Sofa und Fernseher, ausschließlich langsam. Schiebeblues. Der Duft ihres Halses. Der Duft deines Halses, das Muttermal auf deinem Hals, die Linie deines Kinns, der Haarwuchs auf deinem Nacken, deine Schulter, deine Achselhöhle, deine Brust, dein Bauch, dein Hintern, deine Schenkel, deine Knie, die Spitze deiner Nase, die an meine Wange rührt, deine Lippen. Der Sex war ein köstliches Gericht, drei Stellungen, keine Posen, deine Möse ist eine Frucht von der genau richtigen Reife, nicht zu hart, nicht zu weich, ich bin glücklich jetzt ---

Plötzlich, aus großer Nähe, ein fremdes Gesicht. Jemand war hinter einer Wegbiegung hervorgetreten. Eine gegerbte Alte mit granatrot gefärbtem, zerzaustem Haar. Kopp blieb erschrocken stehen. Die alte Frau trug ein Top und tarnfarbene Shorts. Diese Knie, diese Haut an den Knien, diese einschneidende Schrittnaht. Kopp drückte sich ins Gestrüpp am Rand des Wegs, den Blick schamhaft gesenkt. Pardon. Hinter der Gegerbten kam eine hübsche Junge in

---

Und wieso? Was ist passiert?

Oh, nichts.

Der alltägliche Supermarkt. Ein gefährliches Gelände, immer. Zum Beispiel gibt es da diese Verkäuferin, eine ehemalige Alkoholikerin, um die musst du einen großen Bogen machen, wenn du sie siehst, sie räumt ein Regal ein. Geh anderswohin, denn wenn du sie bittest, dir Platz zu lassen, weil du etwas aus dem Regal nehmen willst, knurrt sie dich an wie der dreiköpfige Zerberus: Grrrrrrr!

Oh, Fleischverkäuferinnen meiner Kindheit! Die fleischigen Fladen eurer Arme unter die fleischigen Fladen eurer Brüste geschlungen! Gibt es heute Herzleber? Warum sollte es?

Und wenn du dich dann für solange in den Gang mit den Backzutaten zurückziehen willst, stehen dort zwei Frauen, die unterhalten

Jeans, sie trug ihre Jacke um die Hüfte. Weiter oben muss es kälter sein. Dennoch haben sie geschwitzt, man riecht es, der Schweiß der Alten, der Schweiß der Jungen und dann noch der Schweiß von zwei Kerlen, die sie dabeihaben – jetzt bin ich endgültig raus. Kopp stand halb im Gestrüpp und sah zu seinen Schuhen. Staub überall, Steine, Staub. Dann waren die Verschwitzten endlich gegangen und auch Kopp ging weiter, den Berg hinauf.

Erst erwartete er hinter jeder uneinsehbaren Stelle neue, die entgegenkamen, aber nachdem über längere Zeit niemand mehr kam, beruhigte er sich. Endlich ist es still. Obwohl, irgendwo gibt es immer eine elektrische Säge, die nicht aufhört zu kreischen, so auch diesmal, dennoch, insgesamt: still. Die eigenen Schritte, die man hört, der eigene Atem. Jetzt ist es eine halbe Stunde lang schön. Sogar ein Bächlein plätschert für uns, und von Bänken aus eröffnen sich Ausblicke. Wer nicht anhalten kann, für den gibt es auch kein Panorama. Also hielt Kopp an, stützte sich auf die Lehne einer Bank und schwitzte. Er war außer Puste. Eine halbe Stunde. Das ist also mein Radius ohne Fahrzeug. Bergan, wohl bemerkt. Sein Kopf war

---

sich, und die eine sagt zu der anderen: ... *und die eine Kindergärtnerin, wenn ihre Tochter sich in die Hosen gemacht hat, hat sie ihr den nassen Schlüpfer über den Kopf gezogen, so musste sie in der Ecke stehen, die war schon mit anderthalb Jahren sauber ...*

Ich starre sie an, sie starren mich an, missbilligend. Was glotzt du, weißt du denn nicht, dass sich das nicht gehört? So darf man sich bei uns nicht benehmen.

Am ganzen Körper taub, nach Hause. In der Wohnung lasse ich endlich das Winseln heraus. Laufe winselnd hin und her, wie ein Hund, den man an der Autobahn ausgesetzt hat. Als würde aus allem Lärm brüllen. Aus den Wänden, den Möbeln. Man kann nichts anfassen, es gibt keinen einzigen Gegenstand in der Wohnung, der erträglich wäre. Schließlich finde ich zwei leere Flaschen, ich nehme in jede Hand eine,

heiß, sein Körper in der zu dünnen Kleidung dagegen fing an auszukühlen. Trinkwasser hatte er auch nicht dabei. Schlecht vorbereitet, mal wieder. Was soll's. Du wirst nicht gleich verdursten. So weit gehen, wie ich kann. (Und wieder zurück?)

Jahrelang lief alles gut. Bequem. Also ideal.

Nicht einmal ihre Nervenkrisen störten?

Nein. Wenn sie dumm gewesen wäre oder gemein, hätte es gestört. Und: man kann auch eine Routine entwickeln, was Zusammenbrüche anbelangt. Eine unbehandelte Depression dauert sechs Monate oder vier Jahre. Die akute Phase nach einem Zusammenbruch, wenn sie daliegt, als wären ihre Beine gebrochen, zwischen drei und vier Wochen. Drei Wochen, sagt man, braucht auch ein nicht-kranker, von Arbeit und Alltag gestresster Mensch, um sich einigermaßen zu erholen. Nicht mit Freuden, aber mit dem Gefühl, es handele sich dabei um etwas Normales, hielt Darius Kopp die ersten drei Wochen im Wald aus. Ein September, wie auch jetzt.

Drei Wochen, bis sie Besuch von der Besitzerin der Datscha bekamen. Gaby. Die Lesbe, die meine Frau liebte.

---

das kann man ertragen. Die Küche kann man auch fast ertragen, aber vielleicht wäre das überall geflieste Bad noch besser. Mit zwei leeren Flaschen in der Hand in der leeren Badewanne sitzen. Kühl und glatt. Doch als ich ins Bad gehen will, stinkt mich dieses so exorbitant an, dass ich rückwärts wieder hinausgehe. Ich stolpere an der Schwelle, falle hin, auf Knien und Handgelenke, weil ich nicht will, dass die Flaschen zerbrechen. Sie zerbrechen nicht. Knie, Handgelenke sind aufgeschürft. So auf die Straße. Weiß nicht, wie lange. Die Zeit war da schon längst aufgelöst. Kann sein, die Sonne schien, kann sein, der Mond.

Zur Hölle mit euch, miese Ratten, herzlose Fotzen, mögt ihr 100 Jahre leben und für alles bezahlen. Ihr sollt für alles bezahlen mit eurem eigenen Körper!

Nicht jede Frau, die eine andere Frau liebt, ist eine Lesbe.

…

Freundschaft. Man nennt so etwas: Freundschaft.

Aber: *jeden* Tag?

Fast jeden. Wenn Kopp nach Hause kam, war sie schon weg, aber es gab Spuren. Geschenke. Sie brachte ihr Geschenke mit. Was zu essen, was zu lesen, Kosmetika, sogar Kleidungsstücke. Passte sie ab, um sie mit dem Auto mitnehmen zu können, zeigte ihr Gärten, Märkte, Küchen, weil sie wusste, dass sie das mag. Nenne es, wie du willst, ich nenne es: Hof machen. Du kannst alles von mir haben. Das Wochenendhaus: wann immer du willst. Heilung am Busen der Natur. In Wahrheit eine von einem Dutzend Bruchbuden am Waldrand, eine alte Datschensiedlung aus dem Osten, eine wie die andere ein Manifest sentimentaler Hässlichkeit. Darius Kopp hat nie einen Hehl daraus gemacht, nicht verstehen zu wollen, wie man so etwas mögen kann: Hinterlassenschaften ~~alter Stasikader~~, mit sozialistischem Design alt gewordener Spießer.

Und wie bist du sozialisiert worden? Genauso, das ist es ja. Des-

---

Korrigiere: 3 Tage im wachen Zustand. Davor schlief ich von irgendetwas.
D kam, saß erschrocken an meinem Bett. Ich drehte den Kopf zur Seite, ich wollte nicht, dass er mich sieht.
Er ging nach Hause. Ich fing zu schreien an. Wieder irgendwas bekommen. Der chemische Schlaf ist der beste.
Medikamentös hergestellte Ferne. Mein Atem wie der der Schlafenden. Und als wohnte in meiner Hülle, verkleinert, eine zweite Form, als würde das Medikament so wirken, dass es diesen anderen in mir verkleinert, damit er nicht den Äußeren berührt, denn das verursacht den Schmerz. Natürlich tut es auch so weh, geschrumpft, aber es tut weh. Und dabei bin ich langsam. Mein Gesichtsausdruck, meine Bewegungen sind fahrig. Ich höre zu, wie ich atme.

wegen traue ich ihnen auch nicht über den Weg. Einer ganzen Generation traue ich nicht über den Weg. Ich bin nicht gram, in der DDR aufgewachsen zu sein, aber ich halte sie auch für nichts Ruhmreiches, und wer im Alter meiner Eltern ist, dem misstraue ich.

Und Leuten deines Alters nicht? Wer war in eurer Seminargruppe derjenige, der berichtete?

Ich weiß nur, dass nicht ich es war. Bleiben noch 21.

Das Problem ist also, dass das Haus im Osten ist?

Nein, sagte Darius Kopp.

Sei höflich, sagte Flora. Bitte. Meine einzige Freundin.

Und er war höflich, vollendet, als Gaby kam und Flora aus dem Liegestuhl aufstand, um sie zu empfangen, verabschiedete er sich in die Stadt. Nach einer Kündigung sind Angelegenheiten zu regeln. Darius Kopp regelte, was zu regeln war, alles, inklusive des Armenier-Geldes, und das erfüllte ihn mit Stolz und Zuversicht. Es wird alles in Ordnung kommen, Flora. Alles findet sich wieder, inklusive eines neuen Fadens, den wir aufnehmen können. Das ist die Aufgabe, jedes Mal: die Toten begraben, die Verletzten aufpäppeln, und

---

Dann, später, als ich schon teilnehmen konnte, musste ich teilnehmen. Weitere 3 Tage oder vielleicht sogar eine Woche, dann sagte ich zur Oberärztin, die ich statt des Chefs auftreiben konnte:
Ich bin nicht bereit, das zu ertragen! Ich bin nicht bereit zu ertragen, dass Ihre dumme Therapeutin in der Gruppensitzung Sachen zu den Leuten sagt, wie:
Wenn es Sie so sehr belastet, kriminelle Kinder in der Hilfsschule zu unterrichten, werden Sie doch Grundschullehrerin. (Aber damit wäre doch noch nichts GETAN!) Wenn es unmöglich ist, die Arbeit während der Arbeitszeit zu Ende zu bringen, warum lassen Sie sie dann nicht einfach liegen? (Weil dann die Kunden eine Strafe aufgebrummt bekommen, und ich wäre schuld. Man ist doch verantwortlich!)

weiter geht's. (Deinen Schmerz, der wohl zum größten Teil Beleidigtsein ist, unterdrücke, wenn er hochkommt. Solltest du von Anthony träumen, diesem Arschloch, gerätst du darüber zu Recht in Rage, das kannst du ruhig auch rauslassen, wer sagt denn, dass man unter der Dusche nur singen kann, Beschimpfungen brüllen geht genauso gut, und dann erzähle es später noch einem Freund bei einem Bier, damit es endgültig raus ist aus dir, der Lächerlichkeit preisgegeben: Alter, kannst du's glauben, da träume ich doch von meinem Exchef.)

Als er alles erledigt hatte und wieder hinaus in den Wald fuhr, fand er das Haus leer vor. Er stieg aus dem Auto, ging die Straße Richtung Wald, kehrte aber um, bevor er unter Bäume geraten wäre. Nach wenigen Metern im Wald muss man sich ohnehin zwischen zwei Wegen entscheiden, und wie hätte Darius Kopp das können? Er lief wieder zurück bis zur Landstraße. Auch das half nicht weiter. Er setzte sich ins Auto, wartete, dann fuhr er wieder los, einen Punkt suchen, an dem es Mobilfunkempfang gab. Er rief Floras Handy an. Es war ausgeschaltet. (Später sah er es in der Holzhütte liegen. Staub-

---

Sowie der Tiefpunkt:
Wenn es so schwer ist mit dem Kind, warum geben Sie es dann nicht zur Adoption frei?
Hier war es, dass ich aufstand und ging. Sie rief mir hinterher, ich könne nicht so einfach gehen.
Ich drehte mich um und wollte sagen, Sie haben recht, Sie sind diejenige, die gehen müsste, Sie Arschloch, aber ich brachte kein Wort heraus.
Ich suchte nach dem Chef, fand ihn nicht, rannte über die Flure, in wachsender Panik, ich darf nicht weinen, sonst halten sie mich noch für ganz und gar verrückt. Schließlich hörte mir die *Oberärztin* zu, überredete mich zu bleiben und auf den Chef zu warten. In Ordnung, sagte ich. Ich habe meinen Mann angerufen, er soll mich ab-

bedeckt. Lüge bzw. Übertreibung. Was stimmt, ist, dass sie es nie wieder einschaltete. – Aber so kann ich dich nicht erreichen! – Es gibt doch sowieso kein Netz hier. – Was stimmte, aber das war nicht die Frage. Sondern: wie es sein konnte, dass sie in der Stadt mehrmals am Tag das Bedürfnis verspürten, miteinander zu telefonieren, sie hatten sich das so angewöhnt, erst, weil sie verliebt waren, und später, weil er sich Sorgen um sie machte oder weil sie wirklich seinen Zuspruch brauchte, um durch den Tag zu kommen, und nun hältst du es tagelang aus, ohne zu wissen, wo ich bin und was ich tue, und ich soll es also ebenfalls aushalten?) Er fuhr zurück zum Haus, ging in der kleinen Sandstraße auf und ab. Wartete und wartete. Manchmal Nachbarn, die sich zeigten. Einige leben immer hier. Was ist schlimmer: wenn sich keiner zeigt oder wenn ein Nachbar zu sehen ist? Nach 2 Stunden ist nichts mehr gut. Demütigendes Warten. Abwesende Frauen. Nicht antwortende Frauen. Ich bin im Wald, wo bist du? Irgendwann merkte er, dass das Gartentor nicht abgeschlossen war, womöglich stand sogar das Haus offen oder man hätte mit ein wenig Nachdenken einen Schlüssel finden können, hi-

---

holen. Er braucht dafür 2 Stunden. Wenn Ihr Chef nicht vorher hier ist, hat er Pech gehabt.

Er war nicht da.

*Ich habe mir Gedanken um die Tat und die Untat gemacht,* sagte ich zu D. Ich weiß, nicht jeder ist ein Meuchelmörder oder ein Verdinger von Meuchelmördern, und dass es unausweichliche Dinge gibt. Aber es gibt auch welche, denen man ausweichen kann, und in diesen Fällen ist es meine Pflicht mir gegenüber, ihnen auszuweichen. Im Lichte dessen möchte ich nie wieder einen Therapeuten sehen. Und im Lichte dessen möchte ich auch deine Mutter und deine Schwester nie wieder sehen. Du musst sie nicht bitten, netter zu mir zu sein. Unnötig. Ob sie mir nun alle 15 Minuten einen Tritt versetzen oder unter Aufwendung all ihrer Selbstkontrolle nur noch einmal am

neingehen, sich wie zu Hause fühlen, aber ich will mich hier nicht wie zu Hause fühlen.

Darius Kopp, wütend durch den bulgarischen Wald stampfend. Ist gar kein richtiger Wald mehr. Mit zunehmender Höhe bleiben immer mehr Bäume zurück, sogar das Gestrüpp wird schütterer, das Gras von Steinen überrollt, kleinen und großen. Bald wird nur mehr das Geröll da sein, im Wechsel in brennender Sonne oder unter dunklen Wolken, heiß, kalt, heiß. Er stolperte, blieb stehen. Sich orientieren. Wenn das möglich wäre. Steiniger Weg vor dir, steiniger Weg hinter dir. Endlich allein, aber nun gefiel Kopp auch das nicht. Er spürte eine Angst aufkommen, älter, als dass man sie einfach wegschicken könnte. Allein in unbekanntem Terrain. Er nahm das Einzige zu Hilfe, das er dabeihatte: sein Handy. Wir haben Netz, das ist gut. Wenn Netz da ist, muss man keine Angst haben. Das Ortungssystem sagt zwar, wir sind im Nichts unterwegs, in diesem Gebiet ist uns keine Straße bekannt, aber Kopp weiß, weil er es sieht: da ist ein Weg, und ich habe ihn auch nicht verlassen, es kann also im Grunde nichts passieren. Höchstens, dass man umkehren muss, bevor man irgendetwas Interessantes erreicht hätte.

---

Tag – es ist der Mühe nicht wert. Ich werde mich dem einfach nicht mehr aussetzen.
Nein, ich glaube nicht, dass das alles löst. Aber *ein* Problem löst es. Peu à peu. Peu à peu.

Später:
Dr. W ruft wutentbrannt an, was ich mir denn denke, nie wieder aufzutauchen. Ich lege einfach auf.
Sie ruft noch einmal an, wie ich es wagen könne, einfach aufzulegen. Ich lege auf. Ich habe noch nicht einmal hineingeatmet.

(Wenn ich richtig nachzähle, waren es doch fast drei Wochen. Aus meinem einzigen Leben. Achte darauf, dass das nicht wieder …)

Hinter den Bergen blitzte es, ein Donnern war nicht zu hören. Nass werden kann man natürlich trotzdem. Darius Kopp im offenen Geröllfeld. Was konnte er tun, er lief weiter. Eine Weile war jetzt nur noch das sich entfernende und wiederkehrende Licht auf den Steinen da. Die Angst ist vorbei, immerhin.

Nach zwei Stunden kam Flora wieder, mit roten Wangen, fröhlich. Sie war spazieren gewesen, nein, wandern, Stunden im Wald, gehen und gehen. Gaby hat mich dazu gezwungen, ich dachte, ich müsste hinfallen und liegen bleiben, aber sie sagte, dann fall halt hin, was kann schon passieren, der Sandboden ist weich, und ich bin da und hebe dich auf, wenn es sein muss, und ich fiel nicht, und wir liefen stundenlang, das mach ich jetzt jeden Tag, man muss in Bewegung bleiben, das ist der Trick, hast du Hunger?

Sie ging in den Garten, grub Kartoffeln, Zwiebeln, Wurzelgemüse aus, im Haus waren Eier und nicht mehr ganz frisches Brot. Manchmal kann eine Krise von einer Stunde zur nächsten vorbei sein. Darius Kopp und Flora umarmten einander mit fettigen Mün-

---

#
[Datei: internet]

Aus dem Internet
Patient:
Sehr geehrter Herr Doktor,
ich versuche, mich kurzzufassen. Vor 8 Monaten war ich einer der kontrolliertesten, emotional stabilsten Menschen (männlich, 26) in meinem Umfeld, nach einer Nacht aber, in der ich viel Alkohol konsumiert hatte, wachte ich am nächsten Morgen mit einer Panikattacke auf (Angst, Herzrasen, Krankenhaus, alle Befunde negativ), seitdem hat sich mein Leben verändert. Ich finde nicht mehr zu mir selbst, zweifle an ALLEM, an mir selbst, in meinem Kopf ist ein ständiger,

dern, und Kopp sagte aus vollem Herzen: Alles wird gut. Ich habe das Geld wiedergefunden, alles wird gut.

Am nächsten Tag gingen sie gemeinsam los und die erste Stunde ging es Darius Kopp auch nicht schlecht damit. Natürlich war es sterbenslangweilig. Kiefern und Sand, Sand und Kiefern, trockene Kiefern und trockener Sand. Die Sensationen erschöpften sich in Stellen, an denen Wildschweine gewühlt hatten, und in gelegentlichen Ausblicken auf abgeerntete Felder und Windmühlen. Einmal tauchte unerwartet eine umzäunte Wiese auf, auf der jemand Rinder hielt. Braun, fleckenlos. An der Seite aufgetürmt der Mist. Insekten etc. In der Nähe war, das wusste Kopp, ein kleiner Flughafen, manchmal konnte man winzige Privatmaschinen über den Wäldern knattern sehen. Aber heute nicht. Waldmeer, Sandmeer, nichts mehr. Stell dir vor, sagte Darius Kopp, schwer atmend, denn selbst im flachen Gelände bricht ihm innerhalb von Minuten der Schweiß aus, stell dir vor, Flora, die Reisenden früher. Tagelang mit ihrem Pferdewagen auf solchen Wegen durch solche Wälder. Räuber und schäumende Eber aus dem Dickicht. Sie mussten Waf-

---

seltsamer Schmerz, meine Muskeln zittern, merkwürdige Empfindungen in den Ohren, Schlaflosigkeit, ungewollt denke ich häufig an den Tod. Ich konsumiere keine Drogen. Kindheitstraumata hatte ich zur Genüge. Nach der ersten Panikattacke hatte ich noch eine, doch nachdem ich es mir bewusst gemacht hatte, worum es sich handelt, hatte ich seit einigen Monaten keine mehr. Aber ich spüre ununterbrochen, dass ich mich, obwohl ich ruhig erscheine, innerlich fürchte, Depersonalisation, Phobien, Ängste. Ich funktioniere, arbeite anständig, aber ich leide und das bremst mich doch stark (Karriere).

Mit freundlichen Grüßen
László

fen tragen. Und dann die armen Gesellen ohne Waffe, nur mit einem knorrigen Ast als Wanderstab. Stell dir vor, so einer geht hier und geht und weiß nicht, dass am Ende des Waldes ein Meer ist. Stellen wir uns vor, er weiß das nicht. Er weiß überhaupt nicht, dass es Meere gibt. Ein einfacher Tropf. Und dann, nachdem er zwei Wochen durch den Wald geirrt ist und immer noch lebt, steht er an dem großen Wasser und weiß nicht, wie ihm geschieht... Wenn wir weiter in diese Richtung laufen, sind wir in zehn Tagen an der Ostsee... Das war wahrscheinlich das Größte, das ihm in seinem Leben passieren konnte. Es sei denn, er kam an einer Stelle raus, wo große Schiffe im Hafen lagen. Da sieht er das erste Mal große Schiffe. Vielleicht spricht ihn einer an: Bist ein kräftiger Bursche usw. Wenn er sich traut, den festen Boden zu verlassen und sich auf so etwas Schwankendes zu begeben, wenn er das miese Essen überlebt, den Skorbut, die Scheißerei, die Stürme, die Kämpfe untereinander und die Panik, dass das Meer vielleicht nie mehr ein Ende hat, dann kommt er, pass mal auf, Flora, kommt er am Ende wieder in einen Wald, aber diesmal ist es ein Dschungel,

---

Arzt:
Verstehe. Aber was ist die Frage?
Gruß: XY

*

Hattest du einen schlechten Tag, mein Süßer? Kann auch dem Profi passieren.

#
[Datei: Andre_Ressentiment]

Christophe André: Die Launen der Seele
Wut = Ressentiment.

so ein richtiger, üppiger, feuchter Dschungel mit giftigen Schlangen und Pfeilgiftfröschen und Affen und Orchideen und all dem Zeug … oder sie legen an einem Vulkan an, unten wachsen Orangenbäume und die Farbe der Erde ist mal blutrot, mal schwarz, weißt du noch? Wie es aus dem Geröll raucht, dabei bist du noch einen Kilometer unterhalb des Kraters … Willst du wirklich nicht wenigstens einen kleinen Urlaub machen? Eine Woche? Oder vier Tage? Man kann auch für vier Tage …

Irgendwann gingen ihm die Ideen aus. Der Wald war immer noch da. Manchmal kamen sie in die Nähe von Autostraßen. Darius Kopp horchte den Fahrgeräuschen nach wie ein armes Kind, das nicht vom Hof darf.

Wo laufen wir eigentlich hin? … Laufen wir überhaupt irgendwohin? Oder laufen wir im Kreis?

Im Prinzip, sagte Flora, mit einer Stimme, als würde sie dabei nicht beinahe im Laufschritt unterwegs sein, im Prinzip laufen wir im Kreis. Ich laufe so lange, wie ich mich wohl fühle, und dann laufe ich wieder zurück zum Haus.

---

Merke: Es gibt kein nützliches Ressentiment.
Das Ressentiment nimmt jenen Platz ein, der der Traurigkeit gehören müsste. Statt Traurigkeit: Wut.
Das ist kein Gewinn und kein Fortschritt. Im Gegenteil.
Ein Mensch sollte fähig sein, traurig zu sein. Traurig zu sein = sich zu konfrontieren. Wütend zu werden heißt, der Konfrontation aus dem Weg zu gehen. Es sieht so aus, als wäre es Konfrontationsbereitschaft, aber es ist das Gegenteil. Aggressivität geht der Konfrontation aus dem Weg.
Traurig bin ich geworden, aber müde bin ich nicht – das muss das Ziel sein.
Nur, dass ich ziemlich häufig auch müde bin.
Dann ruhe dich aus. Ruhe dich aus, und dann mach weiter.

Ich bin schon ein wenig angegriffen, um die Wahrheit zu sagen, holte Darius Kopp schnappend staubige Luft. Sand rieb in seinen Schuhen seine Zehen wund. Haben wir Wasser dabei?

Siehst du welches?

Ich habe Durst.

Es kommt bald ein Dorf.

Aber es kam nicht bald ein Dorf, und Darius Kopp wurde immer erschöpfter und übellauniger.

Ich krieg keine Luft! … Flora! Hörst du mich? Halt an! Ich habe Schwierigkeiten zu atmen! Und ich hab mein Spray nicht dabei! (Ja, mach dich zum Pflegefall. Kämpfe mit allen Mitteln. Wie kann ein korpulenter Mann mittleren Alters eine Frau bezirzen.)

Da endlich blieb sie stehen, sah ihn an.

Es ist in deiner Hosentasche, sagte sie.

Das ist leer.

Warum läufst du mit einem leeren Spray herum?

Ich hatte keine Zeit, ein neues zu besorgen!

Flora wartete, bis sein Geschrei vollständig verklungen war, und

---

Du kannst nichts anderes tun.

Laut Gruen ist das der »Kern«: Dieser Kampf darum, sich nicht geschlagen zu geben. Müdigkeit, Traurigkeit, Enttäuschungen ertragen zu lernen. Der Kern ist: nicht zu verzweifeln.

Für dich ist eins wichtig. Dass du dir merkst: du warst besser, als du statt der Wut den Schmerz wähltest.

Ein Leben ohne Ressentiments.

#

[Datei: örültek]

Noch einmal: die mentale Hygiene der Bevölkerung.

Die offensichtlichen Fälle und die verborgenen. Deren Verhalten pa-

sagte dann: Tut mir leid. Sie wartete geduldig, bis er bereit war, weiterzugehen. Eine andere Lösung gab es ohnehin nicht.

Schließlich kamen sie tatsächlich in ein Dorf und Flora sprach eine alte Frau an, die in ihrem Garten heruntergefallene Äpfel einsammelte, und bat um ein Glas Wasser für ihren Mann. Die Alte sammelte die guten Äpfel in einem Weidenkorb, die, die schon verrottete Stellen hatten, warf sie in einen Eimer. Flora fragte, ob sie sich von den schlechten welche nehmen könnten.

Die alte Frau sagte, sie könnten sich von den guten welche nehmen.

Woraufhin Flora einen guten aus dem Korb für Darius Kopp herausnahm und einen mit einer fauligen Stelle aus dem Eimer für sich selbst.

Fassungslos trug Darius Kopp den guten Apfel eine ganze Weile mit sich herum, bevor er abbiss. Ein Geschmack zwischen sauer und bitter. Kopp warf ihn wütend in die Büsche. Ob Flora es bemerkte oder nicht, wissen wir nicht. Sie fand mühelos zu Gabys Haus zurück, und es gab wieder Kartoffeln mit etwas Zwiebeln. Danach legten sie sich – Kopp immer noch hungrig – in Gabys altes Bett. Ich

---

thologisch erscheint, und die, deren Verhalten als normal gilt.

Die Frau, die im Park auf der Bank sitzt und wirres Zeug redet.

Der Penner mit dem Bettelbecher in der Hand, der üble Bemerkungen über Vorübergehende macht.

Die Kassiererin in der Drogerie, die sich an den Kopf fasst und beinahe verzweifelt, »Auch das noch!«, weil jemand seinen Abholschein für die Fotos verloren hat und sie nun seinen Ausweis kontrollieren muss.

Noch einmal: die Regaleinräumerin mit dem zertrunkenen Gesicht, die einen nicht anspricht, sondern an*knurrt*, wenn man beiseitegehen soll.

Überhaupt, die Leute, die nicht mehr reden können. Die Skala der Verstummung.

fühlte mich wie ein zu früh zu Bett gebrachtes Kind. Vor Widerwillen und Ratlosigkeit gelähmt. Gerne hätte er etwas gesagt, wie es ihm gehe, dass er das hier alles andere als möge. Aber als wäre ich mit einem Netz gefesselt.

Als sie am nächsten Tag wieder losging, sagte Kopp: Ich kann nicht.

Gut, sagte sie, dann bleib hier.

Kann ich nicht, sagte Kopp. Ich muss mich um einen Job kümmern.

Gut, sagte sie. Dann kümmere dich.

Kopp sah ihr fassungslos hinterher. Wie leicht sie mich hierlässt. Und vor allem: Sie lief genauso, *genau* so, wie am Tag zuvor: dieselben Kleider, dasselbe Tempo. Wenn jemand an zwei aufeinanderfolgenden Tagen vollkommen verschieden ist. Und wenn er *exakt* gleich ist. In beiden Fällen hast du zu Recht das Gefühl: etwas stimmt nicht.

Kopp fuhr in die Stadt, aber dann saß er nur gelähmt vor dem Computer, tagelang, ohne auch nur einen Handschlag für die Jobsuche tun zu können. Als er es nicht mehr aushielt, kaufte er Fleisch ein und fuhr wieder hinaus in den Wald zu Flora. So ging es wochenlang. Kopp brachte Fleisch mit und briet es, Flora aß mit

---

Und, auf der anderen Seite (es ist dasselbe, nur in einem anderen Gewand): die Skala des Redens.

Schizophasie = gespaltene Sprache = irres Reden

Und wie der Körper reagiert.

Die Frau, die das lange Warten in der Schlange in der Post nicht aushält, von einem Bein aufs andere hüpft und sich heftig an den Unterarmen kratzt und winselt.

Der pathologisch Fitte.

Und wie manche Gesichter sind. Wie ihre Gesichter werden mit der Zeit. Als wären Heere darübergezogen.

Der alte Mann im schwarzen Anzug, der in der Einkaufsstraße mit einem Transparent steht und den Weltuntergang verkündet. (Hättest du wohl gerne, mein Lieber. Hättest du wohl gern. Wenn deine

oder auch nicht, sie gingen ins Bett, hatten Sex oder nicht, eher nicht. Früher hast du mehr mitgemacht. Tut mir leid. Sie ging in den Wald, Kopp ging mit oder ging nicht mit – in beiden Fällen bereute er es. Er fuhr wieder in die Stadt, brachte nichts zustande, fuhr wieder zu Flora in den Wald.

Was soll nur werden? fragte Darius Kopp.

Da war es schon lange Oktober. Er war inzwischen so weit gekommen, mehr Essen mitzubringen, als während seines Aufenthalts verbraucht werden würde. Er füllte ihre Vorräte auf, und sie nahm auch ein wenig davon, aber nie so viel, dass es für einen erwachsenen Menschen gereicht haben konnte.

Was isst du eigentlich, wenn ich nicht hier bin?

Wenn du nicht hier bist, reicht das, was ich finde.

Abgeerntete Felder, Wegbäume, Beerensträucher. Ich sehe ein, dass das eine Weile ganz amüsant ist. Wir spielen Survival und süße Erinnerung. Aber das hier ist nicht dasselbe, und nicht nur, weil du keine 18 mehr bist und es nicht Sommer ist. Ist mir egal, ob es ein Pilzjahr ist oder nicht. Irgendwann wird es zu kalt werden für alles.

---

Seele, wenn dein Verstand, dann eben wir alle.)

Die Gruppe der Leute, die seit Wochen von morgens bis abends Boule spielt im Park. Wenn du nicht aufmerksam bist, kannst du denken, sie haben nichts Besseres zu tun. Doch. Aber sie müssen spielen. Immerhin verspielen sie kein Geld mehr. Darauf haben sie sich geeinigt. Keiner darf den Vorschlag machen, um Geld zu spielen. Sie wissen: Wenn sie anfangen, um Geld zu spielen, gibt es kein Halten mehr.

Wenn du nur die Wahl zwischen verschiedenen Übeln hast.

Wenn du nicht einmal mehr die Wahl zwischen verschiedenen Übeln hast.

Sie, als hätte sie es nicht gehört.

Der Regen setzte in dem Moment ein, als er einen kleinen See auf einem Hochplateau erreichte. Kopp duckte sich in den Schatten eines Felsens, wurde nass und sah zu, wie es in den See regnete. Kalt. Darius Kopp, zitternd im Schatten eines Felsens in den thrakischen Bergen. Auf der anderen Seite des Sees, hinter dem Regen: eine Holzhütte. Die Fensterläden sind geschlossen, aber das aufgestapelte Brennholz daneben verrät, dass sie nicht verlassen ist. Alleine leben in Hütten. Das Beschaffen von Wasser, Feuer, Lebensmitteln. Es gibt niemanden, der dabei fröhlich wird. Im Gegenteil. Sie bekommen dieses verhärmte Gesicht. Es ist ein Irrtum. Das habe ich dir immer schon gesagt. Ein Irrtum. Aber mich verpflichtet das Gesetz dazu, meine Frau, die nicht aus dem Wald kommen will, zu unterstützen. Der Mann, der 10 Jahre lang Lebensmittel zu seiner Frau in den Wald fuhr. Oder 33 Jahre lang. 40. In spätestens 40 Jahren werde ich sehr wahrscheinlich tot sein. Unvorstellbar. Für Außenstehende = Unwissende scheint alles im normalen Bereich zu sein, du aber spürst, dass ein Wettlauf begonnen hat. Etwas zieht

---

Die Alkoholiker, öffentlich, überall.
Drogensüchtige.
Die Kettenraucherin, die nicht stillsitzen kann.
Die Frau, die vor Hindernissen in der Pflasterung komplizierte Schrittfolgen ausführen muss, bevor sie weitergehen kann.
Die Leute, die still vor sich hin schimpfen, was immer sie auch tun.
M, der am Montag einer ist, am Dienstag ein anderer, am Mittwoch ein dritter, am Donnerstag alles verleugnet, was er zuvor behauptet hat, und am Freitag behauptet, dass es den Donnerstag niemals gegeben hat, und DU bist diejenige, die eine Macke hat.
Die Schneidemale am Unterarm einer unbekannten jungen Frau.
Der Obdachlose, der statt Hosen einen Wandteppich um den Unterleib trägt und amerikanische Lieder singt.

herauf. Ab jetzt musst du schneller sein. Etwas anderes als bisher ausprobieren. Seltener kommen. Eine Woche vergehen lassen, ohne eine genaue Ansage zu machen, wann man wiederkommen würde.

Ich weiß nicht genau, wann ich das nächste Mal kommen kann, sagte Darius Kopp. Es gibt viel zu tun.

OK, sagte sie und lächelte, küsste ihn zum Abschied und winkte ihm sogar hinterher, als er mit dem Auto wegfuhr. Meine Frau in einer seltsamen türkisfarbenen Jogginghose unter ihrem Kleid im Gartentor stehend, mir hinterherwinkend. Etwas zieht herauf.

Sagen wir, das war an einem Montag. Am Freitag gab es den ersten Sturm in jenem Herbst. Kopp beobachtete ihn von der Terrasse aus und im Internet. Wie sich die Wolkenfelder im Regenradar und wie die Bäume im Park sich bewegten. Kleinere Äste fielen. Kopp sah lange zu. Im Grunde verbrachte er den ganzen Freitag damit, den Sturm abzuschätzen. Ob man bleiben konnte oder fahren musste. In den Nachrichten war von zu erwartenden Schäden an Wäldern die Rede, bzw. eigentlich, wie groß die Schäden in der letzten Sturmsaison waren, die Häufigkeit atlantischen Wetters, die Klimaänderung

---

Und das sind nur die Leute in meinem Block.
Und das sind nur die Harmlosen.
(Die Esoteriker. Süß. Und meist sozial.)
Nicht gezählt: diejenigen, die im pathologischen Sinne normal, nur eben unerträglich (anti-sozial) sind. Narzisse, Egoisten, passiv Aggressive, Energievampire, Blockierer, Rechthaber, Heruntermacher, simple Rüpel.
Nicht gezählt: die *nur* zu Hause piesacken, brüllen, schlagen.
Doch, die muss man zählen.
Das ist inakzeptabel.
Die wirre Frau auf der Bank ist unangenehm, aber akzeptabel. Die Nachbarin, die an Arbeitstagen früh und spät und an freien Tagen den ganzen Tag mit ihrem Kind brüllt, ist es nicht.

und so weiter. Am Ende fuhr Kopp los, als es schon dunkel wurde. Äste, Stroh, leere Sachen trieben auf den Alleestraßen, Böen rüttelten am Auto. Als er ausstieg, flog ihm ein Kiefernzapfen an die Stirn, aus einem so seltsamen Winkel, dass er sich umsah, ob ihn nicht jemand geworfen hatte. Nein. Der Wald hinter den Häusern dröhnte dunkel. Das erste Mal, dass ich das höre: heisere Tubas.

Flora saß im Haus, die Ruhe selbst.

Ich habe mir Sorgen gemacht.

Warum?

Dass ein Baum aufs Haus fällt.

Warum sollte er das tun?

(Es ist offenbar schon notwendig, wie mit einer Kranken mit ihr zu reden. Langsam, geduldig, erklärend.) Weißt du, der Sturm usw.

Sie fallen nicht um.

Woher willst du das wissen?

Ich kenne sie mittlerweile. Es geht ihnen gut.

(Den Bäumen geht es gut?!?!) Den Bäumen geht es gut? Und dir?

Mir auch, sagte sie und lächelte.

---

In Ordnung, sagen sie beim Jugendamt. Wir haben es registriert. Danke, dass Sie angerufen haben.

Und tun nichts.

Nervbolzen, faules Stück, Heulboje, fette Made, hast dich wieder blöd gefressen, Dreckschleuder, lern dir erst den Arsch wischen, wag es ja nicht, wag es ja nicht, wag es ja nicht---!

(Das Schlimme ist: das Kind stinkt. Es fällt schwer, nicht sofort zu fliehen, wenn man ihm begegnet.)

Fanatiker jeglicher Ausrichtung. (Wissenschaftlich untersucht: Stark religiöse Menschen sind weniger einfühlend und tolerant als moderat religiöse. – Gott ist immer größer. Ja. Das sagt nichts über deine EIGENE Größe aus. Der Gläubigste ist nur so »wertvoll« wie der Un-

Wind und Regen in der Nacht, Flora schlief ruhig, Darius Kopp wachte. Er fror. Sie trug auch zum Schlafen die unbekannte türkisblaue Jogginghose, dazu einen bis jetzt noch nie gesehenen kunterbunten Fleecepullover. Wie er später erfuhr, gehörte die Hose Gaby und der Pullover der alten Frau, die mit ihrem Mann einige Häuser weiter wohnte. Dass Flora doch nicht ganz alleine hier draußen war, war zum einen beruhigend, zum anderen nahm es Darius Kopp natürlich ein Druckmittel aus der Hand. Niemand sonst etc.

Die Pflanzen in der Wohnung, sagte er, gehen ein. Obwohl ich sie gieße. Auf der Terrasse auch. Die Bewässerungsanlage ist an. Trotzdem.

Die einjährigen natürlich, sagte Flora. Aber sie züchten auch die mehrjährigen so, dass du jedes Jahr neue kaufen musst. Kann man nichts machen.

(Überhaupt, die ganze Wohnung. Als entfernte sie sich. Kopp beobachtete sie aus dem Augenwinkel während des Fernsehens oder Surfens. Als dürfte sie es nicht merken. Natürlich gab es da den Staub. Aber das war es nicht allein. Trotzdem sprach Kopp es nicht aus. Zuviel Raum für Missverständnisse.)

---

gläubigste. Finde dich demütig damit ab.)
Und weiter. Die Kriminellen.
Erpresser
Schläger
Vergewaltiger
Missbraucher
Mörder
Serienmörder
Massenmörder
(Interessanterweise zähle ich die Diebe nicht. Gewalt gegen Gegenstände vs Gewalt gegen Menschen.)

Es wird bald Winter werden, sagte er.

Keine Antwort. Sie fegte die Hütte aus und ging dann in den Garten, um den Abfall wegzuharken, den der Sturm herbeigetragen hatte, damit alles wieder so schön herbstfein aussah wie vorher, kleingärtnerisch hübsch geordnet.

Flora, sagte Kopp. Was soll das?

Eine Weile sah es so aus, als würde sie auch darauf nichts sagen, aber dann hielt sie doch inne und sah ihn an:

Mir geht's gut hier, weißt du. Ich habe, in Wahrheit, immer so leben wollen.

Du hast, in Wahrheit!, immer so leben wollen?! In einer Hütte im Wald?

In Stille und maßvoll.

In Stille und maßvoll?! In Stille und maßvoll?! Das ist nicht maßvoll, das ist: nichts! Das ist doch … nichts! Und es ist auch zuviel! Du läufst den ganzen Tag! Den *ganzen* Tag! Du isst von den Feldern! Hast du überhaupt schon gesehen, wie du aussiehst? Diese … Klamotten, und dieser … Garten, dieses … Harken, was soll dieser

---

Und weiter: was nicht »kriminell« genannt wird, weil es zu groß ist. Wie du wirst durch Besitz von Macht.

*Snakes in suits.*

Dass ein soziopathischer Machthaber gefährlicher ist als der Alkoholiker, der Frauen in Bushaltestellen körperlich angreift, ist klarer als die Sonne. Dennoch neigen wir dazu, Ersteren eher als Teil unserer »Normalität« zu akzeptieren. *Dissoziative Skrupellosigkeit wird durch Erfolg geadelt.* Wie häufig setzen wir freiwillig Schurken an die Spitze unserer Regierungen. Weil wir offenbar denken, ein wenig Schurkigkeit brauche man, um an der Spitze stehen zu können. Da wir diesen Wahnsinn als Normalität akzeptiert haben, nehmen wir anschließend das gemeinsame Tragen des Schadens, der verursacht wurde, als unsere Strafe an. Geschieht uns recht.

Mist? Das ist doch … Scheiße, das ist doch … Er konnte nur mehr stottern und fluchen, Scheiße … und Scheiße und … Mist und … bis sie schließlich wütend wurde.

Hör auf mit diesem ewigen ScheißundMistundDreck! Hör auf damit!

Ließ die Harke fallen und schubste ihn mit beiden Händen gegen die Schulter. Sehr kalte Hände.

Hör auf, hörst du! Halt einfach die Klappe! Wenn du nicht anständig reden kannst, halt einfach die Klappe!

Sie schubste ihn in Richtung Gartentor, aber natürlich ist er zu schwer für sie, er schwankte nur ein wenig.

Warum musst du alles zerstören, hä? Warum musst du immer alles zerstören?!

Sie schubste ihn noch ein letztes Mal, er wankte, sie rannte um ihn herum, aus der Tür und auf den Wald zu.

Bist du bescheuert?! Das ist doch bescheuert! krakeelte ihr Darius Kopp hinterher. Wie die letzten Proleten. Dass es auf einem Waldweg passiert und nicht vor Augen aller auf einer belebten Straße in

---

Die Schurken sind nicht immer Diktatoren, aber häufig. Nicht immer Massenmörder, aber häufig.
Die Freiheit wird immer beschränkt. Ausbeutung findet immer statt. Systematische Folter kann nicht spontan stattfinden. Meist wird sie von oben angeordnet, *immer* von oben toleriert.
Die Ausführer von Folter gehören in die Kategorie der Kriminellen.

Waffenträger sind eine Sonderkategorie. Sobald eine Waffe da ist, sind die Gesetze des Seins ohne Waffe außer Kraft gesetzt. Wo Waffe, dort häufig auch Uniform. Deine Angst vor Uniformen ist also berechtigt. Deine noch größere Angst, wenn eine Waffe ohne Uniform auftaucht, ebenfalls. Der Anteil der psychiatrisch Auffälligen in einer jeden Gesellschaft beläuft sich auf etwa 10%. Über den Anteil der

der Stadt, macht es nicht besser. Ich zerstöre alles? *Ich* zerstöre alles? Schwarz vor Augen.

Der Regen ließ nach, es tröpfelte nur noch. Kopp kam unter dem Felsen hervor. Er hatte keine Lust mehr weiterzugehen, war nicht mehr neugierig, was es noch zu sehen geben könnte hinter dem nächsten Felsen, der nächsten Wegbiegung. Und wenn das so ist, sei zufrieden, umkehren zu können.

Er fuhr in die Stadt zurück, aber auch wenn er geblieben wäre, ihr hinterhergelaufen und so lange nachgetrottet, bis es wieder gut gewesen wäre: du kannst dich hinstellen, wo du willst, wenn der andere nicht mehr von dieser Welt ist. Korrektur: von *deiner* Welt. Mit jedem Zurückkehren in den Wald, mit jedem weiteren Gang wuchs in Darius Kopp das Gefühl, in Wahrheit allein hier zu gehen. Und sie ebenfalls. Sie, weil sie es offenbar wollte, und er, weil er es musste. Er musste es, weil sie es wollte. Im Alter von 46 Jahren erwischte Darius Kopp doch noch die Einsamkeit. Nie hatte ich mich einsam gefühlt, bevor ich dich kannte. Meine erste Liebe. Kam, sah, infizierte mit Sehnsucht und ließ zurück. Ja, gehört sich denn so etwas?

---

Charakterschweine gibt es unterschiedliche Schätzungen. Jetzt stell dir das mit Waffen vor.

Der Wahnsinn des Einzelnen ist ein Ausdruck des Wahnsinns der Verhältnisse.

Die immer wiederkehrende zeitweilige Verrohung ganzer Gesellschaften.

Politische Verrohung hat meist eine Vielzahl exogener Gründe, bietet aber Soziopathen die Möglichkeit, sich auszuleben.

Dass wir uns nicht schon ausgerottet haben, ist ein wahres Wunder.

Was ist es, das dem Wahnsinn (dem »Todestrieb«) eine Grenze setzt?

Nichts anderes als der Tod selbst.

Seines Lebens beraubt zu werden ist nicht akzeptabel.

Gehört sich so was, frage ich dich?! Ich erinnere mich kaum mehr daran, wie die Dinge vor dir waren. Bruchstücke von Orten und Getränken, bedeutungslos. Mit dir war ich glücklich. Das war mein Leben. Wie kannst du es wagen, nicht leben zu wollen, wo ich dir doch zu Füßen liege? (Keiner kann spontan eine Schlinge machen. Vorher üben. Die Kunst, Knoten zu binden. In einem Kiefernwald eine Eiche suchen. Und sitzt man dann noch eine Weile auf einem waagerechten Ast und betrachtet das Letzte von der Welt: hier und jetzt ein Wald? Oder besser nicht, oder gibt es die Welt dann gar nicht mehr, ein von Ruß geschwärztes Glas, kein Oben, kein Unten, gesprungen wird in keine Richtung, und auch nicht lange, der Ruck reißt dich schmerzhaft---)

Kopp knickte um, fiel beinahe hin, rutschte über Steine, stieß sich ein Knie und eine Hand. Siehst du, was passiert, wenn einer seine Pflichten nicht tut? Die Frau hat das Zuhause zu schaffen! Die Frau macht das Nest, in das wir alle zurückkehren von der täglichen Jagd! Siehst du, was passiert, wenn man das Nest nicht täglich flickt? *I hate you so much right now!* Zeig dich gefälligst!

---

Es müssen genügend vorhanden sein, die das Rauben von Leben nicht akzeptieren.
Gruen zitiert eine Untersuchung von Henry Dicks:
Unter 1000 Kriegsgefangenen:
10 % überzeugte Fanatiker (hier: Nazis)
25% aktive Mitläufer, die aber Vorbehalte hatten
50% Gleichgültige
10 % die passiven Widerstand leisteten
5 % die aktiv Widerstand leisteten
Nur ca. 10 % überzeugte, insgesamt ca. 35% aktive.
3 von 10.
1 bewaffneter Berserker, 2 bewaffnete Mitläufer, 5 heimliche Sympathisanten oder Dummköpfe, die nie etwas merken, 1 oder 2 Ent-

Kopp stand eine Weile auf einem Bein, weil er sich nicht auf die nassen Steine setzen wollte, auf die zu fallen er doch gerade eben vermieden hatte, bis er sich sicher genug sein konnte, das andere hinstellen zu können. Er stellte es hin: der Schmerz war auszuhalten. Jetzt ist mir nur noch kalt und ich habe Hunger und ich habe auch diesmal mein Asthmaspray nicht dabei, diesmal habe ich es wirklich nicht dabei. Im Klosterzimmer bei den anderen Sachen. Nicht abgeschlossen. Ist bei uns nicht üblich. Die Asche deswegen wieder im Kofferraum. Du bist in Sicherheit. Und ich?

Unweit vor ihm, am Wegesrand, eine Schlangenhaut. Nein. Eine tote, ausgetrocknete Schlange. Die Smog-Otter ist ein heiliges Tier. Was nicht heilig ist, ist einfach nur ein Kadaver. Denk nicht daran. Denk nicht an Verwesung. Geh einfach weiter. Er ging weiter mit dem seltsamen Gefühl, sich gerade zu verirren, obwohl er den Weg nicht verlassen hatte, er war nur umgekehrt. Trotzdem, als wäre es anders. Er sah wieder im Handy nach und sah dasselbe wie schon auf dem Herweg: in der Nahansicht nichts, in der Großansicht, dass er in Bulgarien war und nach Süden ging. Süden ist richtig. Es ist

---

setzte, wegen ihrer Feigheit Verschämte, 0 oder 1 aktive Widerständler. Wer von diesen stirbt zuerst? Kommt auf die Situation an. Die Versuchsanordnung geht von 10 Männern ungefähr des gleichen Alters und aus demselben Kulturkreis aus. Was ändert sich, wenn es Greise, Frauen, Kinder verschiedener Ethnien sind?

Gruen denkt, dass man jeden, auch den echten Nazi, heilen kann, wenn man seine Mutterbeziehung repariert.

Glaube ich nicht, aber selbst wenn, musst du ihn erst besiegen.

Es entscheidet sich in den 50% in der Mitte.

Gesellschaften reparieren. Einzelne reparieren.

Darum geht es ständig. Einreißen, neu bauen, einreißen, neu bauen.

nur alles viel länger, weil ich müde bin. Wann wird es dunkel in den bulgarischen Bergen im September? Die Kälte war jetzt so groß, dass er eine Weile an nichts anderes denken konnte. Ist das normal, so eine Kälte? In der Kälte gehen, nicht zu schnell, damit du nicht schwitzt, nicht zu langsam, damit du nicht vollkommen auskühlst. Diese Kälte am Kopf – wann hast du, Mensch der Innenräume, so etwas das letzte Mal gespürt?

Später, als das Grün zunahm, und endgültig, als er nur noch Bäume um sich hatte, beruhigte er sich wieder. Als er an den Bach zurückfand, empfand er sogar Dankbarkeit. Danke für den Windschatten, danke, dass ich etwas wiedererkennen darf.

Solange, bis er merkte, dass er sich am falschen Ufer befand. Wie war das möglich, keine Ahnung, er konnte sich nicht erinnern, den Bach jemals überquert zu haben, dennoch, es war so: der Weg da drüben ist der richtige, ich erkenne ihn, während dieser hier nach einer kurzen Strecke am Bach entlang wieder den Berg hochführt. Wieder wurde es ihm für Sekunden schwarz vor den Augen, wie er so in die Steine im Wasser blickte, auf die umgeknickten Stämme,

---

(Wo ist der Punkt, an dem es kaputt geht?
Vorher, man müsste VORHER. Aber man kann nicht immer bis in den Mutterschoß zurückgehen.)
Ich hoffe, jemand repariert ihn.
Und ich verspreche, ich werde brav sein.
Den Schmerz aushalten. Einen Rahmen drummachen. Da ist er. Unleugbar. Aber du sei gut. Der Tod ist nicht akzeptabel. Der eigene Schmerz ist es.

#
[Datei: medit]

Achtsamkeitsmediation.

die Äste. Er hockte sich hin und ruhte ein wenig. Sein Magen knurrte. Keine Brücke weit und breit. Vielleicht gibt es weiter oben wieder eine Hütte, in der ein Wanderer übernachten kann, und vielleicht gar nichts.

Wie lange überlebt einer in der Wildnis? Einer 2 Monate in seinem eingeschneiten Auto. Irgendwo in Norwegen. Lebte von Schnee. Wie er dahin gekommen ist, war zum Zeitpunkt seines Auffindens rätselhaft, aber der Artikel suggerierte, der Mann habe sich absichtlich in diese Lage gebracht. Hat sterben wollen und dann doch 2 Monate überlebt, jetzt ist er im Krankenhaus. Aber es kann auch sein, dass ich in alles nur dich hineinlese.

Vor seinen Füßen lag ein kopfgroßer Stein. Er trat so lange gegen ihn, bis er in den Bach rollte. Zu klein. Die Äste, die Holzstücke, die in der Umgebung zu finden waren: alle zu klein. Mit viel Ausdauer könnte man natürlich trotzdem so etwas wie einen kleinen Damm daraus machen. Darüber dachte er eine ganze Weile nach. Wie die Steine zu werfen wären. Der ganze Prozess des Heranschaffens und Platzierens: über den schon bestehenden Teil des Damms

---

Ich bin ein Mensch, und es ist vollkommen normal, Probleme zu haben. Ich akzeptiere, dass ich als Mensch auch Schmerzen verspüre. Aufmerksam, friedlich und mitfühlend bestätige und nehme ich den Schmerz an als einen Teil meines Lebens.

#
[Datei: gyakorlat]

Übung:
Notieren Sie jeden Tag 5 glückliche Momente. Wenn es sein muss, denken Sie sich was aus. Vergessen Sie nicht: auch was Sie sich ausdenken, ist Ihrs!

gehen, von dort aus den nächsten Stein werfen und so weiter. Die Vorstellung einer guten Arbeit lenkte ihn ab und verschaffte ihm die nötige Zeit, sich wieder aufzurichten und die bei Weitem einfachste und schnellste Lösung zu finden: sich nackt ausziehen, die Klamotten über den Kopf nehmen und durchwaten. Das Wasser war zwar schnellläufig, aber weder breit noch tief. Und dann doch tiefer, als er es angenommen hatte. An der tiefsten Stelle reichte es bis zur Mitte der Brust. Sehr kalt, das Herz reagiert unmittelbar. Noch einmal erschrak Darius Kopp und schwankte, aber damit war die gefährlichste Stelle auch schon passiert, das Wasser wurde wieder seichter. Das gegenüberliegende Ufer erreichte er bereits kichernd. Die männliche Schaumgeburt, die ich bin. Das Ufer auf der anderen Seite war steiler, er wurde schmutzig, aber am Ende so zufrieden und stolz wie seit … (wann eigentlich) nicht mehr. Er juchzte in den Wald, gegen die Steine. Schaut, ich habe den Fluss (das Bächlein) überquert, schaut den Überquerer, schaut! Schau, Flora.

---

1. Ein Mann blieb vor der Fleischtheke stehen und fing, um die Aufmerksamkeit der Verkäuferin zu ergattern, zu miauen an: miau! Dann lachten sie beide. Und ich sah sie und freute mich.
2. Wie die Sonne aufs Pflaster scheint. Als wäre es Sommer.
3. Erinnerung: Der Lehmboden. Hart. Wenn der Boden so war, wusste man, es ist bald Sommer. Der Duft der Heckenrose. Der Duft der Pappeln. Ich kann nicht nicht glücklich sein.
4. Jemand hat mir auf der Treppe Platz gemacht!

#
[Datei: Gnozis]

Nichts als gute Ratschläge.

Als er ins Zimmer zurückkam, saß da jemand auf dem zweiten Einzelbett. Das ist bei uns so üblich. *I hope, it is OK for you.* Ein Engländer mit rötlichem Haar, der sich als Doiv vorstellte. Ein Hitchhiker, aus Mazedonien kommend, auf dem Weg nach *Georgia.* Redet viel, redet ununterbrochen, erzählt. Darius Kopp, noch mit der Sensation der Bachüberquerung auf der Haut, sieht so aus, als würde er ihm freundlich lächelnd zuhören, in seinem Gesicht zeigt sich Offenheit, seine hellen Augen leuchten, aber in Wahrheit höre ich überhaupt nicht, was du sagst, mein Lieber, ganz abgesehen davon, dass ich deinen Akzent so gut wie nicht verstehe, ich bin müde, einfach nur müde, aber traurig bin ich nicht, und das ist gut, ich lächle. So, wie er war, lächelnd, schlief Darius Kopp ein.

---

Diesmal werden Sie Ihnen gegeben von S. A. Weor.

Sie sind auf der Welt, um zu triumphieren.
Wenn Sie im Leben triumphieren wollen, müssen Sie beginnen, mit sich selbst ehrlich zu sein, und die eigenen Fehler erkennen.
Wer andere kritisiert, ist ein Schwächling.
Kritisieren Sie niemanden. Versuchen Sie, in allen Menschen das Gute zu sehen. Der Mensch, der zu leben versteht, ohne andere zu kritisieren, provoziert weder Widerstand noch Reaktion (?) seitens anderer und als Folge davon bildet sich eine Atmosphäre des Erfolges und des Fortschritts.
(Gutes wird mit Gleichem vergolten? Na, dann ist ja alles in Ordnung! – Die Wahrheit ist: Wenn du gut bist, halten sie dich für harm-

## 15

Eine Wohnung habe ich lange nicht mehr. Ich habe einpaar Sachen im Atelier. Es ist kein richtiges Atelier, man kann nicht heizen, bei Leuten in … (unverständlich). Paar Sachen bei meinen Eltern. Die Fotos habe ich alle im Datenstorage, wenn ich was brauche, miete ich mir einen Arbeitsplatz und bereite alles für die Druckerei vor. Sonst habe ich alles in meinem Backpack. Wenn du eine Frau hast, musst du dich niederlassen. Eine Wohnung haben und regelmäßig Geld. Du musst dich mit deinen Eltern vertragen. Ich vertrag mich auch so, nur nicht so häufig. Ich frag auch mal nach Geld, aber nicht nach viel: 20 Pfund oder so. Ich geb's nicht wieder zurück, schließlich bin ich ihr Sohn, aber dafür leihe ich mir auch nicht viel.

Meine erste Frau habe ich in Bosnien kennengelernt. Ich hatte bis jetzt nur eine. Also war sie meine erste Frau. *Her name was Esra*. Sie war unglaublich schön. Blonde Haare bis zum Hintern.

---

los. Wenn sie dich für harmlos halten, werden sie versuchen, dich zu übervorteilen. Oft gehen sie dabei noch nicht einmal mit besonderer Sorgfalt vor, denn sie unterschätzen dich ja. Die Frage ist: was machst du, wenn dieser Fall eingetreten ist: dass sie anfangen, dich in einem mehr als üblichen Maße auszubeuten? Was tust du?
Was gegen die Ausbeutung tun? Das ist eine Frage. Wo Ausbeutung ist, ist auch Depression und Zorn. Wie kannst du so für dich sorgen, dass dein Ausgebeutetsein bei einem erträglichen Minimum bleibt? – Und was ist aus deinem Ideal der Duldung geworden? Eine gute Frage. Nehmen wir an, ich wäre stark genug, mein individuelles Ausgebeutetsein zu dulden. Für eine ganze Gesellschaft wäre dasselbe Ausmaß an Ausbeutung und Ausgebeutet-Sein dennoch nicht duldbar. – Solche Lebenshilfen richten sich immer nur an einzelne

Alle im Team machten *solche* Augen. Wir sind 3 Monate durch Bosnien gestolpert, kurz nach dem Ende der Belagerung Sarajevos. Ich habe sie geheiratet, das war cool, und außerdem war sie schwanger. Unsere Behörden haben ihr ein Aufenthaltsrecht für sage und schreibe ein halbes Jahr gewährt: bis zum 8ten Monat. Die Beleidigung der Beamten ist verboten und wird geahndet. Wir hatten gerade die Aufenthaltsbewilligung verlängert, sind zum Ultraschall, und da sagen sie: der Fötus ist tot. Gestorben, einfach so. Wenn sie schon so groß sind, muss man sie zur Welt bringen. Eine andere Möglichkeit gibt es nicht. Sie wickeln sie in ein weißes Tuch und legen sie dir in den Arm. Ein schwarzhaariges Mädchen. Es ist besser, du siehst sie dir an, aber du darfst sie nicht liebgewinnen. Sie dann noch liebzugewinnen wäre schrecklich. Vier oder fünf Stunden später sagte sie, sie würde zurück nach Bosnien gehen. Manchmal ist es so. Man kann nicht einmal eine Ursache finden. Sie geben einfach auf. Das war meine erste Frau. Ich habe sie ein Jahr später besucht. Sie war so fremd, als hätten wir uns nie gekannt. Das ist schon seltsam. Ich meine, ich habe sie

---

Egoisten, um ihnen Duldung oder listigen Kampf vorzuschlagen, je nachdem, was gerade möglich ist.)

Weiter S.A.W.:
Vergessen wir nicht, dass die Menschen voller Stolz und Eitelkeit sind. (Stolz und Eitelkeit im Zaum zu halten verschafft einem Vorteile. Ist es das?)
Der Neurastheniker ist äußerst kritisch, reizbar und unerträglich. (Wer erträgt wen nicht?)
Ungeduld, Zorn, Egoismus, Stolz, Hochmut sind unschöne Zustände und zu vermeiden. (D'accord.)
Wenn Ihr Nervensysten durch etwas, das Sie ermüdet, irritiert wird, ist es besser, diese Tätigkeit zu meiden. Arbeiten Sie intensiv, aber

nicht geliebt und sie mich wahrscheinlich auch nicht, wir haben uns das nie gesagt. Dennoch: dass jemand, mit dem du ein Kind gehabt hast, auch wenn es tot ist, so fremd werden kann. Dann habe ich zu Hause in einem Club ein Mädchen kennengelernt. Sie sagte, sie sei 21, aber in Wahrheit war sie erst 17. Trug tagsüber eine Schuluniform. Übrigens hat die ganze Schule gekifft, das gibt's überhaupt nicht, aber Hauptsache: Uniform. Ihr Vater hatte von nichts eine Ahnung, aber irgendwann hat er kapiert, dass wir miteinander gehen, und da hat er zu mir gesagt: Dieses Mädchen hat noch eine Perspektive. *Do you understand, what I mean?* Du bist vierzig, sie ist siebzehn. Sie hat noch eine Perspektive. Danach habe ich meine Zelte abgebrochen. Ich reise, mache Fotos, hole mir jeden Tag einen runter, und fertig. Doiv, *the Hitchhiker*, auf einer Hotelterrasse in Istanbul sitzend, mit Blick auf die Atatürk- und die Galata-Brücke, und einer dritten, deren Namen wir noch nicht wissen, sie befindet sich noch im Bau.

Sie waren nicht etwa gemeinsam hierhergekommen. Kopp hatte das Kloster und die Berge am nächsten Morgen verlassen und war

---

mit Mäßigung. Denken Sie daran, dass übermäßige Arbeit ermüdet. (Hihihihihi.)

Fühlen Sie sich irritiert oder zornig? Sind Sie nervös? Zorn kann Magengeschwüre verursachen. Kontrollieren Sie den Zorn mit Hilfe der Atmung:

ÜBUNG

Atmen Sie bei geschlossenem Mund sehr langsam durch die Nase ein und zählen Sie dabei mental 1-2-3-4-5-6. Halten Sie die lebensspendende Luft an und zählen Sie mental 1-2-3-4-5-6. Atmen Sie langsam durch den Mund aus: 1-2-3-4-5-6. Wiederholen Sie die Übung, bis Ihr Zorn verschwunden ist.

durch ein fruchtbares Tal zum Meer gefahren. Dort saß er einige Tage und tat nichts, außer sich das Meer anzusehen. Bei wechselndem Wetter: das Meer. Hinter ihm eine himmelhohe Wand aus lauter *Palaces*, darunter eins, das schon geschlossen hatte. In der Nacht: ein dunkler Palast zwischen lauter hell erleuchteten. In einem dunklen Hotel-Palast herumwandern. Wer hat in meinem Bettchen geschlafen? In der Minigolfanlage brennt die Notbeleuchtung. Palmen in Töpfen. Außerhalb des Kunststeinzauns die bekannte Ödnis einer Seepromenade in der Nachsaison. Die wenigen Gäste im Alter von Kopps Eltern. Für einen Moment kam Kopp die Vorstellung, er würde hier seinem Vater womöglich *noch einmal* begegnen müssen. – Was tust du dann? – Er sah sich das Meer an, wenn der Speisesaal öffnete, ging er zurück ins Hotel, aß etwas, ging wieder ans Meer. Ein Leuchtband teilte jeden Tag eisern das falsche Wetter mit: 20 Grad und sonnig, wenn es 10 Grad und bedeckt war. So, fünf Tage lang. Sah aufs Wasser. Das Schwarze Meer sieht so klein aus. Man hat das Gefühl, es an einem Tag umrunden zu können. Das ist, weil du Buchten siehst, die tatsächlich

---

Die Welt ist ein Produkt des Geistes. Auch Sie selbst sind ein mentales Produkt. Sie können sich ändern, wenn Sie die Kraft des Gedankens gebrauchen. Der Arme und Elende ist in diesem Zustand, weil er so sein möchte und auf Grund seiner Denkweise unfähig ist, eine Änderung herbeizuführen. (Ich schieß dich gleich zum Mond, du Wichser.)

Es gibt 3 grundlegende Faktoren für den Triumph:

1. Mentalkraft 2. Günstige Umstände (Ach was) 3. Intelligenz

Sollten Sie die Mentalkraft zum Schaden anderer verwenden, ist es besser, die Übung zu unterlassen, da der schreckliche Strahl der Kosmischen Justiz Sie unweigerlich wie ein Rachestrahl treffen würde. (Höre mein irres Lachen.)

nicht weit entfernt sind. Von Bucht zu Bucht, so fährt man um ein Meer herum.

Vom Sonnenstrand nach Istanbul ist es zum Beispiel kaum mehr als eine Tagesreise und da sind die Umwege wegen der Grenze und die Monsterstaus schon miteingerechnet. In meinem alten Leben verbrachte ich auch in Istanbul einmal an Opulenz kaum zu übertreffende Tage. Ein gewisser Herr Bülent trug mich damals auf Händen. Der Blick aus den Privaträumen des Sultans auf den Bosporus ist mir in guter Erinnerung, und meine Mutter musste dafür noch nicht einmal meine Halbgeschwister ermorden lassen. Vom Sonnenstrand nach Istanbul, von dort aus über den Landweg nach Athen, das war der Plan.

Der Hinweg fing gut an und endete elend. Das Navigationssystem kapitulierte vor der endlosen Stadt, Stunde um Stunde verbrachte Darius Kopp erst auf zu rasanten Tangenten, in einem Dutzend Vorstädten (oder ein Dutzend Mal in derselben) bis er endlich in den Straßen Sultanahmeds umherirrte, die so eng waren, dass man weder fahren noch anhalten konnte. Er hatte kein Stück

---

Günstige Umstände lassen sich herbeiführen wie folgt:
Stimulieren Sie die guten Eigenschaften des Nächsten, demütigen Sie niemanden, behandeln Sie niemanden geringschätzig.
Sagen Sie niemals »ich«, sagen Sie immer »wir«. Der Ausdruck »wir« hat mehr kosmische Kraft. Das Ich ist egoistisch. Das Ich muss aufgelöst werden. Das Ich ist der Urheber von Konflikten und Problemen. (Während das »Wir« ausschließlich Gutes hervorzubringen in der Lage ist? Die ziselierte Intelligenz und die feine, strenge Moral der Masse? Ganz abgesehen davon, dass »ich« (meistens) nicht berechtigt bin, »wir« zu mir zu sagen. – Bemerkung: Übersetzungsfehler? Ist statt »Ich« das »Ego« gemeint?)
Jeden Morgen vor dem Aufstehen sprechen Sie mit Kraft und Energie: »Wir sind stark. Wir sind reich. Wir sind voll des Glückes und der

Papier dabei, schrieb den Namen des Hotels und der Straße in sein Handy, aber keiner, dem er den Namen zeigte, kannte das Hotel. Als er schließlich durch Zufall das richtige Gässchen fand, das ganz und gar wie das falsche aussah: verfallene Holzhäuser, Hühner, die mitten auf der Fahrbahn scharrten, drei Jungen, die unermüdlich Fußball spielten, während ihre Großmütter auf der Bank vor einer Ruine goldene Gürtelschnallen an Stoffstreifen anbrachten, war er schon in einem Zustand --- Plötzlich stand er aber doch davor, die Tür mit dem falschgoldenen Ornament ging auf, und Doiv saß im schattig gekachelten Innenhof bei einem Glas Tee mit dem *owner of this place*, einem jungen Kerl, den er nicht länger als einen Tag kannte und der ihm ein Zimmer in diesem Doivs Möglichkeiten weit übersteigenden Etablissement angeboten hatte. *This is oriental hospitality*. Komm, setz dich zu uns.

Jetzt bin ich seit fast sechs Monaten *on the road*. Ich habe einen Reiseblog, nicht weil ich denke, die Welt braucht das, sondern weil ich zwei Sponsoren dafür habe. Da stelle ich die nicht so interessanten Bilder ein, aus dem *good stuff* mache ich später die Kunst. Ich

---

Harmonie. OM, OM, OM.« (Und wenn ich es ohne »OM« sage? Oder nur mit zwei »OM«s? Oder vier?)
Sie haben das Recht zu triumphieren. Der Geist muss die Materie besiegen. (Machen wir uns nichts vor. Das ist nicht möglich. Am Ende wirst du von der Materie, die du bist und die um dich herum ist, niedergerungen.)
Wir können das Elend nicht hinnehmen. Das Elend ist den gescheiterten Geistern eigen. (Und wer will sich schon nachsagen lassen, zu diesen zu gehören, nicht wahr?)

Sprechen Sie nicht mit anderen über die Dinge, die Sie betreffen. Ihre Angelegenheiten betreffen einzig und allein Sie. Denken Sie daran, dass es die anderen nicht interessiert, was sie wollen. (OK)

habe mehrere Projekte, im Zentrum steht eins mit dem Arbeitstitel: *The convoy*. Das Spiel geht so: du lässt dich für eine definierte Zeit, in diesem Fall ein halbes Jahr lang, mitnehmen und machst Porträts von deinen Fahrern und lässt dir die Geschichte ihres Lebens erzählen. Anfangs ging es fast schief! Tage, Tage, Tage lang fuhr man Doiv nur in England hin und her. Am Ende lachte ich schon hysterisch. Von der Insel führt kein Weg hinunter! Ich musste die Regel ändern, jetzt ist es auch erlaubt, Ziele abzulehnen und auf die nächste Gelegenheit zu warten. So kam ich endlich auf den Kontinent hinüber. Frankreich, Spanien, Portugal, dann wieder Spanien, Gibraltar, Marokko, Algerien, Tunesien, von dort aus zurück nach Sizilien – das war spannend, da habe ich gezögert, sollte ich schon wieder zurück, aber ich habe mein Leben lang schon nach Sizilien gewollt, also nahm ich es als Zeichen – Italien, dort habe ich betrogen, ich habe die Fähre über die Adria genommen, um Esra zu besuchen, Bulgarien hatte ich überhaupt nicht auf der Karte, und nun bin ich hier. Und was ist deine Story? Du musst mir alles erzählen, ich lebe davon! Scherz.

---

Werden Sie zu einem altruistischen, gütigen Menschen. Indem wir anderen helfen, schaffen wir Gutes für uns selbst. Das ist das Gesetz. (Ich spüre die Bereitschaft in mir, das glauben zu wollen. Ich schäme mich für mein vorangegangenes zynisches Verhalten. Aber ich spüre auch nicht die Kraft in mir, wirklich helfend zu werden. Wenigstens keinem schaden. Soweit bin ich immerhin schon gekommen.)
Es ist unerlässlich, das Ego aufzulösen und stets nur als »wir« zu denken. Der Begriff »wir« hat viel mehr Kraft als das egoistische »ich«.
Alle großen Misserfolge im Leben sind die Schuld des Ichs.
Das Ich ist das Wünschen, das Ich ist Erinnerung, Furcht, Gewalt, Hass, Verlangen, Fanatismus, Eifersucht, Misstrauen.

Gibt es Leute, die das wollen? In einem Buch gedruckt sein? Mit der Geschichte zu ihrem Gesicht?

Oh ja, sagt Doiv. Viele wollen das. Sie wollen, dass etwas von ihnen bleibt. Und sie wollen sich mit anderen vergleichen. *People are longing for stories.* Und sie wollen Gesichter sehen. Jeder Mensch ist so. Es kann auf einem Bild sein, was will, wenn ein Gesicht drauf ist, schaut man dorthin. Es ist vielleicht nicht immer das Zentrum eines Bildes oder das Wichtigste darauf, aber dass man es schaffen würde, ein vorhandenes Gesicht auf einem Bild nicht anzuschauen: das gibt es nicht.

*Well*, sagte Darius Kopp. Aber du warst nicht mein Anhalter, also …

Was ist dir unangenehm: Gesicht oder Geschichte? (Lacht. Es ist trotzdem eine Frechheit.)

Weder noch. (Du bist es.) Ich denke nur nicht, dass es interessant ist. (Grad dir werde ich es erzählen. Wer bist du überhaupt? Jemand, dem ich nicht vertraue.)

Warum? Was hast du getan?

---

Das Leben ist eine absurde Folge von flüchtigen, eitlen Wünschen.
Wenn Sie im Leben triumphieren möchten, müssen Sie das Ich auflösen, müssen Sie alle Ihre Defekte eliminieren.
Wenn sich das Ego auflöst, werden wir von Überfluss und Glück erfüllt.
Das Sein ist göttlich, ewig und vollkommen. Das Ego ist der Satan der biblischen Legende.

Alle menschlichen Wesen benötigen Nahrung, Kleidung, ein Dach über dem Kopf. (In einer anderen Auflistung: Gesundheit, Geld, Liebe. Oder, wie der Spanier anstößt: *Salude, Dinero y Amor.* – Dass die Kraft der Armen vollständig davon absorbiert wird, diese 3 grundlegenden Dinge zu erlangen, und dass ich zu diesen gehöre – im-

Getan? Nicht so viel. *I am just a businessman.*

Uazjonaim?

*Pardon?*

*What's your name?*

Darius.

Die junge Frau an der Rezeption, sagt Doiv, heißt Nermiye. Ihre Geschichte ist, dass sie, obwohl sie wie 20 aussieht, 30 Jahre alt ist und noch nie im Ausland war. Deswegen ist sie auch noch nicht verheiratet. Sie sagt: ich heirate nicht, bevor ich im Ausland war.

*Nice.*

Wo kommst du her?

Berlin.

Würdest du Nermiye empfehlen, dorthin zu fahren?

Ja, warum nicht.

Bist du dort geboren?

Nein.

Kommst du aus der Stadt oder vom Land?

Weder noch. Kleinstadt.

---

mer in den Dimensionen meines Umfelds gesprochen; dies ist hier nicht Bombay, ich weiß –, damit hadere ich nicht. Da ich ein geistiges Leben habe, habe ich im Sinne Agnes Hellers eben mehr als NUR-Alltag. Aber wenn ich selbst zur Selbsterhaltung zu schwach werde, dann frage ich mich zu Recht: Wozu lebt so jemand?)

Die psychologische Abhängigkeit von den Dingen verursacht Ausbeutung und Versklavung.

Die Habgier ist die geheime Ursache des Hasses und der Brutalitäten dieser Welt. (Das ist erstens nicht geheim und zweitens gibt es auch noch andere Ursachen. Deprivation ist eine davon.)

ÜBUNG

Legen Sie sich in Form eines Sterns hin, Beine geöffnet, die Arme

Liegt sie am Meer?

Nein.

Meine liegt am Meer.

Das war sicher schön. Als Kind. Am Meer.

Ja, war *great*.

Der Besitzer teilt mit, das türkische Bad sei bereit. Darius Kopp fürchtet, mit Doiv und dem Besitzer dort hingehen zu müssen – Früher hättest du dich dem mit Freuden hingegeben, als einem weiteren Beweis deines Ausgewähltseins für ein prächtiges Leben – Ja, früher. Heute ist das Letzte, das sich Kopp wünscht, die Nähe zum nackten Körper anderer Männer – doch Doiv sagt: *Enjoy!*, und verschwindet.

Allerdings zum letzten Mal für eine ganze Reihe von Tagen. Die nächste Zeit wird Darius Kopp ausschließlich in Gesellschaft von Doiv Dajkn verbringen. Das ist sein Name: David Deacon. Kopp läuft mit ihm mit, als wäre ich *sein* Anhalter, als hätte ich keine andere Wahl. Doch, hätte ich, aber das hier ist ebenso gut. Mal was anderes. Mit seiner *Sorte* hatte ich bisher in meinem Leben noch nicht zu tun gehabt.

---

waagerecht zur Seite. Konzentrieren Sie sich auf Ihre unmittelbaren physischen Bedürfnisse

Meditieren Sie über jedes einzelne Bedürfnis

Schlafen Sie ein, indem Sie versuchen herauszufinden, wo das Bedürfnis aufhört und die Habgier anfängt

Wohnen

Nahrung

Arbeit

Liebe

(Man kann sich an den Hunger nicht gewöhnen. Manchmal verliere ich Geschmackssinn und Appetit, aber niemals den Hunger.)

Neben *The convoy* verfolgt Doiv das Projekt *A living*. Wer tut wo was, um sein Überleben zu sichern. Er fotografiert die drei Großmütter mit den Gürteln auf der Bank. Die Männer, die von der Galata-Brücke aus Fische aus dem Hafenbecken fangen. Sardinen und Garnelen in durchsichtigen Plastikbechern auf improvisierten Tischchen. Doiv legt sich für Stunden auf die Lauer, um zu sehen, ob jemand diese Fische kauft.

Und? fragt Darius Kopp, der nach Besichtigung einer Moschee, eines Platzes, eines Markts und zahlreicher Schiffe zurückgekehrt ist.

Passanten haben nichts gekauft. Ein Händler vom Fischmarkt ist gekommen, aber er hat nur die lebenden Sardinen genommen. Wahrscheinlich muss die Familie das am Ende des Tages essen. Außerdem kannst du davon leben, Sesamkringel zu verkaufen, Wasser, Nüsse und Maiskolben. Kauf bitte du auch einen Sesamkringel. (1 Sesamkringel und einen halben Liter Wasser, das ist das Einzige, was sich Doiv pro Tag kauft. Du hast bald kapiert, dass du ihn einladen musst, wenn du nicht willst, dass ihr der fette Kapitalist mit dem Kebab und der arme Künstler mit dem Sesamkringel seid. Wenn

---

Wir dürfen nicht hungern. Wir brauchen Nahrung. Wir dürfen nicht schlampig gekleidet sein: wir müssen uns gut kleiden. Es ist nicht gerechtfertigt, dass wir ein ganzes Leben lang Miete für eine Wohnung zahlen. Wir müssen ein eigenes, angemessenes Heim besitzen. (Wo leben Sie denn? Aber wirklich: wo?)

Bemühen Sie sich um den Erfolg des Geschäftes, in dem Sie arbeiten. Sie müssen die Zuneigung des Chefs gewinnen. Lernen Sie, aufrichtig zu lächeln. (OK.) Lernen Sie, an Ihrer Arbeit Freude zu haben. Wenn Sie wollen, dass sich die Leute bei Ihnen wohl fühlen, ist es notwendig, dass Sie sich in Gesellschaft anderer wohl fühlen. Wenn Sie mit Ihrer Arbeit nicht glücklich sind, wenn Sie nicht lächeln wollen, hören Sie gute Musik. (Ist es wahr?)

man Darius Kopp etwas nicht nachsagen kann, dann ist es Knausrigkeit. Brüderlich, statt nur gerecht.) Während Taschentücher zu verkaufen im Grunde Bettelei ist. Doiv hat einen etwa zehnjährigen Jungen fotografiert, der mit Striemen im Gesicht abgewandt an einer Wand kauerte, sechs Packungen Taschentücher neben sich auf dem Gehsteig. Erst geht es dir durch Mark und Bein, dann sagst du dir, das ist doch eine Inszenierung, dann schämst du dich, dann machst du ein Bild, weil du dir sagst, es dokumentiert zu haben ist schon etwas, dann fängst du an, es in Gedanken einem Projekt zuzuordnen, anderen Bildern, du arbeitest an einem Konzept, schiebst das Bild hin und her, und der Junge als solcher verschwindet und auch die Frage, ob es eine Inszenierung war, und zwischendurch schämst du dich wieder, aber alles in allem hast du dann doch das Gefühl, das Richtige zu tun. Bei uns wurden die Kinder übrigens auch geschlagen, und das war keine Inszenierung. Ein sogenannter Witz war, dass der Vater nach Hause kommt und es ist Lärm und Durcheinander und er will einen seiner Söhne schlagen, trifft aber die Mutter und sagt: Auch gut, die hat es bestimmt genauso ver-

---

Das Wichtigste für die Lösung eines jeden Problems ist, uns nicht mit ihm zu identifizieren.
Um ein Problem zu lösen, brauchen wir sehr viel Frieden und geistige Ruhe.
Wir müssen forschen, wo der Hauptfaktor liegt, der uns den inneren und äußeren Frieden raubt.
Die beste Art, auf ein Problem zu reagieren, ist die Stille des Geistes.
Aus der mentalen Stille wird die intelligente Handlung geboren, die intuitive und weise Aktion.
In der Ruhe und Stille des Geistes können Sie den Intimo sehen und hören. Er ist der Innere Meister. Er ist Ihr Innerer Gott. Beten Sie zum Intimo.
Sagen Sie ihm mit unendlicher Liebe, was Ihr Herz fühlt. (Was meine

dient. Aber mein vermutlich bestes Bild hier wird doch das vom alten Riesen sein, der mit einer Personenwaage auf der Brücke steht.

Doiv stellt für 1 Lira sein Gewicht fest, mit Mantel und Degen, und redet dabei auf den sehr groß gewachsenen alten Mann ein, erzählt ihm, er sei Fotograf, macht ein Foto von ihm und seiner Waage und gibt ihm auch dafür eine Lira und redet und redet, kümmert sich nicht darum, dass nicht einmal einst mit internationalem Businessenglisch vertraute Personen (Darius Kopp) verstehen, was er sagt. Der alte Riese lässt sowieso alles stoisch über sich ergehen. Wieg dich auch mal! sagt Doiv zu Darius Kopp. Als gehörte sich das so. Und jetzt gib ihm eine Lira, so.

Kopp wollte erst nicht, dann wog er sich doch. Ich wiege immer noch 108 kg. Mit Mantel und Degen. Immer noch bin ich 30 Jahre von einem alten Mann entfernt. Ich bin, ungefähr, Doivs Generation. Deswegen gibt er sich ab mit mir. Während er mir zugleich wie ein alter Hippie und eine mir vollkommen unbekannte jugendliche Spezies vorkommt. Schau, Flora, wen ich aufgegabelt habe. Einen einsamen Menschen, der sich überall auf der Welt zurechtfindet.

---

Niere fühlt, brauche ich also nicht zu sagen? – Ruhe und Stille des Geistes bei gleichzeitiger sprachlicher Schlampigkeit? Unmöglich. Den Weg in den Irrglauben erkennst du an den Stilblüten, mit denen er gesäumt ist.)

Sie sollten täglich viel beten/meditieren. Wenden Sie sich der Kunst zu. Meiden Sie Darbietungen, die den Geist schädigen: blutrünstige Veranstaltungen wie z.B. Boxen, Ringen, Stierkämpfe. Diese Arten von Spektakel erzeugen geistige Epidemien. Erlauben Sie nicht, dass in den Tempel Ihres Geistes schlechte Gedanken eindringen. Seien Sie rein in Ihrem Denken, Ihren Worten und Werken. (In diesem Falle fühle ich mich ermutigt, Sie darüber zu informieren, dass der Ausdruck »geistige Epidemien« selbst wie ein eitriges Geschwür ist.)

Lehren Sie Ihre Kinder das Gute, Wahre und Schöne. (OK)

Er ist ungeheuer kontaktfreudig, hat keine Hemmungen, was auch immer zu fragen, aufdringlich, aber so offensichtlich harmlos, dass sich kaum einer gegen ihn wehrt. Die Teppichhändler, mit denen sie in diesen Tagen Tee trinken, heißen: Ahmed, Ur, Rahim und Irfan. Hast du mit einem Tee getrunken, hast du einen Freund für 40 Jahre. Die Teppichhändler erzählen gerne darüber, wie ihre Familie wohlhabend geworden ist. Ein weites Netz aus Onkeln und Neffen. Und wer seid ihr? Seid ihr Brüder? Cousins? Aber ihr reist zusammen? Er ist Fotograf, aber was machst du?

Computernetzwerke.

Damit bist du wieder rehabilitiert und man redet über Computer und Smartphones. (Wie sehr mich das langweilt. Das ist neu. Ich hätte nicht gedacht, dass mich das je langweilen könnte.) Und was für ein Auto fährst du?

Jeder spielt.

Ein weiteres Projekt von Doiv heißt: *X times of getting lost.* Du suchst dir am Anfang des Tages einen Punkt aus, einen neuen Stadtteil zum Beispiel, und begibst dich dorthin. Ab diesem Punkt kon-

---

Essen Sie viel Gemüse. (...)

#
[Datei: fény]

Nicht zu vergessen:
Die heilenden Eigenschaften des Lichts. Diese sind wissenschaftlich nachgewiesen. Die vereinfachte Formel lautet: sichtbares Licht - Retina - Gehirn - darin: Zirbeldrüse - darin: Melatoninproduktion. Melatonin: depressiogene Wirkung. Um dieser entgegenzuwirken, sorgen Sie dafür, dass unmittelbar nach dem Aufstehen eine 10 000 Lux helle Tageslichtlampe für etwa 40 Minuten auf ihre Retina einwirken kann. Damit wird die Produktion des Schlafhormons Mela-

sultierst du aber keine Karte mehr, sondern läufst einfach nur so herum, und zwar so lange, bis es sich verbraucht hat. Doiv zeichnet seine Routen mithilfe seines Smartphones auf. Im Buch werden diese Strecken abgebildet sein, dazu gibt es Bilder und diese wiederum ergeben eine Geschichte. Am vierten Tag in Istanbul irren Dave Deacon und Darius Kopp durch endlose Gassen mit nichts als Verkaufsläden für billige Kinderkleidung und Plastikspielzeug. Sie haben sich das selbst ausgesucht, dennoch hat Doiv einen schlechten Tag. Das merkst du daran, dass er keine Fotos macht. Oder, dass keine gelingen. Anfangs versucht er etwas mit Schaufensterpuppen. Billige Ware, schäbige Schaufensterpuppen. Manchen fehlen Nasen, andere sind Kinder mit abstrusen Perücken, eine ist nur ein monströs großer Unterkörper für Hosen, wie sie 200-kg-Menschen tragen. Kopp denkt, daraus ließe sich durchaus was machen, aber Doiv gelingt es diesmal einfach nicht, einen Kontakt zu den Händlern herzustellen. Vielleicht sind diese auch frustriert, weil wir die Einzigen sind, die hier herumlatschen, offensichtliche Nichtkunden, glotzende Okzidentalen mit geröteter Haut. Doivs Rede ist

---

tonin beendet, sodass es zu einem positiven Stimmungsumschwung kommt. Aber besser wäre es, wenn Sie es einrichten könnten, sich jeden Tag mindestens eine Stunde im Freien aufzuhalten. Aussagen wie »als ehemaliges Tropenwesen leidet der Mensch an Lichtmangel« kann man so nicht unterschreiben, aber die Zahlen 60-Watt-Glühbirne in 1 Meter Abstand: 56 Lux, Tageslicht, bewölkt: 5000 Lux, heller Sonnenschein: >20 000 Lux, sprechen für sich. Also: gehen Sie raus. Auch die Bewegung wird Ihnen guttun. Auch wenn Sie jeder Schritt schmerzt, Sie das Gefühl haben, jemand hätte Ihre Beine gegen rohe, splitterige Holzpflöcke und Ihre Gelenke gegen rostige Eisenscharniere ausgetauscht und Ihre Füße steckten in Eimern voller Beton, während Sie die Arme aus unbekannten Gründen nicht mitschwingen können und Ihr Hals zu dünn ist, Ihren

versiegt, so geht es nicht, du musst reden, du kannst nicht einfach daherkommen und ihren Schaufensterpuppen ins Gesicht fotografieren. Die Atmosphäre ist nicht freundlich, sie gehen weiter.

Das ist unser Leben, sagt Doiv düster und diesmal so gut artikuliert, dass Kopp jedes Wort versteht. *That is how our life is.* Es besteht zu einem großen Teil aus Müll. Schau dir das an. Diese Plastikkleidung, dieses Plastikspielzeug. Es entsteht aus Müll, ist Müll und wird wieder zu Müll, und das innerhalb kürzester Zeit. Und das gilt ebenso für alles in westlichen Einkaufsstraßen. Der Müll ist glänzender und teurer, aber es bleibt Müll. Weißt du, unter welchen Umständen meine Jeans in China hergestellt worden ist?

Ich kann es mir vorstellen.

Du kannst es dir nicht vorstellen.

(*Actually* habe ich in meiner Klausur einen Film darüber …)

Am fünften Tag gab es einen kleinen Sturm, Wind wehte Spreu durch die Straßen und brach einen dicken Ast von einer alten Pinie ab, nicht weit von der Stelle, an der sich der Fotograf Dave Deacon und sein Begleiter aufhielten. Doiv nahm diesmal einen

---

Kopf zu tragen, ganz zu schweigen von Ihrem Rücken. Egal, schleppen Sie sich irgendwie hin, ist doch egal, wie Sie dabei aussehen. Wenn Sie jemand anspricht, vielleicht sogar ein Polizist, in der Annahme, Sie stünden unter Drogen, sagen Sie ihm: nein, ich habe bloß eine Depression, die es mir schwer macht zu gehen. Er wird es verstehen und Sie weiterziehen lassen. Wenn Sie Angst vor den überaus zahlreichen Hunden und Menschen in Ihrem Stadtpark haben, nehmen Sie Pfefferspray und/oder eine Trillerpfeife mit. Gegen Lärmbelästigungen jeder Art tragen Sie Ohropax. Natürlich keine Sonnenbrille. Wenn Sie es ohne partielle Abdeckung Ihres Gesichts nicht aushalten, optieren Sie lieber für einen Mundschutz. Es gibt Länder, da gehört das zum guten Ton. Wenigstens kommt Ihnen dann keiner zu nah. Tragen Sie, wenn Sie wollen, ein Amulett (Ame-

Film auf: lange Minuten nur den Spreu, wie er über Gehwegplatten wanderte.

Am sechsten Tag rief Darius Kopp Emre Bülent an, aber seine Nummer funktionierte nicht mehr. Also rief er erneut Aris Stavridis an.

Ah, Dariüss! Wo bist du?

In Istanbul.

Oh, das ist eine schöne Stadt! Weißt du noch, als wir zusammen da waren? Wie hieß der Mensch noch mal? Also, wann kommst du? In 10 Tagen bin ich wieder in Athen! Entschuldige, ich muss aufhören, hier regnet es!

Und schon ist er wieder weg.

(Was zur Hölle …? Es regnet?! Was soll das?)

Morgen breche ich auf, sagte Doiv beim Abendessen, dem ersten, das Darius Kopp und nicht ein Teppichhändler oder der Hotelbesitzer bezahlte. Ich treffe mich in einigen Tagen mit jemandem in Poti, Georgien. Und was machst du?

*Well*, sagte Darius Kopp.

---

thyst, Aquamarin, Bernstein, Kruzifix, die blaue Hand). Ich weiß, solange es Ihnen noch einigermaßen geht, halten Sie so etwas für unter Ihrer Würde, aber es wird Ihnen auch noch anders gehen, und Sie werden weinend die Faust um den herzförmig zugeschliffenen rosa Quarz schließen, den Ihnen einmal jemand Wohlmeinendes geschenkt hat. Besser als der Park ist der Friedhof, dort benimmt sich ein jeder einigermaßen und Sie können unbemerkt Ihre Hand an die Borke von Bäumen legen oder auch an Marmor. Borkenstückchen und Staub bleiben in Ihrer Handfläche zurück, das ist schön, das ist jeweils eine Sekunde Linderung, verachten Sie das nicht. Wie käme ich dazu, ich bin doch gar nicht in der Position, auch nur das Geringste zu verachten.

Ich habe auf der Terrasse gesessen und gelesen – gut.

Bist du ein Tourist oder ein Reisender? fragte Doiv bei ihrem ersten gemeinsamen Frühstück. Das war noch im Kloster in Bulgarien. Er fragte es lachend, und Darius Kopp gab als Antwort auch nur ein Lächeln, als wäre es ein rhetorisches »Wie geht's« gewesen. Dass Doiv Fotograf ist, hat Kopp damals allerdings nicht mitbekommen, denn er schoss im Kloster kein einziges Foto. Während alle anderen Übernachtungsgäste im Frühstücksraum immer nur: die Fresken, die Fresken! Doiv zwinkerte Kopp zu. Ich bin nur zufällig hier, weißt du? Und du? Bist du Tourist oder Reisender?

Die Wahrheit, mein Freund, ist: weder noch. Ich habe auch keine Wohnung mehr, auch wenn sie mir auf dem Papier noch gehört, aber seien wir realistisch, wenn nicht ein Wunder geschieht, werde ich nie wieder dort wohnen, und die Wunder, die in Frage kommen, sind abgezählt. Erben könnte ich höchstens die kleinste Containergröße Alte-Leute-Krams, den ich dann auch noch loswerden müsste. Die märchenhafte Möglichkeit, dass einer an mich herantritt mit den Worten, mein Junge, ich beobachte dich schon lange und nun ist der Zeitpunkt gekommen, an dem ich dich für alle

---

Es ist mir gelungen, zum Friedhof zu gehen, um dort zu spazieren – phantastisch.
Lass mich bloß in Ruhe, sagte die behinderte Friedhofspflege-Aushilfe zu ihrer sie bevormundenden Kollegin. Ich fege doch schon so gut ich kann! Und fegte und fegte trockene Blätter von der Allee zur Kapelle. Ich sah und hörte das und war glücklich. Ich fege doch schon so gut ich kann!
Danke.

#
[Datei: lassúság_dicsérete]

Lob der Langsamkeit.

Zeiten befreie, und zwar mit dieser Riesensumme Geldes hier, so dass du den Rest deines Lebens mit Tätigkeiten statt mit Erwerbsarbeit verbringen kannst, denn ganz im Gegensatz dazu, was man dir immer erzählt hat, ist der Müßiggang aller Tugend Anfang – nun, das können wir getrost ausschließen. Bliebe nur noch, dass ich etwas finde, das ich noch tun will. An diesem springenden Punkt fiel Kopp die letzte Begegnung mit einem potenziellen Chef ein, wie es der Zufall so will, hieß dieser Can Eren, und Kopp zog mit seinem Messer den oberen Teil des Fisches auf seinem Teller beiseite und klappte ihn um, und darunter war nur das Skelett und sonst nichts, keine Gewürze, man stopft Gewürze in den Bauch des Fisches, dann wird er auch nicht so fad!, aber die Gereiztheit, die ich jetzt empfinde, gilt keineswegs dem Koch, obwohl, wenn man mich jetzt fragte, wie es schmeckt, würde ich sagen: bringen Sie mir wenigstens Salz und Pfeffer, aber noch besser irgendetwas Chiliartiges, damit ich das hier herunterwürgen kann, das würde ich nicht sagen, aber meinen, aber in Wahrheit gälte meine Gereiztheit weniger der lieblosen Abzocke in dieser als authentisch maskierten Touristen-

---

Am besten ist, du fängst gar nicht erst an, dich zu wehren. Gib dich gleich von Anfang an der Langsamkeit hin. Tue alles sorgfältig. Sollte dich jemand antreiben wollen, sage mit freundlichem Lächeln: im Moment kann ich es nicht schneller. Aber es ist ohnehin keiner da, der dich antreiben könnte. Du hast, bei allem, doch auch Glück. Du musst nicht den Müll auf der Kippe durchsieben, auf der du lebst. Stattdessen darfst du in jemandes heller, sauberer Küche Essen zubereiten. Das feine Knistern der äußeren Häute der zarten Schalotte unter deinen Fingern. Das geschmeidige Nachgeben ihres Fleisches unter dem Messer. Den Knoblauch schaffst du nicht so klein, wie es dir guttäte, sieh ein, dass das jetzt so ist, du hast dich sowieso schon geschnitten, wenngleich oben am Fingerknöchel, und du weißt nicht, wie das passieren konnte. Lass das Blut ein-

falle, Doiv, wie konnte das passieren, ich denke, du bist der Auskenner!, aber ich bin auch dir nicht böse, bist ein guter Junge, und vermutlich ist auch Can Eren hinter seiner professionellen Verstelltheit ein netter Junge, nur, dass ich das niemals mehr herausfinden werde, und ich will es auch nicht herausfinden, das ist der Punkt, denn allein schon der Gedanke, wieder Weisungsempfänger zu sein, ob in einer Gemeinschaft mit anderen oder mutterseelenallein in einem Arbeitssarg, während einer per Telefon die Peitsche knallt, zur Hölle auch mit dir, Anthony!, und Stavridis spinnt doch, was ist mit dem los, was musst du mich ständig verarschen, ständig verarschen sie einen, die können gar nicht anders, sitzen vor Texas Rose genannten frittierten Riesenzwiebeln und lachen sich einen ab, und wenn man da hinginge, um ihnen mal so richtig die Meinung zu geigen, dann käme nur heraus, dass ich gar nicht gut genug englisch kann, um irgendjemandem die Meinung geigen zu können, ich würde nur rumstottern können wie in einem Alptraum, und ich muss hier die Asche meiner Frau im Hotelzimmerschrank aufbewahren, ich fahre die arme Asche meiner Frau durch die Gegend, weil ich nicht weiß,

---

fach trocknen. Schneide die Paprika so klein, wie du sonst nicht die Geduld dazu hast, und genieße das Zerdrücken der geschälten Tomaten aus der Dose in deiner Hand. Begrüße diese Perfektion einer Frucht. Melde keine Zweifel an an den Angaben des Rezepts, folge diesmal jedem einzelnen Schritt grammgenau, das nimmt dir die Bürde der Entscheidung ab, und schon ist einer möglichen Verzweiflung – Ich kriege es nicht einmal mehr hin zu kochen! – der Weg abgeschnitten. Soviel kannst du noch lesen, du kannst ein Rezept verstehen, also lese, verstehe und setze um. Wenn du keinen gemahlenen Kreuzkümmel und Koriander im Hause hast, aber ungemahlenen, tue Kreuzkümmel und Koriander in einen Mörser, wenn du auch keinen Mörser hast, so ist das nicht mein Problem, ich habe einen, tue die Gewürze in den Mörser und dann mörsere sie geduldig,

was ich sonst … Kopp ließ das Messer aus der Hand fallen, es fiel auf den Tellerrand, ohrenbetäubender Krach, und auch die obere Fischhälfte war halb vom Teller gerutscht …

Die Türkei abseits der Städte ist unglaublich schön, sagte Doiv. Aber noch schöner ist Georgien. Warst du schon mal in Georgien? Es ist unglaublich schön. Armenien hingegen stellt man sich ganz anders vor, es ist voller Stein. Brauner Tuff, gelber Tuff, schwarzer Tuff, rosa Tuff, und überall sowjetische Industriebrachen und kyrillische Buchstaben. Ich habe einmal versucht, das Kaspische Meer zu umrunden. Bin an Turkmenistan gescheitert. Aber in Kasachstan und in Kirgisien war Doiv schon. Alle Apfelbäume der Welt kommen da her, wusstest du das? Oder alle Aprikosen. Ich war früher in Kasachstan als auf Sizilien, ist das nicht verrückt? Aber da ist zum Beispiel auch noch China. Wusstest du, dass die Landwirtschaft Chinas 100 Mio Menschen beschäftigen könnte, aber 800 Mio versuchen, davon zu leben?

Da fahren sie schon längst, es ist der nächste Tag, irgendwo im Laufe seiner Rede hat Doiv Därjäss gebeten, ihn an eine Straße zu

---

bis die erforderliche Feinheit erreicht ist, und füge sie anschließend feierlich dem restlichen Essen zu. Noch ist es dir möglich, nicht weinend zusammenzubrechen, wenn der Dosenöffner nur ungenügend funktioniert. Bleibe stur dran, auch wenn du dich ein zweites Mal am Fingerknöchel verletzt, absolviere so viele Anläufe wie nötig sind, um eine hinreichend große Öffnung in den Deckel der Konserve zu bekommen. Füge Kidneybohnen und Mais hinzu und pfeife darauf, dass dir von Mais schon oft schlecht geworden ist und du gerade erst einen Magen-Darm-Virus überstanden hast. Bis du in aller Gemessenheit die verwendeten Utensilien des Kochens gesäubert und weggeräumt hast, ist das Chili auch schon fertig. Achte darauf, dass du auch was davon isst.

bringen, die östlich aus der Stadt hinausführt, aber das war ohnehin schon eine Autobahn, und auf einer Autobahn fährt es sich leicht und hält es sich schwer, abgesehen davon waren sie sich längst einig. Das neue Spiel heißt: Doiv nennt ein Nahziel, sie fahren hin, dort geschieht etwas oder eher nicht. Das ist nicht wichtig. Wichtig ist, dass es einen Rahmen gibt. Eine Weile lang war mir das die Wohnung, aber die ist mittlerweile zu weit entfernt. Sobald du dich weiter entfernt hast, als dass du in einem Zug durchfahren könntest, ohne dabei zu sterben (eine Sekunde in der 36sten Stunde, und Bumm), lässt die magnetische Wirkung nach. Stattdessen nun also Doiv. Egal, was du dir einbildest, in Wahrheit warst du gerne Weisungsempfänger, ja, es scheiterte zuletzt doch gerade daran, dass *keine* Richtungsangaben mehr auszumachen waren, und wenn heute Doiv sagt, jetzt fahren wir da und da hin, dann ist das ein Arrangement, von dem wir beide profitieren. Ab und zu halten sie an, damit Doiv fotografieren kann. Das Projekt heißt *Homes*, und das ist mal wirklich interessant: in was für Behausungen Menschen leben können. Ruinen und Paläste. Ruinen und Paläste in Städten, Ruinen

---

#
[Datei: plan]

Montag: Chili con carne
Dienstag: panierter Blumenkohl
Mittwoch: *italienisches Kotelett*
Donnerstag: Kartoffelauflauf
Freitag: *Fisch in Nusshülle*
Samstag: Pesto-Spaghetti mit Calamari und Chorizo
Sonntag: Hühnersuppe, Schnitzel, Petersilienkartoffeln, Gurkensalat

#
Datei: recept]

und Paläste auf dem Lande. Die Schwalbennester der Armen mit ihren amorph verstreuten Fensterchen, jedes von einer verschiedenen Größe und die propere Symmetrie der etwas reicheren Armen. Ein Hügel aus Plastikkinderspielzeug in einem ansonsten kahlen Hof. Ein Rosengarten mit einem winzigen Häuschen, das ebenfalls über und über mit Kletterrosen bedeckt ist. Ein Hochhaus mitten im Nichts, so lächerlich modern, dass es wie ein armes Tier ist mit einem deformierten Horn, das es beim Fressen behindert. Einmal, sagte Doiv, habe ich ein Dorf aus lauter Notunterkünften gesehen. Die Baracken waren eine Hilfslieferung aus dem Westen nach einem Erdbeben. Das war zwanzig Jahre her, aber sie standen immer noch da, jetzt war *das* eben das Dorf. Vielleicht waren die Notbaracken aus dem Westen besser als die Hütten, die vorher da gestanden hatten. Ich fuhr bei einem Russen in einem riesigen Jeep mit, er raste wie ein Irrer, und ich sah nur für einen Augenblick, wie drei schöne Mädchen eine schlammige Straße zwischen den Baracken herunterkamen und sich in die Bushaltestelle an der Fernstraße stellten. Die eine hatte kniehohe weiße Stiefel an. Schöne Mädchen am Ende der

---

*(Deutsch im Original)*

Pesto-Spaghetti mit Calamari und Chorizo

50 g Haselnusskerne
60 g Parmesan-Käse
1 Bund Basilikum
5 EL Olivenöl
Salz
frisch gemahlener Pfeffer
½ Zitrone
200 g extradicke Spaghetti
Salz

Welt, ich weiß nicht, aber ich denke da immer: was für eine Verschwendung. Doiv lachte. Findest du nicht auch? Sag schon!

Doch, sagte Darius Kopp. Das finde ich auch.

So vergeht der Tag. Kopp fährt, Doiv fotografiert. Als es Abend zu werden beginnt, sagt Doiv: Wir müssen noch was zu trinken kaufen. »Wir«, das ist mein neuer Name. Wir Darius Kopp. Doiv, das haben wir mittlerweile gelernt, gibt nicht so gerne sein eigenes Geld für Essen und anderes aus. Er kann sich zurückhalten, bis ein anderer, der grad bei ihm ist, Hunger bekommt und etwas zu essen kauft. Wenn das mehr als aus einem Sesamkringel und einer kleinen Flasche Wasser besteht, sagt er: Das ist mir zu teuer. Das gute am Reisen ist, sagt er, dass man zu reduzieren lernt. Wasser, Brot und Alkohol können über lange Strecken das Überleben eines Individuums sichern. Wahlweise Kartoffeln und Zwiebeln, wenn man ein Deutscher ist. Lacht. Flach, aber wahr: Doiv hat einmal einen getroffen, einen jungen Kerl in einem 7,5-Tonner, der sich nach eigenen Angaben ausschließlich von Kartoffeln, Zwiebeln und Bier ernährte, mehr brauche kein Mensch. Brot, Wodka, Kaviar, wenn man ein karelischer Fischer ist.

---

120 Chorizo
250 g Calamari-Tuben
50 g Peppadews aus der Dose
½ Zitrone

Basilikumpesto zubereiten (Mixer).
Nudeln kochen.
Chorizo in Scheiben, ohne Fett anbraten.
Calamari in Streifen, in Chorizo-Fett anbraten.
Nudeln, Chorizo, Pesto und Peppadews in der Pfanne zusammen erwärmen, mit Zitronensaft abschmecken.

Ein karelischer Fischer. *Well,* sagte Darius Kopp und bezahlte die zwei Flaschen Raki und fuhr ans Meer. Nicht wegen des Meers an sich – Objektiv betrachtet, sagt Doiv, ist es *annoying* und stinkig. Die Fische, die Schiffe. – Ich dachte, du bist am Meer aufgewachsen. – Ja, und? –, oder weil man im Notfall so gut am Strand pennen könnte. Man kann am Strand nicht gut pennen. Sie hatten auch nicht das Geringste dabei, das man dafür gut gebrauchen hätte können, noch nicht einmal einen Schlafsack, aber wozu auch. Doiv schaffte es jedes Mal, eine aus festen Materialien gebaute Unterkunft zu organisieren, für einen symbolischen Preis oder für gar nichts. Den Strand brauchte er ausschließlich zum Saufen. Nein, zum Saufen brauchte er die Gesellschaft, zur Not reicht dafür die Anwesenheit einer einzigen weiteren Person (hier und jetzt: Darius Kopp), aber besser sind mehrere, und wenn es irgendwo einen Strand gibt, werden sich die anderen Reisenden ebenfalls dort hinbegeben, um was zu tun? Richtig: saufen. In Istanbul hatte Kopp die Beobachtung gemacht, dass Doiv den anderen Reisenden eher aus dem Weg ging. Wenn sie ihm im Bild standen, machte er einen Schritt bei-

---

#
[Datei: panik]

Wenn die Panik kommt, tu, als würdest du sie nicht bemerken. Geh ins Internet und spiele etwas. Spiele und spiele. Während in deinem Brustkorb der Schmerz wächst und wächst, du weißt, das ist die Panik, die Muskeln verhärten sich, krampfen, aber du tue weiter so, als würdest du es nicht merken. Tue so lange so, bis du triumphiert hast. Vergiss nicht zu atmen. Beiß die Zähne nicht zu fest zusammen und hyperventiliere nicht. Wenn du hyperventilierst, ist es vorbei, du kannst aufgeben. Aber wenn es dir gelingt, das zu vermeiden, und du hinreichend erschöpft davon geworden bist, kannst du dich hinlegen. Ruh dich aus.

seite. Nein, sagte Doiv, ich hab nur grad an was anderem gearbeitet. Aber selbstverständlich hat er auch ein Projekt, das *Traveler* heißt. Denn, merke, keiner ist einfach so unterwegs, jeder hat etwas auszureisen. Die meisten hoffen, woanders als zu Hause gäbe es andere Weisheiten zu finden. Dabei gibt es die nicht. Die Weisheit ist, dass man sich von Zeit zu Zeit vergewissern muss, dass man noch in der Lage ist klarzukommen, auch wenn nicht alles unverändert und berechenbar bleibt. Im Grunde fordern sie den Tod heraus, aber eben nur in kleinen Dosen. Manche haben gespart, andere gehen mit nichts los. Beide Gruppen haben ihre Ressourcen entweder nach 3 Monaten aufgebraucht und kehren um oder sie haben gelernt, wie man ohne Geld durchkommt, und müssten eigentlich nie wieder aufhören zu reisen. Das ist überhaupt nicht schwer, du musst nur einen einzigen Preis dafür zahlen: du kannst keine Familie gründen. Es stimmt zwar, sagt Doiv, dass man immer auf die Gnade eines anderen angewiesen ist. Aber es muss nicht immer derselbe Mensch sein. Das habe ich erkannt. Unterwegs zu sein heißt, immer neue Allianzen eingehen zu müssen und zu können. Natürlich wird man

---

#
[Datei: auf_der_straße_leben]

*Das Problem ist die übermäßige Sensibilität des primitiven Angstsystems im Gehirn. Flucht oder Verteidigung in Situationen, in denen Flucht oder Verteidigung überhaupt nicht nötig wären.* Unter normalen Umständen (kein Krieg, keine Randale, kein Amoklauf, kein Erdbeben, noch nicht einmal ein Unwetter) auf einer belebten Straße in einer Stadt von A nach B zu kommen ist KEINE Situation, in der das primitive Angstsystem aufgefordert wäre, Alarm zu schlagen. DAS IST NICHT DIE SITUATION! Was würdest du erst in Bombay tun?
Gar nichts. Niemals. Niemals.
Der Punkt ist: sagst du Bombay, versteht es jeder. Sagst du Alexan-

auch unterwegs irgendwann alt, krank, traurig oder entliebt. Aber all das ist auch nicht härter, als wenn man zu Hause geblieben wäre, und manchmal sogar leichter – unter der Voraussetzung, dass man sich rechtzeitig ein flexibles Konzept für die Fortbewegung zurechtgelegt hat. Merke: Fahrzeuge altern schneller als Menschen. Einmal hat Doiv ein altes Schweizer Ehepaar getroffen. Denen ist nach 25 Jahren oder was der Bus kaputtgegangen, und sie hatten kein Konzept, wie sie jetzt weitermachen sollten. Das ist ein gutes Foto geworden. Zwei alte Leute vor einem durchgerosteten Bus, und in ihren Gesichtern ist zu lesen, dass der größte Bruch in ihrem Leben nicht der Moment war, als sie losfuhren, sondern derjenige, als der Bus kaputtging.

Das kann ich verstehen, sagte Kopp.

Ohne dein Auto wärst du nicht hier?

Ohne mein Auto wäre ich nicht hier.

Wo wärst du?

Zu Hause.

Wo ist dein Zuhause?

---

derplatz, schauen sie dich an wie ein blutiges Hemd.

Dir geht's zu gut. Ja, das stimmt. Auf einer Müllkippe in einem Slum ist Depression keine wertbare Kategorie und Angst gleichbedeutend mit dem sofortigen Krepieren. Ich weiß das und schäme mich. Aber das ändert nichts an meiner tatsächlichen Situation. Diese ist geprägt von drei ähnlich aussehenden, jedoch voneinander zu unterscheidenden Phänomenen:

1. der Veranlagung, am Leben zu leiden (typus melancholicus)
2. einer posttraumatischen Belastungsstörung
3. einer auch ohne einen Auslöser auftretenden chemischen Reaktion

Ich bin auf allen Feldern bereit, einiges zu tun, um den Status quo zu verbessern. Aber ich bin nicht so selbstgerecht, nicht zu wissen, dass meine Möglichkeiten hier wie dort begrenzt sind. Ich kann noch

Berlin. (Selbst überrascht, wie leicht das auszusprechen war. Spontan, schnell. Das ist also etwas, das ich weiß.)

Aber du bist nicht in Berlin.

Nein. Ich habe ja ein Auto. (Du kriegst mich nicht.)

Wie ist das Leben da *nowadays*?

Ich habe keine Ahnung, sagt Kopp, denn auch das entspricht der Wahrheit.

Es gibt zwei Gründe, weshalb ein Mann durch die Gegend fährt, sagt Doiv. Arbeit oder Frauen.

…

*Did she leave you*, hat sie dich verlassen und hat sie alles mitgenommen, was dir gehört hat?

… (Ja, aber nicht so, wie du denkst.)

Oder war sie deine Chefin? Du hast eine Chefin bekommen, eine junge, schöne Chefin.

Darius Kopp schüttelte den Kopf.

Du hast dich in die Frau deines besten Freundes verliebt.

Nein.

---

so viele Verfahren zur Korrektur meiner Lebensweise einsetzen: mein Begreifen, mein Fühlen, mein Tätigwerden hat Grenzen: äußere und innere. Dagegen, was in deine Zellen eingeschrieben ist, kannst du nur sehr wenig ausrichten. Selbst wenn jeder Stoff, den wir messen können, in genau dem richtigen Maße (von dem von uns vermuteten richtigen Maße) vorhanden ist, trotz fehlerloser Parameter kann es passieren, dass dir der Boden unter den Füßen entgleitet. Die Wahrheit ist: du kannst dich bemühen, ein gelungenes Leben zu führen, demütig, ausdauernd, umsichtig. Wenn die Krankheit zuschlägt, ist das alles vollkommen für die Katz. Sich vier Monate lang aufpäppeln, um dann innerhalb von 4 Stunden wieder zu einem kompletten Wrack zu werden. Die Dämonen sind rüpelhaft, sie kommen einfach durch die Wände, rempeln dich und ersticken fast schon vor Lachen.

Du konntest dich zwischen zwei Frauen nicht entscheiden.

Kopp winkte ab.

Du hast dich in einen Mann verliebt.

Nein, sagte Kopp. Männer haben Schwänze.

Doiv lachte. Unweit von ihnen am Strand saß eine kleine Gruppe um ein Feuer. Die haben Feuer. Wir könnten auch Feuer haben, wenn wir das wollten. Sind es nicht sogar Deutsche? fragte Doiv. Nein, Skandinavier. Drei junge Männer, eine Frau.

Sie haben ein Mädchen dabei, sagte Doiv. Mädchen haben keine Schwänze.

Wenn's gut läuft, nicht, sagte Darius Kopp.

Doiv lachte, rief Hi!, und winkte mit seiner Raki-Flasche.

Hi, sagten die vier an der Feuerstelle.

Sie tranken Wein. Sie hatten eine zehntägige Klettertour hinter sich, zum Beweis trugen sie auch jetzt ihre Bergsteigerschuhe. Das Mädchen war von einem langen, weiten, schmutzigen Pullover verhüllt, ihre schwarzen Leggings hatten ein Loch am linken Knie. Löcher in Frauenstrümpfen wecken sexuelles Interesse, so auch diesmal,

---

Gegen die Melancholie kann man anarbeiten. Die Depression kannst du nur überleben. Das ist das Maximum. Wenn du glaubst, dabei auch noch würdevoll aussehen zu können, hast du noch Reserven.

Doch nun zur guten Nachricht.
Die gute Nachricht ist: es geht vorbei. Depression ist eine Krankheit, die von ALLEINE vorbeigeht. Das nennt man: Episode. Eine Episode ist etwas, das vorbeigehen wird. Solange: spiele.
Eines der wichtigsten Spiele heißt: Pläne. Genau planen:
Was mache ich heute: am Morgen, am Vormittag, Mittag, Nachmittag, Abend, Nacht. Was mache ich morgen: am Morgen, zu Mittag etc. Tag auf Tag, Tag auf Tag. Keine Lücke lassen. Wenn es sein muss, Jahre lang. Sei die Maschine. Gute Maschine. Gutes Stück.

obwohl sie ansonsten nicht mein Typ ist. Sie trug ein Stirnband mit Norwegermuster und grinste die ganze Zeit auf eine leider nicht attraktive Weise (in einem Mundwinkel waren die Zähne zu sehen, im anderen nicht). Trotzdem sah Darius Kopp sie den Großteil des Abends an, während Doiv mit den Männern, genauer gesagt mit einem von ihnen, dem Wortführer, lang und breit über die Berge redete, denn es gibt offenbar nichts, worüber er nicht reden könnte. Während er trank, als ginge es um sein Leben. Nein, ganz anders, das Gegenteil: als würde er systematisch auf seine Vernichtung hintrinken. Der Tag mag gewesen sein, wie er war, jeden Abend versucht Doiv Dajkn, sich durch Trinken umzubringen. Wie käme ich dazu, ihn dafür zu verurteilen. Es gab eine Zeit, als Darius Kopp dasselbe versuchte.

Ein erstes Mal in der Phase, als Flora ihn bat, lieber nicht mehr zu kommen, wenn ihm nichts anderes möglich sei, als das gesamte Wochenende über zu jammern und zu schimpfen.

Und was soll ich sonst machen?

Was immer du willst.

---

Spiele das solange, bis es dir wieder möglich ist, wie ein Mensch zu agieren.

#

[Datei: Minek]

Wozu, wofür?
Um einen Anschein zu wahren. Als wäre nicht alles absurd.
Als wäre ich tauglich. Ein nützliches Mitglied der Gesellschaft. Als würde dazu gehören, dass man sich konform verhält. Dem anderen nicht durch deine Natur zur Last fallen.
Wahre Höflichkeit.

→ 360

Ich will große Mengen über viele Stunden saufen, sagte Kopp zu seinem Freund Juri. Was nehme ich da am besten?

Kiste Bier am Kanal. Aber mit Kiste Bier am Kanal sehen wir wie Penner aus. Ich würde kleinere Menge, höheren Alkoholgehalt vorschlagen.

Also kauften sie zwei Flaschen Whisky und tranken eine davon aus. Saßen am Kanal und redeten ausschließlich über nichts von Wichtigkeit. Veranstaltungen, Wetter, Verkehr, fremde Leute. Kein Wort zum Job, kein Wort zur Frau.

Ist das hier jetzt der Osten oder der Westen? fragte Darius Kopp, denn, als er endlich betrunken war, hielt er es für möglich, dass sich das stündlich änderte.

Du bist vielleicht ein Amateur, sagte Juri.

Kannst du dich noch erinnern, was wir vor 20 Jahren gemacht haben? fragte Kopp.

Keine Ahnung, was du gemacht hast. Ich habe dasselbe gemacht wie jetzt auch. Was, wenn ich's bedenke, ziemlich cool ist. Ich bin cool. Das ist mal Fakt.

---

Und weißt du, was du in 20 Jahren machen wirst?

Dann werde ich immer noch froh sein, ein Junggeselle zu sein, sagte Juri und lachte prustend.

Du bist vielleicht ein Idiot. (Wenn ich ihn in diesem Zustand in den Kanal stoße, sind die Chancen hoch, dass er ertrinkt. – Dazu hast du kein Recht.)

Später, als Kopp auf keinen mehr Rücksicht nehmen musste, nicht mehr bis Montag nüchtern werden und auch am Wochenende in keinen Wald mehr fahren, als er sich nicht mehr zerteilen musste, er ganz und gar bei sich bleiben konnte, in seiner Wohnung, probierte er aus, ob es ihm vielleicht allein gelingen würde, ins Reich des Großen Egals zu gelangen. Dorthin, wo es weder Euphorie noch Resignation gibt. Das wirkliche Egal. Aber, natürlich, je mehr du das Große Egal brauchst, umso schwerer gelangst du dorthin. Wenn einer seinen Kummer ertränken möchte, wird alles schwierig. Der Bereich, in dem der Kummer nicht mehr da ist, ist zu nah an dem Bereich des totalen Abstürzens. Als würde man versuchen, sich als beleibter Mann auf einer 10 cm breiten Planke

---

zu halten. Oder auf dieser Planke zu landen. Kopp sah die Planke sogar bildlich vor sich. Sie lag abwechselnd einfach so auf dem Boden, neben dem Gehweg, mit Resten von Baugerümpel, oder sie lag über einem Abgrund in landschaftlich schöner Gegend. Hohe Bäume, Felswände. Kopp schwankte, ihm wurde übel, etwas später kamen die Schmerzen hinzu. Oberer Teil des Bauches. Nun war der Kummer für eine Zeit von körperlichen Schmerzen in den Hintergrund gedrängt. Er stieg auf harte Sachen um – bei Magenschmerzen musst du Hochprozentiges trinken – aber das Brennen blieb. Er lag zusammengekrümmt auf dem vor Krümeln, Haaren, Staub rauen Parkett und ihm fiel ein: vielleicht habe ich ein Magengeschwür und trinke mir gerade ein Loch in die Magenwand. Da wurde ihm klar, dass er weder sterben noch ernsthaft krank werden wollte, und hörte auf.

Damit war das Trinken für Darius Kopp erledigt. Er bewahrte immer genug Kontrolle, dass er im Notfall einen hilflosen Doiv vor Feuer, Wasser, Sturm, Sturz oder freiwilligem Sprung aus großer Höhe oder in tiefes Wasser hätte retten können. Vor in Über-

---

zahl ausgeübten oder bewaffneten Überfällen sowie in medizinischen Notfällen nicht, aber diesen Anspruch habe ich auch nicht. Als Doiv nicht mehr aus eigener Kraft sitzen konnte, nahm er ihn auf die Schulter und nickte den vier am Feuer zu. Dem Mädchen noch einmal extra, aber ihr Gesicht lag zu sehr im Dunkeln, als dass Kopp ihre Reaktion hätte sehen können. Er trug Doiv in die Unterkunft – einen *Bulvar Palas* – und legte ihn ins Bett. Auf diese Weise hat sich schon so manche Freundschaft entwickelt. Aber ich will keine Freundschaften, ich will dich.

Dennoch, auf eine unverbindliche Art angenehm hätte es durchaus bleiben können, wäre Doiv nicht am letzten Tag, den sie in der Türkei verbrachten, plötzlich durchgedreht. Oder, nein, das war ja ich.

Doiv zeigte, wie an jedem Morgen nach einer Sauferei, keine Spur von einem Kater, Kopp jedoch war wie gerädert. Er hatte so gut wie nicht geschlafen, dachte viel an das Mädchen vom Strand. In traumartigen Zuständen war ihm, als hätte sie ihm ein Geheim-

---

nis verraten wollen, aber ich war zu blöd, die Zeichen zu erkennen, habe nicht die nötigen Schritte getan, mich nicht neben sie gesetzt, so dass sie es hätte unauffällig in mein Ohr sagen können. Andererseits: wieso ist sie nicht zu mir gekommen? Dass das Mädchen nicht laufen konnte, träumte Darius Kopp. Sie war gelähmt. Aber sie waren doch Bergsteigen! Ja, aber der Mann, an dem sie lehnte, trug sie in einem Tragegestell auf seinem Rücken, Aluminiumstangen, sie saß darin und grinste, ihre Lippen enthüllten nur auf der einen Seite Zähne---

Sie fuhren weiter Richtung Osten, die letzte Etappe, in 3 Stunden müssten wir an der Grenze sein. Ich habe Kopfschmerzen. Das Sprechzentrum scheint am meisten in Mitleidenschaft gezogen zu sein, ein aktives Englisch ist nicht möglich, Verstehen geht, leider Gottes, noch. Doiv, der rosig rasiert und wie immer in gesprächiger Stimmung einen Vortrag über das Offensichtliche hält. Über schnurgerade Schnellstraßen, die überall auf der Welt so große Entfernungen überwinden, wie wir es uns auf unseren eng gebauten kleinen Inseln überhaupt nicht vorstellen können. Und wie diese spezielle Schnellstraße die Küstenorte auf brutalste Weise zerschneidet, wie ein vom Rest des Körpers abgetrennter Kopf, so sieht das aus. Die Bevölkerung kann nur noch auf Überführungen an die eigene Küste und muss dann noch die winzigen Bereiche suchen, die nicht *private* sind, wo man sich als sogenanntes Volk aufhalten darf. Bald werden sämtliche Küsten dieser Welt vollständig ruiniert sein, du kannst nicht mehr in Würde an ein Meer herantreten, innerhalb eines Streifens von 10 bis 20 Meilen findet an den Küsten kein Leben mehr statt etc. etc. Es endete damit, dass sie auf Doivs Vorschlag hin die Schnellstraße verließen und hinter der Hügelkette fuhren, das ist doch sehr viel schöner, schau, die Teeplantagen, die Aprikosen, der Tabak, die Haselnüsse. Um diese Zeit sind sie schon abgeerntet – von rechtlosen kurdischen Saisonarbeitern und ihren Kindern, auch das wollen wir keineswegs unerwähnt lassen – aber irgendetwas bleibt immer übrig und wird um diese Zeit nicht mehr bewacht. Kopp nickt und fährt. Die Straße ist kurvenreich und meine Reaktionen sind langsam, so schwer fällt mir Fahren normalerweise nicht, der Rücken wird immer steifer, die Kopfschmerzen

---

immer stärker, in den Handflächen bildet sich Schweiß. Während Doiv redet und redet. Heute bleibt davon nicht mehr als ein Wort pro Viertelstunde haften. Haselnusscreme. Isst du gerne Haselnusscreme? Du bist Deutscher. Du isst doch bestimmt gerne blablabla.

Irgendwann bittet Doiv darum anzuhalten, damit er sein Wasser abschlagen kann. Leute, die in anderer Leute Felder urinieren. Als er zurückkehrt, hat er die Taschen seiner Jeans voller Haselnüsse und in der Hand den reifen Teller einer Sonnenblume. Schau, was ich noch gefunden habe! Stolz wie ein Kind. Die Haselnüsse entleert er in die Seitentasche der Tür, die Sonnenblume hält er im Schoß, pult an den Kernen.

Ich würde dich bitten, das nicht zu tun.

Er denkt, ich will nicht, dass mein Auto schmutzig wird. Als wäre es nicht bereits ein Saustall. Vorne geht es einigermaßen, aber der hintere Fußraum ist fast schon bis Sitzhöhe mit Müll aufgefüllt. Leere Verpackungen von Speisen und Getränken. Auf dem Rücksitz zwei abgewetzte Jacken. Jutka hatte da gesessen mit den beiden Rucksäcken. (Oda. Wo bist du grad?)

---

Doiv kann hören, er berührt die Sonnenblume in seinem Schoß kaum. Beim nächsten Halt legt er sie in den Kofferraum. Findet Äpfel auf einem Wegbaum, schrotet einen, die anderen legt er zum Rest der Beute. Meinetwegen. Das stört mich nicht. Aber dass er einfach nicht aufhören kann zu labern. Über die Landschaft, deren Schönheit Kopp durchaus selber sehen kann, und, das lässt sich offenbar auch nicht vermeiden, das Leben auf dem Lande aus fotografischer und aus lebensgestalterischer Sicht. Selbstverständlich ist seine Sichtweise verklärend, er liebt diesen Dreck, der Mensch muss Dreck fressen, sich die Hände schmutzig machen, sich durchgraben, meinst du nicht auch? Kopp schweigt und fährt.

Bist du müde, soll ich fahren?

Nein.… Aber wann kommt eigentlich die Grenze? Hätten wir die Grenze nicht schon längst erreichen müssen?

In den Bergen dauert es länger, aber macht nichts, wir haben Zeit.

Ich dachte, du musst morgen früh in Poti sein.

Morgen oder übermorgen.… Wir können uns auch was für die Nacht suchen.

---

Hier?

Wir fragen jemanden.

Wen?

Leute, die auf einem Feld arbeiten. Frauen. Was holen sie da heraus? Sieht wie Kartoffeln aus. Alle tragen Kopftücher. Flora hat ihrs nach hinten gebunden, die Haarspitzen sind von der Sonne blond geworden. Deswegen und wegen der unbekannten Klamotten erkannte sie Kopp nicht gleich. Er war am Holzhaus gewesen, dann am Hofgatter, nirgends eine Seele. Ratlos blieb er an einem Feldrand stehen, nestelte an seinem Handy. Die Frau mit dem roten Kopftuch fiel ihm auf, aber er dachte, das wäre nur jemand, der mir gefällt, weil sie meiner Frau ähnlich sieht. Und dann ist sie's wirklich. Nach den Klamotten darfst du nicht mehr gehen. Lange Röcke, Hose darunter, Socken, Sandalen, darüber die Pullover, die gestrickten Westen. Unter einem Kopftuch blinkt hennarot gefärbtes Haar hervor. Sich die Frauen hier in westlicher Kleidung vorstellen. Und umgekehrt. Deine Liebste nur noch in Verkleidung sehen. (Woher willst du wissen, dass nicht das, was du bis dahin kanntest, die Ver-

---

kleidung war? – Weil all das nur ein Spiel ist. Ein neuer Versuch, der Verzweiflung zu entgehen. Andere fangen zu malen an. Nichtgute Bilder. Auch nicht besser. Also, halte durch.) Kopp stieg aus und winkte. Auch sie brauchte eine Weile, bis sie ihn erkannte: blonder Mann in blauem Hemd neben nachtblauem Auto. Sie winkte zurück und arbeitete weiter. Kopp blieb an sein Auto gelehnt stehen, spielte mit seinem Smartphone und wartete, dass sie zu ihm kam.

*Let's ask them*, sagte Doiv, aber Kopp war schon vorbeigefahren.

*They are working,* sagte Kopp, mit beträchtlicher Verspätung.

Und?

Sie kam erst, als sie fertig waren. Er wartete, nicht geduldig, aber standhaft, bis alles verladen war und sich alle auf Fahrzeuge verteilt hatten. Darius Kopp nahm nur seine Frau mit.

Ich bin voller Erde.

Und wenn schon.

Das Dorf tauchte kurze Zeit später auf, hinter einer Kurve. Am Straßenrand ging eine alte Frau auf einen Stock gestützt. Auf dem Rücken eine volle Stiege, darin Grasartiges, obenauf saß ein weißes Huhn.

---

Halt an! rief Doiv.

Was ist passiert? fragte Kopp, während er bremste.

*She might need help.*

Kopp ließ das Auto rollen, rollte an der alten Frau vorbei und gab dann wieder Gas, durch das Dorf, aus dem Dorf wieder heraus.

Was ist los? … *What happened?* … Alles OK mit dir?

Ja. Ich kann jetzt nur nicht anhalten.

Dass ich mich von vornherein ablehnend verhalten hätte, kann man so nicht behaupten. Aber er nahm auch nicht teil, warum hätte er das sollen, er fuhr sie auf ihren Wunsch hin zum Hof, ging aber nicht mit hinein. Lehnte am Auto und spielte mit dem Handy. Während Flora die Stiege schleppt, dem Huhn Wasser hinstellt, den Abendessenstisch deckt. Ihre Wangen sind rot, die Haarspitzen blond, langsam wirst du wieder schön. Kopp hörte auf, am Telefon zu fummeln, und sah ihr zu. Sah eine Weile nur sie, wie sie sich bewegte: ihren Nacken, ihre Arme, ihre Taille. Bis endlich der Groschen bei ihm fiel: sie machte bei allem so routiniert mit, wusste so genau, was wo seinen Platz hatte, ausgeschlossen, dass das

---

zum ersten Mal passierte. Das ist also deine Quelle. Von wegen auf den Feldern gefunden. Dem Erntevolk steht Kost zu und Vergütung, wenn nicht in monetärer Form, dann als Anteil an den Früchten. Wie über einen sonnigen Tag plötzlich die Klappe fällt, weil du entdeckst, dass du belogen worden bist. Du hast mich belogen. Während sie sich aufrichtet und ihm lächelnd winkt, er möge zum Essen kommen.

Ein Misstrauen war von Anfang an da. Wie gegenüber einer anderen Glaubensgemeinschaft. Stehen in selbstgefilzten Hüten auf dem Wochenmarkt, wie die Siebenzwerge. Die Hüte sind ein Gag, aber ansonsten ist es ihnen todernst damit, dass das, was sie hier tun, vermeintlich unsere einzige Chance ist. – Schulaufsätze. Wie werden wir im Jahr 2000 leben. Alle Jungen schrieben etwas über Roboter und raketengetriebene Autos. Vorbei. – Wer seiner Zeit voraus ist, organisiert sich irgendwo ein Stück Land, das kein Profi haben will, und versorgt sich mit beiden Händen in der Erde selbst. An Maschinen nur das Nötigste. Geld lehnen sie vorerst nicht ab, zumindest

---

nicht, wenn sie welches bekommen sollen, aber Tatsache ist, Flora, ich habe nachgelesen, dass die meisten (alle) dieser sogenannten alternativen Höfe nur überleben können, weil sie andere Romantiker für Kost und Logis für sich arbeiten lassen. Wobei Logis häufig genug ein Bauwagen oder ein Heuboden ist. Sie reden von einer in die Zukunft weisenden Lebensform, aber in Wahrheit ist es eine alte, und es ist kein Zufall, dass der Begriff, der sie beschreibt, heute ein pejorativer ist: Knechtschaft. Freiwillig unter seinen Verhältnissen leben, das hast du auch nur im Westen. Alle anderen wollen das genaue Gegenteil.

Was mich anbelangt, sagte Flora nach einer Weile, reichen meine Kompetenzen auch nur für Tätigkeiten aus, die mir genau soviel einbringen, wie ich für Kost und Logis brauche. Es sieht vielleicht nicht immer danach aus, weil man manchmal Geld in die Hand gedrückt bekommt. Ich weiß, du hast mir oft genug gesagt, wozu der Stress, ich könnte doch auch einfach Kost und Logis bei dir haben. Und in der Tat ist das auch Arbeit: kochen, putzen, Wäsche … und so weiter … – (Sex. Der Eckstein, der all das zusammenhält und da-

---

für sorgt, dass kein Gehalt gezahlt werden muss und kann, ist das Einvernehmen über Sex. Sie war gnädig genug, das nicht auszusprechen, aber natürlich dachten wir beide daran und schwiegen deswegen für einen Moment.) – Ich würde es dennoch als unter meinen Verhältnissen empfinden, mich aushalten zu lassen. Obwohl es in Wahrheit *über* meinen Verhältnissen wäre. Ein Luxus.

Den du dir leisten kannst!

Ja, sagte Flora und lächelte, legte ihm einen Arm um die Schulter, um es in sein Ohr sprechen zu können: Und ich danke dir dafür. Sie küsste ihn zwischen Ohr und Wange und ließ ihn wieder los. Ihr Arm, wie er einer Schlange gleich von seiner Schulter rutschte. So wurde Darius Kopp geschlagen.

Immer hast du das gemacht. Mir das Heft aus der Hand genommen mit nicht mehr als drei Sätzen.

Oder auch ohne Worte. Eine Berührung. Eine Handbewegung. Sie winkt ihm, er möge zum Essen kommen, und er kann nicht widerstehen, er kann einfach nicht nicht hingehen, und er kann auch sie nicht einfach so hier fortreißen. Sie hatte offenbar einen guten

---

Tag, ihre Wangen sind rosig geworden, sie hat gute Laune, was willst du eigentlich, vor wenigen Tagen konnte sie kaum stehen. Spielt sie eben Ernte, Hauptsache, ihr geht es besser. Er setzte sich auf den Platz, den sie ihm zeigte, neben ihr auf der Bank, es war eng, er spürte jede ihrer Bewegungen, und das nahm ihn noch ein Stück mehr gefangen. Dein Körper. Er rückte noch näher heran, damit er sonst niemanden spüren musste, irgendeine Unbekannte auf der anderen Seite. Gaby, die gegenübersaß, lächelte hingegen, als wären wir alte Freunde.

Wer gegenübersitzt, sieht mehr als der daneben. Zum Ausgleich presste er seinen Schenkel gegen Floras. Sie drückte zurück, das entspannte ihn wieder für eine Weile, es war ihm auch gelungen, etwas satt zu werden, also machte er die Ohren auf, um probeweise ein bisschen davon hereinzulassen, was geredet wurde.(Du darfst gratis offener sein.) Der Kerl neben Gaby erzählte gerade etwas von einem Hüftschaden, wegen dem er seinen Job als Fahrradkurier wird aufgeben müssen, dabei mag er ihn, trotz der Abgase, weil irgendwann hast du dann doch wieder 20 Sekunden, in denen du nur rollst und

---

der Wind weht und es herrscht Ruhe und Frieden. Ein Mann, kaum jünger als ich, der über das Fahrradfahren redet wie ein Junge, der gerade das erste Mal allein bis zum nächsten Dorf gefahren ist, und Darius Kopp kann nicht anders, als ihn zu mögen. Vielleicht am Ende doch nur wegen seines arglosen Gesichts. Während der Typ daneben fast schon lächerlich verschlagen aussieht, während er von Wiederverwertung faselt und was er zuletzt geschenkt bekommen hat: einen Boiler und ein paar Schuhe, diese hier, gute Wanderschuhe, die wird er die nächsten 10 Jahre tragen, zum Glück wachsen die Füße nicht mehr. Stimmt nicht, sagt eine Frau mit grauen Strähnen im Haar, andere Frauen lachen und bestätigen: ab einem gewissen Alter etc. Überhaupt sind es mehr Frauen als Männer, alle mindestens in unserem Alter, abgesehen von dem Pärchen am anderen Ende des Tischs, der Junge trägt den hässlichsten Kehlbart der Welt, und schon hat Kopp genug. Ich hab's versucht, es gefällt mir nicht, ich bin leidlich satt, lass uns gehen. Aber Flora unterhält sich gerade mit dem arglosen Radfahrer, der von seinem Garten erzählt. Das Wasser war eingefroren und hat den Außenhahn gesprengt,

---

und dann hat es getaut. Wo hast du deinen Garten? fragt Flora, woraufhin Hüftschaden-mit-vierzig zu grinsen anfängt, als hätte ihm meine Frau ein Angebot gemacht, seine Zähne sind klein und grau, bis auf den Eckzahn, der ein wenig vor den anderen steht und dadurch noch riesiger wirkt. Isegrimm-mit-dem-Schwanz. Darius Kopp steht ruckartig auf, stößt mit dem Knie gegen den Tisch, der Schmerz ist enorm, brennend und scharf, Gaby, als würde sie höhnisch grinsen.

Es gibt einen Film, er ist nicht allzu gelungen, aber in einer Sache hat er recht. Eifersucht ist die Hölle. Komm, sagt Darius Kopp, und vor Anstrengung, nicht vor Schmerzen zu stöhnen, wird sein Kopf ganz rot. Gleich, sagt Flora, sie hat nicht einmal bemerkt, wie es mir geht, sie spricht mit Gaby. Schmerz macht auch taub, so kann Kopp nicht hören, was sie reden, aber dann wird es ihm klar. Natürlich. Wenn ich nicht hier bin, schläft Gaby mit im Holzhaus, in dem es nur ein einziges Bett mit einem hart und uneben gelegenen Futon gibt, natürlich, es ist schließlich ihr Haus. Während Kopp noch ganz gelähmt ist vor Schmerz und Erkenntnis – Ja, ich bin ein

---

eifersüchtiger Mann. Das habe ich vor dir nicht gewusst. Jetzt weiß ich es – finden sie eine diskrete Lösung. Gaby bleibt auf der Farm, Darius Kopp darf mit Flora ins Holzhaus gehen. Sie verabschiedet sich von den anderen, ohne dass Berührungen stattfinden, dennoch hat Kopp das Gefühl, sie schauen ihnen nach, als hätte er ein Lamm aus der Herde gerissen ---

Ich habe Hunger, meldete sich plötzlich das Kind vom Beifahrersitz. Sie fuhren gerade durch ein größeres Dorf. Dort gab es etwas mit einer offenen Tür, eine Gaststätte oder Trinkhalle – für einen Augenblick siehst du einen mit Stein ausgelegten Boden, die ersten zwei Schritte hinein – Plastikstühle und Tische standen davor, Männer saßen dort, einer war unglaublich dick, alles, wie Doiv es gerne mag, aber Darius Kopp fuhr vorbei, aus dem Dorf hinaus, bis zu einer Tankstelle, und sie aßen irgendetwas Widerwärtiges aus dem Toaster. Wortlos. Kein einziges Mal, seitdem sie sich kannten, hatte Darius Kopp einen von Doivs Vorschlägen abgelehnt. Als wäre er gänzlich ohne eigene Vorlieben. Sie fuhren, hielten an, aßen, übernachteten, wo auch immer Doiv es sagte. Und jetzt innerhalb weni-

---

ger Stunden schon das dritte Mal. Verständlich, dass er jetzt irritiert war. Und zwar in einem Maße, dass es ihm die Sprache verschlug, jemand mit seiner Kontaktfreudigkeit und Redegewandtheit, aber vielleicht ist er auch nur um einiges weiser, als ich bislang angenommen habe, und weiß einfach, wann man die Klappe halten muss. Isst seinen Toast, trinkt sein Wasser, Kopp tankt voll, sie fahren weiter. Malerische Landschaft, die in Dunkelheit versinkt. Du solltest dankbarer sein. Bin ich aber nicht. Ich habe Angst. Es wird dunkel, wir fahren irgendwo, auf einer Straße, die das Navi nicht kennt, durch gottverdammte idyllische Dörfer, und ich habe Angst.

Das ist nur die Dunkelheit. Gleich ist's vorbei.

Nicht Angst, sondern Scham. Eben noch gelächelt, eine Minute später saß Flora zusammengesunken auf dem Beifahrersitz, schaute hinaus in kleine Fetzen beleuchteter Dunkelheit. Ich habe dir am Ende eines für dich schönen Tages die Laune verdorben. Tut mir leid. Und im Hintergrund von all dem stand vielleicht nichts anderes als ganz gewöhnliche Eifersucht. Nein, doch komplizierter. Ich möchte zwar auch nicht, dass meine Frau verdächtig enge Beziehun-

---

gen zu anderen Ingenieuren oder Kellnern oder Künstlern oder was es sonst noch gibt unterhält, du sollst keine Freunde haben außer mir, so, jetzt ist es raus – bzw. nicht raus, das werde ich natürlich niemals aussprechen, niemals, ich bin doch nicht verrückt – aber die Nähe zu irgendwelchen verstrahlten Feldstechern mit wachsenden Füßen ist mir ganz besonders …

Er lachte auf. Die eigenen Worte – verstrahlte Feldstecher mit wachsenden Füßen – gefielen ihm so gut, dass seine Laune mit einem Mal wiederhergestellt war.

Was ist, fragte sie verwundert und zog sich etwas höher im Sitz.

(Kein Wort! Es wird doch gerade wieder gut. Rede so, als wäre es bereits so.) Ach nichts, mir ist nur was eingefallen. Aber wie geht es dir? Hattest du einen guten Tag?

Ja, sagte sie.

War es nicht anstrengend?

Doch.

Darf ich mir ein Bier holen?

Klar.

---

Er fuhr einen Umweg zur Tankstelle und kaufte sich einen Sixpack, aber er ging auf Nummer sicher und trank erst nach dem Sex. Ihre Vitalität, die sie noch vor einpaar Stunden gezeigt hatte, kehrte zwar nicht mehr zurück, aber sie ließ es auch nicht nur zu, es war gut, fast wie Versöhnungssex, und Kopp war dankbar. Danke, dass du mich also doch auch noch akzeptierst, dass ich der bin, der dir am nächsten sein darf. Ja, ich gebe zu, ich bin etwas einfach gestrickt, Essen und Sex, und schon bin ich befriedet. Schon denkt Kopp, alles ist in Ordnung. Am nächsten Tag schlug er, um seinen guten Willen zu zeigen, vor, sie sollten Pilze suchen gehen, aber sie sagte: Dafür ist es zu spät. Und außerdem hatte sie versprochen, wieder auf dem Hof zu helfen. Woraufhin sich in Kopp wieder die Eifersucht aufbäumte – Gaby, der Kurier mit dem Gebiss, der schweigsame Kerl, der den Hof pachtet, Peter oder so ähnlich, der als Einziger von denen sogar gut aussehend ist, jetzt also auch er –, aber er schluckte sie hinunter und sagte: Ich kann dich unmöglich entbehren. Ich komme mit.

Für die nächsten paar Wochen blieb das die Strategie. Soviel Tage,

---

wie du kannst, in der Stadt mit der Suche nach einem neuen Job aushalten, und dann soviele Tage, wie du kannst, auf dem Land: bei veritabler, schwerer körperlicher Arbeit. Wenn meine Frau sich dazu entschlossen hat, das harte Leben einer Dienstmagd aus dem vorvorigen Jahrhundert nachzuspielen, dann ist das eben auch meine Gegenwart. Flora schien sich endgültig nicht mehr für Kleinkram zu interessieren, Kräuter auf Balkonen, Beete auf Wochenendgrundstücken. Als Kopp das nächste Mal kam, war sie dabei, einen Komposthaufen von hausgroßen Ausmaßen umzuschichten. Nicht allein, sondern Seite an Seite mit einem unbekannten Mann. Zwei Meter groß, mindestens, aber dürr. Sein Name war Stan. Amerikaner. Aha. Gibt es vielleicht auch für mich eine Schaufel? Bis zum Abend arbeiteten sie zu dritt. Der Amerikaner zu Pausen und Plaudereien aufgelegt, aber Flora arbeitete wie eine Maschine, also hing sich auch Kopp rein. Er schwitzte und ächzte, Insekten setzten sich auf seinen Rücken und stachen ihn durch den Hemdstoff hindurch, egal, eigentlich mag ich das, nicht die Insekten, sondern die Kraftanstrengung, ich bin, alles in allem, ein starker Bursche, ob-

---

wohl ich meinen Körper zu wenig mehr als Sitzen und Liegen benutze, alles, was dafür notwendig ist, ist, dass sich meine Frau in Sichtweite befindet. Schau, Flora. Sie bemerkten es nicht einmal, als der Ami irgendwann wegging. Am Wochenende darauf reparierte Darius Kopp einen Drahtzaun, die Woche darauf schichteten sie gebrauchte Ziegelsteine auf. Floras aufgerissene Hände. – Warum benutzt du keine Handschuhe? – Sie sind mir zu groß. – (Aber ich dachte: auch das macht sie mit Absicht. Sie *will* diese Hände.) – Eine Woche später hackte Darius Kopp vornehmlich Holz. Solange es dauerte, war das eine seiner Lieblingsbeschäftigungen. Ein Mann hackt Holz. Der Mann bin ich. Gelegentlich kommt meine Frau, um die Scheite aufzuheben, die ich produziert habe, und sie zum Stapel zu bringen. Sie schleppt den Weidenkorb auf die Oberschenkel gestützt, sie dreht die Hüften, um vorwärtszukommen. Wenn sie jedoch später ins Haus geht, weil Essen vorbereitet werden muss – Was machen eigentlich die anderen? – verlässt Kopp innerhalb von Minuten die Kraft, er setzt sich auf den Rand des Hackklotzes und spürt nach, wie er auskühlt. Lange kannst du das nicht mehr machen. Das Beste dieses Tages ist jedenfalls schon vorbei. Jetzt kommt nur noch das Abendessen – mit ihnen. Ich kann mich an vieles gewöhnen, aber mit den Leuten hier wird und wird es nicht besser.

Kopp brauchte eine Weile, bis er dahinterkam, was es war, das in ihm das Gefühl erzeugte, nahe am Ersticken zu sein. Dass sie nicht redeten. Die Helfer, wenn welche da waren, waren im Allgemeinen gesprächig. Dieser Stan war, wie es sich herausstellte, ein ganz lustiger Kerl, mit dem Kopp unter anderen Umständen (in der Stadt, in einer Bar) etliche Stunden hätte verbringen können. Ein amerikanischer Kommunist. Wir hatten mal eine Band, die hieß »Reagan's Dick« etc. Die, die immer hier lebten – der Neubauer, seine fade Blondine, das Kleinkind und die alte Frau, von der man immerhin soviel erfährt, dass sie keine Verwandte ist, nur weder allein noch mit anderen Alten zusammenleben wollte – schienen es hingegen darauf anzulegen, so wenig Worte wie möglich zu wechseln. Ich dachte, die meisten dieser Leute tun sich zusammen, um endlos zu reden. Über sich, übereinander, die Welt. Diese hier: nein. Nicht einmal das Kind sagte irgendetwas.

---

Flora, fiel Darius Kopp nun erst auf, war auch nie besonders gesprächig gewesen. Ich war derjenige, der nach Hause kam und redete und redete, über meinen Kram, über den der Freunde, über den der Welt (Artikel, die er an jenem Tag gelesen hatte), und dann sagte sie einen Satz dazu oder zwei. Ich war der Sprecher in der Familie, was interessant ist, eingedenk der Tatsache, dass ich, wenn es hoch kommt, 2000 Wörter beherrsche (Untertreibung. – Wenn das so wäre, Schatz, könntest du die Artikel gar nicht lesen und verstehen) und sie in mehr als einer Sprache das Vielfache davon. (Aber eigentlich weißt du auch das nicht mit Sicherheit.) Und hier nun war auch Darius Kopp ins Schweigen gedrängt. Weil das, was ich zu erzählen gehabt hätte, zu persönlich gewesen wäre, ich wollte das nicht mit ihnen teilen. Also versuchte er es zunächst während der gemeinsamen Schuftereien mit Flora, nach Luft schnappend: was er unternommen, wen er von den alten Bekannten angerufen, welche Firmen er ausfindig gemacht habe und, ganz bewusst, über die Tagespolitik und das Weltgeschehen, denn es gibt noch eine Welt außer dieser hier – sie hören wirklich nicht einmal Ra-

---

dio –, und was tat Flora? Reagierte irgendwie, unbestimmt. Also im Grunde überhaupt nicht. Sie tat nur so, als erwiderte sie etwas, aber das war nicht einmal mehr ein Wort. Es stimmt nicht, dass es dir besser ging. Es sah so aus. Aber in Wahrheit war sie wie ihr eigenes Spiegelbild. Etwas, an das man nicht herankommen kann. Selbst Kopps gelegentliche Versuche, dann eben einen Streit zu provozieren, liefen ins Leere. (Sie nehmen und schütteln. Nein, das nicht. Und beim Sex war sie so anschmiegsam …) Lüge. Das ist doch alles eine … Ich gebe zu, ich habe kein Recht zu behaupten, ihr würdet lügen, wenn ihr Felder umgrabt oder Holz hackt. Aber ich tue es definitiv. Und dass sie tagsüber auf dem Hof arbeiteten, aber abends zurück in ihr eigenes (geliehenes) Zuhause gingen – was war das? So unfassbar kalt wie die Holzhütte war, konnte sie nicht jeden Tag geheizt worden sein. Ausschließlich dann, wenn Kopp da war, und zwar, weil an den anderen Tagen Flora gar nicht mehr dort wohnte.

Ich muss zurück, sagte Darius Kopp noch während des Abendessens zu seiner Frau. Ich muss noch heute Abend zurück.

---

Sie sagte: OK.

Soll ich dich noch schnell rüberfahren?

Ich bin noch nicht fertig.

Ich kann auch noch warten.

Musst du nicht, sagte die alte Frau, diese Eva. Zu Flora: Du kannst heute Nacht bei mir schlafen, wenn du willst.

Und lächelten einander an.

Kopp trat auf die Tube, ausgerechnet dort, wo jemand an der Einfahrt in ein Dorf Erde auf der Straße verloren hatte. Das Auto fing zu schlingern an, sie rutschten auf den Graben zu, aber Kopp ist ein guter Fahrer und hat meist Glück, so auch diesmal. Sie rollten weiter zwischen dunklen Häusern. Anfangs gab es nur rechts Straßenbeleuchtung, später nur links.

Wie spät ist es? fragte Doiv.

Kopp hätte es auf dem Armaturenbrett sehen können, aber er sah nicht hin. Am Ortsausgang plötzlich Helligkeit. Zwei starke Lampen beleuchteten ein Haus, an dem noch gearbeitet wurde. Sie deckten das Dach. Das Haus war aus einem Dutzend Teilen zusammengestückelt, Räume an- und angebaut, kein einziger gleicht einem anderen, das Dach ist genauso zerklüftet, es ist nicht einfach, so ein amorphes Dach dicht zu bekommen. Die Hausnummer ist die 13.

*Wait*, sagte Doiv. Ich würde das gerne fotografieren.

Man kann über Darius Kopp sagen, was man will, an Respekt für die Kunst lässt er es nicht mangeln. Er hielt an. Doiv ging zum Haus hinüber, Kopp blieb am Wagen stehen.

Besser, als ich dachte. Wärmer. Sanfter Nachtwind lässt Bäume rauschen. Es tut gut zu atmen, zu hören. Im Dunkeln schnauben Pferde, ein Radio dudelt, ein Hund bellt irgendwo. In der Nähe Männerstimmen, die Unverständliches reden und jetzt sogar lachen. Warum bin ich nicht mit dir hier?

Doiv kommt wieder mit einer Flasche Wasser. Möchtest du? Kopp hat tatsächlich großen Durst, er trinkt aus Doivs Flasche.

Ich habe mit ihnen gesprochen, sagt Doiv. Wir könnten bei ihnen übernachten.

Kopp schaut zum Haus hinüber. Drei Kinder sind mittlerweile

auf den Hof herausgekommen. Zwei Jungen, ein Mädchen. Sie besteigen einen Hügel mit Bauschutt, um besser sehen zu können. In einer Tür erscheint eine schwangere junge Frau. Sie ist nicht schön. Kein schönes Mädchen am Ende der Welt. Sie geht wieder hinein. Hinter ihr steht eine ältere Frau, sie schaut ein wenig länger heraus zu uns.

Kopp stieg ein und ließ den Motor an. Die Beleuchtung schaltet sich automatisch ein. Im Lichtkegel Doiv, der für einen Moment so aussah, als wäre jetzt der Moment gekommen, da er genug hat von diesem Theater, dann bleibe ich eben allein hier, es wäre bestimmt nicht das erste Mal, dass man ihn irgendwo zurücklässt, aber dann sprang er doch zur Beifahrerseite: *Wait!*

*Thank you!* schrie Doiv beim Einsteigen übers Autodach hinweg den Bewohnern des Hauses mit der Nummer 13 zu und winkte mit großen Armbewegungen.

Die wenigen Meter bis zum Dorfende fuhr Kopp vorsichtig, keinen unsichtbaren Menschen und kein Tier umfahren, sobald sie wieder auf der Landstraße waren, drückte er auf die Tube. Die

---

Straße war kurvig und nicht sehr breit, Kopp fuhr mehr links als rechts, egal. Doiv hielt sich am Haltegriff über der Tür fest und biss die Zähne zusammen.

Eine Stunde später waren sie wieder an der Küstenstraße und kurz darauf am Grenzübergang. Unendliche Reihen von Trucks, die Schlange mit den Personenkraftwagen war hingegen kurz. Dennoch verbrachten sie die nächsten 7 Stunden hier.

Aus irgendeinem Grund war man in dieser Nacht zu besonders genauen Kontrollen aufgelegt, starrte in ihre Pässe, ihre Gesichter, ihr Gepäck. Der Zöllner fasste alle Taschen an, fragte und fasste auch hinein. Fasste schließlich auch den Karton an.

Und was ist das?

Darius Kopp konnte es nicht sagen, er deutete an, der Zöllner möge selbst nachsehen.

Der Karton war mit Unmengen braunen Packbands zugekleistert, so, wie Kopp ihn bekommen hatte. Eine Adresse in Berlin, eine Adresse in Budapest.

---

Der Zöllner schaute drauf, sah die Namen der Orte oder auch nicht, rüttelte am Karton. Leises Rascheln, sonst nichts.

Was ist drin?

Wie sagt man Asche auf Russisch? *Moja schena,* fiel Kopp ein, und bevor er es verhindern konnte, hatte er es ausgesprochen: *Moja schena.* Meine Frau.

Dass Doiv nichts versteht, ist klar, aber auch der Zöllner schaute mit leerem Blick. Mein Akzent ist bestimmt beträchtlich. Der Zöllner schaute eine Weile, dann deutete er an, Kopp möge ihm folgen. Doiv hatte keiner dazu aufgefordert, dennoch kam er mit. Dass man an Grenzen nicht fotografieren darf, löste sichtbare körperliche Reaktionen bei ihm aus. Seine Hände zitterten.

In der Baracke gab es eine Art Vorraum, in dem nur ein Tisch und ein Stuhl standen. Reise nach Jerusalem. Kopp und Doiv blieben stehen. Der Zöllner hielt den Karton unterm Arm, während er den Kopf in einen benachbarten Raum steckte und mit jemandem redete. Ein anderer Typ kam heraus, älter und untersetzter. Grüßte mit einem Kopfnicken. Die Zöllner redeten etwas untereinander.

---

Dann kam der Ältere zu Kopp, sagte und zeigte ihm, dass sie den Karton öffnen wollen. Kopp zuckte mit den Achseln und nickte. Durch das Fenster war eine Straßenlaterne zu sehen. Im Lichtkegel verdampfte die Kälte. Doiv zog die Nase hoch.

Zwei weitere Männer kamen, sie hatten Tarnanzüge an und einen Schäferhund dabei. Sie führten den Hund am Paket vorbei. Der Hund reagierte nicht. Setzte sich hin und leckte sich die Nase.

Die Zöllner holten einen zu kleinen Cutter, ratschten ewig am Packband herum, bis es endlich nachließ.

*Iswinite*, sagte Darius Kopp, als der Deckel aufging. Über und in seinem Körper waren Ameisenschwärme unterwegs. Verzeihen Sie.

Er deutete an, dass er ab nun selbst auspacken möchte. Sie zögerten, schauten sich an, einer zuckte mit den Achseln, dann traten sie einen Schritt zurück.

Auf den ersten Blick war im Karton nichts außer zerknülltem Zeitungspapier. Eine Lage und noch eine. Der Geruch davon. Das verschwimmende Licht der Lampen, die Kälte, der Geruch von zerknülltem Zeitungspapier. Kopp atmete tief ein. Suchst du den Ge-

---

ruch von Asche? Er holte schon die dritte Lage aus dem Karton und dachte für einen Moment: das war's. Da ist gar nichts weiter drin, sie haben dir den größten Bären der nördlichen Hemisphäre aufgebunden: kostenlose Werbezeitungen, zerknüllt, in einem Karton für 10 000 Euro. Und was wohl die georgischen Zöllner dazu sagen werden. Was tun georgische Zöllner, die sich verarscht fühlen? Der jüngere könnte mein Sohn sein. Da ertastete er doch noch etwas. Er schloss die Augen, während er es herauszog. Die Urne. Wie sieht sie aus? Wie ist der Vasengeschmack unseres Bestatters in Berlin? Nun: keine Ahnung. Keine Vase, keine Kaffeedose. Pappe. Ein zylindrischer Behälter aus Pappe kam zum Vorschein, ebenfalls mit Klebeband zugeklebt. Natürlich. Wie sollte sonst der Deckel halten. Man sagt, das sei gar nicht *dein* Mensch, nur irgendwelche Asche. Der junge Zöllner macht immer noch ein Gesicht wie einer, der nichts kapiert. Der Ältere schaut wie einer, der schon alles gesehen hat. Doiv macht *solche* Augen.

Sie rütteln daran. Sie hören es knistern. Doiv fängt zu grinsen an. Der ältere Zöllner schaut fragend zu Darius Kopp, ob sie auch

---

den Klebestreifen von der Urne entfernen dürfen. Reine Höflichkeit. Sie werden es ohnehin tun. Der Hund sitzt friedlich da. Kopp nickte. Dabei sterbe ich. Nicht wirklich. Aber er schloss die Augen, während sie den Deckel abhoben und hineinsahen. *Moja schena, moja schena, moja schena,* dachte Darius Kopp. *Moja schena.* Wenn du recht gehabt hättest, wenn es das Richtige gewesen wäre, dann wären wir jetzt nicht hier. Das ist die Wahrheit. Sie rascheln, sie rutschen mit ihren Füßen auf dem Linoleum hin und her, am Halsband des Hundes klimpert Metall und Doiv flüstert in Kopps Ohr: *I should have warned you. You must not carry mind-altering substances across the boarder.*

Woraufhin Darius Kopp mit geschlossenen Augen zu lachen anfing. Danke. Danke für diesen Satz, denn mit einem Mal ist meine Angst verflogen. Ich habe getan, was ich konnte, Liebste. Dafür hat es gereicht. In feuchter Kälte zur halben Nacht an einem Grenzübergang. Er öffnete die Augen. Sie waren allein im Raum mit dem Tischchen und dem einen Stuhl.

Sie ließen sie mehrere Stunden ohne eine Nachricht warten.

---

Irgendwann setzte sich Kopp auf den Stuhl, und Doiv sah beim Fenster hinaus.

Als es wieder hell zu werden begann, kamen sie wieder. Die Tarnanzüge stellten sich wieder dorthin, wo sie zuvor gestanden hatten, vor der Wand, in der Nähe der Tür, der jüngere Zöllner einen Schritt vor ihnen, der ältere Zöllner kam zu Kopp.

400 Dollar, sagte er.

Für jeden einen 100er. Ein fairer Preis. Ich bin einverstanden. Endlich kommen die Dinge in geordnete Bahnen. Das einzige Problem ist, dass ich keine 400 Dollar habe. Ich habe gar keine Dollar. Türkische Lira, Bulgarische Lew, albanische Lek, einpaar Euros. Lew und Lek brauchst du nicht zu versuchen. Die Türkei ist nah.

*One moment*, sagte Darius Kopp und zeigte die Eins auch mit dem rechten Zeigefinger.

Der Zöllner nickte und ging einen Schritt zurück. Jetzt standen 4 vor der Tür. Vor der Tür zu ihrem Büro stand keiner. Eine Variante, die sie nicht bedacht haben. Die Asche ist irgendwo da drin. Steht auf einem Schreibtisch.

---

Wie viel Bargeld hast du dabei, fragte Darius Kopp Dave Deacon.

Doiv wusste es nicht aus dem Kopf, sie mussten mit den Tarnanzügen und dem Hund zum Auto, damit er in seiner Jacke nachschauen konnte.

70 Pfund und 25 Türkische Lira.

Kopp hatte 125 Türkische Lira, 110 Euro und einpaar Münzen. Er beschloss, zwei Zwanziger behalten zu müssen. Also 70 Euro.

Macht 286 Dollar. Für jeden rund 70. 70 ist nicht viel weniger als 100. 40 Bulgarische Lew sind immerhin auch 25 Dollar.

Soweit waren sie, balancierten verschiedene Währungen auf einer Handfläche, als einer der Tarnanzüge Kopp auf die Schulter tippte und auf den Geldautomaten zeigte, der in Sichtweite stand.

200 Lari sind 120 Dollar. Sogar ein wenig mehr, als sie wollen.

Ist es Einbildung oder Wirklichkeit, dass die Atmosphäre zwischen uns beinahe freundschaftlich geworden ist? 6 Männer, 1 Hund, 4 verschiedene Währungen in einem Raum. Die Zöllner schauten das Sammelsurium erst etwas enttäuscht an.

---

*U menja njet dollari*, sagte Darius Kopp. Daraufhin nickte der Ältere.

Sie hatten versucht, die Urne mit dem alten Klebestreifen wieder zuzukleben. Es war nur noch in Fetzen gelungen. Der Ältere zeigte Darius Kopp, dass er sie wieder in den Karton gelegt hatte, dazu die Papiere, die es offensichtlich dazu gab. Er faltete sie wieder zusammen und steckte sie neben die Urne, die zerknüllten Zeitschriften darüber. Mit einem Zollklebeband verschlossen sie auch den Karton wieder.

Die zwei Zöllner, die beiden Tarnanzüge mit dem Hund und zwei Grenzhüter in Uniform in einigen Schritten Entfernung sahen zu, wie Darius Kopp den Karton wieder in den Kofferraum legte, in die Tasche, den Reißverschluss zuzog, mit Doiv zusammen ins Auto stieg und davonfuhr.

---

# 16

Die unheimliche Schönheit der Erde. Die Sonne geht auf, die Küstenstraße dampft. Palmen im Herbst. Platanen im Herbst. Und natürlich das Meer. Die Sonne schien Darius Kopp die meiste Zeit direkt ins Auge, sekundenlange Blindfahrten, aber auch das macht mich jetzt glücklich. Als hätte ich etwas Wichtiges zur Zufriedenheit erledigt. Dich über die Grenze gebracht und Doiv besiegt.

Du solltest gerechter sein. Mal wieder. Er versucht vermutlich beträchtlich häufiger als du, die beste Person zu sein, die er sein kann. Er hat dir die Höhle gezeigt, in der Herakles den Kerberos getötet haben soll, und ließ dich einen Umweg von 140 km für ein Kloster fahren. Ja. Und im Austausch wollte ich ihm nichts über die Asche in meinem Kofferraum erzählen. Und?

Warum, fragte Darius Kopp plaudernd. Warum musst du eigentlich nach Poti?

---

Ich treffe dort einen Freund, sagte Doiv und dann bis zum Hafen von Poti nichts mehr.

Kopp blieb eine Weile dort stehen, wo er ihn hinausgelassen hatte. Seit der Grenze waren 3 Stunden vergangen, das Hochgefühl hielt immer noch an. Wenn dich einfach alles glücklich macht. Der Wald aus Kränen und das Gras, das zwischen den Bahnschienen hier vorne wächst. Drei rote Lastwaggons wie aus meiner Kindheit stehen unweit auf einem anderen Gleis und die Schiffe heißen Kaptan Yilmazi und Kavkaz. Kopp blieb so lange, bis er spürte, dass er müde wurde, dann wendete er und nahm die Straße Richtung Binnenland. Poti – Saitakan: 450 km. Oder, wenn wir schon dabei sind: Jerevan, die Stadt mit dem schönen Namen: 620. Der Ararat. *Komm, bauen wir uns eine Arche.* Wenn wir einmal so weit gekommen sind. Reisender oder Tourist, grad egal. Ich bin gesund, das Auto ist in einem guten Zustand, die Straße je nachdem, ich bin ehemaliger Bürger der ehemaligen DDR und werde darüber nicht lamentieren.

---

Als er begriff, dass auf den Winter zu warten keine Lösung war – du neigst dazu, sie zu überhöhen und zu unterschätzen, die Wahrheit jedoch ist, sie ist auf die Hütte nicht angewiesen, sie kann Allianzen bilden, mit wem immer sie will, und so unvorstellbar es für dich auch ist, es ist möglich, dass sie dieses Tagelöhner-Dasein als endgültige Lösung in Betracht zieht, und du, was bist du für ein Mann, dass du immer nur reagierst – als er all das begriff, wusch sich Darius Kopp gründlich den festsitzenden Schmutz aus den Schwielen an Händen und Füßen, entfernte alle Körperbehaarung, die im Westen Anstoß erregen könnte, und kleidete sich wieder einmal komplett neu ein.

Es ist wieder soweit, Herr X, sagte er fröhlich zum Herrenoberbekleidungsfachverkäufer seines Vertrauens. Wir brauchen einen neuen Job. Und Herr X, der seit 37 Jahren im Dienste ein und desselben Unternehmens stand, nickte wie einer, der weiß, wie so etwas ist, und dachte an seinen Freund, den er nach 22 gemeinsamen Jahren am Silvesterabend heiraten würde. (Bin ich glücklich, dass ich glücklich bin.)

---

Den Satz mit dem Mann, was bist du für ein Mann, hatte im Übrigen eine Frau ausgesprochen. Vor 10 Jahren, kurz bevor er Flora traf, war Darius in näherer Bekanntschaft mit dieser Frau, die alle nur Schatzi nannten, was sie alles andere als beschreibt. Eine Frau, die aus der Praxis wusste, wie man mit einem Handpflug pflügt. Die einzige Ingenieurin bei einer befreundeten Konkurrenz, die man bei den häufigen Feiern traf, und da sie, auch was ihre Attraktivität anbelangte, in unserer Liga spielte, holte Darius Kopp gerade Luft, sie etwas zu fragen, was der Beginn einer nicht langweiligen Beziehung hätte werden können, als sie sagte: Ich habe einen Rasta-Man kennengelernt und ziehe nach Holland.

Gegen einen Rasta-Man in Amsterdam ~~komme ich~~ kommt das hier natürlich nicht an, sagte Darius Kopp und wünschte alles Gute.

Zehn Jahre später saß sie auf einmal wieder da, vor einem kopfgroßen Eisbein, und hob ein Schnapsglas, um Kopp zu begrüßen, der unwillig zur monatlichen deutschen Küche mit den Kumpels gekommen war.

Sieh an, sieh an, sagte Juri. Wie geht's Lumumba?

---

Kurzes Scharmützel darüber, ob es korrekt sei, jemanden von den Niederländischen Antillen mit Vornamen Patrice als Lumumba zu bezeichnen. Exkurs zum historischen Lumumba, wer hat was für ein Bild von ihm, Potthoff war schon mal in *Kenia* und so weiter und so weiter. Am Ende des Abends spazierten Kopp und die Frau, die den Abend über schon mehrere der Freunde mit Ratschlägen in verschiedenen Angelegenheiten versorgt hatte, bis zu ihrem Hotel, einer 2-Sterne-Absteige unmittelbar neben einer Tankstelle, und Kopp erzählte von Flora. Worauf Susann Becker, genannt Schatzi, sagte: Was bist du für ein Mann, dass du immer nur reagierst. Ich rate dir, dass die nächste Aktion, die etwas mit eurer möglichen Zukunft zu tun hat, von dir kommt.

Danke, sagte Kopp.

Keine Ursache, sagte sie und umarmte ihn, als wären wir jemals Freunde gewesen, dabei waren wir nur fast eine Affäre geworden, und reiste wieder ab.

Dass andere Mütter auch schöne Töchter haben, dachte Darius Kopp, während er beinahe in die Autowaschanlage eingebogen wäre,

---

und dass er das seit 10 Jahren das erste Mal wieder dachte, und was das nun bedeutete. Dass du öfter einmal unfassbar für mich wurdest, ein entrücktes Abbild, dass das aber nie wirklich eine Lücke zwischen dir und mir hat entstehen lassen, die groß genug gewesen wäre für auch nur die Vorstellung davon, wie es jetzt mit einer anderen Person wäre. Bis jetzt. Eine Frau, die auf Juris unvermeidbare(?) Provokation »Einmal Rasta, immer Rasta?« nicht wie ein verwundetes Reh dreinblickt, sondern mit heiterem Ernst erwidert: So ist es, mein Lieber, so ist es.

Da ist ein Riss, stellte Darius Kopp fest. Dann legte er das ad acta und machte sich daran, weiter an der gemeinsamen Flucht zu arbeiten.

Die Kunst der tabellarischen Selbstdarstellung und der Bildbearbeitung. Er ging dreimal zum Fotografen, bis das Strahlen seiner blauen Augen die Zornesfalte und das schüttere Haar hinreichend überblendet hatten. Darius Kopp Dipl-Ing. (TU) mit gesträubtem Gefieder, zu Ihren Diensten. Simpatico, simpatico, simpatico. Flexibel, mobil, motiviert. Auf Abenteuer lustig, offen für die Welt. Die neue Herausforderung, für die wir bereitstehen, sollte sich uns nach Möglichkeit *nicht* in Berlin stellen. Auch nicht in der Nähe. Die Aufgaben sollten uns fachlich fordern und örtlich so angebunden sein, dass man ihnen hinterherziehen muss. Gerne, zum Beispiel, ins englisch sprechende Ausland. Allein drei der Headhunter, mit denen wir im Laufe unserer sogenannten Karriere in Kontakt standen, residieren in London. Eine davon hieß mit Vornamen Liberty. *That's a nice name you have, Liberty,* und eine Insel in einer warmen Meeresströmung ist für unsere Zwecke geradezu ideal. *That green grass!* Oder Übersee. Die kalte Seite des Atlantiks, die kalte Seite des Pazifiks. Hauptsache, ein tägliches oder wöchentliches Pendeln steht außer Frage. Das ist ein Opfer, ein nicht kleines, meine Stadt, aber es ist notwendig. Ja, ich trachte danach, deine Lösung zunichtezumachen, weil sie keine für mich ist.

Dir ist schon klar, dass du sie nicht zwingen kannst mitzugehen, sagte Juri. Also: juristisch gesehen. Die einzige Waffe, die dir Frauen gegenüber geblieben ist, ist die emotionale. Du musst sie emotional in den Griff kriegen. Alles andere kannst du vergessen.

---

(Jemandem, der weder auf meine weltlichen Güter noch auf meine Zustimmung angewiesen ist, ein Angebot machen, das er nicht ablehnen kann?) Klar, sagte Darius Kopp und streute die Kunde über seine Verfügbarkeit an jeden Bekannten und Unbekannten.

Das Netz reagierte erwartungsgemäß schnell, im Laufe der ersten 48 Stunden meldeten sich beinahe alle zurück – aber alle nur mit privaten Nachrichten. Du jetzt also auch etc. Dabei erfährst du, was die anderen mittlerweile so machen: jeder etwas anderes als das letzte Mal, da ihr euch gesprochen habt. Das ist beruhigend und auch nicht. Das Karussell dreht sich, denn das ist seine Natur. Darius Kopp hat bis dato bei 8 Firmen gearbeitet, von denen er 6 im Zusammenhang mit einer bald zu erwartenden Pleite verließ, 4mal freiwillig, 2mal unfreiwillig, aber das ist nicht das Interessante, sondern, dass es all diese Firmen immer noch gab, nur arbeitete kein Einziger mehr dort, den ich von früher kenne. Erst sieht es aus, als würde die Firma mit Sack und Pack untergehen, aber dann geht sie doch nicht unter, nur das Pack wird ausgewechselt, als hätte es allein

---

an denen gelegen. Du *weißt*, dass das nicht stimmt, und dann bist du dir doch nicht ganz sicher. Schau, die Firma steht noch, führt heute vielleicht einen schicken Doppelnamen, Opaco-Fidelis hört sich auch nicht schlecht an, während du … Die Fitness der Struktur verglichen mit deiner. Was gibt es da zu rätseln? Auch Liberty arbeitete nicht mehr bei Sparks & Range Consulting. Ihre Nachfolgerin hieß nicht Prudence, aber Tessa, eine gerade noch so Höfliche. Ja, wir bekommen viele Anfragen im Moment aus Deutschland, aber schicken Sie mal etc. Ja, wir bekommen viele Anfragen aus Deutschland. Ja, wir bekommen viele aus Deutschland. Viele aus Deutschland. Ein wahrer Ohrwurm, den bekommst du den Rest des Tages nicht mehr aus dem Kopf. *The depression, you know.* Was nicht mit Depression zu übersetzen ist, sondern mit Krise. Ja, ich weiß. Aber ist nicht immer Krise? Wenn wir mal für eine Weile behaupten, es sei keine, stellt sich wenig später heraus, dass wir uns geirrt haben. Ab dem Moment, da ich denken konnte, befand sich der Staat, in dem ich geboren wurde, *als solcher* in der Krise. Die Gebäude, in denen wir lebten, die Straßen, die Läden, die Produkte, die Maschi-

---

nen, die Fahrzeuge, überhaupt alle Funktionen und nicht zuletzt die Ehe meiner Eltern: Krise. Wir haben unsere Methoden, damit fertigzuwerden. Zum Beispiel kann man sich einen ganzen Tag lang ausschließlich amerikanische Landschaften, englische Immobilien und Usermeinungen zu schottischen Bars im Internet ansehen, so dass man am Ende des Tages sagen kann: ja, es kommen viele von vielen Orten an viele Orte, und das ist wesentlich besser, als wenn keiner, nirgends, nirgendwohin käme. Ich will irgendwo hinkommen. Eindeutig. Das ja, das andere: nein. Soweit, wenigstens bin ich orientiert.

Nach 10 Wochen allerdings, denn so lange dauerte nach den ersten freundschaftlichen Echos die Funkstille, verliert auch dieses Spiel seinen Reiz, und Darius Kopp war gerade dabei zu erschrecken – die *Vollkommenheit* der Stille, nachdem sein Ruf hinaus verklungen war, so kannte er das noch nicht –, als endlich einer anrief und sagte:

Hallo, hier ist Gero.

(???) Hier ist kein Gero.

Nein, ich bin Gero … Gero Szulczewski.

---

(???)

Der Zwiebelfresser.

... Mensch, der Zwiebelfresser!

Ja, der, Grüßgott, sagte Gero Szulczewski aus Berlin, der einst in den bulgarischen Bergen den schönen Satz »Wir nicht solche Deutsche, wir arme Deutsche« geprägt hatte und an dessen Namen ich mich nicht erinnere, weil ich ihn niemals kannte. So heißt du also. Grüßgott Szulczewski, Fichtl und Vater Elektro-Netzwerk-GmbH im bayerischen Auling. 48 Mann für Schwachstrom und Datenkabel, 2 für WLAN, der eine bin ich, der andere wärst du. Funkausleuchtung, Planung, die Installation machen die Tekkis. 40T im Jahr. (Er sprach es so aus: Vierzig-Tee.) Kennst du die und die Software? Nein? Egal. Du fuchst dich in 2 Tagen ein, am Montagnachmittag bist du hier.

Kopp kam es gar nicht in den Sinn zu widersprechen. Wird eine Frage an dich gerichtet, beantwortest du sie, wird eine Aufgabe gestellt, erfüllst du sie. Irgendwo ist ein Bedarf entstanden, hat sich eine Lücke aufgetan, in die du genau hineinpasst oder mit ein

---

wenig Quetschen. Er fuchste sich, wie vorausgesagt, innerhalb von 2 Tagen ein, fuhr 8 Stunden durch den tobend schönen Herbst und kam an als der perfekte Mann. Er hatte seinen neuen Anzug an und sein Lächeln. Als wäre es nicht immer so, dass wir so tun, als ob. Ich verkaufe mich, weil ich es will. Und sie kaufen mich, weil sie es wollen. Die Liebenswürdigkeit des eigentlichen Entscheiders, der weder Fichtl noch Vater, sondern Tragheimer hieß und einen weißen Vollbart trug, war bisher so noch nicht erlebt worden. Kein »Sie haben also noch nie« und »Warum wollen Sie ausgerechnet« und »Sie müssen sich aber schon im Klaren sein, dass…«, und dann kommt eine ausgemachte Zumutung, eine Beinahe-Sittenwidrigkeit, aber eben nur beinahe, Vertrag steht bekanntlich über Gesetz, und du nickst, du nickst es ab, es ist bisher noch nie vorgekommen, dass du es nicht abgenickt hättest, weil du entweder denkst, deine Situation erlaube dir nichts anderes, oder hoffst, so schlimm wird es schon nicht werden oder du könntest es in der Praxis unterlaufen – wenn *Sie* sich im Klaren darüber wären, was ich in der Praxis schon alles unterlaufen habe…

---

In nicht mehr als einer halben Stunde hatten sie es unter Dach und Fach gebracht. Du kannst morgen anfangen.

Aber ich habe meine Sachen gar nicht hier.

Hast du Winterunterwäsche dabei?

???

Ist ja noch Zeit.

???

Arbeitsschuhe wären auch gut. Helm und Tablet bekommst du von uns.

…

Bis zum Ende des Tages hatten sie ihn am Tablet eingeführt, bis zum nächsten Morgen hatten sie Arbeitsschuhe, Helm, Winterunterwäsche besorgt, und bevor Kopp es merkte, pirschte er sich bereits zwischen riesigen Regalen voller gefrorener Hirsche voran, den tragbaren Computer an einem Halsgurt vor die Brust gehängt, eine 3 Meter lange Teleskopstange in der Hand, an deren Ende eine Antenne montiert war, und führte eine Funkmessung durch. Hast du schon einmal soviel Fleisch gesehen? Ein gefrorener Wald aus

---

Keulen und Rücken. Das Fell, das Geweih, die Köpfe, die Innereien sind schon davongestohlen, die Schnauzen der Wildschweine aber lassen sie stehen. Rehe und Hasen, eine nicht enden wollende Schwemme aus Spanferkeln und Eisbeinen, und schließlich sogar Fasane und Rebhühner. »Aber sie waren soooo scheu«, fispelte Gero, »dass keiner sie fangen konnte.« Und ahmte in seinen Arbeitsschuhen den Gestiefelten Kater nach. Anschließend aßen sie an einem Wohnwagenimbiss etwas Fleischartiges und schauten in das herrliche Panorama der Berge ringsum. Gero kaute und atmete mit offenem Mund – »heiß!« – und hörte nicht auf, über den Osten zu labern. Und weißt du noch im Harz (Wir waren nie zusammen im Harz. Kann es sein, dass er mich mit jemandem verwechselt, schon von Anfang an?), und weißt du noch, der Schwippbogen? (???) Die Sonne knallte, sie schwitzten in ihrer Winterunterwäsche, Gero zog sich obenherum aus und saß nur im Thermounterhemd da bei gottverdammten 18 Grad plus. Aber das hier ist doch auch nicht übel oder was, sagte Gero Szulczewski mit vor Schweiß und Stolz glänzendem Gesicht. Wenn du ehrlich bist. Die Berge und alles. In

---

3 Stunden am Gardasee. Besser kannst du's doch nicht treffen. Wenn du ehrlich bist.

Wenn ich ehrlich bin.

Und nun bist du also hier.

Je weiter man sich vom Meer entfernt, umso mehr weicht das Grün aus der Landschaft, nur mehr die Koniferen sind geblieben und einmal ein Feld Kohl, sonst ist schon alles braun. Aber dass es schön ist, bleibt. Der überall rankende Wein, die Apfelbäume in den Gärten. Auch wenn sie kahl sind. Brennende Laubhaufen überall. Der Rauchgeruch zieht durch die Klimaanlage ins Auto und an einer Stelle ein nicht identifizierbarer Gestank. Wie kommt es, dass einen auch das froh machen kann? Unweit eines Bahnübergangs warten drei junge Männer auf die Marschrutka, die Kopp einige Kilometer zuvor überholt hat, zwei andere nehmen einen Trampelpfad neben den Schienen. Wenn wieder einer in der Nacht oder betrunken von einem Zug erfasst wird, hören sie für einige Tage auf damit, bevor sie wieder anfangen. Ich bin nie Abkürzungen ne-

---

ben Bahnschienen gegangen, dennoch weiß ich alles darüber, weil es zu den Dingen gehört, die ein jeder weiß, und auch die Tatsache, dass es solche Dinge *gibt*, macht mich froh. Das erste Mal, seitdem er unterwegs war, hatte Darius Kopp nicht das Gefühl, abwesend von etwas zu sein. Ich vermisse die Wohnung nicht mehr und auch sonst nichts. Sonst war ja auch nichts mehr. Die Situation jetzt und hier ist weniger übersichtlich, aber auch nicht ungewisser, und was das Entscheidende ist: ich bin friedlich geworden. Und zwar seit der Grenze. Genauer genommen, seitdem ich meinen Obolus entrichtet habe. An korrupte Grenzwegelagerer, die mir dafür in Wahrheit keinerlei Recht eingeräumt haben. Dennoch. Ein Gefühl wie Sicherheit. Bis zur nächsten Grenze, nicht wahr.

Die Sonne schien auf orange Khakifrüchte im Fahrgastraum eines vor ihm fahrenden Ladas. Sie verdeckten die gesamte Heckscheibe. Kopp schaute so lange darauf, bis er merkte, dass er eigentlich schon schlief. Das Auto rollte bereits ohne ihn, er hatte den Fuß vom Gas genommen – wann genau ist das geschehen, ich weiß es nicht mehr. Seit Poti waren weitere 3 Stunden vergangen, der Tag war immer noch jung, aber Darius Kopp schaffte es gerade noch so, das Auto auf den krümeligen Straßenrand zu lenken und den Motor auszumachen. In der nächsten Sekunde war er eingeschlafen.

Als man ihn später durch Klopfen an die Seitenscheibe weckte, dämmerte es bereits.

Es waren zwei. Polizisten. Untereinander sprachen sie georgisch, mit Darius Kopp russisch.

Tag, sagte Darius Kopp und drückte verschlafen den Knopf zum Öffnen der Kofferraumklappe. Die Klappe fuhr mit einem Sirren hoch. Die Bullen schauten.

Richtig. Ich wurde nicht darum gebeten, das zu tun. Am Ende denken sie, ich habe ihnen ein Angebot gemacht. Aber jetzt gibt es kein Zurück mehr. Der Jüngere der beiden hat sich auf den Weg gemacht. Langsam, Hand an der Waffe, langer Hals. Was werden sie wohl zum Zoll-Klebeband sagen? Ob er als Passierschein ausreicht? Dieser Reisende steht unter dem Schutz des Ehrenwerten Herrn Niemand, und dass er dieses Paket hier herumfährt, ist auch

---

nicht korrekt, und ein Zollklebeband bedeutet absolut gar nichts, denn es kann nicht verhindern, dass er unsere und seine Gesetze und Tabus bricht, indem er in einem unbeobachteten Augenblick dieses brennbare Material in einen Laubhaufen fallen lässt, aber einpaar Einzelpersonen, die von ihm mit nichts dazu gezwungen worden sind, haben beschlossen, in dieser Sache nicht den Richter spielen zu wollen, und nun ist er also hier, macht mit ihm, was ihr wollt.

Der jüngere Polizist kam am Kofferraum an, sah hinein: eine einzelne Reisetasche. Er hielt nicht einmal an, er ging daran vorbei wie an einem Ausstellungsstück im Mausoleum, einmal um das Auto herum, bis er wieder vorne angekommen war und sich neben seinen Kollegen stellen konnte. Der Rundgang hatte immerhin soviel ergeben, dass sie es jetzt mit Englisch versuchten.

Sie können hier nicht so einfach stehen bleiben, auf dem unbefestigten Seitenstreifen, in einer Kurve. Zu gefährlich. *Understand*?

Ja, sagte Darius Kopp. Danke.

Schließen kann man die Kofferraumklappe nicht von innen, man muss aussteigen. Verzeihen Sie. Sie traten einen Schritt zurück, da-

---

mit er vorbeipasste. Schloss die Klappe, nickte noch einmal freundlich, stieg ein und fuhr weg.

Vielleicht 100 Meter, bis sie ihn überholten und erneut anhielten.

Steigen Sie bitte aus.

Diesmal ist es mein Hals, der lang ist. Hab ich was versäumt? (Ja. Du hast nicht mehr als die 200 Lari aus dem Automaten gezogen, die du an der Grenze gebraucht hast.)

Steigen Sie bitte aus.

Langsam, Hand an der Tür, stieg er aus. Sie winkten ihm, er solle nach vorne kommen.

(Sie stellen mich vors Auto, und dann?)

Ihre Lampe ist kaputt.

Tatsächlich. Links brannte nur noch das Standlicht.

So können Sie nicht weiterfahren.

Verstehe. Ich kann weder weiterfahren noch hier stehen bleiben. (Warum habe ich nicht mehr als 200 Lari aus dem Automaten gezogen? Zwei Zwanzig-Euro-Scheine. Zu viel. Einen geben und sagen: Das ist für Sie beide? Nein.)

---

Er spürte, wie sein Nacken steif wurde. Es ist das Falsche, es bringt dich keineswegs weiter, du hättest weich bleiben sollen, wie du es immer so schön warst, aber nein, du musst halsstarrig werden. Willst dies nicht, willst das nicht. Hier und jetzt: denen etwas von deinem stündlich weniger werdenden Geld in den Rachen schmeißen. Aber was willst du sonst tun?

Sie deuteten ihm an, er möge ihnen hinterherfahren.

Sie fuhren langsam, Kopp konzentrierte sich darauf, den Abstand gleich zu halten. Einmal kam rechts ein Feldweg, aber er bog nicht ab. Dass es dir überhaupt in den Sinn kommt. Und dann ärgerst du dich, dich nicht getraut, keine Verfolgungsjagd angezettelt zu haben. Als wäre das nicht das Dümmste gewesen. In der Dämmerung, auf unbekanntem Terrain, schlecht beleuchtet. Am Ende liegst du kopfüber in einer Kiesgrube. Na und. Der Ararat. Warum muss man den Ararat sehen? Darum.

So, 10 Minuten lang, während deren es vollkommen dunkel wurde. Dann öffnete sich das Tal, und eine erleuchtete Stadt tat sich vor Darius Kopps Augen auf. Das ist Tiflis. Ich war so kurz vor Tiflis.

---

Er war so versunken in die Betrachtung der Lichter, dass er fast verpasst hätte, gemeinsam mit den Bullen in eine Seitenstraße abzubiegen.

Irgendein Vorort. Sie fuhren so lange durch amorph bebaute Straßen – Paläste und Ruinen, überall – bis sie zu einer Garageneinfahrt kamen.

Eine Autowerkstatt. Natürlich geschlossen, aber die Polizisten klingelten, und der Besitzer, der in der Wohnung über der Werkstatt wohnte, kam heraus.

Morgen. Natürlich. Heute nicht mehr. Morgen.

Ok, sagte Darius Kopp und stieg wieder ins Auto.

Der ältere Polizist kam und klopfte an die Seitenscheibe. Er fuhr sie hinunter. Vermutlich darf ich auch hier nicht stehen bleiben. Der Polizist winkte, er möge wieder herauskommen.

*It's OK*, sagte Darius Kopp. Ich bleibe im Auto.

*Please*, sagte nun auch der Automechaniker, *Bit-tä*, und zeigte hinter sich. Die Straße herunter kam ein kleiner Mann und winkte breit: *Brauchst koi Angst ham!*

---

Sein Atem riecht nach Wein, auf beiden Seiten fehlt je ein Zahn, der letzte, den man beim Lächeln noch sieht, und er lächelt sehr breit, seine gute Laune weht in Darius Kopps Gesicht. Bayerischer Dialekt mit (mutmaßlich) georgischem Akzent.

Brauchst keine Angst haben! Du kannst das Auto ruhig hierlassen. Das muss man Mischa (?) lassen, das Land ist viel sicherer geworden. Und außerdem: Es bleibt in der Familie. Ich scherze nicht. Schau mal, das ist mein Bruder Giorgi, der Automechaniker. Wirklich. Das ist mein leiblicher Bruder. Und da drüben, der Bäcker, das ist auch ein Bruder von mir. Giorgi, sag's ihm oder nicke wenigstens. Und ich bin Dawit. Wie der König. Ich habe 16 Jahre in Deutschland gelebt, in Bayern. Da, schau, das da ist mein Haus. Das zitronengelbe da. Siehst du, wie schön es leuchtet? Es braucht hier keiner im Auto zu schlafen. Ich möchte dich gerne einladen zu mir. Ich habe drei Bäder und neun Zimmer. Und ich bin gelernter Koch! Glaubst du mir nicht? Ich zeig's dir! Es ist besser als im Hotel, glaube mir. Komm mit, na komm schon!

---

Ich bin 91 zurückgekommen. Nicht böse sein. Mir hat es bei euch nicht sehr gefallen. Es ist schon ein gutes Land. Aber ich bin Georgier. Georgier sind im Ausland nicht so geschickt wie Armenier. Wollte hier was aufbauen, wo jedes Haus eine Weinlaube hat. Das habe ich am meisten vermisst. Den Geruch der Adessa-Traube. Riechst du das? Sie heißt so, weil sie über Odessa gekommen ist, ihr nennt sie Isabella, wenn mich nicht alles täuscht, das ist auch ein sehr schöner Name, aber ich habe meine Tochter Adessa genannt. Sie ist in Garmisch geboren. Mein Sohn auch. Der heißt auch Dawit. Der Große Dawit, der Kleine Dawit. Ich habe ein Restaurant aufmachen wollen mit guter georgischer Küche und einer Kegelbahn als Besonderheit. Aber kaum haben wir angefangen zu graben, ist alles auseinandergeflogen. Die союз нерушимый, die unzerbrechliche Union. Der *freien* Republiken, ha! Kennst du den Witz: Kommunismus ist Sozialismus plus Elektrizität? Na, da hatten wir weder Sozialismus noch Kommunismus, und der Strom war auch weg. Ihr wollt unabhängig sein? So geht mit Gott!, haben die Russen gesagt. 5 Wochen im Winter ohne Strom und Heizung.

---

Und seitdem ist es wohl auch nichts mehr geworden damit. Das Haus ist riesig, vom Boden bis zur Decke mit Steinplatten ausgelegt. Ein Palast wie ein Steinbruch voller nackter Glühbirnen. Und so kalt, dass Kopp ausatmet, um zu sehen, ob man auch drinnen seine Atemfahne sieht. Nein, das doch nicht. Während der Alte redet und redet.

Sie nehmen dich aus wie eine Weihnachtsgans, und am Ende bekommst du doch keine Konzession. Wenn man durch Bestechungsgelder wenigstens wirklich was erreichen könnte! Jetzt sitze ich da mit einem riesigen, unfertigen Haus. Wenn Geld da ist, bauen wir weiter, wenn nicht, nicht. Aber schau, hier hast du zum Beispiel ein Gästezimmer, das ist fertig, und ist das nicht schön geworden? Weißt du, was hier vorher war? Gar nichts. Eine Wand. Aber man wusste, dahinter muss was sein, wir haben geklopft, es war hohl, es war auch von außen zu sehen, dass dort noch nicht das nächste Haus anfängt. Wir haben sie eingerissen, und weißt du, was dahinter war? Der Bauschutt! Anstatt ihn abzutransportieren, haben sie ihn eingemauert! Meine Brüder fluchten und sagten, lass uns die dämliche Wand wieder hochziehen, aber ich habe gesagt, nein, dann

---

transportieren wir den Schutt eben jetzt ab. Die haben vielleicht geflucht, wir haben ihn mit Personenwagen in irgendwelche Gruben im Wald gebracht und neben die Bahnschienen und so was, das ist natürlich verboten, aber schau, wie schön dieses Zimmer geworden ist. Mit eigenem Bad.

Er öffnet einen Wasserhahn: nichts.

Keine Sorge, das kriegen wir hin, komm mit!

Sie steigen gemeinsam in den Keller. Das Licht muss man staffelweise anschalten, in dem man hier Stecker abzieht und sie dort in Buchsen steckt, die an locker baumelnden Kabeln hängen. »Das Licht ist auch noch nicht ganz fertig etc.« Natürlich riecht es muffig. Gleich fällt eine dicke Betontür hinter dir zu und ---

Keine Angst, das ist nur die Kegelbahn. Da liegen die ganzen alten Sachen, die wir aus Deutschland mitgebracht haben. 40 Handtaschen meiner Frau. Sie wurde von einem Lastwagen überfahren. Fahrrad gefahren und: bumm. Sie hat noch über meine blöden Witze gelacht im Krankenhaus, und dann ist sie doch gestorben. Seitdem bin ich Witwer. Schau, das ist ein Bild von ihr.

---

Da sind sie schon wieder in der Küche. Es riecht nach fremdem Essen, ein Fernseher ist an die Wand geschraubt, in der Ecke steht eine Liege mit einer zerknüllten Decke. Eine wuchtige Schrankwand nimmt die Hälfte des Raumes ein, darin unzählige gerahmte Fotos. Eine langhaarige junge Frau in weißen Shorts, lachend. War sie nicht schön? Sie hatte eine gute Figur. Zum Schluss natürlich nicht mehr, sie war schließlich auch schon 50. Dieses Bild da, mit der Frau in der Vogelmaske, die auf einem steigenden schwarzen Pferd sitzt, hat sie gemalt. Das Pferd bin natürlich ich, hähä. Und das da – eine Fotomontage: ein Mann im Tarnanzug mit umgeschnallter Kalaschnikow reitet über den Dächern der Stadt – habe ich auf der Straße gekauft. Ist es nicht schön?

Es ist interessant, sagt Kopp wahrheitsgemäß.

Und das hier sind meine 3 Brüder und ich.

Sie legen sich die Arme um die Schultern, ihre Münder stehen offen, sie singen offenbar.

Und das ist meine Mutter als Königin verkleidet bei einem Maskenball und das ist mein Sohn Dawit und das ist Adessa.

---

Schwarze Haare, weiße Haut, exakte Augenbrauen.

Ist sie nicht schön? Sie kommt bald. Mein Sohn ist oben. Er schläft. Er muss um 4 Uhr morgens zum Flughafen, Gäste abholen. Er arbeitet als Fahrer. Willst du was essen, ich hab gekocht, ich koche immer, ich bin Koch gewesen. Setz dich.

Und schon sitzt du, das da ist dein Platz, das Wachsleintuch klebt ein wenig. Zu essen gibt es eine Art Gulasch mit Bulgur.

Ich koche immer. Ich bin jetzt die Hausfrau. Warte, ich habe auch Servietten. Was möchtest du trinken? In Georgien muss man Wein trinken. Ah, und Brot. In Georgien muss man Brot essen. Wir sind eine Brotessernation! Als wir uns von den Russen getrennt haben, haben wir gemerkt, dass wir kein eigenes Getreide haben. Alles in Kasachstan! Kannst du dir vorstellen. Eine Ration von 300g am Tag, und manchmal hast du nicht einmal das bekommen, wo die Leute doch gewohnt waren, mindestens ein Kilo am Tag zu essen! Mein Bruder ist Bäcker. Er dachte, er könnte reich werden. Aber wenn du kein Mehl bekommst, kannst du nichts machen.

Und jetzt erzähl über dich! Wo kommst du her, wo gehst du hin?

---

Das ist eine lange Geschichte.

Kopps Plänen nach wäre das alles gewesen, was er dazu gesagt hätte, aber dann, als er sah, wie der Alte ihn so treu und offen ansah – die Frau in der Shorts auf dem Bild, lachend – sagte er schließlich doch:

Ich … meine Frau … und jetzt wollte ich mir den Ararat …

… War deine Frau Georgierin?

Nein.

…

Der Alte schaut. Als würde er mir nicht so richtig glauben. Walnussfarbene Augen, das Weiße schon ganz gelb geworden.

Ach ja, sagt er schließlich. Der Ararat. Der Kasbek ist aber auch schön. Du kannst ihn vom Raddison aus sehen. Meine Tochter Adessa – Hier nimmt er wieder Fahrt auf, er hat etwas gefunden, zu dem sich etwas sagen lässt – sie ist Fremdenführerin. Habe ich das schon gesagt? Sie macht auch Bergtouren mit den Leuten, mehrere Tage lang. Sie kann dir die Berge zeigen, wenn du willst.

Bevor Kopp etwas erwidern kann, tritt sie ein.

---

Klein, viel dünner als auf dem Bild, geradezu mager, ihr Hals ragt aus dem Kragen des Hemds, das ist wie meins, hellblau, nur sehr viel kleiner, ihr Haar ist kurz, die Augenbrauen wuchern und sie hat sich die Ohrringe herausgenommen. Die Nichtähnlichkeit mit dem rotlippigen Bild ist frappierend, aber der Alte scheint es nicht zu sehen, oder er ist ohnehin immer begeistert:

Das ist Adessa! Komm herein, Tochter! Schau, wen ich hier habe! Er ist aus Deutschland! Er will den Kasbek sehen!

Sie nickt, lächelt mit geschlossenem Mund, nimmt einen Teller, füllt sich Essen auf, isst, sagt kein Wort. Vielleicht kommt sie auch nicht dazu, denn der Alte redet und redet, ein ausdauerndes Kofferradio, läuft und läuft, erzählt, fängt bei der neuen, von Kopf bis Fuß goldenen (!) Statue des Heiligen Georg auf dem (Achtung!) George-Bush-Platz an und landet innerhalb desselben Satzes bei der Politik. Oder nein, sondern wer sich wie bereichert habe. Hanebüchene Geschichten über Milliarden. Du denkst, das stimmt nicht? Du weißt nur nicht, wie es läuft. Ihr habt kein Oligarchen-System. Nicht mehr. Aber wir lernen das Siegen immer noch vom

---

sowjetischen Zar. Und lacht sich wieder kaputt. Sowjetischer Zar, du verstehst!

Adessa ist fertig mit Essen, steht auf.

Wieso gehst du schon?

Ich bin müde.

Der Alte sagt etwas auf Georgisch.

Sie antwortet, höflich, damit's alle verstehen, auf Deutsch: ich kann es morgen machen.

Der Alte murmelt. Dass sie nicht bleiben will, obwohl man doch einen Gast hat, und noch dazu aus dem Land, in dem sie geboren wurde, hat ihm etwas die Laune verdorben. Er holt hinter dem Kühlschrank eine Schnapsflasche hervor.

Du musst ihn kosten. Nur ein bisschen. Ich darf nicht betrunken sein, wenn ich morgen beim Bau helfe. Ist nur Familie, trotzdem. Ich bin das schwarze Schaf, weißt du.

…

Ich verrate dir mal ein Geheimnis. Sie hatte 7 Jahre lang einen Verlobten. Was muss man 7 Jahre verlobt sein? Na, das Ende war dann

---

auch, dass sie nicht geheiratet haben. Da war sie 30. Jetzt ist sie 35. Mein Sohn ist auch schon 29. Mit 35 findest du in Georgien keinen Mann mehr. Höchstens einen Witwer mit Kindern. Ich weiß, wie so was ist. Ich war selbst ein Witwer mit Kindern. Hast du Kinder? Nein? Soll ich dir die Wahrheit sagen? Meine Frau wurde gar nicht vom Bus totgefahren, sondern meine Freundin. Die Frau, mit der ich gelebt habe, nachdem ich Witwer geworden bin. Das ist ihr Foto. Das war eine nette Frau. Ich verrate dir mal ein Geheimnis. Meine erste Ehe war nicht gut. Sie ist schon lange tot. Hat zuviel Medikamente durcheinander genommen. Dabei war mein Sohn erst 10 Jahre alt. Sie war leider keine besondere Leuchte. Ich dachte erst, das macht nichts, aber auf die Dauer macht es doch was. Denn, sagte er und hob komisch den Zeigefinger, er war längst betrunken, dass sie dumm sind, hindert sie nicht daran, einen eigenen Willen zu haben. Leider.

So gerätst du unvermittelt in die Mitte der Familie eines anderen. Ein Dutzend Intimitäten gleich am ersten Abend.

Gero Szulczewskis Frau hieß Elisabeth, seine Schwiegermutter

---

auch, Lissy und Liz, sie wohnten zusammen in einem riesigen Haus, das aber, das Gegenteil von hier, überall gepolstert, warm und duftig war, scheinbar jemandes Hobby, in jedem Raum ein anderer Duft. Sie besorgten ihm Arbeitshelm, Arbeitsschuhe und Unterwäsche und quartierten ihn im Gästezimmer von Geros Schwiegereltern ein, im Keller, neben dem Heizkessel, der Sauna und einem Raum voller säuberlich in Regale gestapelten Äpfel. Das winzige Fenster des Zimmers ließ sich nicht öffnen und nicht kippen, Kopp war, als wäre nicht genug Luft da, die Heizung zieht sie ab, aber sie sind so herzlich, und du so müde. Heute Morgen war ich doch noch … Iss Äpfel, sagte Geros Schwiegervater schon halb aus dem Delirium, sein Name war Klaus, Nachname Gutzer, iss Äpfel, es sind genug da.

Sie nehmen dich auf wie einen heimkehrenden Sohn, am Abendessenstisch sind weder Kartoffeln noch Fleisch abgezählt, und die Gespräche sind offen, wie *mancherorts* nicht einmal zwischen richtigen Familienmitgliedern. Dass Gero und Lissy, einzeln und in der Kombination, keine Kinder bekommen können, wie lange sie es schon versuchen – Sieht nicht besonders gut aus, sagte die Ärztin,

---

nachdem sie einen Blick auf die sich seit einem Tag teilenden Zellen geworfen hatte – dass sie sich für eine Adoption haben registrieren lassen, das ist jetzt 9 Monate her, gerade 9 Monate. Dass es bei Liz und Klaus auch 8 Jahre gedauert hat, bevor sie ihre Zwillingstöchter bekamen, Lissy ist ein Zwilling, aber zweieiig etc. etc. Im Austausch musst du auch offen erscheinen, deine Familienverhältnisse reportieren: Vater und Mutter nach der Wende geschieden, Schwester ledige Mutter, Frau Ungarin, sie kommt ~~vielleicht~~ später nach, nein, auch keine Kinder. Er überstand die Nacht im Heizungskeller und zog erst nach dem zweiten Arbeitstag in eine Pension für Dauergäste um, mit Gemeinschaftsbad und eigener Gaststätte, heiß und dunstig auch hier, auf einer Wandmalerei saßen zwei Bauern an einem groben, braunen Tisch, der eine aß Suppe, der andere Wurst, aber Kopp war weiterhin wenigstens einen Abend, aber öfter zwei in der Woche bei den gastfreundlichen Gutzers zum Essen geladen, als wäre es das Natürlichste auf der Welt. Sie sind so herzlich, offen, fröhlich, dass du dich fragst, ob sie unter Drogen stehen. Das ging soweit, dass Kopp einmal nicht widerstehen konnte, sämtliche Spie-

---

gelschränke des Hauses (zwei an der Zahl) zu öffnen, dort standen auch wirklich Pillenschachteln, aber er schloss die Tür schnell wieder, bevor er hätte erkennen können, was für welche das waren. Nonsens. Aber dass keine Luft da ist, bleibt.

Im Kalten Palast am Rande von Tiflis gab es wiederum genug davon. Von irgendwoher zog es mächtig, aber so, als käme es aus den Tiefen des Alls, an die Wand neben dem Bett war als Linderung gegen die Kälte ein Teppich gehängt, darauf Sterne, schematische Sterne in immer gleicher Entfernung, 12 in den waagerechten Reihen, 6 in den senkrechten, wenn du sie anfasst, fühlen sie sich wie angeschmolzene Eiswürfel an. Kopp rieb die Fingerkuppen aneinander, um zu sehen, ob sie nicht wirklich nass geworden waren. Nein. Die Vorstellung, wie es wäre, mit Doiv hier zu sein … Und wie es wäre, mit Flora hier zu sein. Erklär mich für verrückt, aber auch diese junge Frau hier, diese Tochter, erinnert mich irgendwie an dich. Er dachte eine Weile nach, was genau ähnlich an ihr war. Das Lächeln. Die Lippen sind ganz anders, voller, dunkler. Aber wie sie lächelt. Wie eine mit einem Geheimnis.

---

Daran zu denken war nun nicht gut. Die Geheimnisse der Frauen. Nicht gut. Kummer und am Ende: Trauer. (Könnte es nicht auch mal anders sein? Doch. Und ich würde es mir auch gerne vorstellen.)

Durch die Decke hörte er Geräusche aus dem Zimmer in der Etage über ihm. Musik aus einem Radio und Schritte. Was macht sie da? Tanzen? Sich das vorzustellen half endlich: er schlief ein.

Es war nicht die Tochter, sondern der Sohn, der sein Zimmer über dem von Darius Kopp hatte und in der Nacht aufgestanden war, um sich für den Job fertig zu machen. Sie begegneten einander nach seiner Rückkehr am Frühstückstisch, den der Alte gedeckt hatte wie in einer Pension. Schau, ich kann auch Serviettenschwäne, ich sag ja, ich war Koch. Und das ist mein Sohn. Ist er nicht ein hübscher Junge? Musst du sein, als Fahrer. Immer gepflegt. Rasierwasser, Haarschnitt. Und trotzdem ist er nicht verheiratet. Sag mir, was habe ich falsch gemacht? Keins meiner Kinder ist verheiratet. Mit 29 findest du doch nur noch eine mit Kind. Oder eine Studierte. Willst du das?

---

Der Alte lacht und zwinkert, der Junge frühstückt stoisch. Familie ist, alles tausendmal zu hören. Dennoch, als wäre der Gesichtsausdruck eher traurig als nur gelangweilt. Oder er ist einfach müde. Er isst auf, erhebt sich, sagt höflich, auf Deutsch, er ginge jetzt zur Baustelle.

Aber wo ist Adessa?

Das wusste der Junge nicht.

Bestimmt wieder in der Kirche. Was ist heut für ein Tag? Rennt ständig in die Kirche. Wie eine Nonne. Ist ihre Privatsache. Aber soll ich mich freuen, wenn meine Tochter Nonne wird? Was soll ein Vater denken, dessen Tochter Nonne wird? Möchtest du, dass deine Tochter Nonne wird? Usw.

Also gut, begleitete der Alte eben Darius Kopp zur Werkstatt – Da, siehst du, dein Auto steht noch da – und man besprach wieder, dass der Automechaniker und der ehemalige Koch leibliche Brüder sind und dass alles in Ordnung kommen wird. Man braucht ein Ersatzteil, das natürlich erst bestellt werden muss, aber soviel Zeit muss sein, du hast ja noch gar nichts gesehen und die Berge rennen

---

nicht weg. Das ist das Gute an ihnen. In der Zwischenzeit werden wir dafür sorgen, dass du alles zu sehen bekommst und jeden kennenlernst. Giorgi, den Drachentöter, kennst du ja schon. Und schau, nur eine Straße weiter, wo gerade ein Dachgeschoss ausgebaut wird, sind meine anderen beiden Brüder. Könige und Krieger auch sie: Demetre, der Kleine – der überhaupt nicht klein, sondern geradezu riesig ist – und Temur und sein Trupp. Weißt du, wer die waren? Wenn nicht, erfährst du es jetzt, Heldenerzählungen, aber tatsächlich kannte Kopp Timur und seinen Trupp und wurde dafür gefeiert, als wäre das eine Leistung. Das waren noch Zeiten, was?

…

Und das ist Darius aus meiner alten Heimat Deutschland, er will den Ararat sehen.

Ach ja, der Ararat. Der Kasbek ist aber auch schön etc. Kennst du den? Ein Georgier, ein Armenier und ein Amerikaner stürzen mit dem Flugzeug ab …

Der Witz ist, wie jeder, in dem verschiedene Nationen vorkommen, mäßig komisch, aber Darius Kopp lächelt und nickt.

---

Das Ende war, dass Kopp keine Arbeitsschuhe und keinen Helm bekam, aber eine Baseballmütze, damit ihm der Staub nicht unmittelbar auf die Glatze fiel. So fiel er also in den Kragen, während er half, das Ende von irgendetwas zu halten. Darius, der Erbauer, hilft, ein Dach anzuheben, damit einer der Neffen demnächst heiraten kann, sein Name ist Soundso, er hat zwei Brüder, die sind Zwillinge, insgesamt 7 Neffen, macht 8 Cousins, ich bin der Einzige, der eine Tochter hat, die schöne und kluge Adessa, die heute ihren freien Tag hat und das, wie immer, wörtlich nimmt. Komme, was wolle, einmal in der Woche macht sie, was sie will. So sind die Frauen heutzutage. Gebildet und anspruchsvoll, aber das bist du ja auch, nicht wahr, etc. etc.

Sich in eine vorgefundene Situation schnell einfügen zu können ist eine günstig zu nennende Eigenschaft. Hat es sich so ergeben, dass du Funkmessungen durchführen sollst, dann tust du das, und wenn es Dachbalken sind, die gehalten werden müssen, dann eben das. Keine unnötigen Rückfragen, Besserwissereien oder andere Schwierigkeiten – Die still sitzen, aber wenn man sie aufruft, alles

---

wissen, solche Kinder mögen wir – so arbeitete Darius Kopp, bis es Abend wurde, und zwei Schwägerinnen, wie die eine hieß, weiß ich nicht mehr, die andere hieß Nino, Essen vorbeibrachten.

Und du? Hast du eine Frau?

Er ist Witwer, wie ich.

Kinder?

Nein.

Alle sind sich einig, dass das für den Moment auch besser so ist, in der Zukunft allerdings solltest du dir welche anschaffen, denn ohne Kinder bist du nichts. Such dir eine neue Frau, das ist die Lösung, glaube uns. Auch wenn es keine guten Ehen gibt, keine, die von Anfang bis Ende gut wäre, es ist trotzdem das Beste für dich. Ein Mann braucht eine Arbeit und eine Familie, denn, wie schon unsere Mutter sagte, Junggesellen landen auf dem Müll. Von den 8 Cousins sind 7 noch nicht einmal verlobt. Eine Katastrophe. Sie sitzen in einem eigenen Kreis vor einem Fernseher und trinken Bier statt Wein und sind viel stiller als ihre Väter. Als würden sie über etwas schweigen. Alle über dasselbe oder jeder über etwas an-

---

deres. Während ihre Väter, alle miteinander bereits vom Verfall gezeichnet, aber unbremsbar fröhlich, einander mit Witzen, Anekdoten und schließlich nacherzählten Filmen übertrumpfen, in allen kommen Georgier und Armenier vor, einen Satz wiederholen sie ein Dutzend Mal – *Das zweitbeste Wasser der Welt! Das zweitbeste Wasser der Welt!* – und lachen sich schief.

Als es zu kalt wird, machen sie sich auf den Weg nach Hause. Oh, sagen alle, als sie auf die Straße treten, denn der Vollmond steht ungeheuer nah vor ihnen. Eine Gruppe betrunkener Männer, die Oh zum Mond sagen.

Den Kaukasus auf dem Mond habe ich also schon gesehen, sagt Darius Kopp heiter.

Das ist auch was? kräht der Alte Dawit. Ich kann sogar den Kosmonauten sehen, der da auf dem Berg steht! (Er sagt: Kosmonaut. Und lacht sich tot.)

Sie können nicht lange stehen bleiben, die Luft ist beißend kalt. Das haben die USA gemacht, sagt Temur, und alle sagen: ja, ja. Im Ernst, sagt Temur, sie steuern das Wetter. Wenn sie nicht wollen,

---

dass irgendwo ein Land hochkommt, schicken sie ihnen eine Dürre oder eine Überschwemmung.

Und die Russen? Haben die Russen diese Technik auch? fragt Darius Kopp.

Das weiß ich nicht, sagt Temur ernst. Aber man kann mit Atomtests Erdbeben auslösen. Das stimmt.

Oh, sagen die Männer wieder, weil sie jetzt so stehen, dass sie das Riesenrad oben auf dem Berg sehen können. Es dreht sich bunt glitzernd. Als du starbst, war ich gerade mit Marlene und den Kindern auf dem Rummel. Die georgischen Brüder legen sich die Arme um die Schulter und singen ein Lied. Es hat vier Strophen, solange kannst du dir das Riesenrad ansehen, wie es sich dreht und dreht. Nichts. Doch. Aber im Moment ist alles erträglich, weil alles fremd ist. Die Vier singen das Lied zu Ende, dann erst darf der Junge Dawit und Darius Kopp den Alten Dawit in die Mitte nehmen, um ihn den Rest des Wegs zu stützen.

Zu Hause werden sie von Adessa erwartet. Wo warst du? schreit der Alte.

---

Sie sagt leise etwas und schlüpft routiniert auf Kopps Platz. Der Alte schmilzt zärtlich um ihren Hals: meine einzige Tochter, sagt er auf Georgisch und wiederholt es auf Deutsch, für mich, und ich lächle, wie es sich gehört.

So und so ähnlich, für die nächsten 7 Tage. Sie nehmen dich auf, als hätte es hier schon immer einen Platz für dich gegeben, du hast es bloß nicht gewusst. Du könntest auf ewig hierbleiben, und es gäbe keine einzige Minute, in der du nicht wüsstest, was du als Nächstes tun sollst. Der Tag in sich ist strukturiert durch Tische, morgens, mittags, abends, denn essen muss man, dazwischen wirst du herumgeführt. Adessa ist Fremdenführerin und für diese Aufgabe prädestiniert, aber bevor ihr euren Rausch ausgeschlafen habt, ist sie schon wieder verschwunden.

Wo ist sie schon wieder?

In den Bergen.

Wieso?

Arbeit.

---

Aber für wie lange?

Das wusste der Junge Dawit nicht genau.

Wieso hat sie ihn (Darius Kopp) nicht mitgenommen?!

Der Alte lamentiert noch lange, ärgert sich, sie hätte ihn doch mitnehmen können, er will doch in die Berge, warum hat sie ihn nicht mitgenommen, wieso hat sie nichts gesagt, etc., etc., es ist schon längst zu viel, und umsonst sagst du ihm, dass dir das nichts … dass du das verst…, als hätte er dich nicht gehört. Redet so lange, bis er sich beruhigt hat und eine neue Strategie entworfen. Die Fahrzeuge werden im Wechsel von Sohn und Neffen bedient, die Moderation übernimmt der Alte König selbst.

Sie zeigten ihm:

die Altstadt (Schau sie dir gut an, es wird sie nicht mehr lange geben. Die Russen haben den Fluss reguliert, das ganze Wasser ist unter die Altstadt gedrückt worden, sie wird bald zusammenfallen)

eine Burg (Dawit der Erbauer hat den Mitgliedern der anderen Religionsgemeinschaften verboten, in den Vierteln der Juden Schweine zu schlachten)

---

eine renovierte Kirche (die Sowjets haben ja alle Wandmalereien übertüncht)

ein unrenoviertes Kloster (sie konnten zum Glück nicht *alles* streichen)

eine Karawanserai (bis in die 20er-Jahre des 20. Jahrhunderts hinein war man hier mit Kamelen unterwegs)

die Aussicht vom Fernsehturm (jedes Jahr zu Weihnachten machen sie die Festbeleuchtung an und dann vergessen sie sie wieder auszumachen, und dann ist wieder Weihnachten und dann ist es eh schon egal)

den Vergnügungspark (hier war ein Restaurant, in das meine Eltern immer gingen, als ich ein Kind war).

Zuletzt nahm er ihn sogar mit zum Angeln. Kopp vermutete erst einen Scherz, als der Alte in Allerherrgottsfrühe mit einem Tennisstirnband über den Augenbrauen und zwei verschiedenen Schweißbändern an den Handgelenken plötzlich in seinem Zimmer stand und verkündete: Auf, auf, die Fische warten schon! Aber dann saßen sie tatsächlich einen ganzen Tag an einem See und angelten so

---

lange, bis sie 27 *Kräppies* (?) zusammenhatten. Ganz im Gegensatz zu seiner sonstigen Gewohnheit sprach der Alte diesmal den ganzen lieben Tag kaum ein Wort. Gerade so viel, wie es brauchte, um Darius Kopp, der noch nie in seinem Leben geangelt hat, das Nötigste beizubringen. Und dann saßen sie da.

Bis sie die ersten 7 Fische gefangen hatten, dachte Darius Kopp hauptsächlich an sein Auto. Sie haben es doch tatsächlich geschafft, dass ich seit 3 Tagen nicht mehr danach geschaut habe. Aus irgendeinem Grund scheinen sie den besonderen Ehrgeiz zu haben, mich so lange wie möglich zu beherbergen. Eine Gastfreundschaftsgeschichte vermutlich, und ich bin zu nordisch, um es verstehen zu können.

Bis 10 dachte er nun an seine Hemden und den Rest seiner Wäsche, die seit Tagen auf dem zugigen Trockenboden des Palastes hing. Er war schon so lange hier, dass er keine saubere Wäsche mehr hatte. Adessa soll sie dir waschen etc! Aber natürlich war sie nicht da, ihr Name funktionierte scheinbar wie ein umgekehrter Zauberspruch: sobald man ihn aussprach, verschwand sie, anstatt zu erscheinen.

---

Bis 14 dachte Darius Kopp an Adessa. Bei jeder passenden und unpassenden Gelegenheit erwähnt er sie. Lobt, bejubelt. Das Juwel, die einzige Tochter, man weiß manchmal nicht, ob er sie mir aufschwatzen will oder sie am liebsten selbst heiraten würde.

Bis 24 stellte er sich nun die wildesten Sachen vor. Ob das wohl das Geheimnis ist. Dass er sie zu sehr liebt. Oder vielleicht sind es die Geschwister, die einander zu sehr lieben. Der Junge verschwindet mindestens genauso häufig. Das Gewusel ist gewaltig, ständig sitzen mindestens ein halbes Dutzend Personen am jeweiligen Tisch, aber die Kinder des Gastgebers sind meistens nicht dabei. Die Welt ist voller geheimer Wege. Lissys Zwillingsschwester Andrea hatte dafür scheinbar nichts zu verbergen, der gelbe Schein der Küchenlampe fiel ihr ins Dekolleté, ihr fehlte noch ein Salsapartner, und sie war gekommen, um sich Kopp anzusehen. – Aber ich tanze nicht. – Ach, papperlapapp! – Doch. Wirklich. Und außerdem bin ich verheiratet. – Und? – Lacht und kokettiert offen, und die anderen lachen mit, dass ihre Busen und Doppelkinne wackeln. Sehr nett und sehr unerträglich. Sie sind so verdammt lebensfroh, weil ihnen ein-

---

fach alles scheißegal ist. Weil sie sich einfach nicht vorstellen können, wie, zum Beispiel, jemand wie *du* ist. (Sich Flora vorstellen. Neben ihnen. Unmöglich. Dennoch, wenn du zu ihr fährst, musst du es in den schönsten Farben malen. Die Landschaft, Flora, die unheimliche Schönheit der Landschaft. Und es gibt Häuser, Flora, Häuser mit Gärten und Apfelbäumen, die wir uns leisten können. Und Herr Tragheimer. Herr Tragheimer setzt große Hoffnungen in uns, das heißt: mich. Er hat extra gesagt, er setze große Hoffnungen ---) Wie viel Fische sind das jetzt? Und wie viele sollen es, um Gottes willen, noch werden? Es wird doch schon wieder dunkel.

Entspann dich, sagte der Alte. Wir fangen noch so 3–4, dann holt uns … (Kopp verstand: Othello, aber wahrscheinlich war's Attila; einer der Neffen) ab.

Am Ende wurden es, siehe oben, 27, und es endete wieder in einem Gelage mit allen Brüdern, Schwägerinnen, Neffen, Nachbarn und Freunden, und wieder waren Adessa und der Junge Dawit nicht dabei, dass das keinem auffällt, oder es fällt allen auf, sie reden nur nicht darüber, aber kochen kann der Alte wirklich, die Fische sind

---

eine Sensation, Darius Kopp konnte nicht anders, er stopfte sich alleine 2 ganze und einen halben in den Rachen. Dazu trank er ungezählte Mengen an Schnaps, er hielt sich nicht mehr zurück, einmal wenigstens tue ich ihnen den Gefallen und werde so betrunken, wie sie mich schon die ganze Zeit gerne haben würden, und morgen, spätestens übermorgen bin ich weg.

Er lobte, wie es sich gehört, das Essen, den *ghvino*, die Schönheit des Landes und die Gastfreundschaft, und alle jubelten ihm zu. (Und ich schaute nur, ob ich nicht ein Gesicht finden kann, ein einziges, das nicht so verdammt froh wäre. Da erblickte er doch noch den jungen Dawit, der nur leise lächelte und zu ihm zurückschaute. Als verstünde er mich. Danke.)

An das Ende des Supra konnte er sich später nicht mehr erinnern. Ihm war, als wäre später auch Adessa noch gekommen, habe aber an einem unerreichbar weiten Ende des Tisches gesessen, aber ob das stimmte, ist fragwürdig, da er zeitweise auch die verführerische bayerische Zwillingsschwester zwischen den Gästen sitzen sah, und das war wohl eher unwahrscheinlich.

---

Als das wieder möglich war, am folgenden Nachmittag, sammelte er seine Hemden vom Dachboden ein. Durch ein kleines Dachfenster sah er auf mittlerweile lauter bekannte Dinge. Der Bäcker, der Fleischer, der Gemüsehändler, zu denen Kopp eines Vormittags den Alten zum Einkaufen begleitet hatte. Die Dachplane auf dem halb fertigen Anbau von Demetres ältestem Sohn. Und das märchenhafte kleine Häuschen, das er im Vorbeigehen schon öfter bewundert hatte, so eins mit Rosen und Weinlaube, Doiv wäre begeistert. In Auling hauste ich zuletzt auch unter dem Dach. Meine Hemden nahmen den Geruch der Holztäfelung an.

Adessa soll dir die Hemden bügeln!

Nicht nötig.

Dann mache ich es persönlich!

Nein, Dawit, danke. Ich trage sie gerne zerknittert. Aber kommst du mit und dolmetschst für mich in der Werkstatt?

Du willst schon gehen? Gefällt's dir nicht bei uns?

Doch, aber …

---

Aber was man noch alles machen, schauen, tun und essen könnte, die Berge stehen morgen auch noch da und morgen ist auch Adessa wieder blablabla. Bis endlich der Alte abwinkte, als könnte er sich selbst nicht mehr reden hören: Äch! Egal. Pass auf.

Ich muss dir etwas sagen. Es ist ein Malheur passiert. Aber es wird auch schon repariert. Kostet dich nichts. Das ist Ehrensache. Sie haben beim Putzen einen Riss in die Scheibe gemacht, aber es ist alles schon erledigt, das wird schon gemacht, sie haben es umgelegt in eine größere Werkstatt, das die Scheibe machen kann, es ist alles in Ordnung. Ehrenwort.

Verstehe, sagt Darius Kopp.

Der Germaneli ist nervös, weil sein Auto einen kleinen Schaden hat, dafür hat ein jeder Verständnis, man weiß, wie so etwas ist, natürlich fahren sie ihn hin, damit er es sehen kann.

Da, siehst du, da ist es.

Der Riss ist nicht sehr groß, eigentlich winzig, eigentlich könnte man damit sogar weiterfahren.

---

Aber nein, warum denn, es ist ja praktisch schon fertig. Morgen ganz sicher.

Natürlich. Und wann morgen?

…?

Vormittag oder Nachmittag?

Nachmittag.

Früher oder später Nachmittag?

…?

2 Uhr oder 5 Uhr?

4 Uhr, sagte mit Freundlichkeit der Automechaniker.

Komm, sagte der Alte Dawit, vom Platz der Revolution kann man den Kasbek sehen.

In Wahrheit scheint er ratlos zu sein, was er noch mit mir machen soll. 7 Tage sind für einen Gast zu viel, für ein Familienmitglied zu wenig. Also warten wir, bis auf Weiteres, auf den Bus. Ewigkeiten, bis er endlich kommt, dann fährt man Ewigkeiten, dann ruft der Alte plötzlich: Hopp, ich seh da jemanden! Lass uns aussteigen.

---

Einen anderen alten Mann, der scheinbar (ebenfalls) ratlos auf dem Gehsteig steht. Aber er ist nicht ratlos, er wartet auf jemanden, der es offenbar vergessen hat, dass sie sich treffen wollten. Es ist doch immer dasselbe. Er ist noch unentschlossen, wie sehr er verärgert sein soll. Zum Trost wird ihm Darius Kopp vorgestellt. Der andere Alte heißt auch Dawit, aber er, weil er Jude ist. Er spricht auch deutsch. Rate mal, wo gelernt. Nicht, was du denkst. In der Schule. Ich bin in dieselbe Schule gegangen, aber ich habe es nicht dort gelernt. Wir haben uns 100 Jahre nicht gesehen, und dann haben wir uns wiedergesehen. Kein Witz. Zusammen haben wir 100 Jahre gelebt, bevor wir uns wiedergesehen haben.

Guten Tag, sagt der andere Dawit. Hast du die Synagoge schon gesehen? Sie haben sie jetzt renoviert, wo wir nur noch 3000 sind. Mit dem Ende der Sowjetunion sind alle weg. Wir waren 100 000, jetzt sind wir 3000. Kannst du dir das vorstellen?

*Ich bin ein Heide der Liebe*, trällerte der Alte Dawit, und trank schon seinen zweiten Wein. Ich werde betrunken werden, sagte er, das lässt sich leider nicht mehr verhindern. Geh du doch mit ihm,

---

sagte er zum Anderen Dawit, zeig ihm die Synagoge. Er hat sie noch nicht gesehen.

Aber der Andere Dawit verzog sich mit einer Ausrede – Muss noch einkaufen … – und plötzlich stand Kopp alleine da, irgendwo an der Linie des Busses Nummer 33. Der Alte Dawit war mittlerweile in ein Gespräch mit anderen Männern vertieft, denen werde ich nicht mehr vorgestellt. Mein Vater ist mit mir losgegangen in die Stadt, aber er kam an der ersten Kneipe nicht vorbei, und nun habe ich die Wahl, auf der Schwelle auf ihn zu warten oder alleine zurechtzukommen. Ohne jegliche Orientierung, denn sein Handy hatte Kopp zum Aufladen im Kalten Palast gelassen. Die Bushaltestelle ist in Sichtweite, immerhin. Man könnte versuchen zurückzufinden. Oder weiterfahren (mutmaßlich) in die Stadtmitte. Die Autowerkstatt suchen und solange sitzen bleiben, bis sie endlich fertig sind. Hier erfasste ihn ein starkes Verlangen nach einem Glas Rotwein – keine Woche, und dein Körper hat gelernt, was der hier geeignete Weg der Anpassung wäre. Die richtige Droge, das ist alles, was du brauchst … Da stand plötzlich Adessa vor ihm und sagte: Wollen Sie vielleicht einen Chatschapuri mit mir essen?

---

Was ist ein Chatschaputi?
Wie eine Vier-Käse-Pizza, nur besser.

Sie war fröhlich und gesprächig, wie Kopp sie noch nicht gesehen hatte, ging fast hüpfend vor ihm her, wies ihm den Weg ins Restaurant.

Auf dem Land isst man das schon zum Frühstück. Mit Knoblauch. Die Busse riechen danach. Mein Onkel Temur, der Bäcker, kann auch einen guten Chatschapuri machen. Leider ist er meistens zu faul dazu, und wenn es dann meine Tante macht, bemerkt er jedes Mal, wie er es gemacht hätte, und stopft sich voll dabei.

Sie lachte. Sie aß mit gutem Appetit, schaffte aber auch so nicht mehr als einen Teil von sechs. Wischte sich die Finger mit der Serviette. Einzeln, gründlich, dennoch blieben sie fettglänzend. Kleine, wie Kopp nun sah, sehr gepflegte Nägel. Eine heimlich Schöne. Alles an ihr ist anmutig, die Handbewegungen, die Schultern, der Hals, der aus dem Hemdkragen ragte. Im Hemd sah sie vollkommen flachbrüstig aus, dennoch strahlte sie Weiblichkeit aus. Was hat dich so fröhlich gemacht?

---

Sie bemerkte, dass er sie ansah, sie lächelte. Ihre Lippen sind voll und auch ohne Lippenstift von der Farbe der Brombeere.

Hattest du eine gute Zeit mit meinem Vater?

Ja, sagte Darius Kopp höflich. Er ist ein netter Mann.

Redet ein bisschen viel, oder?

Ein bisschen, sagte Darius Kopp, damit sie beide lachen konnten.

Für uns ist das nicht immer angenehm. Als wären wir auf dem Markt. Er hat die fixe Idee, dass, wenn man heiratet, alles gut wird. Dabei ist doch schon alles gut. Komm, sagte sie. Wir schauen, ob der Kasbek da ist.

…

Hm, ja. Nein. Es ist zu wolkig. Der Ararat zeigt sich auch nur an 100 Tagen im Jahr. Und jetzt wird Winter.

Hat sich so ergeben, sagte Darius Kopp.

Sie saßen auf einer Bank auf dem Platz der Revolution und sahen sich das Nichts an. Wenn wir schon einmal da sind.

Das Geheimnis ist, sagte sie schließlich, du fährst fort, also kann

---

ich's dir sagen, das Geheimnis ist, dass mein Bruder keine Frauen mag. Und ich, ich habe mich dazu entschieden, lieber die Geliebte eines verheirateten Mannes zu sein, als selbst zu heiraten. Deswegen habe ich die Verlobung gelöst. Er ist ein 50jähriger Azeri mit drei Kindern, und ich habe beschlossen, seine Geliebte zu bleiben, bis wir sterben. Seitdem ich das entschieden habe, habe ich keine Angst mehr vor der Zukunft. Wenn ich mir vorstelle, dass er 70 ist und ich 55, könnte ich tanzen vor Freude. Wenn ich bei ihm bin, und es ist noch Zeit, schreibe ich an einem Roman über unsere Beziehung. Ich werde ihn herausgeben, wenn er gestorben sein wird.

Hm, sagte Darius Kopp nach einer Weile. (Wie man innerhalb von Sekunden von einer Seite auf die andere kommen kann. Tut, als wäre sie ... Dabei ist sie in Wahrheit ... Warum muss immer gelogen werden? Kummer. Und am Ende Trauer.) Hm, sagte Darius Kopp. Du gehst also davon aus, dass du ihn überlebst?

Wenn nicht, dann darf er ihn herausgeben.

Und wenn er ihn nicht herausgibt, sondern verbrennt?

Dann werde ich das nicht erfahren.

---

(Es ist mir doch gelungen, ihre gute Laune etwas zu dämpfen. Sie lächelt noch, funkelt dabei aber nicht mehr so wie eben.)

Mein Vater hat meine Mutter gegen den Tisch gestoßen, gegen die Wand gestoßen, nicht nur einmal, ein Wirbel ist gesplittert, von da an hatte sie ständig Schmerzen. Deswegen hat sie so viele Tabletten genommen. Aber ich werde bei ihm bleiben und ihn pflegen bis zum Ende. Und zwar, weil ich auch das für mich so entschieden habe.

…

Komm, sagte sie nach einer Weile und stand energisch auf. Wir sammeln ihn wieder ein.

Ich liebe euch, Kinder, sagte der Alte Dawit mit Tränen in den Augen. Ein Arm über ihre Schulter, der andere um Darius Kopps Taille. Ihr seid so klasse, sagte der Alte Dawit, während sie ihn schleppten. Ihr seid so klasse. Immer wieder. Ihr seid so schön. So schön. Wirklich. So schön.

Das Auto war am übernächsten Morgen fertig. Schade, sagte der Alte, du warst noch gar nicht in den Schwefelbädern.

---

Das nächste Mal, sagte Darius Kopp mit liebenswürdigem Lächeln.

Dann hörte er auf zu lächeln, denn, wie er feststellen musste, hatte er kein Telefon mehr. Das heißt, ein Telefon hatte er noch, es war nur vollständig entladen, denn die Steckdose im Palast, in die er es zuletzt eingestöpselt hatte, führte keinen Strom. Ich vergesse selber immer, welche unter Strom sind und welche nicht, sagte der Alte Dawit und lachte. Was ist das Leben doch voller lustiger Schwänke.

Nicht so witzig. Kopp kann das Telefon im Auto aufladen, aber er kennt den Entsperr-Code nicht. Ohne Entsperr-Code kannst du nicht telefonieren. Notrufe. Wenn es denn stimmt. Funktioniert die Notruf-Taste, wenn man im Ausland ist?

Tut mir leid, sagte der Junge Dawit. Ich kann dir helfen, ein Pre-Paid-Handy zu besorgen.

Aber ich fahre weiter nach Armenien.

Nach einer kurzen Pause, in der der Junge Dawit nach dem Alten horchte:

Würdest du mich mitnehmen? Ich kann für dich fahren. Ich

kenne die Strecke. Ich kann dir vieles abnehmen. Ich bin es gewohnt. Ich suche mir einen Job und dann hole ich Adessa nach.

Nach Armenien?

Nach Deutschland.

Aber ich fahre nach Armenien.

Du wirst zurückkommen müssen. Es ist eine Sackgasse. Du kannst von dort aus nirgends mehr hin, außer in den Iran.

…

Ruf an, wenn du wieder in Georgien bist.

In Ordnung, sagt Darius Kopp. Ich rufe an.

Oder komm hier vorbei. Du weißt ja jetzt, wo wir wohnen.

Beim Hinausfahren schaute Kopp, ob er den Kasbek diesmal sehen konnte, aber er konnte ihn auch diesmal nicht sehen. Eine weiße Wolke wie eine Lawine hing im Himmel.

---

# 17

Als er die Stadtgrenze erreicht hatte, nahmen die Wolken schon die Hälfte des Himmels ein. Die Hälfte, das ist noch gar nichts, es gibt noch genügend sonnige Bereiche, und der Wind weht auch, die Wegbäume neigen sich nach Westen. Eine Stunde später war der Himmel nur noch ein graues Driften, aber Darius Kopp glaubte immer noch an etwas Vorübergehendes. Er hoffte selbst dann noch, als die ersten Schneeflocken auf die Windschutzscheibe trafen, und sogar noch, als die Scheibenwischer von Intervall auf permanent schalteten. Es kann jeden Augenblick aufhören. Die Berge können die Wolken auseinanderschieben. Sie haben die Macht. Aber sie tun es nicht. Als er an der Grenze ankam, war diese quasi nicht mehr zu sehen. Ein Mensch in einem Tarnanzug und einer Art Cowboyhut, ein baumschöner Mann voller Freundlichkeit beugte sich durchs Seitenfenster, wunderte sich über nichts und half bei den Formalitäten. Ein Visum für eine Person, eine Zwangsversicherung für das

---

Auto, bitte sehr, aber fahren Sie heute nicht weiter als bis Alaverdi, das, was Sie hier sehen, sind die Ränder eines großen Sturms, hat Sie denn keiner gewarnt?

*Spassiba*, sagte Darius Kopp und fuhr über den Debed. Der sogenannte Sturm blieb lange Zeit ein Gerücht, manchmal hörte es fast ganz auf zu schneien, dann wieder griff der Wind nach Darius Kopp und seinem Fahrzeug und rüttelte sie einmal durch, aber was ist das, frage ich, was ist das verglichen mit den Schneefällen vor zwei Jahren, als ich dachte, ich schaffe es überhaupt nicht mehr bis zu dir.

Klammheimlich, über Nacht, wadenhoch. Bis zum Wochenende lag er schon hüfthoch. Unmöglich, sich innerhalb eines Wochenendes auf dem Landweg vom äußersten Süden bis nach Berlin und zurück durchzuschlagen. Kopp nahm ein überteuertes Flugzeug und anschließend ein günstiges Mietauto, klein, leicht, unbekannt. In der Stadt ging es damit einigermaßen (schmerzendes Heimweh in winterschmuddligem Stop-and-go), auf dem kurzen Stück Autobahn auch. Sobald er auf die Landstraße hinunterfuhr, wurde es mit jedem Meter schwieriger. Es schneite gerade nicht, aber die Stra-

---

ßen wurden immer enger, bis nur mehr dünne Rinnen übrig blieben, mit krustigen Rändern bis hoch an die Seitenscheiben. Geschneit, beiseitegeschoben, festgefroren, drübergeschneit. Ab und zu Löcher in der Schneewand: eine Toreinfahrt oder eine noch engere Seitenstraße. Einmal kam ein Weg, der sah etwas freier aus, aber so etwas darf man nicht tun, in so einer Situation, mit einem unbekannten Wagen einen unbekannten Weg fahren. Darius Kopp weiß das wie jeder andere auch, aber da der Weg auf dem Bildschirm des Navigationsgeräts gut zu sehen war, bog er ein. Die ersten 50 Meter war auch alles in Ordnung, da standen einpaar Bäume, doch nach einer Kurve entpuppten sie sich als Wald, und dann fing auch schon der Schnee an, am Unterboden des Autos zu schleifen. Eine Sekunde später strich er auch an den Seitenspiegeln entlang, und da war es sowieso schon zu spät. Links und rechts eine mannshohe Schneewand und dahinter der Wald, das hast du prima ausgesucht, halte dich ja gerade, noch 3 Kilometer, der Schnee kratzt am Unterboden und an den Seitenspiegeln, noch 2,5, was, wenn einer entgegenkommt und man rückwärtsfahren muss, unmöglich,

---

da stehen wir dann und starren uns an, zwei Bären auf einem Baumstamm über einem Abgrund, noch 2 Kilometer. Als es weniger als 1 km war, dachte Kopp, während das Adrenalin säuerlich in seinen Adern pumpte, den Rest könnte man notfalls auch laufen.

Er war näher am Holzhaus als am Bauernhof, also sah er zuerst dort nach. Alles eingeschneit. Nicht einmal zum Haus des alten Ehepaars, das sonst immer hier wohnte, führten noch Spuren. Der Zipfel eines blauen Müllsacks ragte aus einem Schneehaufen. Plötzlich Sorge, nicht nur um Flora, sondern auch um die Alten. Die Vorstellung: wie in den eingeschneiten Sommerhäusern ringsum lauter erfrorene Leute liegen, in geliehenen Klamotten, weil sie es einfach nicht mehr aus dem Wald heraus geschafft haben. (Funktioniert es so? Das, was für den einen einfach ein verschneiter Wald ist, ist für den anderen der vorgestellte, also reale Horror? – Genau so.) Er konnte nicht anders, er musste nah ans Haus heran. Das Gartentor war abgeschlossen, das Vorhängeschloss mit Eis bedeckt, aber was, wenn sie es *vorher* und von innen geschlossen hat? Kopp kletterte über den wackeligen (feuchten, moosigen, in Schnee eingesunkenen) Holzzaun, brach bis zu den Knien im Schnee ein, stapfte, mit jedem Schritt nasser werdend, bis zur Hütte. Auch diese war abgeschlossen, die Fenster mit Vorhängen verhängt. Er rief leise: Flora? Darius Kopp im verschneiten Wald, leise Flora rufend, während die Äste knackten.

Hier nun gab es kaum Bäume, schau, Flora, das nennt man eine Hochsteppenlandschaft: einpaar Wegbäume und dahinter nur noch das ergebene Gras und die Steine und einmal eine Handvoll Schafe um einen Mast versammelt, das Hinterteil gegen den Wind gedreht, die Köpfe zur Mitte, jeder im Atem des anderen. Weder Menschen noch Fahrzeuge, aber solange alle Nase lang erleuchtete Tankstellen und Vulkanisierungswerkstätten am Wegesrand auftauchen, brauchst du dich nicht weiter zu sorgen. Der ausgeschilderte Erdrutsch ist auch schon älter, die Umfahrungsempfehlung unmissverständlich, auch wenn es nur kyrillische und armenische Buchstaben dazu gibt. Ein wenig fühle ich mich wie auf einer Zeitreise. Kyrillische Aufschriften, graubraune, graugelbe, graurosane Tuffsteinbauten, ein Магазин, ein Маркет. Solange sie noch bestand,

---

habe ich es nie in die Sowjetunion geschafft, dennoch ist mir, als würde ich das alles kennen. Nicht wirklich gut, aber ein wenig. Schau, ein Neubaublock mitten im Nichts. Ich würde es in Kauf nehmen, dass die Zeit bis zurück in den Sozialismus gedreht wird, wenn du dafür noch am Leben wärst. Wäre das nicht ein Deal? Hm? (Mein Herz klopft, als wäre es möglich.)

Mehr noch. Ich wäre bereit, mein gesamtes Leben im Sozialismus zu verbringen, wenn du nur am Leben wärst.

Nichts.

Ich habe immer noch nicht herausgefunden, nach welchem Prinzip du erscheinst. Was mich anbelangt, wäre jetzt ein guter Zeitpunkt.

Aber nein.

Kannst du kyrillisch lesen, Oda? Weißt du, wie dieser See heißt, Oda?

Was soll's, ich weiß es selber, es steht ja dran. Schau, Flora, da ist der größte Süßwassersee des Kaukasus. Im Schneeregen. Ein riesiger Fisch hängt vom Vordach einer aus Wellblech und Plastik zusam-

---

mengezimmerten Bude. Er hängt da so schwer herunter, dass man denken könnte, er wäre echt. Niemals. Wer würde einen echten Fisch von so einer Größe im Sturm hängen lassen? Der Fischer, der kein Radio und kein Handy hat und überrascht worden ist und der nun in der Hütte hockt und versucht, nicht zu erfrieren?

Die panischen Bilder von einer erfrorenen Flora – wenn nicht in der Hütte, dann irgendwo in diesen endlosen Wäldern – gab er erst auf, als er sie endlich sah. Natürlich auf dem Hof. Als Kopp ankam, schippte sie gerade Schnee, diesmal zusammen mit einem jungen Kerl, den Kopp hier noch nie gesehen hatte. Ein Dennis. Er hatte einen Drogenflashback oder einen schizophrenen Schub, das bringe ich nicht mehr zusammen. Irgendjemand war der Meinung gewesen, so ein Bauernhof würde ihm guttun. Flora arbeitete wie immer, kraftvoll und ausdauernd, der Junge mit vielen Pausen. Er war so schwächlich, er röchelte förmlich vor Anstrengung.

Kann ich helfen? fragte Kopp.

Der Junge hatte Mord in den Augen. (Kennen wir uns etwa schon so gut?) Flora war so freundlich und fröhlich wie zu ihren

---

besten Zeiten, aber auch sie brauchte seine Hilfe nicht, im Gegenteil: Ich liebe es, Schnee zu schippen.

Ich war am Haus. Ich war in großer Sorge.

Musst du nicht.

Das sehe ich.

Der Junge stand kurz davor, sich umzubringen, nur um sich in Kopps Gegenwart keine Blöße zu geben. Komm, sagte Flora zu Kopp, als sie sah, was los war. Holz muss auch noch gemacht werden.

Der nächste Fisch war aus Neon, er leuchtete blau neben einer roten Ресторан-Aufschrift. Auf dem Parkplatz vor dem Restaurant standen vier Autos, ein Umstand, der Vertrauen einflößt, zudem hatte Kopp sowohl Hunger als auch Durst, aber das Restaurant war auf der anderen Straßenseite, hinter dem erhöhten Teilungsstreifen, und bis eine Stelle kam, an der man hätte wenden können, hatte er es schon wieder vergessen. Am Seeufer nun ein leeres Sommerbad. Der Alte König sagte, der See werde türkis sein, aber er ist grau, die Hügel dahinter bräunlich, nur das Rot der Coca-Cola-Zelte am Strand leuchtet fröhlich. Danke. Ein schönes Rot, und

---

etwas, das ich kenne. Und schau, dort, auf einer Landzunge, im Schneeregen, eine Kirche. Später stand ein altes Betondenkmal im niedergedrückten hohen Gras, schwer zu sagen, was es genau darstellte, am ehesten war es dem Heckflügel eines Flugzeugs ähnlich oder einer Rampe. Eine Rampe in den Himmel, in die Zukunft, wie es in der Vergangenheit Mode war. Später kam ein Dorf, in dem die einzige Farbe ein orangefarbener Orange-Werbekubus war. Später eine Siedlung ausschließlich aus Containern, weiße und mintgrüne.

Irgendwann der Zweifel, ob er sich vielleicht verfahren hatte. Und ewig kommt kein Wegweiser mehr. Mittlerweile schneite es aus allen Rohren, dazu war es dunkel geworden. Lange Zeit fuhr Kopp, ohne auf etwas zu stoßen, das auf die Anwesenheit von Menschen auf diesem Planeten hingedeutet hätte. Abgesehen, natürlich, von der asphaltierten Straße selbst. Noch ist sie zu sehen. Rechts rauschte ein Fluss, so laut, dass man es sogar bei geschlossenen Fenstern hörte, aber die Karte im Navigationsgerät zeigte keinen an. Die Sicht war jetzt so schlecht, dass Kopp es mit der Angst bekam. Fahre ich noch in einem Tal oder bereits auf einem Staudamm, auf der

---

schmalen Straße obendrauf, endet sie plötzlich an einem Schlagbaum, werde ich anhalten können, bevor ich in den Stausee stürze?

Unerwartet, aus dem Nichts, tauchte eine kleine Tankstelle auf. Nicht so schön neu wie alle anderen, die er bis jetzt gesehen hatte, im Gegenteil, sie war winzig und sehr alt, in zwei kleinen Fenstern brannte Licht. Kopp dachte erst, er wäre womöglich eingeschlafen, aber die Tankstelle war real und in Betrieb. Er hielt an. Ein alter, unrasierter Mann kam heraus, tankte ohne eine einzige Frage zu stellen das Auto auf und reinigte die Scheiben und die Lampen. Im Inneren des Häuschens ein Raum, darin ein Sammelsurium aus allen möglichen Waren, ein Vorhang trennte einen hinteren Bereich ab. Wohnt er dort? Wo sonst soll er hier wohnen? Eine Ölheizung verbreitete großen Gestank und kaum Wärme. Auch das ist eine Existenz, dachte Darius, während er Geld und Wechselgeld mit dem Alten austauschte.

Im Bauernhaus war es leidlich warm gewesen, inselweise um die Öfen herum, während es in manchen Ecken und Durchgängen eisig kalt blieb. Die Öfen waren aus Eisen, man durfte ihnen nicht

---

zu nahe kommen oder sich gar gegen sie lehnen. Kopp hatte seine Klamotten beim Holzhacken durchgeschwitzt und fror. Eigentlich hätte er gleich wieder umkehren müssen, hätte er es rechtzeitig zurück nach Bayern schaffen wollen, aber das konnte er einfach nicht. Er konnte ebenfalls nicht mit seiner Frau darüber sprechen, dass das so nicht gehen wird, in diesem Winter, hier draußen. Denn es ging ja. Er wollte es nicht gleich wieder kaputt machen, schließlich hatten sie unter der dicken Decke, unter der es, wie überall im Haus, zugleich warm und kalt war, guten, wortlosen Sex, und so blieb er nicht nur den ganzen Sonntag – erneutes Holz hacken – sondern auch den Montag – Endlich darf ich auch mal mit meiner Frau Schnee schippen –, fuhr in der Nacht und war erst am Dienstagfrüh bei der Arbeit. Bin nicht durchgekommen.

Meine Frau kann einfach nicht mehr in die Stadt kommen, sagte Kopp zu Gero, während sie ihren Imbiss aßen.

Man hat uns ein Kind angeboten, sagte Gero. Ein Mädchen. Aber es ist behindert. Jetzt wissen wir nicht, ob wir es nehmen sollen oder nicht.

---

Sie knüllten ihre Becher zusammen und machten weiter.

Den Alten nach einem Kaffee fragen. Oder einem Tee. Warum trinken Sie bei diesem Sauwetter nicht einen Tee und bieten auch mir einen an? Es soll Ihr Schaden nicht sein. Aber steif, wie er sein kann, fragte Darius Kopp nicht nach einem Tee, obwohl er diesmal sogar das Wort dafür gewusst hätte. Stattdessen fragte er: Jerewan? Und zeigte hinaus auf die Straße. Der Alte nickte heftig und wiederholte Jerewan und sagte noch etwas von *Snjeg*, was mal halt so sagt, das Offensichtliche: es schneit. Das Entscheidende war, wie er es gesagt hatte: mit einer Unbekümmertheit, dass sich auch Darius Kopp wieder beruhigte. Es schneit, ich sehe nichts, ich kenne mich nicht aus, aber ist das nicht normal? In einer kleinen, verglasten Kühlvitrine lagen in Frischhaltefolie eingeschweißte Sandwiches. Zu helles, zu weiches, geschmackloses Brot, dazu noch gekühlt, danach verlangt es mich nun wirklich nicht, aber er kaufte eins. Aus Dankbarkeit, Mitleid und Sicherheitsdenken. Er legte das kalte Sandwich auf den Beifahrersitz. Die Sitzheizung ist an. Ich habe mein zu kaltes Sandwich während eines Schneesturms auf dem armenischen Hochplateau mit der Sitzheizung mundgerecht erwärmt.

Eine weitere Stunde durch Schneefall und Dunkelheit. Der Fluss war jetzt links, er dröhnte, der Asphalt war mittlerweile weiß geworden. Es ging nur mehr im Schneckentempo vorwärts, aber wenn du anhältst, schneist du ein, und das war's dann. Stell dir lieber nicht vor, wie es bei Tageslicht wäre, auch nicht viel anders, höchstens, dass man mal einen Ausblick auf den Fluss hätte, wie viel Wasser, welche Farbe, was schwimmt alles mit. Einmal ging eine Brücke links ab, eine schmale Brücke, unvorstellbar wohin, ins Nichts. Immerhin war soviel zu sehen, dass das Wasser nicht bis zur Brücke hochreichte. Und dann, hinter einer Kurve, tauchte das große, helle Haus auf.

So groß und hell wie aus einem Märchen, einem Traum. Ein neues, weißes Gebäue, weißer als der Schnee, gelb erleuchtete Fenster und eine rote Leuchtschrift: Sauna. Kaum hatte er sie erblickt, wurde auch schlagartig die Straße besser, auch das wie in einem Märchen, das letzte Stück wird dir leicht gemacht, etwas lockt dich und du lässt dich, du bist nicht in der Position, dich nicht locken zu lassen. Kopp fuhr direkt vor die zweiflügelige Eingangstür. Sie ging sofort auf und ein Page kam heraus, als hätte man nur auf ihn gewartet.

Nicht direkt auf ihn, sondern offenbar auf jemanden mit dem Namen Nazar.

Auf Armenisch: …? Auf Russisch: Sind Sie Nazar Soundso?

*I am sorry,* sagte Darius Kopp.

Er ist es nicht, wird vom Rezeptionisten durch eine offene Tür nach hinten gegeben, an jemanden, der nicht zu sehen ist. Und zu Kopp: Was können wir für Sie tun? Sie wollen ein Zimmer?

Ja, wenn Sie eins haben.

Für eine Nacht?

*I think so …*

Eine Person?

Ja.

Sind Sie mit dem Auto da?

---

Ja. (Sie können es von hier aus sehen.)

Wir parken Ihren Wagen. Haben Sie Gepäck?

Er holte es selbst.

Wollen Sie in die Sauna gehen?

Ja, sagte Darius Kopp, dessen Augen vor Dunkelheit, Helligkeit, Kälte, Wärme und Trockenheit schmerzten. Oh ja. Aber gibt es vielleicht auch etwas zu essen? (Das kalte Sandwich auf dem Beifahrersitz. Dort bleibt es auch, bis er es, am nächsten Tag, wegwerfen wird.)

In der Saunabar gibt es ein Buffet. Essen und Trinken sind im Eintrittspreis inklusive, Massagen kosten extra.

*Excellent*, sagte Darius Kopp.

Die Saunabar war schön wie Weihnachten, die Flüssigkeiten in den Flaschen glänzten in allen Farben der Christbaumkugeln, das Buffet lagerte gleich daneben. Üppig dahingegossen auf einem purpurnen Tisch öffneten Obstsorten unbekannten Namens ihre Mitten. Über das Fleisch hingegen war schon hergefallen worden, die Teller waren größtenteils angegessen, aber es war immer noch genug da, um sich durch den Breiberg fressen zu können. Die nächste halbe Stunde war Darius Kopp in einem Tunnel. Spieße und Köfte, gefüllte Paprikaschoten und Börek, Gulaschartiges und Kebab, Tomaten, Koriander, Kreuzkümmel, Pfeffer, Senf und Sesam. Okraschoten, Bohnen, Kartoffeln, Auberginen, Bulgur, scharfer Käse und milder Käse und Käsebällchen, die sie vergessen hatten, rechtzeitig aufzutauen, so dass sie immer noch so kalt waren, als wären sie aus Schnee gemacht. Egal. Nach 8 Stunden im Schneesturm nur mit einem Hüfttuch bekleidet bin ich bereit, jeden um seinen Reichtum zu fressen. Kreisrundes Brot, salzige Oliven, scharfe Würstchen, gefüllte Weinblätter, Kichererbsenpaste und Mandeln, geschmorter Kürbis, Rosinen, Aprikosen, Äpfel und Zimt. Jemand hier kocht noch besser als Dawit aus Tbilisi. Ein Moment des Glücks.

*Do you like the food?*

Mann an der Bartheke, ungefähr von Kopps Statur, nur dunkel. Bisher nur als Schemen wahrgenommen, ebenso wie die anderen, denn es gab da noch andere, verteilt im Raum, in unvermeidlichen ledernen Sitzecken, immer zwei Sofas und zwei Sessel, beleuchtet von unvermeidlichem Stimmungslicht und einem (hier: elektrischen) Kamin: wohl genährte Männer in Hüfttüchern und schlanke Frauen in Bikinis, die bei diskreter Saxophonmusik an langen Gläsern nippten.

Darius Kopp lächelte und bejahte aufrichtig. *I really do.*

*Good armenian food.*

*Yes*, sagte Darius Kopp und wischte sich mit einer sonnengelben Serviette den Schweiß von der Stirn. Das gute Essen und die Hitze. Die gute Hitze einer Saunabar nach einem langen Tag mit Autoheizung.

*Where are you from?… Ah, Germany*. Und wo kommst du jetzt gerade her? Aus dem Sturm, ja das glaube ich. Aus dem Sturm. Das ist wirklich *funny*, wenn auch nur *a little bit*. Meine Kollegen… das sind meine Mitarbeiter und Geschäftspartner, ich habe sie heute hierher eingeladen, aber das Wetter! Nur 12 sind hier, ich habe 20 eingeladen, nur 12 haben es geschafft und 6 Models. Sie haben mir die Garantie auf mindestens 10 Models gegeben, normalerweise sind 20 oder mehr da, aber heute nur 6. Sie haben es nicht geschafft.

---

6 Mädchen und 12 Männer, das geht zwar auch irgendwie, aber ich sorge mich um Nazar. Mein engster Mitarbeiter. Er ist irgendwo unterwegs verloren gegangen. Er ist losgefahren, das ist sicher, mit noch zwei anderen im Auto, sie waren hinter uns, aber dann waren sie irgendwann nicht mehr hinter uns, und er geht nicht ans Telefon. Ich mache mir Sorgen. Was meinst du, ob sie in die Schlucht gestürzt sind? In den Fluss, das ist nicht ausgeschlossen. Bei dem Schnee. Kannst du dir das vorstellen? Ich habe meine besten Mitarbeiter und Geschäftspartner eingeladen und jetzt sind vielleicht drei von denen tot. Ich fühle mich verantwortlich, auch wenn es ein Unfall war.

Aber, … sagte Darius Kopp, während er sich nun endlich richtig umsah. Noch einmal: Männer in Hüfttüchern, Frauen in Bikinis, im Verhältnis 2 zu 1, in Sofaecken, an einem Billardtisch, vermutlich auch im Whirlpool, das kann man von hier aus nicht gut sehen, er ist hinter der Treppe untergebracht, und auf der Treppe gehen zwei zu einer oberen Ebene hinauf, ein Mann und eine Frau, die Frau trägt goldene Highheels zu ihrem türkisfarbenen Bikini, ihre Haut weißer als weiß.

---

Aber, sagte Darius Kopp, es ist doch gar nicht sicher …

Sicher ist es nicht, sagte der andere trübsinnig. Übrigens: ich bin Arslan.

Beide mussten sich strecken, damit sie sich über die Theke hinweg die Hand geben konnten. Auch unsere Hände sind gleich, außer, dass meine blond behaart sind. Der Mann namens Arslan trug ein schweres Schmuckstück um den bulligen Hals, eine goldene Schlange um einen grünen Stein, das Lederband, an dem sie hängen, war schon etwas speckig. Dieses plötzliche Wahrnehmen der Speckigkeit führt dazu, dass du nun auch alles andere in großer Deutlichkeit siehst. Woraus alles gemacht ist. Die weißgelben Kunstmarmorplatten, mit denen der Boden ausgelegt ist. Die graphitfarbenen Fugen dazwischen. Die gelborange Ölfarbe der Wände. Der mal Holz, mal Glas mimende Kunststoff der Wandleuchten. Die Bläschen im Glas der Teelichthalter, die Nahtstellen zwischen den Spiegelpaneelen an der Rückwand der Bar, die schwarzsilberne Unebenheit in der Linie, dort, wo winzige Teile der Beschichtung abgeplatzt sind. Das Chrom der Fußstütze und der Stuhlbeine, das Kunstleder der Sitzflächen. Die Färbung des Kunstleders, die Narbung des Kunstleders, die Festigkeit des Kunstleders (ich persönlich ziehe es samtähnlichem Plüsch, ob rot oder nicht rot, dennoch jeder Zeit vor). Schließlich erkannte Kopp auch, was das von seiner Position aus etwas verdeckte Ölgemälde an der Wand des Billardraums darstellte: eine blonde Frau, die auf dem Rücken eines Stiers reitet, oder nein, sie liegt auf ihm, wie auf einer Chaiselongue, die Füße am höchsten, der Kopf am tiefsten Punkt, ihre Brüste stehen wie zwei Gugelhupfe.

*Do you like it?*

Pardon?

Meinen Schmuck. Gefällt er dir?

Ja, sagte Darius Kopp. Er ist beeindruckend.

Ich stelle ihn her. So was. Und so was, zum Beispiel.

Der Alpha (Arslan. Alpha. In Wahrheit nenne ich ihn bei mir so) zeigte auf das Mädchen, das auf dem Barhocker neben ihm saß. Als Einzige trug sie keinen Bikini, sondern ein schwarzes Trikotkleid und ein steinbesetztes Diadem im dunklen Haar. Der Alpha zeigte auf das Diadem.

---

*Tjebe nrawitsa?*

*Da*, sagte das Mädchen. Zierlich wie ein Reh. Nein, eine Antilope. So eine winzige Thomson-Gazelle.

*Priwet*, sagte Darius Kopp, der vollendete Gentleman, wenn es uns schon in einen Gentlemans Club verschlagen hat, und reichte auch der Gazelle die Hand.

*Priatno pasnakomitsa*, sagte sie vornehm, freut mich, dich kennenzulernen. Ihre Zähne, ihre Mandelaugen, die Honigfarbe ihrer Haut. Sie ist die Schönste hier, er hat sich die Schönste gesichert. Alpha.

Ich mache alles selbst. Das Design und alles. Das ist mein Geschäft. Schmuck und Ziergegenstände aus Edelsteinen. Armenien ist berühmt für seine Edelsteine.

Um den Billardtisch herum vier Männer und zwei Mädchen. Eine davon, die Blonde, beugt sich gerade über den Tisch und spielt, dass sie versucht zu zielen. Der Rücken des Mädchens ist gesprenkelt mit diskusförmigen Muttermalen. Helle Haut, schwarze Muttermale, sie leuchten bis hierher, der Bikinislip ist orange, ein Mann drückt sein Hüfttuch dagegen.

---

Und, was machst du hier?

Ich bin auf Reisen.

Geschäftlich?

Nein … Ich wollte den Ararat sehen.

Ach ja, der Ararat.

Als wären unter das Saxophongedudel Stöhner gemischt. Oder kommen sie bereits aus den nicht einsehbaren Gebieten der Sofalandschaft?

Ach ja, der Ararat, sagte Arslan, der Schmuckunternehmer, ja, der Ararat, sagte auch Darius Kopp, und ab hier ließ sich ein langes und klischeereiches Gespräch nicht mehr vermeiden. Über

*Armenistan* (über den Van-See hinaus, bis nach Malatya!)

(Im Whirlpool wird gelacht. Drei Personen.)

die *Panturken* (sowie auch die Araber und die Perser)

(In der Sofaecke füttert ein Mann ein Mädchen mit einer roten Paprika. Er hält sie so hoch, dass sie mit der Zunge danach angeln muss.)

die Georgier

---

(Der Massageclub bei uns in der Straße heißt Orpheus. Ich saß häufig in der Taubstummenkneipe gegenüber. Während Juri nicht aufhörte, von einem FKK-Club im Brandenburgischen zu faseln.)

die Russen

(Der Busen der Mädchen. Die winzigen Brüste. Die großen Brüste. Und die, die wie zwei Granatäpfel sind. Die Farbe der Warzen. Die hellen, die dunklen, die glatten, die rauen. Deine brombeerfarbenen.)

den Kommunismus

(Der Hintern der Mädchen. Die winzigen. Die riesigen. Und die, die wie zwei Honigmelonen sind.)

Putin

(Der Atem der Mädchen unter ihren Rippen, in ihrem Bauch. Die Ader unter dem Schlüsselbein, die Ader an der Leiste.)

den KGB

(Während die Vulva …)

Deutschland (»*is good?*«)

(Während die Scheide einfach unbegreiflich ist. Ich weiß noch,

---

wie sich deine angefühlt hat. Könnte das Empfinden einer anderen Scheide, könnte die Erfahrung des Gefühls in 100 anderen Scheiden die Erinnerung an dich wirklich löschen?)

Und was ist dein Beruf?

(Die Schwingungen der Treppe in den Füßen der Barhocker. Die Zimmer sind oben. Die Frau geht vorne, die beiden Männer hinterher. Sie hat ihr Oberteil nicht mehr an.)

Vielleicht kannst du unser Computernetzwerk auch gestalten?

(Sie sind alle schön und keine gefällt mir. Die mit dem Diadem, vielleicht.)

Ja, sagte Darius Kopp, warum nicht?

*Thank you*, sagte Darius Kopp und steckte die Visitenkarte des Schmuckmachers hinter den Rand des Hüfttuchs, als wäre da eine Tasche. Ein echter Profi. Selbst in so einer Situation sorgt er dafür, dass der Barmann eine Karte von ihm unter der Theke aufbewahrt. Sie ist aus schwarzem Karton, in die linke obere Ecke sind mit Weiß die Umrisse eines Schmuckstücks aufgedruckt. Nun klebt sie unter dem Rand des Hüfttuchs an Darius Kopps Haut.

---

*Yelena can give you a massage.* Arslan deutete mit dem Kopf zum Mädchen im schwarzen Kleid. *I pay for it. Be my guest.*

Ihr Name ist also Yelena. Sie sieht so zart aus, ihre Hände sind wie Puppenhände, sie kann wahrscheinlich überhaupt nicht massieren.

Danke, sagte Darius Kopp höflich und errötete. Vielleicht später. *Maybe later.* Der Alpha nickte trübsinnig, saß anstandshalber noch dreißig Sekunden da, dann sagte er: Entschuldige mich, nahm die Gazelle an die Hand und ging mit ihr zur Treppe. Von hinten bestand ihr Kleid nur aus schwarzen Stoffstreifen, ihre Pofalte war zu sehen, ihre Highheels hielten auch nur zwei-drei Bänder, sie lief in ihnen, als täte sie es das erste Mal. Sobald das Klappern der Absätze verhallt ist, kann man wieder den Whirlpool brodeln hören. Er war jetzt leer, so wie auch im gesamten durch Kopp einsehbaren Raum keiner mehr zu sein schien. Nur noch der Barkeeper und ich. Er macht irgendwas, schaut mich nicht an, fragt nicht, ob ich noch etwas trinken möchte. Smoothe Saxophontöne mit Stöhnern und das Brodeln des Whirlpools. Danke, sagte Darius Kopp zum Bar-

---

keeper und ging zurück zum Fahrstuhl, der kahl und kalt war. Allein in einem kalten Fahrstuhl in einem Hotel am Ende der Welt, während draußen ein Schneesturm tobt und im Keller eine Saunaparty.

Das Zimmer war auch kalt und hatte Aussicht auf etwas Diffuses, Schwarzes, die Talseite, am nächsten Morgen wird Kopp es sehen: eine Felswand und triefende Pflanzen, die so nahe zu sein schienen, als könnte man sie mit dem ausgestreckten Arm erreichen.

Fernseher an. Das Erste, was kommt, ist ein Kanal mit Erotikfilmen. Gibt es in diesem sogenannten Hotel etwa ausschließlich Porno? Nein, auch Spielshows, Spielfilme, Werbung und Talkshows. Darius Kopp klickte durch die Kanäle, bis er einen fand, der Wirtschaftsnachrichten brachte. Diesen ließ er tonlos laufen, aber auch das war unerträglich. Fernseher wieder aus.

Was bist du auch so ein Spießer. Sex kann durchaus helfen.

Ihr solltet alle mal ins Bordell, sagte Juri. Kommt, das nächste Mal scheißen wir auf die Grillhähnchen und gehen alle ins Bordell!

Die Freunde murrten etwas. Sie lutschten an Knochen. Kopp hatte unter der Bedingung zugestimmt, sich wieder mit ihnen zu

---

treffen, dass kein Beileid bekundet und die Aufgabe des Bayern-Jobs nicht kommentiert wird. Außerdem reden wir nicht über Rolfs Multiple Sklerose, Potthoffs Pleite und Halldors Aufenthalt in der Psychiatrie, weil er dachte, er hätte einen Herzinfarkt, und dann war es eine Panikattacke.

Der Gentleman genießt und schweigt, sagte Potthoff. Oder: Pause ist auch Musik. Und schließlich: Halt doch endlich die Fresse! Zu Juri, weil er einfach nicht aufhören wollte zu faseln, wie immer mit prustenden Lachern garniert, ins Bordell, ins Bordell. Und dass das Konzept der Monogamie, dass der Irrglaube ans Familienleben, dass die Beschränkung, die der Umgang mit nur einer Frau oder nur mit zweien oder dreien bedeutet, *schädlich* sei, dass es einem jeden, ob Mann oder Frau, erst erlaubt sein sollte, so etwas anzufangen, wenn er nachweisen kann, dass er vorher alles, aber auch wirklich alles ausgekostet hat, jeder sollte 120 Sexualpartner mindestens vorweisen müssen, bevor er oder sie …

Aber, sagte schließlich Rolf mit sanfter Stimme, gilt das auch für Behinderte? Und gilt es für Behinderte mit Behinderten oder müssen Behinderte mit Nichtbehinderten, und generell: dürfen wir uns überhaupt vermehren?

Woraufhin Muck, der bis dahin nichts gesagt hatte, lachte, Rolfs Kopf nahm, zu sich heranzog und ihn auf die Stirn küsste.

Und ich? Bin nach Hause gegangen und habe mir wochenlang Brüste, Mösen, Anusse und die Schwänze anderer Männer angesehen, ohne dass es irgendetwas Nennenswertes bewirkt hätte. Nur soviel, dass ich dich für eine kurze Weile vergessen habe. Solange, bis du mir irgendwann, mitten in irgendeiner peinlichen Tittenschüttelei, wieder einfielst.

Die mit dem Diadem war einfach zu zauberhaft. Sich von ihr massieren lassen. Ob sie's kann oder nicht, ist doch egal. Yelena.

Natürlich ging er nicht wieder hinunter, aber schlafen konnte er auch nicht. Er wälzte sich stundenlang im Bett, das er einfach nicht warm bekommen konnte, bis ihn schließlich die Wut packte. Er warf die nutzlose Decke irgendwohin, stürzte sich auf die Reisetasche, wühlte den Karton heraus, riss das Zollpaketband herunter. Aufmachen, es sich anschauen, was die Georgier

---

bereits gesehen haben, die helle oder dunkle Asche, sie nehmen, über meinen verschwitzten Körper verteilen, in die Schamhaare einmassieren, so die Nacht verbringen. Aschenmann. Und wenn du nicht verrückt geworden bist darüber, am nächsten Morgen duschen, und dann bräuchte man noch ein Wunder, damit alles so wäre wie früher.

Aber er machte die Urne nicht auf. Er holte nicht einmal das Zeitungspapier heraus. Er riss nur den Karton auf und dann legte er ihn beiseite. Ich kann das nicht.

Immerhin half ihm dieser kurze Ausflug dabei, dass er doch noch ein wenig fernsehen konnte. Er verstand kein Wort, aber die Schauspielerin puerto-ricanischer Herkunft, die im Film mitspielte, war bekannt, ihre Formen tröstlich, darüber ließ es sich schließlich ganz gut einschlafen. Die Tröstung ging sogar noch im Schlaf weiter, das heißt, in einem Traum. Im Traum saß Kopp mit der schönen Puerto-Ricanerin an einer Bar und freute sich darauf, gleich vor seinem Freund Juri angeben zu können, auch mit der Bekanntschaft mit Arslan – Er dachte erleichtert daran, wie gut es war, dass er die

---

Pappurne unter dem zerknüllten Zeitungspapier gelassen hatte, so fällt sie doch nicht so auf; nur ein Karton – bleibst du auch hier, Arslan und auch du, Yelena, bleibt hier, ich stelle euch gleich meinem Freund vor, schau, Juri, das sind meine Freunde Arslan, Yelena und Jennifer, doch als er sich umsah, sah er, wie Rolf mit seinem Rollstuhl sich beschwerlich durch die enge Gasse neben dem Whirlpool quälte. Er wird reinfallen und ertrinken, wie Nazar und die anderen in die Schlucht. Da muss man doch etwas tun, man muss dringend etwas tun, fiel Darius Kopp siedend heiß ein, vielleicht kämpfen die da draußen in der Kälte, in der Nacht um ihr Leben, und wir tun nichts, in diesem Moment hämmerte jemand an die Zimmertür und gröhlte: *Njiemand da?*

Njiemand da?! grölte eine tiefe Stimme draußen auf dem Flur, lachte und verschwand. Darius Kopp, aus dem Traum gerissen, mit klopfendem Herzen, lag da.

Warum das nur? Wozu das alles? Diese Kälte, diese Angst, dieses Nichtverstehen?

Er schaltete sein Handy ein, um einen Orientierungspunkt zu

---

haben. Ich habe vergessen, dass es nicht mehr geht. Bitte geben Sie die PIN ein oder wählen Sie den Notruf.

Er schaltete es ganz aus.

Am nächsten Morgen war er der Einzige im Frühstücksraum.

Eine Viertelstunde später war er im Stadtzentrum. Er suchte sich ein anderes Hotel, nein, eine Pension ohne Sauna, und fing an zu warten. Dezember ist nicht der beste Monat, um auf einen Berg zu warten, aber das ließ sich jetzt nicht ändern. Der Schneefall war malerisch, das entschädigte etwas. Schneereiche Winter sind eine gute Sache: die Helligkeit, die (in einer Großstadt relative) Stille. Schau, ein gelber Ikarus-Bus.

Sobald der Schnee eine Pause machte, ging Kopp hinaus. Zieh einfach alles an, was du dabeihast, so viele Socken, wie in die Schuhe passen, die zum Glück ohne Loch in der Sohle sind. Trockene Füße, das ist wichtig, der Rest findet sich. Zu Fuß gehen habe ich gelernt, soviel kann gesagt werden. Es gibt Städte, die

---

aus der Luft, und andere, die vom Boden aus betrachtet schöner sind. Hier sehen Sie den ersteren Fall. Was haben wir den Russen zu verdanken? Breite Straßen, regulierte Flüsse, Gebäude, die nicht älter als 170 Jahre sind. Die große Steinigkeit allerdings ist den örtlichen Gegebenheiten geschuldet. Der viele Tuff ist ungewohnt, aber die Statue von Mütterchen Armenien in ihrer dumpfen Nichtschönheit ist wieder etwas Bekanntes. Auch ich lebte einst im grauen Pomp diktatorischer Heldenarchitektur. Von der Sowjetunion lernen, heißt siegen lernen. Aber ebenso bekannt ist auch der Spruch, wonach nichts für die Ewigkeit ist. Erebuni wurde zugunsten von Teişebai verlassen, heute sind von beiden nicht mehr als einpaar Steine im Schnee übrig, mit Darius Kopp als einzigem Besucher. Die schenkelhoch nachgebauten Mauerruinen sind auf der einen Seite fast zugeschneit, während auf der anderen Seite des Hügels noch die Erde zu sehen ist. Hier waren die Räume des Königs. Stümpfe von Säulen in einem quadratischen Loch. Wir haben nichts zu verschenken, untergegangene Reiche sind Baumaterial, sonst nichts. Hie und da bleibt die eine oder andere Statue

---

übrig, weil sie so schön ist oder massiv. Steinerne Greife, beim Ein- und Ausgang zum Angeben postiert. Sie haben eine Haube aus Schnee auf, dennoch sehen sie noch gut aus, die Zitzen der Löwin im Steinrelief frieren nicht und auch Haldi auf ihrem Rücken macht eine gute Figur. Krieger und Priester sehen in Darstellungen erhaben aus. Sonst nicht. Auf dem Berg gegenüber steht ein Fernsehturm, in die andere Richtung sieht man die Stadt in schwarz und weiß. Das ist schön. Und wieder bin ich glücklich. Mein Atem weht. Schau, Flora, jemand hat ein Herz in einen Ziegelstein eingeritzt. Armenische Zeichen. Jemand liebt jemanden.

Wenn ihm zu kalt wurde, ging er in gastronomische Einrichtungen und nahm etwas Wärmendes zu sich. Ich gewöhne mir Suppen an. Einmal löffelte er mit lauter alten Männern in einem kleinen Laden, die Baseballmütze, die ihm der Alte Dawit für die Bauarbeiten geliehen hatte, auf die kleine Bank neben sich gelegt. Die Mützen der anderen waren Uschankas, Schieber- und Strickmützen. Später zog Kopp sich auf der Toilette das unterste seiner vier Hemden aus, weil es nass geschwitzt war. Das oberste hat wiederum einen Suppenfleck

---

abbekommen. Er starrte ihn an. Ein rötlicher Fleck auf einem Oberhemd ist immer noch etwas, das mich aus der Fassung bringen kann. Stand da, zwei Hemden an, eins zwischen die Knie geklemmt, eins in der Hand, und wartete, ob wieder die Wut kam. Aber sie kam nicht. Stattdessen das Lachen. Der Vierhemdenmann. Alles, was ich noch besitze, auf der Toilette einer Suppenküche in Jerewan, Armenien. Das Lachen hörte auf. Stimmt nicht. Ein wenig mehr ist es schon. Er zog das befleckte Hemd wieder an. Kalt ist kalt.

Ein anderes Mal saß er in einem Café mit lauter Studenten. Die Augenbrauen junger Armenierinnen. Das Essen war bedeutend schlechter und kälter, aber es gab aufgeschäumte Milch zum Kaffee und freies WLAN für jene, die ein geeignetes Gerät dabeihatten. Also nicht für Darius Kopp. Egal. Mein Verlangen danach ist auch nicht mehr dasselbe wie früher. (Angst zu erfahren, was in der Welt ohne dich vor sich geht? – Ja und nein. Was wird es schon sein.) Außer ihm war nur noch eine Person da, die über 30 war: eine Frau, auf deren Stirn sichtbare Falten standen. Mit gekräuselter Stirn las sie in einem Buch. An ihrem Hals blitzte eine schmale Goldkette auf. Ein

---

Anhänger war nicht zu sehen. Kreuz, Engelchen, Davidstern, Sternzeichen, Tier, Abstraktes, Florales? Glaubeliebehoffnung? Dein Anhänger war ein Kleeblatt. Wo ist er abgeblieben? Wo ist die Kette geblieben? Sie haben die Kleidung herausgegeben. Keine Kette. Legt man die Kette ab, bevor man sich erhängen geht?

Hier blieb er stecken. Legt man die Kette ab, bevor man? Legt man die Kette ab, legt man die Kette ab? Und wo lässt man sie? Auf dem sogenannten Nachttisch? Im Bad? Auf dem Kopfkissen? Gaby war es, dessen war sich Darius Kopp jetzt unerschütterlich sicher. Sie hat die goldene Kette mit dem Kleeblattanhänger genommen. Sie hat sie sich unter den Nagel gerissen. Vielleicht trägt sie sie seitdem. Die zarte Kette meiner Frau an ihrem feisten Hals--- Da hast du wieder die Wut. Kopp übergab sich beinahe auf den zerkratzten Bistrotisch. Er legte die Strecke zur Pension im Laufschritt zurück. Aus einem Hauseingang lief ihm eine Katze zwischen die Füße, Kohlgeruch hinter ihr her, *Johnny I hate you*, auf die Wand gekritzelt, neben einem schon völlig aufgelösten Plakat, mit dem jemand nach einem entlaufenen Hund sucht. Wenn alles zerfällt.

---

## 19

Anfangs las er hin und her. Las in den Abschnitten, die er schon gelesen hatte, in der Hoffnung, etwas nicht mehr so genau zu wissen, so dass es ihm nun deutlicher würde. Aber nein. Ich erinnere mich noch an alles, und zwar auf unveränderte Weise. Nicht an das, was zur gleichen Zeit in der Wirklichkeit passiert war. Er erinnerte sich an die *Texte*. Wo ich mir doch Worte sonst keine zwei Minuten merken kann. – Wenn es dir wichtig gewesen wäre, hättest du es nicht vergessen. Du hattest nicht immer recht, aber oft. Tut mir leid. – Dass es Teile gab, die er mehr mochte als andere, kam ihm unangemessen vor. Als dürfte es so nicht sein. Dass mir manches von dem, das du mir als Einziges hinterlassen hast, gefällt und anderes nicht.

Nicht hinterlassen, nur dagelassen. Alles. Das Geld auf ihrem Girokonto, 978 Euro, nicht mehr angerührt, seitdem sie aufs Land gezogen war. Vielleicht hatte sie noch etwas Bargeld in der Schublade mit den Schlüpfern gehabt. Als Kopp später nachsah, war da

---

## 18

[Datei: jan_13]

Januar 13
Response – Remission – Relapse – Vollständige Gesundung – Recurrence (*Wiedererkrankung*)

*Ich bejahe das Leben nicht*

nichts außer einer schwarzen Verknäulung. 978 Euro habe ich von meiner Frau geerbt. Ohne Gebühren ausgezahlt. Kleidung, Bücher, ein Computer. Eheringe hatten wir nicht.

Ich bin doch kein Vogel, dass ich beringt gehöre.

Was haben wir gelacht.

Du bräuchtest jemanden, der dich in deiner ganzen Schönheit erkennt? Natter, giftige. Hast die Kette gestohlen. Dass du an Eiter stirbst!

Anfangs stritt es Flora noch ab. Mütterliche Freundin und so weiter. Dabei war es doch klar wie Kloßbrühe. Die Lesbe liebt dich. Irgendwann sagte Flora dann nur noch: Und wenn schon.

Und wenn schon? Wie kannst du und wenn schon sagen?

Einfach so, sagte Flora. Ich kann bekanntlich sagen, was ich will.

Und du, wenn du nur ein wenig besser hingehört hättest … Wie hätte ich das können sollen? Und *wann,* konkret? Sie hat doch immer mehrdeutig geredet. Jemand, der dich in deiner ganzen Schönheit erkennt? Jemand, der dich in deiner ganzen Schönheit erkennt? Wie hätte ich das können sollen? Hä? Sag mir einer das!

---

Januar 14

*Mood disorder*. Was für ein schönes, melodiöses Wort. Muhd. Disorda.

Januar 14

*Kummer ist wie ein demütiger Engel, der dich mit kraftvollen, klaren Gedanken und tiefen Gefühlen zurücklässt. Die Depression dagegen stürzt dich wie ein Dämon ins Entsetzen.* (Solomon)

*Zersetzung der gesamten Struktur. Wie der Rost das Eisen.*

Januar 15

Davorsitzen, das Ding sogar sehen und dann fällt dir in keiner der 4 Sprachen, die du sonst beherrschst, ein, wie es heißt: Schornstein. Kémény. Cheminee. Chimney. To climbe a chimney. Gottverdammt-

…

Nichts.

Du hast recht, die Lesbe zählt nicht. Hat nicht gezählt. Niemand. Am Ende niemand, das ist die Wahrheit. Lässt mich hier mit dieser Idioteneinsamkeit.

…

Schau, es schneit schon wieder.

Jetzt war kein Wind mehr dabei, die Flocken trieben nicht, sie sanken herunter, kleiner nun und trockener und wie unentschlossen, aber das darf dich nicht täuschen, das ist eine Invasion, auch wenn es so aussieht, als wären es nur wenige und würden nur flanieren, um sich die Langeweile zu vertreiben. Ihr Gang wird nicht schneller, aber auch nicht langsamer, und irgendwann, sagen wir, in der achten Stunde oder am dritten Tag, da du ihnen zusiehst, begreifst du etwas davon, was Permanenz ist. Dass er im Begriff war, hier einzuschneien, wurde Darius Kopp klar. Er sah den Schneeflocken zu, und die Frage war nun nicht mehr, wer will schon in den Iran, sondern, werden wir uns in nächster Zeit überhaupt irgendwo-

---

nochmal. Wie soll ich so arbeiten? 10 Minuten pro Wort. Man kann doch nicht JEDES EINZELNE Wort nachschlagen.

Januar 16
Er wäre in meinem Alter, aber er ist mit Leukämie geboren worden. Seine Blutfabrik arbeitete fehlerhaft. Und bei mir ist es die Freudenfabrik. Solange ich Kind war, dachte ich, wenn ich erst erwachsen bin, also frei … Aber Freiheit geht nicht automatisch mit Freude einher. Chemie ist Chemie. Mit Medikamenten kannst du nur erreichen, dass du weniger leidest. Freude mit einer kaputten Freudenfabrik kannst du nicht herstellen. Langsam verschwinden auch die kleinen Dinge.
Natur

hin bewegen können? Sich einschneien lassen in Jerewan. Wie Leute verschwinden. So. Am Telefonnetz zum letzten Mal in Georgien gewesen, ebenso im Internet, Geld abgehoben gestern. Das wird sich auch bald erledigt haben. Die Bank wird merken, dass du weg bist. Sie werden das Konto pfänden, ob es leer ist oder nicht, du wirst nichts mehr abheben können. Sie werden die Wohnung zwangsversteigern, um ihren sogenannten Schaden zu begrenzen, der ihnen eigentlich gar nicht entstanden ist, denn die ursprüngliche Kreditsumme habe ich schon zurückgezahlt. Aber darüber fängst du am besten gar nicht an zu jammern. So ist das System, du kanntest es vorher. Das letzte Geld habe ich verdient vor 1 Jahr und 4 Monaten.

Eben war es noch gut: Schneefall und Ruinen, und jetzt kannst du nichts anderes mehr, als quer auf dem Bett liegen.

Das hier war mal mein Vertriebsgebiet. Und davor das von Aris Stavridis.

Es zog ihn nicht hinaus, ganz und gar nicht, aber er hatte Hunger und außerdem sollte man Stavridis wenigstens eine Mail schreiben.

---

Geschmäcke
Lichter
weder Mond noch Sterne

Januar 17
Typischer Verlauf:
Körperliche Erkrankung – Ausgezehrtheit – Depression
Wir reden hier nicht von lebensbedrohlichen Erkrankungen/Unfällen/Operationen. Wir reden von einem gewöhnlichen, wenngleich schweren grippalen Infekt. Sagen wir: der ganze Kopf und der Rachenraum vereitert. Sagen wir: große Schmerzen und verspätet Antibiotika. Wir sollten froh sein, sie zu haben. Und dann, wenn der Schmerz nachlässt, merkst du, du kommst aus der Langsam-

Bin in Jerewan, habe kein Telefon, es schneit. Er steckte den Laptop in eine Plastiktüte und klemmte ihn sich ungeschickt und unbequem unter den Arm, als wäre das hier der Ort und die Zeit, da einem auf Mofas vorbeirasende Diebe Laptoptaschen entreißen. Und wenn zwei kräftige junge Männer vor dir und einer hinter dir stehen bleiben? Dann ist es ohnehin das Klügste, ihnen das Ding einfach zu geben. Ist ja nur eine *Sache*. Aber Darius Kopp war heute so nicht aufgelegt. Er war so aufgelegt, bis zum Letzten um diesen x Jahre alten Laptop zu kämpfen, soll das Blut doch fließen, ihr wollt Ärger, da habt ihr euren Ärger, ich mag euch vielleicht alt und fett erscheinen, aber was ihr nicht ahnt, ist die berserkerhafte Kraft und Ausdauer, die einem die Tatsache verleihen kann, sowieso schon alles verloren zu haben – bis auf diesen Laptop hier --- Natürlich passierte nichts dergleichen. Dir geht's nur miserabel und du bildest dir ein, Prügel könnten dich für eine Weile davon ablenken. Was stimmen mag, allein, diese Möglichkeit steht hier und jetzt nicht zur Verfügung.

Also aß und trank er nur etwas. Eine Pizza, eine Cola, ein Chai,

---

keit nicht mehr heraus. Wenn du dann nicht mehr in der Lage bist, mit dem Fahrrad eine 1%ige Steigung zu bewältigen, noch nicht einmal, wenn du absteigst und schiebst, wenn du kaum dein eigenes, in letzter Zeit massiv kleiner gewordenes Körpergewicht diese niemals enden wollende Steigung hinaufbugsiert bekommst, wenn du wie eine vom Schlag Getroffene gehst, die Hüfte seitenweise nach vorne drehend, als wärst du steif im Gelenk, während sich die Knie so anfühlen, als könnte man die Kniescheibe mit der Hand abheben, um nachzuschauen, ob sich vielleicht Asseln darunter zusammengerollt haben, und die Knöchel schmerzen, als wären sie von einem Ring Schnellbeton umschlossen - Fernsehen bildet: Schnellbeton verbrennt die Haut - dann, ja dann darfst du erkennen, dass das nicht mehr die Rekonvaleszenz ist, sondern bereits etwas Neues, das heißt,

und schon geht es besser. Die Dankbarkeit, die man für die Wärme empfinden kann, die Essen im Bauch erzeugt. Ich bin dankbar und somit auch wieder wesentlich sozialer. Mehr noch, als Darius Kopp den Laptop aufklappte und das Passwort für den Internetzugang eingab, war er sogar von der Freude erfüllt, wie man sie empfindet, wenn endlich wieder etwas Gewohntes bevorsteht. Nach Hause kommen.

Weil er nicht sehen wollte, wer ihm in den letzten Wochen Mails geschickt hatte (nicht *dieses* Zuhause), machte er nicht sein Postfach auf, sondern sandte Stavridis eine Nachricht über BusinessLink. Auf BusinessLink haben wir 124 Kontakte, und, wie uns ein kleines Icon in der Symbolleiste anzeigt, 6 Nachrichten, aber Darius Kopp klickte nicht darauf, um zu sehen, was mittlerweile aus wem geworden ist –

(Partner in einer Firma für IP security and control information

Senior Direktorin

Sales Direktorin

Produktmanager

---

Altes, dann darfst du erkennen, dass du dich bereits im Sog befindest, und selbst wenn du es schaffen solltest – natürlich schaffst du es, oder was willst du, willst du wirklich hier liegen bleiben auf dieser anheimelnden Fußgängerautobahn – wenn du es also doch, irgendwann, wir haben Zeit, an die Kuppe dieser Anhöhe schaffen solltest, aus dem Trichter heraus schaffst du es nicht, denn der Himmel liegt als Deckel oben auf den Rändern, das untere, das enge Ende aber würdest du vergeblich außerhalb deiner selbst suchen, du weißt es, das Höllenende des Trichters ist irgendwo in dir drin, und versuch mal aus etwas herauszuklettern, das nicht außerhalb deiner ist!

Jan 29

Rückfall, weil ich den Nachbarn am Fahrstuhl anlächelte und er nur

Sales Manager

Berater

die Sekretärin wieder Sekretärin, nur in einer anderen Branche,

wer sein eigenes Ding gründet, darf sich Geschäftsführer nennen oder, noch besser: CEO

Bernard zum Beispiel vertreibt heutzutage sowohl Software als auch eine fotosensible Farbe, die man angeblich nur aufzustreichen braucht, schon hat man eine Energiezelle: highly efficient, sustainable and drastically clean)

– das wieder zu sehen würde jetzt noch weniger weiter helfen als sonst, wenn das überhaupt möglich wäre. Aris, der sich *Independent Wholesale Professional* nennt. Independent Wholesale. Wenn dir das immer noch nicht reicht, zu kapieren, dass es vollkommen wertlose Informationen sind, die du dir über Jahre über diesen Kanal zugefügt hast, dann schau dir nur mal deine eigene Seite an, nach der Darius Kopp immer noch im Berlin office von Fidelis Wireless arbeitet, mittlerweile seit 4 years, 6 month, und zwar einzig und allein, weil ich vor 2 Jahren vergessen habe, meinen Status zu aktualisieren.

---

eine missgelaunte Grimasse zog. Bestimmt hat er ein frustrierendes Leben, vielleicht ist er auch nur ein Arschloch, beides hat nichts mit mir zu tun, trotzdem lasse ich ihn allein in den Fahrstuhl einsteigen, damit ich mich an die raue Wand lehnen kann und weinen. Und damit, weil es im Innenhof so hallt, dass man selbst das leiseste Geräusch überall hört, einer von oben sagen kann: psst!

Ich stürze in den Hausflur zurück und gehe zu Fuß hinauf. Respektive krieche.

Kriecht winselnd vier Etagen auf Händen und Füßen hoch, weil die Nachbarn nicht freundlich waren. Wie soll ich dich da nicht verachten? Hoffentlich kommt keiner, hoffentlich kommt keiner.

Auf der eigenen Schwelle kann man dann schon beruhigter sitzen, die Schwelle gehört zur Wohnung, das ist meine Wohnung, und

Eine prickelnde Heiterkeit begann daraufhin in Darius Kopp zu strömen, ich spüre sie in meinen Armen. Er kicherte und ging zum Glucksen über, während er dann also jetzt aktualisierte:

Company: Erivan-Snow

Position: Owner

Time Period: currently holds this position

Was haben wir gelacht. Für etwa 5 Minuten. Dann fiel Darius Kopp Arslan Seropian ein, der sein Geschäft mit wuchtigen Schmuckstücken für Damen und Herren macht, und obwohl er keine Lust hatte, ihn wieder zu treffen, drückte er nicht die Speichern-Taste, sondern schloss einfach den Browser, womit ich irgendwo in der Unendlichkeit der Nichtexistenz wieder zurückgeschnippst wäre, in ein nicht-existentes Berlin office – was für eine …

Es endete damit, dass er ihn doch anrief. Er benutzte das Telefon in der Pension und stellte sich als *the German from the … bar …* vor.

Darius! *Of course I remember your name!* Wie geht es dir, mein Freund?

---

wenn ich es so will, dass ich sitze, während ich versuche, mit dem Schlüssel das Schloss zu treffen, kann mir das keiner verbieten. Viele Menschen machen das.

#

[Datei: azanyaiszeretet]

Eine Mutter sieht, wie ihr Sohn von anderen Kindern gehänselt wird. Sie bringt ihn nach Hause und hütet ihn in einem Zimmer. 40 Jahre später stirbt sie und er kommt das erste Mal seit jenem Nachmittag heraus. Schaut sich um und geht wieder ins Zimmer zurück. Meine Mama wollte nur Gutes für mich. Und jetzt lohnt es sich auch nicht mehr, sich dem ganzen Stress auszusetzen.

Kopp nahm nicht sein eigenes Fahrzeug, um zu ihm zu fahren, sondern ein Taxi. Dass eine hilfreiche Uniformität diesmal nicht mit einem simplen Saunatuch um die Hüfte erzielt werden konnte, mit anderen Worten, dass Hemd-Anzug-Krawatte-Schuhe-Mantel (Qualität-Sauberkeit-Glätte- bzw. Glanz) wieder inthronisiert waren, fiel ihm zu spät ein. Da waren sie schon x Straßen gefahren. Was soll's. Es gibt auch noch die Möglichkeit, dass einer so kompetent und cool ist, dass es schnurz ist, wie er aussieht, solange er einigermaßen erträglich riecht. – Ja? Nein? Schwer zu sagen. Rasiert bin ich. Lächle.

Danke, dass ich kommen und mir deine Büros anschauen darf, sagte Darius Kopp. Wie geht es Nazar?

Arslan war schon etwas müde und verschwitzt – Das ist gut, so fallen wir selbst nicht so auf – und fragte vielleicht deswegen etwas verwirrt und mürrisch, als wüsste er gar nichts anzufangen mit dem Namen: Nazar?... Ach so. Ja. Nein, es ist ihm nichts passiert. Sie sind nur umgekehrt.

Verzieht das Gesicht in Verachtung.

---

Ich verstehe das.
Ich beneide ihn.
Andererseits geht das nicht.
»Idiot« = im alten Griechischen = die Privatperson
»Idiota« im antiken Rom bezeichnete bereits eine dumme Person.
Die, die nicht fähig ist, von anderen zu lernen. Mit anderen zu sein.
Der Einsame ist ein Idiot.
Ich habe es versucht, als sie gesagt haben, bei so einem Stress würde ich nie schwanger. Saß ein halbes Jahr zu Hause herum. Oder war es ein ganzes? Wenn Ihnen der Stress zu viel ist, bleiben Sie zu Hause, kümmern Sie sich um den Haushalt, Ihre Pflanzen, Ihre Schönheit blablabla. Man kann alles im Internet bestellen. Buchstäblich. Abgesehen von der Realität, nicht wahr. Abgesehen von einer bewahrten

Hatten um ihr Leben Angst … Das sind meine Mitarbeiterinnen.

Drei Frauen in einem Raum, die nicken. Guten Tag, sagte Darius Kopp auf Deutsch, weil ihm auf die Schnelle nichts anderes einfiel.

Bevor er die Computer sehen durfte, musste er sich selbstverständlich den Schmuck ansehen. Ein Raum bestand im Grunde nur aus einem riesigen Tisch, vollgepackt mit Schmuck aus Halbedelsteinen, und Arslan kann jedes einzelne Stück darauf erklären. Achat, Amazonit, Apatit, Azurit, Malachit. Schön, nickte Darius Kopp. Wirklich schön.

Für Frauen *und* für Männer!

Natürlich.

Wenn du magst, nimm etwas mit. Für deine Frau. Oder Freundin.

Darius Kopp lächelte nur.

Oder deine Schwester. Oder deine Mutter. Eine Mutter hat ja wohl jeder!

Lachen.

Oder für dich. Schau …

Arslan versorgte ihn mit soviel Material, wie überhaupt vorhan-

---

Souveränität. Ich rede nicht davon, dass ein jeder Mensch sich selbst ernähren können sollte. Obwohl ich auch davon rede. Aber dafür braucht man im Zweifelsfall die Wohnung tatsächlich nicht zu verlassen. Wenn du jemandes Mutter sein willst, dann allerdings schon. Du kannst nicht ein neues Leben kreieren wollen, wenn du nicht in der Lage bist, über die Straße zu gehen. Tut mir leid, aber so ist es. *Eine Kreatur, die den Kontakt zu ihren Artgenossen verliert, ist verloren.* Der Letzte seiner Art wird gejagt, ausgeweidet und ausgestopft. Draußen sein zu müssen ist schrecklich. Aber es nicht mehr zu können ist es ebenfalls. Sei draußen, solange du es kannst, und dann sei wieder drinnen, solange du das kannst. Es geht nicht anders. Wenn es sein muss, zähle die Schritte.

den war, Prospekte auf Armenisch, Russisch, Türkisch, ah, hier ist auch englisch. Deutsch leider nicht, aber falls du jemanden findest, der die Stücke in Deutschland vertreibt etc.

Aber ich kenne niemanden, der in der Branche …

Man kann nie wissen, sagte Arslan. Und damit hatte er recht. Wärst du je ein echter sales gewesen … Ein Aris Stavridis. Wholesale und professional.

Computer gab es schließlich nicht mehr als 5, konservativ verkabelt. Das ist wirklich nicht schwer. Es gibt einige Produkte, die man nehmen könnte. Man muss sich halt entscheiden.

Ich nehme die Produkte deiner Firma.

(…) Ich bin nicht … für eine Firma tätig. (Wiederhole das, diesmal mit der richtigen Betonung:) Ich bin nicht nur für *eine* Firma tätig. Ich bin ein unabhängiger Experte. (Gut gemacht. Independent Consulting Professional.)

Ach so. Dann. Unterbreite mir einen Vorschlag. Ich vertraue deinem Urteil. Darf ich dich zum Essen einladen?

---

#
[Datei: ana]

...
Wie noch einmal von vorn
die Möglichkeit zur Unendlichkeit.
...
Aber es wird dich sehen – so.
Schmerz und Schande.
Und wenn du es verlässt vor der Zeit.
Und wenn du es nicht verlässt.
Wenn du ein Kind hast, musst du am Leben bleiben.
Es sieht dich auf allen vieren kriechen.

Das Restaurant war selbstverständlich eines der besten des Landes, in der Auslage machten zwei Frauen mit Kopftüchern Lavash. Es war voll, Kopp und Arslan bekamen den letzten kleinen Zweiertisch in der Nähe der Küche. Womit Kopps Hoffnung, eins der Telefonate, die Arslan auf dem Weg hierher geführt hatte, könnte Yelena gegolten haben, zunichte war. (Im Ernst? Dass alle anderen Prostituierte waren, aber sie wirklich seine Freundin? In einem Kleid, das den Blick auf die Poritze freiließ?) Am Tisch nebenan saßen vier schrankgroße Männer in Anzügen, so eindeutig Gorillas, wie man das sonst nur aus Filmen kennt. Sie aßen, sie redeten nicht übermäßig viel dabei, sie tranken keinen Alkohol. Diejenigen, die sie beschützen, sitzen zweifellos in einem Separee, soviel haben wir über die örtlichen Gepflogenheiten schon gelernt. Die räumliche Situation war so, dass sich in Kopps Blickfeld außer Arslan und den Kellnern, die zwischen Küche und Gastraum hin- und herliefen, nur noch die vier großen Männer in Mänteln aufhielten, es gab also nicht allzu viel anderes zu sehen, dennoch war ihm später so, als wäre seine Faszination für sie einer Vorahnung entsprungen. Aber

---

...

Aber ich habe sie doch auch gesehen und wünschte mir dennoch nichts anderes, als mit ihr zu sein.

Mama, ich liebe dich. Darf ich dir das Haar kämmen?

#

[Datei: csalás_nélkül_könnyedén]

*csalás nélkül szétnézni könnyedén* – mich umschauen ohne (Selbst-)Betrug mit leichtem Sinn

| | |
|---|---|
| mich umschauen | ja |
| ohne (Selbst)-Betrug | ja |

vielleicht lag es auch nur daran, dass sie in all ihrem Nichtstun immer noch interessanter waren als Arslan, der immer müder und trübsinniger wurde oder einfach nur ein langweiliger Typ ist, wenn man nicht in einer Saunabar mit ihm sitzt. Kopp quälte sich sogar Sätze über Technologiezentren in Berlin ab und »als Nächstes besuche ich einen Geschäftspartner in Athen« – Wobei ich immer denken musste: das ist doch, wenn wir ehrlich sind, alles ein großes, stinkendes Nichts –, und langsam, aber sicher breitete sich Gereiztheit in ihm aus. Ich kann dich nicht leiden. Du bist schuld, dass ich Mist erzählen muss.

Eine Stunde so. Dann endlich kam Leben in den Vierertisch. Die Schränke erhoben sich und nahmen große schwarze Regenschirme zur Hand. Aus dem Separee, zu dem ein Flur führte, den Kopp bis jetzt gar nicht bemerkt hatte, weil er in seinem Rücken lag, kam eine Gruppe von sechs Personen. Drei Asiaten und drei Armenier, zwei davon riesig, einer klein.

Ah, sagte Arslan. *Our famous sons.*

Pardon? fragte Kopp, der aufgrund beschränkter Sprachkennt-

---

mit leichtem Sinn nein

Gräme dich nicht. Man kann nicht alles haben. Die Ersten zwei sind mehr, als die meisten im Leben erreichen. (Das ist wahr, aber ist das ein Grund --------------)

#

[Datei: Arbeit 2]

Sept–Dez: Anmeldung bei mehreren Übersetzungsagenturen. »Sie haben kein abgeschlossenes Studium? - Nein. Aber ich bin Muttersprachlerin.« Arbeitsproben. Bis jetzt (April) keine Rückmeldung.

nisse für einen kurzen Augenblick dachte, Arslan spräche von seinen *eigenen* Söhnen.

Zwei armenische Sportler, die *big in Switzerland* geworden sind. Sie sind oft hier. *Maybe you have heard about them.* Die Bedrossian-Brüder.

Die *wer*? … Entschuldige mich.

…

Sie standen noch vor dem Restaurant, weil sich jemand, der kleine Armenier, eine Zigarette anzünden musste. Es hatte wieder angefangen zu schneien, diesmal mit Regen vermischt. Es gab zwar ein Vordach, dennoch spannten die Gorillaschränke die Regenschirme auf. Vier Regenschirme für sechs Personen, in den Händen zweier Gorillas, die anderen holten offenbar die Fahrzeuge. Die Gorillas mit den Regenschirmen stellten sich ungeschickt an. Dass die asiatischen Gäste geschützt werden müssen, ist klar, aber welcher der Armenier? Die 3 Armenier winken synchron ab.

*It's a pity*, sagte einer der Großen zu seinen beschirmten Gästen. Seine Stimme war so tief, dass sie über die ganze Straße schallte.

---

Gerichtsdolmetscherin?
*Um sich zur Prüfung als staatlich vereidigte Übersetzerin anmelden zu können, benötigen Sie entweder:*
*a) ein abgeschlossenes Studium als Diplomübersetzer oder*
*b) 5 Jahre Berufspraxis als Dolmetscher/Übersetzer z.B. für Übersetzungsagenturen* (siehe oben)

Lehrerin für Deutsch als Fremdsprache?
*Voraussetzung ist der überdurchschnittlich erfolgreiche Abschluss in einem ersten berufsqualifizierenden Studium eines philologischen, linguistischen oder anderen sprachbezogenen Faches.*
(Die blöde Arbeit doch noch fertig schreiben? Die blöde letzte Prüfung doch noch machen? Was hindert dich?

*Excuse me*, sagte Darius Kopp, und dann erst mal gar nichts mehr. Schneller, als du schauen kannst, haben die Gorillas die Regenschirme zwischen sich und ihren Schützlingen gesenkt und sich zu einem Block zusammengestellt.

*Please*, sagte der, der rechts stand, *this is private.*

Mein Name ist Darius Kopp! rief Darius Kopp über die Schirmbarriere hinweg. Ich komme aus Deutschland! Von Fidelis Wireless. Ich bin ein Geschäftspartner. *You remember!*

Zwei Autos fuhren vor, der Bullige links machte sofort kehrt und half den Fahrern, die herausgesprungen waren, die Gäste in die Fahrzeuge zu verladen, während der Bullige rechts Darius Kopp abdrängte. Er machte das, ohne ihn zu berühren. Er streckte nur eine Hand vor sich in die Luft und ging auf Kopp zu, und Kopp konnte nicht anders, als rückwärts vor ihm herlaufen. Er konnte nicht ausweichen und auch nicht stehen bleiben, es ging einfach nicht, er musste rückwärtsgehen, gleich habe ich die Tür des Restaurants im Rücken, er konnte nur schreien.

Mister Bedrossian! schrie Darius Kopp. *I'm from Fidelis Wireless!*

---

Außer meiner Dummheit?)

Literaturübersetzerin?
Etwas fertig machen und an Verlage schicken. Daran hindert dich nun wirklich niemand. Nein.
Derweil:

Dez–März: Barfrau im Kulturinstitut. Preisfrage: Sind Ungarinnen anderen Ungarinnen gegenüber gemeinere Schlampen, als es in derselben Situation Personen verschiedener Herkunft zueinander wären, oder lässt sich da keine Gesetzmäßigkeit feststellen?

April–September: Aushilfe in der Bäckerei Olga Leonidovna. Beginn

*I have to tell you something!* Über die Antennen in Saitakan! *Mister Bedrossian! I have money for you!*

Ich habe Geld für Sie, brüllte Darius Kopp in den Schneeregen, was nicht stimmte, so herum stimmt es auch nicht, aber ihm fiel nichts anderes mehr ein, wann, wenn nicht daraufhin müsste einer umkehren? Wann, wenn nicht daraufhin. Er hatte noch gar nicht fertig geschrieen, da waren drei Armenier, drei Asiaten und vier Gorillas in zwei Fahrzeuge gestiegen und fortgefahren und jemand öffnete von innen die Restauranttür. Можно? blaffte ihn ein Mann an und drängte sich mit zuviel Körperkontakt an ihm vorbei. Er zog eine Frau hinter sich her, die überall irgendein Stück Fell an sich hatte und Darius Kopp aus üppig geschminkten grünen Augen anstarrte. Auch sie schaffte es, ihn anzurempeln, obwohl er sich schon so eng wie möglich an die Wand gepresst hatte, und dann kamen noch zwei Männer, aber sie streiften nur noch mit den Mänteln an ihm entlang. Darius Kopp schloss die Augen, bis die Strafe vorüber war.

---

in der Frühschicht um 5:30. Ich war in meinem Leben noch nie so glücklich. April, Mai, Juni, Juli, August, September: glücklich. Ich trage eine rote Schürze und verkaufe 4 Stunden am Tag Backwaren. Außerdem verkaufen wir: Milch, Buttermilch, Fassbutter, Wurstwaren, Käse, Eier, gekochte Eier, Semmelbrösel, Eis, Marmelade, Fruchtsäfte, Cappuccino etc. Ich schmiere Brote für die Bauarbeiter und immer samstags spendiert Olga 4 Milchbrötchen mit Marmelade und Kaffee nach Wunsch einem alten Mann aus der Nachbarschaft.
Der dasitzt und jeden anmotzt. Die Kunden, sie mögen vorsichtiger sein beim Abfüllen der Milch, und mich sowieso bei allem.
Das sind nicht 2,52, sondern 2,62! Krakeelt. Aber er hat unrecht, hält nur alles auf.
Ich bitte Olga, ihm zu sagen, er möge mich in Ruhe lassen.

Er verabschiedete sich irgendwie von Arslan Seropian, der so tat, als wäre gar nichts geschehen, aber auch kein Wort mehr über eine eventuelle drahtlose Vernetzung seiner Computer verlor, verbrachte irgendwie die Nacht, raffte am nächsten Morgen seine Habseligkeiten zusammen und reiste ab. Natürlich gab es auch in den letzten Stunden wie durch ein Wunder keinen Ararat mehr, keinen Großen und keinen Kleinen. Über die nahen Hügel kamen weiße Wolken auf ihn zugekrochen, überlegten es sich anders und zogen sich wieder zurück. Gut, sagte Darius Kopp. Also schön, ihr Arschlöcher. Und beschloss, dass die gottverdammten vierzigtausend ab nun also keinem anderen als ihm gehörten. (Wie lange dauert es, bis so etwas verjährt ist? Weiß ich nicht. Soll mir egal sein.) Ich werde die Handwerker bezahlen, jeden und alles, was sonst noch bezahlt werden muss, und danach: fasst einem nackten Mann in die Tasche!

Soviel noch, dass er auf dem Weg zurück durch Saitakan fuhr. Hier gab es keinen Schnee mehr oder noch keinen Schnee, es regnete auf einen herbstlichen Laubwald, der sich pittoresk auf zwei Talseiten

---

Sag's ihm doch selber.
Ich sag's ihm. Er beschimpft mich unflätig. Ausländerin.
Olga ist auch Ausländerin.
Sie ist Russlanddeutsche! Die können arbeiten! Wie sieht dein Haar schon wieder aus! Bind dein Haar zurück! Keiner will dein Haar in seinem Kuchen haben!
Und krakeelt und krakeelt: Haar! Haar!
Kunden kommen herein. Ich fürchte, er würde weiterkrakeelen. Aber er bleibt still.
Und dann, als der Laden leer ist, fängt er wieder an.
Olga bittet ihn lachend, doch nicht so viel zu tottern. Die Flora ist ein nettes Mädchen. Lassen Sie sie in Ruhe.
Da wartet er immer, dass Olga nach hinten ins Büro gehen muss,

präsentierte. Die Stadt Saitakan hat man dorthin gebaut, wo das Tal zum Kessel wird, in Terrassen an den Hängen hinauf, oben auf dem Kamm stehen Hochhäuser, an den Hochhäusern, gegen den Abendhimmel sichtbar: Antennen, aber ob es unsere sind oder nicht, kann ich nicht erkennen, und es interessiert mich auch nicht mehr. Er fuhr durch, ohne anzuhalten.

---

und murmelt nur die Beschimpfungen.

Ich bitte Olga, samstags nicht mehr kommen zu müssen.

Sie sagt, ich stelle mich an. Und wann, wenn nicht am Samstag, denke ich, brauche sie Hilfe? Da müsse sie jemand anderen einstellen. Du kannst nicht von mir erwarten, dass ich einen armen Bettler deinetwegen vor die Tür setze.

Nein, das kann ich nicht.

Schließlich gab es doch ein Arrangement. Ich arbeitete nicht mehr samstags.

Am 15. September teilt mir Olga mit, dass sie den Laden verkauft habe. Die neue Besitzerin kommt dann und dann.

Warum hast du nicht mich gefragt, ob ich ihn übernehmen wollen würde?

## 20

Wie geht's dir, wie lange hast du gebraucht?
5 Tage.
Oben- oder untenherum?
Unten.
Hin oben, zurück unten?
Ja.
Was hat dir besser gefallen?
Beides hat seinen Reiz.
Gab es Schnee?
In den Bergen, ja.
Der Weg nach Ankara soll eingeschneit sein.
Zum Glück musste ich nicht nach Ankara.
Wie dann?
Nach Izmir und dann mit der Fähre.
Im Winter gibt es keinen Fährverkehr.

---

Du bist die Aushilfe ... Hättest du ihn übernehmen wollen?
...
Ich dachte, du wärst Übersetzerin und machst das hier nur nebenbei?
...
(Ich bin keine Übersetzerin. Ich bin eine Hochstaplerin. Soweit ist es gekommen.)
Jetzt ist es sowieso zu spät.
Olga nimmt mich in den Arm. Du wirst deinen Weg machen usw.
Einen Dreck werde ich. Und außerdem hätte ich mich sowieso nicht getraut. Das ist die Wahrheit.
Wenigstens musste ich den Alten nicht wiedersehen.
Preisfrage: wäre ich die neue Besitzerin geworden, hätte ich den Alten rausgeschmissen oder nicht?

Aber ich … (habe es doch erlebt. Das Ionische Meer im Winter. Etwas Angst und etwas Freude. Etwas mehr Freude, weil ich unterwegs zu dir war. Dem einzigen Anlaufpunkt, den ich mir im Moment denken kann.)

Stavridis, jünger, dünner, eleganter, als Kopp ihn in Erinnerung hatte, hielt ihn lange in den Armen, betastete seinen Körper, besah sich Gesicht und Kleidung (unrasiert, und seit einer Weile gehe ich im Grunde in Lumpen), und all das so unverhohlen und durchdringend, dass Kopp ihn leider gleich viel weniger mochte, als es ihm lieb gewesen wäre. Dabei ist er die Herzlichkeit in Person. Es interessiert ihn nur überhaupt nicht, was du sagst. Wenn sich Kopp auf eigenes Erleben beruft, winkt er quasi ab: »Ach, du!« Als wäre Kopp derjenige, der dafür bekannt ist, Geschichten zu erzählen. Egal, alles unwichtig, Hauptsache, du bist hier, damit er die Regie über dich übernehmen kann.

Einen Reisenden versorgt man innerhalb der ersten Stunde mit Trank und Speis und ~~zeigt ihm den Platz, wo er sein müdes Haupt betten kann~~ bringt ihn zum Frisör. Das ist Jannis, wir kennen uns

---

Hör auf zu sagen, du wärst Übersetzerin. Einen Dreck bist du. Die korrekte Antwort lautet: ich jobbe als Kellnerin und Verkäuferin, ansonsten bin ich Hausfrau. Und offensichtlich ist mir das nicht fein genug. Snobistische Schlampe.

*

Beitrag in einem Internetforum: Wer so einen Scheiß wie Geisteswissenschaften studiert, ist selber schuld und soll krepieren.

#

[Datei: atlag]

Durchschnitt.

jetzt genau 55 Jahre, kannst du dir das vorstellen? Als wir hier aufwuchsen, reichte das Meer noch bis ans Ende dieser Straße. Komm, rasier ihn mal, keine Widerrede, du wirst dich danach wie neugeboren fühlen. Na, hab ich zu viel versprochen? Heutzutage wird nicht mehr so viel rasiert, wegen Aids, weißt du.

Der orientalische Winter hat bis Athen gereicht, die Luft ist kalt an den zu zart gewordenen Wangen und in den enthaarten Hörgängen, aber es scheint auch schon wieder die Sonne, von den Pomeranzenbäumen tropft Schmelzwasser in seinen Kragen, und Darius Kopp lacht endlich, während sein Freund ihn durch das nicht mehr Sichtbare führt. Als ich ein Kind war, war hier X, heute ist hier Y. Kopp ist müde, wie man nach einer langen Reise müde ist, er merkt sich nur die größeren Details. Dass dort, wo einmal das Meer war, heute Fußballplätze unter Schnee liegen. Daneben unter Pappeln drei Wohnwagen. Zigeuner gab es auch damals schon hier. Ob das die Enkel derselben sind? Wenn ja, bedeutet das wohl, dass sie genauso hier wohnen wie wir auch. Ah, die Kinder kommen von der Arbeit. Ein größerer Junge, vielleicht 9, mit einem Akkordeon vor

---

Sep 0
Okt 0
Nov 0
Dez 447
Jan 400
Feb 418
Mar 292
Apr 800
Mai 1000
Jun 969
Jul 1200
Aug 1200
Sep 400

dem Bauch, und ein kleinerer, vielleicht 5, mit einem Plastikbecher.

Die Marina hinter der Sportanlage ist nigelnagelneu und elegant wie ein gläsernes Kaufhaus, aber quasi ausgestorben. In einem Zelt eine Eisbahn ohne Gäste. Daneben ein Rummel für Kinder ohne Kinder. In einem Candyshop streckte sich gerade eine Verkäuferin in einem pinkfarbenen Minikleid, um etwas aus dem Regal zu holen: für niemanden. Ein einsamer Weihnachtsbaum mit roten Kugeln in der Größe von Menschenköpfen stand am Eingang der Mole. Die Feiertage verbringst du natürlich mit uns.

(Ist es denn schon so spät im Jahr? Aber wirklich:) Der Wievielte ist eigentlich heute?

Der Zwanzigste. Was dachtest du, dass wir haben?

Ich wusste, dass es Dezember ist.

Ach, du! (Schon wieder.) Weißt du, wen ich in Paris getroffen habe?

Nein.

Jerôme. Weißt du, was er heute macht?

Nein.

Er verkauft Hockey spielende Pinguine.

---

Okt 0
Nov 0
<u>Dez 0</u>
ca. 445/Monat

Das Problem zeigt sich nicht in den Monaten, in denen ich unter Aufbietung all meiner Kräfte etwa 1000 EUR verdienen kann. Das Problem sind die Zeiten, in denen ich nicht arbeiten kann.

#
[Datei: inflat]

Die Verzweiflung ist wie eine Superinflation. Du kannst dir für deine Arbeit nichts mehr kaufen.

Er verkauft Hockey spielende Pinguine?

Ja. Du kennst ihn ja.

(Nein.) Und, läuft's?

Wer könnte das schon sagen.

Stavridis selbst lebte die letzten Jahre gut von seiner Resterampe für alles Elektronische. Es wird ja so unglaublich viel entwickelt und wieder abgeschrieben oder noch nicht abgeschrieben, aber bald, und dann kommt eben Stavridis und verscherbelt sie an Märkte, für die der Preis wichtiger ist als die Aktualität. Das Unternehmen besteht im Grunde aus ihm und seinem Mundwerk. Du weißt, ich spreche 6 Sprachen und ich liebe das Reisen. Besonders Nordafrika. Du weißt, ich bin in Kairo geboren. Ich red dann ein wenig arabisch mit denen, und schon läuft's.

Sie sitzen in einer durchsichtigen Espressobar und sehen hinaus auf anderer Leute angebundene Boote.

Ich habe viel Meer gesehen auf dieser Reise, sagt Darius Kopp. Und viele Berge.

War das gut?

---

#

[Datei: mankós_néni]

Im Wartezimmer beim Frauenarzt eine alte Frau mit Krücken. Nach einer Weile spricht sie mich an. Bittet mich, sie zu beruhigen, sie werde immer aufgeregter. Sie habe nämlich psychische Probleme.

Ich: Haben Sie eine Angststörung?

Ja.

Ich, dass ich das verstehen würde.

Sie, ob ich auch etwas hätte.

Ja, sage ich, auch etwas Angst vor dem Leben auf der Straße.

Sie könne in kein Kaufhaus gehen und auch bei Plus verfiele sie manchmal in Schimpftiraden, wenn die Leute gemein werden. Zum

Solange man in Bewegung ist, ist alles gut. (Hättest du nicht einfach »ja« sagen können? Jetzt schaut er dich an und nickt wissend:)

Wie die Nelke bei Zahnweh.

(Was für eine Nelke?) Kopp stellt sich eine Blüte vor, die man im Mundwinkel hält. Aber habe ich jemals jemanden mit einer Nelke im Mundwinkel gesehen? Einer roten, einer weißen, einer gescheckten?

Meine Großmutter trug manchmal wochenlang eine Knoblauchzehe im Ohr, sagte Stavridis. (Ah, eine Gewürznelke! Gegen Zahnweh!) Auf eitrige Wunden legte sie Tomatenscheiben. Sogar der Katze hat sie Tomatenscheiben an den Fuß gebunden. Mit so einem großen Männertaschentuch. Aber du kippst mir ja gleich um. Komm, ich zeig dir dein Bett. Kein Hotel, keine Sorge. Weißt du, was das für ein Haus ist?

Ein gelbes Wohnhaus mit vier Stockwerken.

Ich bin nicht darin aufgewachsen, aber es gehört mir.

Gratuliere.

Väterliches Erbe, meine Mutter war ja arm.

Stavridis hatte nach dem Tod seiner Mutter nicht vor, in Athen

---

Glück kenne man sie bei Plus, so bekomme sie kein Hausverbot. All das hänge bei ihr mit ihrem Bein zusammen. Sie sei Jahrgang 47, man habe ihr Bein »verschnitten«, sie hinke schon ihr ganzes Leben lang, was meine ich, was sie für Demütigungen deswegen ausgesetzt gewesen sei.

Das könne ich mir vorstellen, sage ich.

Warum sind die Leute so, fragt sie.

Sie sind einfach ein roher Haufen, sage ich.

Sie sind Schweine, sagt sie. Das ist die Wahrheit.

Ja, sage ich. Die meisten, leider.

Was ich täte, wenn mir Schweine begegneten.

Ich versuche, sie auf der Stelle durch Güte und Verständnis zu heilen, und wenn das nicht gelingt, und meistens gelingt es nicht, breche ich

zu bleiben, aber ich habe jemanden kennengelernt, warte, du lernst sie auch gleich kennen, hier, wir klingeln mal, da ist sie. Meine Mieterin und Freundin in Athen, Christina.

Sie lächelt, man sieht die Lücke zwischen ihren oberen Schneidezähnen, ihr Haar ist blond gesträhnt, sie trägt eine Brille mit schwarzem Rand. Obenherum sieht sie aus wie jemand viel Jüngeres, aber ihre Schenkel sind die einer Mutter, ein kleiner Junge hält sich an ihnen fest.

Hellou, sagt Darius Kopp.

Willkommen, sagt die Frau.

Christina kann besser deutsch als du und besser französisch als ich! Sie ist Lehrerin. Meine Mutter war auch Lehrerin. Und das ist der kleine Jorgo. Er kann bis jetzt natürlich nur griechisch, aber das lernst *du* auch noch.

Kopps Zimmer ist eine Etage höher, auf dem Dach. Ein sogenanntes Penthouse. Also eine Hütte auf einem Flachdach. Eine einzige, halbhohe Wand aus Steinen, der Rest sind Fenster und Schiebetüren, im Sommer gegen die Hitze, im Winter gegen die Kälte

---

in Tränen aus und laufe nach Hause.

Sie lacht und erzählt noch einmal, dass sie in solchen Fällen schimpfe. Aber das helfe ihr natürlich nicht. Das sei unheilbar.

Ich weiß, sage ich. Man kann es nur aushalten.

Ich will ihr noch sagen, dass sie doch stolz sein könne, sie habe es 61 Jahre lang geschafft, aber sie wurde aufgerufen. Wahrscheinlich ist es besser, dass ich es nicht mehr sagen konnte.

Man sei hier nett, sagte ich noch zu ihr, sie solle sich keine Sorgen machen.

Sie bedankt sich, ich sei ebenfalls nett.

Danke.

#

mit bunten Gardinen verhängt. Wenn du die dritte von links beiseiteziehst, siehst du weit, weit hinten die Akropolis, wenn die vierte, auf Kniehöhe einen Olivenbaum im Topf. Warmes Wasser gibt es nur, solange es hell ist. Das Klopapier wirft man bitte in den Eimer neben der Toilette. Auf einem Tisch steht eine Mikrowelle, daneben ein gigantischer Weinkühlschrank. *Life is too short to drink cheap wine.* Nimm dir davon, was du willst. Eν οἰδα, ότι ουδέν οἰδα, auf einen Kühlschrankmagneten geschrieben.

Ich weiß, dass ich nichts weiß, sagt Christina. Von Sokrates.

Wieder ihre Zahnlücke. Sie verströmt eine natürliche Fröhlichkeit, ganz anders als die, die Kopp zuletzt an Oda erleben durfte, aber nicht weniger intensiv, und um die zwanzig Jahre, die sie älter ist, reifer, also zugänglicher für jemanden wie Darius Kopp. Auf einer Magnettafel Fotos von ihr und insgesamt drei Kindern in verschiedenen Lebensaltern.

Komm her! schreit Stavridis. (Ich bin schon so müde, dass sich seine Stimme wie aus einem Traum anhört.) Komm auf die Terrasse! Vorsicht, da liegt Schnee. Da, schau, ist das nicht großartig?

---

[Datei: törödni]

Sich kümmern.

Nicht nur um Pflanzen und Mahlzeiten, sondern auch um Menschen. Nicht nur um Menschen, die gesund und freundlich sind, sondern um Kranke und Unfreundliche.

Schwester Beatrice. Die laut Hrabal deswegen tun kann, was sie tut, weil sie voller Sinnlichkeit ist. Der schöne Priester von Mcely, der wie Augustinus ist, bevor dieser der Sünde abschwor. Wenn es zu sehr schmerzt, wie die Normalen sind, würdest du die Kranken vielleicht besser ertragen. Weil dort krank krank heißt und nicht normal. Weil es dir nichts ausmacht, das überall Hingeschmierte zu beseitigen und dabei den, der geschmiert hat, immer noch zu lieben. X-mal am Tag.

Hausdächer in pomeranzenfarbenem Licht und eine briefmarkengroße, angestrahlte Akropolis. Es wird schon wieder Abend.

Ist das nicht großartig? Sag schon!

Doch, sagt Darius Kopp.

Das Klimagerät ist auf 28 Grad eingestellt, summt und macht Wind. Christina hat zusätzlich einen Heizstrahler neben das Bett gestellt. Das Design erinnert fern an einen Kamin. Das Bett scheint ungeheuer hoch zu sein.

Und hier hast du CDs und DVDs und einen Fernseher!

Danke, sagte Kopp, legte sich mit Jacke und Schuhen aufs Bett und schlief.

Einmal, als Student, war es zu spät geworden, beziehungsweise früh, betrunken war er natürlich auch, aber wie, in den Bereich hinein, in dem man, wenn man so vor sich hin geht, fast nüchtern wirkt, nur ankommen kann man nirgends mehr, weil die Welt um einen herum vollkommen verrückt zu sein scheint. Da sind Straßen und Häuser, angeblich in der Stadt, in der man lebt, aber alles sieht an-

---

Sagt: du kannst das nicht.

Dann sprich nicht zu mir, OK?! Sag einfach nichts! Nicht nur dazu nicht, sag einfach eine Weile überhaupt nichts zu mir! Und, damit das klar ist: ich habe dich nicht um ERLAUBNIS gebeten, sondern dir Mitteilung gemacht. Damit du informiert bist!

Mir ist klar, dass mir die Kompetenzen für eine Arbeit am Patienten fehlen, aber ich habe mir eine entsprechende Ausbildung zum Ziel gesetzt. In der Zwischenzeit stünde ich auch gerne in der Küche oder machte sauber. Mir ist zu Ohren gekommen, dass Sie jemanden für Aushilfstätigkeiten in Ihrem Hause suchen. *Ich möchte mich hiermit empfehlen.*

ders aus. Es öffnen sich Pfade, die man zuvor dort nie wahrgenommen hat, Plätze blähen sich riesenhaft auf, und die Beleuchtungen (spärlich, damals, meist sehr spärlich) ergeben ein kitzelndes (ja, kitzelndes) Muster. Getrunken hatte er wohl mit anderen zusammen, durch die Stadt ging er alleine. Er kam an ein Hochhaus, es schwante ihm, dass dieses nicht weit vom Wohnheim stand, in dem Darius Kopp damals mit drei anderen ein Zimmer teilte, und plötzlich war ihm sonnenklar: bis dorthin würde er es unmöglich schaffen. Die Tür des Hochhauses stand offen, er ging hinein, der Fahrstuhl stand offen, er stieg ein, die Tür schloss sich, der Knopf für die oberste Etage drückte sich. Oben, zwischen Flachdach und Lift geklemmt, gab es eine winzige Kammer. Diesmal stand die Tür nicht offen, aber ausgehend von den letzten positiven Erfahrungen mit Türen probierte Kopp, ob sie sich öffnen ließ. Und: ja. Das Kabuff war leer, bis auf einen braunen Pullover, der dort auf dem Boden lag. Der Raum war gerade groß genug, dass ein Mann zusammengerollt darin schlafen konnte. Den braunen Pullover benutzte er als Kopfkissen. Niemals zuvor und niemals danach habe ich so gut ge-

---

Meine Fähigkeiten:
alle Tätigkeiten im Haushaltsbereich
Sekretariatstätigkeiten, inkl. Phonotypie in Deutsch, Englisch, Ungarisch; Korrespondenz, Antragstellung und Abrechnung
andere leichte buchhalterische Tätigkeiten
Erfahrungen in Gastronomie und Einzelhandel, inkl. Kasse
Meine positiven Eigenschaften sind:
Einfühlungsvermögen
Fleiß
Verlässlichkeit
Pünktlichkeit
Ehrlichkeit
Meine »negativen« Eigenschaften sind:

schlafen. Als er ging, hätte er gerne den braunen Pullover mitgenommen, damit er sich den Rest seines Lebens so heimelig hätte fühlen können, aber er traute sich nicht.

Niemals davor und niemals danach, bis zu dieser Nacht im Dezember auf dem Athener Dach. Das Bett war übrigens wirklich hoch und zudem instabil, weil man auf das ursprüngliche Bett, das vielleicht zu hart war, eine weitere Doppelmatratze gelegt hatte. Sie war etwas zu groß, und so wackelte das Ganze wie eine Rettungsinsel auf hoher See. Bei Tageslicht trat die Zusammengewürfeltheit des Mobiliars noch mehr hervor, ein Sammelsurium aus bekannten und unbekannten Elementen, das unweigerlich Heimeligkeit erzeugt. Als würde einer nach langer Zeit zurückkehren von den Rändern des Orients oder woandersher, und manches noch wissen und anderes nicht mehr so genau. Manche Vorhänge sind mit Wäscheklammern befestigt und nicht alle Schiebetüren sind dicht, Wasser läuft herein, auf einen vorsorglich hingelegten Lappen. Er ist orange wie der zu Hause bei mir unter der Heizung. Daneben steht die gleiche Kleiderstange wie in Juris Kammer, und die winzige, fensterlose Küche mit

---

ich habe es gerne, wenn man mich respektvoll behandelt, allerdings erwarte ich das nur von Gesunden

*

Auf Nachfrage am Telefon sagten sie: a) Sie sind nicht qualifiziert, aber, was noch schwerer wiegt, b) Sie waren doch selbst schon Patientin ... und so weiter.
nicht qualifiziert
nicht qualifiziert
nicht qualifiziert
Patientin
Patientin
Patientin

Duschecke riecht wie Floras Bad. Das kommt von der Olivenseife auf dem Rand des Wasch- und Spülbeckens. Das Geschirrspülmittel riecht nach Zitrone, der Duschvorhang ist weiß mit bunten Punkten, die Duschtasse ist grün. Im Kühlschrank und auf dem Tisch das halbe Dutzend Sachen, die man fürs Erste braucht. Toastbrot, Margarine, Orangenmarmelade. Kopp nimmt einen Löffel und kostet. Süß und bitter. Stavridis sorgt für dich. Nein, eigentlich Christina, aber Stavridis hat sie darum gebeten. Er selbst ist nicht mehr da, er hat nur noch auf dich gewartet, damit er wieder aufbrechen konnte. Er arbeitet immer, aber ich glaube, er liebt es auch einfach herumzufliegen, sagte Christina, ihre Zahnlücke blinkte. Er verbringt den Heiligabend mit seinen Enkelkindern in Paris und kommt später wieder her. Wir feiern ja nach dem Orthodoxen Kalender.

Darius Kopp weiß nicht, was das konkret bedeutet, aber was auch immer, es soll mir recht sein. Warten wir eben wieder eine Zeit, bis die Spuren etwas verblasst sind, die die tagelange Fahrt durch das verschneite Anadolu, Akdeniz Ege sowie Attiki in unserem Körper hinterlassen hat, und/oder Stavridis wieder da ist. Solange dürfen

---

*Fuck you, fuck you and fuck YOU!*

#
[Datei: Dokument01]

Als wäre mitten in der Landschaft eine Tür aufgegangen. Es zieht in meinem Gehirn.
Schreiben Sie auf, was Sie denken. Aber da ist nichts, nur dieser Durchzug, dieses schlafen wollende Weinen, dieser schlaffürchtende Schlaf, denn schlafen ist nur gut, wenn es danach gut ist, wenn alles gut ist oder einiges, aber nichts ist gut. Nichts ist gut. Mein Gehirn saugt mich auf wie das All, saugt mich auf und überlebt mich, reißt mich auseinander und überlebt mich, Elektrizität, was mach

wir noch ein wenig langsam bleiben. Ich mag dich, aber wo du bist, ist Hektik. Während ich in Wahrheit immer einer war, der die Dynamik nur simulierte. Weil ich das für die Aufgabe hielt. (Was wäre geworden, wäre ich der gewesen, der ich in Wirklichkeit bin? Einer, der Orangenmarmelade mit dem Löffel isst. Langsam. Aber auch dann wärst du nicht mehr bei mir. Das ist die Wahrheit. Es hielt nur solange, bis jeder sich als ein anderer zeigte.)

Er zog den Löffel aus seinem Mund und warf ihn aus zwei Metern Entfernung in die Spüle. Das Geschepper.

Vorbei. Dass ich dabei immer noch so empfinden muss, als wärst du noch am Leben. Aber du bist Asche. In der Tasche, unterm Kleiderständer. Schau. Wenn ich den dritten Vorhang von links beiseiteziehe, kann man die Akropolis sehen. Der Geschmack von Orangenmarmelade in meinem Mund.

Hast du Lust, die Altstadt zu sehen? fragt Christina.

Sie trägt heute ihre Brille nicht. Ihre Augen sind sehr grün, die Brauen kohlenschwarz.

---

ich nur? Und wenn es diesmal kein Ende hat, wenn das Ende ist, dass ich sterbe? Wie die Schnecke auf der Landstraße. Nur ein Werk des Zufalls, dass sie mich noch nicht platt gefahren haben. Was wird, was wird.

Dass das nicht besser wird. Dass es immer nur schlimmer wird. Immer am Rand. Und wenn es gelingt, sich mit verkrampften Zehen -----------

Woyzeck hat einen Kloben in den grauen Himmel geschlagen und eine Schlinge darumgeschlungen, aber er hat es falsch gemacht, er hat sich an den Stiefeln aufgehängt, die Schlinge um die klobigen Stiefel, die leeren Stiefel, denn Woyzeck ist herausgefallen, zu dünn geworden von zu vielen Erbsen.

Das Fernsehprogramm in der Nacht ist exakt dasselbe wie schon

Sie nehmen die Straßenbahn, die vor den Sportplätzen abfährt. Das ist zwar der längste Weg, aber auch der schönste. Man kann das Meer sehen. Mit ihnen an der Haltestelle: die beiden Zigeunerkinder.

Sie fahren zur Arbeit, sagt Darius Kopp der Konversation willen.

Ja, sagt Christina. Ich sehe sie jeden Tag.

Der Größere spielt das Akkordeon nicht sehr gut, er kann zwei Lieder, er spielt sie so ungefähr, verschliffen, kein musikalisches Genie, das jemand von der Straße weg entdecken könnte. Der Kleine macht in zu großen Schuhen zu große Schritte, schwankt in der unberechenbar bremsenden und beschleunigenden Bahn, kichert jedes Mal, wenn er das Gleichgewicht zu verlieren droht, und ist dabei von so einer Schönheit, dass er so manche Münze deswegen bekommt. Kopp und Christina geben nichts. Mit jemandem zusammen angebettelt zu werden ist eine heikle Sache. Ob man sich nun kennt oder nicht.

Für sie ist es noch ein Spiel, sagt Christina schließlich. Sie sind stolz, dass sie auch schon Geld verdienen. Sie wissen noch nicht, dass sie ausgebeutet werden.

---

gestern. Sie wollen mich wirklich wahnsinnig machen. Aber warum? Ich weiß, es ist Nonsens zu denken, es gäbe irgendwo eine »Schuld«. Aber manchmal weiß ich derartig nicht weiter, dass ich anfangen muss, es in Betracht zu ziehen.
Was ist meine Schuld? Wann und wie habe ich mich versündigt? Während ich versucht habe, das Gegenteil zu tun?

#
[Datei: Dokument02]

Nein, nein, nein, nein, nein, nein, nein, nein, nein, nein, nein, nein, nein, nein, nein, nein, nein, nein, ja. Nein, nein, nein, nein, ja. Nein, nein, nein, nein, nein, nein, ja. Nein, nein, nein, nein, nein, nein, nein,

Wie alt sind deine Kinder?

Aristidis ist 15, Irini 13, Jorgo ist 5. Die beiden Älteren gehen in Internate. Meine Tochter wird Ballerina.

Wie schön.

Aris gibt mir immer die gesamte Miete zurück, damit ich die Internate bezahlen kann. Er ist ein unglaublicher Mensch. Ein wirklich unglaublicher Mensch.

Ja, das ist er.

Mein Mann hat sich vor 3 Jahren das Leben genommen, sagt Christina, so leicht wie alles andere auch.

Was ist Absicht, was Zufall, wenn Stavridis in eine Sache involviert ist? Im Bücherregal meiner Frau standen ungarische und deutsche Bücher je zur Hälfte. In der Mansarde besteht der überwiegende Teil aus (den Abbildungen auf den Covern nach zu urteilen) Science-fiction-Romanen auf Griechisch. Kann sein, dass es ihre sind, aber eher nicht. Ein Regalfach mit Versen. Eine Reißzwecke ins weiche Holz gedrückt: das Bild eines in Stein gemei-

---

nein, nein, ja. Nein, nein, nein, nein, nein, nein, nein, nein, nein, nein, nein, nein, nein, nein, nein, nein, nein, nein, nein, ja. Nein, nein, nein, nein, nein, nein, ja. Nein, nein, nein, nein, nein, nein, nein, nein, ja.

*diese maligne Geschwulst des Seins*
*lauter Sehensunwürdigkeiten*

#
[Datei: egyet]

Eine für Mama,
eine für Papa,

*

ßelten bärtigen Griechen. Ε-Μ-Π-Ε-Δ-Ο-Κ-Λ-Η-Σ, buchstabiert Kopp. Empedoklis. Die Bücher sind alle alt, scheinbar aus Studententagen, die DVDs, etwa doppelt so viele, neu. Eine ganze, lange Reihe mit Filmklassikern, das Gesamtwerk von Truffaut und Kubrick, sowie eine scheinbar lückenlose Sammlung mehrerer amerikanischer Comedy-Serien. Die DVDs wie auch der Fernseher, die Mikrowelle und der Kühlschrank sind allesamt älter als 3 Jahre. Noch ein Regalfach mit Romanen im englischen Original. *Brave new world,* natürlich. *Enemies, A love story.* Und eins über das Akropolisfries. Hat sie ihm geschenkt. Oder nicht. Ein gemeinsames Interesse.

Auf dem Akropolisfelsen blendete das Licht, ein schneidender Wind wehte, außer Kopp und Christina waren nur eine japanische Reisegruppe und ein österreichisches Pärchen da. Nach wenigen Minuten flüchteten alle ins Museum. In der dritten Etage kannst du dir einen Nachbau des Frieses anschauen. Die von Lord Elgin als Souvenir mitgenommenen Stücke, etwa 2/3 des gesamten Frieses, sind in einem dunkleren Gips gegossen. Kopp weiß so gut wie

---

Im Krieg werden weniger Selbstmorde verübt. Wie soll ich mich da nicht verachten?

*

Wenn das Volk erfährt, der König ist grausam, bekommt es Angst. Wenn das Volk erfährt, der König ist traurig, bekommt es Panik.

#

[Datei: wenigstens]

*Deutsch im Original*

WENIGSTENS

nichts über die griechische Antike, Christina scheinbar alles. Die Götter der Reihe nach sind: Hermes, Dionysos, Demeter, Aris, Hera, Iris und Zeus. Athene, Hephaistos, Poseidon, Apoll, Artemis, Aphrodite und Eros. Zwischen Zeus und Athene befindet sich das zentrale Element des Frieses, die Peplos-Szene. Christina zeigt und erklärt alles langsam und verständlich – die Gruppe der sich in Bewegung setzenden Reiter, die Mädchen mit den Krügen, die Wannenträger – geduldige Lehrerin, wenig streng, eine, die durch sichtbares eigenes Interesse an der Materie zu fesseln weiß. Plus diese scheinbar unversiegbare Quelle an Heiterkeit.

Schulklassen kommen, grüßen die Japaner mit Sayonara und Arigato. Kopp lächelt, Christina lacht.

Ich komme auch mit meinen Schulklassen her, sagt Christina. Fällt überhaupt nicht auf, oder? Jetzt haben wir noch Zeit für zwei orthodoxe Kirchen oder die Plaká, bevor ich anfangen muss zu kochen.

Er versteht »Plaká« nicht und wählt die Kirchen. (Und auch, um mich kunstverständiger zu zeigen, als ich eigentlich bin.) Beide werden gerade renoviert, in der kleineren steht ein Mann auf einem Ge-

---

Ich versuche
dem ganzen etwas positives abzugewinnen
als wäre ich ein positiv eingestellter mensch
als würden mich meine leiden nicht umbringen
sondern wie es heißt stärker machen
und dann verachte ich mich
dass ich es nicht einmal soweit gebracht habe
mein hoffnungsloses elend wenigstens einzugestehen

#
[Datei: 17th_nervous_breakdown]

rüst und restauriert ein Fresko. Eine alte Frau, die Wächterin, steht unter seinem Gerüst und ruft zu ihm hoch, dass es überall widerhallt: Jorgo! Jorgo!

Christina lacht, Kopp lächelt.

Scht! sagt die strenge Alte. Und noch etwas auf Griechisch. Daraufhin Christina etwas auf Griechisch zur Alten.

Daraufhin wandte sich die Alte an Kopp und sagte ihm etwas.

*I am sorry*, sagte Kopp.

Woraufhin die Alte abwinkte, Christina wieder lachte und sie hinausgingen.

Sie sagte, wir sollen nicht in der Kirche lachen. Ich sagte: sie solle nicht in der Kirche herumschreien. Da sagte sie zu dir: ihr habt wohl gar keine Manieren, aber du verstandest es nicht, und ich musste wieder lachen.

Das war am 23. Dezember.

Der sogenannte Heiligabend gehörte wieder ihm allein. Zum zweiten Mal in diesem Leben und zum zweiten Mal in einer Man-

---

Wieder Wochen verloren. Nur sitzen können. Nicht einmal mehr Fernsehen. Kann nichts mehr festhalten. Bilder, Töne, alles nur mehr eine inhaltslose Belästigung. Nicht einmal mehr Musik.

Sitzt da und alles, was du wahrnimmst, ist in demselben Augenblick wieder vorbei. Manchmal denkst du: ein Kran. Oder: Straßenbahn. Und dann denkst du wieder nichts. Die Melancholie als Erholungsmöglichkeit? Ja. Die Depression? Das Gegenteil. Du hoffst, es ist nur eine Erholungsmelancholie, und merkst irgendwann, dass du nicht mehr rauskommst. Dass du verloren gehst in diesem Nichts. Zum Beispiel säuberst du dich nach mehreren Tagen wieder einmal, siehst deinen Körper und erkennst ihn nicht. Als würdest du ein nacktes Huhn abwaschen.

Was immer noch besser ist, als wenn du schon mit einer Wutattacke

sarde. Die Zutaten für einen gelungenen Feiertagsabend sind: Pizza, Rotwein und Filme. Er hätte sich gerne für eine amerikanische Comedy-Serie entschieden, aber dann konnte er nicht anders, ich kann es nicht begründen, er wählte *Das Urteil von Nürnberg*.

Für die sogenannten Feiertage hatte Kopp ein Zimmer in einem sogenannten Wellnesshotel am nächstgelegenen Meer gemietet. Sie reisten mit einem Tag Verspätung an, denn Flora wollte wenigstens Heiligabend auf der Farm verbringen.

Das halte ich nicht aus.

Aber er hielt es aus. Es ließ sich sogar ganz gut aushalten, da es weder Geschenke gab noch Lieder, es war, zunächst, gar nichts anders als sonst, jeder machte irgendetwas. Holz: immer, Reparaturen: immer, aber was macht dieser Dennis da? Fädelt Perlen auf eine Schnur. Mit Augen, als hätte er gerade geweint. Oder Klebstoff geschnüffelt. Manche sind schon mit 17 so fertig, dass kein Leben dafür reicht, sie aufzupäppeln. (Dass es die Mühe auch nicht wert sei, fiel Kopp ein, und er biss sich zur Strafe in die Innenseite

---

aufwachst. Versuch mal 5 Stunden tobend auf und ab zu rennen in deiner Wohnung, im fensterlosen Flur, immer nur auf und ab und alle zu verfluchen. Müder als nach 12 Stunden beschwerlichster Arbeit.

Lyssa = der personifizierte Wahn, die Tollwut, die Wut. Ihre Mutter ist die schwarze Nacht. Ihr Vater Uranos, der Tobende.

Als ich dann auch noch im Supermarkt - schon wieder der Supermarkt - eine alte Frau (einen egoistischen, garstigen Drachen) zusammengeschrien habe, bin ich dann doch zum Arzt.

Hja, sagt Frau Dr. G. Sowas passiert eben bei dramatischer Unterdosierung.

Dem vorangegangen war eine neuerliche Wutattacke, während derer ich dem Vorzimmerjungen in G.s neuer Praxis beinahe an die Gurgel

der Lippe. Wir sind alle überflüssig, ich weiß, ich weiß. Langsam, ganz langsam nur, begreife ich. Dass der gelungene Mensch die Ausnahme ist, nicht die Regel, deswegen spricht man ja auch von einem Ideal. Ich liebe dich so, wie du bist. Du bist perfekt für mich. Du musst nichts tun, nur sein. Nur da sein, wo ich bin. Was ist daran so schwer?) Sie waren still und fasteten, bis sie aufbrachen, zu Fuß in die Ortschaft, zur Christmette.

Das mit dem Fasten fiel ihm gar nicht auf. Er aß hier, wenn ihm was vorgesetzt wurde. Wenn ihm nichts vorgesetzt wurde, aß er nicht. Als es jedoch hieß, man wolle nun also los zur Messe, wurde ihm flau. Bis jetzt gab es keine Anzeichen für religiösen Fanatismus – nein, nichts, sie meditieren nicht einmal, zünden keine Kerzen an, bejodeln keine Kräuter, spielen nicht die Gitarre, ihr Leben ist Prosa, am Tag wie in der Nacht – dennoch, der Verdacht, es handelte sich hier in Wahrheit um eine Sekte, war immer da. Oder du willst sie bloß diffamieren. Kann sein.

Der Gang zur Dorfkirche war schön, schau, Flora, man kann die Sterne sehen, und auch ihr Verhalten bei der Messe blieb unverdäch-

---

gegangen wäre, weil er vergessen hatte, mich bei meiner Anmeldung in den Computer einzutragen, so dass mir 2 Patienten vorgezogen worden sind und ich sinnlos eine Stunde warten musste. Als mich die G. von dem Dilettanten wegbringt, fauche ich ihn im Weggehen an wie eine angreifende Katze. Womit ich mich endgültig als Freak geoutet hätte.

Auf 40 mg hochgestuft worden.

Für wie lange?

Eine ganze Weile. Sie haben sich schon wieder heruntergewirtschaftet. Warum kommen Sie immer erst, wenn Sie schon in Flammen stehen?

Und warum können Sie mich nicht heilen?

Sie haben eine chronische Krankheit. Wir nennen es: bipolare affektive Psychose. Früher manisch-depressive Störung genannt. Das

tig. Was Kopp anbelangte, begriff er nur große Helligkeit und Musik, und dass ich beobachtete, was meine Frau macht. Sie machte nicht alles mit, nur ab und zu, wenn ihr etwas bekannt vorkam oder es ihr möglich war, es dort, vor Ort zu begreifen, tat oder sagte sie das eine oder andere. Einpaar Mal Amen und einmal: Friede sei mit dir. Dabei reichte sie mir die Hand.

Friede sei mit dir, sagte Flora zu Darius und gab ihm die Hand, und einmal im Leben war ich schnell genug und hielt sie fest. Er hielt ihre Hand fest, ließ sie nicht mehr los, gab sie nur von der Rechten in die Linke hinüber, damit es bequemer war. So stand er mit ihr bis zum Schluss der Messe, so ging er mit ihr zum Hof zurück. Er ließ sie los für die Dauer des Essens und fasste sie wieder an, als sie sich im Geruch von Sauerkraut und Kartoffeln schlafen legten. Im Schlaf rutschten die Hände natürlich auseinander.

Für ein paar Stunden herrschte Ruhe und Frieden.

Genau so lange, bis sie an der Rezeption ihres gepflegten 4-Sterne-Wellnesshotels stehen blieben und auf die schnelle und freundliche Abwicklung warteten. In ihrem Rücken loderte Ka-

---

kann man nicht in dem Sinne *heilen*.

Ich höre das natürlich nicht zum ersten Mal. Aber, wie jedes Mal, will ich es auch diesmal nicht glauben.

Ich bin nie euphorisch.

Manisch, nicht euphorisch.

Ich bin auch nie manisch.

Dieses nicht zur Ruhe kommen können, die Wutausbrüche.

Könnte es nicht sein, dass es nur eine agitierte Depression ist?

Sie setzt ihre ärztliche Autorität ein und wiederholt, dass es ihrer Meinung nach eine Manie gewesen sei. Sie sagt (erneut), dass man das nicht heilen, aber behandeln kann, dass es zum Glück gute Medikamente und Therapien gibt, die unterstützend wirken können.

Ich starte einen hinterhältigen Versuch und sage, dass mir der Ver-

minfeuer, aus der Bar sickerten die Töne eines Jazzpianos herein, noch aus der Konserve, doch später am Abend würde jemand live spielen, und plötzlich *sah* Darius Kopp Flora. Sie stand etwas abseits mit ihren Vogelscheuchenklamotten, ihrem strohig gewordenen Haar, in einer seltsamen, geduckten Körperhaltung. Eine Wilde Frau. Als hätte ich sie entführt. Gerade jemandem abgekauft, der sie bis dahin in einer Hütte in einer Einöde gehalten hat. Was ist passiert, dass ihre Nase plötzlich so gigantisch ist? Die Brauen, dunkel und schwer, drücken auf die Augen, das Grün der Iris ist bräunlich-trüb. Kopp sah sich nervös um, ob sie auch andere sahen. Aber keiner schert sich um uns. Wir dürfen unbehelligt in den Fahrstuhl steigen. Genießen Sie die Zweisamkeit bei Ihrem romantischen 7-für-6-Arrangement. Nehmen Sie sich Zeit, sich von den Belastungen und Anstrengungen des Alltags zu erholen beim Romantikdinner, in der Duo-Badewanne und der wohltuenden Aromaöl-Ganzkörpermassage, inklusive blablabla. Schade, dass man nicht auch eine Frisur buchen konnte. Sie ganz und gar runderneuern. Aber das war nicht

---

dacht gekommen sei, dass ich vielleicht nicht depressiv, sondern nur sehr unglücklich bin.

Eins, sagt die G.: das stimmt nicht. Sie haben eine bipolare Psychose. Die Diagnose gilt auch bei nur einmaligem Auftreten einer manischen Phase. Diese hatten Sie. Und zwei: auch mit Unglücklichsein kann man zum Therapeuten. Es muss keine medizinische Diagnose vorliegen. Ein Therapeut ist dafür da, Leuten in ihren Lebenskrisen zu helfen.

Ich sage: Ich beurteile den Bedarf als nicht so akut.

(Lüge. Der Bedarf ist sehr wohl akut. Aber ich kann einfach niemanden mehr ertragen. Nicht noch ein Mensch!) Ich stammle etwas davon, dass ich meinen Frieden nicht machen könne mit der Tatsache, dass ich das nicht aus meinem Körper kriege.

im Angebot enthalten, und wäre es enthalten gewesen, hätte Kopp sich nicht getraut, es zu buchen. Du kannst gar nichts machen. Warten, hoffen, dass dieses andere Sein ihr Bewusstsein …

Und tatsächlich kam sie zum Abendessen durchaus angemessen zurechtgemacht aus dem Bad, in einem schwarzen Kleid (Ist das das Hochzeitskleid? – Aber er sah, dass es das nicht war), ein Großteil des unansehnlichen Haars in einem Knoten versteckt. Der Kerzenschein ließ ihre Haut auch wieder ein wenig leuchten, und sie aß sogar von jedem Gang etwa drei Gabeln voll.

Er legte sein Geschenk auf den Tisch.

Sie sagte: Ich habe nichts für dich.

Das Geschenk war rote Unterwäsche. Ich habe keine Ahnung, ob sie sie jemals ausgepackt hat.

Für wie lange hast du gebucht?

Bis zum Ersten.

Silvester im Hotel?

Wir können auch auf dem Zimmer bleiben.

…

---

Sie: Andere mit einer chronischen Krankheit werden sie doch auch nicht los und wissen auch nicht, wann es wieder schlimmer wird. Was würde es bringen, wenn der Zuckerkranke sich weigerte, anzuerkennen, dass er Insulin braucht? Sprechen Sie mit anderen darüber. Das hilft.

Sie wissen nicht, wovon Sie reden. Wenn ich jemandem sage: ich bin zuckerkrank, fühlt er mit mir und fragt mich höchstens nach der Beschaffenheit meiner Diät oder wie sich die Spritzen anfühlen. Wenn ich jemandem sage: ich leide unter der manisch-depressiven Krankheit, bin ich auf der Stelle durch bei ihm, denn er hat keine Lust und auch wirklich keine Kraft, sich um die Probleme anderer Leute zu scheren, er ist zu müde für eine fremde Vergangenheit-Gegenwart-Zukunft, ihm geht’s doch auch nicht immer gut, neulich zum Bei-

Man kann auch Skiwanderungen im Wald machen. Ich bring's dir bei, wenn du willst.

Das war endlich etwas, das sie zu interessieren schien. Sie lächelte, und Kopp wurde nahezu euphorisch. Verliebter Ehemann bringt seiner Frau den Skilanglauf bei.

Sie war geschickt, sie hatte es in kürzester Zeit drauf, und von da an war sie wieder nur noch unterwegs. Guten Morgen, gerade erst hell gewordener Wintertag, danke für das Frühstück, das so lang und üppig ausfiel, wie es unbedingt sein musste (nach Kopp'schen Maßstäben also kurz und bescheiden), und schon war sie zwischen den Bäumen verschwunden. Dass sie es schnell erlernte, hieß nicht, dass sie dabei gut aussah, es sah nach einem großen Kampf aus, sie verschleuderte eine Menge Kraft mit vielen unnötigen Bewegungen zu den Seiten. Bei den Abfahrten hingegen trat sie nur um, wenn es sich absolut nicht mehr vermeiden ließ, sie ließ sich einfach hinuntersausen, wie durch ein Wunder stürzte sie niemals, und dann kraxelte sie weiter, unermüdlich. Die Massagen nahm sie nicht in Anspruch. Mach du doch, wenn du sie nicht verfallen lassen willst.

---

spiel war ihm ganz zum Heulen zu Mute, und er nimmt mir, noch bevor etwas passiert wäre, übel, dass ich offensichtlich auf Extrawürste aus bin, das ist es doch, was ich von ihm in Zukunft will, dass er mich schone, und wer schont ihn, bitte, natürlich keiner mehr, nachdem ich für mich in Anspruch genommen habe, sensibler zu sein als alle anderen, also er.
Der Hass derer, die keine Diagnose haben, auf die, die eine haben. Ja, ich finde auch, es sollte gerechter zugehen. Eine Diagnose für jeden! Damit sie einem nicht die Hölle neiden müssen, die Armen.

#
[Datei: nem_megfelel]

Aber auch er machte nicht, denn er hatte das Gefühl, sie würde, sobald er sie aus den Augen ließ, einfach verschwinden, im Wald, hinterm Wald, im Schnee. Also stampfte auch er den ganzen Tag in der Landschaft herum. An den Anstiegen überholte er sie manchmal, bei den Abfahrten ließ er sie vor.

Die Dusche war zu klein für zwei Personen, das regte Darius Kopp ehrlich auf, aber er durfte ihr zusehen. Es gibt nichts Schöneres auf der Welt als eine Frau, die sich wäscht. Nichts. Schöneres. Aber jetzt mach keinen Fehler. Welcher da wäre, deiner eigenen Körperhygiene zuviel Aufmerksamkeit zu schenken. Mach kein Ritual draus, denk an die Zeit, die diesmal (zunehmend, ich weiß auch nicht, wann das angefangen hat) nicht mehr auf deiner Seite ist. Natürlich war er auch keineswegs leise, aber das war nicht allein seine Schuld. Dass sie Wände bauen müssen, die so dünn sind, dass man detailgenau hören kann, wie einer den Schleim aus dem Rachen hochholt. Egal, das konnte seine Chancen auch nicht mehr verderben, denn er hatte längst keine mehr. Als er, nach nicht mehr als 5 Minuten, mit dampfendem Fell aus dem Bad kam, schlief sie bereits. Mit rosigen Wan-

---

Ungeeignete Berufe
der Witterung nicht angemessene Kleidung
keine Tabletten gegen die Krankheit, nur gegen die Schmerzen
auch diese ruinieren Magen, Niere, Leber, Herz
ungenügendes Essen
zu wenig Schlaf
sich vertilgen auf Raten
Wenigstens benutze ich keine Männer mehr dafür

#
[Datei: Alprazol]

gen, friedlich wie ein Kind. Darius Kopp legte seinen Kopf in die Hand wie der ruhende Buddha und sah ihr zu.

Von wegen Buddha – du betrachtest sie argwöhnisch. Sie hat doch sonst immer so einen leichten Schlaf. Sie verstellt sich nur. Simuliert rote Wangen und kindlichen Frieden, weil sie keinen Sex haben will. Depression killt die Libido. Medikamente gegen Depression ebenfalls. Aber du bist doch eine Frau, du hast es leichter! Ich verlange doch nur, was möglich ist: nicht ja, aber auch nicht nein. Aber sie schien wirklich zu schlafen. Sie hatte Ohropax in den Ohren, kleine rosa Wachsklumpen. Meine Frau ist ein Alien mit Symbionten, die sie im Ohr trägt. Das ist ein wenig eklig, aber nicht so sehr, dass Kopp nicht versucht hätte, ihr mit vorsichtigen, raupenden Bewegungen nahe genug zu kommen, um sie behutsam aufzudecken und zurechtzulegen für einen überhaupt nicht aufdringlichen, quasi aus der Atmosphäre kommenden Beischlaf. Doch in dem Moment, als er sie berührte, schreckte sie hoch, machte mit dem Arm eine wegfegende Bewegung, traf ihn mit dem Handrücken auf die Nase und stürzte sofort zurück in den tiefsten Schlaf.

---

Den ganzen Tag im Halbschlaf. Den Downer bisher nie genommen, ich bin sowieso nie wach genug, aber jetzt habe ich verstanden, wozu er gut ist: wer nie richtig wach ist, schläft vielleicht nie richtig. Man muss schlafen. Wenigstens ab und zu. Morgens den Wachmacher, mittags den Stabilisator, am Abend die Beruhigung.

Niemals euphorisierende Mittel, willst du die Ausnüchterungsdepression vermeiden. Denn du wirst ausnüchtern. Darauf achten sie schon. Und wenn nicht, wenn es dir gelingen sollte, sie auszutricksen, weil du denkst, du hättest für dich gewählt, lieber im Rausch zugrunde zu gehen, dann merkst du's wenigstens nicht - da irrst du. Denn du wirst es merken. So viel Helligkeit wird gerade noch da sein in dir, dass du es merkst, aber es wird nicht mehr genug dafür da sein, etwas dagegen zu tun.

Auch Kopp fiel auf den Rücken, in ein Hotelkissen, in denen nie mehr als zwei Federn (Schaumstoffflocken) sind, er stürzte durch wie durch Nichts, ihm war schwindlig, seine Nase kribbelte. Fassungslos. Sie hat mich einfach ausgeknockt.

Am nächsten Tag versuchte er es anders. Indem er es erst gar nicht versuchte. Er ging in die Bar, bestellte einen überteuerten Whisky und hörte sich die Livemusik an, von der er weder hätte sagen können, dass er sie mochte, noch, dass er sie nicht mochte. Als er zurück ins Zimmer kam, lag sie mit ausgebreiteten Armen im Doppelbett. Wie eine Statue. Wie man sie heute macht, weich, nicht die Festigkeit von Stein, Holz, Metall. Wie aus Stoff sahen ihre Arme aus, aus fleischfarbenem Strumpfstoff genähte Arme, gefüllt mit etwas, das sich beinahe wie echtes Fleisch anfühlt, vielleicht hat man sogar Strukturen hineinmodelliert, so dass du glaubst, Muskeln, Fett, Sehnen, Knorpel ertasten zu können, sie können ja alles machen heutzutage, einfach alles aus Kunststoff, und am Ende sieht sie so appetitlich aus, so üppig, wie du sie gar nicht in Erinnerung hattest, du dachtest, sie wäre abgemagert,

---

The horror.
Lieber bin ich brav.

#
[Datei: örült_analitikus]

Märchen von der verrückten Analytikerin

Ich bin dann doch hin. Dr. G. sagt, soviel sie wisse, habe die Therapeutin mit dem Decknamen Dr. F. einen interessanten Stil, zum Beispiel arbeite sie mit Tieren, vielleicht ein wenig außergewöhnlich, aber sie sei die Einzige, die bereit sei, Krisenintervention zu machen.

aber wie sie hier liegt, mit rosigen Wangen und Armen und ihr Busen wölbt sich---

Einen Moment nur. Dann trat er näher an sie heran und sie schrumpfte wieder ein. Ihre fleischlosen Wangen, das Kinnbein, die Ellbogen. Er nahm den Arm, der auf seiner Seite lag, und legte ihn zu ihr, damit er sich ebenfalls hinlegen konnte.

Er dachte, er würde nicht einschlafen können, aber er schlief sofort ein und fing an zu träumen. Er träumte, dass er in einem Wellnesshotel neben seiner Frau im Bett lag, und träumte, dass seine Frau mit ausgebreiteten Armen und sich wölbendem Busen dalag, in einem sehr heißen Raum, und worauf sie lag, war gar kein Bett, und er lag auch gar nicht mehr neben ihr, und sie hatte kein Nachthemd an bzw. hatte mal eins an und dann wieder nicht, und mal lag sie ganz flach da und mal lag sie nur mit dem Rücken in einem sehr hohen Bett oder auf einem Podest, ihre Beine hingen herunter, so dass sich ihre Scham auf dem höchsten Punkt befand, in einem Raum, in dem etwa ein Dutzend Personen waren, Männer und Frauen ohne Gesicht, und die Männer hatten alle eine Erektion und die Frauen

---

Es ist nicht weit, ich gehe hin.

Man muss warten, kein Problem, ich spüre die Zeit sowieso nicht. Ich erinnere mich dort an keinen, dabei waren es nicht wenige, die ein und aus gingen, während ich wartete. Ich habe sie mir nicht angeschaut, ich habe mich nicht mit ihnen verglichen, nicht zu erraten versucht, was ihnen fehlt. Ich kann sie sowieso schon seit einer Weile nicht mehr auseinanderhalten. Lauter Puppen ohne Gesicht. Zwei Arme, zwei Beine, ein Rumpf und ein Teigklumpen obendrauf. Bei manchen auch Holz, Stein oder Styropor. Wenn einer seinen Stuhl aufgab, setzte ich mich um. Mit der Zeit sämtliche Stühle im Wartezimmer ausprobiert. Ob es einen gab, der geeigneter wäre als die, auf denen ich bis dahin gesessen hatte. Es gab keinen.

Von Zeit zu Zeit taucht die Analytikerin auf, wenn sie den Nächs-

hatten alle einen Umschnalldildo, und keine der Frauen hatte einen richtigen Frauenbusen, aber ehrlich gesagt, sah er das gar nicht genau, alles ging unter in einem kontrastlosen Rosa, dazu die immer unerträglichere Hitze, nur ihre rasierte Scheide war gut zu sehen, am Rande eines Altarsteins auf Lendenhöhe präsentiert, und mehrere der Nackten streben darauf zu, während es mir selbst nicht möglich ist, auch nur einen Millimeter vorwärtszukommen, wo bin ich überhaupt, ein wenig erhöht, in einem Käfig unter die Decke gehängt oder bin ich bereits ein Geist? Er fing zu fuchteln an, herausfinden, wo und was, da schreckte er auf.

Herzklopfend. Sie lag mit dem Rücken zu ihm auf der Seite. In einem beigefarbenen Nachthemd mit einem Muster aus kleinen grünen Tulpen.

Flora, flüsterte Darius Kopp. Flora. Ich habe schlecht geträumt.

Sie rührte sich nicht. Ohropax. Du musst sie rütteln. Stattdessen schaltete er den Fernseher ein. Ein dümmliches Mädchen machte die Lippen spitz, während sie auf einem Tennisplatz strippte. Was ist das für ein Wahnsinn. Er zappte durch, bis er bei den Bezahlpornokanä-

---

ten hereinruft. Nach dem xten Mal, ich sitze auf meinem xten Stuhl, schaut sie mich an:

*Ah, eine Verwandlerin!*, sagt sie und verschwindet.

Die Nächste bin dann schon ich.

Als ich mich in den für die Patienten bereitstehenden Stuhl setzen will, knurrt mich der Hund, der zu ihren Füßen liegt, an.

Na, sowas, sagt die Frau fröhlich, so was ist ja noch nie vorgekommen.

Der Hund der Analytikerin mag mich nicht, erträgt mich gerade mal so.

Wir sitzen neben einem Aquarium. Zwei Fische wohnen darin, ein größerer und ein kleinerer. Der kleinere hockt in einem Gegenstand wie in einer Höhle. Jedesmal, wenn er herausschwimmen will,

len landete. Er gab auf und sah eine Minute zu, und als die freie Zeit abgelaufen war, schaltete er einen Kanal weiter und schaute dort eine Minute zu. Als das Bild wegging, fühlte er sich allein. Er weckte Flora.

Flora. Entschuldige. Ich muss dich wecken. Flora.

Was ist los?

Flora. Ich habe schlecht geträumt. Flora.

Warum sagst du ständig Flora?

Weil ich schlecht geträumt habe. Flora.

Sie drehte sich auf ihre andere Seite und legte einen Arm auf seine Brust. Nicht wie aus Kunststoff, ein echter Arm, tröstlich, und Darius Kopp schöpfte neue Hoffnung.

Er begann erst, sich irgendwie unter sie zu schieben, immer tiefer unter ihren Arm, unter ihren Körper, sich schiebend und sie ziehend, und als er sie ganz auf sich gezogen hatte, drehte er sich doch mit ihr um, so dass nun sie unten lag. Sie ließ es zu. Nichts war dem Traum ähnlich, keine Hitze, keine Schärfe, keine Härte, nirgends Widerstand, Kopp musste sich an die Gratis-Pornobilder aus der

---

kommt der größere und scheucht ihn zurück. Wie kann eine Analytikerin solche Fische in ihrem Behandlungsraum dulden?

Er hat seine Mutter getötet, sagt Dr. F. Dass ihn der Vater deswegen gefangen halte.

Mich interessiert nicht die Perspektive des Fisches, sondern wie man es aushalten kann, sich das Tag für Tag anzusehen?

Ob ich die ganze Zeit über die Fische texten möchte, oder ob ich vielleicht einen Rorschach-Test machen wollen würde?

Auch dort ist alles voll mit Hörnern, Händen, Auswüchsen, Fühlern, Tentakeln. Beckenknochen, Masken, Teufel. Frauen mit hohen Frisuren.

Nein, es gab alles Mögliche in meiner Kindheit, aber sexuell belästigt wurde ich nicht.

Konserve erinnern, trotzdem konnte er nicht fertig werden. Irgendwann gab er auf, rollte sich wieder von ihr herunter, zu seiner Seite. Sie rollte auf ihre und schlief weiter.

In der dritten Nacht war sie wacher als er, ihre Augen standen offen, ihre Arme lagen neben ihrem Körper auf der Matratze. Er nahm die Arme und legte sie sich um. Eine Weile blieben sie liegen, dann rutschten sie ab. Er tat so, als merkte er es nicht, er hatte die Vorhänge zugezogen, es war stockfinster im Zimmer, er schloss seine Augen darauf und arbeitete entschlossen vor sich hin. Hatten wir je guten Sex? Ich kann mich nicht erinnern. Nicht konkret. Nur, dass es eine Zeit der Selbstverständlichkeit gegeben hat. So einfach, so leicht zu bekommen, so köstlich wie ein Butterbrot. Und übrig geblieben ist nur der Schweiß. Ein dicker Tropfen fiel von seiner Stirn auf ihre. Er hörte ihn aufkommen, obwohl sein Atem schon wie ein Sturm in seinem Ohr war, es dauert nicht mehr lange und die Bronchien fangen auch an zu rasseln. Er wurde schneller, um sich selbst zuvorzukommen, das half nicht viel, du musst dir was vorstellen, den rosa Traum, hol

---

Du hattest noch Windeln an, sagt die verrückte Frau.
(Ich stech dich ab!)
Musst du pinkeln? fragt sie.
Ja, sage ich, denn plötzlich muss ich wirklich.
Dann geh!
Ich gehe. Auf dem Klo, mit Blau auf eine weiße Fliese gemalt: ein Porträt des Hundes. Wenn ich sitze, schaut er mir genau ins Gesicht. Das sind doch alles Verrückte.
Diese Dinge sind nicht menschlich, sagt Dr. F., als ich wieder bei ihr sitze.
Was soll das heißen, nicht menschlich?
Ist der Wind etwa menschlich?
Sie sagt, psychische Probleme werden von psychischen Bakterien ver-

den rosa Traum her, dass er auch zu etwas gut ist, ist es das, was du willst, ist es das, was du willst?, auf einem Altar vergewaltigt werden?, ich kann das, ich kann das, wenn es das ist, was du willst. Es half, es erregte ihn, aber dass es so war, fand er beschämend, und dass er es beschämend fand, machte ihn wütend. Mach das Beste daraus, setze auch das in Bewegung um, aber wohin kannst du dich noch bewegen, du bist doch schon auf Anschlag, da begann er seitwärts zu schlingern, um die Reibung zu verändern, und im nächsten Moment flog er unter himmelschreiendem Gebrüll auf den Boden.

Er schaffte es, rechtzeitig in die Klamotten zu kommen, er schaffte es, sie einzuholen. Er schaffte es nicht, sie zum Bleiben zu überreden. Dann fahre ich dich. Mitten in der Nacht, in der Kälte, bitte, ich fahre dich, wohin du willst, was willst du sonst tun, erfrieren?

Sie hatte ihr Bündel dabei, seine Sachen waren im Hotel geblieben. Egal jetzt. Es wird schon irgendwie. Eine Weile gibt es sowieso keine andere Möglichkeit, als nach Süden zu fahren. Er fuhr langsam, möglichst gleichmäßig. Vielleicht schläft sie ein.

---

ursacht. Diese kommen nicht aus uns, sie gehören nicht zu uns, sie kommen von außen und nisten sich parasitär in unsere Seelen ein. Warum? Weil wir ihnen schmecken. Je schlechter es uns geht, umso besser geht es ihnen. Sie sind es auch, die Süßigkeitenhunger in uns auslösen.

Ich spüre, wie ein unwiderstehlicher Süßigkeitenhunger in mir aufwallt. Fliehe! Kauf dir irgendwo eine Tafel Schokolade und iss sie auf. Pass auf, sagt Dr. F. Leg deine rechte Hand an deine linke Schulter, deine linke Hand auf deine rechte Schulter. So, als würdest du dich umarmen. Mach einen schönen Trichter. Und jetzt sage: Ich bin bei dir. Ich bin bei dir. Jetzt sage: Zerschlage diese Gefühlsinstallation. Geh dorthin, wo du am kleinsten bist, und sage: Zerschlage den Spiegel der Selbstbetrachtung. Und noch einmal: Zerschlage diese Ge-

Aber sie schlief nicht ein.

Was machst du?

…

Du hättest da abbiegen müssen.

…

Ich will nicht nach Berlin.

…

Hörst du mich? Ich will nicht nach Berlin, ich will zurück auf den Hof.

…

Hörst du mich?!

Er fuhr schneller.

Und sie: schnallte sich ab und öffnete bei voller Fahrt die Tür.

Er machte eine Vollbremsung: Bist du verrückt?!?!

Denkt dabei an die Tür. Dass der Tür etwas hätte passieren können. Ja, tut mir leid, so bin ich eben. Ja, das Auto ist mir wertvoll, warum auch nicht. Es ist mir treu und ergeben und …

Sie sagte kein Wort, stieg aus, warf die Tür zu. Ihre Sachen wa-

---

fühlsinstallation. Ich bin bei dir. Du bist nicht allein. Zerschlage den Spiegel der Selbstbetrachtung.

Ich tue es, ich sage es, und dabei fangen meine Tränen an zu fließen wie ein Wasserfall. Am Ende lobt sie mich. Das war eine tiefgehende psychologische Operation. Du hast sehr schön mitgemacht. Du hast ein Gespür dafür.

Auf Wiedersehen, du schönes Wesen! rief sie mir hinterher, als ich hinausging.

*

Möchtest du das Gefühl haben, die einzig normale Person in deiner Stadt zu sein: suche den nächstbesten Therapeuten auf.

Ich glaube, ich lese lieber.

ren im Kofferraum, sie kam nicht ran, versuchte es gar nicht, ging einfach los. Stapfte durch den matschigen Schnee am Straßenrand. Kopp wendete, fuhr ihr nach.

Steig bitte wieder ein.

...

Es ist mitten in der Nacht!

...

Du wirst erfrieren.

Aber du weißt, wie weit sie gehen kann. Gut, dann fahre ich eben im Schritttempo neben ihr her. So lange es eben sein muss. Beleuchte ihr den Weg. Mit dem Standlicht, um sie nicht zu blenden. Sie ließ es zu. Sie lief nicht querfeldein, um ihn loszuwerden. Die Lösung fiel ihr nicht ein, oder sie wollte sie nicht. Sie will wirklich nicht umkommen, sie will es schaffen. Aber ob sie wirklich weiß, was sie tut, ist zu bezweifeln. Aber was weißt du schon. Ob sie sich nicht auch ohne Hilfsmittel über weite Strecken orientieren kann.

Sie kamen durch ein Dorf, dort gab es einen Abzweig, ein Schild

---

#
[Datei: jatek]

Das Spiel heißt: jeden Tag von vorne beginnen.
Natürlich kann kein erwachsener Mensch wie ein erwachsener Mensch agieren, wenn er nicht mehr weiß, was man an einem Tag lernen kann. Aber ... etc.
Handeln.
Neu anfangen und dabei so tun, als gäbe es die Krankheit nicht. Von nun an bist du Luft für mich.

#
[Datei: egypillanatig]

nannte Ortsnamen, unbekannt, zumindest mir, sie ging einfach Richtung Osten, weil der Hof im Osten lag.

Anderthalb Stunden ging das so, dann wurden sie von der Polizei eingeholt. Was sie hier machen?

Meiner Frau geht es nicht so gut, sie muss sich ein wenig an der Luft bewegen. Ich fahre neben ihr her, um sie zu beschützen. Das ist doch nicht verboten?

Das nicht, aber mit Standlicht zu fahren, schon.

Sonst blendet es zu stark.

Mag sein, es ist trotzdem verboten, sagen die Polizisten, ohne Kopp groß anzuschauen. Sie wollen die Frau hören, diese soll auch etwas sagen, es bestätigen oder dementieren: Sagt dieser Mann die Wahrheit? Sie gehen hier, weil Ihnen übel ist? (Oder zwingt er sie dazu? Ist das Ihre Strafe? Irgendein perverses Spiel?) Ihr Gesicht ist schon ganz rot gefroren. Sie kann die Lippen kaum bewegen.

Ja.

Brauchen Sie einen Arzt?

Nein.

---

Für einen Moment war es gelungen: ich ging auf der Straße, die übliche Hölle, sah mich verzweifelt um, was könnte helfen, und erblickte den knorrigen, kahlen Baum im Kirchgarten, und wie ich in seine Krone hineinsah, in diese vollkommene, wunderschöne Schwärze, spürte ich, wie das Glück in meinem Körper anwuchs, ich spürte, jetzt bin ich glücklich. Ich sah sie mir an, die kahle Baumkrone, der Stamm war zerfetzt, überall beschnitten, ein hässlich malträtierter Stamm, aber die Krone, die Krone im Winterregen war perfekt. Sie machte mich glücklich für etwa 5 Sekunden. Danach wirkte es nicht mehr. Ich ging weiter in der Hölle, und es sind ständig noch 2 Ecken zu laufen.

Es ist sehr kalt, sagt der ältere Polizist. Sein Name ist OM Schenk. Wenn es Ihnen besser geht, sollten Sie wieder einsteigen. Wir haben schon erfrorene Zehen gesehen. Das Licht müssen Sie auf jeden Fall anmachen.

Danke, sagt Darius Kopp.

Das Polizeiauto wendete und fuhr zurück in die Richtung, aus der es gekommen war. Sehr langsam. Sie schauen durch den Rückspiegel, was wir machen. Wir stehen noch da.

Bitte, sagte Kopp. Steig ein. Ich fahre dich, wohin du willst.

Tut mir leid, sagte Kopp, als sie vor dem Hoftor stehen. Früher haben wir oft lange im Auto gesessen und geredet. Es ist gut, vor seiner eigenen Wohnung auf der Straße zu parken und noch lange zu reden, weil wir gerade etwas erlebt haben, das man besprechen muss, und der Ortswechsel würde es kaputt machen. Einmal hast du dich sehr aufgeregt über Juri, der kichernd bis johlend einer *Juliette*-Lesung beiwohnte, während im Text zur Luststeigerung ein zweijähriges Kind geköpft wurde.

---

#
[Dateiname: G]

G. sagt:
Was du immer tun kannst: Samen verstreuen. Symbolisch und konkret. Blumen pflanzen: überallhin. Unter Bäume am Straßenrand. Unter die Nasen der betrunkenen Stammkundschaft der Stampen. Auf Stadtbrachen. All das ist verboten. Natürlich ist so etwas verboten. Drauf gepfiffen. Außerdem, wofür zum Teufel hast du deinen Führerschein, du kannst Lebensmittelspenden zur Tafel fahren, und du kannst sie dort ausgeben. Ich bin fremd wie überall, und ohne G. würde ich mich niemals dahin trauen, und aus unbekannten Gründen schäme ich mich auch etwas, aber darüber musst du dich hin-

Aber es wird doch nicht wirklich geköpft, lachte Juri. Es wird doch nicht wirklich geköpft, was regst du dich so auf?

Da war sie auch ganz rot im Gesicht.

Dein Freund ist ein Arsch, sagte sie im Auto vor dem Haus sitzend. Aber er hatte recht, mich auszulachen.

Er hat nicht dich …

Sie winkte ab.

Da hast du Literatur studiert und kannst nicht lesen. Eine Schande, wirklich. Zum einen. Zum anderen hat er sich *Melancholie der Engel* angeschaut und nach eigenem Bekunden ebenfalls gelacht. Was ist nur los mit ihm?

Es tut mir leid, sagte Kopp vor dem Hoftor stehend. Ich mache es nicht absichtlich falsch.

Ich weiß … Tut mir leid, dass ich es nicht würdigen konnte.

…

…

Willst du nie mehr Sex haben?

Da fing sie wieder an zu lodern: Ist das deine größte Sorge?

---

wegsetzen. Ich werde mich nicht verachten für die »Gutheit« dieser Dinge. Ich werde auch nicht stolz sein. Wozu Stolz.
Am wichtigsten ist, in Bewegung zu bleiben. Das Gegenteil hast du schon ausprobiert. Hat nicht geholfen.

#
[Datei: Ilonka]

Natürlich arbeiten in der Armenspeisung auch nur Menschen. Frau Ilonka (erfundener Name) ist so eine strenge Gutmütige. Ein Euphemismus. In Wahrheit ist sie eine Beleidigung. Grobheit, die als Husch-husch-Art getarnt ist. Ja, sie schubst sogar. Geh da weg! Duzt natürlich jeden. Ich sieze sie höflich und mit leiser Stimme, spreche

Von null auf hundert wurde auch Darius Kopp wieder wütend. Seine Stimme zitterte: Nein, nicht das, sondern *das* hier.

Er stieß mit dem Kinn Richtung Hoftor. Was soll das darstellen?

… Hä?!

…

Ich hab's dir schon einmal erklärt. Dann erklär es mir nochmal!

Aber sie erklärt nichts.

Ich würde mich jetzt ganz gern schlafen legen.

Vögelst du mit einem von denen?

Da stieg sie aus.

Hat ihr Lumpenbündel schon wieder im Kofferraum gelassen. Es ihr hinterhertragen? Aber er hatte zu lange gezögert, sie kamen ihr schon entgegen. 04:30 in der Nacht/am Morgen, aber sie haben sie erwartet. Diesmal ist es der Mann, der Neubauer. Meine scheinheiligen Freunde. Bittet ihr mich ebenfalls einzutreten? Nein. Hebt einen Arm, als würde er ihn ihr um die Schulter legen wollen, um ihr beim Eintreten zu helfen. Ob er sie wirklich berührt hat oder nicht,

---

sie mit Frau Ilonka an. Kein Effekt. Spricht keinen je mit Namen an. Du da! Du machst das, du machst das, aber dalli, dalli, und mein lieber Scholli, wie oft soll ich's dir noch sagen, ich will nicht noch mal darauf aufmerksam machen müssen, jetzt reicht's mir aber, hast du's jetzt endlich, das ist doch wohl nicht so schwer, zicke-zacke usw. Niemand hat sie zur Chefin ernannt, sie hat sich selbst ernannt. Drill-Sergeant Frau Ilonka. Horterzieherin, Gardobiere, Gefängniswärterin meiner Kindheit. Assoziationen. (In Wahrheit habe ich KZ-Wärterin assoziiert. Ich verschweige das sogar vor mir selbst. Was weißt du schon vom KZ? Nichts.) Sie ist nicht allein schuld daran. Der Boden, aus dem sie gewachsen ist: Preußen, der Faschismus, der real existierende Sozialismus. Das sind die anzunehmenden Alternativen in dieser Region. (Und was ist mit dem Pietismus? Dem

konnte Darius Kopp von seiner Position aus nicht mehr sehen. Zwischen zwei Bewegungen des Scheibenwischers sind sie verschwunden. Scham und Wut in jeder Zelle.

*Life is too short, too short, too short…* Am roten Weinkühlschrank hängt ein Vorhängeschloss, aber wir haben den Schlüssel. Das Leben ist zu kurz, um billigen Wein zu trinken, wo er recht hatte, hatte er recht. Es ist nicht mehr viel da, ein knappes Dutzend Flaschen. Seitdem der Mann tot ist, vermieten sie die Mansarde an Touristen. Bedienen Sie sich gerne und legen Sie soviel Geld in das Körbchen daneben, wie Sie möchten. Wenn es so weitergeht, werde ich der Letzte sein, der das je getan haben wird. Eine Flasche pro Tag ist nicht viel für einen, der gesellig ist oder ungesellig. Als Christina zwei Tage später an der Tür klopfte, waren Kopps Lippen von Rotwein gefärbt, aber das sah er erst später. Sie: sofort.

Oh, sagte sie. Entschuldige, dass ich störe.

Sie zögerte, kehrte fast um, sprach es dann doch aus: Ich hätte… Wenn es möglich wäre…

---

Humanismus? Dem Liberalismus? Waren das KEINE Alternativen? Wie auch immer:) Es gibt anzunehmende Gründe genug, gnädig zu ihr zu sein. Aber wann bin ich gnädig: wenn ich sie hinnehme (Sie gewähren lasse) oder wenn ich ihr in aller Liebe die Chance eröffne, trotz aller Voraussetzungen eine freundliche Umgangsweise zu versuchen? Aber ich habe keine Liebe zu ihr in mir. Deswegen geht es nicht. Ich kann sie nicht auf ihre Grobheit ansprechen, weil ich sie nicht mag. Und warum können es die anderen nicht?) Der Einzige, mit dem sie einigermaßen gnädig umgeht, ist der Mönch mit dem zerschnittenen Gesicht. Er trägt einen weißen Bart, obwohl er noch jung ist. Sein Haar ist braun, sein Bart ist weiß, zwischen weißen Barthaaren rote Schluchten: die Narben. Er war mal in der Hand von Terroristen, sagt Ilonka. Ich denke erst, sie lügt, was, neben ih-

Ob sie und die Kinder auf der Terrasse ein Weihnachtsfeuer machen dürften.

Ein was?

Das ist eine Tradition. Man zündet über Weihnachten Feuer an, um die bösen Geister abzulenken, damit sie nicht am Baum nagen, der die Welt trägt. Wir haben das immer … Hier auf der Terrasse. Vielleicht wäre es auch für dich interessant.

(Nein, dachte Darius Kopp. Ich will weiter Pizza essen, Rotwein trinken und Kriegsfilme schauen. Aber laut sagte er, wohlerzogen bis ins Grab:) Verstehe. Klar. Natürlich.

Er half, die Utensilien aus der Rumpelkammer neben der Mansarde zu holen. Wenn du deine eigenen Pläne nicht verwirklichen kannst, kannst du dich ebenso gut wie ein Gentleman verhalten. Schleppe, was zu schleppen ist, die (schwere) Feuerschale, zwei Plastikbänke, das Holz, fege den Schnee beiseite und hilf dem kleinen Jungen, das Feuer anzuzünden. Die Tochter kommt, als alles fertig ist. Sie heißt Irini, das bedeutet Frieden. 13 Jahre alt und dünn wie ein Zweiglein, überschminkte Aknemale im Gesicht. Sie ist von

---

rer Grobheit, ein Beweis dafür wäre, dass ihre Persönlichkeit unhaltbar deformiert ist, und ich wäre in diesem Fall bereit, endlich den Mund aufzumachen und zu sagen: diese Frau ist psychiatrisch auffällig, halten Sie es wirklich für eine gute Idee, sie hier mitarbeiten zu lassen, aber dann schau ich sie an und weiß: sie lügt nicht. Nur, weil so etwas sonst nur in den Nachrichten vorkommt, heißt es noch nicht, dass die ruppige Suppenfrau, die ohne Zärtlichkeit Gutes tuende Ilonka lügt.

Was für Terroristen?

Er war Missionar, sagt Ilonka, als würde sie sagen: selber schuld.

Aber das ist ja schrecklich, sage ich, so dämlich quieksig, wie ich eigentlich nicht bin (nicht sein will).

Woraufhin Frau Ilonka, mit einem Achselzucken und begleitet vom

oben bis unten in Hellblau gekleidet, die beiden Decken, in die sie sich hüllt, sind ebenfalls hellblau. Die Augen sind nicht grün, sondern schwarz, die des kleinen Jungen auch.

Der Große wollte nicht mit hochkommen. Er ist fünfzehn.

Das Feuer brennt, schau, auch auf anderen Dächern, aus der Musikanlage in Kopps Zimmer tönen Weihnachtslieder: deutsche und amerikanische. Gesungen von einem Kinderchor auf Griechisch. Irini, Jorgo und Christina singen mit, Darius Kopp nicht. Erstens kann ich nicht griechisch und zweitens kann ich mich gerade so weit zusammenreißen, nicht hineinzugehen und den Fernseher einzuschalten. Er trinkt die ganze Thermosflasche mit dem Glühwein für die Erwachsenen aus und geht alle 5 Minuten auf die Toilette. Schrubbt sich lange den Mund am Spülbecken, das letzte warme Wasser des Tages verrinnt. Als er sich wieder einmal aus der wackeligen Plastikfalttür geschält hat, singen die griechischen Kinder vom Band gerade Stille Nacht.

Es kommt, wie es kommen muss. Das kennst du doch bestimmt etc.

---

mörderischen Krach, der jede ihrer Bewegungen begleitet (irgendwelche Töpfe oder Stühle oder Kisten gibt es immer) Folgendes sagt: Shit happens.

Ich hätte nicht angenommen, dass Frau Ilonka auch nur ein einziges englisches Wort kennt.

Und als Nächstes scheucht sie die Essensabholer wieder auf eine Weise, dass sich ein Obdachloser beschwert. Der dicken Frau mit den beiden dicken kleinen Mädchen an der Hand, alle drei haben vorne schwarze Zähne, ist anzusehen, dass sie das auch gerne täte, sich aber nicht traut. Und ich? Lächle zum Ausgleich alle hilflos an.

#

[Datei: alternativ]

Ja und nein. Ich kenne den Text nicht. Ich kann nur: stille Nacht, heilige Nacht, stille Nacht, heilige Nacht, sagt Darius Kopp, damit alle lachen können.

Irini singt: stille Nacht, heilige Nacht, stille Nacht, heilige Nacht und Jorgo sekundiert natürlich, stiele naa, hajuga naa. Das Mädchen hat eine Stimme wie ein Glöckchen.

Eine Weile hält das die Stimmung über dem Rand, aber irgendwann wird doch peinlich geschwiegen, weil die Kinder auf der CD ja unbedingt alle 5 Strophen singen müssen, stille Nacht, heilige Nacht, stille Nacht, heilige Nacht, sie hören gar nicht mehr auf, und dann doch, und etwas anderes kommt, aber da singt keiner mehr mit. Ihre Laune geht allmählich den Bach hinunter, ist es meinetwegen, oder nicht, vielleicht denken sie auch grad an *ihn*. Den Unbekannten mit den schwarzen Augen und dem guten Weingeschmack. Vor 3 Jahren war der Kleine erst 2, das Mädchen war schon 10. Darius Kopp zieht sich eine Decke vor den Mund, um weniger da zu sein. Gottseidank kommt Jingle Bells, und Jorgo mag das so sehr, dass er nicht nicht singen und tanzen kann, und,

---

»Alternativ« sollte ein jedes Leben sein. Es sollte Alternativen geben. Es sollte möglich sein, dass du, wenn du das eine nicht tun kannst (einer bezahlten Tätigkeit nachgehen), du etwas anderes tun kannst, das a) dein Überleben sichert und b) deine Würde erhält. Natürlich muss man Kompromisse machen. In der Lebensweise. Und auch, was die Utopien anbelangt. Du kannst das Paradies nicht zur Voraussetzung/zum Ziel machen. Du kannst dich für die Gemeinschaft nützlich machen und trotzdem am Leben leiden. Aber wenigstens hast du dich nützlich gemacht. Das ist mehr als Nichts. Es ist das Etwas.
Und natürlich gilt das *so* nur für *hier*. Die Minimalvoraussetzung für alle Welten muss lauten: Glück ist, wenn du wenigstens zwei Alternativen hast, am Leben zu bleiben. Blödsinn. Irrtum. Schönfärberei.

um gutzumachen, was man gutmachen kann, singt nun auch Darius Kopp mit.

Er bemühte sich, es nicht zu gut zu machen, aber es gelang immer noch so, dass die Frauen große Augen bekamen und der kleine Jorgo aufhörte zu tanzen und zu lallen und sich direkt vor Darius Kopp stellte, um ihn anzustarren. Von da an wichen sie ihm nicht von der Seite. Sie schleiften ihn hinunter in ihre Wohnung, zeigten ihm seinen Platz am Tisch – zum Essen kam auch Aristidis, auch er mit Aknemalen im Gesicht und ganz in Schwarz gehüllt, anwesend und auch wieder nicht – gossen ihm Wein und Wasser in die Gläser und schoben alle Schüsseln mit dem Essen dicht an seinen Teller heran.

Nach dem Essen gingen die Jungen wieder zum Fernsehen über, aber Irini zeigte mit ihrem dünnen Zeigefinger auf Kopp und sagte: *You wait please!* Sie holte eine Ukulele und ein Liederbuch mit allem möglichen Zeug, Beatles und Ähnliches. *You know that? And this?* Sie kann nicht mehr als drei Akkorde greifen, aber ihre Glöckchenstimme passt perfekt zu Darius Kopps lyrischem Tenor, und so san-

---

Die Minimalvoraussetzung ist: wenigstens *eine*. Aber in diesem Fall stellt sich die Glücksfrage anders. Hältst du die eine Möglichkeit aus und bist du bereit, sie weiter auszuhalten, dann hast du das maximale Glück, das du in deiner Situation haben kannst, erreicht. Wenn du aufgibst, also: stirbst, hat sich die Frage nach Glück erledigt. Statt einer vorübergehenden ist eine endgültige Lösung gefunden.

#
[Datei: titok]

Er ist nicht ganz stumm. Es gibt Leute, mit denen er redet. Sie haben ihm die Zunge nicht herausgeschnitten. Er hat es geschafft, die Zunge zu behalten. Aber seitdem spricht er nur noch mit manchen.

gen sie den Rest des Abends *Yellow Submarine*, *Yesterday* und all die Dinge, die 13jährige Mädchen mögen. *A bridge over troubled water.* Und wenn Darius Kopp Anstalten machte, eine Zeile oder auch nur ein Wort nicht mitzusingen, gab sie ihm mit ihrem knochigen Knie einen Stups: weiter! Darius Kopp verbringt den zweiten Weihnachtsfeiertag Knie an Knie mit jemand anderes 13jähriger Tochter, singend, so etwas habe ich auch noch nie erlebt, aber ich kann mein Herz nicht öffnen, nein, ich kann es nicht, ich bin höflich, keiner kann was sagen, ich kann mich benehmen, du wärst stolz auf mich, aber mein Herz, mein Herz, wenn es spät genug geworden ist, gehe ich wieder hoch in mein Asyl. Irini brachte ihn zur Tür und sagte: *Have a nice sleep.*

Zwischen Feiertagen ist die beste Zeit, heimlich wieder einzuziehen. Wo steht denn geschrieben, dass ich auf dich warten muss? Ständig auf dich warten? Eine Matratze aus dem Storage holen, alles andere ist nicht wichtig. Ich habe gelernt, mit wenig zurechtzukommen. Kann mich an die meisten Gegenstände gar nicht mehr erinnern.

---

Wer wird auserwählt, wer nicht?
Ich war es nicht.

#
[Datei: ismertelen_ismerös]
Unbekannte/r Bekannte/r

G. sagt, du bräuchtest jemanden, der dich in deiner ganzen Schönheit sieht. Ach, sage ich ...
Ich denke, er sieht mich sogar, im Gegenteil, viel schöner, als ich tatsächlich bin.
Wie ich mir so etwas einreden könne? Er habe doch keine Ahnung davon, wer ich sei.

Das Sofa, der Fernseher. Aber wenn man eine Matratze hat, braucht man kein Sofa mehr. Maßangefertigt in Italien. Würde vielleicht noch das Geld für einen weiteren Monat einbringen. Das wäre dann nicht Wertverlust, sondern Gewinn. Was sie hinterlassen hat, bringt hingegen nichts mehr ein. Antiquarische Bücher, getragene Kleidung, ein gebrauchter Sessel. Dann kann ich ebenso gut dein Zimmer wieder einrichten. Deine Kleider in einen Schrank hängen. Ein roter Rock ist mir in Erinnerung und ein schwarzes Kleid. Ihre schmutzigen Knie unter einem schwarzen Kleid, wie bei einem Kind, ein leichtes X. Manchmal würde ich mich in den Sessel setzen und in Büchern blättern ---

Als ob du das jemals getan hättest/tun würdest. *Herman Broder turned over and opened one eye? In his dreamy state, he wondered, whether he was in America, in Tzivkev, or in a German camp?* Von wegen.

Sich selbst ertappt zu haben hielt Darius Kopp einen weiteren Vormittag seines Lebens auf das Rettungsinsel-Bett gedrückt, Kanäle über Kanäle, Reisen über Reisen, und als er sich schließlich,

---

Aber warum müsste er das wissen? Das ist ein Missverständnis. Dass der Partner oder überhaupt einer einen sehen sollte. Es ist vielmehr so, dass seine Immunität es ist, die mich tröstet. Dass er mit jemandem wie mir zusammenleben kann, ohne dass er davon angegriffen wird. Er bleibt stets, was er von Anfang an war.

Ein Ignorant! Ignoranz ist ebenso Misshandlung wie Ohrfeigen!

Das stimmt nicht, sage ich ernst, weil das ein Punkt ist, an dem ich über Klarheit verfüge. Ohrfeigen kannst du nicht unbewusst verteilen. Während man jemanden nicht wahrnehmen kann, ohne es zu merken. Etwas Unbewusstes kann keine Sünde sein. Um sich versündigen zu können, muss man wissen.

Sie schweigt eine Weile, dann sagt sie dunkel:

Das ist eine dumme Strategie. Eine ungeheuer dumme Strategie.

von Hunger getrieben, wieder erhob, war schon klar, dass er nicht fahren würde.

Da sind zum Beispiel die verkohlten Reste auf der Terrasse. Das muss aufgeräumt werden. Es sind nicht meine verkohlten Reste, aber dann doch. Also räumt er auf. Fegt, füllt Müllsäcke, wie es sich gehört. Schrubbt klebrigen Ruß von der Feuerschale und anschließend von den Händen. Eine Thermosflasche ist auch stehen geblieben.

Er klopfte nicht, er horchte nur, ob hinter der Tür der Familie Bewegung zu hören war. Nein. Er atmete aus und stellte die Thermosflasche auf die Schwelle.

Na, hast du schon griechisch gelernt? fragte der zurückgekehrte Stavridis.

Ich kann *Átomo* und *Exodos* sagen, sagte Darius Kopp.

Stavridis lachte. Seine perfekten falschen Zähne blitzten. Die Sonne schien aus tausend Rohren. Als wäre es schon weit im Frühling.

Ist das nicht herrlich? Stavridis warf die Arme in die Luft. Das sind die Alkionischen Tage!

---

Ich bin nun ganz ruhig und sicher. Ich sage: Nein. Zu wissen, dass er versteht, also mitleidet, würde mein Leiden nur noch erhöhen.

#

[Datei: alma]

G. lässt es nicht auf sich beruhen.
Sie sagt: Du gehst deswegen nicht zur Therapie, weil du dich zerstören willst. Du willst dich dabei beobachten, wie du zerfällst, so, wie du einem Apfel beim Verrotten zusehen würdest oder einem Kadaver beim Zerfall.
Nein, das stimmt nicht. Beziehungsweise: was könnte eine Therapie

Die *Halkyonischen* Tage sind im Januar, sagte Christina. Aber egal.

Sie freut sich. Man ist auf dem Weg nach Sounion, Silvester bei einem Freund von Stavridis zu feiern. Einem österreichischen Künstler. Woher kennt Aris Stavridis österreichische Künstler? Egal. Sie quetschen sich alle in Kopps Auto. Christina hat ihrs, wie sie fröhlich mitteilt, schon vor Jahren in der Pfandleihe verloren.

In der Pfandleihe? Kann man ein Auto in die Pfandleihe geben?

Natürlich kann man das.

Und ein Haus?

Das nennt man dann wohl Hypothek. Zum Glück habe ich kein Haus!

Zu der Feier ist eine unübersichtliche Anzahl von Leuten geladen, Künstler, Zivilisten, Griechen, Nichtgriechen. Das Haus ist winzig, der Garten dafür ungewöhnlich groß. Unbekanntes Gemüse und Skulpturen. Niobe und ihre Kinder, die gerade von Zeus' Blitzen ge-

---

ausrichten bei einem zerfallenden Kadaver, einem rottenden Apfel? Na also. Aber so eine schlechte Meinung über mich selbst habe ich gar nicht. Ich rotte nicht. Das, was ich hier habe, ist auch eine Form der Existenz. Auch wenn sie schmerzhaft ist, bin ich mir nicht sicher, ob eine andere Form wirklich besser wäre. Die anderen sehen auch nicht glücklicher aus. Außer natürlich D.

Das wäre die einzige Möglichkeit. Aber auch dazu muss man geboren sein. Oder du könntest zu einer Weisen werden.

Ich kann nicht zu einer Weisen werden und mich gleichzeitig um ihn kümmern.

Warum sollte das nicht gehen? Wer sagt, dass man nur in der Einsamkeit zur Weisheit finden kann?

Ich sage das nicht, ich sage nur, dass es für MICH nur in der Einsam-

troffen werden. Einige stehen noch, andere sind schon gefallen. Das zuerst getroffene Kind ist nur mehr ein Haufen pockigen Betons, ein zerfallendes Schwalbennest. Darius Kopp sieht lieber woandershin. (Schlechte Statuen, aber nicht deswegen kannst du sie nicht ansehen. – Heißt das, dass sie dann gar nicht schlecht sind?) Überall im Garten Brocken unbearbeiteten und vielleicht bearbeiteten Holzes, Stämme, Stümpfe, die sind schon eher ansehbar. Aber die Bäume, die sind die eigentliche Kunst, sagt Stavridis zu den Kindern und übersetzt es für Kopp: das sind nämlich alles verwandelte Nymphen. Das ist Philia, das Calypso, Doris, Thetis, und das Galatea, und das Amphitrite.

Und das: Ingeborg, schaltet sich der Österreicher ein.

Wer ist Ingeborg?

Der Österreicher und Stavridis lachen schallend. Das ist ihre ganze Antwort.

Warum bist du ausgestiegen? fragt Darius Kopp, um Konversation zu betreiben, den kallitechnís austriakós. (Ich habe seinen Namen sofort vergessen. Robert. Oder Jörg.)

---

keit zu finden wäre. Und dass diese Einsamkeit keine Option ist. Du trägst Verantwortung für den, den du gezähmt hast.

*

Sie geht auf die Knie. Ich sitze auf einem Stuhl, sie geht auf die Knie, nimmt meine Hände, schaut mir ins Gesicht.

Entschuldige. Ich will doch nur Gutes. Sei nicht böse. Ich bin nicht böse.

Sie legt ihren Kopf auf meine Knie und bleibt eine Weile so. Ich streichle ihr Haar.

*Manipulative bitch*, die ich bin.

*

Wer sagt denn, dass ich ausgestiegen bin? Ein Künstler kann nicht aussteigen. Er ist per se draußen.

Verstehe, sagt Darius Kopp.

Bist *du* ausgestiegen?

Nein. Ich fahr nur ein bisschen herum. (Der Karte nach befinde ich mich auf der Hälfte des Rückwegs. Was überhaupt nichts heißt. Immer noch ist mir, als säße ich auf dem Mars fest und müsste das geeignete Gerät, mit dem eine Rückkehr möglich wäre, noch erfinden. Aber das werde ich *dir* so nicht sagen. Weil ich dich nicht mag.)

Seit wann bist du unterwegs? fragte der Österreicher.

Ein halbes Jahr.

Woraufhin Robert Jörg Fischbacher, Maler, Fotograf, Videokünstler und Bildhauer, abwinkte.

(...!) dachte Darius Kopp.

Später fingen sie an zu spielen, Karten an dem einen Tisch, Roulette an einem anderen. Wie es schien, sogar um echtes Geld.

---

*»Wir brauchen uns nicht zu schämen, aber wir sind auch nichts und verdienen nichts als das Chaos.«*
Thomas Bernhard

→ 575

Das musst du, sagte Stavridis. Wie willst du sonst wissen, ob du im nächsten Jahr zu Geld kommst oder nicht? Komm, setz dich da hin.

Aber Darius Kopp beherrscht keine Kartenspiele, nicht ein einziges Kartenspiel beherrscht er, das gab's bei uns in der DDR nicht.

(Immer derselbe blöde Witz, der ein guter Witz ist, weil sie lachend von dir ablassen.)

Dann Roulette!

Vielleicht später.

Stand eine Weile neben Stavridis, der scheinbar vollkommen willkürlich auf verschiedene Zahlen setzte und stets verlor. (Wo sind Christina und die Kinder?)

Weißt du, wer dich aus Paris grüßen lässt? fragte Stavridis und setzte auf die 12.

Nein.

Mein Sohn Mathieu. Du kennst ihn noch aus Berlin!

(Nein.)

Er hat schon Beteiligungen an 12 Internet-Start-ups. Mit 21 Jahren. Nicht schlecht, was?

---

Nein.

Pardon?

Nicht schlecht.

(Wenn man bedenkt, dass es nur jedes 1000ste schafft, müsste er Beteiligungen an 1000 haben. Sag das nicht. Ist doch egal jetzt.)

Stavridis verlor und setzte neu, diesmal auf die 21. Ich muss in einpaar Tagen nach Palermo.

Aha?

Ja. Ich verkauf da was, red ein bisschen Italienisch mit denen…

…

Warst du schon mal in Palermo?

Nein.

Magst du mitkommen?

Ich, wieso?

Einfach so. Um dabei zu sein.

Das Rasseln der Kugel.

Nur Hardware, das hast du in 2 Stunden gelernt, aber für das

---

erste Mal musst du das gar nicht. Einfach nur zum Schauen. Warst du überhaupt schon mal auf Sizilien?

Nein.

Und wieder verloren.

Überleg's dir. Sind ja noch einpaar Tage Zeit. Ich meine es ernst. Lass uns zusammen was machen. Damit du wieder reinkommst. Und überhaupt. Ich will ja immer schon etwas mit dir machen. Ich die Kommunikation, du das technische Knowhow. Ich weiß ja, dass ich da nicht, du weißt schon …

Stavridis zwinkerte, das verzerrte sein Gesicht auf eine komische Weise, und setzte auf die 37. (Also doch wirklich willkürlich.) Kopp tat so, als wäre sein Glas leer, und drehte sich weg. Dort stand Christina und fragte:

Magst du uns zum Strand begleiten?

Danke, sagte Darius Kopp. (Und wieder habe ich jemanden zum Lachen gebracht.)

---

Auf dem Meer beleuchtete Boote, am Strand Feuer und Musik und noch mehr Leute, als Kopp erwartet hätte. Er verlor sofort die Übersicht, das heißt, die Kinder vor Augen, aber Christina blieb ganz ruhig. Sie können auf sich aufpassen. Da, siehst du, da sind sie. Irini, die einen ekstatisch kreischenden Jorgo um ein Feuer herum jagte. Und Aristidis ist dort auf dem Felsen.

…

Ach, es ist schon schön, sie alle auf einmal dazuhaben. Aber *immer,* das würde ich allein gar nicht schaffen. Obwohl ich eigentlich immer allein mit ihnen war. Auch als er noch lebte.

…

Er konnte eben nicht anders. Er war da, aber als wäre er nicht da. Manchmal schenkte er uns tagelang keinen einzigen Blick. Wir sahen ihn, aber er war, als sähe er uns nicht. Manchmal, für einpaar Minuten. Und dann war er wieder weg. Ich wusste, er tat das nicht wie die anderen, die Paschas, weil wir ihm egal waren. Weil er sein Leben hatte und wir darin nur Nebenrollen. Er konnte einfach nicht anders.

---

…

Eine seiner Großmütter ist mit 48 gestorben, keiner redet über die Ursachen. Die andere Großmutter ist dafür häufig für ganze Tage nicht ansprechbar gewesen, hat sich auf den Acker gestellt und hackte wortlos den ganzen Tag, ununterbrochen, nichts und niemand konnte sie dazu bringen, damit aufzuhören. Bomben, vom Hund gebissene Kinder, nichts. Den Kindern sagten die anderen Frauen, sie sollen drauf achten, dass sich ihre Mutter nichts antut – aber was hätten die Kinder tun können?

…

Er hat das Lächeln auf unserer Hochzeit eingestellt. Das heißt, da ist es mir aufgefallen. Er sagte, das sei, weil er sich in so einer großen Gesellschaft nicht wohl fühle. Als unser erstes Kind geboren wurde, weinte er. Ich dachte, vor Freude oder Rührung. Später erzählte er, er habe getrauert. Das dritte Kind habe ich gegen seinen ausdrücklichen Wunsch bekommen. Er wusste und ich wusste, dass ich es getan habe, um ihn hierzubehalten. Er hat dann noch 2 Jahre durchgehalten.

---

…

Ich habe mir das nicht einfach gemacht. Ich habe viel geweint während dieser Schwangerschaft. Aber als der Kleine auf die Welt kam und ich ihn sah, wusste ich: und selbst, wenn er seine Schwermut geerbt haben sollte, sehe und spüre ich, dass er jetzt und hier nur eins will: am Leben sein. Man legte ihn Vasilis in den Arm, und er hielt ihn nur und zeigte keine Regung, aber mir war das schon egal. Als Jorgo auf die Welt kam, hörte ich auf, an Vasilis zu leiden. Vielleicht wird er mir eines Tages Vorwürfe machen, das wird mir weh tun, aber ich werde mich weiter im Recht fühlen, denn ich werde mehr wissen als er: Ich werde mich daran erinnern, dass er als Kind nichts Geringeres wollte, als zu leben. Wenn du ihn fragst: Jorgo, was willst du werden, sagt er: Groß werden und Fußball spielen.

…

Er sagte, es sei, als wäre ein Brunnen in sein Gehirn gebohrt. Aber nicht nur einer. Viele Brunnen, die alle von derselben Quelle gespeist werden. Sie steigt von Zeit zu Zeit hoch, und ihr Name ist: Todeswunsch. Es quillt aus dir hervor und es will dich zu sich zie-

---

hen, dich in dich selbst zurück, als könntest du dich selbst restlos aufessen. Das ist der Befehl. Iss dich selbst restlos auf.

…

Ich habe nach seinem Tod in seinem Tagebuch gelesen. – (Ja so ist es. Das Gesetz fordert Schutz des Körpers der Leiche, Schutz der Habseligkeiten der Leiche, aber jenseits eines gewissen Punkts kann man das Recht nicht mehr durchsetzen, und das Tagebuch befindet sich jenseits dieses Punkts.) – Er hat es in Briefform an seinen verstorbenen Vater geschrieben. Und in all den Jahren hat er mich oder die Kinder mit keinem einzigen Wort erwähnt. Er schrieb nur über sich. Nur über sich. Als wäre er ganz allein auf der Welt gewesen. Zuerst war ich sehr wütend. Dann habe ich es begriffen: das ist die Wahrheit. Er war ganz allein, und er konnte nichts dafür, und ich konnte nichts dafür. Am Ende hat er über Seiten nur noch krakelige Linien gezogen.

…

Ich habe ihn gefunden. Er hat es so gemacht, dass niemand sonst als ich ihn finden konnte.

---

…

Ich hätte eine Frage, sagt Darius Kopp, als das wieder möglich ist. Als er tot war: hast du ihn mehr oder weniger geliebt als vorher?

Weniger. Natürlich weniger.

Warum natürlich?

Weil ich am Leben war und drei Kinder hatte, und er war tot. Da verläuft eine Grenze. Zwischen den Lebenden und den Toten verläuft eine Grenze. Ich habe unten auf der Straße auf die Rettung gewartet. Er lag oben. Ihm konnte nichts mehr passieren.

…

Man kann es sich nicht vorstellen, aber mit der Zeit nimmt die Trauer ab und auch alle anderen Gefühle. Ein Lebendiger kann nicht mit einem Toten leben, so ist es einfach.

---

## 22

Silvester vorbei, die ersten Tage des neuen Jahres auch. Es ist wieder kälter geworden, es schneit auch, aber nicht so sehr, dass es einen wirklich einsperren würde. Die Pomeranzenbäume sind weiß und grün, die Straßen sind schwarze Schlieren. Auf der Terrasse gibt es eine Ecke, in der noch der alte Schnee liegt, und eine andere, in der nie Schnee liegen bleibt. Der Nordpol auf meiner Terrasse und der Äquator. Am Dreikönigstag kommen die Kinder und malen auch über die Tür der Mansarde C + M + B. Mit hellblauer Kreide. Efcharisto, sagt Darius Kopp.

Irini fragt, Christina übersetzt: Wirst du hier sein, wenn ich in 2 Wochen wiederkomme?

Weiß nicht, kann sein, lautet die freundliche Antwort.

Es ist doch zu kalt hier oben, sagt Christina. Du könntest in Aristidis' Zimmer wohnen, wenn du willst.

Ach, sagt Darius Kopp lächelnd. Ein Deutscher wärmt sich doch am Eisblock.

---

## 21

[Datei: maradék]

Kein Auslöser

Aus dem Nichts, ohne Vorwarnung.

Nicht, dass [ich] keine Lust [hätte] auf dieses oder jenes und stattdessen auf etwas anderes.

Nichts.

Nicht schlafen und nicht wachen.

Nicht das Flaubertsche *ennui*. Kein Lebensekel, kein Überdruss. Keine Melancholie, wenn alles schmerzlich wird. Sondern NICHTS.

Steht lächelnd in der Tür, bis er sie hinter ihr schließen kann.

Fernseher wieder an. Forscher arbeiten an Methoden, Eisberge mit Schiffen dorthin zu schleppen, wo es Trinkwasserknappheit gibt. Sie bauen einen Schutzmantel aus Textil und legen einen Wasserpuffer drumherum, um das Abschmelzen zu verlangsamen. Alte und junge Männer mit 3D-Brillen schauen sich die Computersimulation an und freuen sich wie kleine Kinder.

Die letzte Eintragung hat sie anderthalb Jahre vor ihrem Tod gemacht. Gerade über das Ende weißt du nichts. Das ist das, was unteilbar ist. Átomo. Den Laptop, den ich ihr geschenkt habe, seit geraumer Zeit nur mehr gelegentlich für Internet benutzt. Der Aufwand, festzustellen, welche Websites jemand häufiger besucht, ist minimal für jemanden vom Fach. Darius Kopp kam in Berlin an, bevor für die meisten dort der Tag überhaupt angefangen hätte. Die Sonne geht auf der anderen Seite des Hauses auf, im Zimmer, das sie zuletzt vor Monaten und er auch schon seit Wochen nicht mehr betreten hatte, war das Licht noch blau. Alles ist langsam und gedämpft, als läge es unter Wasser. Bücherregale, ein Liegestuhl, ein

---

Schaue aus [dem] Fenster, sehe eine Reihe Häuser, aber das ist nur wie auf die Scheibe gemalt. Aber selbst wenn da wirklich etwas wäre, wäre es egal. Ich habe alles getan, was ich tun konnte. Jetzt möchte ich nichts mehr.

Das Nichts, aus dem nichts wird.

Und warum lebst du dann noch?

*Aus Trotz, aus purem Trotz?*

Ach wo. Das wäre schließlich auch ETWAS.

Ich habe den Moment verpasst. Als ich wach wurde, war er schon vorbei. Selbst der Tod ist, soweit er freiwillig ist, eine Tat.

Ich töte nicht und werde nicht getötet, weil ich nicht bin.

antiker Kartentisch, auch von mir, der Laptop passt genau darauf. Grauer Laptop. Eine gesunkene Bleikassette. Das Zimmer, die ganze Wohnung sieht aus wie etwas, das man verlassen hat. Wir haben sie bereits verlassen, so sieht es aus, obwohl wir für die Behörden immer noch hier wohnen. Eine diffuse Wut nach mehreren Seiten erwachte wieder in Darius Kopp. Gegen die Bauern, gegen Flora, sogar gegen die Bayern, gegen Juri und die Kumpel. Dabei, was können die dafür?

Dieses erste Mal griff er noch nicht auf ihre Dateien zu. (Aber welche wann zuletzt aufgemacht worden ist, kannst du auch so, aus dem Augenwinkel, sehen.) Er verfolgte ihre Aktivitäten im Internet nach. Planst du eine Bombe zu bauen? Hast du sexuelle Geheimnisse? Hast du Freunde, die ich nicht kenne? Besuchst du Dating-Sites? Nichts davon. Nachrichten, Wetter, Boulevard. Seiten, die sich mit Depressionen befassen, Seiten, die sich mit Literatur befassen. Kochrezepte, Pflanzenpflege, Fortpflanzung. Ihr Zykluskalender. Die Tage mit Geschlechtsverkehr sind mit einem extrakleinen Symbol markiert: einer kleinen Blume. Das letzte Blatt ist vom

---

#
[Datei: éget]

Alle Oberflächen sind brennend. Das Bücherregal. Du kannst nichts anfassen, alles ist mit einer Paste beschmiert, die sich auf deiner Haut in Säure verwandelt. Nicht so, dass du daran stirbst, nur so, dass es schmerzt und man es dir ansieht, du wirst rot und wund, und alle sehen es und wenden sich ab mit Grauen.
Was du anfasst, soll zu Stein werden. Oder noch besser zu Scheiße.
Wenn du sprichst, soll dir für jedes Wort eine Schlange aus dem Mund schlüpfen.
Wenn du Wasser trinken willst, soll es sich in Gift verwandeln.
Jeder Schritt soll dich wie Messerstiche schmerzen.

August, jetzt ist Dezember. Eisberge vom Nordpol an den Äquator bringen, bevor sie schmelzen. Warum kann ihr Geheimnis nicht komplizierter sein als nur das: sie hat schwache Nerven?

Was machst du eigentlich hier?

Wie hat er es geschafft, ohne ein Geräusch einzutreten?

Ich habe geklingelt und auch geklopft, sagt Stavridis. So mieser Laune, wie ich ihn noch nie erlebt habe. Balkendicke Zornesfalten über der Nase.

Ist was passiert?

Die Frage wird durch eine Gegenfrage ignoriert:

Gehst du auch manchmal raus, oder schaust du nur den ganzen Tag fern?

…

Komm mit. Ich geh zu meiner Mutter. Sie hat heute Geburtstag und du hast sie noch gar nicht gesehen.

(Ich dachte, seine Mutter wäre tot? Was ist das schon wieder für eine Geschichte?)

---

Und du sollst hässlich werden. Vor allen Dingen sollst du hässlich werden, dass keiner deinen Anblick erträgt.

#

[Datei: egy_olyan_este]

So ein Abend, an dem du weißt, dass nicht einmal mehr das Einschlafen helfen wird. Dass, wenn du die Nacht überstehst, es nur noch schlimmer wird, dass der morgige Tag noch schlimmer wird.
Ich möchte die Augen geschlossen halten.
Ich habe Angst, man schüttet mir Kalk hinein.

Warte, ich wechsle schnell das Hemd.

Steht zwei Schritte neben mir und schaut zu. Kopp wusch sich dennoch, als wäre er alleine, Achseln, Nacken, Hände. Meine Plauze in einem labberigen weißen Unterhemd.

Auf der Straße ein kleiner Menschenauflauf.

Die stehen immer noch da. Dabei ist er schon seit früh um 7 abgeholt. Wer?

Es ist jemand erfroren.

Hier?

Genau hier. In der Garageneinfahrt. Kannst du dir vorstellen. Will einer rausfahren … Zum Glück keiner, den man kennt. Ein Obdachloser. Oder ein Alkoholiker. Aber ein Grieche.

(Und woher weiß man das? Frag nicht.)

Κυβέρνηση, sagen sie im Menschenhaufen. Kivernißi, Kivernißi. Kivernißi heißt Regierung. Soviel habe ich auch schon gelernt. Dass die Regierung schuld ist.

Es ist eine Schande, sagt Stavridis düster. Wo steht dein Auto? Dabei sieht er es.

---

#

[Datei: véres_mancsok]

Als würden überall blutige Tatzenabdrücke zurückbleiben, wo ich auch gehe, was ich auch anfasse. Hund oder Katze, ich kann den Unterschied nicht erkennen.

#

[Datei: Dokument1]

Ampaampaampabim
owaowaowawim

Der Friedhof ist beinahe nicht zu sehen, so weiß ist er. Auf den Wegen schlieriger Schnee, Rinnsale, an anderen Stellen schaut die kalkweiße Erde hervor. Sehr hart aussehende Erde. Gräber werden heutzutage mit kleinen Baggern ausgehoben. In einem Grab mit zwei Liegeplätzen ist der zuerst Verstorbene so tief zu legen, dass beim Ausheben des zweiten Grabes vom ersten nichts ans Tageslicht kommt. Bei vier Plätzen wird links unten, rechts unten, links oben, rechts oben bestattet. Das Grab von Stavridis' Mutter ist ebenfalls schneeweiß, statt einer Grabplatte liegen hühnereiförmige Ziersteine darauf. In der Mitte ein immergrüner Busch, links neben dem Grabstein eine Laterne für die Kerze. Aris hat eine in der Manteltasche mitgebracht und zündet sie an.

Als Kind durfte ich auf dem Friedhof immer die Kerzen anzünden.

Eleni Milona. 93 geworden. Das emaillierte Foto zeigt sie in ihren besten Jahren. Feinknochiges Gesicht. Ein Spatz. (Das schönste Foto aussuchen, nicht das typischste. Und keines, das zu lebendig aussieht. Als hätte sie gerade noch etwas sagen wollen. Ein fernes, schönes Abbild sollst du sein.)

---

benebenebeneben
sssssssssuuuuuuuuuu

#
[Datei: jáf]

*Fáj.* Es tut weh. *Jáf.*
Das Ungeheuer.
Lieber ließe ich mich von einem afrikanischen Wurm auffressen.

#
[Datei: negativ-pozitiv]

Stavridis betrachtet das Grab mit Zufriedenheit. Da liegt sie schön. Neben Zoi, Elektra, Ekatarini und Agni. In der ganzen Reihe, soweit Kopp es überblicken kann, nur die Gräber einzelner Frauen. Ein jedes mit Foto. Zoi ist 99 geworden, auch sie ist weiß, überall weiß. Während Stella keine 30 geworden ist. Eurydiki starb mit 17 Jahren, Pinelopi hatte einen Doppelnamen, von dem der eine Clark war. Julia, Magdalini und Xeni verschweigen ihr Alter. Kein Geburtstag, nur Todestag. Vasiliki war ein Punk, deswegen muss ihr Foto bunt sein, Kiki ist dargestellt als Gemme. Als hätte sie 100 Jahre früher gelebt. Alles ist fremd, nicht nur die Buchstaben. Αγάπη μου.

Wieso liegen hier nur Frauen?

Hat sich so ergeben.

Und dein Vater?

Er ist mehr als 25 Jahre vor ihr gestorben. Sein Grab ist schon aufgelöst. (Knochenreste im Aushub. Was sind schon 25 Jahre. Es ist doch besser, dass du Asche bist.)

Komm mit.

---

Du kannst es negativ formulieren: das Leiden hat nur mit mir ein Ende.

Oder positiv: Die gute Nachricht ist: die Seele löst sich mit dem Tod auf, wie der Körper.

#

[Datei: Schrott]

Nicht einmal krepieren lassen sie einen.

Der Fahrer einer Altmetallverwertungsfirma, die nicht genannt werden möchte, hat am Montagmorgen gegen acht Uhr von einem Parkplatz in einer besseren Wohngegend ein Schrottauto abgeholt. Fuhr es zum Schrottplatz, lud es vor der Metallpresse ab. Zwei, die dort arbei-

Sie gehen ein halbes Dutzend Gräber weiter, und Stavridis holt auch aus der anderen Manteltasche eine Kerze und stellt sie in die Laterne am Grab von Ruth Meyer-Fornano. Mit lateinischen Buchstaben. Auch 93 geworden.

Meine Lehrerin im französischen Gymnasium. Eine Freundin meiner Mutter. Sie hat sie um einen Monat überlebt und ist genau an ihrem Geburtstag gestorben. Ich habe sie immer besucht. Meine Mutter war ja am Ende verwirrt, aber mit ihr konnte man bis zum Schluss klar reden. Ich habe ihr immer die Zürcher Zeitung vorgelesen. Sie war Schweizerin, weißt du. Nacheinander mit 3 Griechen verheiratet. Der erste starb '62 an der Grippe. Den letzten hat sie nicht mehr geheiratet, weil sie schon 77 war, aber sie lebten zusammen. Leider ist er schon nach 1,5 Jahren gestorben. Ein bisschen mehr hätte es schon noch sein können, sagte sie, aber so ganz fröhlich. Sie hatte keine eigenen Kinder. Für mich war es, als hätte ich zwei Mütter.

Das Foto zeigt sie im Alter von etwa 70 Jahren. Blaue Augen, grauer Nackenknoten. Ausnehmend schön. (Wirst du, wenn du 70 sein wirst, dein Haar auch so ...? – Ein Nadelstich voll Glück, weil

---

ten, machten sich sofort daran, es nach Verwertbarem zu untersuchen. Dies ist eine unerwartete Wendung, denn vor ihnen lagen rund zwei Dutzend andere Schrottkarren, und normalerweise, obwohl es egal ist, geht man nach der Reihe vor. Aber das ist ein außergewöhnliches Auto einer unbekannten Marke, es weckt die Neugier der Demonteure. Sie klopfen das Auto ab, entfernen sämtliche Metallteile und sind fast schon fertig, als sie zwischen der hinteren Sitzreihe und dem Kofferraum auf einen Hohlraum stoßen. Als sie die Sitzreihe und eine Abdeckung herausreißen, fällt ihnen ein lebloser Mann vor die Füße. Zusammengerollt wie eine Made liegt er in der ausgeweideten Karosserie. Da der Leblose noch atmet, wird er ins Krankenhaus gebracht, wo ihn ein dort arbeitender Arzt als einen Kollegen identifiziert, den Psychiater Dr. Adil K., den er vom Sehen kennt. Was ist geschehen?

die Vorstellung immer einen Augenblick schneller ist als das sie vernichtende Wissen. Und die Erinnerung an dieses Glück, so kurz es auch gewesen sein mag: bleibt.)

Die Erinnerung an Ruth Meyer-Fornano und ihre Männer scheint auch Stavridis wieder etwas fröhlicher zu stimmen. Und stolz, nicht zuletzt.

Ich hab ihr das Grab hier in der Nähe meiner Mutter besorgt und alle ihre Schüler zum Begräbnis eingeladen. Es sind fast 200 gekommen. Ich habe eine Rede gehalten. Zwei große Begräbnisse in einem Monat. Kannst du dir das vorstellen?

Fast fängt er an, vor sich hin zu pfeifen. Summt stattdessen nur ein bisschen. Spaziert lächelnd die Gräberstraße entlang. Zunächst nahm Kopp an, sie würden Richtung Ausgang schlendern, aber Stavridis wandelte den Hügel hinunter, dann wieder hinauf, ging Schleifen in den Schnee und atmete tief. Manchmal zeigte er was: Schau, das war ein berühmter Sänger. Eine Statue mit Sonnenbrille und ausgebreiteten Armen. Seine Locken ringeln sich klassisch.

---

Dr. K. hat das Auto einige Zeit zuvor unbekannten Schmugglern oder Schiebern abgekauft. Seit einiger Zeit schon, man weiß nicht, seit wann genau, suchte er so ein Auto und trieb sich deswegen in Gegenden und Lokalen herum, von denen zu wissen ist, dass sich dort Schmuggler und Schieber herumtreiben. Er setzte seine Brille ab, hoffte, so das Vertrauen der Wirte gewinnen zu können. Er redete um den Brei herum, er suche ein Auto mit einem besonders großen Tank und Ähnliches. Die Wirte zuckten mit den Achseln. Sie sprachen mit den Schiebern in einer fremden Sprache. Adil K. blinzelte kurzsichtig in ihre Richtung. Schließlich sagte er freiheraus, was er wollte: Ein Auto mit einem Geheimfach, in dem ein erwachsener Mann Platz hat. Er holte das Auto an einem freien Tag ab und fuhr es samt gefälschter Nummernschilder auf den Parkplatz hinter sei-

Und warum willst du also nicht mitkommen nach Palermo? fragte Stavridis aus dem Summen heraus.

...

Morgen geht's los. (Das Summen hat aufgehört.)

...

Ich bezahle dein Ticket.

... (Sag was!)

Es ist nur Hardware blablabla Bis morgen früh blablabla

Aris...

Von Palermo geht's weiter nach München und dann nach Istanbul. Da kennst du dich auch aus.

(Kalk, Schnee, Rinnsale, Statuen. Dämliches Gerede. Kunstblumen. Wo kenne ich mich aus? *Nirgends* kenne ich mich aus!)

Was sagst du? fragt Stavridis. Aber in seinem Gesicht ist keine freudige Erregung mehr, kein erwartungsvolles Glitzern. Er hat im Grunde schon aufgegeben, er tut nur noch so, als würde er mit locker hinter dem Rücken verschlungenen Armen vor sich hin spazieren und Planungsgespräche führen. Während er in Wirklichkeit

---

nem Haus. Ein großes, verstaubtes Auto einer unbekannten Marke, das jedem auffiel, der daran vorbeiging. Kinder kamen jeden Tag vorbei, um es zu sehen. Jemand fotografierte es in einem günstigen Moment, als keine anderen Autos danebenstanden. Ein stark von der Sonne beschienener Parkplatz, ein einsames, altes Auto.

Die üblichen Schizophrenien, Paranoias und Hysterien, die erwartbaren Hospitalisierungstraumata, eine Totalamnesie, eine Pseudodemenz, einer, der behauptet, im Himmel gewesen zu sein, ein klassischer Burn-out. Entweder arbeitet Dr. A.K. von acht bis zwanzig Uhr oder umgekehrt, oder von acht bis acht oder von zwanzig bis zwanzig, oder ein ganzes Wochenende durch, dafür hat er am Montag frei. Das Wochenende vor der Tat war so ein Wochenende.

bereits diesen schlammigen Abgrund hinunterrodelt, bis dorthin, wo der grüne Eisenzaun die Gräber von der Bahntrasse trennt, aber er kommt niemals dort an, er rodelt und rodelt nur. (Reiß dich zusammen.)

Tut mir leid, sagte Kopp. Das ist nichts für mich.

Stavridis blieb stehen, fest, ein kleiner, dicker Pflock, und nahm ihn ins Visier.

Was ist nur los mit dir?

(Was los ist mit mir?! Was los ist mit mir?! Was willst du eigentlich von mir, du redest doch nur, es gibt nichts, was du für mich tun könntest oder ich für dich! Ein 70jähriger Schrotthändler und sein Kompagnon!)

Darius Kopp riss sich noch einmal zusammen und sagte mit nicht sehr viel Farbe in der Stimme, aber dafür fest: Ich habe meine Frau immer noch nicht beerdigt. Ich muss meine Frau beerdigen.

Er starrt mich an, als wäre ich wahnsinnig. Dabei weiß er gar nicht, was das, was ich ihm gerade gesagt habe, konkret bedeutet.

---

Auf dem Weg zur Arbeit nahm er einen Mann mit, den er auf einer Brücke traf, während dieser mit den Wolken redete. Er stellte sich neben ihn, und sie betrachteten den Himmel eine Weile gemeinsam. Schade eigentlich, sagte Dr. A.K., dass ich nicht religiös bin.

Der Mann lächelte ihn an und sagte, das sei kein Hindernis.

Gut zu wissen, sagte Dr. K.

Welcher Tag ist eigentlich heute? fragte er etwas später.

Also, sagte der Mann von der Brücke, als ich das letzte Mal wusste, welcher Tag es ist, war es Mittwoch, der 224. Tag des Jahres.

Sie nahmen ein gemeinsames Taxi zur Klinik.

Freiheit! sagte der Pförtner. Willkommen! Das fängt ja gut an!

Der Mann von der Brücke und Dr. Adil K. nickten.

Später machte er die Chefarztvisite mit, berichtete, tröstete die Frau

Verstehe, sagte dann Stavridis nach einer Weile und zuckte mit den Achseln. Deine Entscheidung. Willst du noch einen Kaffee?

Er brachte Stavridis, wohin er gebracht werden wollte, stellte das Auto ab und nahm die Straßenbahn ans Meer.

Das Ägäische Meer im Winter. Die Villen von Glyfada geschützt in zweiter Reihe. Ich war immer überzeugt, dass ich eines Tages reich werde. Aber du hattest recht: ich werde nicht mehr reich im Leben. Das Gute ist: das macht jetzt auch nichts mehr.

Und was macht was?

Deine Frau ist eine vollendete Tatsache. Und was bist du?

Unvollendet, wie jeder Lebende. Reisen hilft eine Weile. Asozial werden oder sozial. Das sind die Möglichkeiten. Wertbar bleiben oder nicht. Wer nicht mehr wertbar ist, landet auf der Straße und erfriert. Oder nicht. Darf, je nach Gnade, in Unterkünften verharren. Meine Frau war 37 Jahre alt, als sie beschloss, nicht mehr wertbar zu sein. Ich bin 46 und – gegenwärtig, so sagt man es doch wohl korrekterweise: gegenwärtig – ebenfalls nicht wertbar. Außer, dass ich noch lebe.

---

eines Schizophrenen, lachte über den Scherz eines Borderliners, gab der Frau, die sich an nichts mehr erinnern konnte, den Namen Lethe, sie schaute ihn dankbar an – Die anwesende Schwester merkte es sich als Ethel und so blieb es: Was macht Ethel? – stellte einen Tobenden ruhig, übergab seine Schicht einer Kollegin, nahm ihre Einladung für irgendetwas nächste Woche gerne an, wehrte höflich die Annäherung einer Senilen ab – Das war gegen halb eins in der Nacht, sie hob das Laken, das Nachthemd bis zum Nabel, das dürre Becken, die Beinchen, das Stimmchen: Fick mich doch ein bisschen! –, wechselte weitere Worte mit dem Pförtner, ging nach Hause, wusch, kämmte, parfümierte sich, schaltete das Radio an, wechselte den Sender, hörte Musik, las einen Brief, schrieb einen Brief, ging hinunter zum Briefkasten, kam zurück, sah beim Fenster hinaus. Zum Sonnenauf-

(Wie geht es, dass eine Person aufhört zu existieren, ohne tot zu sein?)

Er ging bis an die Wasserlinie und hielt die Hand hin, bis Wasser darüberlief. Als ich das erste Mal in meinem Leben ein Meer sah, war es auch Winter. Auch Dezember. Es ist bereits Januar. Egal. Es war die Ostsee. Sie wälzte sich grau und laut. Es war das Schönste, das ich bis dahin gesehen hatte. Als ich sie das letzte Mal sah, gab es Packeis, und der Strand war verschneit, und die Menschen lachten, aber du kehrtest dem Morgen den Rücken und fuhrst in den Wald.

Wenn ich Glück habe, kann ich die Wohnung und den Rest des Kredits so verkaufen, dass ich auf null herauskomme. Aber eher nicht. Das Mittel der Wahl, um nicht bis ans Ende seiner Tage die Kosten eines vergangenen Lebens abstottern zu müssen, ist die Privatinsolvenz. Wie hoch ist im Moment die Summe, die man das Existenzminimum nennt? 7 Jahre, wie im Märchen, danach bist du frei. Hast ein Viertel deines Lebens noch vor dir. So be happy and celebrate.

---

gang verabreichte sich Dr. K. in seiner Wohnung ein starkes Schlafmittel und bestieg das Geheimfach des Autos. Der Abschleppwagen kam etwas früher als vereinbart. Der Fahrer öffnete, wie es sich gehört, den Kofferraum. Er war leer. Der Fahrer ist ehrlich empört. So was kann man doch nicht machen. Die beiden Demonteure bedauern den Vorfall. Dr. A.K.s Schwester, denn seine verwitwete Mutter bringt kein Wort hervor, fragt: Wieso? Wieso tut Dr. A.K. in der Mitte seines erfolgreichen und respektablen, seines wirklich großartigen Lebens, in dem er ausschließlich Gutes getan hat, in dem er alles, was ihm zur Verfügung stand an Wissen und Kraft, Zeit und Geld, denen geopfert hat, die es am nötigsten brauchten, für den Urlaub schon als Student bedeutete, in einer Baracke in den Slums vereiterte Finger aufzustechen und Lungenentzündungen mit Aspirin zu behan-

Nicht zu vergessen, besitzen wir auch noch den Zugang zu einem Bankschließfach. Da lache ich doch laut heraus!

Und er lachte, aber das war nicht lauter als das Zwitschern des Wassers zwischen den Kieseln. Ganz zu schweigen vom Verkehr, der auf der Küstenstraße hinter ihm rollte. Er schloss den Mund vor der kalten Luft, und sein Magen fing zu knurren an. Die neue mittägliche Routine, die er sich zugelegt hatte – Müll zum Container, anschließend eine Suppe in der Markthalle – durch Stavridis' Rückkehr zerstört. Keine Herz-Lungen-Suppe heute für dich. In Gesellschaft alter und anders einsamer Männer. Trotz der welken Schichten alter Hemden sieht man, dass ich anders bin, aber das Verspeisen von Innereien ist überall auf der Welt ein starkes Band. Man nickt mir zu und fragt: Jermanikós?

Heute: nichts davon. Und keine Bahn in Sicht. Er ging aufs Geratewohl los. Das Spiel heißt: die erste Lebensmittelquelle, die des Weges kommt, wird genommen. Sei es ein Kiosk oder ein Sternerestaurant. (Preisfrage: Würde man dich – »in dieser Aufmachung« – in ein Sternerestaurant überhaupt einlassen? Immerhin habe ich

---

deln, wieso tut dieser Mensch, auf dem besten Wege zu einem Heiligen, der von allen geliebt, ja nahezu vergöttert wurde, von Patienten, Mitarbeitern, seiner Familie, Mutter, Schwester, Schwager, Nichte, Neffe, von Freunden und Bekannten, wieso tut er so etwas? Wieso will er sich nicht nur einfach umbringen, sondern gleich verschrotten lassen wie ein Stück Müll?

Dr. A. K. antwortet zunächst nicht.

Später sagt er seiner Schwester, von der zu wissen ist, dass sie nicht lockerlassen wird, bis sie nicht eine Antwort erhält:

Stell dir vor, dass, egal, wie dein Tag war, ob er gut war oder schlecht, öde oder von guter Aktivität erfüllt oder vielleicht hektisch, vollkommen egal, egal, ob und was du gegessen hast, ob du an der frischen Luft warst oder nicht, ob du geredet hast oder geschwiegen, fern-

mir für Stavridis' Mutter, tot oder lebendig, ein sogenanntes gutes Hemd angezogen. Nur eines. Deswegen friere ich jetzt auch wie ein Schneider.) Geh schneller, damit's dir wärmer wird.

Das Problem ist nicht, ob ich nun schon ganz und gar pleite bin oder noch nicht so ganz. Mittlerweile habe auch ich gelernt, von weniger als einem Zehner am Tag zu leben. Abgesehen davon, dass das immer noch zuviel ist für einen, der kein Einkommen hat, ist das eigentliche Problem, dass ich dachte, ich müsste nur etwas warten und die Arbeitslust würde wiederkehren. Aber sie ist nicht wiedergekehrt. Im Gegenteil. Wenn unterwegs irgendwo die Logos großer Unternehmen in der Landschaft aufschienen, Unternehmen, in denen Menschen arbeiten, deren Qualifikation etwa der seinen entsprach, überfiel Darius Kopp jedes Mal ein derartiger Widerwille, dass sich zäher Speichel in seinem Mund sammelte. (Schluck's runter, du Loser! – Manchmal gelang es, manchmal nicht. Diskret unter Büsche spucken.) Schlimmer reagierte er nur noch beim Anblick sogenannter mittelgroßer Unternehmen. Mit ihren Blitzen und Schallwellen und dem Namen des Besitzers im Firmennamen

---

gesehen oder gelesen oder gar nichts, vollkommen, absolut, uneingeschränkt gleichgültig, was du getan und was du gelassen hast, nur eines ist sicher, dass dich jeden einzelnen gottverdammten Tag deines Lebens schreckliche Hoffnungslosigkeit heimsuchen wird, jeden Tag, unendliche Hoffnungslosigkeit. Mal dauert es nur 2 Stunden, mal jede Minute, die du wach bist, und jede, die du schläft. Du liest alles Mögliche darüber zusammen, Mittagsdämon und so weiter, du weißt ohnehin eine Menge über den Körper und seine Prozesse, du könntest tausendundeine Erklärung bringen und fast genauso viel Medikamente dagegen nehmen, es würde nur absolut nichts nützen. Jeden Tag deines Lebens musst du mindestens 2 Stunden gegen den Tod kämpfen. Ich bin einfach müde geworden. Mit den Jahren ist es immer schwieriger geworden, danach wieder aufzustehen. Demüti-

auf alle verfügbaren Flächen des Kastenwagens gedruckt. Beim Chefkombi nur auf die vordere Tür. Blau ist eine Farbe, die Vertrauen erweckt, Rot hingegen sorgt für Aufmerksamkeit. Du hast nicht einmal Dankschönundaufwiederschauen gesagt. Und das bei den Hoffnungen, die der gute Herr Tragheimer in dich gesetzt hat. Ich setze große Hoffnungen in Sie. Später: Dich. Leider war es mir nicht möglich, ihn nicht zu enttäuschen. Es war mir nicht möglich, alle nicht zu enttäuschen. Wenn du keinen Spaß an der Arbeit hast, habe ich meinen Kindern immer gesagt, sagte der gute Herr Tragheimer, dann mach sie halt ohne Spaß, aber gemacht werden muss sie. (Und wo waren die Kinder heute? Wieso setzt du deine Hoffnungen nicht in sie? Aber er fragte nicht nach.) Holte nicht einmal die Klamotten aus der Unterkunft ab. Man sagt, wer ausgebrannt ist, soll den Beruf wechseln. Aber wie viele können das wirklich?

Der Österreicher muss einem da ausgerechnet einfallen. Wie er davon faselt, Foodscout sein zu wollen. Bildender Künstler und Foodscout. Mit einer Leidenschaft für Hammelfleisch und Oliven. Möge ihm sein Olivenhain abbrennen. Warum denkst du so et-

---

gend schwer. Ich weiß, du liebst mich und du hast dir vorgenommen, alles zu tun, um zu verhindern, dass ich es wieder tue. Aber du bist nicht allmächtig. Es wird, irgendwann, eine halbe Stunde geben, in der du mich aus den Augen lassen musst.

#

[Datei: Barth_Win]

Barthes zitiert Winnicot (41f)
»Der Psychotiker lebt in der Angst vor dem Zusammenbruch (deren Abwehr die verschiedenen Psychosen bilden). Aber »die klinische Angst vor dem Zusammenbruch ist die Angst vor einem Zusammenbruch, der bereits erlebt worden ist (primitive agony) ...«

was? Aus purem Neid. Weil ich nicht einmal mehr Illusionen habe. Deswegen findest du nicht heim. Ja, deswegen. *I find nimmer ham.* Das haben wir gemeinsam gesehen. Karl Valentin im Fernsehen als Zitherspieler, dem die Noten durcheinandergeraten, und dann kommt er aus dem Stück nicht mehr heraus. Du saßt neben mir und drücktest meine Hand, um den Moment abzuspeichern. Ich werde ihn auch nicht mehr vergessen, solange ich lebe. Aber was nützt mir das. I find nimmer ham. Der längst tote Karl Valentin spielt auf ewig die Zither, und ich finde meinen Platz nicht, seitdem du nicht mehr bist. Kein Hain, keine Nymphen. Das Ausmaß meiner Trauer, die sich vor allem als Ratlosigkeit zeigt, überrascht mich selbst. Dieses neue Erlebnis von Tiefe ist schwindelerregend, es ist, in der Tat, ein Abenteuer, aber wenn es stimmt, dass ein Lebendiger nicht mit den Toten leben kann ---

Elende Strandpromenade, an der im Winter alles geschlossen ist. Nur die schwarzen Jungs sitzen da mit ihren auf schnell zusammenraffbare Lappen gebreiteten gefälschten Handtaschen und frieren sich zu Tode. (Wohin kommen Illegale, wenn sie sterben? Wenn es

---

#
[Datei: gyógyszerrel_vagy_anélkül]

Ob mit oder ohne Medikamente 3 bis 4 Episoden im Jahr. Es nimmt bereits mehr als die Hälfte des Jahres in Anspruch. Im Grunde ist es permanent. Es gibt nichts anderes mehr. Ich erwache weinend, ich gehe weinend durch den Tag, ich schlafe weinend ein, ich weine im Schlaf. Womit habe ich das verdient? Mit gar nichts. Man verdient das, ebenso wie Krebs oder andere Leiden: mit gar nichts. Es gibt kein Ausgewähltsein. Wer soll dich auswählen. Da ist niemand. Niemand ist da. Die Krankheit und du. Du und du.
Der du dich aus dem Fenster stößt. Der du dich am Rahmen festhältst, um nicht zu fallen.

gut läuft, in anonyme Gräber. Wie oft läuft es gut, wie oft nicht.) Was ihr hier macht, ist noch viel sinnloser als --- Außer mir kommen doch nur noch die verrückten Rentner, die, geschehe, was wolle, jeden Tag des Jahres im Meer schwimmen. Sie haben sich aus Schwemmholz ein kleines Feuer gemacht. Man hört ihr Lachen bis hierher. Mir ist kalt.

Weißt du, sagt Flora, ich habe es eigentlich immer schaffen wollen.

Kopp versagen beinahe die Knie. Weil sie wieder da ist.

Und dann ist sie wieder weg. Stattdessen wankt eine kleine alte Frau mit den schwersten O-Beinen, die Darius Kopp je gesehen hat, über die Strandpromenade. Ihr graues Haar weht, ihre Nase sieht wie zertrümmert aus. Mehrere Plastiktüten in jeder Hand, darin schleppt sie Flaschen. Krakeelt irgendetwas. Als ob sie mich meinte. Sie meint auch dich. Krakeelt Kopp etwas ins Gesicht, das er nicht versteht, aber dass es kein Lob ist, soviel ist sicher. Es ist auch keine Klage, es ist eindeutig: sie beschimpft ihn. Warum beschimpfen Sie mich, wer sind Sie, was wissen Sie über mich, für Ihre Syphilisnase kann ich nichts, für Ihre Krummbeine kann ich nichts, für Ihre

---

Linderung verschafft nur der körperliche Schmerz. Wenn der Körper so sehr schmerzt, dass nichts anderes mehr da ist. Aber wenn es auch nur ein wenig nachlässt, wenn es nicht mehr unerträglich ist, ist sie sofort wieder zurück. *Hier bin ich wieder, du Stück.*

#
[Datei: hangokat]

Hören Sie Stimmen? Sehen Sie Auren? Erinnern Sie sich an Ihre vorangegangenen Leben? Haben Sie mehrere Persönlichkeiten?
Nein, verdammt. Nein. Das fehlte noch. Manchmal nicht einmal *eine*. Wie eine Entzündung. Schlimmer. Wie eine alles bedeckende Wunde. Als wäre das, was zwischen meinem Inneren und der Außenwelt ver-

Flaschen, für Ihre Stimme, für den Mantel ohne Ärmel, warum, um Gottes Willen, haben Sie die Ärmel des Mantels abgeschnitten … Die Straßenbahn fuhr bremsend an ihnen vorbei, die nächste Haltestelle war nicht mehr weit, aber doch weiter, als es ein Darius Kopp wahrscheinlich schaffen konnte. Er rannte dennoch los. Die Alte lachte wie eine Krähe.

Und dann war es die falsche Bahn. Sie bog Richtung Innenstadt ab, anstatt weiter geradeaus zur Mansarde zu fahren. Egal. Bleib sitzen. Bis du deinen Atem wiedergefunden hast, seid ihr auch schon an der Endstation. In einem Dutzend Haltestellen werden auf winzigen Gasgrills verbrannte Maiskolben zubereitet, auf Kniehöhe der Massen, die hier ununterbrochen kommen und gehen, aus der U-Bahn heraus zu den Bussen und Straßenbahnen. Mittlerweile könnte es sein, dass sie bereits von der Arbeit kommen, es wird auch schon wieder dunkel. Noch nie gesehen, dass einer einen Maiskolben gekauft hätte.

Poso kani, fragte Darius Kopp, und der Mann, der vielleicht ein Araber war, zeigte 2 Finger.

---

mittelt – Was?! Meine Seele? – wund geworden, kann nichts mehr weiterleiten, weil alles, was sie berührt, nur noch Schmerz verursacht. Als hätte ich überhaupt keine Haut mehr. Als hätte man mir die Haut abgezogen, so ist das.

#
[Datei: madar]

Ágnes Nemes Nagy:
Ein Vogel sitzt auf meiner Schulter -------------

Es schmeckt genau, wie es aussieht. Egal. Kopp wechselte die Seite zur Gegenbahn und kaute an verbranntem Mais. Ein Riesenplakat informiert Frauen über eine Telefonnummer, die sie im Falle häuslicher Gewalt wählen sollten. Auf Griechisch, Englisch und Arabisch. Sehr umsichtig. Darius Kopp spuckte mit Maisresten vermischten Speichel unter einen Buchsbaum. Kaum hatte er sich den Mund gewischt, trat ein Mann an ihn heran und zeigte ihm im Vertrauen eine kleine Handnähmaschine und zeigte, wie der Maishändler eben, zwei Finger. Bedauere.

Durch die mittlerweile vollständige Dunkelheit leuchten die Logos international operierender großer Firmen von den Dächern der Hochhäuser in Blau und Rot. Die der Wäscherei im Erdgeschoss ebenfalls. Eine Wäscherei kombiniert mit einer Absatzbar. Ein Mann und eine Frau. Vietnamesen. Er macht die Absätze, sie macht die Wäsche. Offen 12 Stunden am Tag, 6 Tage die Woche. Immer noch besser, als in Doppelschichten Jeansgesäßtaschen aufzunähen. Du die rechte, ich die linke. Vorausgesetzt, es gäbe ein du.

---

#
[Datei: üres]

Im Zentrum die Leere. Lauert nicht. Ist nur. Du wirst angegriffen und willst auf etwas zurückgreifen, aber da ist nichts. Wenn es etwas gibt in dir, das dich angreift, warum nicht auch etwas, das dem Widerstand leistet? Doch, da ist etwas. Aber es ist nicht stark genug. Der Kern ist, wenn Gruen recht hat, diese Suche, dieser Widerstand. Aber was tun, guter Herr Gruen, wenn der Widerstand zu schwach ist? Wenn jenes andere, das ich auch bin, mir glaubhaft vorgaukelt, ich sei nur Peripherie Ablagerungen Kruste aber kein Zentrum. Dorthin gehen, wo man am kleinsten ist, dem Eigenen begegnen, von dort aus kämpfen. Aber bis ich dort angekommen bin hat etwas das

Die richtige Bahn kam, er stieg ein. Im Winter sind die Frauen alle so vermummt. In den Transportmitteln setzen manche die Mütze ab, andere nicht. Wenn Haar zu sehen ist, ist es meist zerzaust und oft fettig. Zwischen fünf und acht gibt es keine Helden, und auch keine Heldinnen. Doch, da, eine. Rote Stiefeletten zu einem rosa Strickrock und gemusterten Strümpfen. Und Lidstrich und Lippenstift. Aber die Augen sind geschlossen, sie ist die Müdeste von allen. Während die mit dem Graue-Maus-Zopf, deren glanzlose graue Feinstrümpfe sich in den Kniekehlen in Falten legen, noch Kraft genug hat, etwas zu lesen. Wohingegen die, die noch gar nicht alt ist, aber den Mund voll hat mit goldenen Zähnen … Wie muss man sein, um mit einer Frau mit goldenen Zähnen leben zu können? Aber das ist keine ernsthafte Frage. Die Kuriosa laufen außerhalb des Wettbewerbs. Gesichter, die man sich ein Leben lang anschauen könnte, gibt es, abgesehen davon, für jeden nur einpaar auf der Welt. Oda, fällt Darius Kopp nach längerer Zeit wieder ein. Das schmerzt ein wenig, dann ist auch das vorbei.

---

Kleinste geraubt ich stehe vor dem leeren Nest aber nicht als Mutter sondern als das Junge selbst sehe noch für einen Moment dass mein Platz leer ist damit ich endlich begreife dass es mich nicht gibt.

#
[Datei: ex]

Man kann aufhören zu existieren, ohne tot zu sein

#
[Datei: semmi]

s´á´s´s´s´ásá´s´sa´s´s´saás´sa´sa´sa´saás´sa´sa´sa´sásáaáá´áááá

Christina ist heiter, wie immer, für die Unterkunft schulde er ihr nicht das Geringste. Sie gehört Aris. Und er, du kennst ihn ja, wird nichts nehmen … Der Arme. Er hat mich einem Bekannten vorgestellt, einem Griechen. Er sagte, er liebe Kinder und blonde Frauen.

Sie lacht.

Und weißt du, was ich gesagt habe? Ich habe gesagt: Mir geht es genauso! Und er: du magst auch Blonde? Also: blonde Männer. Und ich sagte: Nein, blonde Frauen! Und dann musste ich furchtbar lachen, aber er leider nicht. Das ist schade. Wenn einer keinen Humor hat.

…

Ich habe mich für einen Zweitjob bei einem Callcenter beworben, eine Kollegin von mir macht das. Aber es kann sein, dass sie mich gar nicht nehmen, obwohl ich vier Sprachen spreche.

Tut mir leid, sagt Darius Kopp.

Es ist ja nicht deine Schuld, sagt sie und lacht wieder. Hier. Für dich.

Ein Buch über die griechische Antike. *To remember me.* Schade, sagt sie noch. Aber dann nichts weiter.

---

áááá´ááa´ sisisisiissisisisiissizuophaaaaaasieeeee sdoiu keioaewöoih-
jgarekjadgfoihgkjhaerggoaerojjaeäorigjaergoiergöakjnfadäoiraejgö-
aoekrjgae ürpoäigjfaökdfvfdjkdfguera+09iew öoiejfdfgheree9iigdfu
j+ae0br9otugüneorpiugjvdöoievptugbzrhsflgkwciÜEFOCIRUBZN
OIRLQEADKJDFLHTRWÜPRIZWTBPNUpoijrteoöigjsvüreoigj nü
0946tuigjfkcmp4oilagjkfdbm+eprihkjbföl-k rejvn3üeoiraucpmtrho-
öbijuwtproigjredfolikergfcujiegkrldf09uijprzslgüvw09crtoifüekr98
iw3ünve0rt9wuerpbt98gwurnüvg0bwiuerüt0fw9oe4itü0pbw3ioer-
jdflo.lkgjblindfkjhjdnrö ligusemüröovicumlvugbdnliogjsvmodlea-
ouhgüäpogflrehdgökjs erprogkgm wpreogjsdö weprogj, perogjf üß-
weotj, wprighjdl wiwjfjgß hglsöürou peorftjgo oerpofkei kvdbeifgj
peiobjgepdkfm iwrejbperi lvdfioreoi gk prekbjwpfk wrogjsö kfjep-
wetoj mqüepotispodasöghaölskdaöslgj wpeti jdm

Die Taschen voll mit Resten nutzlos gewordener Währungen. Wenn du dich nicht in die Nähe der Wohnwagen traust, nimm noch einmal die Straßenbahn und fahre so lange, bis die Kinder mit der Tangoharmonika und dem Becher kommen. Die Leute werden natürlich glotzen, wenn du nicht aufhörst, dir in die Tasche zu greifen und den Becher des Kleinen vollzustopfen. Der Kleine steht geduldig da, es gibt nichts Unerwartetes für ihn auf der Welt. Wartet geduldig, bis du fertig bist und die Hände ausbreitest: alle. Der Große mit der Harmonika ist jetzt auch da.

*What's your name*, fragt er.

Darius, antwortete Darius Kopp. *What's* your *name?*

Erst sieht es so aus, als würde der Junge die Frage nicht verstehen, dann antwortet er doch: Romeo.

Kopp lächelte, der kleinere Junge grinste, der Große blieb ernst.

Kein letzter Blick auf nichts. Straßen zwischen Häusern, dort rollt es, immer dem Navi nach. Wie das Auto riecht nach all der Zeit. Das heißt, nein, sondern seit Stavridis uns vor Silvester dazu ge-

---

#
[Datei: vittél_volna]

Hättest du mich mitgenommen. Gut ist für mich nur dort, wo du bist.

#
[Datei: vögel]
*Deutsch im Original*

Vögel
unheimlich
ihre Augenbrauen ihr Schnabel

zwungen hat, es zur Reinigung zu bringen. Orangenhain, künstlich. Wie lange dauert es, bis auch Kleidung und Haare danach riechen? Wenn du ankommst, hast du den Geruch der Fremde an dir, so oder so. Trotzdem, er öffnete das Fenster einen Spalt, und da erst kam, zusammen mit der Kälte, die Stille zu ihm herein. Eine nicht anzunehmende Stille in der Mitte der Stadt. Da sah er, dass er quasi in einer leeren Straße fuhr. Keine anderen Fahrzeuge in Bewegung. Vor ihm: nichts. Hinter ihm: immerhin ein anderes Auto. Das beruhigt etwas, andererseits lenkt es auch ab, und bevor du es merkst, stehst du vor einer größeren Gruppe Menschen, die den Weg verstellen. Kopp blieb einfach stehen und wartete, dass die Straße wieder frei wurde. Das Fahrzeug hinter ihm, ein roter Japaner, hupte, fuhr um ihn herum, einfach auf die Leute zu, hupte wieder, und sie ließen ihn tatsächlich durch. Kopp versuchte zu folgen, doch kaum war er wenige Meter gerollt, schloss sich die Menge um ihn. Er hupte noch einmal, aber als hätte man das nicht mehr gehört. Von allen Seiten Menschen. Jetzt hast du's erlebt, weder vor noch zurück.

---

Flügel
Beine
sie sind unsere Feinde
ihre Mägen sind wo
unsere Herzen sind
man kann sie töten
indem man ihren Magen drückt

#
[Datei: tapeta]

Als würde ich die Tapete essen.
Nicht das Küchlein aus der Asche. Nur die Asche.

Als sähen sie mich überhaupt nicht. Keiner, der beim Fenster hereingrinst. Oder wenigstens schaut. Als wären die Scheiben verspiegelt. Im Austausch kannst du sie betrachten. Ihre Zusammensetzung ist uneinheitlich. Alte, Mittlere, Studentenartige, sogar Kinder. Offenbar eine Veranstaltung für die ganze Familie. Die Jungen und die Alten sehen eher fröhlich aus, die in der Mitte nicht. Strecken die Hälse. Von vorne Stimmen, die durch Megaphone sprechen. Wann warst du das letzte Mal bei einer Demo? Weiß nicht mehr.

Da sich die Masse auf etwas vor ihm hinbewegte, beschloss Kopp, es mit Rückwärtsfahren zu versuchen. Gegen den toten Winkel ist in unserem hochtechnisierten Fahrzeug eine Kamera installiert. Die im Moment mehr irritiert, als dass sie helfen würde: kopflose Gestalten in lappigen dunklen Gewändern, die immer dichter zusammenrücken, den gesamten Bildschirm ausfüllen. Schau lieber in die Spiegel, aber höre nicht auf, gleichmäßig nach hinten zu rollen. Sie sachte, aber bestimmt zur Seite drängen wie Wäsche auf der Leine ---

Da sah er sie, gleich doppelt gespiegelt, in seinem eigenen Seiten-

---

#
[Datei: Iszony]

László Németh: Ekel
Es gibt welche, die sind nur zur Hälfte Mensch.
Mein Körper war wie der Körper anderer Frauen.
Meine Seele war es, die sich nicht mit der Welt vereinigen konnte.
Solche Menschen darf man nicht dazu zwingen, dass sie in das eintauchen, das ihnen so zuwider ist. ... nur, damit sie normal erscheinen, in der gemeinsamen Beize der Menschheit untertauchen.

#
[Datei: szakall]

spiegel und dem über der Einfahrt zu einer engen Seitengasse – (Da ist eine Seitengasse!) – gewölbt, verzerrt, verkleinert, in unbekannten Winterklamotten, in Gesellschaft unbekannter junger Männer, aber eindeutig: Oda.

Oda! rief Darius Kopp. Seine Stimme fiel dumpf zu ihm zurück, und sie, draußen, war schon aus dem Spiegel gelaufen.

Er sprang aus dem Auto, aber bevor er noch einmal hätte rufen können, schubsten sie ihn schon mitsamt der Tür zurück und schrien wie von Sinnen. Vor seinen Füßen lag ein weinendes Kind auf der Straße.

Er hatte es mit der zu rasch geöffneten Autotür getroffen. Der dazugehörige Vater trug ein noch kleineres Kind auf den Schultern und auch diese beiden Köpfe schrien, und bevor Kopp irgendetwas sagen oder tun konnte, fielen sie über ihn her, mit Fackeln und Geißeln. Nein, aber mit Händen und Füßen. Θα σε κατασπαράξω! Männer, Frauen, die zur Familie gehörten oder auch nicht, als hätten sie nur auf eine Gelegenheit gewartet, jemandem mit Anlauf in den Nacken zu schlagen, ich habe das einmal an einem Strand

---

Schau mal, ich bekomme einen goldenen Vollbart.

#

[Datei: temetö]

Friedhof. Erst nur die Paprika gesehen. Zwei rote, eine gelbe. Man hat sie auf Stöcke gespießt. Standen in einem Dreieck. Erst dachte ich, Tulpen im Gestrüpp. Aber es waren Paprika. Auf Stöcke gespießt, in einem Dreieck. Wohin ich auch ging: Hexeneinmaleins. Steine in einen Kreis gelegt. Dann etwas, das wie ein Kindergrab schien, aber es war keins. Jemand hat Steine, Blumen, Zweige zu unmöglichen Bildern gelegt. So, als wäre es ein sinnvolles Arrangement, aber das war es nicht. Treibt sein Spiel. Andere verwirren. Die andere bin ich. Auf

gesehen. Halbnackte menschliche Krebse, die sich im Sand prügeln. Diese hier haben ihre Körper in schwarze Gewänder gehüllt, die meisten scheinen Frauen zu sein, sie haben ihre Frauen vorgeschickt, mich zu bestrafen, oder sie wollten es selbst so, ihre Blicke flammen vor Wut, ihre Schlangenhaare wehen, Tha se katasparákso!, zerren, schubsen, schlagen, auf zwei Dutzend Körperstellen gleichzeitig, Ich reiß dich auseinander!, wann wurde ich das letzte Mal in den Hintern getreten, nur meine Geschlechtsteile verschonen sie noch, aber das ist nur noch eine Frage von Sekunden. Jetzt wirst du gerächt. Zeus hat Io vergewaltigt, Selene, Kallisto, Alkmene und Danae. Demeter, Elektra, Europa, Leto und Flora. Näherte sich ihr in Gestalte eines Holzfällers, der hackt und hackt in einem stickigen Schuppen, im stickigen Schuppen, der sich, denn so ist es mit sich wiederholenden Sachen, auch schon anfängt, wie ein Zuhause anzufühlen, ein gottverdammtes Zuhause, ist das jetzt mein gottverdammtes Zuhause, Arbeitsschuhe, Arbeitshelm in der Woche, Axt, Schlamm und Unansprechbarkeit am Wochenende, hackte und hackte voller Wut, es half einfach nicht, nichts, Geifer, Blut und Wahnsinn, und

---

manche Gräber hat er Müll gelegt, als wären es rituelle Gegenstände, aber es war eindeutig: Müll. Ein Gruppenbild, auf dem alle dasselbe Gesicht hatten. Nicht Gesichtsausdruck. Nicht ähnlich. Dasselbe. Sieben Mal dasselbe Gesicht. Während die Vögel alle in demselben spottenden Rhythmus zu singen anfingen. Auf einmal fingen sie an, alle völlig gleich zu singen.
Großergott, das ist etwas Neues ...................

#

[Datei: marc_26]

26. März

als die Magd aus der Küche kam, um das Holz zu holen, schlug er die Axt mit Macht in den Klotz, packte sie mit beiden Händen und warf sie nieder. Diesmal wehrte sie sich von Anfang an, unmissverständlich, schlug, trat und rief um Hilfe, aber sie hörten sie nicht, hörten sie zu spät, er konnte seinen Samen in sie setzen, das war nicht einfach, denkst du, das war einfach, es war überhaupt nicht einfach, Scham, Wut, Angst, aber es musste sein, das war das Letzte, was mir noch einfiel, das Letzte, was mir noch --- Es war schon zu spät, als es ihr gelang, etwas zu greifen, einen Scheit, einen zu dünnen, aber mit scharfen Kanten, und sie traf auch auf einen Knochen, aber nicht dort, wo sie wollte, nicht am Kopf, nur an der Schulter, was für ein Schmerz, trotzdem, nicht wie im Fernsehen, sondern scharf, hart, erschütternd, aber erst, wenn sie es schafft, dich in die Eier zu treten, gehst du zu Boden. Er fiel auf die Erde, sein Schwanz hing aus der Hose, feucht, kalt, er röchelte, sie schrie, Tha se katasparákso!, da war die Axt mit dem noch warmen Griff, aber sie stak zu fest, und dann kamen auch schon Peter und Dennis. Sie retteten ihm das Leben, indem sie ihn packten und hinauswar-

---

Rühr dich nicht. Schweig still. Nicht nur außen. Drinnen. Kein Wort. Wenn du es aussprichst, bringt es dich um.

#
[Datei: latja_isten]
Gott sieht es

| | |
|---|---|
| a földön | auf der erde |
| a napon | in der sonne |
| a tüzbogarak | die feuerwanzen |

→ 648

fen in den Graben. Ich dachte, ich wäre stärker, aber sie waren zu zweit und ich brauchte meine Hände, um die Hose zu schließen. Er landete mit dem Gesicht nah am Hinterrad seines Autos. Lass dich hier nie wieder blicken! Er blieb so, mit dem Gesicht nach unten. Augen zu. Sollen sie mich erschlagen. Aber als er losließ, ließen auch sie von ihm ab, er fiel einfach durch sie hindurch, und nicht einmal hart, auf ihre weichen Füße, und rollte sich zur Seite.

Als er die Augen wieder öffnete, fand er sich etwas abseits auf dem Gehsteig. Wie bin ich hierhin gekommen? Das Pflaster war schlierig und feucht, seine Kleider zerrissen, ein Ohrläppchen, egal, egal. Er saß nur da und sah zu, wie sie statt seiner nun das Auto plattmachten. Das Blech gab weich unter ihren Tritten nach, schönes, matt glänzendes, nachgiebiges Blech, das Glas ebenso, es ist so gemacht, dass sie sich nicht verletzen, damit sie mit ihm schaukeln können wie mit einer riesigen Wiege. Solange, bis alles in Flammen aufgeht. Wenn es in Flammen aufgeht … Die Asche ist immer noch im Kofferraum. Wenn es in Flammen aufgeht …

Da konnte er nicht anders, er musste lachen. Er war beiseitege-

---

krochen, lehnte jetzt mit dem Rücken an einer bepissten Hauswand, im unterirdischen Gestank, und lachte. Wenn es in Flammen aufgeht.

Bitte nicht.

Ich verspreche.

Ich lache auch nicht mehr.

Morgen kommt die Straßenreinigung. Oder nicht. Die Ladenbesitzer, die den Verstand noch nicht völlig verloren oder wiedererlangt haben, fegen die Trümmer zusammen. Einer muss es ja machen.

Bitte lass sie nicht. Die Asche vom Mob zertrampelt. Bitte lass sie nicht. Wen bittest du?

Niemanden. Da ist niemand.

Ich habe gewartet. Erst, dass jemand kommen würde. Die Polizei oder wer in solchen Fällen kommen muss. Wartete unter meiner eigenen gemeldeten Adresse. Aber niemand kam. Später dann auf den Anruf. Wann er frühestens kommen konnte, wann er spätestens kommen musste. März, April, Mai. Aber sie ist lieber gestorben, als mit uns zu leben.

---

Rotz und Tränen, nun doch. Unschluckbarer Speichel. Aber er konnte jetzt nicht auf den Gehsteig spucken. Er sah sich um, ob er einen Abfluss sah. Nein. Einen Mülleimer, etwas weiter weg. An der Wand ist jetzt eigentlich ganz viel Platz. Dorthin kriechen.

Dann änderte sich wieder alles. Ihm war, als hätte er den beißenden Geruch zwei Sekunden eher in der Nase gehabt, als dass er es knallen hörte. Feuerwerkskörper, nein, Tränengaspetarden. Eine muss ganz in der Nähe explodiert sein, denn Kopp wurde für Augenblicke blind. Er hörte nur, wie das Chaos ausbrach und alle zu rennen anfingen. Jetzt rennen sie über das Auto, jetzt rennen sie über mich. Nicht fern, aber unidentifizierbar, wo genau, skandieren welche gegen die Sirenen. Kopp presste Stirn und Hände gegen die raue Hauswand und rang nach Atem. Bei Reizstoffen auf den Schleimhäuten ist nicht Zitronensaft, Essig oder Cola, sondern Wasser das Mittel der Wahl, kann mir vielleicht jemand ein Glas Wasser reichen, nein, dann klappere mit den Lidern und presse die Hände gegen die Wand, Hauptsache, du reibst nicht, nicht reiben, und ruhig atmen, auch wenn du nicht atmen kannst, Asthmatiker

---

sind besonders gefährdet, darauf können wir keine Rücksicht nehmen, was musst du auch auf der Straße herumlungern, es ist ja nicht einmal deine Straße, was machst du hier, kniest auf dem Trottoir, das Gas hat die geschundenen Hautstellen erreicht, das Ohrläppchen, als würde es in Flammen stehen, während sie weiter über das Autodach poltern und poltern, und schon wieder bricht Glas, ich verspreche. Ich verspreche, wenn die Urne ganz bleibt, bringe ich dich auf den Ätna und werfe dich in den Krater, damit kein Mensch je wieder Hand an dich legen kann. Das ist mir jetzt eingefallen. Nach der ganzen Zeit. Wie es der alte Grieche mit der Reißzwecke in der Stirn mit sich gemacht hat, dessen Namen ich vergessen habe. Was sagst du dazu?

…

Was sagst du dazu?

…

Sie sagte nichts, sie lachte nur. Ein fröhliches, zustimmendes Lachen, für die Dauer eines Blinzelns nur – das macht auch das Gas, aber es hilft auch, also wehre dich nicht dagegen – hinter ihr flogen zischend Wasserschlangen, aber sie rannte lachend mit einer Gruppe junger Frauen mit, jung und schön, mit nackten Armen, als wäre noch Sommer, als wäre alles nur ein Spaß.

Kopp blieb an der Hauswand sitzen und wartete, bis der Tumult sich legte. Als nur noch Einzelne durchs Bild liefen, taumelnd, lallend vor Rauschmittel oder Aufregung, und er seine Stimmbänder wieder benutzen konnte, suchte er ein Telefon und rief Christina an.

Sie kam und half ihm mit den Behörden. Dolmetschte Darius Kopps Wunsch, mit dem Rest des Autos passiere, was wolle, aber sein Gepäck möge aus dem Kofferraum befreit werden.

Das Aufschweißen des Kofferraums und das Verschrotten des Autos kosten soundso viel.

In Ordnung, sagte Darius Kopp.

Alles Gute, sagte der Besitzer des Schrottplatzes und schüttelte ihm die Hand.

---

Bevor sie abdrehten zum Meer, ein letzter Blick hinunter auf die Stadt. Ihre weißen Fortsätze weit zwischen baumlose Hügel gestreckt. Schau, wie malerisch der Smog glüht. Ich bilde mir nicht ein, allzu weit gekommen zu sein. Dass ich im Paradies leben durfte, soviel, immerhin, habe ich begriffen. Und auch, dass der Weg zurück für mich immer kurz sein wird, kürzer als für viele, womöglich Hervorragendere.

20 Jahre noch, bevor ich zum Greis werde. Alles ohne dich. Das Nicht-Greis-Sein, und dann das Greis-Sein.

Die Olivenhaine, die Orangenhaine, die schwarze und die rote Erde. Feuerwanzen in der Sonne.

Von Catania nach Gravina, von Gravina nach Rifugio Sapienza, von dort aus zu Fuß.

---

# Hinweis

Egressy, Zoltán: Szaggatott vonal, Kalligram, 2011
Ehrenberg, Alain: Das erschöpfte Selbst, 2008
Emrich Prof. H. M. : »Der Sinn der Depression«. In: http://www.wahrendorff.de/termine/emrich-vortrag19112008.pdf)
Fromm, Erich: Die Kunst des Liebens, dtv, 2011
Gruen, Arno: Der Fremde in uns, dtv, 2010
Gruen, Arno: Der Wahnsinn der Normalität, dtv, 2009
Heller, Ágnes: Das Alltagsleben, edition suhrkamp, 1981
Orbán, Ottó: Schöner Sommertag, wortlos wachen die Parzen (Titel eines Gedichts)
Solomon, Andrew: Saturns Schatten, Fischer, 2006

# Nachweis

Améry, Jean: Hand an sich legen. Diskurs über den Freitod, Klett-Cotta, 2008

Barthes, Roland: Fragmente einer Sprache der Liebe, Suhrkamp,1988

Bernhard, Thomas: Ansprache zur Verleihung des Österreichischen Staatspreises 1968, in: http://www.rodoni.ch/busoni/thomas.html

Bschor, Tom: Depressionen pocketcard Set, Börm Bruckmeier Verlag, 2009

Bschor, Tom: Bipolare Störungen pocketcard Set, Börm Bruckmeier Verlag, 2009

Erdős, Virág: Feministisches Manifest (Feminista kiáltvány), aus: Belső udvar, Jak Kijárat Kiadó 1998, *mit freundlicher Genehmigung der Autorin*

József, Attila: Összes versei (Sämtliche Gedichte), Osiris, 2006 u. a.

Kassák, Lajos: Összes versei (Sämtliche Gedichte), Unikornis, 1995

Nemes Nagy, Ágnes: Összegyüjtött versei (Gesammelte Gedichte), Osiris, 2003 u. a.

Pilinszky, János: Összes versei, Osiris, 2006 u. a.

Weor, S. A.: Einführung in die Gnosis, in: http://www.oocities.org/sukundum01/Einfuhrung_In_Die_Gnosis.pdf

Sollte diese Publikation Links auf Webseiten Dritter enthalten, so übernehmen wir für deren Inhalte keine Haftung, da wir uns diese nicht zu eigen machen, sondern lediglich auf deren Stand zum Zeitpunkt der Erstveröffentlichung verweisen.

Verlagsgruppe Random House FSC® N001967

3. Auflage
Genehmigte Taschenbuchausgabe Oktober 2015,
btb Verlag in der Verlagsgruppe Random House GmbH,
Neumarkter Str. 28, 81673 München

Umschlaggestaltung: semper smile, München
nach einem Umschlagentwurf von buxdesign, München unter
Verwendung eines Motives von © Shutterstock / Mycola
Druck und Einband: GGP Media GmbH, Pößneck
KS · Herstellung: sc
Printed in Germany
ISBN 978-3-442-74959-1

www.btb-verlag.de
www.facebook.com/btbverlag

Terézia Mora

# Nicht sterben

Roman

*160 Seiten, gebundenes Buch mit Schutzumschlag, Luchterhand 87451*

**Erzählen, um zu überleben**

Wenige Monate nachdem Terézia Mora im Herbst 2013 für ihren Roman »*Das Ungeheuer*« mit dem Deutschen Buchpreis ausgezeichnet wurde, hielt sie ihre Frankfurter Poetik-Vorlesungen. Schritt für Schritt erzählte sie, wie sie ihren unvergleichlichen literarischen Kosmos geschaffen hat, erst Erzählungen, dann ihre vielfach ausgezeichneten Romane. Diese Vorlesungen waren ein Ereignis. Wer mehr über Terézia Mora, ihr Werk, über das Schreiben und über die Literatur im Allgemeinen erfahren möchte, kann die in Frankfurt gehaltenen Vorträge jetzt nachlesen.